Nicole
Life is... strange

GEORGES PEREC

La vita istruzioni per l'uso

TRADUZIONE DI DIANELLA SELVATICO ESTENSE

BIBLIOTECA UNIVERSALE RIZZOLI
LA SCALA

La Vita, istruzioni per l'uso

Proprietà letteraria riservata
© Librairie Hachette, 1978
© 1984 RCS Rizzoli Libri S.p.A., Milano
© 1994 R.C.S. Libri e Grandi Opere S.p.A., Milano
© 1997 RCS Libri S.p.A., Milano

ISBN 88-17-10604-6

Titolo originale dell'opera:
LA VIE MODE D'EMPLOI

prima edizione BUR La Scala: giugno 1997

L'amicizia, la storia e la letteratura mi hanno fornito qualcuno dei personaggi di questo libro. Qualsiasi altra somiglianza con persone viventi o vissute nella realtà o nella finzione, è pure e semplice coincidenza.

Alla memoria di Raymond Queneau

Guarda a tutt'occhi, guarda

Jules Verne, *Michele Strogoff*

PREAMBOLO

L'occhio segue le vie che nell'opera gli
sono state disposte

Paul Klee, Pädagogisches Skizzenbuch

All'inizio, l'arte del puzzle sembra un'arte breve, di poco spessore, tutta contenuta in uno scarno insegnamento della *Gestalttheorie*: l'oggetto preso di mira – sia esso un atto percettivo, un apprendimento, un sistema fisiologico o, nel nostro caso, un puzzle di legno – non è una somma di elementi che bisognerebbe dapprima isolare e analizzare, ma un insieme, una forma cioè, una struttura: l'elemento non preesiste all'insieme, non è più immediato né più antico, non sono gli elementi a determinare l'insieme, ma l'insieme a determinare gli elementi: la conoscenza del tutto e delle sue leggi, dell'insieme e della sua struttura, non è deducibile dalla conoscenza delle singole parti che lo compongono: la qual cosa significa che si può guardare il pezzo di un puzzle per tre giorni di seguito credendo di sapere tutto della sua configurazione e del suo colore, senza aver fatto il minimo passo avanti: conta solo la possibilità di collegare quel pezzo ad altri pezzi e in questo senso l'arte del puzzle e l'arte del go* hanno qualcosa in comune; solo i pezzi ricomposti assumeranno un carattere leggibile, acquisteranno un senso: isolato, il pezzo di un puzzle non significa niente; è semplicemente domanda impossibile, sfida opaca; ma se appena riesci, dopo molti minuti di errori e tentativi, o in un mezzo secondo prodigiosamente ispirato, a connetterlo con uno dei pezzi vicini, ecco che quello sparisce, cessa di esistere in quanto pezzo: l'intensa difficoltà che ha preceduto l'accostamento e che la parola *puzzle* – enigma – traduce così bene in inglese, non solo non ha più motivo di esistere, ma sembra non averne avuto mai, tanto si è fatta evidenza: i due pezzi miracolosamente riuniti sono diventati ormai uno, a sua volta fonte di errori, esitazioni, smarrimenti e attesa.

La parte dell'artefice di puzzle è difficile da definire. Nella mag-

---

* Gioco giapponese nel quale, fra due o quattro giocatori, vince chi riesce a piazzare per primo cinque pedine in altrettante caselle consecutive orizzontali sopra una scacchiera che ne ha quattrocento. [*N.d.T.*]

gior parte dei casi – per tutti i puzzle di cartone in particolare – i puzzle sono fatti a macchina e i loro contorni non seguono necessità alcuna: una pressa tranciante regolata secondo un disegno immutabile taglia i fogli di cartone sempre nel medesimo modo; il vero amatore respinge questo tipo di puzzle, non tanto perché sono di cartone invece che di legno, né perché sulla confezione è riprodotto il modello, ma soprattutto perché con questo sistema si viene a perdere la specificità stessa del puzzle; poco importa all'occorrenza, contrariamente a un'idea fortemente ancorata nella mente del pubblico, che l'immagine iniziale si consideri facile (una scena di genere alla maniera di Vermeer per esempio, o la fotografia a colori di un castello austriaco) oppure difficile (un Jackson Pollock, un Pissarro o – misero paradosso – un puzzle bianco): non nel soggetto del quadro o nella tecnica del pittore sta la difficoltà del puzzle, ma nella sapienza del taglio, e un taglio aleatorio produrrà necessariamente una difficoltà aleatoria, oscillante fra una facilità estrema per i bordi, i particolari, le macchie di luce, gli oggetti ben definiti, le pennellate, le transizioni, e una difficoltà fastidiosa per tutto il resto: il cielo senza nuvole, la sabbia, i prati, i coltivi, le zone d'ombra, eccetera.

Nei puzzle del genere i pezzi si dividono in alcune classi maggiori fra cui le più note sono:

gli ometti

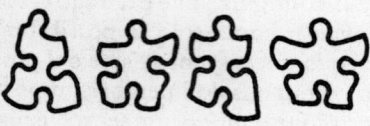

le croci di Lorena

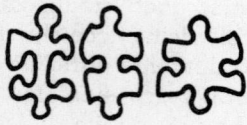

e le croci

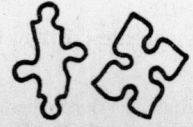

e poi riformati i bordi, messi a posto i particolari – la tavola con la tovaglia rossa a frange gialle molto chiare, quasi bianche, che regge un leggìo con un libro aperto, la ricca cornice dello specchio, il liuto, l'abito rosso della donna – e le grandi masse degli sfondi divise a blocchi seguendone le tonalità di grigio, marrone, bianco o azzurro cielo – la soluzione del puzzle consisterà solo nel tentare via via tutte le combinazioni plausibili.

L'arte del puzzle inizia con i puzzle di legno tagliati a mano quando colui che li fabbrica comincia a porsi tutti i problemi che il giocatore dovrà risolvere, quando, invece di lasciare che il caso imbrogli le piste, vuole sostituirgli l'astuzia, la trappola, l'illusione: il modo premeditato, tutti gli elementi che figurano sull'immagine da ricostruire – questa poltrona di broccato d'oro, quel tricorno nero ornato da una piuma nera un po' sciupata, quell'altra livrea color giunchiglia tutta coperta di galloni d'argento – saranno il punto d'avvio di un'informazione ingannevole: lo spazio organizzato, coerente, strutturato, significante, del quadro verrà spezzettato non solo in elementi inerti, amorfi, poveri di significato e informazione, ma anche in elementi falsificati, portatori di false informazioni: due frammenti di cornicione che s'incastrino perfettamente mentre in realtà appartengono a due parti molto distanti del soffitto, la fibbia di una cintura di uniforme che si rivela in extremis un pezzo di metallo reggitorcia, vari pezzi tagliati quasi allo stesso modo appartenenti, gli uni a un arancio nano sulla mensola di un caminetto, gli altri al suo riflesso appena appannato in uno specchio, sono i classici esempi di trabocchetti tesi all'appassionato.

Se ne potrà dedurre quella che è probabilmente la verità ultima del puzzle: malgrado le apparenze, non si tratta di un gioco solitario: ogni gesto che compie l'attore del puzzle, il suo autore lo ha compiuto prima di lui; ogni pezzo che prende e riprende, esamina, accarezza, ogni combinazione che prova e prova ancora, ogni suo brancolare, intuire, sperare, tutti i suoi scoramenti, sono già stati decisi, calcolati, studiati dall'altro.

PRIMA PARTE

CAPITOLO I

Per le scale, 1

Sì, tutto potrebbe iniziare così, qui, in questo modo, una maniera un po' pesante e lenta, nel luogo neutro che appartiene a tutti e a nessuno, dove la gente s'incontra quasi senza vedersi, in cui la vita dell'edificio si ripercuote, lontana e regolare. Di quello che succede dietro le pesanti porte degli appartamenti, spesso se non sempre si avvertono solo quegli echi esplosi, quei brani, quei brandelli, quegli schizzi, quegli abbozzi, quegl'incidenti o accidenti che si svolgono in quelle che si chiamano le parti comuni, i piccoli rumori felpati che la passatoia di lana rossa attutisce, gli embrioni di vita comunitaria che sempre si fermano sul pianerottolo. Gli abitanti di uno stesso edificio vivono a pochi centimetri di distanza, separati da un semplice tramezzo, e condividono gli stessi spazi ripetuti di piano in piano, fanno gli stessi gesti nello stesso tempo, aprire il rubinetto, tirare la catena dello sciacquone, accendere la luce, preparare la tavola, qualche decina di esistenze simultanee che si ripetono da un piano all'altro, da un edificio all'altro, da una via all'altra. Si barricano nei loro millesimi – è così che si chiamano infatti – e vorrebbero tanto che non ne uscisse niente, ma per quanto poco ne lascino uscire, il cane al guinzaglio, il bambino che va a prendere il pane, l'espulso o il congedato, è sempre dalle scale ch'esce tutto. Tutto quello che passa infatti passa per le scale, tutto quello che arriva arriva dalle scale, lettere, partecipazioni, i mobili che gli uomini dei traslochi portano o portano via, il dottore chiamato d'urgenza, il viaggiatore che torna da un lungo viaggio. È per questo che le scale restano un luogo anonimo, freddo, quasi ostile. Nelle antiche case, c'erano ancora gradini di pietra, ringhiere di ferro battuto, qualche scultura, delle torciere, una panchina a volte per dar modo alle persone anziane di riposarsi fra un piano e l'altro. Negli edifici moderni, ci sono ascensori con le pareti coperte di graffiti che si vorrebbero osceni e scale dette "di sicurezza", di cemento grezzo, sporche e sonore. In questo edificio, dove c'è un vecchio ascensore quasi perennemente guasto, le scale sono un luogo vetusto, di dubbia pulizia, che si degrada di piano in piano secondo le convenzioni della rispettabilità borghese: passatoia due volte spessa fino al terzo, spessore unico dal terzo in poi, per finire in niente agli ultimi due sotto i tetti.

Sì, inizierà da qui: fra il terzo e il quarto piano di rue Simon-Crubellier, numero 11. Una donna sui quarant'anni sta salendo le scale; indossa un lungo impermeabile di skai e porta in testa una specie di berretto di feltro a pan di zucchero, un po' sul genere secondo noi folletto, diviso a scacchi rossi e grigi. Un borsone di tela bigia, di quelli volgarmente detti "chiava-e-via", le pende dalla spalla destra. Un fazzolettino di batista è annodato intorno a uno degli anelli di metallo cromato che legano la borsa alla tracolla. Su tutta la superficie della borsa si ripetono tre motivi pseudo stampigliati: un grosso orologio a bilanciere, una pagnotta campagnola tagliata al centro, e una specie di recipiente di rame senza manici.

La donna guarda una pianta che tiene nella mano sinistra. È un semplice foglio di carta, le cui grinze ancora visibili testimoniano una piegatura in quattro, fissato per mezzo di un fermaglio a un grosso volume multigrafico: il regolamento di comproprietà riguardante l'appartamento che la donna sta per visitare. Sul foglio in realtà sono state schizzate non una, ma tre piante: la prima, in alto e a destra, permette di localizzare l'edificio, pressapoco a metà di rue Simon-Crubellier che divide obliquamente il quadrilatero formato, nel quartiere de la Plaine Monceau, XVII arrondissement, dalle vie Médéric, Jadin, De Chazelles e Léon Jost; la seconda, in alto e a sinistra, è uno spaccato dell'edificio che indica schematicamente la disposizione degli appartamenti, precisando i cognomi di qualche abitante: signora Nochère, la portinaia; signora de Beaumont, secondo a destra; Bartlebooth, terzo a sinistra; Rémi Rorschash, produttore televisivo, quarto a sinistra; dottor Dinteville, sesto a sinistra, così come l'appartamento vuoto, sesto piano a destra, occupato fino alla morte da Gaspard Winckler, artigiano; la terza pianta, nella metà inferiore del foglio, è quella dell'appartamento di Winckler: tre locali che danno sulla strada, una cucina e uno stanzino da bagno sul cortile, un ripostiglio cieco.

La donna tiene nella mano destra un voluminoso mazzo di chiavi, quelle di tutti gli appartamenti visitati in giornata indubbiamente; parecchie sono attaccate a portachiavi fantasia: una bottiglia in miniatura di Marie Brizard, un tee* da golf e una vespa, un pezzo di domino raffigurante un doppio sei, e un gettone di plastica, ottagonale, nel quale è incastonato un fiore di tuberosa.

---

*Il supporto su cui si appoggia la palla. [N.d.T.]

Gaspard Winckler è morto da quasi due anni. Non aveva figli. Non gli si conoscevano parenti. Bartlebooth incaricò un notaio di rintracciare eventuali eredi. La sua unica sorella, Anne Voltimand, era morta nel 1942. Il nipote, Grégoire Voltimand, era stato ammazzato sul Garigliano nel maggio 1944, all'epoca dello sfondamento della linea Gustav. Al notaio occorsero parecchi mesi per scovare un lontano cugino di Winckler; si chiamava Antoine Rameau e lavorava in una fabbrica di divani modulari. I diritti di successione cui si aggiungevano le spese occasionate dall'accertamento dei successibili, si rivelarono talmente alte che Antoine Rameau dovette vendere tutto all'asta. E già da qualche mese i mobili sono in Sala aste e da qualche settimana l'appartamento è stato rilevato da un'agenzia.

La donna che sale le scale non è la direttice dell'agenzia, ma la sua vice; non si occupa di questioni commerciali, né di relazioni con i clienti, ma esclusivamente di problemi tecnici. Dal punto di vista immobiliare, l'affare è buono, il quartiere valido, la facciata in pietra da taglio, le scale discrete malgrado la decrepitezza dell'ascensore, e la donna è venuta a ispezionare più accuratamente lo stato dei luoghi, a buttar giù una pianta più precisa dei locali con, per esempio, dei tratti più marcati per distinguere le pareti divisorie e dei semicerchi con freccia per indicare in che senso si aprono le porte, prevedere i lavori e preparare un primo preventivo per il rammodernamento: il tramezzo che divide lo stanzino da bagno dal ripostiglio sarà abbattuto, per far posto a un bagno vero con vasca scalinata e water; le mattonelle della cucina verranno sostituite; una caldaia murale a gas cittadino, mista (riscaldamento centrale, acqua calda), sostituirà la vecchia caldaia a carbone; il parquet a pezzi e bocconi delle tre stanze verrà rimosso e rimpiazzato da una copertura di cemento a sua volta coperta di *thibaude** e moquette.

Delle tre stanzette in cui Gaspard Winckler ha vissuto e lavorato per quasi quarant'anni, non resta molto. Quei pochi mobili, il piccolo banco da lavoro, la sega a due tempi, le minuscole lime, non c'è più niente. Sulla parete di camera sua, di fronte al letto, vicino alla finestra, se n'è andato il quadro quadrato che gli piaceva tanto: figurava un'anticamera nella quale si trovavano tre uomini. Due in piedi, con la finanziera, pallidi e grassi, e sovrastati da cilindri che parevano avvitati sul cranio. Il terzo, anche questo vestito di nero, era seduto accanto alla porta nell'atteggiamento di chi aspetti qualcuno e impegnato a infilarsi un paio di guanti nuovi le cui dita aderivano perfettamente alle sue.

*Tessuto di pelo di vacca. [*N.d.T.*]

13

La donna sale le scale. Fra poco, il vecchio appartamento diventerà un grazioso piccolo alloggio, doppio soggiorno + camera e servizi, vista, tranquillità. Gaspard Winckler è morto, ma la lunga vendetta che ha ordito con tanta pazienza, con tanta minuzia, non si è ancora compiuta.

CAPITOLO II

Beaumont, 1

Il salotto della signora de Beaumont è quasi completamente occupato da un grande pianoforte da concerto sul leggìo del quale è appoggiata la partitura chiusa di un celebre ritornello americano, *Gertrude of Wyoming*, di Arthur Stanley Jefferson. Davanti al pianoforte è seduto un vecchio con la testa coperta da un foulard di nylon, e sta per accordarlo.

Nell'angolo sinistro della stanza, c'è una grande poltrona moderna, fatta di una gigantesca semisfera di plexiglas cerchiata d'acciaio, che poggia su una crociera di metallo cromato. Di fianco, un blocco di marmo di sezione ottagonale funge da tavola bassa; sopra, è appoggiato un accendino d'acciaio insieme a un sottovaso cilindrico da cui spunta una quercia nana, uno di quei *bonzai* giapponesi la cui crescita è stata ormai controllata, rallentata, modificata al punto da presentare tutti i segni della maturità, e cioè della senescenza, pur non essendo praticamente mai cresciuti, e la cui perfezione a detta di chi li cresce dipende più dalla concentrazione meditativa dedicatagli dall'allevatore che dalle cure materiali che gli si possono dare.

Posato direttamente sul parquet di legno chiaro, un po' avanzato rispetto alla poltrona, c'è un puzzle di legno dalla bordura in pratica già tutta ricomposta. Nel terzo inferiore destro del puzzle, sono stati riuniti alcuni pezzi supplementari: raffigurano il volto ovale di una giovane dormiente; i suoi capelli biondi rialzati e ritorti sopra la fronte sono fissati da una doppia striscia di stoffa intrecciata; la guancia è retta dalla mano destra piegata a conca come se, assorta, stesse ascoltando.

Alla sinistra del puzzle, un vassoio decorato regge una cuccuma di caffè, una tazza e il suo piattino, e una zuccheriera di silverplate. La scena dipinta sul vassoio è parzialmente nascosta dai tre oggetti; vi si possono però distinguere due particolari: a destra, un ragazzetto in calzoni ricamati è chino sulle acque di un fiume; al centro, una carpa fuori dall'acqua guizza appesa all'amo; il pescatore e gli altri personaggi restano invisibili.

Più avanti, rispetto al vassoio, parecchi libri, quaderni e raccoglitori sono sparpagliati sul pavimento. Il titolo di uno dei libri è visibile: *Norme riguardanti la sicurezza nelle miniere e nelle cave.* Un raccoglitore è aperto su una pagina parzialmente coperta di equazioni trascritte in una grafia serrata e sottile:

Se $f \in$ Hom (ν, μ) (resp. $g \in$ Hom (ξ, ν)) è un morfismo omogeneo il cui grado è la matrice α (resp. β), $f \circ g$ è omogeneo e il suo grado è la matrice prodotto $\alpha\beta$.

Siano: $\alpha = (\alpha_{ij})$, $l \leq i \leq m$, $l \leq j \leq n$; $\beta = (\beta_{kl})$, $l \leq k \leq n$, $l \leq l \leq p$ ($|\xi| = p$), le matrici considerate. Noi supponiamo si abbia $f = (f_1, ..., f_m)$ $g = (g_1, ..., g_n)$ e sia $h \sqcap \to \xi$ un morfismo ($h = h_1, ..., h_p$). Siano infine $(a) = (a_1, ..., a_p)$ un elemento di A^p. Valutiamo, per l'indice i compreso fra l e m ($|\mu| = m$) il morfismo

$$x_i = f_i \circ g \circ (a_1 \, h_1, ..., a_p \, h_p). \text{ Si ha prima:}$$

$$x_i = f_i \circ (a_1^{\beta_{l1}} ... a_p^{\beta_{ip}} g_1, ..., a_1^{\beta_{il}} ... a_p^{\beta_{ip}} g_i, ..., a_p^{\beta_{pl}} ... a_1^{\beta_{pp}} g_p) \circ h \text{ e in seguito}$$

$$x_i = a_1^{\alpha_{il}\beta_{il}} + ... \alpha_{ij}\beta_{jl} ... + \alpha_{in}\beta_{nl} ... a_j^{\alpha_{il}\beta_{ij}} + ... + \alpha_{jn}\beta_{lj} ... a_p^{\alpha_{il}\beta_{ip}} + ... f_i \circ$$

$g \circ h f \circ g$ verifica quindi l'uguaglianza di omogeneità di grado $\alpha\beta$ ([1.2.2.]).

Le pareti della stanza sono laccate di bianco. Vi stanno appesi parecchi manifesti incorniciati. Uno dei quali raffigura quattro monaci a tavola con espressione ghiotta davanti a un camembert sull'etichetta del quale quattro monaci con espressione ghiotta — gli stessi — sono di nuovo a tavola. La scena si ripete, distintamente, fino alla quarta volta.

Fernand de Beaumont è stato un archeologo la cui ambizione uguagliava quella di Schliemann. Incominciò a cercare le tracce della città leggendaria che gli arabi chiamavano Lebtit e che sarebbe stata la loro capitale in Spagna. Nessuno ne contestava l'esistenza, ma la maggior parte degli esperti, fossero ispanisti o islamisti, erano concordi nell'identificarla sia con Ceuta, in terra africana, di fronte a Gibilterra, sia con Jaen, in Andalusia, ai piedi della Sierra di Magina. Beaumont rifiutava queste identificazioni basandosi sul fatto che nessuno degli scavi effettuati a Ceuta o a Jaen aveva messo in evidenza certe caratteristiche che i racconti attribuivano a Lebtit. Vi si parlava in particolare di un castello "la cui porta a due battenti non serviva per entrare né per uscire. Era destinata a restare chiusa. Ogniqualvolta un re moriva e un altro re ne ereditava l'augusto trono, aggiungeva di sua mano un'altra serratura alla porta. Alla fine ci furono ventiquattro serrature, una per ogni re". C'erano sette saloni in quel castello. Il settimo "era così lungo che il più abile arciere tirando dalla soglia non avrebbe potuto piantare la freccia sul muro di fondo". Nel primo, c'erano delle "figure perfette" raffiguranti degli arabi "su veloci cavalcature, cavalli o cammelli, con i turbanti al vento sulla spalla, la scimitarra agganciata a cinghie e la lancia in resta nella mano destra".

Beaumont apparteneva a quella scuola di medievalisti che si è autoqualificata "materialista" e che, per esempio, indusse un professore di storia delle religioni a spulciare la contabilità della cancelleria papale con l'unico scopo di dimostrare che, nella prima metà del XII secolo, il consumo di pergamena, piombo e nastri da sigillo, aveva superato a tal punto la quantità corrispondente al numero delle bolle ufficialmente dichiarate e registrate che, anche tenendo conto di un eventuale spreco e di un verosimile pasticcio, se ne doveva dedurre che un numero relativamente imponente di bolle (e proprio di bolle si trattava, non di brevi, poiché solo le bolle portano il sigillo di piombo, essendo invece i brevi chiusi con la cera) erano rimaste confidenziali, se non addirittura clandestine. Da cui la tesi, a suo tempo giustamente famosa, su *Le Bolle segrete e la questione degli antipapi*, che gettò nuova luce sui rapporti fra Innocenzo II, Anacleto II e Vittore IV.

Più o meno allo stesso modo, Beaumont dimostrò che prendendo come punto di riferimento, non il record del mondo di 888 metri stabilito dal sultano Selim III nel 1798, ma le prestazioni notevoli, certo, ma non eccezionali, realizzate dagli arcieri inglesi a Crécy, la settima sala del castello di Lebtit doveva sicuramente avere una lunghezza minima di duecento metri e, tenuto conto dell'inclinazione del tiro, un'altezza che difficilmente poteva essere inferiore ai trenta. Né gli scavi di Ceuta, né gli scavi di Jaen, né altri, avevano mai palesato sale di tali dimensioni, la qual cosa permise a Beaumont di affermare che "se questa città leggendaria attinge alle fonti di qualche fortezza probabile, non può essere certo e in alcun modo in una di quelle di cui oggi conosciamo le vestigia".

Al di là di quest'argomento puramente negativo, un altro frammento della leggenda di Lebtit sembrò dover fornire a Beaumont un'indicazione sull'area in cui era ubicata la cittadella. Narrano che sul muro inaccessibile della sala degli arcieri fosse incisa questa scritta: "Se un Re per caso aprisse la porta di questo Castello, i suoi guerrieri si muterebbero in pietra come i guerrieri della prima sala e i nemici devasterebbero i suoi regni". Beaumont vide in questa metafora una trascrizione delle spallate che scardinando i *Reyes de Taifas* *

* È il periodo in cui, sotto il dominio arabo esteso su tutta la Spagna, per ragioni di contese dinastiche, l'Andalusia si fraziona in tanti piccoli regni autonomi (1031-86), detti appunto los Reyes de Taifas. [*N.d.T.*]

scatenarono la *Reconquista*.* O più precisamente, secondo lui, la leggenda di Lebtit descriveva quella che chiamava "la disfatta cantabrica dei mori", e cioè la battaglia di Covadonga in cui Pelagio distrusse l'emiro Alkhamah prima di farsi incoronare, sul campo di battaglia, re delle Asturie. E fu proprio a Oviedo che, con un entusiasmo che gli conquistò l'ammirazione dei più accaniti detrattori, Fernand de Beaumont prese la decisione di andare a cercare i resti della leggendaria fortezza.

Oviedo aveva origini confuse. Per alcuni era un monastero costruito da due monaci per sfuggire ai mori; per altri, una cittadella visigota; per altri ancora, un antico oppidum ispano-romano chiamato ora Lucus asturum ora Ovetum; per altri ancora infine, fu lo stesso Pelagio, che gli spagnoli chiamano don Pelayo e che ritengono l'ex porta lancia di re Rodrigo a Jerez, mentre gli arabi lo chiamano Belai-el-Rumi perché di presunta discendenza romana, a fondare la città. Tali ipotesi contraddittorie favorivano le teorie di Beaumont: per lui, Oviedo era la mitica Lebtit, la più settentrionale delle piazzeforti moresche in Spagna, e per ciò stesso il simbolo della loro dominazione su tutta la penisola. La sua perdita avrebbe segnato la fine dell'egemonia islamica nell'Europa occidentale ed è proprio per affermare simbolicamente quella disfatta che Pelagio vittorioso vi si sarebbe sistemato.

Gli scavi iniziarono nel 1930 e durarono più di cinque anni. L'ultimo anno, Beaumont ebbe una visita: Bartlebooth, che veniva da poco lontano, essendosi installato a Gijon, un'altra ex capitale del re delle Asturie, per dipingervi la sua prima marina.

Qualche mese dopo Beaumont tornò in Francia. Stese una relazione tecnica di 78 pagine centrata sull'organizzazione degli scavi, proponendo segnatamente per l'utilizzo dei risultati un sistema di spoglio basato sulla classificazione decimale universale che resta un modello del genere. Poi, il 12 novembre 1935, si suicidò.

---

* La riconquista della Spagna da parte dei re cristiani. [*N.d.T.*]

CAPITOLO III

Terzo a destra, 1

Sarà un salotto, un locale quasi nudo, con parquet all'inglese. I muri saranno coperti da pannelli di metallo.

Quattro uomini saranno accovacciati al centro del locale, praticamente seduti sui calcagni, ginocchia ampiamente divaricate, gomiti appoggiati sulle ginocchia, mani giunte, dita medie incrociate, le altre distese. Tre dei quali saranno su un'unica linea, di fronte al quarto. Tutti, a torso e piedi nudi, vestiti solo d'un paio di calzoni di seta nera dove sarà ripetuto lo stesso motivo stampato di un elefante. Un anello di metallo che porterà un castone d'ossidiana di forma circolare circonderà il mignolo delle loro destre.

L'unico mobile della stanza è una poltrona Luigi XIII, con gambe a torciglione, braccioli e schienale imbottiti di cuoio chiodato. A uno dei braccioli è appesa una lunga calza nera.

L'uomo di fronte ai tre è giapponese. Si chiama Ashikage Yoshimitsu. Appartiene a una setta fondata a Manila nel 1960 da un marinaio di pescherecci, un impiegato delle poste e un garzone di macelleria. Il nome giapponese della setta è "Shira nami", "L'onda bianca"; il suo nome inglese, "The Three Free Men", "I Tre Uomini Liberi".

Nei tre anni successivi ciascuno di quei "tre uomini liberi" riuscì a convertirne altri tre. Ancora tre anni, e i nove uomini della seconda generazione ne iniziarono ventisette. La sesta promotion contò, nel 1975, settecentoventinove membri fra cui Ashikage Yoshimitsu che venne incaricato, insieme a qualche altro, di spargere la fede novella in Occidente. L'iniziazione alla setta dei "Tre Uomini Liberi" è lunga, difficile ed estremamente costosa, ma fu senza troppe difficoltà apparenti che Yoshimitsu trovò tre proseliti sufficientemente ricchi da poter disporre del tempo e del denaro indispensabili per un'impresa di questo genere.

I novizi si trovano adesso ai primordi dell'iniziazione e devono superare delle prove preliminari durante le quali devono imparare a perdersi nella contemplazione di un oggetto — materiale o mentale — assolutamente banale, al punto da dimenticare qualsiasi sensazione, foss'anche la più dolorosa: a questo fine i calcagni dei neofiti accovacciati non toccano direttamente il suolo ma poggiano su grossi dadi metallici dagli spigoli particolarmente aguzzi, in equilibrio su due delle facce opposte, una delle quali tocca il pavimento e l'altra il calcagno: il minimo raddrizzamento del piede comporta l'istantanea caduta del dado, cosa che provoca l'esclusione immediata e definitiva non solo dell'allievo colpevole ma anche dei suoi due compagni; il minimo rilassamento della posa fa penetrare la punta del dado nella carne, scatenando un dolore presto intollerabile. I tre uomini devono starsene in questa sgradevole posizione per sei ore; è lecito, tollerato, alzarsi due minuti ogni tre quarti d'ora, anche se il fatto di approfittare del suddetto permesso più di tre volte a seduta è alquanto malvisto.

Quanto all'oggetto della meditazione, varia per ciascuno dei tre. Il primo, che è il rappresentante esclusivo per la Francia di una fabbrica svedese di schedari montati su guide scorrevoli, deve risolvere un enigma che gli si presenta sotto le specie di un bristol bianco sul quale è vergata con l'inchiostro viola la seguente domanda

Qual'è la menta diventata tiglio ?

sormontata dal numero 6 artisticamente disegnato.

Il secondo allievo è un tedesco, proprietario di un'industria di corredini per neonato a Stoccarda. Ha davanti, posato sopra un cubo di acciaio, un pezzo di legno fluitato la cui forma ricorda con una certa precisione una radice di ginseng.

Il terzo, che è un divo — francese — della canzone, è di fronte a un'opera voluminosa che tratta dell'arte culinaria, uno di quei libri abitualmente venduti come strenna natalizia e post. Il libro è posato sopra un leggìo da musica. È aperto su un'illustrazione che raffigura un ricevimento dato nel 1890 da lord Radnor nei saloni di Longford Castle. Sulla pagina di sinistra, incorniciata da fregi liberty e ghirlande, si legge una ricetta

MOUSSELINE
ALLE FRAGOLE

Prendere trecento grammi di fragole di bosco o
quattrostagioni. Passarle al setaccio fitto. Mesco-

lare con duecento grammi di zucchero grezzo. Mescolare e incorporare al preparato mezzo litro di panna montata a neve. Riempire con il detto preparato delle coppette di carta e mettere al fresco per due ore in un portaghiaccio piuttosto stretto. Al momento di servire, guarnire ogni coppetta con una grossa fragola.

Yoshimitsu stesso è seduto sui calcagni, ma senza il disagio dei dadi. Tiene fra i palmi una piccola bottiglia di succo d'arancio dalla quale spuntano varie cannucce infilate una dentro l'altra in modo da potergli arrivare fino alla bocca.

Smautf ha calcolato che nel 1978 ci saranno duemilacentottantasette nuovi adepti della setta dei "Tre Uomini Liberi" e, supponendo che nessuno dei vecchi discepoli sia morto, un totale di tremiladuecentosettantasette fedeli. In seguito andrà tutto molto più in fretta: nel 2017, la diciannovesima generazione conterà più di un miliardo d'individui. Nel 2020, la totalità del pianeta, e anche di più, sarà stata iniziata.

Non c'è nessuno al terzo a destra. Il proprietario è un certo signor Foureau che dovrebbe stare a Chavignolles, fra Caen e Falaise, in una specie di castello e una fattoria di trentotto ettari. Qualche anno fa la televisione ci ha girato un teledramma intitolato *La sedicesima figura di quel cubo*; Rémi Rorschash assistette alle riprese ma non vide il proprietario.

Pare che nessuno l'abbia mai conosciuto. Sulla porta del pianerottolo non ci sono nomi, e neanche nella lista appiccicata sulla porta a vetri della guardiola. Le imposte sono sempre chiuse.

CAPITOLO IV

Marquiseaux, 1

Un salotto vuoto al quarto a destra.

Per terra c'è un tappeto di sisal intrecciato le cui fibre s'intricano in modo da formare dei motivi a forma di stella.

Sulla parete una carta da parati uso tela di Jouy raffigura grandi navi a vela, dei quattro alberi di tipo portoghese, armati di cannoni e colubrine, si preparano a rientrare in porto; il gran fiocco e la randa sono gonfiati dal vento; dei marinai, arrampicati sul sartiame, imbrogliano le altre vele.

Ci sono quattro quadri alle pareti.

Il primo è una natura morta che, malgrado la fattura moderna, rievoca alquanto quelle composizioni ordinate intorno al tema dei cinque sensi, così diffuse in tutta l'Europa rinascimentale alla fine del XVIII secolo: sopra una tavola sono disposti un portacenere dove fuma un avana, un libro di cui si possono leggere titolo e sottotitolo – *La Sinfonia incompiuta*, romanzo – ma con il nome dell'autore nascosto, una bottiglia di rhum, un bilboquet* e, dentro una coppa, un mucchio di frutta secca, noci, mandorle, mezze albicocche, prugne, eccetera eccetera.

Il secondo raffigura una strada di periferia, di notte, fra terreni incolti. A destra, un traliccio le cui sbarre trasverse portano su ogni punto d'intersezione una grossa lampadina accesa. A sinistra, una costellazione riproduce, capovolta (base al cielo e punta verso terra), la forma esatta del traliccio. Il cielo è coperto di fioriture (azzurro cupo su fondo più chiaro) identiche a quelle del gelo su un vetro.

Il terzo raffigura un animale mitico, il tarandus, la cui prima descrizione ci viene da Gelone il sarmata:

---

* Gioco che consiste nel lanciare una palla forata e attaccata a un bastoncino per mezzo di una corda, tentando di farla infilzare in ricaduta sul bastone. Qui, si tratta evidentemente del giocattolo stesso. [N.d.T.]

«*Tarandus è un animale grande come un giovane toro, che porta una testa quale di cervo, non troppo maggiore, ampiamente cornuta e di grande apertura, piedi forcuti, pelo lungo come di un grosso orso, pelle moltissimo dura che sembra corazza. Pochi si sono trovati in tutta la Scizia, inquantoché muta colore secondo la varietà dei luoghi dove si pasce e dimora, e si presenta color delle erbe, alberi, arboscelli, fiori, luoghi, pasture, rocce, e generalmente di cosa ciascuna che avvicini. Questo avendo in comune con il polpo marino, ciò è il polipo; con i toi, con i licaoni dell'India, con il camaleonte che è una sorta di lucertola tanto mirabile che Democrito ha fatto un libro intero di sua figura, anatomia, virtù e proprietà in magia. Si è che l'ho veduto mutare colore, non solo se approssimato a cose colorate, ma da se stesso, secondo la paura e l'affezione che aveva: come su un tappeto verde l'ho veduto certamente inverdire; ma dimorandovi un poco, facendosi poi tutto giallo, azzurro, bruno cuoio, violetto in succedenza, nella maniera che vedete la cresta dei galli d'India i colori a seconda degli umori mutare. Ciò che sopra tutto trovammo in codesto mirabile animale, è che non solo la sua faccia e pelle, ma anche tutto il suo pelo, tale colore prendeva quale era alle cose vicine.*»

Il quarto è la riproduzione in bianco e nero di un dipinto di Forbes intitolato *Il topo dietro la tenda*. Questo quadro s'ispira a una storia vera successa a Newcastle-upon-Tyne durante l'inverno del 1858.

La vecchia lady Forthright aveva una collezione di orologi e automi di cui andava molto orgogliosa e il cui gioiello era un minuscolo orologio inserito dentro un fragile uovo di alabastro. Aveva affidato la custodia della collezione al più anziano dei suoi domestici. Un cocchiere che la serviva da più di sessant'anni, innamorato pazzo di lei fin dalla prima volta che aveva avuto il privilegio di portarla fuori in carrozza. Quest'uomo aveva riversato la sua muta passione sulla collezione della padrona e, dotato di una particolare destrezza manuale, l'accudiva con vivissima cura, passando i giorni e le notti a mantenere o rimettere in uso quei delicati meccanismi, alcuni dei quali vecchi di due secoli e più.

I pezzi migliori della collezione erano conservati in una piccola stanza adibita a quest'unico scopo. Alcuni erano chiusi in vetrinette, ma la maggior parte era appesa alla parete e protetta contro la polvere da un sottile tendaggio di mussola. Il cocchiere dormiva in uno stanzino attiguo, perché, da qualche mese, uno scienziato solitario si era sistemato poco distante dal castello, in un laboratorio dove, a imitazione di Martin Magron e del torinese Vella, studiava sui topi gli effetti antitetici della stricnina e del curaro, mentre la vecchia signora e il suo cocchiere erano convinti che fosse un pericoloso brigante attirato in quei paraggi unicamente dalla bramosia, il quale stava escogitando chissà quale diabolico stratagemma per impadronirsi dei loro preziosi gioielli.

Una notte, il vecchio cocchiere venne svegliato da impercettibili strilli che sembrava provenissero dalla stanza. Si figurò che il diabolico scienziato avesse addestrato uno dei suoi topi insegnandogli a rubare gli orologi. Si alzò, prese nella scatola degli attrezzi che non lo abbandonava mai un piccolo martello, penetrò nella camera, si avvicinò con il minor rumore possibile al tendaggio e colpì violentemente il punto da cui parevano uscire gli strilli. Non era un topo, ahimè, ma solo quel magnifico orologio incastonato nell'uovo di alabastro, il cui meccanismo leggermente sregolato mandava un minuscolo stridìo. Lady Forthright, svegliata di soprassalto dalla martellata, a questo punto accorse e trovò il vecchio domestico inebetito, a bocca aperta, con il martello in una mano e il gioiello fracassato nell'altra. Senza lasciargli il tempo di spiegare cos'era successo, la vecchia signora chiamò gli altri domestici e fece rinchiudere il suo cocchiere come pazzo furioso. Due anni dopo morì. Il vecchio cocchiere lo venne a sapere, riuscì a evadere dal manicomio lontano, tornò immediatamente al castello e s'impiccò proprio nella stanza in cui si era svolto il dramma.

Forbes – è una delle sue prime opere, alquanto influenzata ancora da Bonnat – si è ispirato molto liberamente alla vicenda. Ci mostra la stanza con le pareti coperte di orologi. Il vecchio cocchiere porta una divisa di cuoio bianco; si trova sopra una sedia cinese laccata in rosso scuro, di forme contorte. Appende a una trave del soffitto una lunga sciarpa di seta. La vecchia lady Forthright è ritta nel vano della porta; guarda il suo domestico con aria fortemente arrabbiata; tiene nella mano destra, a braccio teso, la catenina d'argento di dove ciondola un frammento dell'uovo di alabastro.

Ci sono parecchi collezionisti nello stabile, e spesso ancora più maniaci dei personaggi di quel quadro. Valène stesso ha conservato a lungo le cartoline che Smautf gli spediva tutte le volte che faceva scalo. Ne aveva una di Newcastle-upon-Tyne, appunto, e un'altra della Newcastle australiana, nel Nuovo Galles del Sud.

CAPITOLO V

Foulerot, 1

Quinto a destra, proprio in fondo: esattamente sotto l'ex laboratorio di Gaspard Winckler. Valène ricordava il pacchetto che aveva ricevuto ogni quindici giorni, per vent'anni: perfino in piena guerra continuavano ad arrivare regolarmente, identici, assolutamente identici; ovviamente cambiavano i francobolli, la qual cosa permetteva alla portinaia, non ancora la signora Nochère, ma la Claveau, di chiederli per il figlio; ma, francobolli a parte, non c'era niente che potesse distinguere un pacco dall'altro: la stessa carta kraft,* lo stesso spago, lo stesso sigillo di cera, la stessa etichetta; quasi che prima di partire, Bartlebooth avesse chiesto a Smautf di calcolare la quantità di carta velina, kraft, spago e cera da sigilli che ci sarebbe voluta per cinquecento pacchi! Non doveva neanche aver avuto bisogno di chiederlo, Smautf lo aveva certamente capito da solo. E non gli bastava certo un baule.

Qui, al quinto a destra, la stanza è vuota. È un bagno, dipinto d'arancio opaco. Sull'orlo della vasca, un grande guscio di madreperla, che viene da un'ostrica perlifera, contiene una saponetta e una pietra pomice. Sopra il lavandino, c'è uno specchio ottagonale incorniciato di marmo venato. Fra la vasca e il lavandino, un cardigan di cachemire scozzese e una gonna con le bretelle sono buttati su una sedia pieghevole.

La porta di fondo è aperta e dà in un lungo corridoio. Una ragazza di soli diciott'anni si dirige verso il bagno. È nuda. Tiene nella mano destra un uovo che userà per lavarsi i capelli, e nella mano sinistra il numero 40 della rivista *Les Lettres Nouvelles* (luglio-agosto 1956) nella quale si trova, oltre a una nota di Jacques Lederer su *Il diario di un prete*, di Paul Jury (Gallimard), una novella del 1913 di Luigi Pirandello, *Nel gorgo*, che racconta come Romeo Daddi diventò pazzo.

---

*Carta da pacchi resistentissima. [N.d.T.]

CAPITOLO VI

Camere di servizio, 1

È una camera di servizio al settimo, a sinistra di quella occupata, proprio in fondo al corridoio, dal vecchio pittore Valène. La camera dipende dal grande appartamento del secondo a destra, quello in cui abita la signora de Beaumont, la vedova dell'archeologo, con le due nipoti; Anne e Béatrice Breidel. Béatrice, la minore, ha diciassette anni. Allieva dotata, e anzi brillante, prepara il concorso d'ammissione all'Ecole Normale Supérieure di Sèvres. Ha avuto il permesso, sua nonna è severa, se non di abitare, almeno di venire a studiare in questa camera indipendente.

Ci sono formelle rosse sul pavimento e sui muri la carta da parati figura varie specie di arbusti. Malgrado l'esiguità della stanzetta, Béatrice vi riceve cinque compagne di scuola. Lei stessa è seduta accanto al tavolo da lavoro sopra una sedia con lo schienale alto e i piedi scolpiti a zampa di montone; indossa una gonna con bretelle e un corpetto rosso dai polsini leggermente a sbuffo; porta sul polso destro un braccialetto d'argento e tiene fra il pollice e l'indice della mano sinistra una lunga sigaretta che guarda consumare.

Una delle compagne, con un lungo mantello di lino bianco, è in piedi contro la porta e sembra esaminare attentamente una pianta del metrò parigino. Le altre quattro, uniformemente vestite di jeans e camicia a righe, sono sedute per terra, intorno a un servizio da tè posato sopra un vassoio, accanto a una lampada il cui piede è formato da una botticella com'è presumibile ne portassero i sanbernardo. Una delle ragazze versa il tè. Un'altra apre una scatola di formaggini a cubo. La terza legge un romanzo di Thomas Hardy sulla copertina del quale si vede un personaggio barbuto, seduto in una barca in mezzo a un fiume, pescare con la lenza, mentre sull'argine un cavaliere in armatura sembra chiamarlo a gran voce. La quarta guarda con l'aria più indifferente del mondo un'incisione raffigurante un vescovo chino sopra una tavola sulla quale è posato uno di quei giochi chiamati "solitari". Fatto di un'assicella di legno, la cui forma trapezoidale ricorda alquanto quella di un pressaracchette, nella quale sono scavate venticinque buche disposte a losanga, atte a ricevere eventuali bilie che in questo caso sono delle perle notevolmente grosse posate accanto all'assicella, a destra, sopra un piccolo cuscino di seta nera. L'incisione che imita chiaramente il celebre quadro di Bosch intitolato *Il Giocoliere*, conservato nel museo municipale di Saint-Germain-en-Laye, porta un titolo ameno – anche se apparentemente poco significativo – vergato in caratteri gotici

Chi beve mangiando la zuppa
Quando muore non vede una cicca

Il suicidio di Fernand de Beaumont lasciò Véra, la vedova, con una bambinetta di sei anni, Elizabeth, che non aveva mai visto il padre, lontano da Parigi per i suoi scavi cantabrici, e molto poco la madre, che seguitava nel vecchio e nel nuovo mondo una carriera di cantante lirica che il breve matrimonio con l'archeologo non aveva praticamente interrotto.

Nata in Russia all'inizio del secolo, Véra Orlova – con questo nome la ricordano i melomani – ne fuggì nella privamera del '18 sistemandosi prima a Vienna dove fu allieva di Schönberg al *Verein für musikalische Privataufführung*.* E poi, avendo seguito Schönberg ad Amsterdam, lo lasciò quando lui tornò a Berlino, venendo a Parigi per darvi nella Salle Erard una serie di recital. Malgrado l'ostilità sarcastica o burrascosa di un pubblico manifestamente poco abituato alla tecnica del *Sprechgesang*,** e con l'unico appoggio di un pugno di fanatici ammiratori, riuscì a inserire nei suoi programmi, prevalentemente composti da arie operistiche, lieder di Schumann e Hugo Wolf e da melodie di Mussorgskij, certi pezzi vocali della Scuola di Vienna che fece così conoscere ai parigini. Fu proprio in occasione di un ricevimento dato dal conte Orfanik che le aveva chiesto di cantare l'aria finale di Angelica nell'*Orlando* di Arconati

Innamorata, mio cuore tremante,
*Voglio morire...****

che conobbe colui che sarebbe diventato suo marito. Ma reclamata ovunque con sempre maggiori insistenze, trascinata in tournée trion-

---

* È la Scuola musicale privata di Schönberg. [*N.d.T.*]
** Recitar cantando. [*N.d.T.*]
*** In italiano nel testo. [*N.d.T.*]

fali che duravano a volte un anno intero, visse appena insieme a Fernand de Beaumont il quale, da parte sua, usciva dallo studio solo per andar a verificare in loco le sue temerarie ipotesi.

Nata nel 1929, Elizabeth fu quindi allevata dalla nonna paterna, la vecchia contessa de Beaumont, vedendo la madre non più di qualche settimana all'anno, quando la cantante accettava di fuggire le esigenze sempre maggiori del suo impresario per andare a riposarsi un po' nel castello dei Beaumont a Lédignan. Fu solo verso la fine della guerra, quando Elizabeth aveva appena compiuto quindici anni, che sua madre, avendo rinunciato ai concerti e alle tournée per dedicarsi a insegnare canto, la richiamò a Parigi con sé. Ma la ragazza rifiutò ben presto la tutela di una donna che, priva del luccichìo dei palchi e dei galà, e dei tappeti di rose che chiudevano i suoi recital, si faceva sempre più bisbetica e autoritaria. Un anno dopo scappò di casa. La madre non l'avrebbe più rivista, e tutte le ricerche intraprese per scoprirne le tracce rimasero infruttuose. Fu solo nel settembre del 1959 che Véra Orlova venne a sapere contemporaneamente della vita e della morte di sua figlia. Elizabeth si era sposata due anni prima con un muratore belga, François Breidel. Vivevano nelle Ardenne, a Chaumont-Porcien. Avevano due figliolette, Anne, di un anno, e Béatrice, che Elizabeth aveva appena partorito. Lunedì 14 settembre una vicina, udendo dei pianti, cercò di entrare nella casa. Non riuscendoci, andò a chiamare la guardia campestre. Cominciarono a chiamare, senza ottenere altra risposta che gli strilli sempre più acuti delle piccole, poi, aiutati da altri abitanti del villaggio, sfondarono la porta della cucina, si precipitarono verso la camera dei genitori, e li scoprirono, sdraiati, nudi, sul loro letto, con la gola tagliata, in un mare di sangue.

Véra de Beaumont ne fu informata la sera stessa. Il suo urlo rimbombò in tutto lo stabile. L'indomani mattina, viaggiando tutta la notte nell'auto guidata da Kléber, l'autista di Bartlebooth il quale, avvertito dalla portinaia, si era messo spontaneamente a sua disposizione, arrivò a Chaumont-Porcien per ripartirne quasi subito con le due bambine.

CAPITOLO VII

Camere di servizio, 2
Morellet

Morellet aveva una camera sotto i tetti, all'ottavo. Sulla sua porta si vedeva ancora, dipinto in verde, il numero 17.

Dopo avere esercitato svariati mestieri di cui si divertiva a snocciolare la lista a ritmo sempre più accelerato, operaio montatore, chansonnier, marinaio, fuochista, insegnante di equitazione, artista di varietà, direttore d'orchestra, mondaprosciutti, santo, clown, soldato per cinque minuti, scaccino in una chiesa spiritualista, e perfino figurante in uno dei primi cortometraggi di Laurel e Hardy, Morellet era diventato, a ventinove anni, assistente di chimica all'Ecole Polytechnique, e probabilmente avrebbe continuato a esserlo fino alla pensione se, come per tanti altri, Bartlebooth un giorno non gli avesse attraversato la strada.

Quando tornò dai suoi viaggi, nel dicembre del millenovecentocinquantaquattro, Bartlebooth cercò un procedimento che gli permettesse, una volta ricomposti i puzzle, di ricuperare le marine iniziali; per far questo bisognava innanzitutto riappiccicare i pezzi di legno, trovare il modo di cancellare tutte le tracce dei colpi di sega e ridare alla carta la grana originale. Separando in seguito con una lama le due parti incollate, si sarebbe ritrovato l'acquerello intatto, tale e quale Bartlebooth lo aveva dipinto vent'anni prima. Il problema era difficile poiché, pur esistendo sul mercato fin da quell'epoca parecchie resine e sostanze sintetiche usate dai negozianti di giocattoli per esporre in vetrina dei puzzle modello, la traccia delle spezzature continuava a essere sempre troppo visibile.

Secondo le sue abitudini, Bartlebooth voleva che la persona che lo avrebbe aiutato nelle ricerche abitasse nello stesso edificio, o il più vicino possibile. Fu così che per il tramite del fedele Smautf, la cui camera era sullo stesso piano di quella dell'assistente, conobbe Morellet. Morellet non aveva nessuna delle conoscenze teoriche necessarie per risolvere un problema di questo genere, ma indirizzò Bartlebooth dal suo capo, un chimico di origine tedesca, che si chiamava Kusser e

29

vantava una lontana discendenza dal compositore

KUSSER O COUSSER (Johann Sigmund), compositore tedesco di origine ungherese (Pozsony, 1660 - Dublino, 1727). Lavorò con Lulli all'epoca di un suo soggiorno in Francia (!674-1682). Maestro di cappella al servizio di varie corti principesche in Germania, fu direttore d'orchestra ad Amburgo dove fece rappresentare numerose opere: *Erindo* (1693), *Poro* (1694), *Piramo e Tisbe* (1694), *Scipione l'Africano* (1695), *Giasone* (1697). Nel 1710 diventò maestro di cappella della cattedrale di Dublino e lo rimase fino alla morte. Fu uno dei creatori dell'opera amburghese in cui introdusse "l'ouverture alla francese" e uno dei precursori di Haendel nel campo dell'oratorio. Di questo artista si conservano sei ouverture e varie altre composizioni.

Dopo una serie di tentativi infruttuosi, realizzati partendo da ogni sorta di colle animali o vegetali e ogni genere di acrilici sintetici, Kusser attaccò il problema in modo del tutto diverso. Capendo che doveva trovare una sostanza capace di coagulare intimamente le fibre della carta senza ledere i pigmenti colorati di cui era il supporto, rammentò molto opportunamente una tecnica che, in gioventù, aveva visto usare da certi medaglisti italiani: foderavano l'interno del conio con un sottilissimo strato di polvere d'alabastro, ottenendo così dei pezzi che, tolti poi dalla forma, erano d'un liscio quasi perfetto, rendendo così praticamente inutile ogni lavoro di limatura e pulitura. Seguitando le sue ricerche in questa direzione, Kusser scoprì una specie di gesso che si rivelò soddisfacente. Ridotto in una polvere quasi impalpabile mischiata a un colloide gelatinoso, iniettato a una determinata temperatura e sotto forte pressione, con l'aiuto di una microsiringa che si poteva manovrare in modo da poter seguire fedelmente la linea complessa delle spezzature inizialmente praticate da Winckler, questo gesso riagglomerava i filamenti della carta, restituendole la sua struttura primaria. Ridiventando perfettamente traslucida a mano a mano che si raffreddava, la finissima polvere non produceva alcun effetto apparente sui colori dell'acquerello.

Il processo era semplice e richiedeva solo pazienza e minuzia. Furono costruite delle apparecchiature adatte che vennero sistemate nella camera di Morellet il quale, generosamente compensato da Bartlebooth, trascurava sempre di più le sue mansioni all'Ecole Polytechnique per dedicarsi al ricco amatore.

Morellet, a dire il vero, non doveva fare un granché. Ogni quindici giorni, Smautf gli portava su il puzzle di cui, ancora una volta, Bartlebooth aveva appena completato la difficile ricomposizione; Morellet lo inseriva in un telaio metallico e lo infilava sotto una pressa speciale, ottenendo l'impronta delle spezzature. Poi, partendo da quell'impronta, fabbricava per elettrolisi un'intelaiatura traforata, un rigido e fiabesco pizzo di metallo che riproduceva fedelmente ogni delineamento del puzzle sul quale la matrice veniva a essere delicatamente adattata. Dopo aver preparato la sua sospensione gessosa scaldata a una data temperatura, Morellet riempiva la microsiringa e la fissava su un braccio articolato di modo che la punta dell'ago, il cui spessore non superava qualche micron, andasse a cadere esattamente sui trafori della griglia. Il resto della manovra era automatico, la fuoriuscita del gesso e lo spostamento della siringa essendo comandati da un dispositivo elettronico a partire da una tavola X-Y, la qual cosa garantiva un deposito lento, ma regolare, della sostanza.

L'ultima parte dell'operazione non era di sua competenza: il puzzle risaldato, ridiventato acquerello incollato sopra un'asse sottile di pioppo, veniva consegnato al restauratore Guyomard, il quale staccava con una lama il foglio di carta Whatman eliminandone ogni traccia di colla a tergo, operazioni delicate, ma routiniere, per questo specialista che doveva la sua fama allo strappo di affreschi coperti da vari strati d'intonaco e pittura, e al fatto di aver tagliato in due, nel senso dello spessore, un foglio di carta che portava rectoverso un disegno di Hans Bellmer.

In fin dei conti quindi, Morellet doveva semplicemente, una volta ogni quindici giorni, preparare e sorvegliare una serie di manovre che duravano complessivamente, pulizia e messa in ordine comprese, poco meno di una giornata.

Quest'ozio forzato ebbe delle incresciose conseguenze. Libero da qualsiasi preoccupazione finanziaria, ma preso dal demone della ricerca, Morellet mise a profitto il tempo libero per abbandonarsi, a domicilio, a certi esperimenti di fisica e chimica di cui i suoi lunghi anni di subalterno parevano averlo particolarmente frustrato. Distribuendo in tutti i caffè del quartiere biglietti da visita che lo qualificavano pomposamente come "Direttore dei Lavori Pratici della Scuola Pirotecnica", cominciò a offrire generosamente i propri servizi e ricevette innumerevoli ordinazioni per shampooing super attivi, da capelli o moquette, smacchiatori, economizzatori d'energia, filtri per sigarette, pozioni antitosse, sistemi per il 421* e mille altri prodotti miracolosi.

Una sera del febbraio millenovecentosessanta, mentre stava scaldando in una pentola a pressione un miscuglio di colofonia e carburo diterpenico destinato al conseguimento di un sapone dentifricio al gusto di limone, la miscela esplose. Morellet ebbe la mano sinistra spappolata e perse tre dita.

Questo incidente gli costò il lavoro – la preparazione del graticcio metallico esigeva una destrezza al millimetro – e per vivere non gli rimase che una pensione incompleta meschinamente versata dal Politecnico e una piccola somma che gli passava Bartlebooth. Ma la sua vocazione di ricercatore non ne fu scoraggiata, ché anzi, si esasperò. Malgrado le severe prediche di Smautf, Winckler e Valène, perseverò nei suoi esperimenti che nella maggior parte dei casi risultarono inefficaci, ma innocui, tranne per una certa signora Schwann che perse tutti i capelli dopo averli lavati con la tintura speciale che Morellet aveva preparato a suo esclusivo uso e consumo; due o tre volte però quelle manipolazioni finirono con delle esplosioni più spettacolari che pericolose, e principi d'incendio presto domati.

Questi episodi facevano felici due persone, i suoi vicini di destra, la coppia Plassaert, giovani commercianti d'indianerie che avevano già trasformato in un ingegnoso pied-à-terre (per quanto si possa chiamare così un alloggio piazzato direttamente sotto i tetti) tre ex camere di servizio, e che contavano su quella di Morellet per ingrandirsi ancora un po'. Ad ogni esplosione sporgevano denuncia, facevano circolare nello stabile delle petizioni in cui si chiedeva l'espulsione dell'ex assistente. La camera apparteneva all'amministratore dello stabile il quale, quando la casa era passata in comproprietà, aveva rilevato per proprio conto la quasi totalità dei due piani sottotetto. Per molti anni, l'amministratore esitò a mettere alla porta il vecchio, che aveva parecchi amici nel caseggiato, cominciando dalla signora Nochère stessa per la quale il signor Morellet era un vero scienziato, un cervellone depositario di segreti, e che ricavava un profitto personale dalle piccole catastrofi che di quando in quando scuotevano l'ultimo piano del caseggiato, non tanto per via delle mance che poteva prendersi in quelle occasioni, quanto per i racconti epici, inteneriti e misteriosi, che seminava in tutto il quartiere.

Poi, qualche mese fa, capitarono due incidenti nella stessa settimana. Il primo tolse la luce al caseggiato per pochi minuti; il secondo

---

* Gioco di dadi comunissimo in Francia. [N.d.T.]

ruppe sei vetri. Ma i Plassaert riuscirono a spuntarla e Morellet fu internato.

Nel quadro, la camera si vede com'è oggi; il commerciante d'indianerie l'ha rilevata dall'amministratore e ha iniziato i lavori. C'è alle pareti una tinta marroncina, smorta e vecchiotta, e per terra uno zerbino quasi tutto rosso fino alla trama. Il vicino ha già sistemato due mobili; una tavola bassa, fatta di una lastra di vetro affumicato che poggia sopra un poliedro di sezione esagonale, e una cassapanca tipo Rinascimento. Sulla tavola sono posati una scatola di munster* sul coperchio della quale è raffigurato un liocorno, un sacchetto di cumino quasi vuoto, e un coltello.

Tre operai stanno uscendo dalla stanza. Hanno già cominciato i lavori necessari per la riunificazione dei due alloggi. Hanno fissato sulla parete di fondo, accanto alla porta, una grande pianta su carta lucida che indica la futura posizione del radiatore, il passaggio delle tubature e dei cavi elettrici, la parte murale che verrà abbattuta.

Uno degli operai porta grossi guanti simili a quelli che indossano gli elettricisti posacavi. Il secondo ha un panciotto di camoscio ricamato e frangiato. Il terzo legge una lettera.

---

* Un formaggio. [N.d.T.]

CAPITOLO VIII

Winckler, 1

Adesso ci troviamo nel locale che Gaspard Winckler chiamava salotto. Delle tre stanze del suo alloggio, è la più prossima alle scale, la più a sinistra rispetto al nostro sguardo.

È una stanza piuttosto piccola, quasi quadrata, la cui porta dà direttamente sul pianerottolo. I muri sono tappezzati di una tela di iuta un tempo azzurra, ridiventata più o meno incolore, tranne in qualche punto dove mobili e quadri l'hanno protetta dalla luce.

C'erano pochi mobili nel salotto. È una stanza in cui Winckler non stava molto spesso. Lavorava tutto il giorno nella terza stanza, quella in cui aveva sistemato il laboratorio. Ormai non mangiava più in casa; non sapeva cucinare e detestava farlo. Dal millenovecento-quarantatré, perfino per la prima colazione, preferiva andare da Riri, il bar tabacchi all'angolo fra rue Jadin e rue de Chazelles. Solo quando venivano a trovarlo persone che non conosceva molto le riceveva in salotto. Aveva una tavola rotonda con prolunghe che non doveva certo aver usato molto spesso, sei sedie impagliate e una madia che aveva scolpito lui stesso, i cui motivi raffiguravano le scene capitali de *L'Isola misteriosa*: la caduta del pallone involato da Richmond, il miracoloso ritrovamento di Cyrus Smith, l'ultimo fiammifero ricuperato in una tasca del panciotto di Gideon Spilett, la scoperta del baule, e fino alle strazianti confessioni di Ayrton e di Nemo che concludono queste avventure collegandole meravigliosamente a *I figli del capitano Grant* e a *Ventimila leghe sotto i mari*. Ci voleva parecchio tempo per vedere la madia, per guardarla sul serio. Da lontano, sembrava una qualsiasi madia bretone-rustico-Enrico III. È solo avvicinandosi, quasi toccando con mano le incrostazioni, che si veniva a scoprire cosa raffigurassero quelle minuscole scene e ci si rendeva conto della pazienza, della minuzia, e perfino del genio che c'era voluto per scolpirle. Valène conosceva Winckler dal milleno-vecentotrentadue, ma solo all'inizio degli anni sessanta si era accorto che non era una credenza come le altre, e che valeva bene la pena di guardarla da vicino. Era l'epoca in cui Winckler si era messo a fabbricare anelli e Valène gli aveva portato la giovane profumiera di rue Logelbach che intendeva collocare nella sua bottega un reparto cianfrusaglie per le feste natalizie. Si erano seduti tutti e tre intorno alla tavola e Winckler aveva sciorinato i suoi anelli; doveva averne una trentina allora, tutti allineati sui loro vassoietti imbottiti di satin nero. Winckler si era scusato per la pessima luce della plafoniera, poi aveva aperto la sua madia tirandone fuori tre bicchierini e una piccola caraffa di cognac 1938; beveva molto di rado, ma ogni anno Bartlebooth gli faceva spedire parecchie bottiglie numerate e datate di vino e alcolici vari che lui ridistribuiva generosamente in tutto il caseggiato e nel quartiere tenendosene solo un paio. Valène era seduto accanto alla madia e mentre la profumiera prendeva timidamente gli anelli ad uno ad uno, centellinava il suo cognac guardando le sculture; quello che lo stupì, prima ancora di prenderne chiaramente coscienza, fu il fatto che mentre si aspettava di vedere teste di cervo, ghirlande, fronde o angioloni paffuti, andava invece scoprendo piccoli personaggi, il mare, l'orizzonte, e tutta l'isola, non ancora battezzata Lincoln, quale la scoprirono i naufraghi dello spazio, con una costernazione mista a sfida, quando ebbero raggiunto la vetta più alta. Domandò a Winckler s'era stato lui a scolpire quella madia, e Winckler gli rispose di sì, da giovane, precisando, ma senza aggiungere altro.

Oggi, è sparito tutto ovviamente, andato: madia, sedie, tavola, plafoniera, e le tre riproduzioni in cornice. Valène ricorda con precisione soltanto una delle tre: raffigurava "La Grande Sfilata della Festa del Carosello", Winckler l'aveva trovato in un numero di Natale de *L'Illustration*; anni dopo, di fatto solo pochi mesi fa, Valène venne casualmente a sapere, sfogliando il *Petit Robert*,* che era d'Israël Silvestre.

Andato così, dalla sera alla mattina: sono arrivati i facchini, il lontano cugino ha messo tutto in Sala aste, ma non a Drouot, a Levallois; quando lo seppero, era troppo tardi, se no avrebbero forse tentato di andarci, Smautf, Morellet o Valène, e forse anche di ricomprare un oggetto cui Winckler teneva particolarmente; non la madia, non avrebbero mai trovato un posto dove metterla, ma quell'incisione appunto, o quell'altra, che era appesa in camera e raffigurava tre uomini in frac, oppure qualcuno dei suoi attrezzi o dei suoi libri illustrati. Ne parlarono fra loro, e si dissero che dopotutto era forse meglio non esserci andati, che l'unica persona che avrebbe dovuto farlo era Bartlebooth ma che né Valène né Smautf né Morellet si sarebbero permessi di farglielo notare.

* Dizionario alfabetico e analogico. [*N.d.T.*]

Adesso, nel piccolo salotto, resta ciò che resta quando non resta niente: delle mosche per esempio, o dei volantini che certi studenti hanno infilato sotto tutte le porte del caseggiato e che vantano un nuovo dentifricio oppure offrono una riduzione di venticinque centesimi a ogni acquirente di tre pacchi di detersivo, o ancora dei vecchi numeri del *Jouet français*, la rivista che ha ricevuto per tutta la vita e il cui abbonamento ha continuato a decorrere per qualche mese dopo la sua morte, oppure quelle piccole cose che ciondolano sui pavimenti o in un angolo d'armadio e di cui non si sa bene come siano venute né perché siano rimaste: tre fiori di campo appassiti, steli molli all'estremità dei quali languono filamenti d'aspetto calcinato, una bottiglia vuota di cocacola, una confezione per dolci, aperta, ancora insieme alla sua cordicella di finta rafia e sulla quale le parole "Aux délices de Louis XV, Pâtissiers-Confiseurs depuis 1742" disegnano un bell'ovale circondato da una ghirlanda affiancata da quattro amorini paffuti, o, dietro la porta che dà sul pianerottolo, una specie di attaccapanni di ferro battuto con uno specchio incrinato in tre parti di superfici asimmetriche vagamente simili a una Y nella cornice del quale è ancora infilata una cartolina che raffigura una giovane atleta chiaramente giapponese che regge a braccio teso una fiaccola accesa.

Vent'anni fa, nel millenovecentocinquantacinque, Winckler finì, come previsto, l'ultimo dei puzzle ordinatigli da Bartlebooth. Abbiamo tutti i motivi di supporre che nel contratto firmato con il miliardario fosse inserita una clausola esplicita riguardante il fatto che non avrebbe dovuto fabbricarne altri, ma, in ogni caso, è probabile che non ne avesse più voglia.

Si mise a fare dei piccoli giocattoli di legno, dei cubi per bambini, molto semplici, con certi disegni che ricopiava dai suoi album d'illustrazioni di Epinal* e coloriva con inchiostri colorati.

Fu poco più tardi che cominciò a fabbricare anelli: prendeva delle piccole pietre, agate, corniole, diaspri, pietre del Reno,** avventurine, e le montava su delicati cerchietti fatti di fili d'argento minuziosamente intrecciati. Un giorno spiegò a Valène che anche quelli erano puzzle, e fra i più difficili: i turchi li chiamano "anelli del diavolo": sono fatti di sette, undici o diciassette cerchi d'oro o d'argento tutti congiunti fra loro, la cui embricatura complessa risulta alla fine un torciglio chiuso, compatto, e di perfetta regolarità: nei caffè di Ankara, i venditori avvicinano gli stranieri mostrando l'anel-

---

* Immagini e stampe popolari di soggetto religioso, spesso con colori chiassosi e convenzionali, prodotte nella cittadina di Epinal. [*N.d.T.*]
** Cristalli di rocca. [*N.d.T.*]

lo chiuso, e poi liberando con un gesto i cerchi incatenati; è quasi sempre un modello semplificato di soli cinque cerchi quello che intrecciano con pochi gesti impercettibili, e che poi riaprono, lasciando allora il turista impazzire a vuoto per qualche interminabile minuto, fino a quando un compare, di solito un cameriere del caffè stesso, accetta di ricomporre l'anello con due giochi di mano distratta, o rivela compiacente il trucco: qualcosa come una volta per sotto, una volta per sopra, capovolgere il tutto quando rimane solo un cerchietto libero.

La meraviglia, negli anelli di Winckler, era che i cerchietti, una volta intrecciati, lasciavano, senza perdere un grammo della loro assoluta regolarità, un minuscolo spazio circolare nel quale andava a incastrarsi la pietra semipreziosa che, una volta incassata, stretta da due minuscoli colpi di pinza, fissava i cerchi per sempre. "Sono diabolici solo per me" disse un giorno a Valène. "Bartlebooth stesso non ci troverebbe niente da ridire." Fu l'unica volta che Valène udì Winckler pronunciare il nome dell'inglese.

Ci mise una decina d'anni per fabbricare un centinaio di anelli. Ciascuno dei quali richiedeva parecchie settimane di lavoro. All'inizio tentò di smaltirli proponendoli a qualche gioielliere del quartiere. Poi, cominciò a disinteressarsene; ne diede qualcuno in deposito alla profumiera, ne affidò qualcun altro alla signora Marcia, l'antiquaria che aveva negozio e appartamento al pianterreno. Alla fine si mise a darli via. Ne regalò uno alla signora Riri e alle figlie, alla signora Nochère, a Martine, alla signora Orlovska e alle sue due vicine, alle due piccole Breidel, a Caroline Echard, a Isabelle Gratiolet e a Véronique Altamont e perfino, da ultimo, a persone che non abitavano nello stabile e che praticamente non conosceva.

Qualche tempo dopo, trovò al Mercato delle Pulci di Saint-Ouen uno stock di piccoli specchi convessi, e si mise a fabbricare quelli che chiamano "specchi di strega" inserendoli in sagome di legno instancabilmente lavorate. Era prodigiosamente abile con le mani, e fino alla morte conservò intatti una precisione, una sicurezza, un colpo d'occhio assolutamente eccezionali, ma sembra proprio che da quell'epoca incominciasse a non avere più molta voglia di lavorare. Continuava a limare e rilimare ogni cornice per giorni e giorni, intagliando e traforando fino a farle diventare impalpabili pezzi di legno al centro dei quali il piccolo specchio lucente sembrava uno sguardo metallico, un occhio freddo, spalancato, carico d'ironia e malanimo. Il contrasto fra quell'aureola irreale lavorata come una vetrata fiammeggiante e il lampo grigio e netto dello specchio creava una sensazione di disagio come se quel telaio sproporzionato, quantitativamente come qualitativamente, esistesse solo per sottolineare la virtù malefica della convessità che pareva voler concentrare in un unico punto tutto lo spazio disponibile. Le persone cui li mostrava non li amavano: ne prendevano in mano uno, lo rigiravano due o tre volte, ammiravano il lavoro del legno e riposavano subito lo specchio, quasi con imbarazzo. Veniva voglia di domandargli perché vi dedicasse tanto tempo. Non cercò mai di venderli e non ne regalò mai a nessuno; non li appendeva neanche in casa; appena ne aveva finito uno, lo sistemava di piatto dentro un armadio e ne incominciava un altro.

Fu in pratica il suo ultimo lavoro. Quando ebbe esaurito il suo lotto di specchi, fece ancora qualche bazzecola, dei piccoli giocattoli che la signora Nochère supplicava di fabbricarle per questo o quello dei suoi innumerevoli nipotini o per uno dei bambini del caseggiato o del quartiere che s'era preso la tosse canina, il morbillo o gli orecchioni. Cominciava sempre col dire di no, poi finiva col fare, in via eccezionale, un coniglio di legno intagliato che muoveva le orecchie, una marionetta di cartone, una bambola di stracci, o un piccolo paesaggio con la manovella in cui apparivano successivamente una barca, una barca a vela e un canotto a forma di cigno che trainava uno sciatore acquatico.

Poi, quattro anni fa, due anni prima della fine, s'è fermato del tutto, ha riordinato con cura tutti i suoi attrezzi e smontato il banco da lavoro.

All'inizio usciva ancora volentieri di casa. Andava a passeggiare al parc Monceau o percorreva rue de Courcelles e avenue Franklin Roosevelt fino ai giardini Marigny, dopo gli Champs-Elysées. Sedeva su una panchina, a piedi uniti, il mento appoggiato sul pomo del bastone cui si aggrappava con le due mani e se ne stava lì, per una o due ore, senza muoversi, guardando davanti a sé i bambini che giocavano sulla sabbia oppure la vecchia giostra con la tenda blu e arancio, e i cavalli con le criniere stilizzate e le due navicelle decorate da un sole arancione, oppure le altalene o il teatro dei burattini.

Ben presto le passeggiate si fecero più rare. Un giorno chiese a Valène se voleva accompagnarlo al cinema. Andarono alla cineteca del Palais de Chaillot, nel pomeriggio, a vedere *I verdi pascoli*, una rifrittura brutta e smielata de *La capanna dello zio Tom*. Uscendo, Valène gli domandò perché aveva voluto vedere quel film; gli rispose che era solo per il titolo, per via della parola "pascolo" e che se avesse saputo ch'era quello che avevano visto, non ci sarebbe sicuramente mai andato.

Dopo di che, scese solo per andare a mangiare da Riri. Arrivava verso le undici del mattino. Si sedeva a un tavolino rotondo, fra il bancone e i tavolini esterni e la signora Riri o una delle figlie gli portava una grande tazza di cioccolata e due belle fette di pane imburrato. Non si trattava della prima colazione, ma del pasto, era il suo cibo preferito, l'unico che mangiasse con vero piacere. Poi, leggeva i giornali, tutti i giornali che Riri riceveva – *Le Courrier arverne*, *L'Echo des Limonadiers* – e quelli che avevano lasciato i clienti della mattinata: *L'Aurore*, *Le Parisien libéré* o, più raramente, *Le Figaro*, *L'Humanité* o *Libération*. Non li sfogliava, li leggeva coscienziosamente, da cima a fondo, senza fare commenti inteneriti, perspicaci o indignati, ma tranquillo, posato, senza mai alzare gli occhi, indifferente alla fiammata che a mezzogiorno in punto riempiva il caffè del suo tumulto di macchine mangiasoldi, juke-box, bicchieri, piatti, rumori di voci e sedie spostate. Alle due, quando tutta l'effervescenza della colazione cessava, e la signora Riri saliva a riposare nel suo appartamento, e le due figlie si mettevano a rigovernare nel minuscolo office in fondo al bar e il signor Riri sonnecchiava sui conti, lui era ancora là, fra la pagina sportiva e il mercato di automobili usate. A volte restava a tavola tutto il pomeriggio, ma solitamente tornava a casa verso le tre per ridiscendere alle sei: era quello il gran momento della giornata, l'ora della partita a giacchetto con Morellet. Giocavano entrambi con un'eccitazione accanita punteggiata da esclamazioni, bestemmie, insulti e arrabbiature che non era certo strana da parte di Morellet ma che, in Winckler, sembrava assolutamente incredibile: lui, ch'era di una calma al limite dell'apatia, di una pazienza, di una dolcezza, di una rassegnazione a prova di bomba, lui, che nessuno aveva mai visto infuriato, era capace, quando, per esempio, Morellet aveva diritto alla prima mossa e tirava un doppio cinque, il che gli permetteva d'inserire subito il suo corriere (che del resto si ostinava a chiamare "jockey" in nome di un preteso rigore etimologico attinto a fonti alquanto dubbie tipo *Almanacco Vermot* o "Arricchite il vostro vocabolario" del *Reader's Digest*), era capace, dico, di prendere la tavola a due mani e sbatterla per aria tacciando il povero Morellet di baro, scatenando così una baruffa che i clienti del caffè talvolta faticavano parecchio a sedare. Quasi sempre, però, le acque si calmavano abbastanza presto da poter ricominciare la partita prima che, tornati amici, i due si mangiassero la braciola di vitello e conchigliette o il fegato con purè che la signora Riri preparava appositamente per loro. Diverse volte comunque l'uno o l'altro se ne andò sbattendo la porta, privandosi così contemporaneamente di gioco e pranzo.

L'ultimo anno, non usciva più. Smautf prese l'abitudine di portargli da mangiare due volte al giorno e occuparsi della casa e della biancheria. Morellet, Valène o la signora Nochère gli facevano le piccole spese di cui poteva avere bisogno. Se ne stava tutto il giorno in calzoni del pigiama e maglia da sotto senza maniche, di cotone rosso, sulla quale, quando aveva freddo, infilava una specie di giacca da camera di mollettone con fazzoletto a pallini. Molte volte Valène andò a trovarlo nel pomeriggio. Lo trovava seduto al tavolo intento a guardare le etichette degli alberghi che Smautf aveva aggiunto a tutte le spedizioni di acquerelli: Hôtel Hilo Honolulu, Villa Carmona Granada, Hôtel Theba Algesiras, Hôtel Peninsula Gibilterra, Hôtel Nazareth Galilea, Hôtel Cosmo Londra, Transatlantico Ile-de-France, Hôtel Régis, Hôtel Canada Mexico DF, Hôtel Astor New York, Town House Los Angeles, Transatlantico Pennsylvania, Hôtel Mirador Acapulco, la Compaña Mexicana de Aviación, eccetera. Aveva voglia, spiegava, di classificare quelle etichette, ma era molto difficile: ovviamente, c'era l'ordine cronologico, ma lo trovava misero, ancora più misero dell'ordine alfabetico. Aveva tentato per continenti, poi per nazioni, ma la cosa non lo soddisfaceva. Quello che avrebbe voluto era che ogni etichetta fosse collegata alla successiva, ma ogni volta per un motivo diverso; per esempio, avrebbero potuto avere un particolare comune, una montagna o un vulcano, una baia illuminata, un certo fiore particolare, una stessa orlatura rossa e oro, la faccia sorridente di un groom, oppure avere lo stesso formato, la stessa grafia, due slogan simili ("La perla dell'Oceano", "Il diamante della Costa"), oppure una relazione basata non su una somiglianza ma su un contrasto, o su un'associazione fragile, quasi arbitraria: un paesino sulle sponde di un lago italiano seguito dai grattacieli di Manhattan, degli sciatori che precedono dei nuotatori, fuochi artificiali e un pranzo a lume di candela, ferrovia e aereo, tavolo di baccarà e chemin de fer,* eccetera. Non solo è difficile, aggiungeva Winckler, ma soprattutto inutile: se lasci le etichette alla rinfusa e ne scegli due a casaccio, puoi essere sicuro che avranno sempre almeno tre punti in comune.

In capo a qualche settimana rimise le etichette nella scatola da scarpe in cui le teneva e sistemò la scatola in fondo all'armadio. Non cominciò più niente di speciale. Se ne stava in camera tutto il giorno, seduto nella poltrona accanto alla finestra, guardando la via in basso, o forse nemmeno questo, guardando nel vuoto. Sul comodino, c'era un apparecchio radio che funzionava in continuazione, sottovoce; nessuno sapeva se lo udiva sul serio, anche se un giorno impedì alla signora Nochère di spegnerlo dicendole che tutte le sere ascoltava il pop-club.

Valène aveva la camera proprio sotto il laboratorio di Winckler, e

* Da notare che in francese "chemin de fer" indica sia il gioco che la linea ferroviaria, la ferrovia. [N.d.T.]

per quasi quarant'anni le sue giornate erano state accompagnate dal tenue rumore delle lime minuscole dell'artigiano, del ronzìo quasi impercettibile della sega a due tempi, dallo scricchiolìo del pavimento, dal sibilo del bollitore quando, non per prepararsi un po' di tè, ma per fabbricare questa o quella colla o sostanza necessaria ai suoi puzzle, metteva a bollire l'acqua. Ormai, da quando aveva smontato il banco da lavoro e messo via gli attrezzi, non entrava mai in quella stanza. Non diceva a nessuno come passava i giorni e le notti. Si sapeva solo che non dormiva quasi più. Quando Valène andava a trovarlo, lo riceveva in camera, gli offriva la poltrona accanto alla finestra e si sedeva sulla sponda del letto. Non parlavano molto. Una volta gli disse ch'era nato a La Ferté-Milon, sulle rive del canale dell'Ourcq. Un'altra volta, con improvviso calore, parlò a Valène dell'uomo che gli aveva insegnato a lavorare.

Si chiamava Gouttman e fabbricava articoli religiosi che vendeva lui stesso nelle chiese e nelle procure: croci, medaglie e rosari d'ogni dimensione e grandezza, candelabri per oratori, altari portatili, mazzolini sberluccicanti, sacrocuori di cartone azzurro, sangiuseppe con la barba rossa, calvari di porcellana. Gouttman l'aveva assunto come apprendista a dodici anni appena compiuti; se lo portò in casa — una specie di capanna nei pressi di Charny, nella Meuse —, lo sistemò nello stanzino che usava come laboratorio e con una pazienza straordinaria, avendo peraltro un pessimo carattere, iniziò a insegnargli quello che sapeva fare. La cosa durò parecchi anni perché sapeva fare di tutto. Ma Gouttman, malgrado i suoi innumerevoli talenti, non era un abile uomo d'affari. Quando aveva smaltito lo stock andava in città e si mangiava fuori tutto in due o tre giorni. Dopo di che tornava a casa e ricominciava a scolpire, tessere, intrecciare, infilare, ricamare, cucire, impastare, verniciare, ritagliare, mettere insieme, fintantoché non aveva ricostituito il suo stock, e poi se ne riandava per le vie del mondo a venderlo. Un giorno, non tornò. Più tardi Winckler venne a sapere che era morto di freddo, sul ciglio della strada, nella foresta delle Argonne, tra les Islettes e Clermont.

Quel giorno, Valène domandò a Winckler com'era arrivato a Parigi e come aveva incontrato Bartlebooth. Ma Winckler gli rispose solo che fu perché era giovane.

CAPITOLO IX

Camere di servizio, 3

È la camera in cui il pittore Hutting alloggia i suoi due domestici, Joseph e Ethel.

Joseph Nieto è autista e uomo di fatica. È un paraguaiano sulla quarantina, ex sottocapo nella marina mercantile.

Ethel Rogers, un'olandese di ventisei anni, funge da cuoca e guardarobiera.

La camera è occupata quasi per intero da un grande letto stile Impero le cui spalliere sono rifinite da palle di rame lucidate con cura. Ethel Rogers sta facendo toilette, mezzo nascosta dietro un paravento di carta di riso decorata con motivi floreali, sul quale è buttato un grande scialle stampato a cachemire. Nieto, vestito d'una camicia bianca e un paio di calzoni neri con cintura alta, è disteso sul letto; regge nella mano sinistra sollevata all'altezza degli occhi una lettera il cui francobollo a forma di losanga porta l'effigie di Simon Bolivar, e nella mano destra, il cui medio è ornato d'un grosso anello con monogramma, un accendino acceso, come se stesse per bruciare la lettera appena ricevuta.

Fra il letto e la porta, c'è un piccolo comò di legno da frutto sul quale sono posati una bottiglia di whisky *Black and White*, riconoscibile dai due cagnolini, e un piatto contenente un assortimento di biscotti salati.

La camera è dipinta di verde chiaro. Il pavimento è coperto da un tappeto a scacchi gialli e rosa. Un tavolino da toilette, un'unica sedia impagliata sulla quale è appoggiato un libro spiegazzato: *Il francese attraverso i testi. Corso medio. Anno secondo*, completano il mobilio.

Sopra il letto, è appuntata una riproduzione intitolata *Arminio e Sigimero*: raffigura due colossi in casacca grigia, dal collo taurino, bicipiti erculei, facce rosse cespugliose di baffi folti e favoriti scarmigliati.

Sulla porta d'entrata è spillata una cartolina: raffigura una scultura monumentale di Hutting – *Le Bestie della Notte* – che decora il cortile d'onore della Prefettura di Pontarlier: è un groviglio di blocchi di scorie che nel complesso rievoca un po' confusamente qualche animale preistorico.

La bottiglia di whisky e i biscotti salati sono un regalo, o più precisamente una mancia che la signora Altamont ha mandato su in anticipo. Hutting e gli Altamont sono molto legati e il pittore ha loro prestato i suoi domestici che questa sera serviranno come avventizi nel ricevimento annuale che gli Altamont danno nel grande appartamento del secondo a destra, sotto quello di Bartlebooth. Succede tutti gli anni, e la coppia amica gli ricambia il favore in occasione delle feste spesso sontuose che il pittore dà, quasi tutti i trimestri, nello studio.

SE VOLETE SAPERNE DI PIÙ:

BOSSEUR, J. — *Le sculture di Franz Hutting.* Parigi, Galerie Maillard, 1965.
JACQUET, B. — *Hutting o dell'Angoscia.* Forum, 1967, 7.
HUTTING, F. — *Manifesto della Mineral Art.* Bruxelles, Galerie 9 + 3, 1968.
HUTTING, F. — *Of Stones and Men.* Urbana Museum of Fine Arts, 1970.
NAHUM, E. — *Towards a Planetary Consciousness: Grillner, Hagiwara, Hutting.* In: S. Gogolak (ed.), *An Anthology of Neo-creative Painting.* Los Angeles, Markham and Coolidge. 1974.
NAHUM, E. — *Le Brume dell'Essente. Saggio sulla Pittura di Hutting.* Parigi, XYZ, 1974.
XERTIGNY, A. de — *Hutting ritrattista.* "Cahiers de l'art nouveau", Montréal, 1975, 3.

CAPITOLO X

Camere di servizio, 4

All'ultimo piano, sotto i tetti, una minuscola camera occupata da una giovane inglese di sedici anni, Jane Sutton, che lavora come ragazza alla pari dai Rorschash.

La giovane è in piedi accanto alla finestra. Il volto luminoso di gioia, legge – o forse rilegge per la ventesima volta – una lettera, sgranocchiando un tozzo di pane. Alla finestra è appesa una gabbia; contiene un uccello con le piume grigie e la zampa sinistra chiusa in un anello metallico.

Il letto è molto stretto: è in realtà un materasso di gommapiuma messo sopra tre cubi di legni che fungono da cassetti, coperto da una trapunta lavorata a patchwork. Sopra il letto è fissato un pannello di sughero, di circa sessanta centimetri per un metro, sul quale sono appuntati parecchi fogli – istruzioni per l'uso di un tostapane elettrico, lo scontrino di una lavanderia, gli orari dei corsi all'Alliance française* e tre fotografie della ragazza stessa – di due o tre anni più giovane – nelle recite date dalla sua scuola in Inghilterra, a Greenhill, vicinissima a Harrow, college dove, un sessantacinque anni prima, Bartlebooth, sulle orme di Byron, sir Robert Peel, Sheridan, Spencer, John Perceval, lord Palmerston e tutta una serie di personalità altrettanto eminenti, aveva studiato.

Nella prima foto, Jane Sutton appare vestita da paggio, in piedi, con brache di broccato rosso dai paramenti d'oro, calze rosso chiaro, una camicia bianca, e un farsetto corto, senza collo, color rosso, con le maniche leggermente a sbuffo e i risvolti di seta gialla sfrangiata.

Nella seconda, è la principessa Beryl, inginocchiata al capezzale del nonno, il re Utherpandragon (*"Quando il re Utherpandragon si vide colpito dal male della morte fece chiamare in sua presenza la principessa..."*).

La terza foto mostra quattordici ragazze allineate, Jane è la quarta partendo da sinistra (è indicata da una croce sopra la testa, se no

---

* Istituto dove insegnano il francese agli stranieri (tipo, in Italia, la Dante Alighieri). [N.d.T.]

sarebbe difficile riconoscerla). È la scena finale del *Conte di Gleichen*, di Yorick:

Il conte di Gleichen venne catturato durante una battaglia contro i saraceni, e fatto schiavo. Poiché fu messo a lavorare nei giardini del serraglio, la figlia del sultano lo notò. Lo ritenne un uomo di qualità, se ne innamorò, e gli offrì di favorirne la fuga se l'avesse sposata. Le fece rispondere che aveva già moglie; la qual cosa non suscitò il minimo scrupolo nella principessa, abituata al rito della pluralità delle donne. Finirono col mettersi d'accordo, salparono, e sbarcarono a Venezia. Il conte andò a Roma e raccontò a Gregorio IX la sua storia in ogni particolarità. Il papa, dietro promessa di far convertire la saracena, gli diede dispensa di tenersi entrambe le mogli.

La prima fu così sopraffatta dalla gioia all'arrivo del marito, quale che fosse il prezzo di quel ritorno, che accettò tutto testimoniando alla sua benefattrice l'eccesso della sua riconoscenza. La storia ci dice che la saracena non ebbe figli, e amò come una madre quelli della rivale. Peccato che non avesse dato alla luce una creatura che le rassomigliasse!

A Gleichen mostrano il letto dove quei tre esseri rari dormivano insieme. Furono sepolti nella stessa tomba dai benedettini di Petersbourg; e il conte, che sopravvisse alle due mogli, ordinò di scrivere sul sepolcro, che in seguito divenire il suo, questo epitaffio composto da lui:

"Qui giacciono due donne rivali, che si amarono come sorelle, e che mi amarono del pari. Una abbandonò Maometto per seguire il suo sposo, e l'altra corse a buttarsi fra le braccia della rivale che glielo rendeva. Uniti dai vincoli dell'amore e del matrimonio, avemmo lo stesso letto nuziale nella vita; e la stessa pietra ci copre dopo la morte". Una quercia e due tigli furono, com'era dovere, piantati presso la tomba.

Il solo altro mobile della camera è una tavola bassa e sottile che occupa quel po' di spazio disponibile fra il letto e la finestra, sopra la quale sono posati un grammofono – uno di quegli apparecchi molto piccoli chiamati mangiadischi –, una bottiglia di pepsicola per un quarto piena, un mazzo di carte e un cactus dal vaso abbellito con qualche sassolino colorato, un ponticello di materiale plastico e un minuscolo ombrello.

Sotto la tavola bassa c'è una pila di dischi. Uno dei quali, uscito dalla custodia, è appoggiato quasi verticalmente contro la sponda del letto: è un disco di jazz – *Gerry Mulligan Far East Tour* – e sulla custodia sono raffigurati i templi di Angkor Vat immersi nella bruma del mattino.

Appesi a un attaccapanni fissato sulla porta, pendono un impermeabile e una lunga sciarpa di cachemire.

Una quarta fotografia, quadrata, formato gigante, è fissata con delle puntine sulla parete di destra, poco distante dal punto in cui sta la ragazza; raffigura un grande salone pavimentato alla Versailles, completamente privo di mobili con l'eccezione di una gigantesca poltrona scolpita stile Napoleone III, alla cui destra si vede, bello dritto, con una mano appoggiata in alto sullo schienale, l'altra sul fianco, il mento in avanti, un uomo molto piccolo mascherato da moschettiere.

CAPITOLO XI

Lo studio di Hutting, 1

All'estrema destra degli ultimi due piani del caseggiato, il pittore Hutting ha riunito otto camere di servizio, un pezzo di corridoio e i finti solai corrispondenti per farne un immenso studio circondato su tre lati da un ampio ballatoio che porta a varie camere. Intorno alla scala a chiocciola che sale al ballatoio, ha ricavato una specie di salottino in cui gli piace riposare nelle pause del lavoro e ricevere amici o clienti durante il giorno, e che è diviso dallo studio vero e proprio da un mobile a L, una biblioteca senza fondo, in stile vagamente cinese, e cioè laccato di nero con incrostazioni uso madreperla e guarnizioni di rame lavorato, alta, larga e lunga — il braccio più lungo di due metri o poco più, quello più corto di un metro e mezzo. Sulla sommità del mobile sono allineati qualche calco, una vecchia Marianne* da municipio, dei grandi vasi, tre belle piramidi d'alabastro, mentre i cinque ripiani crollano sotto il peso di un mucchio di ninnoli, curiosità e gadget: cosette kitsch provenienti da un concorso Lépine** degli anni trenta: un pelapatate, una frusta per la maionese con un piccolo imbuto che fa cadere l'olio goccia a goccia, un aggeggio per tagliare le uova sode a fette sottili, un altro per fare i riccioli di burro, una specie di girabecchino complicatissimo che dev'essere un semplice cavaturaccioli perfezionato; dei ready-made d'ispirazione surrealista — un filoncino di pane tutto argentato — o pop: una scatola di seven-up; dei fiori secchi messi sottovetro in certi piccoli ambienti romantici o rococò di cartone dipinto e stoffa, deliziosi trompe-l'oeil dove ogni particolare è riprodotto con rara minuzia, il centrino di pizzo sopra un tavolinetto alto due centimetri quanto il pavimento irregolare le cui assicelle di legno non misurano più di due o tre millimetri l'una; tutto un assortimento di vecchie

* La Marianne con il berretto frigio è l'emblema della Francia, un busto di donna. [N.d.T.]
** Esposizione annuale di piccole invenzioni, con conferimento di premi e medaglie. [N.d.T.]

cartoline che raffigurano Pompei agli inizi del secolo: Der Triumph-bogen des Nero (Arco di Nerone, Arc de Néron, Nero's Arch), la casa dei Vetti (*"uno dei migliori esempi di nobile villa romana, le belle pitture e le decorazioni marmoree sono state lasciate tali e quali nel peristilio che era ornato di piante..."*), casa di Gavio Rufo, Vicolo del Lupanare, eccetera. I più bei pezzi di queste collezioni sono delle delicate scatole musicali; una delle quali, ritenuta antica, è una piccola chiesa il cui carillon suona, a sollevarne leggermente il campanile, la celebre *Smanie implacabili che m'agitate* da *Così fan tutte*; un'altra, è un prezioso orologio da viaggio il cui movimento anima una ballerinetta in tutù.

Nel rettangolo delineato dal mobile a L, ciascun braccio del quale termina in un'apertura che può essere mascherata da cortine di cuoio, Hutting ha disposto un divano basso, qualche pouf, e un piccolo carrello bar fornito di bottiglie, bicchieri e un secchio per il ghiaccio proveniente da un celebre night-club di Beiruth, The Star: raffigura un monaco, grasso e basso, seduto, che regge un bicchierino nella mano destra; indossa una lunga veste grigia, con un cordone; la testa e le spalle sono dentro un cappuccio nero che forma il coperchio del secchiello.

La parete di sinistra, quella davanti al braccio più lungo della L, è coperta di carta di sughero. In una rotaia fissata a circa due metri e cinquanta da terra, scorrono varie aste metalliche cui il pittore ha appeso una ventina di tele, quasi tutte di piccolo formato: apparten-gono per la maggior parte a una vecchia maniera dell'artista, quella che lui stesso chiama il suo *periodo-nebbia* e con la quale è diventato celebre: si tratta in genere di copie finemente eseguite di quadri famosi – *La Gioconda, L'Angelus, La Ritirata di Russia, Le Déjeuner sur l'herbe, La Lezione di Anatomia*, eccetera – sui quali ha poi dipinto degli effetti più o meno spiccati di bruma, sfocianti in un vago grigiume da cui emergono appena le sagome dei suoi prestigiosi modelli. La vernice della mostra parigina, nella Galerie 22, maggio 1960, fu accompagnata da una nebbia artificiale che l'affluenza degli ospiti fumatori di sigari o sigarette fece ancora più opaca, con grandissima gioia dei cronisti. Il successo fu immediato. Due o tre critici ghigna-rono, fra cui lo svizzero Beyssandre che scrisse: "Non è certo al *Quadrato bianco su fondo bianco* di Malevič che fanno pensare i grigi di Hutting, ma piuttosto alla battaglia di negri in un tunnel cara a Pierre Dac e al generale Vermot". Ma la maggior parte si entusiasmò per quello che uno di loro chiamava quel "lirismo meteorologico" il quale, disse, colloca Hutting all'altezza del suo celebre e quasi omo-nimo, Huffing, il campione newyorkese dell'"Arte brutta". Abil-mente consigliato, Hutting si tenne circa metà delle tele e oggi non intende disfarsene, se non a condizioni impossibili.

Ci sono tre persone nel piccolo salotto. Una di loro è una donna sulla quarantina; sta scendendo la scala che porta al ballatoio, indossa una tuta di cuoio nero e tiene in mano un pugnale orientale, delicatamente lavorato, che pulisce con una pelle di daino. La tradizione vuole che quello sia il pugnale di cui si sarebbe servito il fanatico Suleyman-el-Halebi per assassinare il generale Jean-Baptiste Kléber, al Cairo, il 14 giugno milleottocento, quando quel geniale stratega, lasciato sul posto da Bonaparte dopo il mezzo successo della campagna d'Egitto, aveva risposto all'ultimatum dell'ammiraglio Keith con la vittoria di Heliopolis.

Le altre due sono sedute sui pouf. È una coppia sulla sessantina. La donna indossa una gonna patchwork che le arriva alla rotula, e calze di rete nere a maglia molto larga; schiaccia la sigaretta macchiata di rosso in un portacenere di cristallo la cui forma ricorda una stella marina; l'uomo indossa un completo scuro a righine rosse, camicia azzurro chiaro, cravatta e fazzoletto in tinta, azzurri con diagonali rosse; capelli pepe e sale a spazzola; occhiali di tartaruga. Tiene sulle ginocchia un opuscolo con la copertina rossa intitolato *Il Codice delle Tasse*.

La giovane donna in tuta di cuoio è la segretaria di Hutting. L'uomo e la donna sono dei clienti austriaci. Sono venuti apposta da Salisburgo per trattare l'acquisto di una delle più quotate *nebbie* di Hutting, quella che ebbe come opera di partenza nientedimeno che *Il Bagno Turco*, provvisto, dal trattamento cui Hutting lo ha sottoposto, di una sovrabbondanza di vapore. Da lontano, l'opera somiglia a un acquerello di Turner, *Harbour near Tintagel*, che più volte, all'epoca in cui gli dava lezioni, Valène mostrò a Bartlebooth come l'esempio più compiuto di quanto si possa fare con l'acquerello, e di cui l'inglese andò a fare sul posto, in Cornovaglia, una copia esatta.

Benché si trovi raramente nel suo appartamento parigino, dividendo il suo tempo fra un loft newyorkese, un castello in Dordogna e una casa di campagna poco distante da Nizza, Hutting è tornato a Parigi per il ricevimento degli Altamont. In questo momento, lavora in una delle stanze in alto. Naturalmente è rigorosamente proibito disturbarlo.

CAPITOLO XII

Réol, 1

Per molto tempo, il piccolo appartamento di due stanze al quinto a sinistra è stato occupato da una signora sola, la signora Hourcade. Prima della guerra, lavorava in una fabbrica di cartonaggi, che faceva cartonature per libri d'arte, di carta rigida coperta di seta, cuoio o cotone uso pelle scamosciata, con i titoli sbalzati a freddo, raccoglitori, vassoi espositorio-pubblicitari, forniture per ufficio, classificatori di tela rosso scuro o verde Impero con filettature d'oro fino, e scatole fantasia – per guanti, sigarette, cioccolatini, gelatina di frutta – con decorazioni stampigliate. Fu a lei che, nel millenovecentotrentaquattro, pochi mesi prima di partire, Bartlebooth commissionò le scatole in cui Winckler avrebbe dovuto mettere i puzzle man mano che li terminava: cinquecento scatole assolutamente identiche, lunghe venti centimetri, larghe dodici, alte otto, di cartone nero, chiuse da un nastro nero che Winckler sigillava con la cera, senz'altra indicazione che un'etichetta ovale sulla quale erano scritte le iniziali P. B. seguite da un numero.

Durante la guerra, la fabbrica non riuscì più a procurarsi materie prime di qualità sufficiente e dovette chiudere. La signora Hourcade sopravvisse malamente fino a quando riuscì a impiegarsi in un grande negozio di chincaglieria in avenue des Ternes. Il lavoro doveva piacerle, perché se lo tenne dopo la Liberazione, anche quando la fabbrica, riaperti i battenti, si offrì di riassumerla.

Andò in pensione all'inizio degli anni settanta e si sistemò in una casetta che aveva nei dintorni di Montargis. Dove vive una vita ritirata e tranquilla e, una volta all'anno, risponde agli auguri che le manda la signorina Crespi.

Le persone che l'hanno sostituita nell'appartamento si chiamano Réol. Erano allora una giovane coppia, con un bambinetto di tre anni. Pochi mesi dopo il loro arrivo, hanno appiccicato sulla porta a vetri della guardiola una partecipazione che annunciava il matrimonio. La signora Nochère ha fatto una colletta fra gli inquilini per offrirgli un regalo, ma purtroppo ha raccolto solo 41 franchi!

I Réol saranno in sala da pranzo e avranno appena finito di mangiare. Sulla tavola ci sarà una bottiglia di birra pastorizzata, i resti di un dolce savoiardo sul quale sarà ancora piantato un coltello, e un portafrutta di cristallo intagliato che contiene *mendiants,** e cioè un assortimento di frutta secca, prugne, mandorle, noci e nocciole, uva di Smirne e di Corinto, fichi e datteri.

La giovane donna, ritta sulla punta dei piedi accanto a una credenza tipo Luigi XIII, a braccia tese, prende sul ripiano più alto del mobile un piatto di ceramica decorata raffigurante un paesaggio romantico: grandissimi prati circondati da recinti di legno e tagliati da scuri boschi di pini e piccoli ruscelli che straripati formano laghi, con, in lontananza, una costruzione stretta e alta con un balcone e un tetto tronco sul quale è posata una cicogna.

L'uomo indossa un maglione a bolli. Regge nella mano sinistra un orologio da tasca e lo guarda regolando con la mano destra le lancette di un grosso orologio a bilanciere tipo Early American, sul quale è scolpito un gruppo di Negro Minstrels: una decina di musicisti in cilindro, giacca nera, pantaloni a righe e cravatta a farfalla, che suonano vari strumenti a fiato, banjo e shuffleboard.

Le pareti sono tappezzate con tela di iuta. Non c'è nessun quadro, nessuna riproduzione, neanche un calendario delle poste. Il bambino – adesso ha otto anni – è a quattro zampe su un tappeto di paglia molto sottile. Ha in testa una specie di berretto di cuoio rosso. Gioca con una piccola trottola ronzante sulla quale sono disegnati degli uccelli in modo tale che quando la trottola rallenta sembrano sbattere le ali. Vicino a lui, in un giornale a fumetti, si vede un giovane spilungone zazzeruto con un maglione azzurro a strisce bianche, che cavalca un asino. Nel fumetto che esce dalla bocca dell'asino – è infatti un asino parlante – si leggono queste parole: "Chi fa il tonto è una bestia". **

---

* "I mendicanti" che in realtà sono quattro: mandorle, fichi, nocciole, uva. [N.d.T.]

** Gioco di parole più o meno intraducibili fra "faire l'âne" e "faire la bête". [N.d.T.]

CAPITOLO XIII

Rorschash, 1

.Il vestibolo del grande appartamento su due piani occupato dai Rorschash. La stanza è vuota. Le pareti sono laccate di bianco, il pavimento è coperto di grandi lastre di lava grigia. Al centro, un solo mobile: una vasta scrivania Impero, il cui fondo è fornito di cassetti divisi da colonnine di legno che formano un portico centrale nel quale alloggia una pendola il cui motivo scolpito raffigura una donna nuda distesa accanto a una piccola cascata. In mezzo al mobile, due oggetti in evidenza: un grappolo d'uva ogni chicco del quale è una delicata sfera di vetro soffiato, e una statuetta di bronzo raffigurante un pittore, in piedi, di fronte a un grande cavalletto, con la figura impennata e la testa leggermente rovesciata all'indietro; ha lunghi baffi sottili e capelli ricciuti che gli cadono sulle spalle. Indossa un ampio farsetto e tiene in una mano la tavolozza, nell'altra un lungo pennello.

Sulla parete di fondo, un grande disegno a penna raffigura Rémi Rorschash in persona. Un vecchio d'alta statura, ossuto, con una testa da uccello.

La vita di Rémi Rorschash, come l'ha raccontata lui in un volume di ricordi compiacentemente redatto da uno scrittore specializzato, presenta un doloroso miscuglio di audacia e di errori. Iniziò la sua carriera, alla fine della prima guerra mondiale, facendo delle imitazioni di Max Linder e dei comici americani in un music-hall di Marsiglia. Alto e magro, con mimiche malinconiche e desolate che potevano effettivamente ricordare Keaton, Lloyd o Laurel, avrebbe forse sfondato se non avesse anticipato i suoi tempi di qualche anno. Andavano di moda i comici da caserma e, mentre le folle applaudivano Fernandel, Gabin e Préjean, che il cinema avrebbe presto portato alla celebrità, "Harry Cover" — era il suo nome d'arte — ammuffiva nella più tetra indigenza e faticava sempre di più a piazzare qualche numero. La guerra recente, l'"Union sacrée",* la "Chambre bleu horizon",** gli diedero allora l'idea di fondare un gruppo specializzato in musichette militari, quadriglia dei lancieri, Madelon e marsigliesi varie. Una foto dell'epoca ce lo mostra insieme alla sua orchestra, "Albert-Préfleury e gli Allegri Soldatini": aria da duri, kepì fantasia sulle ventitré, giubba con grandi alamari, impeccabili fasce gambiere. Il successo fu incontestabile ma durò solo poche settimane. L'invasione del paso doble, del fox-trot, della beguine e altre danze esotiche provenienti dalle tre Americhe e altrove, gli chiuse la porta dei dancing e delle balere e i suoi lodevoli sforzi di rinnovamento ("Barry Jefferson and His Hot Pepper Seven", "Paco Domingo e i tre Caballeros", "Fedor Kowalski e i suoi Magiari della Steppa", "Alberto Sforzi e i suoi Gondolieri") approdarono, uno dopo l'altro, in altrettanti fallimenti. È vero, ricorda lui stesso a questo proposito, che cambiavano solo nomi e cappelli: il repertorio era praticamente sempre uguale, ci si contentava di modificare un po' il tempo, di sostituire una chitarra con una balalaika, un banjo con un mandolino e aggiungere, a seconda dei casi, qualche *Baby, Olé!, Tovariš̌č*,*** *amore mio* o *corazón* e tutto qui.

Poco dopo, schifato, deciso a rinunciare alla sua carriera artistica, ma non volendo abbandonare il mondo dello spettacolo, Rorschash diventò l'impresario di un acrobata, un trapezista che due particolarità avevano reso rapidamente celebre: la prima era l'estrema giovinezza – non aveva ancora dodici anni quando Rorschash lo conobbe –, la seconda era la capacità di rimanere sul trapezio parecchie ore di seguito. La folla si accalcava nel music-hall e nei circhi in cui si esibiva per vederlo non solo eseguire gli esercizi, ma fare la siesta, lavarsi, vestirsi, bere una tazza di cioccolata, tutto sulla stretta sbarra del trapezio, a trenta o quaranta metri da terra.

All'inizio la loro associazione portò molti frutti e tutte le grandi città dell'Europa, del Nordafrica e del Vicino Oriente applaudirono quelle prodezze straordinarie. Ma, crescendo, il trapezista si faceva sempre più esigente. Inizialmente, spinto solo dall'ambizione di perfezionarsi, e poi, da un'abitudine ormai tirannica, aveva organizzato la propria vita in modo da potersene stare sul trapezio notte e giorno per tutto il tempo che lavorava nello stesso posto. Dei domestici si avvicendavano per soddisfare tutti i suoi bisogni, che del resto erano

---

* L'unione di tutti i partiti voluta nel 1914, allo scoppio della guerra, da Viviani e Poincaré. *[N.d.T.]*
** Dalle uniformi azzurre dei francesi; da noi, all'epoca, la si sarebbe potuta chiamare "Camera grigioverde". *[N.d.T.]*
*** Compagno. *[N.d.T.]*

molto limitati; aspettavano sotto il trapezio e facevano salire o scendere quanto occorreva all'artista in certi recipienti appositamente costruiti per lui. Quel modo di vivere non comportava per il suo seguito nessuna vera difficoltà; era solo durante gli altri numeri del programma che la cosa si faceva un po' imbarazzante: non si poteva nascondere il fatto che il trapezista fosse rimasto lassù, e il pubblico, anche se generalmente molto tranquillo, lanciava di tanto in tanto qualche occhiata all'artista. Ma la direzione non gliene voleva perché era un acrobata straordinario che non si sarebbe mai potuto sostituire. Del resto gli si riconosceva di buon grado che non viveva così per stramberia e che quello era il suo unico modo di tenersi costantemente in forma e possedere sempre il suo mestiere nella più assoluta perfezione.

Il problema diventava più difficile da risolvere quando i contratti scadevano e il trapezista doveva cambiare città. L'impresario faceva di tutto per abbreviare il più possibile le sue sofferenze: negli agglomerati urbani, venivano usate auto da corsa, si viaggiava di notte o all'alba a gran velocità per le vie deserte; ma sempre troppo piano per l'impazienza dell'artista; in treno gli si prenotava uno scompartimento intero dove poteva cercare di vivere un po' come sul suo trapezio, e dormire nella retina portabagagli; quel trapezio, alla tappa successiva, veniva sistemato molto tempo prima dell'arrivo dell'acrobata, tutte le porte rimanevano spalancate e tutti i corridoi sgombri perché l'acrobata potesse senza perdere un solo secondo riconquistare le sue vette. "Quando lo vedevo posare il piede sulla scala di corda," scrive Rorschash, "arrampicarsi rapido come il fulmine e appollaiarsi finalmente lassù, allora io vivevo sempre uno dei più bei momenti della mia vita."

Venne il giorno ahimè in cui il trapezista si rifiutò di scendere. La sua ultima rappresentazione al Gran Teatro di Livorno era appena terminata e, la sera stessa, doveva ripartire in auto per Tarbes. Malgrado le suppliche di Rorschash e del direttore del music-hall, alle quali si aggiunsero ben presto gli appelli sempre più esaltati del resto della compagnia, dei musicisti, degli impiegati e dei tecnici del teatro, e del pubblico che aveva incominciato a sfollare ma che si era fermato ed era tornato indietro udendo quello schiamazzo, l'acrobata tagliò orgogliosamente la fune che gli avrebbe permesso di ridiscendere e si mise a eseguire con ritmo sempre più frenetico una serie ininterrotta di grandi giravolte. Quest'ultima prestazione durò due ore e provocò nella sala cinquantatré svenimenti. Dovette intervenire la polizia. Malgrado le ripetute diffide di Rorschash, i poliziotti portarono una scala da pompieri e cominciarono a salire. Non arrivarono neanche a metà percorso: il trapezista aprì le mani e con un lungo urlo andò a spiaccicarsi al suolo completando un'ultima, impeccabile parabola.

Dopo aver risarcito i direttori che da mesi si contendevano l'acrobata, Rorschash restò con qualche disponibilità che decise d'investire nell'export-import. Acquistò un bel lotto di macchine per cucire e le convogliò fino a Aden, sperando di poterle scambiare con spezie e profumi. Ne fu dissuaso da un commerciante che conobbe durante la traversata e che da parte sua si tirava dietro vari strumenti e utensili di rame, dalla valvola di regolazione alla spirale per alambicchi passando per i vagli da perle, le padelle e le pesciaiole. Il mercato delle spezie, gli spiegò quel commerciante, e più generalmente di tutto quello che riguarda gli scambi fra Europa e Medio Oriente era severamente controllato da trust anglo-arabi che non esitavano, per non mollare il monopolio, ad arrivare fino all'eliminazione fisica dei loro concorrenti, anche più infimi. In compenso il commercio fra Arabia e Africa nera era molto meno sorvegliato e offriva occasioni di affari fruttuosi. Il traffico dei cauri, in particolare: queste conchiglie, come tutti sanno, servono ancora come moneta di scambio presso molte popolazioni africane e indiane. Ma quello che pochi sanno, ed ecco dove si guadagnava bene, è che esistono varie specie di cauri, diversamente apprezzate a seconda delle tribù. Così, i cauri del mar Rosso (*Cypraea turdus*) sono quotatissimi nelle Comore in cui sarebbe facile scambiarli con dei cauri indiani (*Cypraea caput serpentis*) al tasso veramente vantaggioso di quindici caput serpentis per un turdus. Ora, poco distante di là, a Dar es-Salam, il corso dei caput serpentis è in continuo rialzo e non è raro vedere transazioni sulla base di un caput serpentis contro tre *Cypraea moneta*. Questa terza specie di cauri è comunemente chiamata cauri-moneta: basti dire che è negoziabile quasi dovunque; ma nell'Africa occidentale, Camerun e Gabon soprattutto, è talmente apprezzata che certe genti arrivano perfino a pagarla a peso d'oro. Si poteva quindi sperare, spese comprese, di decuplicare la posta. L'operazione non presentava rischi ma esigeva tempo. Rorschash, che non aveva né sentiva di avere la stoffa del grande viaggiatore, non ne era molto tentato, ma la sicurezza del mercante lo colpì al punto da fargli accettare senza esitazione l'offerta di società che quello gli fece quando sbarcarono a Aden.

Le transazioni si svolsero esattamente come aveva previsto il commerciante. A Aden, scambiarono senza difficoltà i loro stock di rame e macchine per cucire con quaranta casse di Cypraea turdus. Ripartirono dalle Comore con ottocento casse di caput serpentis, avendo avuto un unico problema, quello di procurarsi il legno per le suddette casse. A Dar es-Salam, noleggiarono una carovana di due-centocinquanta cammelli per traversare il Tanganika con le loro millenovecentoquaranta casse di cauri-moneta, raggiunsero il grande fiume Congo e lo percorsero quasi fino alla foce, in quattrocento-settantacinque giorni, duecentoventuno dei quali di navigazione, centotrentasette di trasbordi su ferrovia, ventiquattro di trasbordi a dorso d'uomo, e novantatré di attesa, riposo, ozio forzato, trattative lunghe eterne con capi neri, conflitti amministrativi, incidenti e grane varie. Cosa che del resto costituiva una notevole impresa.

Erano sbarcati a Aden da poco più di due anni. Quello che non sapevano – e come diavolo avrebbero potuto saperlo! – è che nel momento stesso in cui loro arrivavano in Arabia, un altro francese, tale Schlendrian, lasciava il Camerun dopo averlo inondato di cauri-moneta provenienti da Zanzibar, provocando in tutta l'Africa occidentale e centrale una svalutazione senza appello. Non solo i cauri di Rorschash e socio non erano più negoziabili, ma erano anche diventati pericolosi: le autorità coloniali francesi ritennero, a buon diritto, che l'immissione sul mercato di settecento milioni di conchiglie – più del trenta per cento della massa globale di cauri che venivano scambiati in tutta l'Africa Occidentale Francese – avrebbe innescato un disastro economico senza precedenti (solo le voci che corsero qua e là provocarono delle perturbazioni nel corso delle derrate coloniali, perturbazioni in cui certi economisti videro concordemente una delle cause primarie del crac di Wall Street): i cauri vennero quindi messi sotto sequestro; Rorschash e il suo compagno furono cortesemente ma fermamente invitati a prendere il primo piroscafo in partenza per la Francia.

Rorschash avrebbe fatto qualsiasi cosa per vendicarsi di Schlendrian, ma non poté rintracciarlo. Tutto quello che riuscì a sapere è che, in effetti, nella guerra del 1870, era esistito un generale Schlendrian. Ma era morto da molto tempo e senza lasciare alcun discendente, pare.

Negli anni successivi, Rorschash sopravvisse non si sa bene come. Lui stesso nei suoi ricordi rimane estremamente discreto, a questo proposito. All'inizio degli anni trenta, scrisse un romanzo ampiamente ispirato dall'avventura africana. Il romanzo fu pubblicato nel millenovecentotrentadue, per le edizioni du Tonneau, con il titolo *L'oro africano*. L'unico suo recensore lo paragonò al *Viaggio al termine della notte** che era uscito quasi contemporaneamente.

Il romanzo suscitò scarso interesse, ma permise a Rorschash

* Di Louis Ferdinand Céline. *[N.d.T.]*

d'introdursi negli ambienti letterari. Pochi mesi dopo, fondò una rivista che intitolò, con qualche bizzarria, *Préjugés* (Pregiudizi), volendo probabilmente dimostrare con questo che la rivista non ne aveva. La rivista uscì fino allo scoppio della guerra, in ragione di quattro numeri all'anno. Pubblicò parecchi testi di autori, alcuni dei quali si affermarono in seguito. Benché Rorschash si mostri alquanto avaro di notizie su questo punto, è più che ragionevole pensare si trattasse di una pubblicazione a spese dell'autore. In ogni caso, di tutte le sue imprese commerciali d'anteguerra, si tratta dell'unica in cui, dice, non abbia completamente fallito.

Qualcuno dice che ha fatto la guerra nelle Forze francesi libere e che gli vennero affidate parecchie missioni di carattere diplomatico. Altri affermano invece che collaborò con le forze dell'Asse e che dopo la guerra dovette rifugiarsi in Spagna. L'unica cosa sicura è che tornò in Francia ricco, prospero, e perfino sposato, all'inizio degli anni sessanta. Fu allora che, un periodo in cui, come lui stesso piacevolmente ricorda, bastava piazzarsi in uno degl'innumerevoli uffici vuoti del recentissimo Palazzo della radio per diventare produttore, cominciò a lavorare per la televisione. E fu anche allora che rilevò da Olivier Gratiolet i due ultimi appartamenti che questi possedeva ancora nel caseggiato oltre al piccolo alloggio che occupava lui stesso. Li fece riunire in un prestigioso due-piani che *La Maison française*, *Maison et Jardin*, *Forum*, *Art et Architecture d'aujourd'hui* e altre riviste specializzate hanno fotografato varie volte.

Valène ricorda ancora la prima volta che lo vide. Era uno di quei giorni in cui, tanto per cambiare, l'ascensore era guasto. Uscito di casa, andava a trovare Winckler e scendendo le scale era passato davanti alla porta del nuovo inquilino. Era spalancata. Degli operai andavano e venivano nel grande vestibolo e Rorschash ascoltava grattandosi la testa i consigli del suo arredatore. Vestiva allora all'americana, con camicie arabescate, fazzolettoni a mo' di foulard, e bracciale a catena piatta. In seguito si è buttato sul genere vecchio leone stanco, vecchio solitario giramondo che si trova a suo agio.più fra i beduini del deserto che in un salotto parigino: scarponcini di tela, giubbotto di pelle, camicia di lino grigio.

Oggi è un vecchio signore malato, costretto a soggiorni in clinica quasi continui o a lunghe convalescenze. La sua misantropia è sempre così proverbiale ma ha sempre meno occasioni d'esercizio.

BIBLIOGRAFIA

Rorschash, R. *Memorie di un lottatore*. Parigi, Gallimard, 1974.
Rorschash, R. *L'oro africano*, romanzo. Parigi, Ed. du Tonneau, 1932.

Général A. Costello. *L'offensiva Schlendrian avrebbe potuto riscattare Sedan?*, Rev. Hist. Armées 7, 1907.

Landès, D. *The Cauri System and African Banking.* Harvard. J. Econom. 48, 1965.

Zghal, A. *I sistemi di scambio interafricani. Miti e realtà.* Z. f. Ethnol. 194, 1971.

CAPITOLO XIV

Dinteville, 1

Lo studio del dottor Dinteville: un lettino per le visite, una scrivania metallica, quasi nuda, con un telefono, una lampada snodabile, un ricettario, una stilografica d'acciaio opaco nella scanalatura di un calamaio di marmo e basta; un piccolo divano coperto di cuoio giallo, sormontato da una grande riproduzione di Vasarely, due piante grasse a destra e a sinistra della finestra, che sorgono dritte, fiorite e larghe, da due sottovasi di rafia intrecciata; un mobile a scansie il cui ripiano superiore regge qualche strumento, uno stetoscopio, un distributore di cotone di metallo cromato, una bottiglietta d'alcool a novanta gradi; e lungo l'intera parete di destra, dei pannelli di metallo lucente che nascondono varie attrezzature mediche e gli armadi a muro in cui il dottore ripone strumenti, dossier e prodotti farmaceutici.

Il dottor Dinteville è seduto al tavolo e scrive una ricetta con l'aria più indifferente del mondo. È un uomo sui quarant'anni, quasi calvo, dal cranio ovoidale. La paziente è una vecchia. Sta per scendere dal lettino, dov'è ancora distesa, aggiustandosi la spilla che le chiude il corpetto, una losanga di metallo nella quale s'inscrive un pesce stilizzato.

Sul divano è seduta una terza persona; è un uomo maturo, indossa un giubbotto di cuoio e una grande sciarpa a scacchi dagli orli sfrangiati.

I Dinteville discendono da un Mastro di posta che Luigi XIII nobilitò per compensarlo dell'aiuto prestato a Luynes e Vitry in occasione dell'assassinio di Concini.* Cadignan ci ha lasciato del personaggio, che sembra sia stato un mercenario alquanto scomodo, uno straordinario ritratto:

---

* Concino Concini, ministro di Luigi XIII, causò disordini e rivolte fino a quando il re, consigliato appunto da Albert de Luynes, lo fece arrestare e, nel 1617, uccidere. [N.d.T.]

«D'Inteville era di media statura, non troppo alto né troppo basso, e aveva un naso un po' aquilino, fatto a manico di rasoio, e per allora in età di trentacinque anni circa, di cervello fino come una scarpa grossa, uomo ben gentile nella apparenza se non che un poco scapestrato e di sua natura soggetto a quella malattia chiamata a quel tempo mancanza di denari, dolorosa come non v'è uguale. E però, conoscendo sessanta tre maniere di trovarne sempre al suo bisogno fra le quali la più onorevole e comune era per mezzo di ladrocinio furtivamente fatto, e per malfare, truffaldino, bevitore, scorridore di strade, e gran ribaldo come pochi ve n'erano in Parigi; e sempre macchinando qualcosa contro sergenti e corpi di guardia.»

I suoi discendenti furono generalmente migliori di lui e diedero alla Francia una buona quindicina fra vescovi, cardinali e vari altri personaggi di rilievo dei quali conviene citare in particolare:

Gilbert de Dinteville (1774-1796): fervente repubblicano, si arruolò a diciassette anni; tre anni dopo era già colonnello. Trascinò il suo battaglione all'assalto di Montenotte. Quel gesto eroico gli costò la vita, ma decise il felice esito della battaglia.

Emmanuel de Dinteville (1810-1849): amico di Liszt e di Chopin, è conosciuto soprattutto come autore di un valzer turbinoso giustamente soprannominato *La Trottola*.

François de Dinteville (1814-1867): uscito, primo e a diciassette anni, dall'Ecole Polytechnique, trascurò la brillante carriera d'ingegnere e industriale che gli si apriva per dedicarsi alla ricerca. Nel 1840, credette di scoprire il segreto della fabbricazione del diamante partendo dal carbone. Basandosi su una teoria che chiamava "la duplicazione dei cristalli", riuscì a far cristallizzare per raffreddamento una soluzione satura di carbonio. L'Accademia delle Scienze, cui diede da esaminare i suoi campioni, dichiarò che l'esperimento era interessante, ma poco concludente, i diamanti ottenuti erano opachi, fragili, facilmente rigabili con l'unghia, e talvolta perfino friabili. Quella confutazione non impedì a Dinteville di far brevettare il suo metodo e di pubblicare fra il 1840 e la sua morte 34 monografie originali e relazioni tecniche sull'argomento. Ernest Renan rievoca il caso in una delle sue cronache (*Mélanges*, 47, *passim*): "*Se Dinteville avesse realmente fabbricato diamanti, avrebbe indubbiamente accontentato per questo fatto stesso, in una certa misura, quel materialismo rozzo con cui dovrà fare i conti sempre di più colui che pretende d'immischiarsi negli affari dell'umanità; non avrebbe dato alle anime invaghite d'ideale quell'elemento di squisita spiritualità sul quale, dopo tanto tempo, stiamo ancora vivendo".*

Laurelle de Dinteville (1842-1861): fu una delle sventurate vittime, e verosimilmente la responsabile, di uno dei più orribili fatti di cronaca del Secondo Impero. Durante un ricevimento dato dal duca di Crécy-Couvé, che avrebbe dovuto sposare poche settimane dopo, la giovane donna fece un brindisi ai futuri suoceri vuotando d'un fiato la coppa di champagne e lanciandola poi per aria. Fatalità volle che in quel momento si trovasse proprio sotto un immenso lampadario creato dalle celebri vetrerie Bauci di Murano. Il lampadario si spezzò, provocando la morte di otto persone, fra cui la stessa Laurelle e il vecchio maresciallo de Crécy-Couvé, padre del duca, che durante la campagna di Russia si era fatto scoppiare sotto tre cavalli. L'ipotesi di un attentato non fu né si poté prendere in considerazione. François de Dinteville, zio di Laurelle, che era presente, ipotizzò una "amplificazione pendolare innescata dalle fasi vibratorie antagoniste fra la coppa di cristallo e il lampadario" ma nessuno prese sul serio la sua spiegazione.

CAPITOLO XV

Camere di servizio, 5
Smautf

Sotto i tetti, fra lo studio di Hutting e la camera di Jane Sutton, la camera di Mortimer Smautf, il vecchio maggiordomo di Bartlebooth.

La stanza è vuota. Occhi socchiusi, zampe davanti congiunte in posa da sfinge, un gatto di pelo bianco sonnecchia sul copriletto arancione. Accanto al letto, sopra un piccolo comodino, sono posati un portacenere di vetro intagliato, a forma di triangolo, sul quale è inciso la parola "Guinness", una raccolta di parole incrociate, e un romanzo poliziesco intitolato *I sette delitti di Azincourt*.

Da più di cinquant'anni Smautf serve Bartlebooth. Benché si autodefinisca maggiordomo, le sue mansioni sono piuttosto quelle di cameriere o segretario; o, più precisamente ancora, di tutti e due: infatti, è stato soprattutto un compagno di viaggio, un factotum e, se non il suo Sancho Panza, perlomeno il suo Passepartout (perché è vero che c'era un po' di Phileas Fogg in Bartlebooth), di volta in volta portabagagli, ragazzo spazzola, barbiere, autista, guida, tesoriere, agente di viaggio e reggi ombrello.

I viaggi di Bartlebooth, e conseguentemente di Smautf, sono durati vent'anni, dal millenovecentotrentacinque al millenovecentocinquantaquattro, portandoli in modo talvolta capriccioso a spasso per il mondo. Smautf cominciò a prepararli fin dal millenovecentotrenta, riunendo tutte le carte necessarie per ottenere i visti, documentandosi sulle formalità in uso nei diversi paesi attraversati, aprendo in vari posti dei conti ben forniti, raccogliendo guide, carte geografiche, elenchi degli orari e delle tariffe, prenotando camere d'albergo e biglietti di nave. L'idea di Bartlebooth era di andare a dipingere cinquecento marine in cinquecento porti diversi. I porti vennero scelti più o meno a caso da Bartlebooth il quale, sfogliando atlanti, libri di geografia, racconti di viaggio e dépliant turistici, segnava con una crocetta i luoghi che gli piacevano. Poi, Smautf studiava i modi e i mezzi per andarci e le disponibilità logistiche.

Il primo porto, nella prima metà del gennaio millenovecentotrentacinque, fu Gijon, nel golfo di Guascogna, poco distante dal posto in cui lo sventurato Beaumont si ostinò a cercare le vestigia di un'improbabile capitale araba della Spagna. L'ultimo fu Brouwershaven, in Zelanda, alla foce della Schelda, nella seconda metà del dicembre millenovecentocinquantaquattro. Nel frattempo, ci furono il piccolo porto di Muckanaghederdauhaulia, poco distante da Costello, nella baia di Camus in Irlanda, e l'ancor più piccolo porto di U nelle isole Caroline; ci furono porti baltici e porti lettoni, porti cinesi, porti malgasci, porti cileni, porti texani; porti minuscoli con due battelli da pesca e tre reti, e porti immensi con dighe a gettata lunghe chilometri, dock e banchine, centinaia di gru e carriponte; porti affogati nella nebbia, porti torridi, porti stretti fra i ghiacci; porti abbandonati, porti insabbiati, porti turistici con spiagge artificiali, palmizi trapiantati, facciate di grand hôtel e casinò; cantieri infernali che costruivano migliaia di liberty ship;* porti devastati dai bombardamenti; porti tranquilli dove ragazzine nude sguazzavano vicino ai sampang; porti per piroghe, porti per gondole; porti da guerra, cale, bacini di carenaggio, rade, darsene, porti canale, moli; pile di barili, cordami e spugne; mucchi di alberi rossi, montagne di fertilizzanti, fosfati, minerali; nasse brulicanti di aragoste e gamberi; banchi di pesce cappone, rombi lisci, scazzoni, orate, naselli, sgombri, razze, tonni, seppie e lamprede; porti che puzzavano di sapone o di cloro; porti distrutti dalla tempesta; porti deserti oppressi dall'afa; corazzate sventrate riparate di notte da migliaia di fiamme ossidriche; transatlantici in festa circondati da navi cisterna che lanciavano i loro getti d'acqua in un frastuono di sirene e campane.

Bartlebooth dedicava due settimane a porto, viaggio compreso, il che gli lasciava generalmente da cinque a sei giorni di soggiorno. I due primi giorni passeggiava in riva al mare, guardava i battelli, chiacchierava con i pescatori per quanto parlassero una delle cinque lingue a lui conosciute – inglese, francese, spagnolo, arabo e portoghese – e qualche volta se ne andava per mare con loro. Il terzo giorno, sceglieva la sua postazione e disegnava qualcosa che subito strappava. Il penultimo giorno, dipingeva la marina, generalmente in fine mattinata, a meno che non cercasse o aspettasse qualche effetto speciale, alba o tramonto, minaccia di temporale, molto vento, poca pioggia, arrivo di una nave, donne che lavavano i panni, e via dicendo. Dipingeva velocissimo e non ricominciava mai da capo. Appena l'acquerello si era asciugato, staccava il foglio di carta What-

* Sono le vecchie navi che, ancora in uso nella marina mercantile italiana, chiamano "carrette". [N.d.T.]

man dall'album e lo consegnava a Smautf. (Per tutto l'altro tempo, Smautf poteva andare dove gli pareva: a visitare dock, templi, bordelli e bettole, ma quando Bartlebooth dipingeva doveva essere presente e stargli dietro reggendo saldamente il grande ombrello che riparava il pittore e il suo fragile cavalletto da pioggia, sole o vento.) Smauft imballava la marina nella carta di seta. L'infilava in una busta semirigida e avvolgeva il tutto in carta kraft legando e sigillando con cura. La sera stessa o, al più tardi, l'indomani quando in loco non c'era la Posta, il pacco veniva spedito al

Il luogo del dipinto veniva accuratamente individuato e trascritto da Smautf in un apposito registro. Il giorno dopo, Bartlebooth andava a trovare il console inglese quando ce n'era uno sul posto o nei paraggi, o qualche altro notabile locale. Due giorni dopo, ripartivano. La lunghezza delle tappe a volte modificava leggermente quest'uso del tempo, che però era in genere scrupolosamente rispettato.

Non andavano obbligatoriamente verso il porto più vicino. A seconda delle comodità di trasporto, capitava loro di tornare indietro o fare lunghi giri. Per esempio, andarono in treno da Bombay a Bandar, poi attraversarono il golfo del Bengala fino alle isole Andaman, tornarono a Madras di dove raggiunsero Ceylon per puntare poi su Malacca, Borneo e Celebes. Di là, invece di recarsi direttamente a Puerto Princesa, nell'isola Palawan, andarono prima a Mindanao, poi a Luçon (la maggiore delle Filippine), e salirono fino a Formosa prima di ridiscendere verso Palawan.

Ciononostante, si può ben dire che esplorarono praticamente tutti i continenti uno dopo l'altro. Dopo aver visitato gran parte dell'Europa dal 1935 al 1937, passarono in Africa e la girarono tutta in senso orario dal 1938 al 1942; di là raggiunsero l'America del sud (1943-1944), l'America centrale (1945), l'America del nord (1946-1948) e infine l'Asia (1949-1951). Nel 1952, percorsero l'Oceania, nel 1953 l'oceano Indiano e il mar Rosso. L'ultimo anno, attraversarono la Turchia e il mar Nero, entrarono nell'U.R.S.S., salirono fino a Dudinka, al di là del Circolo polare, alla foce dello Jenissei, attraversarono a bordo di una baleniera i mari di Kara e di Barentz, e, da Capo Nord, discesero lungo i fiordi scandinavi prima di terminare il loro lungo periplo a Brouwershaven.

Le circostanze storiche e politiche – seconda guerra mondiale e tutti i conflitti locali che la precedettero e seguirono fra il 1935 e il 1954: Etiopia, Spagna, India, Corea, Palestina, Madagascar, Guatemala, Nordafrica, Cipro, Indonesia, Indocina, eccetera – in pratica non influenzarono minimamente i loro viaggi, se non per il fatto che dovettero aspettare qualche giorno a Hong Kong un visto per Canton, e che mentre si trovavano a Porto Said una bomba scoppiò nel loro albergo. La carica era debole e i loro bagagli non ebbero praticamente a soffrirne.

Bartlebooth tornò dai suoi viaggi a mani quasi vuote: aveva viaggiato solo per dipingere i suoi cinquecento acquerelli, e li aveva spediti regolarmente a Winckler. Quanto a Smautf, costituì tre collezioni – di francobolli, per il figlio della signora Claveau, di etichette d'albergo per Winckler, e di cartoline per Valène – e riportò tre oggetti che adesso si trovano in camera sua.

Il primo è una splendida cassapanca da nave, in legno corallo tenero (pterocarpo gommifero, tiene a precisare) tutto fasciato di rame. Lo ha trovato da uno *shipchandler** di San Giovanni di Terranova e consegnato a una sciabica per il trasporto in Francia.

Il secondo è una strana scultura, una statua di basalto della Dea madre tricefala, alta una quarantina di centimetri. Smautf l'ha barattata alle Seychelles con un'altra scultura, ugualmente tricefala, ma di concezione del tutto diversa: era un crocifisso con tre figurine di legno fissate da un unico bullone; un bambino nero, un vecchio maestoso e una colomba, a grandezza naturale, un tempo bianca. Quella, l'aveva trovata nei suk di Agadir e l'uomo che gliel'aveva venduta gli aveva spiegato che si trattava delle figure mobili della Trinità e che ogni anno una di loro "prendeva il sopravvento". Davanti, c'era allora il Figlio con lo Spirito Santo (quasi invisibile) contro la croce. Era un oggetto ingombrante, ma giusto per affascinare a lungo la singolare mentalità di Smautf, che lo acquistò senza mercanteggiare e se lo tirò dietro dal 1939 al 1953. All'indomani del suo arrivo alle Seychelles, entrò in un bar: la prima cosa che vide fu la

* Fornitore navale. [N.d.T.]

statua della Dea madre, posata sul banco fra uno shaker tutto ammaccato e un bicchiere pieno di bandierine e frullini per lo champagne a forma di calci d'arma in miniatura. La sua meraviglia fu tale che rientrò subito in albergo, tornò con il crocifisso, e iniziò con il barman malese una lunga conversazione in *pidgin english* che verteva sulla quasi impossibilità statistica d'imbattersi per ben due volte in quattordici anni in due statue a tre teste, conversazione al termine della quale Smautf e il barman si giurarono amicizia perenne che concretizzarono scambiandosi i rispettivi capolavori.

Il terzo oggetto è una grande incisione, tipo illustrazione di Epinal. Smautf l'ha trovata a Bergen, l'ultimo anno delle loro peregrinazioni. Raffigura un bambinetto che riceve da un vecchio magister un libro premio. Il bambinetto ha sette o otto anni, indossa una giacca di panno azzurro cielo, porta calzoni corti e scarpine di vernice; la fronte è cinta da una corona di lauro; sale i tre gradini di una pedana di legno ornata di piante grasse. Il vecchio è in toga. Ha una lunga barba grigia e occhiali con montatura d'acciaio. Regge nella mano destra un righello di bosso e nella sinistra un grande in-folio rilegato in rosso sul quale si legge *Erindringer fra en Reise i Skotland* (si tratta, come poi Smautf venne a sapere, della relazione del viaggio che il pastore danese Plenge fece in Scozia nell'estate del 1859). Accanto al maestro di scuola c'è una tavola coperta da un drappo verde sulla quale sono posati altri volumi, un mappamondo, e una partitura musicale, di formato italiano, aperta. Una piccola targa di rame inciso, fissata sulla cornice di legno dell'incisione, ne annuncia il titolo, senza alcun nesso apparente con la scena raffigurata: "Laborynthus".

A Smautf sarebbe piaciuto essere quel bravo scolaro premiato. Il suo rimpianto di non aver potuto studiare si è con gli anni mutato in una passione morbosa per le quattro operazioni. Nei primissimi tempi dei loro viaggi, aveva visto in un grande music-hall di Londra un calcolatore prodigio, e nei suoi vent'anni di giro del mondo, leggendo e rileggendo un trattato sgualcito di ricreazioni matematiche e aritmetiche che aveva trovato in una bancarella a Inverness, si dedicò al calcolo mentale, ed era capace, al ritorno, di estrarre relativamente in fretta radici quadrate o cubiche di numeri con nove cifre. Nel momento in cui la cosa cominciava a diventargli un po' troppo facile, fu colto dalla frenesia dei fattoriali: $1! = 1$; $2! = 2$; $3! = 6$; $4! = 24$; $5! = 120$; $6! = 720$; $7! = 5.040$; $8! = 40.320$; $9! = 362.880$; $10! = 3.628.800$; $11! = 39.916.800$; $12! = 479.001.600$; [...] ; $22! = 1.124.000.727.777.607.680.000$, ovvero più di un miliardo di volte settecentosettantasette miliardi!

Oggi, Smautf è arrivato a 76! ma non trova più fogli di formato sufficientemente grande e se anche ne trovasse, non ci sarebbe tavola abbastanza grande da poterli accogliere. È sempre meno sicuro di sé, la qual cosa lo costringe a ricominciare senza tregua i suoi calcoli. Qualche anno fa, Morellet ha cercato di scoraggiarlo dicendogli che il numero che si scrive 9^{9^9}, e cioè la forma iterata esponenziale di nove con se stesso, che è il numero più grande che si possa scrivere servendosi unicamente di tre cifre, avrebbe, se lo si scrivesse per esteso, trecentosessantanove milioni di cifre, che in ragione di una cifra al secondo, occorrerebbero undici anni per scriverlo, e che contando due cifre al centimetro, il numero avrebbe una lunghezza di milleottocentoquarantacinque chilometri! Ma non per questo Smautf ha smesso di allineare sul retro di buste, margini di taccuino, carte da macellaio, colonne e colonne di cifre.

Smautf ha adesso quasi ottant'anni. Da molto tempo Bartlebooth gli ha proposto di andare in pensione, cosa che ha sempre rifiutato. A dire il vero, non ha più questo granché da fare. La mattina prepara gli abiti di Bartlebooth e lo aiuta a vestirsi. Fino a cinque anni fa, gli faceva la barba – con una specie di tagliagola appartenuto al trisnonno di Bartlebooth – ma la vista gli si è abbassata parecchio e la mano ha cominciato a tremare un poco, così è stato sostituito da un garzone che il signor Pois, il barbiere di rue de Prony, manda puntualmente tutte le mattine.

Bartlebooth non esce più di casa ormai, e anzi lascia a malapena lo studio durante il giorno. Smautf se ne sta nella stanza accanto, con gli altri domestici, che non hanno da lavorare molto più di lui, e che passano il loro tempo giocando a carte e parlando del passato.

Smautf rimane a lungo in camera sua. Cerca di progredire un po' nelle sue moltiplicazioni; per rilassarsi, fa parole incrociate, legge romanzi polizieschi che gli presta la signora Orlovska o, per ore, accarezza il gatto bianco che fa le fusa lavorando d'unghioli le ginocchia del vecchio.

Il gatto bianco non appartiene a Smautf, ma a tutto il piano. Di tanto in tanto va a vivere da Jane Sutton o dalla signora Orlovska, oppure scende da Isabelle Gratiolet o dalla signorina Crespi. È arrivato, tre o quattro anni fa, dai tetti. Aveva una profonda ferita al collo. La signora Orlovska l'ha raccolto e curato. Ci si accorse che era discromico, aveva un occhio azzurro come una porcellana cinese e l'altro dorato. Poco dopo, ci si rese conto che era completamente sordo.

CAPITOLO XVI

Camere di servizio, 6
La signorina Crespi

La vecchia signorina Crespi è in camera sua, al settimo, fra l'alloggio di Gratiolet e la camera di servizio di Hutting.

È sdraiata sul letto, sotto una coperta di lana grigia. Sogna: un becchino dagli occhi accesi d'odio è sulla soglia, proprio di fronte a lei; con la mano destra mezzo alzata presenta un cartoncino bristol listato di nero. La mano sinistra regge un cuscino rotondo dove riposano due medaglie una delle quali è la Croce degli Eroi di Stalingrado.

Dietro a lui, al di là della porta, si allarga un paesaggio alpestre: un lago il cui specchio, circondato da foreste, è ghiacciato e coperto di neve; dietro la sponda più lontana i piani inclinati delle montagne sembrano incontrarsi e al di là dei picchi innevati digradano nel cielo azzurro. In primo piano, tre persone si arrampicano lungo un sentiero che porta a un cimitero al centro del quale una colonna sormontata da una conca di onice emerge da un macchione di lauri e aucube.

CAPITOLO XVII

Per le scale, 2

Per le scale passano le ombre furtive di tutti coloro che un giorno ci furono.

Ricordava Marguerite, Paul Hébert e Letizia, e Emilio, e il sellaio, e Marcel Appenzzell (con due zeta, contrariamente al cantone e al formaggio); ricordava Grégoire Simpson, e la misteriosa americana, e la scostante signora Araña; ricordava l'uomo con le scarpe gialle e il garofano all'occhiello e il bastone da passeggio col pomo di malachite che, per dieci anni, era venuto a consultare il dottor Dinteville; ricordava il signor Jérôme, il professore di storia, che aveva scritto un *Dizionario della Chiesa spagnola nel XVII secolo* rifiutato da 46 editori; ricordava il giovane studente che per qualche mese aveva occupato la camera in cui oggi abita Jane Sutton e che era stato cacciato dal ristorante vegetariano dove lavorava la sera dopo essere stato sorpreso a vuotare un bottiglione di viandox* nella pentola in cui cuoceva adagio un brodo vegetale; ricordava Troyan, il libraio delle occasioni che aveva il negozio in rue Lepic e che un giorno, in uno stock di romanzi polizieschi, aveva trovato tre lettere di Victor Hugo e Henri Samuel, il suo editore, riguardanti la pubblicazione dei *Castighi*; ricordava Berloux, il capo fabbricato, un pignolissimo cretino in camice grigio e berretto, che abitava due numeri più in là e che, un bel mattino del 1941, grazie a chissà quale ordinanza della Difesa passiva, aveva fatto sistemare nell'atrio e nel cortiletto in cui si mettevano i bidoni della spazzatura delle botti piene di sabbia che non erano mai servite a niente; ricordava il tempo in cui il presidente Danglars dava grandi ricevimenti per i suoi colleghi di Corte d'appello: in quei giorni, due guardie repubblicane in alta uniforme stazionavano davanti alla porta dello stabile, il vestibolo veniva decorato con grandi vasi d'aspidistre e filodendri e, alla sinistra dell'ascensore, veniva sistemato un guardaroba, lungo tubo montato su ruote, fornito di appendiabiti che la portinaia vestiva via via di

* Estratto di carne. [N.d.T.]

69

visoni, zibellini, breitschwanz, astrakan e pesanti finanziere con il collo di lontra. La signora Claveau, in quei giorni, metteva il suo abito nero dal colletto di pizzo e si sedeva su una sedia Regency (noleggiata dal rosticciere insieme agli appendiabiti e alle piante ornamentali) accanto a un tavolinetto di marmo sul quale posava la scatola delle contromarche, una scatola di metallo, quadrata, decorata da piccoli cupidi armati d'arco e freccia, un portacenere giallo che vantava le qualità dell'Oxygénée Cusenier (bianca o verde) e un piattino già provvisto di monete da cento soldi.

Era il più vecchio inquilino dello stabile. Più vecchio di Gratiolet, la cui famiglia possedeva un tempo l'intero edificio, e che però era venuto a starci solo durante la guerra, pochi anni prima di ereditare quanto restava, quattro o cinque appartamenti di cui si era a poco a poco disfatto, tenendosi alla fine il piccolo alloggio di due stanze al settimo, e basta; più vecchio della signora Marquiseaux, i cui genitori avevano già l'appartamento e che vi era praticamente nata quando lui ci abitava già da quasi trent'anni; più vecchio della vecchia signorina Crespi, della vecchia signora Moreau, dei Beaumont, dei Marcia e degli Altamont. Più vecchio perfino di Bartlebooth: ricordava distintamente il giorno del millenovecentoventinove in cui quel giovanotto — perché era un giovanotto allora, non avendo ancora trent'anni — gli aveva detto al termine della lezione quotidiana di acquerello:

— A proposito, pare che il grande appartamento del terzo sia libero. Credo proprio che lo comprerò. Perderò meno tempo a venire da lei.

E lo aveva comperato, il giorno stesso, evidentemente senza discutere sul prezzo.

E Valène, allora, ci abitava già da dieci anni. Aveva affittato la camera un giorno dell'ottobre millenovecentodiciannove, venendo da Etampes, la sua città natale, che in pratica non aveva lasciato mai, a Parigi per iscriversi alle Belle Arti. Aveva diciannove anni. Avrebbe dovuto essere solo un alloggio provvisorio trovato da un amico di famiglia che voleva togliergli il pensiero. Più tardi, si sarebbe sposato, sarebbe diventato famoso, o sarebbe tornato a Etampes. Non si sposò, non ritornò a Etampes. La celebrità non venne, al massimo, una quindicina d'anni dopo, una discreta notorietà; qualche cliente affezionato, qualche illustrazione per delle raccolte di favole, qualche lezione, gli permisero di vivere relativamente tranquillo, di dipingere senza troppe pressioni, di fare un po' di viaggi. Più tardi, anche quando gli si presentò l'occasione di trovare un alloggio più grande, oppure uno studio vero e proprio, si rese conto di essere troppo attaccato alla sua camera, alla sua casa, alla sua via, per poterle lasciare.

Certo, c'era anche gente di cui non sapeva quasi nulla, che non era nemmeno sicuro di avere identificato sul serio, persone che incontrava per le scale di quando in quando e di cui non sapeva bene se abitassero nello stabile o se vi conoscessero solo qualcuno; c'erano persone che non riusciva assolutamente a ricordare, altre di cui gli restava un'immagine unica e irrisoria: l'occhialetto della signora Appenzzell, le figurine di sughero intagliato che il signor Troquet inseriva nelle bottiglie e poi andava a vendere la domenica sugli Champs-Elysées, la caffettiera di smalto blu sempre al caldo in un angolo della cucina economica della signora Fresnel.

Cercava di risuscitare quei particolari impercettibili che nell'arco di cinquant'anni avevano intessuto la vita di quella casa e che gli anni stessi avevano cancellato ad uno ad uno: i pavimenti di linoleum tirati impeccabilmente a cera sui quali bisognava camminare solo sulle apposite pattine di feltro, le tovaglie d'incerata a righe rosse e verdi sulle quali madre e figlia sgranavano i piselli; i sottopiatti a fisarmonica, i paralumi di porcellana bianca dei lampadari appesi che si spingevano su col dito subito dopo il pranzo; le serate intorno all'apparecchio radio con l'uomo in giacca di mollettone, la donna in grembiule a fiori e il gatto sonnacchioso, rannicchiato vicino al caminetto; i bambini che zoccolavano giù per andare a prendere il latte con certi bidoni tutti ammaccati: le grosse stufe a legna le cui ceneri venivano raccolte in vecchi giornali aperti...

Dov'erano andate le scatole di cacao Van Houten, le scatole di Banania* con il loro fuciliere ridente e quelle *di madeleines* di Commercy di legno sfogliato? Dov'erano andate le moscaiole sotto le finestre, i pacchetti di Saponite, la buona lisciva, con la sua celebre Madame Sans Gêne,** i pacchi di thermogène con il diavolo sputafuoco disegnato da Cappiello, le cartine per preparare l'acqua litiosa del buon dottor Gustin?

Gli anni erano passati; pianoforti e cassapanche, tappeti arrotolati, casse di stoviglie, lampadari, acquari, gabbie per uccelli, pendole centenarie, cucine economiche nere di fuliggine, tavoli con prolunghe e sei seggiole, ghiacciaie, grandi quadri di famiglia, i facchini avevano portato via tutto.

Le scale per lui, a ogni piano, erano un ricordo, un'emozione, qualcosa d'antico e impalpabile, qualcosa che palpitava chissà dove,

---

* Polvere solubile che serve per preparare una bevanda fortemente vitaminizzata. [N.d.T.]
** La marescialla era infatti un'ex lavandaia. [N.d.T.]

71

alla fiamma vacillante della memoria: un gesto, un profumo, un rumore, un luccichìo, una giovane donna che cantava arie d'opera accompagnandosi al piano, un ticchettìo maldestro di macchine per scrivere, un odore tenace di cresile, un clamore, un grido, un frastuono, un fruscìo di sete e di pellicce, un miagolìo lamentoso dietro una porta, dei colpi contro le pareti, dei tanghi suonati e risuonati su fonografi sibilanti o, al sesto a destra, il ronzìo ostinato della sega a due tempi di Gaspard Winckler cui, tre piani più in basso, al terzo a sinistra, rispondeva ormai solo un silenzio insopportabile.

CAPITOLO XVIII

Rorschash, 2

La sala da pranzo dei Rorschash, a destra del grande vestibolo. È vuota. È una grande stanza rettangolare, lunga cinque metri circa e larga quattro. Per terra, una folta moquette grigio cenere.

Sulla parete di sinistra, dipinta d'un verde opaco, è appeso uno scrigno di vetro cerchiato d'acciaio che contiene 54 monete antiche, tutte con l'effigie di Sergio Sulpicio Galba, il pretore che fece assassinare in un sol giorno trentamila lusitani e che scampò alla morte mostrando pateticamente in tribunale i suoi figli.

Sulla parete di fondo, laccata di bianco come il vestibolo, sopra una credenza bassa, un grande acquerello, intitolato *Rake's Progress* e firmato U. N. Owen, raffigura una stazioncina ferroviaria in aperta campagna. A sinistra, l'impiegato è in piedi, appoggiato a un alto leggìo che funge da sportello. È un uomo sulla cinquantina, con tempie spelate, faccia rotonda, baffi abbondanti. Senza giacca, in panciotto. Fa finta di consultare un orario dei treni mentre in realtà termina di copiare su un rettangolino di carta la ricetta della *mint-cake* presa in un almanacco seminascosto sotto l'orario. Davanti a lui, dall'altra parte del leggìo, un cliente con occhialino stringinaso e una faccia prodigiosamente esasperata aspetta il biglietto limandosi le unghie. A destra, un terzo personaggio, in maniche di camicia con larghe bretelle a fiori, esce dalla stazione facendo rotolare un barilotto. Intorno alla stazione si stendono campi di erba medica dove pascolano alcune vacche.

Sulla parete di destra, dipinta d'un verde un poco più scuro di quello della parete di sinistra, sono appesi nove piatti decorati con disegni raffiguranti:

- un prete che dà le ceneri a un fedele
- un uomo che sta deponendo una moneta in un salvadanaio a forma di botte
- una donna seduta nell'angolo di uno scompartimento, con il braccio al collo

- due uomini in zoccoli, e tempo di neve, che pestano i piedi per scaldarseli
- un avvocato che sta perorando, atteggiamento veemente
- un uomo in giacca da casa che si prepara a bere una tazza di cioccolata
- un violinista che sta suonando, con la sordina
- un uomo in camicia da notte, una bugia in mano, che guarda sul muro un ragno simbolo di speranza
- un uomo che porge a un altro un biglietto da visita. Atteggiamenti aggressivi che fanno pensare a un duello.

Al centro della stanza si trova una tavola rotonda stile liberty di legno di tuia, circondata da otto sedie coperte di velluto rabescato. In mezzo alla tavola, c'è una statuetta d'argento, alta un venticinque centimetri circa. Raffigura un bue che porta in groppa un uomo nudo, con l'elmo, il quale regge un ciborio nella mano sinistra.

L'acquerello, la statuetta, le monete antiche e i piatti sarebbero, secondo Rémi Rorschash, testimonianze di quella che lui stesso chiama "la mia instancabile attività di produttore". La statuetta, rappresentazione caricaturale classica dell'arcano minore che si chiama cavallo di coppe,* sarebbe stata scovata durante la preparazione di quel telegramma intitolato *La sedicesima figura di quel cubo*, che abbiamo già avuto occasione di nominare e il cui tema rievoca per l'appunto una tenebrosa storia di divinazione; i piatti sarebbero stati decorati proprio per servire da sfondo ai titoli di testa di un feuilleton nel quale un unico attore avrebbe recitato successivamente le parti di un prete, di un banchiere, di una donna, di un contadino, di un avvocato, di un cronista gastronomico, di un virtuoso, di uno speziale credulone e di un granduca puzz'al naso; le monete antiche – ritenute autentiche – gli sarebbero state offerte da un collezionista entusiasmato da una serie di trasmissioni dedicate ai Dodici Cesari, benché quel Sergio Sulpicio Galba non avesse assolutamente niente a che fare con il Servio Sulpicio Galba che, un secolo e mezzo dopo, regnò per sette mesi, fra Nerone e Ottone, prima di essere massacrato in Campomarzio delle proprie truppe cui aveva rifiutato il *donativum*.**

Per quanto riguarda l'acquerello, sarebbe stato molto semplicemente uno dei bozzetti eseguiti per la scenografia di una riduzione

* Figura dei tarocchi. *[N.d.T.]*
** Elargizione fatta ai soldati romani in occasione di trionfi o altri avvenimenti importanti. *[N.d.T.]*

moderna e franco-britannica dell'opera di Stravinski.

È difficile stabilire quanto ci sia di vero in queste spiegazioni. Di quelle quattro trasmissioni, due non furono mai girate: il feuilleton in nove puntate cui tutti gli attori consultati – Belmondo, Bouise, Bourvil, Cuvelier, Haller, Hirsch e Maréchal – si rifiutarono di partecipare dopo aver letto la sceneggiatura, e il *Rake's Progress* messo al passo dei tempi il cui costo la B.B.C. giudicò eccessivo. La serie dei Dodici Cesari fu realizzata per la Tv delle scuole con la quale Rorschash pareva non avesse niente a che fare, e lo stesso accadde per *La sedicesima figura di quel cubo* che sembra sia stata prodotta da una di quelle società fornitrici di servizi cui la televisione francese ricorre tanto spesso.

La carriera di Rorschash alla televisione si svolse in realtà esclusivamente negli uffici. Con la vaga denominazione di "Incaricato responsabile presso la Direzione generale" oppure "Delegato alla ristrutturazione della ricerca e mezzi di sondaggio", le sue uniche attività consistettero nell'assistere giornalmente a conferenze preparatorie, commissioni miste, seminari di studio, consigli di gestione, colloqui interdisciplinari, assemblee generali, sessioni plenarie, comitati di lettura e altre sedute di lavoro che, a quel livello della gerarchia, costituiscono l'essenziale della vita di quell'organismo insieme alle comunicazioni telefoniche, le conversazioni di corridoio, le colazioni d'affari, le proiezioni di rushes e gli spostamenti all'estero. Non c'è effettivamente alcun motivo di dubitare che, durante una di quelle riunioni, abbia potuto lanciare l'idea di un'opera franco-inglese o di una serie storica ispirata a Svetonio, è però più probabile che abbia passato il suo tempo a preparare o commentare indici d'ascolto, masticare bilanci preventivi, redigere rapporti riguardanti la percentuale di utilizzo delle sale di montaggio, dettare promemoria, o andare da una conferenza all'altra badando bene d'essere sempre indispensabile in almeno due posti alla volta per, una volta seduto, essere subito chiamato al telefono e dover correre improrogabilmente via.

Queste attività multiformi appagavano la vanità di Rorschash, la sua sete di potere, il suo senso dell'intrigo e parole parole, ma non saziavano la sua nostalgia di "creatore": in quindici anni, riuscì comunque a firmare due produzioni, due serie pedagogiche destinate all'esportazione; la prima, *Doudoune e Mambo*, riguarda l'insegnamento del francese nell'Africa nera; la seconda – *Anamous e Pamplenas* – è costruita su una sceneggiatura rigorosamente identica, ma il suo scopo è quello "d'iniziare gli allievi de l'Alliance Française alle bellezze e all'armonia della civiltà greca".

All'inizio degli anni settanta, il progetto di Bartlebooth venne all'orecchio di Rorschash. In quel momento, benché Bartlebooth fosse già tornato da quindici anni, nessuno era veramente al corrente di tutta la faccenda. Quelli che avrebbero potuto saperne qualcosa ne parlavano poco o niente; gli altri sapevano, per esempio, che la signora Hourcade gli aveva consegnato delle scatole, oppure che aveva fatto sistemare nella camera di Morellet una strana macchina, o ancora che aveva viaggiato per vent'anni intorno al mondo con il suo domestico e che in quei vent'anni Winckler aveva continuato a ricevere, da tutto il mondo, in media due pacchi al mese. Ma nessuno sapeva sul serio che tali elementi si combinassero fra loro, e nessuno, del resto, si sognava d'insistere a fondo per saperlo. E Bartlebooth, se non ignorava che i piccoli misteri che circondavano la sua esistenza erano nello stabile oggetto d'ipotesi contraddittorie e spesso incoerenti, e talvolta perfino di mimiche sgarbate, era le mille miglia lontano dal pensare che un giorno qualcuno potesse rompergli le uova nel paniere.

Ma Rorschash si entusiasmò e la rievocazione frammentaria di quei vent'anni di circumnavigazione, di quei dipinti spezzettati, ricomposti, nuovamente scollati eccetera, e di tutte le storie di Winckler e Morellet, gli diedero l'idea di una trasmissione fiume in cui si sarebbe dovuto ricostruire nientedimeno che tutta la faccenda.

Bartlebooth, ovviamente, rifiutò. Ricevette Rorschash per un quarto d'ora e lo fece riaccompagnare alla porta. Rorschash non si diede per inteso, interrogò Smautf e gli altri domestici, si cucinò Morellet che lo inondò di spiegazioni una più incomprensibile dell'altra, ossessionò Winckler che tacque ostinatamente, si recò fino a Montargis per conferire, senza risultato alcuno, con la signora Hourcade, e finì col ripiegare sulla signora Nochère che non sapeva molto ma ci ricamava su volentieri.

Poiché non c'era legge che proibisse di raccontare la storia di un uomo che fa marine e puzzle, Rorschash decise di non badare al rifiuto di Bartlebooth e depositò presso la Direzione Programmi un progetto che stava a mezzo fra *I capolavori in pericolo* e *Le grandi battaglie del passato*.

Rorschash era troppo influente alla televisione perché la sua idea venisse rifiutata. Non lo era però abbastanza perché potesse realizzarsi rapidamente. Tre anni dopo, quando si ammalò al punto di dover praticamente smettere qualsiasi attività professionale nel giro di poche settimane, nessuno dei tre canali aveva ancora accettato definitivamente il suo progetto e la stesura della sceneggiatura non era terminata.

Senza voler fare troppe anticipazioni sul seguito degli avvenimenti, vale la pena osservare che l'iniziativa di Rorschash ebbe per Bartlebooth serie conseguenze. È per il tramite di questi insuccessi televisivi che, l'anno scorso, Beyssandre venne a sapere la storia di Bartlebooth. E, stranamente, fu proprio Rorschash che Bartlebooth andò allora a trovare perché gli raccomandasse un cineasta che potesse filmare l'ultima fase della sua impresa. La qual cosa non gli servì del resto a niente, se non a sprofondarlo ancora di più in un dedalo di contraddizioni di cui, già da parecchi anni, sapeva che avrebbe conosciuto l'inesorabile peso.

CAPITOLO XIX

Altamont, 1

Al secondo, in casa Altamont, si prepara il tradizionale ricevimento annuale. Ci sarà un buffet in ciascuna delle cinque stanze che danno sulla via. In questa, che normalmente è un salotto – la prima delle stanze affacciate sul grande vestibolo e alla quale fanno seguito una biblioteca fumoir, un salone, un salottino e una sala da pranzo –, i tappeti sono arrotolati evidenziando un prezioso pavimento di legno ad alveoli rapportati. Quasi tutti i mobili sono stati tolti; restano solo otto sedie di legno laccato, dallo schienale decorato con scene raffiguranti la guerra dei Boxer.

Non ci sono quadri alle pareti, facendo esse stesse, con le porte, ornamento: sono rivestite di una tela dipinta, un panorama sontuoso in cui certi effetti a inganno fanno pensare a una copia eseguita apposta per questa stanza sulla base di certi cartoni presumibilmente più antichi, raffiguranti la vita nelle Indie come poteva immaginarsela la fantasia popolare nella seconda metà del diciannovesimo secolo: innanzitutto una giungla lussureggiante popolata di scimmie con occhi grandissimi, poi una radura sul braccio di un fiume dove sguazzano tre elefanti spruzzandosi a vicenda; ancora più in là, delle capanne su palafitte davanti alle quali delle donne in sari giallo, azzurro e verde acqua e degli uomini in perizoma hanno messo a seccare foglie di tè e radici di zenzero mentre altri, sistemati davanti a delle intelaiature di legno, decorano dei grandi quadrati di cachemire con certi blocchi scolpiti che immergono in vasi colmi di tintura vegetale; infine, sulla destra, una classica scena di caccia alla tigre: fra una duplice siepe di sipahi che agitano battole e cembali, avanza un elefante con ricca gualdrappa e, sulla fronte, un drappo rettangolare tutto frange e nappine, che ha come insegne un rosso cavallo alato; dietro al cornak accovacciato fra le orecchie del pachiderma si erge un palanchino nel quale han preso posto un europeo dai favoriti rossicci che calza il casco coloniale e un maragià con la tunica incrostata di gemme e il candido turbante ornato da un lunghissimo ciuffo di piume fissato da un enorme diamante; davanti a loro, sul limitare della giungla, mezzo uscita dal sottobosco, una belva acquattata è pronta a balzare.

Sulla parete di sinistra, al centro, un grande caminetto di marmo rosa sormontato da un'ampia specchiera; sulla mensola, un alto vaso di cristallo di sezione rettangolare, colmo di semprevivi, e un salvadanaio stile novecento: è un negro in piedi, tutto denti, leggermente contorto: indossa un'ampia incerata scozzese con dominanti rosse, porta dei guanti bianchi, occhiali montati in acciaio e un cappello a cilindro decorato a *stars and stripes* con il numero 75 molto grande, blu e rosso. Ha la mano sinistra tesa, la destra stretta intorno al pomo di un bastone da passeggio. Quando si mette una moneta sul palmo teso, il braccio si solleva e la moneta viene inesorabilmente inghiottita: a mo' di ringraziamento l'automa muove cinque o sei volte le gambe in un modo che ricorda piuttosto bene il *jitterburg*.*

Un tavolo su cavalletti coperto di tovaglie bianche prende tutta la parete di fondo. I cibi che riforniranno il buffet non sono ancora stati portati, tranne cinque aragoste ricomposte, dai gusci scarlatti, disposte a stella sopra un grande piatto d'argento.

Seduto su uno sgabello fra il buffet e la porta che dà sul grande vestibolo, schiena contro il muro, gambe allungate e leggermente larghe, c'è l'unico personaggio vivo della scena: un domestico in calzoni neri e giacca bianca; è un uomo sui trent'anni dal viso rotondo e rosso; legge con aria di noia totale la notizia di un romanzo sulla copertina del quale una donna seminuda sdraiata in un'amaca, con un lungo bocchino fra le labbra, punta distrattamente sul lettore un piccolo revolver con il calcio di madreperla:

«In *La trappola per topi*, l'ultimo romanzo di Paul Winther, il lettore ritroverà con piacere l'eroe preferito dell'autore di *Sdraiala sul fieno*, *Gli scozzesi si arrabbiano*, *L'uomo con l'impermeabile* e tante altre certezze della letteratura poliziesca di oggi e di domani: il capitano Horty, che questa volta si troverà alle prese con un pericoloso psicopatico che semina la morte e il terrore in un porto del Baltico».

* Danza nordamericana fortemente ritmata. [N.d.T.]

CAPITOLO XX

Moreau, 1

Una camera del grande appartamento al primo piano. Il pavimento è coperto da una moquette color tabacco; le pareti sono tappezzate di pannelli di iuta grigio chiaro.

Nella stanza ci sono tre persone. Una è una vecchia, la signora Moreau, proprietaria dell'appartamento. È sdraiata in un grande letto svasato, sotto una trapunta bianca cosparsa di fiori azzurri.

In piedi davanti al letto, l'amica d'infanzia della signora Moreau, signora Trévins, che indossa un impermeabile e un foulard di cachemire, tira fuori dalla borsa, per mostrargliela, una cartolina appena ricevuta: raffigura una scimmia imberrettata al volante di una camionetta. In alto, c'è un cartiglio rosa con la scritta: "Ricordo di Saint-Mouezy-sur-Eon".

Accanto al letto, a destra, sul comodino, ci sono una lampada con un paralume di seta gialla, una tazza di caffè, una scatola di frollini bretoni sul coperchio della quale si vede un aratore, una boccetta di profumo il cui corpo perfettamente emisferico ricorda la forma di certi calamai di una volta, un piattino che contiene qualche fico secco e un pezzo di Edam,* e una losanga di metallo con quattro pietre di luna a cabochon incastonate ai quattro angoli che incornicia la fotografia di un uomo sulla quarantina, in giubbotto dal collo di pelo, seduto all'aperto a un tavolo campagnolo stracarico di cibarie: lombata, trippe, sanguinaccio, fricassea di pollo, sidro spumante, torta di frutta e prugne sotto spirito.

Sul ripiano inferiore del comodino c'è una piccola pila di libri. Quello di sopra s'intitola *La vita amorosa degli Stuart* e la sua copertina lucida raffigura un uomo in costume Luigi XIII, parrucca, cappello piumato, ampio bavero di pizzo, che tiene sulle ginocchia una servetta con il petto largamente scoperto e si porta alle labbra un gigantesco boccale di birra scolpito: è una pubblicazione alquanto losca, che riferisce compiacendosene dissolutezze e turpitudini attri-

* Formaggio olandese. [*N.d.T.*]

buite a Carlo I, uno di quei libri senza nome d'autore, venduti sotto cellofan con la menzione "rigorosamente vietato ai minori" sulle bancarelle e nelle edicole delle stazioni.

Il terzo personaggio è seduto, leggermente arretrato, sulla sinistra. È un'infermiera. Sfoglia con indifferenza una rivista illustrata sulla copertina della quale si vede un cantante confidenziale, in smoking fantasia blu petrolio con pagliuzze d'argento, la faccia tutta sudata, in ginocchio, a gambe larghe e braccia in croce, di fronte a una folla di spettatori in delirio.

A ottantatré anni, la signora Moreau è la decana dello stabile. È venuta a viverci nel millenovecentosessanta o giù di lì, quando lo sviluppo dei suoi affari la costrinse a lasciare Saint-Mouezy-sur-Eon (Indre), il paese natìo, per poter fronteggiare con energia i suoi impegni di capitano d'industria. Avendo ereditato una fabbrichetta di legno tornito che riforniva principalmente i negozi di mobili del Faubourg Saint-Antoine, si rivelò ben presto un'abile donna d'affari. Quando, all'inizio degli anni cinquanta, il mercato del mobile crollò, offrendo ormai al legno tornito solo sbocchi onerosi quanto aleatori – balaustre per scale e ballatoi, basi per lampade, cancellate d'altare, trottole, bilboquet e yoyò – lei ebbe l'audacia di riconvertirsi nella fabbricazione, condizionamento e distribuzione dell'attrezzeria individuale, intuendo che il rincaro del prezzo dei servizi avrebbe avuto come inevitabile conseguenza un notevolissimo sviluppo del mercato del bricolage.

La sua ipotesi fu confermata al di là delle più rosee previsioni e la sua industria prosperò al punto da espandersi ben presto su scala nazionale, arrivando perfino a minacciare direttamente i temibili concorrenti tedeschi, britannici e svizzeri che non tardarono a proporle vantaggiosi contratti di associazione.

Oggi, inferma, vedova dal millenovecentoquaranta (il marito, ufficiale della riserva, morì il sei giugno nella battaglia della Somme), senza figli, con quella signora Trévins, sua compagna di scuola, come unica amica, che si è presa in casa per avere un aiuto, continua, dal letto, a dirigere con mano sempre ferrea un'impresa fiorente il cui catalogo copre la quasi totalità delle industrie di arredamento e sistemazione di appartamenti, con incursioni in numerosi settori collaterali:

ASTUCCIO PER CARTA DA PARATI: cofanetto di plastica contenente 1 doppio metro pieghevole, 1 paio di forbici, 1 trapano, 1 martello, 1 regolo metallico m. 2, 1 cacciavite cercafase, 1 emarginatore, 1 coltello, 1 spazzola,

1 filo a piombo, 1 paio di tenaglie, 1 spatola da pittore, 1 coltello piatto. Lung. 45, larg. 30, alt. 8 cm. Peso 2,5 kg. Garanzia totale 1 anno.

CUCITRICE PER CARTA DA PARATI. Può alloggiare punti metallici da 4, 6, 8, 10, 12 e 14 mm. Presentata in un astuccio di metallo contenente una scatola di punti delle varie dimensioni, ovvero 6 scatole per un totale di 7.000 punti. Opuscolo esplicativo. Accessori: coltello preformatore, adattatore (per televisione, telefono, filo elettrico). Toglipunti, lama tagliastoffa, calamita. Garanzia totale 1 anno.

ASTUCCIO PER VERNICIATURA comprendente: 1 bacinella di plastica (9 litri), 1 setaccio centrifuga, 1 rotolo di poliammide mm. 175, 1 manicotto di gommapiuma, 1 manicotto di mohair per laccare, 1 pennello rotondo $\varnothing$ 25 mm. PURA SETA lunghezza 60 mm., 4 pennelli piatti larghezza 60, 45, 25, e 15 mm., spessore 17, 15, 10 e 7 mm. PURA SETA. Qualità extra. Lunghezza 55, 45, 38, 33 mm. Garanzia totale 1 anno.

PISTOLA PER VERNICIATURA A SPRUZZO a ugelli intercambiabili presentata con ugelli a getto rotondo e getto piatto. Compressore con membrana, in lega di alluminio. Pressione max 3 kg/cm^2, flusso max 7 m^3/h. Mantice a grilletto, pompa con manometro. Motore elettrico 220 V 1/3 CV con interruttore aperto-chiuso, cavo di alimentazione m. 2 con presa a terra. Alimentazione aria m. 4 con raccordo di bronzo. Peso totale 12 kg. Garanzia totale 1 anno.

PONTEGGIO MOBILE: 1 scala montante larga 1,6 con ruote, 1 scala montante larga 1,6 con ghiere, 2 rialzi di 60 cm., 1 piano 145×50 con parapetto, ringhiere e crocette, altezza regolabile di 30 in 30 cm. da 50 a 220. Ingombro al suolo 190×68. Dispositivo di frenaggio. Peso totale 38 kg. Garanzia totale 1 anno.

SCALA MULTIPOSE. Montanti in tubo d'acciaio ovale. 5 elementi. Chiusura automatica (sistema brevettato) alt. dritta m. 5,12, doppia m. 2,40, ingombro 145×65×20. Peso totale 23 kg. Accessori: predellino, cavalletto, zoccoli fissi. Garanzia totale 1 anno.

BANCO PER MECCANICI. Di fabbricazione robusta, questo banco prevede, oltre al piano di lavoro d'interessanti dimensioni 004×060×120, 2 cassetti montati su guide a scorrimento e una lamiera perforata per riporre gli attrezzi. Blocco conico. Possibilità di fissaggio orizzontale. Costruzione profilo a freddo 20/10°. Verniciatura grigio martellato. Assemblaggio con viti. Alt. 90 cm. Peso 60 kg. Garanzia totale 1 anno.

TRAPANO PERCUSSORE A VARIAZIONE ELETTRONICA. 220 V. 250 W. Doppio isolamento. Antidisturbo per radio e televisione. Velocità a vuoto da zero a 1.400/3.000 giri/min. Frequenza di percussione da zero a 14.000/35.200 colpi/min. Capacità acciaio: 10 mm., cemento: 12 mm., legno: 20 mm. Consegnato con mandrino a chiave da 10 mm. Cavo 3 m. Impugnatura a collare. Arresto di profondità. Chiave di servizio. Peso 2,5 kg. Accessori: adattatore universale, impugnatura a pistola, impugnatura laterale, impugnatura superiore, sergente, doppio mandrino, riduttore, supporto verticale e orizzontale, tavola piccola, colonna piccola, colonnina, colonna grande, percussione, sega circolare, sega con manico, sega a nastro, polilucidatrice, politrice soffice, politrice a vibrazione, politrice a rotazione, politrice "a marmo", pialla, sega a 2 tempi, mortasatrice, spianatrice, flessibile, affilatrice, spazzola, potasiepi, vibratore, compressore, pistola, prolunga, affila coltelli, morsa, astuccio 13 punte per trapano d'acciaio rapido $\varnothing$ 2 a 8, astuccio 4 punte per trapano al carburo di tungsteno $\varnothing$ 4, 5, 6 e 8 e 4 punte per trapano metalli al cromo vanadio $\varnothing$ 4, 5, 6 e 8, fresa 6 mm., fresa 8 mm., fresa 10 mm., caviglie, lame da pialla, tornio da legno, adattatore tornio fisso, sagomatrice, mortasatrice fissa, molatrice, calettatrice, piccolo tornio. Garanzia totale 1 anno.

COFANETTO ATTREZZI. Assortimento di 12 chiavi per tubazioni 12 misure cromo vanadio 8, 9, 10, 11, 12, 13, 14, 16, 17, 19, 21, 23. Pinza multipresa cromata manici isolati acetato da 250 a tacche; pinza universale cromata, manici isolati da 180; lima 1/2 rotonda di 200 mm., taglio semi dolce, con manico; lima triangolare di 125, taglio semi dolce, con manico; martello per ribadire laccato manico verniciato chiaro da 28; cacciavite da meccanico da 175 cromo vanadio; cacciavite da meccanico da 125 cromo vanadio; cacciavite a croce n° 1 cromo vanadio; cacciavite a croce n° 2 cromo vanadio; cacciavite da elettricista da 125 cromo vanadio isolato; bulino; chiave da 18; oliatore; chiave inglese da 20 acciaio forgiato, testa piatta; calibro spessori a 10 lame; portasega da metalli qualità professionale; tubo ovale cromato laccato rosso; fissa coppiglie cadmiato; pinza piatta cromata. Garanzia totale 1 anno.

BAULETTO-ARMADIO PER ATTREZZI. Consegnato con 24 targhette perforate e 80 ganci. Alt. 55, larg. 45, prof. 15 cm. Assortimento di 7 chiavi piatte 6 a 9; assortimento di 9 chiavi per tubazioni 4/14; portasega; cacciavite a croce; cacciavite da elettricista 4×100; cacciavite da meccanico 6×150; pinza multipla isolata; pinza universale isolata; porta punte di trapano a plateau 13 mm.; assortimento di 19 punte da trapano da 1 a 10 mm.; pialla n° 3; saracco a 3 lame; scalpello intagliatore da 10; scalpello intagliatore da 20; martello per ribadire da 25 laccato; raspa semi rotonda da 200; lima semi rotonda da 175; lima trequarti da 150; metro legno, fissa coppiglie cadmiato; punteruolo cadmiato; 2 punzoni; 2 succhielli; tenaglie da 180; livella ad acqua. Peso totale 14,5 kg. Garanzia totale 1 anno.

ASSORTIMENTO DI DODICI CHIAVI PIATTE fresate al cromo vanadio, 6-7, 8-9, 10-11, 12-13, 14-15, 16-17, 18-19, 20-22, 21-23, 24-26, 25-28, 27-32. Garanzia totale 1 anno.

COFANETTO PER FILETTATURE comprendente 9 maschi e 9 filiere a passo metrico di acciaio al tungsteno 3×05, 4×07, 5×08, 6×1,7×1,8×1,25, 9×1,25, 10×1,50, 12×1,75, 1 portafiliera, 1 levogiro. Garanzia totale 1 anno.

COFANETTO DI FILIERE ESTERNE comprendente 18 filiere, 12 misure al cromo vanadio da 10 a 32, un girabecchino, un cardano universale, 1 impugnatura scorrevole, 1 nottolino reversibile, 1 prolunga piccola, 1 prolunga grande. Garanzia totale 1 anno.

KIT PER MURATORI comprendente: 1 livella metallo 3 fiale da 50, 1 cazzuola punta rotonda da 22, 1 cazzuola punta quadrata da 20; 1 cazzuola lingua di gatto da 16; 1 scalpello da muratore 300×16; 1 spatola liscia intonaco 300×16; 1 spazzola metallica a violino. Garanzia totale 1 anno.

KIT PER ELETTRICISTI comprendente: 1 pinza con tagliafili isolata da 160; 1 pinza universale cromata isolata da 180; 1 pinza radio cromata da 140; 1 pinza spelafili cromata isolata da 180; 1 cacciavite cercafase; 1 cacciavite cromo vanadio manico isolante; 1 saldatore da 60 W; 1 rotolo di nastro adesivo. Garanzia totale 1 anno.

KIT PER FALEGNAMI comprendente: 1 saracco, 1 sega a gattuccio, 1 martello da falegname, 1 pinza tagliente, 1 paio di tenaglie 1/2 fini; 3 forbici da falegname 8, 10 e 15, 1 bedano, 1 cacciavite 7×150, 1 cacciavite 4×100. Garanzia totale 1 anno.

KIT PER IDRAULICI. Cofanetto metallico di 440×210×100 mm. comprendente: una fiamma ossidrica con cannello a becco sottile e accensione automatica (consegnata senza cartuccia), 5 astine per saldatura completamente metalliche, 1 pinza morsa al cromo vanadio di 250 mm., 1 taglia tubi apertura 0/30 mm., 1 stringi tubi 0/25 mm., 1 apparecchio per ribattere le flange per tubi di 6, 8, 10, 12, 14 mm. Garanzia totale 1 anno.

KIT PER AUTOMOBILISTI comprendente: chiave a croce pieghevole, raschietto per parabrezza, assortimento di 9 chiavi inglesi 4/4, assortimento di 6 chiavi piatte 6×7 a 16×17, calibro per spessori a 8 lame, lampada tascabile con pila, oliatore, pinza universale isolata, pinza variabile, chiave inglese cromata, spazzola per candele, assortimento di 4 cacciaviti, martello cromato, chiave per candele a cardano, lima, assortimento di chiavi "magneto", fissa coppiglie zincato, pelle di daino, ingrassatore a pompa, pompa a pedale, triangolo segnalatore, estintore, cric idraulico, misuratore di pressione 0/3 bars, pesa liquido, pesa antigelo, faro spostabile lente bianca fissa, riflettore rosso amovibile. Garanzia totale 1 anno.

CASSETTA PRONTO SOCCORSO comprendente: 1 flacone per acqua ossigenata a 10 volumi, 1 flacone per alcool denaturato 70°, 2 medicazioni adesive modello grande, 4 medicazioni adesive modello piccolo, 1 pinza per schegge, 1 paio di forbici, 1 flacone per tintura di iodio, 6 compresse idrofile, 2 bende di garza idrofila 3×0,07 m., 2 bende di crespo 1×0,05 m. 1 laccio emostatico, 1 metro a nastro (1,50 m.), 1 lampada tascabile metallica cromata con pila e lampadina, 1 gessetto indelebile, 5 buste tamponi alcool, 1 busta fazzolettini rinfrescanti, 1 tubetto spilli da balia, 1 tubetto vuoto per antidolorifici, 5 tamponi cotone idrofilo, 3 paia di guanti plastica a perdere, 1 TUBO DI GOMMA PER RIANIMAZIONE BOCCA A BOCCA con istruzioni per l'uso. Garanzia totale 1 anno.

CONTAINER PER CAMPEGGIATORI. 6 persone "lusso" comprendente 1 secchio polietilene con coperchio catino, 1 insalatiera con coperchio tenuta stagna, 6 piatti piani, 6 fondine, 1 scatola cibi chiusura ermetica, 1 boccale, 1 saliera, 1 pepaiola, 1 scatola portauova, 6 bicchierini, 6 tazze, 6 coperti (coltelli, forchette e cucchiai grandi). Dimensioni 42×31×24 cm. Peso totale 4,2 kg. Garanzia totale 1 anno.

STRUTTURA METALLICA. 3,5 m., 8 ganci con attrezzi. Tubo acciaio, laccato a fuoco, tinta verde. Trave ∅ 80 mm., 4 montanti interni ∅ 40 mm., 2 montanti esterni ∅ 35 mm. Lung. 3,90 m., larg. 2,90 m. Ingombro max 6 m. Ganci bullonati con sistema brevettato. Attrezzi: 2 altalene, 1 trapezio con funi polipropilene ∅ 12 mm., 1 corda liscia di canapa ∅ 22 mm., una scaletta a corda di polipropilene Ø 10 mm. Accessori speciali su ordinazione: corda a nodi, assortimento di anelli, bilancella semplice, bilancella doppia. Consegnata con istruzioni per il montaggio e fermagli di sicurezza. Garanzia totale 1 anno.

FORNITURA PER SCRIVANIE in materiale sintetico perfetta imitazione cuoio, grana sottile, tinta marrone, decorazione in oro fino 23 carati, rifiniture accuratissime, comprendente: 1 cartella sottomano con carta assorbente 48×33, 1 blocco calendario a foglietti staccabili, 1 porta matite, 1 classificatore. Garanzia totale 1 anno.

CAPITOLO XXI

Nel locale caldaie, 1

Un uomo è disteso bocconi in cima alla caldaia che alimenta tutto lo stabile. È un uomo sulla quarantina; non sembra un operaio, ma un ingegnere o un ispettore del gas piuttosto; non porta abiti da lavoro, ma da passeggio, una cravatta a pallini, una camicia di terital azzurro chiaro. Si è protetto la testa coprendola con un fazzoletto rosso annodato ai quattro angoli che fa venire vagamente in mente una berretta cardinalizia. Asciuga con una pelle di daino un oggettino cilindrico che termina da una parte in uno stelo filettato e dall'altra in una valvola a molla. Accanto a lui, sulla pagina strappata da un giornale dove si può leggere soltanto qualche titolo, riquadro o frammento

| Il generale Shalako, che ripulì la sacca di Vézelize, è morto a Chicago | Il molosso è angosciato, di John Whitmer (per le edizioni de la Calebasse) ha vinto il Gran Premio di Let- |

Che hanno distrutto la pace del mio popolo e il governo del paese ed è per questo

Oggi pomeriggio, la Fanfara del 2° Spahis darà un concerto nei giardini del

sono posati vari altri pezzi: bulloni, viti, rondelle e grappe di serraggio, ribattini, mandrini, maschi e qualche attrezzo. Sulla parte anteriore della caldaia è fissata una targa rotonda con la scritta RICHARDT & SECHER che sormonta un diamante stilizzato.

L'installazione del riscaldamento centrale è cosa relativamente recente. Fintantoché i Gratiolet ebbero la maggioranza in seno alla comproprietà, si opposero con accanimento a una spesa che giudicavano superflua, scaldandosi loro stessi, come del resto quasi tutti i parigini dell'epoca, con caminetti e stufe a legna o a carbone. Fu solo all'inizio degli anni sessanta, quando Olivier Gratiolet vendette a Rorschash la quasi totalità delle quote residue, che i lavori vennero approvati ed eseguiti, insieme al rifacimento completo del tetto e al costoso programma di rintonacatura imposto dalla recente legge cui André Malraux avrebbe lasciato il proprio nome, il tutto, cui per di più si aggiunsero la ristrutturazione del duplex dei Rorschach e quella dell'appartamento della signora Moreau, trasformando per quasi un anno lo stabile in un cantiere sporco e rumoroso.

La storia dei Gratiolet inizia più o meno come la storia del marchese de Carabas ma finisce molto peggio: né quelli che ebbero quasi tutto né quelli che ebbero quasi niente fecero una buona riuscita. Quando, nel 1917, morì Juste Gratiolet che si era arricchito con il commercio e l'industria del legno – è in particolare l'inventore di una macchina speciale per parquet ancora usata da parecchie fabbriche del ramo –, i quattro figli sopravvissuti si spartirono il patrimonio secondo il testamento che aveva lasciato. Questo patrimonio era composto da uno stabile – quello di cui si parla qui –, da un'azienda agricola nel Berry dedita per un terzo alle colture cereali, per un terzo alla carne da macello e per un altro terzo alla silvicoltura, da un cospicuo pacchetto di azioni della Compagnia Mineraria dell'Alto Boubandjida (Camerun), e da quattro grandi tele del paesaggista e animalista bretone Le Meriadech' che all'epoca era molto apprezzato. Di conseguenza, il figlio maggiore, Emile, ebbe lo stabile, Gérard la fattoria, Ferdinand le azioni, e Hélène, l'unica figlia, i quadri.

Hélène, che pochi anni prima aveva sposato il suo insegnante di ballo – certo Antoine Brodin – cercò subito di contestare l'eredità, ma le conclusioni degli esperti le furono nettamente sfavorevoli. Si sentì dire che da una parte suo padre, legandole delle opere d'arte, aveva innanzitutto pensato di evitarle le preoccupazioni e le responsabilità inerenti all'amministrazione di uno stabile parigino, alla conduzione di una proprietà agricola o alla gestione di un portafoglio africano, e che, d'altra parte, le sarebbe stato difficile se non impossibile dimostrare che la spartizione era ingiusta, poiché quattro tele di un pittore di gran fama valevano perlomeno quanto un pacchetto di azioni riguardanti delle miniere che non erano ancora sfruttate e forse non lo sarebbero state mai.

Hélène vendette le tele per la somma, esorbitante se pensiamo al discredito in cui venne a trovarsi Le Meriadech' pochi anni dopo, dal quale del resto sta riemergendo solo adesso, di 60.000 franchi. Con quel piccolo capitale, lei e il marito espatriarono negli Stati Uniti. Dove diventarono giocatori professionisti, organizzando in treni notturni e bische di paese delle partite a dadi clandestine che a volte duravano più di una settimana. All'alba dell'11 settembre 1935, Antoine Brodin fu assassinato; tre mascalzoni, ai quali aveva proibito l'ingresso nella sua sala giochi due giorni prima, lo trascinarono in una cava abbandonata di Jemima Creek, a quaranta chilometri da Pensacola (Florida), e lo ammazzarono a bastonate. Hélène tornò in Francia poche settimane dopo. Ottenne dal nipote François che, alla morte di Emile, l'anno precedente, aveva ereditato lo stabile, l'usufrutto di un piccolo appartamento di due stanze al sesto piano, vicino al dottor Dinteville. Dove visse, rinsavita, timorosa, riservata, fino alla morte, nel millenovecentoquarantasette.

Emile, nei suoi diciassette anni di proprietà, amministrò lo stabile con cura e competenza dando perfino il via a vari lavori di rammodernamento, e in particolare all'impianto, nel 1925, di un ascensore. Ma la sensazione di essere stato l'unico beneficiario dell'eredità e di avere, facendo rispettare le volontà paterne, danneggiato i fratelli e la sorella, lo portò a sentirsene responsabile al punto di volersi caricare dei loro stessi affari. Quel suo scrupolo di fratello maggiore fu il principio della fine.

Gérard, il secondo, si occupava più o meno felicemente della sua azienda agricola. Ma Ferdinand, il terzo, si trovava in cattive acque. La Compagnia Mineraria dell'Alto Boubandjida (Camerun), della quale era diventato un azionista relativamente importante, era stata creata una decina di anni prima con lo scopo di fare opportuni sondaggi e inoltre sfruttare i ricchi giacimenti di minerale di stagno scoperti da tre geologi olandesi al seguito della Missione Zwindeyn. Da allora, si erano avvicendate parecchie spedizioni preliminari, ma le conclusioni che ne riportavano erano per la maggior parte pochissimo incoraggianti: alcune confermavano la presenza di grossi filoni di cassiterite ma si preoccupavano delle condizioni di sfruttamento e soprattutto di trasporto; altre dichiaravano che il minerale era troppo povero per giustificare un'estrazione il cui prezzo di costo sarebbe stato necessariamente troppo oneroso; altre ancora affermavano che i campioni prelevati non contenevano stagno ma presentavano in compenso abbondanti tracce di bauxite, ferro, manganese, rame, oro, diamanti e fosfati.

Pur se generalmente pessimistiche, quelle relazioni contraddittorie non impedirono in alcun modo che la Compagnia venisse trattata attivamente in Borsa e procedesse di anno in anno a degli aumenti di capitale. Nel millenovecentoventi, la Compagnia Mineraria dell'Alto Boubandjida (Camerun) aveva raccolto quasi venti

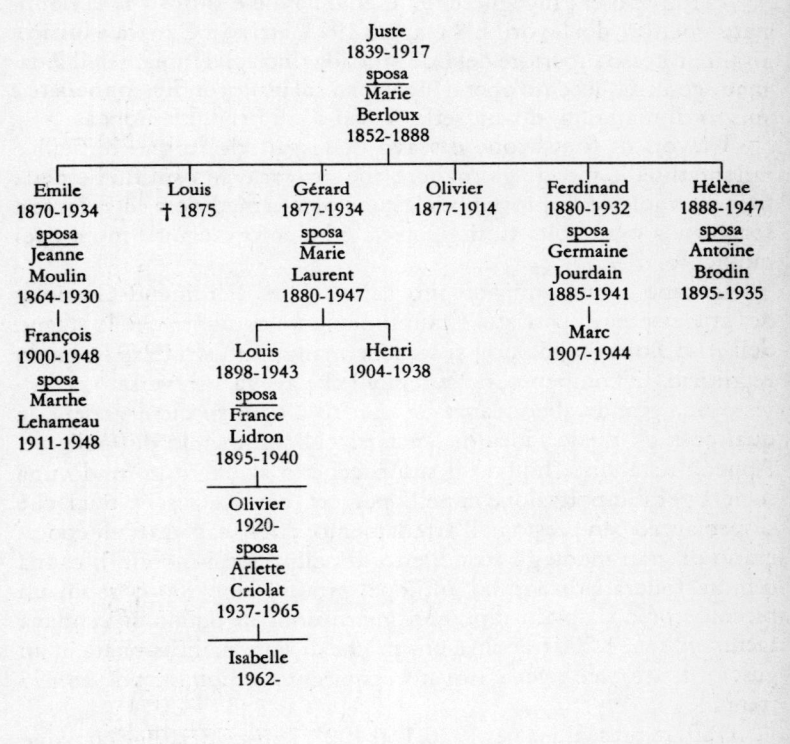

milioni di franchi versati da circa settemilacinquecento azionisti e il suo consiglio d'amministrazione annoverava tre ex ministri, otto banchieri e undici grossi industriali. Quell'anno, durante un'assemblea generale dall'inizio alquanto burrascoso e dal finale trionfante, venne deciso all'unanimità di finirla con quei preparativi inutili e di procedere allo sfruttamento immediato dei giacimenti, quali che fossero.

Ferdinand era ingegnere del Genio Civile e riuscì a farsi nominare ispettore dei lavori. L'8 maggio 1923, arrivò a Garova e iniziò a risalire il corso superiore del Boubandjida fino agli altipiani dell'Adamaua con cinquecento operai ingaggiati sul posto, undici tonnellate e mezzo di materiali, e ventisette "quadri" di origine europea.

I lavori di fondazione e scavo delle gallerie furono difficili e rallentati dalle piogge giornaliere che provocavano sul fiume delle piene irregolari e imprevedibili la cui violenza media era sufficiente a spazzar via ogni volta tutti gli sterri o i riporti eseguiti fino a quel momento.

In capo a due anni, colpito dalle febbri, Ferdinand Gratiolet dovette essere rimpatriato. Era intimamente convinto che lo stagno dell'Alto Boubandjida non si sarebbe mai potuto sfruttare in modo redditizio. In compenso, nelle regioni che aveva attraversato, aveva visto una grande abbondanza di animali d'ogni specie e varietà, la qual cosa gli diede l'idea di lanciarsi nel commercio del pellame. Appena ristabilito, liquidò il suo pacchetto azionario e fondò una società per l'importazione di pelli, pellicce, corna e gusci esotici, che si specializzò ben presto nell'arredamento: effettivamente, all'epoca, erano di gran moda gli scendiletto di pelliccia e i mobili di canna d'India foderati di zorilla, antilope, giraffa, leopardo o zebù; un piccolo comò di pitch pine con guarnizioni di bufalo si vendeva facilmente sui 1.200 franchi e una psiche di Tortosi incastonata in un guscio di trionice aveva trovato acquirente a Drouot per 38.295 franchi!

L'affare prese il via nel 1926. Dal 1927, i prezzi di pelli e cuoiame iniziarono una discesa vertiginosa che doveva durare sei anni. Ferdinand si rifiutò di credere alla crisi e si ostinò ad aumentare gli stock. Sul finire del millenovecentoventotto, la totalità del suo capitale era bloccata, praticamente non negoziabile, e lui non poteva più pagare le spese di trasporto né quelle di sorveglianza. Per evitargli la bancarotta fraudolenta, Emile lo rimise in piedi vendendo due appartamenti dello stabile, fra cui quello in cui si sistemò allora Bartlebooth. Ma la cosa non servì granché, l'azienda era finita.

Nell'aprile 1931, mentre s'andava sempre più confermando il fatto che Ferdinand, proprietario di uno stock di qualcosa come quarantamila pelli che gli erano costate tre o quattro volte il prezzo che ormai avrebbe potuto ricavarne, era incapace tanto di assicurarne la manutenzione e la custodia quanto di far fronte a tutti gli altri impegni, il magazzino di La Rochelle nel quale erano stipate le merci fu completamente distrutto dal fuoco.

Le compagnie d'assicurazione si rifiutarono di pagare e accusarono pubblicamente Ferdinand di aver provocato un incendio doloso. Ferdinand fuggì, abbandonando la moglie, un figlio (che aveva appena superato brillantemente gli esami di concorso per insegnanti di filosofia) e le rovine ancora fumanti del suo affare. Un anno dopo, la famiglia sarebbe venuta a sapere che aveva trovato la morte in Argentina.

Ma le compagnie d'assicurazione continuavano ad accanirsi contro la vedova. Per venirle in aiuto, Emile e Gérard, i due cognati, si sacrificarono; Emile vendendo diciassette dei trenta alloggi che possedeva ancora, Gérard liquidando quasi metà della sua azienda.

Emile e Gérard morirono entrambi nel millenovecentotrentaquattro; Emile per primo, nel mese di marzo, di una congestione polmonare; Gérard, nel mese di settembre, per un attacco cerebrale. Lasciando ai loro figli un'eredità che negli anni successivi non cessò mai di assottigliarsi.

FINE DELLA PRIMA PARTE

SECONDA PARTE

CAPITOLO XXII

L'atrio, 1

L'atrio è un luogo relativamente vasto, quasi perfettamente quadrato. Proprio in fondo a destra, una porta dà sulle cantine; al centro, la gabbia dell'ascensore; sulla porta di ferro battuto un cartello

«ASCENSORE MOMENTA- NEAMENTE FERMO»

appeso; a destra, l'attacco delle scale. I muri sono laccati di verde chiaro, il pavimento è coperto da un tappeto di corda a tessitura estremamente fitta. Sulla parete di sinistra, la porta a vetri della guardiola ornata di tendine di pizzo.

In piedi davanti alla guardiola, una donna sta leggendo la lista degli inquilini; indossa un ampio mantello di lino marrone chiuso da una grossa spilla pisciforme tempestata di granati scuri. Porta a tracolla una sacca di tela grezza e tiene nella mano destra una fotografia marroncina con una figura maschile in finanziera nera. L'uomo ha folti favoriti e stringinaso; è in piedi accanto a una libreria girevole, di mogano e rame, stile Napoleone III, sulla quale si trova un vaso di pasta vitrea colmo di pandiserpe. Il cilindro, i guanti e il bastone da passeggio sono posati accanto a lui sopra una scrivania ministeriale con incrostazioni di tartaruga.

Quell'uomo – James Sherwood – fu vittima di una delle più

celebri truffe di tutti i tempi: due pataccari di genio gli vendettero, nel milleottocentonovantasei, il vaso nel quale d'Arimatea aveva raccolto il sangue di Cristo. La donna – una romanziera americana, tale Ursula Sobieski – ha iniziato da tre anni la ricostruzione della tenebrosa vicenda al fine di utilizzarla nel suo prossimo libro e la finale dell'inchiesta l'ha condotta oggi in questo stabile per cercarvi qualche ulteriore informazione.

Nato nel 1833 a Ulverston (Lancashire), James Sherwood se ne esiliò ben presto per diventare farmacista a Boston. All'inizio degli anni settanta inventò una ricetta di pasticche pettorali a base di zenzero. La fama di quelle caramelle per la tosse si diffuse e stabilizzò in meno di cinque anni: proclamata da uno slogan diventato famoso, *"Sherwoods' put you in your mood"*,* e illustrata da vignette esagonali raffiguranti un cavaliere in armatura che fa a pezzi con la sua lancia lo spettro dell'influenza personificata da un vecchiaccio stizzoso bocconi in un paesaggio di bruma, vignette che furono largamente distribuite in tutta l'America e stampate su carte assorbenti per le scuole, dietro ai pacchetti di fiammiferi, sulle capsule d'acqua minerale, sul coperchio delle scatole di formaggio, e su migliaia di piccoli giocattoli e accessori scolastici dati in omaggio a ogni acquirente di una scatola di *Sherwoods'* in certi determinati periodi: astucci portapenne, piccoli quaderni, giochi di cubi, piccoli puzzle, piccoli setacci auriferi (riservati alla clientela californiana), fotografie con finte dediche di celebri stelle del music-hall.

Sfortunatamente, la colossale fortuna che accompagnò tale prodigiosa popolarità non riuscì a guarire il farmacista dalla malattia che lo affliggeva: una neurastenia tenace che lo teneva in uno stato quasi cronico di letargo e prostrazione. E che però gli permise quanto meno di soddisfare la sola attività in grado di scuoterlo dalla sua tetraggine: la ricerca degli *unica*.

Un *unicum*, nel gergo dei librai, dei rigattieri e dei venditori di curiosità, è, come s'intuisce dal termine stesso, un pezzo di cui esiste un solo esemplare. Questa definizione alquanto vaga copre un'ampia gamma di oggetti; possono essere oggetti fabbricati in esemplare unico, come l'ottobasso, quel contrabbasso mostruoso per cui ci vogliono due strumentisti, uno dei quali in cima a una scala che badi alle corde e l'altro su un semplice sgabello che tenga l'archetto, o come la Legouix-Vavassor Alsatia che vinse il Gran Premio di Amsterdam nel 1913 e la cui commercializzazione fu definitivamente

* Che si potrebbe tradurre molto liberamente: "Le Sherwood ti rimettono in gamba", "Sherwood e la vita sorride", o simili. [N.d.T.]

compromessa dalla guerra; possono essere specie animali di cui si conosce un solo individuo, come il tanrec *Dasogale fontoynanti* il cui unico campione, catturato nel Madagascar, si trova nel Museo di Storia naturale di Parigi, come la farfalla *Troides allottei* che un collezionista acquistò per 1.500.000 franchi nel 1966, o come il *Monachus tropicalis*, quella foca dal dorso bianco la cui esistenza si conosce solo per il tramite di una fotografia scattata nello Yucatan nel 1962; possono essere oggetti di cui rimane un solo esemplare, come succede con parecchi francobolli, libri, incisioni e registrazioni fonografiche; possono essere infine oggetti resi unici da questa o quella particolarità della loro storia personale: la stilografica con la quale fu siglato e firmato il Trattato di Versailles, il cesto di crusca nel quale rotolò la testa di Luigi XVI o quella di Danton, il pezzetto di gesso che Einstein usò durante la memorabile conferenza del 1905; il primo milligrammo di radium puro isolato dai Curie nel 1898, il Dispaccio di Ems,* i guantoni con i quali, il 21 luglio del 1921, Dempsey sconfisse Carpentier, i primi slip di Tarzan, i guanti di Rita Hayworth in *Gilda*, sono gli esempi classici di quest'ultima categoria, la più diffusa, ma anche la più ambigua, se pensiamo che qualsiasi oggetto può sempre definirsi in modo unico, e che in Giappone esiste una fabbrica che confeziona in serie cappelli di Napoleone.

Diffidenza e passione sono le due caratteristiche dei collezionisti di *unica*. La diffidenza li porterà ad accumulare fino all'eccesso le prove dell'autenticità e – soprattutto – dell'unicità dell'oggetto in questione; la passione li porterà a una credulità a volte senza limiti. E fu proprio tenendo costantemente presenti questi due elementi che i pataccari dell'epoca riuscirono a spogliare Sherwood di un terzo del suo patrimonio.

Un giorno dell'aprile 1896, un operaio italiano, tale Longhi che era stato assunto quindici giorni prima per ridipingere i cancelli del parco, si avvicinò al farmacista nel momento in cui quest'ultimo faceva fare la solita passeggiata quotidiana ai suoi tre levrieri e gli spiegò, in un inglese alquanto approssimativo, che, tre mesi innanzi, aveva affittato una camera a un compatriotta, certo Guido Mandetta, il quale si dichiarava studente di storia; questo Guido era partito all'improvviso, senza pagarlo, evidentemente, lasciandogli solo una vecchia valigia piena di libri e scartoffie. Longhi desiderava rientrare

---

* Il dispaccio che, il 13 luglio 1870, Guglielmo I, dopo un colloquio con l'ambasciatore francese Benedetti (candidatura Hohenzollern al trono di Spagna), spedisce a Bismarck e che, alterato dal cancelliere, provoca la dichiarazione della guerra franco-prussiana. [*N.d.T.*]

un po' nelle spese vendendo i libri, ma aveva paura di farsi imbrogliare per cui adesso chiedeva aiuto a Sherwood. Sherwood, che non si aspettava niente d'interessante da un mucchio di manuali di storia e note di studio, stava per rifiutare o mandare uno dei suoi domestici quando Longhi precisò che c'erano soprattutto vecchi libri scritti in latino. La curiosità così destata non venne delusa. Longhi se lo portò a casa, una grande costruzione di legno piena di mamme e marmocchi e lo fece entrare nella stanzetta mansardata dove aveva abitato Mandetta; appena aperta la valigia, Sherwood fece un salto di gioia e di sorpresa: in mezzo a una confusione di quaderni, fogli volanti, taccuini, ritagli di giornale e libri sciupacchiati, scoprì un antico Quarli, uno di quei prestigiosi volumi con rilegatura di legno e taglio dipinto che i Quarli stamparono a Venezia fra il 1530 e il 1570, per la maggior parte ormai introvabili.

Sherwood esaminò il libro con cura: era in pessimo stato, ma indubbiamente autentico. Il farmacista non esitò: tirando fuori dal portafoglio due biglietti da cento dollari, li diede al Longhi e, tagliando corto con i confusi ringraziamenti dell'italiano, fece trasferire la valigia in casa propria e si mise a esaminare sistematicamente il contenuto, sentendosi prendere, col passar delle ore e il precisarsi delle scoperte, da un'eccitazione sempre più intensa.

Il Quarli in sé non aveva solo un valore per bibliofili. Era la celebre *Vita brevis Helenae*, di Arnaud de Chemillé, nella quale l'autore, dopo aver tracciato per sommi capi i principali episodi della vita della madre di Costantino il Grande, fa rivivere la costruzione della chiesa del Santo Sepolcro e le circostanze del ritrovamento della Vera Croce. Inseriti in una specie di tasca cucita sul risguardo di pergamena finissima si trovavano cinque foglietti manoscritti, di molto posteriori al libro stesso ma ciononostante piuttosto antichi, fine del diciottesimo secolo probabilmente: si trattava di una lista stucchevole e pignola che elencava, su interminabili colonne di una grafica serrata e ormai quasi indecifrabile, vita morte e miracoli delle Reliquie della Passione: i frammenti della Santa Croce a San Pietro, Roma, a Santa Sofia, a Worms, a Clairvaux, nella Chapelle-Lauzin, nell'Hospice des Incurables, Baugé, a Saint-Thomas, Birmingham, eccetera; i Chiodi nell'abbazia di Saint-Denis, nella cattedrale di Napoli, a San Felice, Siracusa, ai Santi Apostoli, Venezia, a Saint-Sernin, Tolosa; la Lancia con la quale Longino aprì il Costato di Nostro Signore a San Paolo fuori le Mura, San Giovanni in Laterano, a Norimberga e nella Sainte-Chapelle, Parigi; il Calice a Gerusalemme; i Tre Dadi con i quali i soldati romani si giocarono la Tunica di Cristo nella cattedrale di Sofia; la Spugna imbevuta d'aceto e fiele a San Giovanni in Laterano, Santa Maria in Trastevere, Santa Maria

Maggiore, San Marco, San Silvestro in Capite e nella Sainte-Chapelle, Parigi; le Spine della Corona a Saint-Taurin, Evreux, a Châteaumeillant, Orléans, Beaugency, Notre-Dame, Reims, Abbeville, Saint-Benoît-sur-Loire, Vézelay, Palermo, Colmar, Montauban, Vienna e Padova; il Vaso a San Lorenzo, Genova, il Velo della Veronica (la *vera icon*) a San Silvestro, Roma; la Sacra Sindone a Roma, Gerusalemme, Torino, Cadouin nel Périgord, Carcassonne, Magonza, Parma, Praga, Baiona, York, Parigi, eccetera.

Gli altri pezzi non erano meno interessanti. Guido Mandetta aveva raccolto un'ampia documentazione storica e scientifica sulle Reliquie del Golgota e in particolare sulla più prestigiosa di tutte, quel vaso di cui Giuseppe d'Arimatea si sarebbe servito per raccogliere il Sangue che scorreva dalle Piaghe divine: una serie di articoli di un professore di storia antica della Columbia University (New York), tale J. P. Shaw, esaminava le varie leggende sul Sacro Vaso cercando di enuclearne gli elementi reali sui quali ci si poteva basare razionalmente. Le analisi del professor Shaw non erano incoraggianti: le tradizioni per le quali d'Arimatea aveva portato personalmente il Vaso in Inghilterra fondandovi, per accorglierlo, il monastero di Glastonbury, si basavano, dimostrava, solo su una contaminazione cristiana (tarda?) della leggenda del Graal; il *Sacro Catino* della cattedrale di Genova era una coppa di smeraldo, sedicentemente scoperta dai crociati a Cesarea nel 1102, della quale però era più che legittimo chiedersi come avesse fatto a procurarsela, Giuseppe d'Arimatea; il Vaso d'oro a due anse conservato nella chiesa del Santo Sepolcro a Gerusalemme e dove, secondo Beda il Venerabile, che non lo aveva mai visto, fu contenuto il Sangue del Signore, era invece un semplice calice, la confusione essendo nata dall'errore di un copista che aveva letto "contenuto" al posto di "consacrato". Quanto alla quarta leggenda, che raccontava come i Burgundi di Gonderico, quando Ezio li aveva fatti alleare con i Sassoni, gli Alani, i Franchi e i Visigoti per fermare Attila e i suoi Unni, fossero arrivati ai Campi Catalaunici preceduti – pratica molto comune in quell'epoca – dalle loro reliquie propiziatorie, e precisamente dal Sacro Vaso che i missionari ariani che li avevano convertiti avevano loro lasciato e che, una trentina di anni dopo, Clodoveo gli avrebbe poi rubato a Soissons, il professor Shaw la respingeva dichiarandola ancora più improbabile delle altre, mai e poi mai infatti degli ariani, che rifiutavano la transustanziazione del Cristo, avrebbero pensato di adorare o farne adorare le reliquie.

Pure, concludeva il professor Shaw, in mezzo a quell'intensa corrente di scambi che, dall'inizio del IV alla fine del XVIII secolo, si venne a stabilire fra l'Occidente cristiano e Costantinopoli, e di cui le

Crociate sono soltanto un minuscolo episodio, è abbastanza possibile che il Vero Vaso si sia potuto conservare nella misura in cui, all'indomani della Sepoltura, fu ritenuto oggetto di grandissima venerazione.

Quando ebbe finito di studiare in lungo e in largo i documenti raccolti da Mandetta — la maggior parte dei quali gli continuavano a essere, del resto, indecifrabili —, Sherwood era convinto che l'italiano avesse ritrovato le tracce del Sacro Vaso. Gli mise alle costole un esercito di detective, la quale cosa non diede alcun risultato, poiché lo stesso Longhi non gli aveva potuto fornire una valida indicazione. Decise allora di chiedere consiglio al professor Shaw. Trovò il suo indirizzo in una recentissima edizione del *Who's Who* americano e gli scrisse. La risposta arrivò un mese dopo: il professor Shaw tornava da un viaggio; impegnatissimo negli esami di fine d'anno, non poteva andare a Boston, ma avrebbe visto molto volentieri Sherwood a New York.

Il colloquio si svolse quindi nel domicilio newyorkese di J. P. Shaw, il 15 giugno 1896. Non appena Sherwood menzionò la scoperta del Quarli fu immediatamente interrotto da Shaw:

— Si tratta della *Vita brevis Helenae*, vero?

— Sì, certo, ma...

— E, nel primo risguardo, c'è una tasca che contiene l'elenco di tutte le reliquie del Golgota?

— È vero, ma...

— Ebbene, caro signore, sono felice di conoscerla finalmente! Lei ha trovato il mio esemplare! Per quanto ne sappia, non ce ne sono altri. Me l'hanno rubato due anni fa.

Il professore si alzò, andò a frugare in uno schedario e tornò con dei foglietti sgualciti.

— Guardi qua, ecco l'annuncio che ho fatto pubblicare nei giornali specializzati e mandato a tutte le biblioteche del paese:

Il 6 aprile 1893, È STATO RUBATO, nel domicilio del professor J.P. SHAW, a New York, N.Y., Stati Uniti d'America, un esemplare rarissimo della VITA BREVIS HELENAE *di Arnaud de Chemillé. Quarli, Venezia, 1549, 171 ff. num., 11 ff. non numerati. Assicelle di copertura molto danneggiate. Risguardi di pergamena finissima. Taglio dipinto. Due fermagli su tre intatti. Numerose annotazioni ms. a margine.* INSERTO DI 5 FOGLIETTI MANOSCRITTI DI J.-B. ROUSSEAU.

Sherwood dovette restituire a Shaw quel libro che aveva creduto di acquistare così a buon mercato. Rifiutò i duecento dollari di ricompensa che Shaw gli proponeva. In compenso domandò allo storico di aiutarlo a sfruttare l'ampia documentazione dell'italiano. Questa volta fu il professore che rifiutò: il suo lavoro all'università lo assorbiva completamente e soprattutto non credeva che le carte di Mandetta gli avrebbero detto qualcosa di nuovo: studiava da vent'anni la storia delle reliquie, e non pensava fosse possibile che un documento di qualche importanza avesse potuto sfuggirgli.

Sherwood insistette e finì col proporre al professore una somma talmente favolosa da ottenerne l'assenso. Un mese dopo, finita la stagione degli esami, Shaw andò a stabilirsi a Boston e cominciò lo spoglio degli innumerevoli fasci di note, articoli e ritagli di stampa lasciati da Mandetta.

Il censimento delle Reliquie del Golgota venne fatto nel 1718 dal poeta Jean-Baptiste Rousseau il quale, esiliato dalla Francia in seguito all'oscura faccenda dei versi del Café Laurent,* era allora segretario del principe Eugenio di Savoia. Quel principe, che combatteva per l'Austria, aveva, l'anno prima, ripreso Belgrado ai turchi. Vittoria che, venuta dopo parecchie altre, mise provvisoriamente fine al lungo conflitto che opponeva Venezia e gli Asburgo alla Sublime Porta ** e la pace fu firmata a Passarowitz, il 21 luglio 1718, con Inghilterra e Olanda come mediatori. Fu proprio in occasione di quel trattato che il sultano Ahmed III, credendo di conciliarsi le grazie del principe Eugenio, gli fece pervenire un lotto di reliquie maggiori provenienti da un nascondiglio scavato in una delle muraglie di Santa Sofia. La lista degli oggetti in questione ci è nota per via di una lettera di Maurizio di Saxe – il quale si era messo agli ordini del principe per imparare il mestiere delle armi che pure conosceva già perfettamente – alla moglie, contessa di Loben: "... *Un ferro della Sacra Lancia, la Corona di spine, le cinghie e le verghe della Flagellazione, il Mantello e lo Scettro irridenti della Passione, i Sacri Chiodi, il Santissimo Vaso, la Sindone e il Santissimo Velo*".

Nessuno sapeva che fine avessero fatto quelle reliquie. Nessun tesoro di nessuna chiesa d'Austria-Ungheria se ne vantò mai. Il culto delle reliquie, dopo la grande fioritura medievale e rinascimentale,

* Visse infatti in esilio gli ultimi trent'anni della sua vita, e morì nel 1741, dopo che il tribunale di Parigi lo ebbe condannato per aver diffamato con scandalosi versi satirici alcuni suoi nemici letterari. Accusa che il poeta contestò sempre. [N.d.T.]
** La corte del sultano turco, per estensione, il sultanato stesso. [N.d.T.]

cominciava ormai ad appannarsi di molto e si può quindi presumere che il principe Eugenio avesse chiesto a Jean-Baptiste Rousseau un censimento di tutte quelle allora venerate con intenzioni puramente derisorie.

Pure, quasi cinquant'anni dopo, il Santissimo Vaso ricomparve di colpo: in una lettera scritta in italiano e datata 1765, il pubblicista Beccaria raccontava al suo protettore Carlo Giuseppe di Firmian di aver visitato il celebre gabinetto d'antichità che il filologo Pitiscus aveva legato alla sua morte, nel 1727, al Collegio San Gerolamo di Utrecht di cui era stato rettore, menzionando in particolare "certo vaso di terra sigillata che ci fu detto essere quello del Calvario".

Il professor Shaw, naturalmente, conosceva l'inventario di Jean-Baptiste Rousseau, il cui originale era inserito nel suo Quarli, e la lettera di Maurizio di Saxe. Ma ignorava la lettera di Beccaria, che lo fece saltare di gioia: l'osservazione "vaso di terra sigillata" infatti appoggiava finalmente un'ipotesi ch'era sua da sempre, ma che non aveva mai avuto il coraggio di scrivere: il vaso nel quale, la sera della Passione, Giuseppe d'Arimatea aveva raccolto il Sangue di Cristo, non aveva alcun motivo di essere d'oro, di bronzo o simili, e ancora meno di essere stato tagliato in un unico smeraldo, ma era, molto evidentemente, di terra: un comunissimo vaso quindi che Giuseppe aveva comperato al mercato prima di andare a pulire le Piaghe del suo Salvatore. Shaw, nel suo entusiasmo, voleva pubblicare immediatamente, commentandola, la lettera di Beccaria, e Sherwood sudò le sette camicie per dissuaderlo, promettendogli che avrebbe avuto materiale per un articolo ancora più sensazionale il giorno in cui avrebbero ritrovato il Vaso!

Ma bisognava prima scoprire l'origine del vaso di Utrecht. La maggior parte dei pezzi del gabinetto Pitiscus proveniva dall'immensa collezione di Cristina di Svezia, presso la quale il filologo aveva lungamente abitato, ma i due cataloghi che la descrivevano, il *Nummophylacium reginae Christinae* di Havercamp e il *Museum Odescalcum*, non menzionavano alcun vaso. Fortunatamente del resto, poiché le collezioni della regina Cristina erano state costituite molto tempo prima che Ahmed III spedisse le Sacre Reliquie al principe Eugenio. Doveva quindi trattarsi di un acquisto ulteriore. Dal momento che il principe Eugenio non aveva distribuito le Reliquie alle chiese e non le aveva tenute per sé – infatti non appaiono nelle liste delle sue collezioni, tutte ben conosciute – si poteva ragionevolmente pensare ne avesse fatto dono al suo seguito, o, perlomeno, a quelli del suo seguito, all'epoca già numerosi, che apprezzavano vivamente l'archeologia, e questo proprio quando le aveva ricevute, cioè durante i negoziati per la Pace di Passarowitz. Shaw appurò l'importantissimo nodo scoprendo che il segretario della delegazione olandese altri non era che il letterato Van Effen, non solo allievo ma anche figlioccio di Pitiscus, dopodiché fu chiaro ch'era stato lui a chiedere, e ottenere, quel vaso per il suo padrino, non perché fosse un oggetto cultuale – gli olandesi erano riformati e quindi decisamente ostili al culto delle reliquie – ma come oggetto da museo.

Fra Shaw e parecchi professori, conservatori e archivisti olandesi si stabilì un intenso scambio di corrispondenza. La maggior parte di loro non fu in grado di fornire informazioni soddisfacenti. Uno solo, certo Jakob Van Deeckt, bibliotecario negli Archivi dipartimentali di Rotterdam, poté illuminarlo sulla storia della collezione Pitiscus.

Nel 1795, quando fu costituita la Repubblica batava,* il Collegio San Gerolamo era stato chiuso e trasformato in una caserma. La maggior parte dei libri e delle collezioni furono allora trasferite "in luogo sicuro". Nel 1814, l'ex Collegio diventò la sede della nuova Accademia militare del Regno dei Paesi Bassi. Le sue collezioni, riunite a quelle di varie altre istituzioni pubbliche e private, fra cui la vecchia Società Artistica e Scientifica di Utrecht, costituirono il primo nucleo del Museum Van Oudheden (Museo delle Antichità). Ma il catalogo di quel museo, pur menzionando parecchi vasi di terra sigillata d'epoca romana, specificava che si trattava di vestigia trovate a Vechten, nei dintorni di Utrecht, dov'era esistito anticamente un campo romano.

Tale attribuzione era però controversa, e molti studiosi ritenevano potesse esserci stata una certa confusione all'epoca del primo inventario. Il professor Berzelius dell'Università di Lund aveva studiato quel vasellame e dimostrato che l'esame di sigilli, marchi e iscrizioni permetteva di concludere che uno di loro, il reperto registrato come BC 1182, era sicuramente di molto anteriore agli altri e che era perlomeno dubbio fosse stato trovato durante gli scavi di Vechten, essendo l'accampamento, come ben si sapeva, di tardo impianto. Queste conclusioni erano riassunte in un articolo, scritto in tedesco, dei *Antiqvarisk Tidsskrift* di Copenaghen, 1855, tomo 22, del quale Jakob Van Deeckt aveva incluso un estratto nella sua lettera e che riproduceva parecchi disegni, ampiamente commentati, del vaso in questione. Ora, aggiungeva Jacob Van Deeckt a mo' di conclusione, quattro o cinque anni prima, quello stesso vaso BC 1182 era stato rubato. Il bibliotecario non rammentava più le esatte circostanze del furto, ma i responsabili del Museum Van Oudheden avrebbero certamente fornito le più ampie precisazioni.

* Denominazione assunta dai Paesi Bassi dal 1795 al 1806. [N.d.T.]

Lasciando Sherwood col cuore in gola, Shaw scrisse al conservatore del Museo. La risposta giunse sotto forma di una lunga lettera accompagnata da ritagli del *Nieuwe Courant*. Il furto era stato compiuto nella notte del 4 agosto 1891. Il museo, che si trova nel Hoogeland Park, era stato ampiamente risistemato l'anno prima e non tutte le sale erano ancora aperte al pubblico. Uno studente dell'Accademia delle Belle Arti, certo Theo Van Schallaert, aveva ottenuto il permesso di fare qualche copia dall'antico e lavorava in una di quelle sale che, tuttora chiuse ai visitatori, non erano sorvegliate. La sera del 3 agosto, era riuscito a farsi chiudere nel museo, dal quale era uscito con il prezioso Vaso, spezzando semplicemente una finestra e calandosi lungo una grondaia. Le perquisizioni effettuate l'indomani mattina nel suo domicilio attestarono che il colpo era premeditato, ma ogni ricerca per ritrovarlo risultò vana. La faccenda non era ancora caduta in prescrizione e il conservatore terminava la lettera domandando a sua volta qualsiasi informazione suscettibile di favorire l'arresto del ladro e il recupero dell'antico vaso.

Nessun dubbio per Sherwood che quel vaso fosse il Santissimo Vaso e che lo studente di storia Guido Mandetta e lo studente di Belle Arti Theo Van Schallaert fossero la stessa identica persona. Ma come provarlo? Mandetta era scomparso da più di sei mesi ormai e i detective assunti da Sherwood continuavano a cercarlo invano di qua e di là dell'Atlantico.

Fu allora che, coincidenza sublime, Longhi, l'operaio italiano di cui Mandetta-Van Schallaert era stato l'inquilino fraudolento, tornò a trovare Sherwood. Era stato a lavorare a New Bedford e, tre giorni prima, aveva visto lo studente uscire dall'Hôtel L'Espadon. Aveva attraversato il marciapiede per andare a parlargli, ma l'altro era salito in un calesse ch'era partito al galoppo.

L'indomani stesso, Sherwood e Shaw erano a L'Espadon. Una rapida inchiesta permise loro d'identificare Mandetta che era sceso lì con il nome di Jim Brown. Non aveva lasciato l'albergo e anzi era adesso in camera sua. Il professor Shaw si fece subito annunciare, e Jim Brow-Mandetta-Van Schallaert non ebbe la minima difficoltà a riceverli e dar loro qualche spiegazione.

Mentre stava studiando diritto a Utrecht, aveva scoperto in una bancarella un volume scompagnato della Corrispondenza di Beccaria, del quale conosceva ovviamente il celebre trattato *Dei Delitti e delle Pene* che aveva rivoluzionato il diritto penale. Aveva acquistato l'opera e, tornato a casa, si era messo a scorrerla non senza qualche sbadiglio, essendo per di più la sua conoscenza dell'italiano alquanto sommaria, fino al momento in cui s'imbatté nella lettera che raccontava di una visita alla Collezione Pitiscus. Ora, il suo bisnonno era stato educato nel Collegio San Gerolamo. Incuriosito da quella serie di coincidenze, Schallaert decise di ritrovare le tracce del Vaso del Calvario e, avendole ritrovate, decise di rubarlo. Il colpo riuscì e nel momento in cui i custodi del museo scoprivano il furto, lui era già a bordo di una nave di linea Amsterdam-New York.

Contava di vendere il vaso, naturalmente, ma il primo antiquario cui lo propose gli rise in faccia, chiedendogli delle prove di autenticità ben più valide di una vaga lettera di giurista accompagnata da cataloghi fumosi. Ora, se il vaso era proprio quello che Berzelius aveva descritto, e sicuramente quello che Beccaria aveva visto, la sua provenienza anteriore restava problematica. Schallaert, nelle sue ricerche, aveva sentito parlare del professor Shaw – lei, gli disse, è un'autorità nel Vecchio come nel Nuovo mondo – cosa che fece arrossire il professore – e dopo aver coscienziosamente studiato in biblioteca tutti gli elementi della questione ed essersi discretamente infilato nei corsi e nei seminari del professore stesso, si era introdotto in casa sua durante un ricevimento che aveva dato per festeggiare la nomina a direttore del Dipartimento di Storia antica, rubandogli il Quarli. Così, pur partendo da una fonte diversa da quella di Shaw e di Sherwood, era riuscito a ricostruire la storia del Vaso. Iniziò allora, con tutte le prove a sostegno, un giro degli Stati Uniti, cominciando dal Sud dove, gli avevano detto, avrebbe potuto trovare dei ricchi clienti. Effettivamente, a Nuova Orleans, un libraio lo presentò a un ricchissimo cotoniere che gli offrì 250.000 dollari, e se n'era tornato a New Bedford per prendere il Vaso.

– Le offro il doppio – disse semplicemente Sherwood.

– Non è possibile, mi sono impegnato.

– Per duecentocinquantamila dollari in più può rimangiarsi la parola.

– Assolutamente no!

– Le offro un milione!

Schallaert sembrò esitare.

– E chi mi dice che lei abbia veramente un milione di dollari? Non li ha con sé!

– No, ma posso raccogliere la somma per domani sera.

– E chi mi prova che non le salti in mente di farmi arrestare, domani sera?

– E chi mi prova, a me, che mi consegnerà proprio quel vaso?

Shaw li interruppe e propose il seguente accomodamento: una volta dimostrata l'autenticità del Vaso, Sherwood e Schallaert lo avrebbero depositato insieme nella cassaforte di una banca. Dove si sarebbero ritrovati il giorno dopo. Sherwood avrebbe allora consegnato a Schallaert un milione di dollari, dopo di che si sarebbe proceduto all'apertura della cassaforte.

Schallaert trovò l'idea ingegnosa, ma rifiutò la banca, esigendo un luogo neutro e sicuro. Shaw, ancora una volta, venne in loro aiuto: conosceva intimamente Michael Stefensson, il decano dell'Università di Harvard, e sapeva che aveva una cassaforte in ufficio. Perché non chiedergli d'incaricarsi di quella delicata operazione di scambio? Gli avrebbero chiesto una discrezione assoluta e, del resto, non era neanche necessario che dovesse conoscere il contenuto delle due sacche. Sherwood e Schallaert accettarono. Shaw telefonò allora a Stefensson e finì con l'ottenere il consenso.

– Non fate niente che poi potreste rimpiangere! – disse allora Schallaert all'improvviso. Tirò fuori dalla tasca una piccola pistola, indietreggiò fino in fondo alla stanza e aggiunse: il vaso è sotto il letto. Guardatelo, ma state attenti.

Shaw estrasse di sotto il letto una valigetta e l'aprì. Nell'interno, protetto da una spessa imbottitura, c'era il Santissimo Vaso. Somigliava come una goccia d'acqua ai disegni che Berzelius aveva fatto del vaso BC 1182 e l'iscrizione era ben visibile, in inchiostro rosso, sotto lo zoccolo.

La sera stessa arrivarono a Harvard dove Stefensson li stava aspettando. I quattro uomini si recarono nell'ufficio del decano che aprì la cassaforte e vi depositò la valigia.

L'indomani sera, i quattro uomini si ritrovarono. Stefensson aprì la cassaforte, tirò fuori la valigia e la consegnò a Sherwood. Quest'ultimo porse a Schallaert una sacca da viaggio. Schallaert ne esaminò rapidamente il contenuto – duecentocinquanta pacchetti di duecento biglietti da venti dollari – poi salutò i tre uomini con un lieve cenno del capo e se ne andò.

– Credo, signori – disse Shaw – che ci siamo proprio meritati una coppa di champagne.

S'era fatto tardi e fu con gratitudine che, dopo qualche bicchiere, Shaw e Sherwood accettarono l'ospitalità offertagli dal decano. Ma quando Sherwood si svegliò, l'indomani mattina, trovò la casa completamente deserta. La valigia era sopra un tavolo basso al capezzale del letto e il Vaso era nella valigia, sì. Il resto dell'abitazione che, la sera prima, aveva visto piena di domestici, ampiamente illuminata, ricca di oggetti artistici d'ogni specie, si rivelò una lunga serie di sale da ballo e salotti vuoti, e l'ufficio del decano una stanzetta con pochi mobili, certo uno spogliatoio, assolutamente spoglio di libri, cassaforte e quadri. Poco più tardi, Sherwood venne a sapere che era stato ricevuto in una di quelle residenze che le molte associazioni di alunni – Fi Beta Ro, Tau Kappa Pi eccetera – affittano per le loro riunioni annuali, prenotata due giorni prima da un certo Arthur King a nome di una sedicente Galahad Society * della quale non fu ovviamente possibile trovare traccia alcuna.

Chiamò Michael Stefensson e finì con l'ascoltare all'altro capo del filo una voce che non aveva mai udito, soprattutto non il giorno prima. Il decano Stefensson conosceva effettivamente il professor Shaw, ma per fama, e anzi si meravigliò che fosse già rientrato dalla spedizione che dirigeva in Egitto.

Mamme e marmocchi della casa di Longhi, come i servitori di casa Stefensson, erano dei figuranti pagati a ore. Longhi e Stefensson erano delle comparse con una parte precisa da recitare, ma conoscevano solo vagamente i retroscena della faccenda montata pezzo su pezzo da Schallaert e Shaw, dei quali si continua a ignorare la vera identità. Schallaert, falsario di talento, aveva fabbricato la lettera di Beccaria, l'articolo di Berzelius, e i pseudo ritagli del *Nieuwe Courant*. Da Rotterdam e da Utrecht aveva inviato le finte lettere di Jakob Van Deeckt e del conservatore del Museum Van Oudheden, prima di rientrare a New Bedford per la scena madre e il finale della truffa. Gli altri reperti, e cioè gli articoli di Shaw, la *Vita brevis Helenae*, il censimento di Jean-Baptiste Rousseau e la lettera di Maurizio di Saxe, erano autentici a meno che gli ultimi due non fossero stati fatti per degli imbrogli di molto anteriori; il falso Shaw aveva trovato quei documenti – la qual cosa era stata l'origine prima di tutta la faccenda – nella biblioteca del professore di cui era stato inquilino in piena regola dopo la sua partenza per la Terra dei faraoni. Quanto al vaso, era una specie di orcio comprato in un suk di Nabeul (Tunisia) e leggermente artefatto.

James Sherwood è il prozio di Bartlebooth, fratello del nonno materno o, se preferiamo, zio di sua madre. Quando morì, quattro anni dopo questa storia, nel millenovecento – lo stesso anno in cui nacque Bartlebooth –, i resti del suo immenso patrimonio andarono all'unica erede, la nipote Priscilla, che un anno e mezzo prima aveva sposato un uomo d'affari londinese, Jonathan Bartlebooth. Le proprietà, i levrieri, i cavalli, le collezioni, furono dispersi nella stessa Boston e il "vaso romano accompagnato da descrizioni di Berzelius" salì comunque a duemila dollari; ma Priscilla si fece mandare in

* Da notare che Galahad il puro è proprio colui che ne *La Cerca* ha ritrovato il Graal! [N.d.T.]

Inghilterra qualche mobile, fra cui uno studio di mogano del più puro stile coloniale inglese, comprendente una scrivania, uno schedario, una poltrona da riposo, una poltrona a dondolo girevole, tre sedie, e quella biblioteca girevole accanto alla quale Sherwood era stato ritratto.

Quella biblioteca, come gli altri mobili e qualche oggetto della medesima origine, fra i quali uno di quegli *unica* che il farmacista aveva ricercato con tanta passione – il primo fonografo a cilindro fabbricato da John Kruesi secondo il progetto di Edison – si trovano oggi da Bartlebooth. Ursula Sobieski spera di poterli esaminare e scoprirvi il documento che le permetterebbe di mettere fine alla lunga indagine.

Ricostruendo l'intero caso, studiando le relazioni che ne fecero alcuni protagonisti (i "veri" professori Shaw e Stefensson, il segretario particolare di Sherwood del quale la romanziera poté esaminare il diario personale), Ursula Sobieski fu varie volte portata a domandarsi se Sherwood non avesse capito, fin dall'inizio, che si trattava di una mistificazione: non avrebbe pagato per il vaso in sé, ma per la messinscena, lasciandosi adescare, rispondendo al programma preparato del sedicente Shaw con un adeguato miscuglio di credulità, dubbio ed entusiasmo, e trovando in quel gioco un diversivo alla sua malinconia ancora più efficace che se si fosse trattato di un tesoro autentico. L'ipotesi è affascinante e corrisponderebbe abbastanza bene al carattere di Sherwood, ma Ursula Sobieski non è ancora riuscita a renderla sufficientemente solida. L'unica seria pezza d'appoggio è il fatto che Sherwood sembra aver sborsato quel milione di dollari senza fare una piega, né allora né mai; cosa che forse si può spiegare con un altro avvenimento verificatosi due anni dopo la truffa: l'arresto avvenuto in Argentina, nel 1898, di una banda di falsari che tentavano di invadere il mercato con biglietti di piccolo taglio, da venti dollari.

CAPITOLO XXIII

Moreau, 2

La signora Moreau detestava Parigi.

Nel '40, dopo la morte del marito, aveva assunto la direzione della fabbrica. Si trattava di una minuscola azienda familiare che suo marito aveva ereditato dopo la guerra del '14 e gestito con prospera indolenza, circondato da tre falegnami brava gente, mentre lei teneva le scritture su grandi registri a quadretti rilegati in tela nera di cui numerava le pagine con l'inchiostro viola. Oltre a questo, faceva una vita quasi contadina, occupandosi del cortile e dell'orto, preparando marmellate e pasticci.

Avrebbe fatto meglio a liquidare ogni cosa e tornare nella fattoria dov'era nata. Un po' di conigli, galline, qualche piantina di pomodoro, qualche aiola d'insalata e di cavoli, e di che altro aveva bisogno? Sarebbe rimasta a sedere accanto al caminetto, circondata dai suoi placidi gatti, ascoltando il ticchettìo della pendola, il rumore della pioggia sulle grondaie di zinco, il passaggio lontano del bus delle sette; avrebbe continuato a intiepidirsi il letto con lo scaldino prima di andare a dormire, a prendere il sole sulla panchina di pietra, a ritagliare ricette de *La Nouvelle République,* da inserire nel suo librone di cucina.

E invece aveva sviluppato, trasformato, cambiato completamente faccia alla piccola azienda. Non sapeva proprio perché avesse agito in quel modo. Si era detta che lo aveva fatto per fedeltà verso il marito, ma suo marito non avrebbe certo riconosciuto nel nuovo l'antico laboratorio odoroso di trucioli: duemila persone, fresatori, tornitori, aggiustatori, montatori, meccanici, modanatori, verificatori, disegnatori, sbozzatori, bozzettisti, pittori, magazzinieri, condizionatori, imballatori, autisti, fattorini, capireparto, ingegneri, segretarie, pubblicisti, piazzisti, V.R.P.,* che fabbricavano e distribuivano più di quaranta milioni di attrezzi d'ogni genere e calibro all'anno.

* Voyageurs Représentants Placeurs, una specie di commessi viaggiatori, di rappresentanti. [N.d.T.]

Era dura e tenace. In piedi alle cinque, a letto alle undici, sbrigava tutte le sue faccende con una precisione e una determinazione esemplari. Autoritaria, paternalista, sospettosa, sicura delle proprie intuizioni come dei propri ragionamenti, aveva eliminato ogni concorrente, piazzandosi sul mercato con una facilità che superava qualsiasi previsione, come se fosse stata padrona della domanda e dell'offerta insieme, come se avesse saputo, man mano che lanciava sul mercato nuovi prodotti, trovare d'istinto gli sbocchi opportuni.

Fino a questi ultimi anni, fino a quando l'età e la malattia la costrinsero praticamente a letto, si era instancabilmente divisa fra gli stabilimenti di Pantin e di Romainville, gli uffici dell'avenue de la Grande Armée e questo appartamento status symbol così diverso da lei. Ispezionava le officine a passo di carica, terrorizzava contabili e dattilografe, insultava i fornitori che non rispettavano i termini di consegna, e presiedeva con energia inflessibile consigli di amministrazione in cui tutti chinavano il capo appena apriva bocca.

Però odiava tutto questo. Quando riusciva a sottrarsi, anche per poche ore, alle sue attività, correva a Saint-Mouezy. Ma la vecchia fattoria dei genitori era nel più completo abbandono. Erbe matte avevano invaso orto e frutteto: gli alberi da frutto non producevano più. L'umidità interna rodeva i muri, scollava le carte da parato, gonfiava gl'infissi.

Insieme alla signora Trévins, accendeva un bel fuoco nel caminetto, apriva le finestre, dava aria ai materassi. Lei, che, a Pantin, aveva quattro giardinieri per curare i prati, i macchioni, le aiole e le siepi che circondavano lo stabilimento, non riusciva più a trovare sul posto un uomo che le badasse al giardino. Saint-Mouezy, che era stato un grosso borgo, un mercato, era ormai diventato un ammasso caotico di residenze restaurate, deserte durante la settimana e gremite, i sabato-domenica, di cittadini che, muniti di trapani Moreau, di seghe circolari Moreau, di banconi smontabili Moreau, di scale multiuso Moreau, mettevano a nudo travi e pietre, appendevano lanterne da carrozza, andavano all'assalto di stalle e rimesse.

Allora tornava a Parigi, si rimetteva i suoi tailleur Chanel e dava pranzi sontuosi per i ricchi clienti stranieri, in piatti e vasellame disegnati apposta per lei dal più grande stilista italiano.

Non era né avara né prodiga, ma piuttosto indifferente al denaro. Per essere la donna d'affari che aveva deciso di essere, accettò senz'alcun sforzo apparente di trasfomare radicalmente il suo modo d'essere, il guardaroba, il tenore di vita.

La sistemazione dell'appartamento corrispose a questa concezione. Si riservò un'unica stanza, la sua, la fece isolare acusticamente e vi fece trasportare dalla fattoria un grande letto svasato, alto e profondo, e la poltrona con poggiatesta dove suo padre ascoltava la radio. Il resto, lo affidò a un arredatore spiegandogli in due parole quello che avrebbe dovuto realizzare: l'abitazione parigina di un capitano d'industria, una casa da benestanti, spaziosa, opulenta, distinta, e perfino fastosa, capace d'impressionare favorevolmente industriali bavaresi, banchieri svizzeri, compratori giapponesi, ingegneri italiani quanto professori della Sorbonne, sottosegretari di Stato al commercio e all'industria o animatori di società di distribuzione per corrispondenza. Non gli dava consigli, non esprimeva nessun desiderio particolare, non imponeva limiti di denaro. Avrebbe dovuto occuparsi di tutto, e di tutto sarebbe stato responsabile: scelta dei bicchieri, illuminazione, attrezzature elettrodomestiche, soprammobili, biancheria da tavola, tinte, maniglie delle porte, tende, eccetera.

L'arredatore, Henry Fleury, non si limitò a eseguire il suo compito. Fece di meglio. Capì che gli si presentava un'occasione unica per realizzare il suo capolavoro: mentre la sistemazione d'una cornice di vita è sempre il risultato di compromessi a volte delicati fra le concezioni dell'autore e le esigenze spesso contraddittorie dei suoi clienti, avrebbe potuto, con questo arredamento prestigioso e inizialmente anonimo, fornire un'immagine diretta e fedele del proprio talento, illustrando esemplarmente le sue teorie in fatto d'architettura interna: rimodellamento dello spazio, ridistribuzione teatralizzata delle luci, mescolanza di stili.

La stanza in cui ci troviamo adesso – una biblioteca sala da fumo – può dare un'idea abbastanza chiara del suo lavoro. Era in origine una stanza rettangolare di circa sei metri per quattro. Fleury ha cominciato col farne una stanza ovale sulle pareti della quale ha poi disposto otto pannelli di legno scolpito, molto scuri, ch'è andato a cercare in Spagna e che provengono, a quanto pare, dal palazzo del Prado. Negli spazi liberi, ha sistemato degli alti mobili di palissandro nero intarsiato di rame, che portano sui larghi ripiani un gran numero di libri tutti rilegati in cuoio color avana, per la maggior parte libri d'arte, allineati in ordine alfabetico. Sotto le biblioteche, sono disposti dei vasti divani, imbottiti di cuoio marrone, che ne seguono fedelmente le curvature. Fra i divani sono piazzati dei fragili tavolini di legno d'amaranto mentre al centro si trova un pesante tavolo quadrilobo con crociera centrale, coperto di giornali e riviste. Il pavimento, di legno, è quasi completamente nascosto da uno spesso tappeto di lana rosso scuro intarsiato a motivi triangolari di un rosso ancora più cupo. Davanti a una delle biblioteche c'è una piccola scala di quercia con guarnizioni di rame, che permette di raggiungere gli scaffali più alti e presenta un montante tutto chiodato di monete d'oro.

In parecchi punti, nelle scaffalature della biblioteca ha ricavato delle vetrine da esposizione. Nella prima biblioteca, a sinistra, vengono così presentati vecchi calendari, almanacchi, agende del Secondo Impero, come pure qualche piccolo manifesto fra cui *Il Normandie* di Cassandre e *Il Grand Prix de l'Arc de Triomphe* di Paul Colin; nella seconda – unico accenno alle attività della padrona di casa – qualche antico attrezzo: tre pialle, due accette, un bicciacuto, sei taglioli a freddo, due lime, tre martelli, tre succhielli, due foratoi, tutti con il monogramma della Compagnia di Suez e tutti usati all'epoca dei lavori per l'apertura del canale, come pure un notevole *multum in parvo* di Sheffield che, sotto le specie di un banale temperino – più voluminoso però – contiene non solo lame di varia grandezza ma anche cacciaviti, cavaturaccioli, tenaglie, penne, lime per le unghie e punteruoli; nella terza, svariati oggetti appartenuti al fisiologo Flourens e, in particolare, lo scheletro, tutto colorato di rosso, del maialetto la cui madre, negli ultimi 84 giorni di gestazione, lo studioso aveva nutrito con alimenti mescolati alla robbia, al fine di verificare sperimentalmente che esiste una relazione diretta tra feto e madre; nella quarta, una casa di bambola, parallelepipeda, alta un metro, larga novanta centimetri, profonda sessanta, che risale alla fine del XIX secolo e riproduce, fin nei minimi particolari, un tipico cottage britannico: un salotto con bow-window (finestre a doppio arco), ivi compreso il termometro, un salottino, quattro camere da letto, due camere per la servitù, una cucina piastrellata con fornelli e office, un atrio con armadi a muro per la biancheria, e un dispositivo di scaffali da biblioteca di quercia dipinta contenente l'*Encyclopaedia Britannica* e il *New Century Dictionary*, delle panoplie d'antiche armi medioevali e orientali, un gong, una lampada di alabastro, un portafiori appeso, un apparecchio telefonico di ebanite con l'elenco accanto, un tappeto di lana lunga fondo crema e orlatura a traliccio, un tavolino da gioco con fusto centrale a zampa, un caminetto con decorazioni di rame e, sul caminetto, una pendola di precisione con carillon di Westminster, un barometro-igrometro, dei divani coperti di peluche color rubino, un paravento giapponese a tre pannelli, un lampadario centrale con portacandele e gocce a forma di prismi piramidali, un trespolo con il suo pappagallo, e varie centinaia di oggetti comuni, soprammobili, vasellame, vestiti, resi quasi microscopicamente con una fedeltà maniacale: sgabelli, cromolitografie, bottiglie di frizzantino, mantelle appese all'appendiabiti, calze e calzini ad asciugare in una lavanderia, e perfino due minuscoli sottovasi di rame, più piccoli di due ditali, da cui sbucano ciuffi di piante verdi; nella quinta biblioteca infine, sopra leggii, sono aperte varie partiture musicali, fra le quali la pagina di copertina della Sinfonia n° 70 in re di Haydn così come fu pubblicata da William Forster, a Londra, nel 1782:

(A favorite)

OVERTURE

in all its parts

Composed by

GIUSEPPE HAYDEN

of Vienna

and PUBLISHED *by his*

AUTHORITY.   Pr: 2 6

LONDON

Printed for and Sold by W. FORSTER Violin and Violoncello Maker
to his Royal Highness the Duke of Cumberland, the Corner of Dukes
Court S.t Martins Lane.

Where may be had the new Works of the following Authors
Camhini's Quartettos Op: 4 . . . . 10.6
Baumgarten's D.o   Op: 4 . . . . 10.6
Bach's Double Orchestre Overtures with three Single D.o . . . 1. 1.0
Wynne's Trios 7.6
Bach's Harpsichord Concertos 1s.0
also the above Overture for the Harpsichord adapted by C.F. Baumgarten - 2.0

La signora Moreau non ha mai detto a Fleury cosa pensasse di quella sistemazione. Riconosce semplicemente che è valida e gli è grata per aver scelto quegli oggetti facilmente in grado di alimentare, di volta in volta ciascuno, una piacevole conversazione di prima di pranzo. La casa in miniatura manda in visibilio i giapponesi; le partiture di Haydn permettono ai professori di brillare e gli attrezzi antichi provocano generalmente nei sottosegretari di Stato all'industria e commercio qualche gradevole frase sulla perennità del lavoro manuale e dell'artigianato francesi di cui la signora Moreau è garanzia instancabile. Ma è lo scheletro rosso del porcellino di Flourens a riscuotere sempre i maggiori consensi, e per lui le hanno offerto cifre considerevoli. Quanto alle monete d'oro incrostate in uno dei montanti della scaletta della biblioteca, la signora Moreau ha dovuto risolversi a sostituirle con delle imitazioni dopo essersi accorta che mani ignote si accanivano, talvolta riuscendovi, a schiodarle.

La signora Trévins e l'infermiera hanno preso il tè in questa stanza prima di raggiungere la signora Moreau in camera sua. Su uno dei tavolinetti, c'è un vassoio rotondo in radica d'olmo con tre tazze, una teiera, un bricco per l'acqua e un piattino contenente ancora qualche cracker. Sul divano accanto, c'è un giornale piegato in modo da far vedere solo le parole incrociate: schema libero quasi vergine; sono state trovate le prime parole dell'1 orizzontale: STUPORE, e il 4 verticale: PRIGIONIERO. E basta.

I due gatti di casa, Pip e La Minouche, dormono sul tappeto, le zampe completamente stese e distese, i muscoli della nuca rilassati, in quella posizione che si associa allo stadio detto *paradossale* del sonno e che corrisponde, come dice chi sa, allo stato di sogno.

Accanto a loro un piccolo bricco per il latte in mille pezzi. Si capisce che, non appena la signora Trévins e l'infermiera sono uscite dalla stanza, uno dei due gatti – che sia stato Pip? che sia stata La Minouche? o si saranno associati in quest'azione colpevole? – l'ha acchiappato con zampa veloce ma, ahimè, invano, perché il tappeto ha istantaneamente assorbito il prezioso liquido. Le macchie si vedono ancora, attestando la recentissima scena.

CAPITOLO XXIV

Marcia, 1

Il retrobottega del negozio di antichità della signora Marcia.

La signora Marcia abita, con il marito e il figlio, in un appartamento di tre locali al pianterreno a destra. Anche il negozio si trova al pianterreno, ma a sinistra, fra la guardiola della portinaia e l'entrata di servizio. La signora Marcia non ha mai fatto una vera distinzione fra i mobili che vende e quelli in cui vive, e per questo una gran fetta delle sue attività consiste nel trasportare mobili, lampadari, lampade, vasellami e oggetti vari fra appartamento, negozio, retrobottega e cantina. Questi scambi, che sono dovuti tanto a occasioni propizie per la vendita o l'acquisto (si tratta allora di fare un po' di spazio) quanto a ispirazioni improvvise, ghiribizzi, capricci o disgusti, non avvengono a caso, e non esauriscono le dodici possibilità di permuta che potrebbero farsi fra quei quattro luoghi e che la figura 1 illustra molto bene; ubbidiscono rigorosamente allo schema della figura 2: quando la signora Marcia acquista qualcosa, se lo mette in casa, nell'appartamento o in cantina; di là, l'oggetto in questione può passare nel retrobottega, e dal retrobottega in negozio; dal negozio infine può ritornare – o arrivare, se veniva dalla cantina – nell'appartamento. Quello che è escluso, è che un oggetto ritorni in cantina, o arrivi in negozio senza essere passato per il retrobottega, o ripassi dal negozio al retrobottega, o dal retrobottega nell'appartamento, o infine passi direttamente dalla cantina all'appartamento.

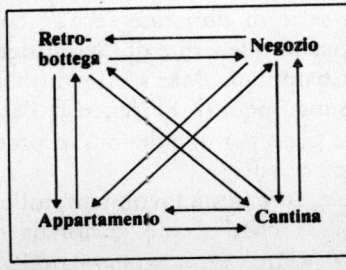

Figura 1

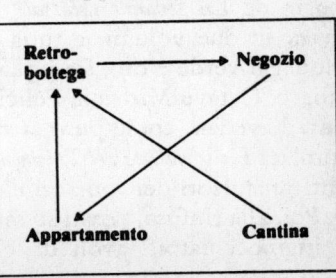

Figura 2

Il retrobottega è un locale stretto e buio, con il pavimento coperto di linoleum, ingombro, al limite dell'inestricabile, di oggetti di tutte le dimensioni. Il groviglio è tale che sarebbe impossibile redigere un inventario esauriente di quanto contiene e bisogna contentarsi di descrivere quello che emerge un po' più chiaramente da quell'ammucchiamento eterogeneo.

Contro la parete di sinistra, accanto alla porta di comunicazione fra retrobottega e negozio, porta il cui battente è pressapoco l'unico spazio più o meno libero della stanza, si trova un grande bureau Luigi XVI a tamburo di fattura alquanto rozza; il coperchio è alzato e mostra un piano di lavoro rivestito di cuoio verde sul quale è appoggiato, srotolato a metà, un *emaki* (rotolo dipinto) che raffigura una celebre scena della letteratura giapponese: il principe Genji si è introdotto nel palazzo del governatore Yo No Kami e, nascosto dietro una tenda, guarda la sposa di quest'ultimo, la bella Utsusemi, di cui è perdutamente innamorato, che sta giocando a go con la sua amica Nokiba No Ogi.

Più in là, lungo la parete, sei sedie di legno dipinto, verdechiaro, sulle quali sono posati dei rotoli di tele di Jouy. La tela superiore raffigura un ambiente campagnolo dove si alternano un contadino che ara il suo campo e un pastore che, appoggiato al vincastro, il cappello ciondoloni sulla schiena, il cane al guinzaglio, le pecore tutte intorno, alza gli occhi verso il cielo.

Ancora più in là, oltre una pila di equipaggiamenti militari, armi, budrieri, tamburi, shakò, elmi a punta, giberne, piastre di cinturoni, dolman di panno di lana ornati d'alamari, buffetterie, dove risalta più nettamente uno stock di quelle sciabole da fantaccino, corte e leggermente ricurve, che chiamano *briquet*,* un divano di mogano a forma di S, coperto di stoffa fiorita, che un principe russo avrebbe regalato alla Grisi nel 1892.

Poi, ammucchiati in pile instabili che occupano tutto l'angolo destro del locale, dei libri: degli in folio rosso scuro, delle collezioni rilegate de *La Semaine théâtrale*, un bell'esemplare del *Dizionario di Trévoux* in due volumi, e tutta una serie di libri fine secolo, con cartonaggi verde e oro, fra i quali appaiono le firme di Gyp, Edgar Wallace, Octave Mirbeau, Félicien Champsaur, Max e Alex Fisher, Henri Lavedan, come pure la rarissima opera di Florence Ballard intitolata *La Vendetta del Triangolo* che passa per uno dei più sorprendenti precursori·dei romanzi d'anticipazione.

Poi, alla rinfusa, posati su mensole, comodini, tavolinetti, toilette, inginocchiatoi, tavoli da gioco, panche, decine, centinaia di

* Sciabole in uso nel XVIII e XIX secolo. [*N.d.T.*]

soprammobili: scatole per il tabacco, per il trucco, per le pillole, per i nei, vassoi di metallo argentato, candelieri, candelabri e torciere, servizi da scrivania, calamai, lenti con manico di corno, flaconi, oliere, vasi, scacchiere, specchi, piccole cornici, scarselle, stock di bastoni da passeggio, mentre, al centro della stanza, si erge un monumentale banco da macellaio sul quale si trovano un boccale da birra con il coperchio d'argento scolpito e tre curiosità per naturalisti: una migale gigante, uno pseudo uovo di dronte fossile montato su un cubo di marmo, e un'ammonite molto grande.

Dal soffitto pendono parecchi lampadari, olandesi, veneziani, cinesi. Le pareti sono quasi completamente coperte di quadri, incisioni e riproduzioni varie. La maggior parte delle quali, nella penombra della stanza, non offrono allo sguardo che un grigiume indistinto da cui a volte si stacca una firma — Pellerin —, un titolo scritto sopra una targa in fondo alla cornice — *L'Ambizione*, *A Day at the Races*, *La prima Ascensione del Monte Cervino* —, o un particolare: un contadino cinese che tira la carretta, un giovincello in ginocchio che sta per essere armato cavaliere. Solo cinque quadri autorizzano una descrizione più precisa.

Il primo è un ritratto di donna intitolato *La Veneziana*. Indossa un abito di velluto rosso vivo con una cintura in oreficeria e dall'ampia manica foderata d'ermellino il braccio nudo sfiora la balaustra di una scala che sale dietro a lei. Sulla sinistra, una grande colonna va fino in cima alla tela unendosi a delle architetture che descrivono un arco. Al di sotto si scorgono, vagamente, dei boschetti di aranci quasi neri contro i quali si staglia un cielo azzurro striato da nuvole bianche. Sul parapetto coperto da un tappeto ci sono, in un piatto d'argento, un mazzo di fiori, un rosario d'ambra, un pugnale e un piccolo scrigno di avorio antico un po' giallino traboccante di zecchini d'oro; certuni perfino, caduti a terra qua e là, formano come una serie di spruzzi lucenti, in modo da guidare l'occhio verso la punta del piede, lo posa infatti sul penultimo gradino, in un movimento del tutto naturale e in piena luce.

Il secondo è un'incisione libertina che porta il titolo: *I Domestici*. Un ragazzo di circa quindici anni, con un berretto da sguattero, i calzoni alla caviglia, s'inarca contro un pesante tavolo di cucina, sodomizzato da un cuoco obeso; sdraiato sopra una panca davanti al tavolo, un valletto in livrea ha sbottonato la patta, mostrando un sesso in piena erezione, mentre una camerierina, rialzati a due mani grembiule e sottane, sta per cavalcarlo. Seduto all'altro capo del tavolo davanti a un'abbondante porzione di maccheroni, un quinto personaggio, un vecchio tutto vestito di nero, assiste, visibilmente indifferente, allo spettacolo.

Il terzo è una scena campestre: un grande prato rettangolare, un pendìo d'erba verde e folta con una quantità di fiori gialli (apparentemente volgari soffioni). In cima al prato c'è uno chalet davanti alla porta del quale stanno due donne occupatissime a chiacchierare, una contadina con un fazzolettone in testa e una bambinaia. Tre bambini giocano nell'erba, due ragazzini e una ragazzina che raccolgono i fiori gialli e ne fanno dei mazzi.

Il quarto è una caricatura firmata Blanchard e intitolata *Il Giorno del San Mai*. Raffigura il generale Boulanger e il deputato Charles Floquet* che si stringono la mano.

Il quinto infine è un acquerello che porta come titolo: *Il Fazzoletto*, e illustra una classica scena di vita parigina. Rue de Rivoli, una giovane elegante lascia cadere il suo fazzoletto e un uomo in frac – baffetti, monocolo, scarpe di vernice, garofano all'occhiello, eccetera – si precipita a raccoglierlo.

* Boulanger e Floquet erano acerrimi nemici. [*N.d.T.*]

CAPITOLO XXV

Altamont, 2

La sala da pranzo degli Altamont è stata, come tutte le altre stanze dell'appartamento che danno sulla strada, sistemata apposta per il grande ricevimento ormai imminente.

È una stanza ottagonale i cui quattro lati mozzi nascondono parecchi armadi a muro. Il pavimento è coperto di formelle verniciate, le pareti tappezzate di carta sughero. In fondo, l'uscio che porta alle cucine dove sfaccendano tre figure bianche. A destra, la porta a doppio battente che dà sui salotti di rappresentanza. A sinistra, lungo la parete, quattro botti di vino sono posate su cavalletti di legno a X. Al centro, sotto un lampadario formato da una conca di opaline sospesa a tre catene di ottone dorato, una tavola, formata da un fusto di colonna di lava proveniente da Pompei sul quale è appoggiata una lastra di vetro affumicato, è coperta di piccoli piatti con decorazioni cinesi pieni di mille stuzzichini: filetti di pesce marinato, gamberetti, olive, noccioline salate, piccole aringhe affumicate, foglie di vite farcite, crostini guarniti di salmone, punte di asparagio, fettine di uovo sodo, pomodori, lingua salmistrata, acciuga, crostatine salate alla lorenese, pizzette, bastoncini al formaggio.

Sotto le botti, certo perché il vino non sgoccioli, hanno steso un giornale della sera. Su una delle pagine appare un cruciverba, quello dell'infermiera della signora Moreau; qui, lo schema, pur non essendo completo, è comunque più avanti.

```
S T U P O R E █ R A G
      R
      I
      G
   █ C I P O L L A █
 N E R O
 █ U N G E R E █
V E N I R
      A
      E
      R
      O
```

Prima della guerra, molto prima che gli Altamont ne facessero una sala da pranzo, questa fu la stanza in cui venne a vivere, all'epoca del suo breve soggiorno parigino, Marcel Appenzzell.

Formato alla scuola di Malinowski, Marcel Appenzzell volle spingere agli estremi l'insegnamento del maestro e decise di condividere la vita della tribù che intendeva studiare al punto di fondersi completamente con essa. Nel 1932, aveva allora ventitré anni, se ne andò a Sumatra da solo. Munito di un bagaglio irrisorio che evitava il più possibile strumenti, armi e utensili della civiltà occidentale ed era soprattutto composto di doni tradizionali (tabacco, riso, tè, collane), assunse una guida malese, tale Soelli, e iniziò a risalire in piroga il corso dell'Alritam, il fiume nero. Nei primi giorni, incontrarono qualche raccoglitore di gomma d'hevea, qualche trasportatore di legname pregiato che guidava sulla corrente tronchi d'albero immensi. Poi si ritrovarono completamente soli.

La meta della loro spedizione era un popolo fantasma che i malesi chiamano gli Anadalam, oppure gli Orang-Kubu, o Kubu. Orang-Kubu significa "coloro che si difendono" e Anadalam "i Figli dell'Interno". Mentre la quasi totalità degli abitanti di Sumatra è sistemata nei pressi del litorale infatti, i Kubu vivono al centro dell'isola, in una delle zone più inospitali della terra, una foresta torrida coperta di paludi brulicanti di sanguisughe. Ma numerose leggende, parecchi documenti e vestigia sembrano provare che i Kubu siano stati un tempo i padroni dell'isola prima che, vinti dagl'invasori giunti da Giava, abbiano dovuto cercare l'ultimo rifugio nel cuore della giungla.

L'anno precedente, Soelli era riuscito a stabilire un contatto con una tribù Kubu il cui villaggio era costruito poco distante dal fiume. Appenzzell e lui vi arrivarono dopo tre settimane di navigazione e cammino. Ma il villaggio – cinque case su palafitte – era abbandonato. Appenzzell riuscì a convincere Soelli a continuare a risalire il fiume. Non trovarono altri villaggi e in capo a otto giorni Soelli decise di ridiscendere verso il litorale. Appenzzell si ostinò e alla fine, lasciando a Soelli la piroga e quasi tutto il carico, si addentrò da solo, con equipaggiamento minimo, nella foresta.

Soelli, tornàto sul litorale, avvertì le autorità olandesi. Parecchie spedizioni di ricerca vennero organizzate, ma senza ottenere alcun risultato.

Appenzzell ricomparve cinque anni e undici mesi dopo. Una squadra per la prospezione mineraria che circolava in canotto a motore lo scoprì sulle rive del fiume Musi, a più di seicento chilo-

·metri dal punto di partenza. Pesava ventinove chili e indossava solo una specie di pantalone fatto di mille pezzetti di stoffa cuciti insieme, retto da bretelle gialle apparentemente intatte ma che avevano perso tutta l'elasticità. Venne riportato a Palembang e, dopo qualche giorno d'ospedale, rimpatriato, non a Vienna, di dove veniva, ma a Parigi dove nel frattempo si era stabilita sua madre.

Il viaggio di ritorno durò un mese e gli permise di ristabilirsi. Invalido, dapprima, quasi incapace di muoversi e nutrirsi, avendo praticamente perso l'uso della parola, ridotta a grida inarticolate o, durante le lunghe crisi di febbre che lo prendevano ogni tre o cinque giorni, a delle sequenze deliranti, arrivò poco a poco a ricuperare l'essenziale delle sue capacità fisiche e intellettuali, rimparò a sedersi in una poltrona, a servirsi di forchetta e coltello, a pettinarsi e a radersi (dopo che il barbiere di bordo l'ebbe sbarazzato dei nove decimi della zazzera e di tutta la barba), a mettersi una camicia, un solino, una cravatta, e perfino – questa fu certo la cosa più difficile perché i suoi piedi sembravano due masse cornee profondamente screpolate – un paio di scarpe. Quando sbarcò a Marsiglia, sua madre, che era venuta a prenderlo, fu comunque in grado di riconoscerlo senza troppa fatica.

Appenzzell, prima di partire, era assistente di etnografia a Graz (Stiria). Fuori questione tornarci, adesso. Era ebreo e pochi mesi prima era stato proclamato l'Anschluss, che provocò l'applicazione del numerus clausus* in tutte le università austriache. Anche il suo stipendio che, durante quegli anni di studio in loco, aveva continuato a decorrere, era stato messo sotto sequestro. Per il tramite di Malinowski, al quale allora scrisse, conobbe Marcel Mauss che gli affidò all'Istituto di Etnologia la responsabilità di un seminario sugli usi e i costumi degli Anadalam.

Di quello che era accaduto durante quei 71 mesi, Marcel Appenzzell non aveva riportato niente, non un oggetto né un documento né una nota, e rifiutò praticamente di parlare, adducendo la necessità di difendere fino al giorno della sua prima conferenza l'integrità dei ricordi, delle impressioni e delle analisi. Si prese sei mesi per riordinarli. All'inizio lavorava in fretta, con piacere, quasi con fervore. Ma presto cominciò a ciondolare, a esitare, a cancellare. Quando la madre entrava in camera sua, lo trovava quasi sempre non al tavolino, ma seduto sulla sponda del letto, busto teso e mani sulle ginocchia, a contemplare senza vederla una vespa affaccendata vicino alla

* Qui, si tratta della limitazione discriminatoria imposta innanzitutto agli studenti e docenti ebrei nell'Europa centrale. [N.d.T.]

finestra o a fissare, come per ritrovarvi chissà quale filo perduto, l'asciugamano di lino bigio sfrangiato, con doppio bordo scuro, appeso a un chiodo dietro la porta.

A pochi giorni dalla prima conferenza – il titolo – *Gli Anadalam di Sumatra. Approcci preliminari* – era già stato pubblicato in vari giornali e settimanali, ma Appenzzell non aveva ancora consegnato alla segreteria dell'Istituto il riassunto di quaranta righe destinato a *L'Année sociologique* –, il giovane etnologo bruciò tutto quello che aveva scritto, mise qualcosa in valigia e se ne andò, lasciando alla madre un biglietto laconico per informarla che tornava a Sumatra e che non si sentiva in diritto di divulgare il minimo particolare riguardante gli Orang-Kubu.

Un quadernetto parzialmente riempito di note spesso incomprensibili era scampato al fuoco. Alcuni studenti dell'Istituto di Etnologia si accanirono a decifrarle e, aiutandosi con le rare lettere che Appenzzell aveva inviato a Malinowski e a qualcun altro, con informazioni provenienti da Sumatra e testimonianze recenti raccolte presso coloro ai quali aveva, in occasioni eccezionali, riferito di sfuggita qualche particolare della sua avventura, riuscirono a ricostruire per sommi capi quello che gli era successo e ad abbozzare uno schematico ritratto di quei misteriosi "Figli dell'Interno"

Dopo parecchi giorni di cammino, Appenzzell aveva finalmente scoperto un villaggio Kubu, una decina di capanne su palafitte disposte a cerchio sul ciglio di una piccola radura. Il villaggio gli era sembrato all'inizio deserto poi aveva scorto, sdraiati su stuoie sotto la gronda dei capanni, parecchi vecchi immobili che lo guardavano. S'era fatto avanti, li aveva salutati secondo l'usanza malese con il gesto di sfiorargli le dita prima di portarsi la mano destra sul cuore, e aveva deposto accanto a ciascuno di loro un sacchetto di tè o di tabacco in segno di offerta. Ma quelli non risposero, non chinarono il capo né toccarono i doni.

Poco dopo, dei cani si misero ad abbaiare e il villaggio si popolò di uomini, donne e bambini. Gli uomini erano armati di lance, ma non lo minacciarono. Nessuno lo guardò, né parve accorgersi della sua presenza.

Appenzzell trascorse vari giorni nel villaggio senza riuscire a mettersi in contatto con i suoi laconici abitanti. Esaurì in pura perdita la piccola scorta di tè e tabacco; nessun Kubu – nemmeno i bambini – prese mai uno di quei sacchetti che a sera i temporali quotidiani avevano già reso inservibili. Tutt'al più poté guardare come vivevano i Kubu e cominciare a mettere su carta quello che vedeva.

La sua osservazione principale, così come la descrive brevemente a Malinowski, conferma che gli Orang-Kubu sono proprio i discendenti di una civiltà evoluta la quale, cacciata dai suoi territori, si sarebbe poi sepolta nelle foreste dell'interno regredendovi. Così, pur non sapendo più lavorare i metalli, i Kubu avevano ferri alle lance e anelli d'argento alle dita. Quanto alla lingua, era molto simile a quelle del litorale e Appenzzell la capì senza troppe difficoltà. Quello che lo colpì maggiormente, fu l'utilizzazione di un vocabolario estremamente ridotto, che non superava poche decine di parole, e si domandò se per caso, a imitazione dei loro lontani vicini, i Papua, i Kubu non avessero volontariamente impoverito il loro vocabolario, sopprimendo delle parole ogni qualvolta nel villaggio un membro moriva. Una delle conseguenze di questo fatto era che la stessa parola indicava un numero di oggetti via via più grande. Per cui *Pekee*, la parola malese che significa caccia, voleva dire indifferentemente cacciare, camminare, portare, la lancia, la gazzella, l'antilope, il maiale nero, il *my'am*, specie di spezia molto piccante abbondantemente usata nella preparazione di alimenti carnei, la foresta, l'indomani, l'alba, eccetera. Come pure *Sinuya*, parola che Appenzzell accostò alle parole malesi *usi*, la banana e *nuya*, la noce di cocco, indicava mangiare, pasto, zuppa, zucca, spatola, stuoia, sera, casa, vaso, fuoco, selce (i Kubu accendevano il fuoco sfregando due selci una sull'altra), fibula, pettine, capelli, *hoja'* (tintura per i capelli basata sul latte di cocco mischiato a terre e piante varie), eccetera. Se, di tutte le caratteristiche della vita dei Kubu, questi aspetti linguistici sono i più noti, è perché Appenzzell li descrisse minutamente in una lunga lettera al filologo svedese Hambo Taskerson che, conosciuto a Vienna, lavorava allora a Copenaghen con Hjelmslev e Brøndal. Fece anche notare, al volo, che tali caratteristiche potrebbero adattarsi benissimo a un falegname occidentale che servendosi di strumenti dal nome molto preciso – truschino, incorsatoio, sponderuola, pialla, bedano, barlotta, eccetera – li chiedesse al suo garzone dicendogli semplicemente: "Passami il coso".

La mattina del quarto giorno, quando Appenzzell si svegliò, il villaggio era stato abbandonato. Le capanne erano vuote. Tutta la popolazione del villaggio, uomini, donne, bambini, cani, e perfino i vecchi che in genere non si muovevano dalle stuoie, se n'era andata, portandosi via le loro scarse provviste d'igname, le tre capre, *sinuya* e *pekee*.

Appenzzell impiegò più di due mesi a ritrovarli. Questa volta avevano alzato frettolosamente le capanne sulle rive di un'acqua stagnante infestata dalle zanzare. Anche adesso i Kubu non parlarono né risposero di più; un giorno, vedendo due uomini che cercavano di sollevare un grosso tronco d'albero abbattuto dal fulmine, gli si avvicinò per prestare man forte; ma appena ebbe posato la mano sull'albero, i due uomini lo lasciarono cadere e si allontanarono. L'indomani mattina, il villaggio era nuovamente abbandonato.

Per quasi cinque anni Appenzzell si ostinò a inseguirli. Appena riusciva a ritrovarne le tracce, quelli fuggivano ancora, addentrandosi sempre più a fondo in zone sempre più inabitabili per ricostruirvi villaggi sempre più precari. Per molto tempo, Appenzzell interrogò se stesso sulla funzione di quei comportamenti migratori. I Kubu non erano nomadi e non praticando coltura su debbiato, non avevano ragione alcuna per spostarsi di continuo, né si trattava di un problema di caccia o di raccolta. Che fosse allora un rito religioso, una prova iniziatica, un comportamento magico legato alla nascita o alla morte? Niente permetteva di affermare una sola di queste ipotesi; i riti kubu, se esistevano, erano di una discrezione impenetrabile e non c'era, apparentemente, nulla che collegasse fra loro quelle partenze che, ogni volta, sembravano a Appenzzell assolutamente imprevedibili.

Pure, la verità, l'evidente e crudele verità venne finalmente in luce. Si trova splendidamente riassunta nel finale della lettera che Appenzzell spedì a sua madre da Rangoon circa cinque mesi dopo la sua partenza:

«*Per quanto irritanti siano i disinganni cui si espone colui che si dedica anima e corpo alla professione di etnografo per poter avere così una visione concreta della natura profonda dell'Uomo – ovvero, in altri termini, una visione del minimo di socialità che definisce la condizione umana attraverso quanto le varie culture possono presentare di diverso – e benché egli possa solo aspirare a chiarire delle verità relative e niente di più (il raggiungimento di una verità ultima è infatti una speranza illusoria), la peggiore difficoltà ch'io abbia dovuto affrontare non è certo stata di quest'ordine: avevo voluto raggiungere la punta estrema della selvatichezza; non ero forse stato esaudito, presso quegli amabili indigeni che nessuno aveva visto prima di me, che nessuno, è probabile, avrebbe mai più rivisto dopo? Alla fine di un'esaltante ricerca, eccoli finalmente, i miei selvaggi, li avevo, e chiedevo solo di essere uno di loro, di condividerne i giorni, gli stenti, i riti! Ma ahimè, loro, non volevano me, né intendevano insegnarmi i loro costumi, le loro credenze, un poco di sé! Non sapevano che farsene dei doni che gli posavo accanto, dell'aiuto che pensavo di potergli dare! Che farsene di me. Era per causa mia che abbandonavano i villaggi e solo per scoraggiare me, sceglievano regioni ogni volta più ostili, imponendosi condizioni di vita sempre più tremende per farmi ben vedere che preferivano affrontare tigri e vulcani, paludi, nebbie soffocanti, elefanti, ragni mortiferi, piuttosto che l'uomo! Credo di conoscere abbastanza il male fisico. Ma la cosa peggiore, è quando ti senti morire l'anima...»*

Marcel Appenzzell non scrisse altre lettere. Le ricerche che sua madre iniziò per ritrovarlo risultarono vane. Ben presto venne la guerra, e le interruppe. La signora Appenzzell si ostinò a restare a Parigi, anche dopo che il suo nome apparve in una lista di ebrei che non portavano la stella, pubblicata nel settimanale *Au Pilori*. Una sera, una mano caritatevole le fece scivolare sotto la porta un biglietto di avvertimento: l'indomani mattina all'alba sarebbero venuti ad arrestarla. La sera stessa riuscì a raggiungere Le Mans e di là passando nella zona libera entrò nella Resistenza. Fu uccisa nel giugno del millenovecentoquarantaquattro dalle parti di Vassieux-en-Vercors.

Gli Altamont – la signora Altamont è una lontana cugina della signora Appenzzell – ripresero il suo appartamento agli inizi degli anni cinquanta. Erano allora una giovane coppia. Lei, oggi, ha quarantacinque anni e lui cinquantacinque. Hanno una figlia di diciassette anni, Véronique, che dipinge acquerelli e suona il piano. Il signor Altamont è un esperto internazionale, in pratica sempre via da Parigi, e pare anzi che questo grande ricevimento sia dato in occasione del suo ritorno annuale.

CAPITOLO XXVI

Bartlebooth, 1

Un'anticamera, da Bartlebooth.

È un locale quasi vuoto, ammobiliato solo con qualche sedia impagliata, due sgabelli a tre piedi ornati da un filaticcio di seta rossa con piccole frange e una lunga panca dallo schienale dritto, coperta di finta pelle verdastra, come quelle che un tempo si vedevano nelle sale d'aspetto delle stazioni.

Le pareti sono dipinte di bianco, il pavimento è rivestito da un alto spessore di plastica. Su un grande quadrato di sughero fissato contro il muro di fondo sono appuntate parecchie cartoline: il campo di battaglia delle Piramidi, il mercato del pesce di Damietta, l'ex attracco delle baleniere a Nantucket, la promenade des Anglais a Nizza, il building della Hudson's Bay Company a Winnipeg, un tramonto a Cape Cod, il Padiglione di Bronzo del Palazzo d'Estate di Pechino, la riproduzione di un disegno raffigurante il Pisanello che offre a Lionello d'Este quattro medaglie d'oro in uno scrigno, come pure una partecipazione listata di nero:

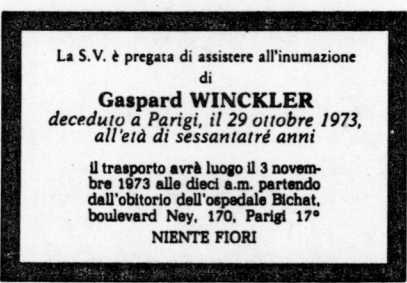

La S.V. è pregata di assistere all'inumazione
di
Gaspard WINCKLER
*deceduto a Parigi, il 29 ottobre 1973,
all'età di sessantatré anni*

il trasporto avrà luogo il 3 novembre 1973 alle dieci a.m. partendo dall'obitorio dell'ospedale Bichat, boulevard Ney, 170, Parigi 17°
NIENTE FIORI

I tre domestici di Bartlebooth stanno in questa anticamera, e aspettano la problematica scampanellata del padrone. Smautf è in piedi accanto alla finestra, un braccio alzato, mentre Hélène, la tuttofare, dà un punto alla manica destra della sua giacca che si era leggermente scucita sotto l'ascella. Kléber, l'autista, è seduto su una delle sedie. Indossa, non la divisa, ma un paio di calzoni di velluto con fascia alta e un maglione bianco dal collo rimboccato. Ha appena disposto sulla panca di finta pelle un mazzo di cinquantadue carte, a faccia in su, in quattro file, e sta per farsi un solitario che consiste, dopo aver tolto i quattro assi, nel riordinare il mazzo secondo le sue quattro sequenze a colore servendosi degli spazi lasciati dall'eliminazione degli assi. Vicino alle carte è posato un libro aperto; è un romanzo americano di George Bretzlee, intitolato *The Wanderers*, la cui azione si svolge negli ambienti del jazz newyorkese agl'inizi degli anni cinquanta.

Smautf, come abbiamo visto, è al servizio di Bartlebooth da cinquant'anni. Kléber, l'autista, è stato assunto nel 1955 quando Bartlebooth e Smautf rientrarono dal loro giro del mondo, contemporaneamente a una cuoca, la signora Adèle, una sguattera, Simone, un sommelier maggiordomo, Léonard, una guardarobiera, Germaine, un uomo di fatica, Louis, e un cameriere personale, Thomas. Bartlebooth allora usciva spesso e riceveva volentieri, dando non solo dei pranzi memorabili ma ospitando perfino lontani parenti o persone che aveva conosciuto durante i suoi viaggi.

Dal millenovecentosessanta in poi, quei fasti cominciarono a diradare e i dipendenti che se ne andarono non vennero sostituiti. Solo tre anni fa, quando l'Adèle andò in pensione, Smautf fece ingaggiare Hélène. Hélène, che ha giusto trent'anni, si occupa di tutto, della biancheria, dei pasti, delle pulizie, aiutata nei lavori pesanti da Kléber che non ha più occasione o quasi di usare l'automobile.

Da molto tempo Bartlebooth non riceve più ed è già tanto se, nei due ultimi anni, è uscito dall'appartamento. Per la maggior parte del tempo si chiude nello studio, dopo aver proibito una volta per tutte d'esservi disturbato se non chiama. Ci resta a volte per più di quarantott'ore senza dare segno di vita, dormendo vestito nella poltrona da riposo del prozio Sherwood, nutrendosi di gallette sgranocchiate o di biscotti allo zenzero. È ormai un'eccezione che vada a mangiare nella grande e severa sala da pranzo stile Impero. Quando si decide a farlo, Smautf infila il suo vecchio coda di rondine e gli serve, sforzandosi di non tremare, l'uovo al guscio, quel po' di haddock lessato e la tazza di verbena che da vari mesi, con grande costernazione di Hélène, costituiscono l'unico cibo che accetti d'ingerire.

Valène impiegò degli anni per capire cosa cercasse esattamente Bartlebooth. La prima volta che andò a trovarlo, nel gennaio millenovecentoventicinque, Bartlebooth gli disse solo che voleva imparare a fondo l'arte dell'acquerello e che desiderava prendere una lezione al giorno per dieci anni. La frequenza e la durata di quei corsi privati fecero sussultare Valène che si trovava al settimo cielo quando aveva racimolato diciotto lezioni in un trimestre. Ma Bartlebooth pareva deciso a dedicare a quell'apprendistato il tempo che ci voleva e non aveva apparenti preoccupazioni finanziarie. Del resto, cinquant'anni dopo, Valène si diceva a volte che in fin dei conti quei dieci anni non erano poi stati così superflui, vista la completa mancanza di disposizioni naturali di cui Bartlebooth aveva subito dato prova.

Bartlebooth non solo non sapeva niente di quell'arte fragile che è l'acquerello, ma non aveva neanche mai tenuto in mano un pennello e poco di più una matita. Il primo anno, Valène incominciò quindi con l'insegnargli a disegnare e gli fece eseguire a carboncino, grafite e sanguigna delle copie di modelli con telaio quadrettato, schizzi di collocazione, studi tratteggiati con lumeggiature di gesso, disegni ombrati, esercizi di prospettiva. Poi, gli fece fare altri disegni a china o a seppia, imponendogli fastidiosi lavori pratici di calligrafia e mostrandogli come diluire più o meno le pennellate per porre valori di toni diversi e ottenere sfumature.

In capo a due anni, Bartlebooth riuscì a impadronirsi di queste tecniche preliminari. Il resto, affermò Valène, era semplicemente questione di materiale e di esperienza. Cominciarono a lavorare all'aperto, al parc Monceau, in riva alla Senna, al Bois de Boulogne inizialmente, e poi ben presto nei dintorni, fuori Parigi. Tutti i giorni alle due, l'autista di Bartlebooth – non era ancora Kléber, ma Fawcett, che aveva già servito Priscilla, la madre di Bartlebooth – andava a prendere Valène; il pittore trovava il suo allievo giudiziosamente equipaggiato con calzoni da golf, gambali, berretto scozzese e pullover jacquard nella grossa limousine Chenard e Walker nerobianca. Se ne andavano nella foresta di Fontainebleau, a Senlis, a Enghien, a Versailles, a Saint-Germain o nel valloncello di Chevreuse. Sistemavano fianco a fianco il seggiolino pieghevole a tre piedi detto "seggiolino Pinchart", l'ombrellone con manico a gomito e puntale e il fragile cavalletto articolato. Con una precisione maniacale e quasi maldestra per troppa minuzia, Bartlebooth puntinava sulla sua tavoletta di frassino a fibre contrastate un foglio di carta Whatman grana sottile precedentemente inumidito sul retro, dopo aver verificato guardando in controluce il marchio di fabbrica che avrebbe lavorato sulla facciata giusta, apriva la tavolozza di zinco la cui faccia interna smaltata era stata accuratamente pulita alla fine della seduta del giorno prima e vi disponeva, con ordine rituale, tredici scodelline di colore – nero d'avorio, seppia, terra di Siena bruciata, ocra gialla, giallo indiano, giallo cromo chiaro, rosso vermiglione, lacca di robbia, verde Veronese, verde oliva, blu oltremare, blu cobalto, blu di Prussia – come pure qualche goccia di bianco di zinco di madame Maubois, si preparava acqua, spugne, matite, verificava ancora una volta che i pennelli fossero perfettamente astati, e la punta ben dritta, la pancia non troppo gonfia, i peli senza sciuffettature, e, lanciandosi, abbozzava con lievi tocchi di matita le grandi masse, l'orizzonte, i primi piani, le linee di fuga, prima di cercar di cogliere, in tutto lo splendore della loro immediatezza, dell'imprevedibilità, le metamorfosi effimere di una nuvola, la brezza che increspa la superficie di uno stagno, un crepuscolo nell'Ile-de-France, un volo di storni, la luna che s'alza su un villaggio addormentato, una strada orlata di pioppi, un cane che punta davanti a un macchione, eccetera.

Valène scuoteva quasi sempre la testa e con tre o quattro frasette – il cielo è troppo carico, non c'è equilibrio, ha fallito l'effetto, non esiste contrasto, dov'è l'atmosfera, non ci sono gradazioni, l'esecuzione è piatta, e via dicendo – sottolineate da cerchi e cancellature buttate con negligenza sull'acquerello, distruggeva senza pietà il lavoro di Bartlebooth il quale, senza dire una parola, strappava via il foglio dalla tavoletta di frassino, ne rimetteva un'altra ed era pronto a ricominciare.

All'infuori di questa pedagogia laconica, Bartlebooth e Valène non parlavano quasi. Anche se avevano esattamente la stessa età, Bartlebooth non sembrava assolutamente curioso di Valène, e Valène, pur se incuriosito dall'eccentricità del personaggio, stentava parecchio a interrogarlo direttamente. Pure, a più riprese, sulla via del ritorno, gli domandò perché si ostinasse tanto a voler imparare l'arte dell'acquerello. " E perché no?" rispondeva in genere Bartlebooth. "Perché" replicò un giorno Valène "al posto suo, la maggior parte dei miei allievi si sarebbe scoraggiata da parecchio tempo." "Sono poi così asino?" domandò Bartlebooth. "In dieci anni, s'impara qualsiasi cosa, e lei lo farà, ma perché mai vuole impadronirsi a fondo di un'arte che, spontaneamente, le è totalmente indifferente?" "Non sono gli acquerelli che m'interessano, ma quello che voglio farne." "E cosa vuol farne?" "Dei puzzle, naturalmente", rispose Bartlebooth senza la minima esitazione.

Quel giorno, Valène cominciò a farsi un'idea più precisa di quanto aveva in animo Bartlebooth. Ma fu solo dopo aver conosciuto Smautf, e poi Gaspard Winckler, che fu in grado di valutare quella che era l'ambizione dell'inglese in tutta la sua estensione:

Immaginiamo un uomo la cui fortuna fosse pari solo all'indifferenza verso quello che generalmente la fortuna permette, e il cui desiderio fosse, con molto più orgoglio, cogliere, descrivere, esaurire, non la totalità del mondo – progetto che il suo stesso enunciato è sufficiente a mandare in rovina – ma un frammento costituito di quest'ultimo: di fronte all'inestricabile incoerenza del mondo, si tratterà allora di portare fino in fondo un programma, ristretto, sì, ma intero, intatto, irriducibile.

Bartlebooth, in altre parole, decise un giorno di organizzare tutta la sua vita intorno a un progetto unico la cui necessità arbitraria non avrebbe avuto uno scopo diverso da sé.

L'idea gli venne quando aveva vent'anni. Fu sulle prime un'idea vaga, una domanda che si poneva: *cosa fare?*, una risposta che si abbozzava: *niente*. Il denaro, il potere, l'arte, le donne, non interessavano Bartlebooth. Come neanche la scienza, né il gioco. Tutt'al più le cravatte e i cavalli o, se preferite, imprecisa ma palpitante sotto queste futili apparenze (anche se migliaia di persone ordinano efficacemente la loro vita intorno alle cravatte e in numero ancora superiore intorno ai cavalli della domenica), una certa idea di perfezione.

Che si sviluppò nei mesi, negli anni a seguire, articolandosi intorno a tre principi direttivi:

Il primo fu di ordine morale: non si sarebbe trattato di un'impresa o di un record, né di una cima da scalare o di un abisso marino da raggiungere. Quello che Bartlebooth avrebbe fatto non sarebbe stato spettacolare né eroico; sarebbe stato semplicemente, discretamente, un progetto, difficile certo, ma non irrealizzabile, controllato da cima a fondo e che, in compenso, avrebbe dominato, in ogni suo particolare, la vita di colui che vi si sarebbe dedicato.

Il secondo fu di ordine logico: senza alcun ricorso al caso, l'iniziativa avrebbe fatto funzionare tempo e spazio come coordinate astratte in cui si sarebbero iscritti con una ricorrenza ineluttabile degli avvenimenti identici inesorabilmente prodotti in una certa data, in un certo luogo.

Il terzo, infine, fu di ordine estetico: inutile, essendo proprio la gratuità l'unica garanzia del rigore, il progetto si sarebbe distrutto da solo nel corso stesso del suo divenire; la sua perfezione sarebbe stata circolare: una successione di avvenimenti che, concatenandosi, si sarebbe annullata: partito da zero, Bartlebooth allo zero sarebbe tornato, attraverso trasformazioni precise di oggetti finiti.

Così si organizzò in concreto un programma che possiamo in succinto enunciare così:

Per dieci anni, dal 1925 al 1935, Bartlebooth si sarebbe iniziato all'arte dell'acquerello.

Per vent'anni, dal 1935 al 1955, avrebbe viaggiato in lungo e in largo, dipingendo, in ragione di un acquerello ogni quindici giorni, cinquecento marine dello stesso formato (65 x 50, o 50 x 64 standard) raffiguranti porti di mare. Appena finita, ciascuna di quelle marine sarebbe stata spedita a un artigiano specializzato (Gaspard Winckler) che incollandola su un foglio di legno sottile l'avrebbe tagliata in un puzzle di settecentocinquanta pezzi.

Per vent'anni, dal 1955 al 1975, Bartlebooth, tornato in Francia, avrebbe ricomposto, nell'ordine, i puzzle così preparati, in ragione, di nuovo, di un puzzle ogni quindici giorni. Via via che i puzzle sarebbero stati ricostruiti, le marine sarebbero state ristrutturate in modo da poterle scollare dal loro supporto, trasportate nel luogo stesso in cui — vent'anni prima — erano state dipinte, e immerse in una soluzione solvente da cui non sarebbe riemerso che un foglio di carta Whatman, vergine e intatto.

Così, non sarebbe rimasta traccia alcuna di quella operazione che, per cinquant'anni, aveva completamente mobilitato il suo autore.

CAPITOLO XXVII

Rorschash, 3

Sarà qualcosa come un ricordo pietrificato, come uno di quei quadri di Magritte in cui non si capisce bene se è la pietra che è diventata viva o la vita che si è fatta mummia, qualcosa come un'immagine fissata una volta per tutte, indelebile: quest'uomo seduto, baffi penduli e braccia sul tavolo in croce, il collo taurino che schizza da una camicia senza colletto, e questa donna accanto, capelli tirati, gonna nera e corpetto a fiori, in piedi dietro a lui, un braccio, quello sinistro, sulla sua spalla, e i due gemelli, in piedi davanti alla tavola, che si tengono per mano, vestiti alla marinara, calzoncini corti, bracciale della prima comunione, calzini a fisarmonica sulle caviglie, e la tavola, con la tovaglia di tela incerata, la caffettiera di smalto blu e la fotografia del nonno nella cornice ovale, e il caminetto con, fra due vasi bianchi e neri a piede conico, decorati a spina di pesce, fitti di rosmarino bluastro, la coroncina di sposa sotto la campana oblunga di vetro, con i suoi finti fiori d'arancio — gocce di cotone attorto immerse nella cera —, la base perlata, gli ornamenti di ghirlande, uccelli e specchi.

Negli anni cinquanta, molto tempo prima che Gratiolet vendesse a Rorschash i due appartamenti sovrapposti poi sistemati a duplex personale, una famiglia italiana, i Grifalconi, visse per qualche tempo al terzo a sinistra. Emilio Grifalconi era un ebanista di Verona, esperto nel restaurare mobili, venuto a Parigi per lavorare al restauro del mobilio del castello de la Muette. Era sposato con una giovane donna che aveva quindici anni meno di lui, Letizia, la quale, tre anni prima, gli aveva dato due gemelli.

Letizia, la cui bellezza severa e quasi oscura affascinava il caseggiato, la via e il quartiere, portava a spasso i suoi bambini tutti i pomeriggi al parc Monceau in una carrozzina doppia ideata apposta per gemelli. Fu certo nel corso di quelle passeggiate quotidiane che dovette incontrare uno degli uomini che la sua bellezza aveva maggiormente sconvolto. Si chiamava Paul Hébert, e abitava nello stabile anche lui, quinto a destra. Preso il sette ottobre 1943, quando aveva giusto diciott'anni, nella grande retata del boulevard Saint-Germain dopo l'attentato che costò la vita al capitano Dittersdorf e ai tenenti Nebel e Knödelwurst, Paul Hébert era stato deportato quattro mesi dopo a Buchenwald. Liberato nel '45, curato per quasi sette anni in un sanatorio dei Grigioni, era rientrato in Francia solo da poco ed era diventato professore di fisica e chimica nel Collegio Chaptal dove, naturalmente, i suoi allievi non avevano tardato molto a soprannominarlo pH. *

La loro relazione che, senza essere deliberatamente platonica, si limitava verosimilmente a brevi abbracci e strette di mano furtive, durava da quasi quattro anni quando, nel 1955, alla riapertura delle scuole, pH fu trasferito a Mazamet su esplicita richiesta dei medici che gli ordinavano un clima secco di mezza montagna.

Per molti mesi scrisse a Letizia scongiurandola di andare, ma lei ogni volta diceva di no. Volle il caso che la brutta copia di una risposta cadesse in mano al marito. Letizia scriveva:

«*Sono triste, irritata, tremendamente nervosa. Torno com'ero due anni fa, di una sensibilità dolorosa. Tutto mi fa male e mi strazia. Le tue due ultime lettere mi hanno dato un batticuore quasi mortale. Mi sconvolgono tanto! Quando aprendole il profumo del foglio mi sale alle narici e l'odore delle tue frasi carezzevoli mi entra nel cuore. Risparmiami: il tuo amore mi dà le vertigini! Dobbiamo proprio convincerci che non possiamo vivere insieme però. Dobbiamo rassegnarci a un'esistenza più piatta e sbiadita. Vorrei che riuscissi a fartene un'abitudine, che la mia immagine invece di bruciarti ti riscaldasse, che ti consolasse invece di disperarti. È necessario. Non possiamo trovarci sempre in questa convulsione dell'anima i cui abbattimenti poi sono la morte. Lavora, pensa ad altro. Tu, che hai tanta intelligenza, impiegane un po' per essere più tranquillo. Quanto a me, non ho quasi più forze. Avrei avuto coraggio per me sola certo, ma per due! Il mio compito è sostenere tutti, e ne sono spezzata, non tormentarmi più con la tua passione che mi costringe a maledire me stessa pur senza vedervi alcun rimedio...*»

* Notazione usata in chimica per esprimere la basicità o l'acidità di una soluzione (*esponente d'idrogeno*). Sono anche le iniziali di Paul Hébert, oltretutto. [*N.d.T.*]

Emilio evidentemente non sapeva a chi si rivolgesse quella copia incompiuta. La sua fiducia in Letizia era tale che sulle prime pensò che avesse semplicemente ricopiato un fotoromanzo, e se Letizia avesse voluto farglielo credere, ci sarebbe riuscita con grande facilità. Ma Letizia, anche se per tutti quegli anni era stata capace di nascondere la verità, non era capace di mascherarla. Interrogata da Emilio, gli confessò con calma terribile come il suo desiderio più caro fosse quello di riunirsi a Hébert, ma che non voleva farlo per via di lui e dei gemelli.

Grifalconi la lasciò andare. Non si suicidò, non affogò nell'alcool, ma si occupò dei gemelli con attenzione inflessibile, portandoli a scuola tutte le mattine prima di recarsi al lavoro, andando a riprenderli la sera, facendo la spesa, preparando da mangiare, facendogli il bagno, tagliandogli la carne, badando ai loro compiti, leggendogli le storie prima di dormire, andando il sabato pomeriggio in avenue des Ternes a comperare le scarpe, duffle-coat, camiciole, mandandoli al catechismo, facendogli fare la prima comunione.

Quando, nel 1959, il suo contratto con il Ministero degli Affari culturali – da cui dipendeva il restauro del castello de la Muette – venne a scadere, Grifalconi se ne tornò a Verona con i suoi figli. Ma qualche settimana prima andò a trovare Valène e gli ordinò un quadro. Voleva che il pittore lo dipingesse, insieme alla moglie e ai gemelli. Tutti e quattro nella sala da pranzo. Lui, doveva essere seduto; lei, avrebbe indossato la gonna nera e il corpetto a fiori, sarebbe stata in piedi dietro a lui, con la mano sinistra posata sulla sua spalla sinistra in un gesto pieno di fiducia e di serenità, i due gemelli avrebbero indossato il loro bel vestito alla marinara e il bracciale della prima comunione e sul tavolo ci sarebbe stata la fotografia di suo nonno che visitò le Piramidi e sul camino la coroncina di sposa di Letizia e i due vasi di rosmarino che amava tanto.

Valène non fece un quadro ma un disegno a penna con inchiostri colorati. Facendo posare Emilio e i gemelli, servendosi per Letizia di qualche foto già vecchia, curò minuziosamente i particolari richiesti dall'ebanista: i piccoli fiori azzurri e lilla del corpetto di Letizia, il casco coloniale e i gambali del vecchio, i fastidiosi ori della coroncina di sposa, le pieghe damascate dei bracciali dei gemelli.

Emilio fu così contento del lavoro di Valène che ci tenne non solo a pagarlo ma anche a regalargli due oggetti cui era particolarmente affezionato: invitò il pittore a casa sua e pose sul tavolo un cofanetto oblungo di cuoio verde. Dopo aver acceso un riflettore appeso al soffitto per illuminare il cofanetto, lo aprì: sulla sua fodera di vivido rosso, giaceva un'arma dalla liscia impugnatura di frassino, la lama piatta, falciforme, d'oro. "Lei sa cos'è?" domandò. Valène alzò le sopracciglia in segno d'ignoranza. "È il falcetto d'oro, il falcetto che i druidi galli usavano per cogliere il vischio." Valène guardò Grifalconi con aria incredula ma l'ebanista non parve smontato. "Il manico l'ho fabbricato io, naturalmente, ma la lama è autentica; è stata trovata in una tomba nei dintorni di Aix; pare sia una lavorazione caratteristica dei Salii." Valène esaminò la lama da vicino; su una delle facce erano finemente cesellate sette minuscole incisioni, ma non riuscì a capire cosa rappresentassero, pur aiutandosi con una grossa lente d'ingrandimento; vide solo che nella maggior parte di esse pareva esserci una donna con i capelli molto lunghi.

Il secondo oggetto era ancora più strano. Quando Grifalconi lo tirò fuori dalla cassetta imbottita, Valène credette di vedere un mazzo di coralli. Ma Grifalconi scosse la testa: nelle soffitte del castello de la Muette, aveva trovato le vestigia di un tavolo; il piano, ovale, meravigliosamente intarsiato di madreperla, era notevolmente ben conservato, ma la crociera centrale, una pesante colonna fusiforme di legno venato, si rivelò tutta tarlata; l'azione dei tarli era stata sotterranea, interna, suscitando mille canali e canalicoli pieni di legno polverizzato. Dall'esterno non traspariva niente di quel lavoro di smangiamento e Grifalconi vide ch'era impossibile conservare il piede originale il quale, quasi completamente svuotato, non poteva più reggere il peso del piano se non rinforzato dall'interno; di conseguenza, dopo aver ripulito mediante aspirazione i canali del loro contenuto polverulento, si diede a praticare delle iniezioni di un miscuglio semi liquido di piombo, allume e fibre di amianto. L'operazione riuscì ma fu subito chiaro che, pur consolidato, il piede continuava a essere troppo fragile e Grifalconi dovette decidersi a sostituirlo radicalmente. Fu allora che gli venne l'idea di sciogliere il legname residuo. Facendo così apparire l'arborescenza fantastica, la traccia precisa di quella ch'era stata la vita del tarlo in quel pezzo di legno, sovrapposizione immobile, minerale, di tutti i movimenti che avevano costituito la sua esistenza cieca, quell'ostinazione unica, quell'itinerario tenace, quella materializzazione fedele di tutto ciò che aveva mangiato e digerito, strappando alla compattezza del mondo circostante gli impercettibili elementi necessari alla propria sopravvivenza, immagine a nudo, visibile, infinitamente inquietante di quel cammino senza fine che aveva ridotto il legno più duro a un reticolo impalpabile di gallerie di polvere.

Grifalconi tornò a Verona. Un paio di volte, Valène gli mandò una di quelle piccole incisioni su linoleum che produceva in tiratura limitata per fare ai suoi amici gli auguri di buon anno. Ma sempre senza risposta. Nel 1972, una lettera di Vittorio – uno dei gemelli – che era diventato professore di tassonomia vegetale a Padova, gli annunciò che il padre era morto in seguito ai postumi di una trichinosi. Dell'altro fratello, Alberto, la lettera diceva solo che viveva in Sudamerica e che stava bene.

Pochi mesi dopo la partenza dei Grifalconi, Gratiolet vendette a Rémi Rorschash l'appartamento che avevano occupato. È, oggi, il primo dei due piani. La sala da pranzo è diventata un salotto. Il caminetto sul quale Emilio Grifalconi aveva fatto mettere la coroncina da sposa della moglie e i due vasi di rosmarino è stato rammodernato e presenta una struttura esterna di acciaio lucidato; il pavimento è coperto da una quantità di tappeti di lana con disegni esotici, impilati uno sull'altro; come unico mobilio, tre seggiole dette "da regista", di tela bigia e tubi metallici, che sono di fatto delle semplici sedie da campeggio in versione leggermente corretta; parecchi gadget americani ciondolano un po' dovunque, e in particolare un giacchetto elettronico, il *Feedback-Gammon*, nel quale i giocatori devono solo lanciare i dadi e premere due pulsanti corrispondenti al loro valore numerico, l'avanzamento delle pedine essendo effettuato da microprocessori incorporati all'apparecchio; i pezzi del gioco sono materializzati da cerchi luminosi che si spostano sulla scacchiera trasparente secondo strategie ottimizzate e, dato che ogni giocatore dispone via via del miglior attacco e/o della migliore difesa, il risultato più frequente di una partita è uno stallo reciproco dei pezzi equivalente a un pareggio.

L'appartamento di Paul Hébert, dopo oscure faccende di sigilli e sequestri, è stato recuperato dall'amministratore che lo affitta. In questo momento vi abita Geneviève Foulerot con il figlioletto.

Letizia non ritornò e nessuno ne seppe più nulla. E solo grazie al giovane Riri, che lo incontrò per caso nel millenovecentosettanta, si ebbe qualche notizia, anche se vaga, di Paul Hébert.

Il giovane Riri, che oggi ha circa venticinque anni, si chiama in realtà Valentin, Valentin Collot. È il più giovane dei tre figli di Henri Collot, quello del bar tabacchi all'angolo fra rue Jadin e rue de Chazelles. Tutti hanno sempre chiamato Henri Riri, sua moglie Lucienne la signora Riri, le loro due figlie Martine e Isabelle, le piccole Riri, e Valentin, il giovane Riri, tranne il signor Jérôme, l'ex professore di storia, che diceva più volentieri "Riri il giovane" e anzi aveva perfino tentato d'imporre "Riri II" per un po' di tempo ma senza alcun seguito, neanche da parte di Morellet che pure era generalmente favorevole a questo tipo d'iniziative.

Il giovane Riri dunque, che per un anno era stato l'infelice allievo di pH al Collegio Chaptal e ricordava ancora con terrore joule, coulomb, erg, dine, ohm, e farad oltre ad acido più base dà sale più acqua, faceva il servizio militare a Bar-le-Duc. Un sabato pomeriggio, mentre passeggiava in città con quella noia tenace che appartiene solo ai soldati di leva, scorse il suo ex professore: sistemato all'ingresso di un supermercato, vestito da contadino normanno con camiciotto azzurro, foulard rosso a scacchi e berretto, Paul Hébert proponeva ai passanti salumi regionali, sidro in bottiglia, dolci bretoni, pane cotto nel forno a legna. Il giovane Riri, avvicinatosi al banchetto, comperò delle fette di salame all'aglio domandandosi se fosse il caso di rivolgere la parola al suo ex prof. Quando Paul Hébert gli diede il resto, ne incontrò lo sguardo per una frazione di secondo, e il giovane Riri capì che l'altro si era sentito riconoscere, e che lo scongiurava di andarsene immediatamente.

CAPITOLO XXVIII

Per le scale, 3

È proprio là, per le scale, circa tre anni prima ormai, che lo aveva incontrato per l'ultima volta; per le scale, sul pianerottolo del quinto, di fronte alla porta dell'appartamento in cui era vissuto lo sventurato Hébert. L'ascensore, tanto per cambiàre, era guasto, e Valène, salendo faticosamente verso casa, aveva trovato Bartlebooth che forse era andato da Winckler. Indossava i suoi soliti calzoni di flanella grigia, una giacca a scacchi, e una di quelle camicie di filo di Scozia che prediligeva tanto. Lo aveva salutato al volo con un brevissimo cenno del capo. Non era cambiato molto; si era ingobbito, ma camminava senza bastone; il viso era un po' più scavato, gli occhi fatti quasi bianchi; la cosa che aveva maggiormente colpito Valène: quello sguardo che non era arrivato a incontrare il suo, come se Bartlebooth avesse cercato di guardargli oltre la testa, dietro, avesse voluto attraversarla per raggiungere, al di là, il rifugio neutro della tromba delle scale con i suoi dipinti a inganno imitanti antiche vene e i plinti di stucco uso legno. C'era in quello sguardo che lo evitava qualcosa di molto più violento del vuoto, qualcosa che non era semplicemente orgoglio oppure odio, ma quasi panico, qualcosa come una speranza insensata, come una domanda di aiuto, un segnale di soccorso.

Erano diciassette anni che Bartlebooth era tornato, diciassette anni che si era incatenato alla scrivania, diciassette anni che si ostinava a ricomporre a una a una le cinquecento marine che Gaspard Winckler aveva ritagliato in settecentocinquanta pezzi ciascuna. Ne aveva già ricostituite più di quattrocento! All'inizio, andava avanti svelto, lavorava con piacere, risuscitando con una specie di fervore i paesaggi dipinti vent'anni fa, guardando con l'esultanza di un bambino Morellet riempire accuratamente i più piccoli interstizi dei puzzle finiti. Poi, col passare degli anni, era come se i puzzle andassero complicandosi sempre di più, diventassero sempre più difficili da risolvere. Pure, la sua tecnica, la sua pratica, la sua ispirazione, i suoi metodi si erano affinati all'estremo, ma se quasi sempre vedeva in anticipo le trappole preparategli da Winckler, non era sempre capace ormai di scoprire la risposta adatta: aveva un bel fermarsi per ore su ogni puzzle, starsene seduto giorni e giorni nella famosa poltrona appartenuta al prozio di Boston, gli era sempre più difficile portarli a termine entro i limiti che si era autoimposto.

Per Smautf, che li vedeva sul grande tavolo quadrato coperto da un drappo nero quando portava al suo padrone il tè che quest'ultimo trascurava spessissimo di bere, una mela che sbocconcellava un po' prima di lasciarla annerire nel cestino, o la posta che ormai apriva solo in via eccezionale, quei puzzle erano ancora legati a folate di ricordi, odori di goemone, rumori di onde rifrante contro le alte dighe, nomi lontani: Majunga, Diego Suarez, le Comore, le Seychelles, Socotra, Moka, Hodeida... Per Bartlebooth, non erano più che le strambe pedine di un gioco senza fine del quale aveva finito con il dimenticare le regole, non sapendo neanche più contro chi stesse giocando, quale fosse la puntata o la posta, piccoli pezzi di legno i cui tagli a capriccio si facevano oggetti d'incubo, semplici materie di un rimuginìo solitario e bisbetico, componenti inerti, inette e senza pietà di una ricerca senza oggetto. Majunga, non era una città né un porto, non era un cielo pesante, una striscia di laguna, un orizzonte irto di hangar e cementifici, era semplicemente settecentocinquanta impercettibili variazioni sul grigio, brandelli incomprensibili di un enigma senza fondo, semplici immagini di un vuoto che nessuna memoria, nessun ricordo verranno mai a colmare, solo sostegni delle sue illusioni in trappola.

Gaspard Winckler era morto poche settimane dopo quell'incontro e Bartlebooth aveva praticamente smesso di uscire di casa. Di tanto in tanto Smautf dava a Valène qualche notizia di quel viaggio assurdo che, a vent'anni di distanza, l'inglese proseguiva nel silenzio del suo studio imbottito: "Abbiamo lasciato Creta" – Smautf si identificava molto spesso con Bartlebooth e parlava di lui in prima persona plurale, è anche vero che tutti quei viaggi li avevano fatti insieme – "stiamo per arrivare alle Cicladi: Zafora, Anafi, Milo, Paros, Naxos, non sarà così semplice!".

Valène, a volte, aveva l'impressione che il tempo si fosse fermato, come sospeso, impietrito intorno a chissà quale attesa. L'idea stessa del quadro che aveva in animo e le cui immagini sparse, esplose, si erano messe a ossessionare tutti i suoi attimi, abitando i suoi sogni, forzando i suoi ricordi, l'idea stessa di quello stabile sventrato che metteva a nudo le crepe del passato, il crollo del presente, quell'ammucchiarsi sconnesso di storie grandiose o irrisorie, frivole o penose, gli faceva l'effetto di un mausoleo grottesco eretto in memoria di tante comparse pietrificate nella loro ultima posa, insignificanti nella solennità quanto nella banalità, come se avesse voluto prevenire e insieme ritardare quelle morti lente o vive che, di piano in piano, parevano voler invadere la casa intera; il signor Marcia, la signora Moreau, la signora de Beaumont, Bartlebooth, Rorschash, la signorina Crespi, la signora Albin, Smautf. E lui stesso, naturalmente, anche lui, Valène, il più vecchio inquilino dello stabile.

Allora a volte lo prendeva una sensazione insopportabile di tristezza; pensava agli altri, a tutti quelli che se n'erano già andati, a tutti quelli che la vita o la morte avevano inghiottito: la signora Hourcade, nella sua casetta vicino a Montargis, Morellet a Verrières-le-Buisson, la signora Fresnel con il figlio nella Nuova Caledonia, e Winckler, e Marguerite, e i Danglars e i Claveau, e Hélène Brodin con il suo piccolo sorriso impaurito, e il signor Jérôme, e la vecchia signora dal cagnolino di cui aveva dimenticato il nome, il nome della vecchia signora, perché il cagnolino, che poi era una cagna, lo ricordava benissimo, si chiamava Dodéca e poiché faceva spesso i suoi bisogni sul pianerottolo, la portinaia – la signora Claveau – lo chiamava sempre e solo Dodecacca. La vecchia signora abitava al quarto a sinistra, accanto ai Grifalconi, e la si vedeva spesso passeggiare per le scale in sottoveste. Il figlio voleva farsi prete. Anni dopo, nel dopoguerra, Valène lo aveva incontrato in rue des Pyramides mentre tentava di vendere a dei turisti, che visitavano Parigi a bordo di certi pullman a due piani, dei romanzetti porno e gli aveva raccontato un'interminabile storia di traffici d'oro con l'URSS.

Ancora una volta allora ricominciava a girargli nella testa la triste ridda dei traslochi e dei becchini, le agenzie e i loro clienti, gli idraulici, gli elettricisti, i pittori, i tappezzieri, i piastrellisti, i posatori di moquette: si metteva a pensare alla vita tranquilla delle cose, alle casse di stoviglie piene di trucioli, agli scatoloni di libri, alla luce cruda delle lampadine nude ciondolanti in fondo al filo, alla lenta sistemazione dei mobili e degli oggetti, al lento adattarsi del corpo allo spazio, tutto l'insieme assommato di eventi minuscoli, inesistenti, non raccontabili – scegliere il piede di una lampada, una riproduzione, un soprammobile, sistemare fra due porte una specchiera rettangolare, disporre davanti a una finestra un giardino giapponese, foderare con una stoffa a fiori i ripiani di un armadio – tutti quei minimi gesti che sempre riassumeranno nel più fedele dei modi la vita di un appartamento, e che, di tanto in tanto, le brusche fratture di un quotidiano senza storia, imprevedibili e ineluttabili, tragiche o benigne, effimere o definitive, verranno a sconvolgere: un giorno la piccola Marquiseaux fuggirà con il giovane Réol, un giorno la signora

Orlovska deciderà di andarsene di nuovo, senza ragioni apparenti, senza vere ragioni; un giorno la signora Altamont sparerà al signor Altamont e il sangue si metterà a schizzare sulle formelle verniciate della loro sala da pranzo ottagonale; un giorno la polizia verrà ad arrestare Joseph Nieto e troverà in camera sua, nascosto in una delle palle di rame del grande letto Impero, il celebre diamante un tempo rubato al principe Luigi Voudzöi.

Un giorno soprattutto, sarà la casa intera a scomparire, saranno la via e il quartiere che moriranno. Certo ci vorrà del tempo. All'inizio sembrerà una leggenda, una voce appena plausibile; la gente sentirà parlare di un'eventuale estensione del parc Monceau, o del progetto di un grande albergo, o di un collegamento diretto fra l'Elysée e Roissy che sfrutti per arrivare alla circonvallazione il percorso dell'avenue de Courcelles. Poi le chiacchiere si faranno certezza; si verranno a sapere i nomi dei promotori e la natura esatta delle loro ambizioni lussuosamente illustrate da opuscoli in quadricromia:

«... Nel quadro, previsto dal settimo piano, dell'ampliamento e rimodernamento degli edifici della Posta centrale del XVII arrondissement, in rue de Prony, resi necessari dal considerevole sviluppo di questo servizio pubblico nel corso dei due ultimi decenni, si è dimostrata possibile e auspicabile una ristrutturazione completa della periferia...»

e poi:

«... Frutto degli sforzi congiunti fra poteri pubblici e iniziative private, questo grande complesso a destinazione multipla, rispettosa dell'equilibrio ecologico-ambientale, ma suscettibile di beneficiare delle attrezzature socio-culturali indispensabili per un'auspicabile umanizzazione della vita contemporanea, verrà così a sostituire un tessuto urbano giunto da parecchi anni alla saturazione...»

e infine:

«... A pochi minuti da L'Etoile-Charles-de-Gaulle (RER*) e da Saint-Lazare, a due passi dal parc Monceau, HORIZON 84 vi propone su una superficie complessiva di tre milioni di metri quadrati i TREMILACIN-

* Réseau Express Régional, metrò espresso anche di superficie che serve parte della cintura parigina. [N.d.T.]

QUECENTO uffici più belli di Parigi: tripla moquette, isolamento termo-acustico a pannelli radianti, anti-sdrucciolo, tramezzi autoportanti, telex, circuito televisivo interno, terminali di calcolatori, sale da conferenza con traduzione simultanea, ristoranti aziendali, snack, piscina, club-house... HORIZON 84, vuol anche dire SETTECENTO appartamenti, dal mono al pluricamere, perfettamente attrezzati — dalla sorveglianza elettronica alla cucina preprogrammabile, vuol anche dire VENTIDUE appartamenti di rappresentanza — trecento metri quadrati di sale e terrazze, e inoltre un centro commerciale che raggruppa QUARANTASETTE negozi e servizi, e da ultimo DODICIMILA posti macchina sotterranei, MILLECENTOSETTANTACINQUE metri quadrati di verde panoramico, DUEMILACINQUECENTO linee telefoniche già installate, un ripetitore radio AM-FM, DODICI campi da tennis, SETTE cinematografi, e il complesso alberghiero più moderno d'Europa! HORIZON 84, 84 ANNI D'ESPERIENZA AL SERVIZIO DELL'IMMOBILIARE DI DOMANI!»

Ma prima che spuntino dalla terra quei cubi di vetro, d'acciaio e cemento, ci saranno i lunghi parlamentari delle vendite e delle rivendicazioni, degli indennizzi, degli scambi, dei rialloggi, degli sfratti. I negozi chiuderanno a uno a uno e non verranno sostituiti, a una a una le finestre degli appartamenti ormai vacanti saranno murate e i pavimenti sfondati per scoraggiare abusivi e barboni. La via si ridurrà a una fila di facciate cieche – *finestre come occhi senza pensiero* – alternate con alti steccati chiazzati di manifesti a brandelli e graffiti di nostalgia.

Chi, di fronte a uno stabile parigino, ha mai pensato che non fosse indistruttibile? Una bomba, un incendio, un terremoto possono abbatterlo certo, ma che altro? Agli occhi di un individuo, di una famiglia, di una dinastia perfino, una città, una via, una casa, sembrano inalterabili, inaccessibili al tempo, agli accidenti della vita umana, tanto da farci credere di poter confrontare e opporre la fragilità della nostra condizione all'invulnerabilità della pietra. Ma la stessa febbre che, verso il milleottocentocinquanta, alle Batignolles come a Clichy, a Ménilmontant come alla Butte-aux-Cailles, a Balard come a Pré-Saint-Gervais, ha cavato su dalla terra tutti quei casamenti, si accanirà adesso a distruggerli.

Verranno i demolitori e con le loro mazze schianteranno intonaci e ammattonati, sfonderanno pareti, torceranno serramenti, sfasceranno travi e capriate, strapperanno via pietre e lastroni: immagini grottesche di una casa crollata, ricondotta alle materie prime di cui i ferraioli dai grossi guanti verranno a disputarsi il mucchio: piombo di tubature, marmo di caminetti, legno di armature e parquet, di porte e plinti, rame e ottone di maniglie e rubinetti, specchiere e dorature delle loro cornici, lavandini, vasche, il ferro battuto delle tante ringhiere...

I bulldozer instancabili si porteranno via il resto: tonnellate e tonnellate di calcinacci e briciole.

CAPITOLO XXIX

Terzo a destra, 2

Il salone dell'appartamento del terzo a destra potrebbe offrire la classica immagine del dì dopo la festa.

È un'ampia stanza rivestita di legno chiaro, con i tappeti arrotolati o spinti da parte, evidenziando un parquet ad alveoli delicatamente rapportati. Tutta la parete di fondo è occupata da una biblioteca stile Regency la cui parte centrale è in realtà una porta dipinta a inganno. Da questa porta, socchiusa, si scorge un lungo corridoio nel quale avanza una ragazza di circa quindici anni che tiene un bicchiere di latte nella mano destra.

Nel salotto, un'altra ragazza – forse quel bicchiere ristoratore è destinato proprio a lei – dorme, sdraiata su un divano coperto di scamosciato grigio: affonda fra i cuscini, mezzo coperta da uno scialle nero ricamato a fiori e foglie, vestita solo d'una camiciola di nylon chiaramente troppo grande per lei.

Per terra, dappertutto, i resti della baldoria: parecchie scarpe scompagnate, un lungo calzino bianco, un paio di collant, un cilindro, un naso finto, dei piatti di cartone, impilati, sgualciti o isolati, pieni di avanzi, gambi di ravanelli, teste di sardine, pezzi di pane smangiucchiati, ossi di pollo, croste di formaggio, barchette di carta crespa che hanno contenuto petit four o cioccolatini, cicche, tovaglioli di carta, bicchieri di cartone; sopra un tavolo basso varie bottiglie vuote e un pane di burro, appena toccato, nel quale sono state accuratamente spente parecchie sigarette; altrove, tutta una serie di piccole antipastiere rettangolari che contengono ancora vari stuzzichini: olive verdi, nocciole tostate, biscottini salati, chips ai gamberetti; poco distante, in un posto un pochino più libero, un barilotto di Côtes-du-Rhône, appoggiato su un cavalletto e rincalzato sul pavimento da molti strofinacci, qualche metro di carta asciugatutto capricciosamente priva del suo rotolo avvolgitore e da un bel mucchio di bicchieri e bicchierini a volte ancora mezzo pieni; qua e là ciondolano tazze da caffè, zollette di zucchero, altri bicchieri, forchette, coltelli, una paletta per dolci, cucchiaini, barattoli di birra, scatole di cocacola, bottiglie quasi intatte di gin, porto, armagnac, Marie-Brizard, Cointreau, crema di banana, forcine, un'infinità di recipienti usati a mo' di portacenere traboccanti di fiammiferi bruciati, cenere, fondi di pipa, cicche macchiate e no di rossetto, noccioli di dattero, gusci di noci, mandorle e bagigi, torsoli di mela, bucce d'arance e mandarini; in vari posti giacciono grandi piatti da portata con abbondanti avanzi di svariate vivande: involtini di prosciutto dentro a una gelatina ormai liquefatta, fette di arrosto di manzo guarnite con cetriolini sottaceto tagliati, mezzo merluzzo freddo decorato con ciuffi di prezzemolo, spicchi di pomodoro, ghirigori di maionese e fette di limone dentellate; altri residui hanno trovato asilo in certi posti a volte improbabili: in equilibrio sopra un termosifone, una grande insalatiera giapponese di legno laccato con ancora, sul fondo, un rimasuglio d'insalata di riso cosparsa di olive, filetti di acciuga, uova sode, capperi, peperoni a strisce e gamberetti; sotto il divano, un piatto d'argento, in cui delle cosce di pollo intatte fanno compagnia a cosce in parte o del tutto spolpate; in una poltrona, una scodella di maionese appiccicosa; sotto un fermacarte di bronzo che rappresenta il celebre *Ares in riposo* di Scopa, un piattino pieno di ravanelli; cetrioli, melanzane e manghi, tutti accartocciati, e un resto di lattuga ormai rancida, quasi in cima alla biblioteca, sopra un'edizione in sei volumi dei romanzi libertini di Mirabeau, e l'avanzo di una composizione – una gigantesca meringa che era scolpita a forma di scoiattolo pericolosamente incastrata fra le pieghe di un tappeto.

Sparsi per la stanza, un'infinità di dischi dentro o fuori dalle buste, dischi ballabili per la maggior parte, fra i quali per un attimo sorprende qualche altra musica tipo: *Les Marches et Fanfares de la 2ᵉ D.B.*, *Le Laboureur et ses Enfants* detta in argot da Pierre Devaux, *Fernand Raynaud: le 22 à Asnières*, *Mai 68 à la Sorbonne*, *La Tempesta di Mare*, concerto in mi bemolle maggiore, op. 8, n° 5, di Antonio Vivaldi, interpretato da Léonie Prouillot al sintetizzatore; ovunque infine scatoloni sventrati, pacchi frettolosamente disfatti, spaghi, nastri dorati con i capi a riccio, dimostrano che la festa è stata data per il compleanno di questa o quella delle due ragazze, particolarmente viziata dai suoi amici; che le hanno regalato, fra l'altro, e indipendentemente dalle dèrrate solide e liquide che qualcuno ha portato a mo' di offerta, un piccolo meccanismo di scatola musicale che si può ragionevolmente supporre suoni *Happy birthday to you*; un disegno a penna di Thorwaldsson raffigurante un norvegese in costume da matrimonio: giubba corta con bottoni d'argento molto fitti, camicia inamidata con corolla dritta, panciotto con profilo spighettato di seta, pantalone stretto allacciato al ginocchio da ciuffi di nappe lanose, cappello floscio, stivali giallastri, e, alla cintola, nel suo fodero di cuoio, il coltello scandinavo, il *dolknif*, che un vero norvegese porta sempre con sé; una piccolissima scatola d'acquerelli inglesi da cui si può dedurre una certa qual predilezione per la pittura; un poster nostalgico, raffigurante un barman dagli occhi pieni di malizia, con una lunga pipa di argilla in mano, nell'atto di versarsi un bicchierino di ginepro Hulstkamp, che del resto, su un manifestino in falso "abisso", proprio dietro a lui, si sta già preparando a degustare, mentre la folla si prepara a invadere il piccolo bar e tre uomini, uno con paglietta, l'altro con cappello floscio, il terzo in cilindro, si accalcano all'ingresso; un altro disegno, di un certo William Falsten, caricaturista americano primo novecento, intitolato *The Punishment* (il Castigo) raffigurante un ragazzino sdraiato sul letto a sognare il meraviglioso dolce che la famiglia si sta spartendo – visione materializzata in una nuvola che gli galleggia sopra la testa – e di cui lo hanno privato per via di qualche marachella; e infine, regali di buontemponi con gusti indubbiamente un po' morbosi, qualche campione di frizzi e lazzi tipo carnevale, fra i quali un coltello a molla che cede alla minima pressione, e un'imitazione alquanto paurosa di un grosso ragno nero.

Dall'aspetto generale della stanza si può dedurre che la festa sia stata sontuosa e forse perfino grandiosa, ma che non è degenerata: qualche bicchiere rovesciato, qualche bruciatura di sigaretta sui cuscini e i tappeti, un bel po' di macchie d'unto e di vino, ma niente di veramente irreparabile, tranne un paralume di pergamena che è stato crepato, un vaso di senape forte che si è versato sul disco d'oro di Yvette Horner, e una bottiglia di vodka che si è rotta in una giardiniera contenente un fragile papiro che probabilmente non si rimetterà mai più.

CAPITOLO XXX

Marquiseaux, 2

È un bagno. Pavimento e pareti sono coperti da piastrelle verniciate, giallo ocra. Un uomo e una donna sono inginocchiati nella vasca che è riempita a metà. Sono entrambi sulla trentina. L'uomo, con le mani appoggiate alla vita della donna, le lecca il seno sinistro mentre lei, leggermente inarcata, stringe con la mano destra il sesso del compagno accarezzandosi con l'altra mano. Un terzo personaggio assiste alla scena: un giovane gatto nero dai riflessi dorati e una macchia bianca sotto il collo, allungato sull'orlo della vasca, il cui sguardo gialloverde sembra esprimere uno stupore infinito. Porta un collare di cuoio intrecciato munito della regolamentare targhetta con il nome – Petit Pouce – il numero di matricola alla Protezione animali, e il numero di telefono dei suoi padroni, Philippe e Caroline Marquiseaux; non quello parigino; sarebbe infatti del tutto improbabile che Petit Pouce uscisse dall'appartamento e si smarrisse a Parigi, ma quello della loro casa di campagna: il 50, a Jouy-en-Josas (Yvelines).

Caroline Marquiseaux è la figlia degli Echard e ha ripreso il loro appartamento. Nel 1966, a vent'anni appena compiuti, sposò Philippe Marquiseaux che aveva conosciuto qualche mese prima alla Sorbonne dove entrambi studiavano storia. Marquiseaux era di Compiègne e viveva a Parigi in rue Cujas, in una minuscola stanza. I giovani sposi si sistemarono quindi nella camera in cui Caroline era cresciuta, mentre i suoi genitori si riservavano la loro camera e il soggiorno-pranzo. Poche settimane, e la coabitazione di quei quattro era già impossibile.

Le prime scaramucce iniziarono per via del bagno in comune: Philippe, urlava la signora Echard con la sua voce più acuta e preferibilmente quando le finestre erano spalancate perché tutto il caseggiato la sentisse bene, Philippe si chiudeva in gabinetto per ore e lasciava sistematicamente il catino alle ripuliture altrui: gli Echard, rimbeccava Philippe, lasciavano in giro e anzi mettevano apposta le loro dentiere nei bicchieri per i denti che lui e Caroline avrebbero dovuto usare. L'intervento pacificatore del signor Echard permise di evitare che tali urti non superassero lo stadio dell'insulto verbale e delle allusioni sgradevoli e si pervenne a uno statu quo sopportabile grazie, dall'una e dall'altra parte, a qualche gesto di buona volontà e a qualche misura destinata a facilitare la vita a quattro: regolamentazione dei tempi di occupazione dei locali igienici, rigorosa spartizione dello spazio, differenziazione spinta degli asciugamani, guanti da toilette e accessori.

Ma se il signor Echard — ex bibliotecario In pensione con il pallino di accumulare prove sulla sopravvivenza di Hitler — era la bonarietà in persona, sua moglie si rivelò un'autentica vipera le cui continue recriminazioni all'ora dei pasti non tardarono a riaccendere seriamente la guerra: tutte le sere la vecchia inveiva contro il genero inventando ogni volta o quasi nuovi pretesti: arrivava in ritardo, si metteva a tavola senza lavarsi le mani, non si guadagnava certo quello che aveva sul piatto, la qual cosa però non gl'impediva di fare il difficile ma anzi, avrebbe anche potuto aiutare Caroline a preparare la tavola di tanto in tanto, no? o a lavare i piatti, e via dicendo. Il più delle volte, Philippe sopportava tutte le urlate con flemma e qualche volta cercava perfino di scherzarci su, regalando una sera alla suocera un piccolo cactus, per esempio, "fedele riflesso del suo carattere", ma una domenica alla fine del pasto, gli aveva preparato un piatto che odiava a morte — del pan dorato — e voleva costringerlo a mangiarne, perse il controllo, strappò di mano alla suocera la paletta per dolci e gliela picchiò sul cranio, poco poco. Dopodiché fece tranquillamente la valigia e se ne tornò a Compiègne.

Caroline lo convinse a tornare: restando a Compiègne, non solo metteva in pericolo il loro matrimonio ma anche i suoi studi, oltre a compromettere la possibilità di presentarsi agli IPES,* cosa che, a riuscirci, gli avrebbe permesso di avere un alloggio tutto per loro fin dal prossimo anno.

Philippe si lasciò convincere, e la signora Echard, cedendo alle insistenze del marito e della figlia, accettò di tollerare per qualche tempo ancora la presenza del genero sotto il suo tetto. Ben presto però la sua natura bisbetica riprese il sopravvento e sulla giovane coppia ricominciarono a piovere angherie e divieti: proibito servirsi del bagno dopo le dieci del mattino, proibito entrare in cucina se non

* Institut de Préparation à l'Enseignement Secondaire, forma i professori della scuola secondaria e v'insegnano studenti che, volendo proseguire gli studi, dispongono così di un piccolo stipendio assicurato. [N.d.T.]

per lavare i piatti, proibito usare il telefono, proibito ricevere amici, proibito rientrare dopo le dieci di sera, proibito ascoltare la radio, e via di seguito.

Caroline e Philippe sopportarono eroicamente queste rigide condizioni. A dire il vero, non avevano altra scelta: la misera somma che Philippe riceveva dal padre – un ricco negoziante che disapprovava il matrimonio del figlio – e quei pochi soldi che il padre di Caroline gli dava sottobanco, erano appena sufficienti a pagare i loro spostamenti giornalieri fino al Quartiere Latino e i buoni per la mensa universitaria: sedersi ai tavolini di un caffè, andare al cinema, comprarsi *Le Monde*, furono per loro, in quegli anni, avvenimenti quasi di lusso e, per poter pagare a Caroline un cappotto di lana che i rigori di un febbraio resero necessario, Philippe dovette risolversi a vendere a un antiquario della rue de Lille l'unico oggetto veramente prezioso che avesse mai posseduto: una mandola del XVII secolo sull'intavolatura della quale erano incise le figure di Arlecchino e Colombina in domino.

Questa difficile vita durò quasi due anni. La signora Echard, secondo gli umori del momento, ora si faceva umana, fino al punto di offrire alla figlia una tazza di tè, ora accentuava sevizie e vessazioni, togliendo l'acqua calda proprio quando Philippe stava per radersi, per esempio, facendo berciare dalla mattina alla sera la sua televisione proprio nei giorni in cui i due giovani ripassavano in camera un esame orale, oppure applicando lucchetti a combinazione su tutti gli armadi con la scusa che le provviste di zucchero, biscotti secchi e carta igienica venivano sistematicamente saccheggiate.

La conclusione di quei duri anni di apprendistato fu improvvisa quanto insperata. Un giorno, la signora Echard si soffocò con una lisca di pesce: Echard padre il quale, da dieci anni, non aspettava altro, si ritirò in un minuscolo villino che aveva fatto costruire dalle parti di Arles; un mese dopo, il signor Marquiseaux morì in un incidente automobilistico, lasciando al figlio una confortevole eredità. Philippe che, senza passare all'IPES, aveva finalmente ottenuto il diploma e pensava d'iniziare una tesi di terzo grado – *Ortoagricoltura in Piccardia sotto il regno di Luigi XV* – vi rinunciò volentieri e fondò insieme a due compagni un'agenzia pubblicitaria oggi molto fiorente, e che ha la particolarità di vendere non dei prodotti per la pulizia della casa ma stelle del music-hall: i Trapèzes, James Charity, Arthur Rainbow, "Hortense", "The Beast", Heptaedra Illimited, e qualche altro, sono fra i pezzi forti della sua scuderia.

CAPITOLO XXXI

Beaumont, 3

La signora de Beaumont è in camera sua, seduta sul letto Luigi XV, ben assestata contro quattro guanciali finemente ricamati. È una vecchia di settantacinque anni, dal volto segnato di rughe, i capelli di un bianco di neve, gli occhi grigi. Indossa una liseuse di seta bianca e porta al lobo dell'orecchio sinistro un anello il cui castone, un topazio, è tagliato a losanga. Un libro d'arte di grande formato, dal titolo *Ars Vanitatis*, è aperto sulle sue ginocchia, e mostra una riproduzione a tutta pagina di una delle celebri *Vanità* della Scuola di Strasburgo: un teschio circondato dagli attributi riguardanti i cinque sensi, qui molto poco canonici rispetto ai modelli abituali, ma perfettamente riconoscibili: il gusto è rappresentato non da una grassa oca o una lepre uccise di fresco, ma da un prosciutto appeso a un travicello, e un'elegante tisaniera di maiolica che sostituisce il classico bicchiere di vino; il tatto, da alcuni dadi e una piramide di alabastro sormontata da un tappo di cristallo tagliato a diamante; l'udito, da una piccola tromba a fori – e non a pistoni – così come usavano nelle fanfare; la vista che, secondo la simbologia stessa di questo genere di quadri, è contemporaneamente percezione del tempo inesorabile, è rappresentata proprio da un teschio e, in opposizione drammatica a quello, da una lunga pendola a muro tutta lavorata: l'olfatto infine, non è rievocato dai tradizionali mazzi di rose o garofani, ma da una pianta grassa, una specie di anturio nano le cui infiorescenze biannue mandano un forte profumo di mirra.

Un commissario venuto da Rethel fu incaricato di chiarire le circostanze del duplice assassinio di Chaumont-Porcien. La sua inchiesta durò circa una settimana e non fece che infittire il mistero che circondava quel caso tenebroso. Si stabilì che l'assassino non era entrato nella villetta dei Breidel con effrazione, ma verosimilmente passando per la porta della cucina che non era quasi mai chiusa a chiave, neanche di notte, e che era poi uscito per la stessa via, ma questa volta chiudendosi dietro lui stesso la porta a chiave. L'arma del delitto era un rasoio o, più esattamente, un bisturi a lama mobile che l'assassino doveva essersi portato dietro e comunque portato via dato che in casa non se ne trovò traccia, come del resto non si trovarono né impronte né indizi. Il delitto era stato compiuto nella notte fra domenica e lunedì; l'ora non poté essere precisata. Nessuno aveva udito niente. Non un grido né un rumore. Molto probabilmente François ed Elizabeth erano stati uccisi nel sonno, e così presto da non avere neanche il tempo di dibattersi: l'assassino tagliò loro la gola con una tale destrezza che le prime conclusioni della polizia furono si dovesse trattare di un professionista del crimine, di un macellatore esperto o di un chirurgo.

Indubbiamente, tutti questi elementi provavano che il delitto era accuratamente premeditato. Ma nessuno, a Chaumont-Porcien o altrove, riusciva a concepire che si fosse voluto assassinare qualcuno come François Breidel o sua moglie. Da poco più di un anno erano venuti ad abitare nel villaggio; non si sapeva bene di dove venissero; dal Midi forse, ma nessuno ne era sicuro e pareva che prima di sistemarsi definitivamente avessero condotto una vita alquanto errabonda. Gli interrogatori dei genitori Breidel, ad Arlon, e di Véra de Beaumont, non aggiunsero nuovi elementi: come la signora de Beaumont, i genitori Breidel non avevano notizie del figlio già da parecchi anni. Delle richieste d'informazioni accompagnate dalle foto delle due vittime furono ampiamente diffuse in Francia e all'estero, ma anche queste senza alcun risultato.

Per qualche settimana, l'opinione pubblica si appassionò a quel duplice enigma mobilitando decine di Maigret dilettanti e giornalisti a corto d'idee. Ne fecero la lunga coda di questo o quel celebre caso in cui, secondo alcuni, Breidel era stato un tempo implicato; riesumarono l'F.L.N.,* la Main Rouge,** la Resistenza, e tirarono fuori perfino un'oscura faccenda di pretendenti al trono di Francia, poiché un certo Sosthène de Beaumont, ipotetico avo di Elizabeth, altri non era che un figlio, naturale ma legittimato, del duca di Berry. Poi, dato che l'inchiesta segnava il passo, poliziotti, gazzettieri, detective da

* Front de Libération Nationale, il Fronte di Liberazione Nazionale algerino. [N.d.T.]
** Organizzazione terroristica di estrema destra operante negli anni sessanta, specialista negli assassini dei leader del Terzo Mondo. [N.d.T.]

casa e curiosi si stancarono. L'istruttoria, contro ogni possibile evidenza, decise per "un delitto commesso da uno di quei vagabondi o balordi che si trovano anche troppo spesso nelle zone suburbane e nei dintorni dei paesi".

Indignata per questo verdetto che non le diceva niente di ciò che riteneva suo diritto sapere sulla storia della figlia, la signora de Beaumont domandò al suo avvocato, Léon Salini, che sapeva appassionato di problemi criminali, di riprendere le indagini.

Per molti mesi, Véra de Beaumont non ebbe praticamente più notizie di Salini. Ogni tanto, riceveva qualche sua laconica cartolina che l'informava come proseguisse instancabile le ricerche a Amburgo, Bruxelles, Marsiglia, Venezia, eccetera. Finalmente, il sette maggio 1960, Salini tornò a trovarla:

"Tutti," le disse, "polizia in testa, hanno capito che i Breidel sono stati assassinati per qualcosa che hanno fatto o che gli è capitato in precedenza. Ma finora, nessuno è riuscito a scoprire alcunché che permetta di orientare l'inchiesta in questa o quella direzione. La vita della coppia Breidel è apparentemente limpida, malgrado la girandola di spostamenti che sembra averli colpiti nel primo anno di matrimonio. Si sono conosciuti nel giugno del 1957 a Bagnols-sur-Cèze, e si sono sposati sei settimane dopo; lui, lavorava a Marcoule, lei era stata appena assunta come cameriera nel ristorante in cui il futuro marito pranzava la sera. Neanche la vita di Breidel scapolo presenta misteri. Ad Arlon, la cittadina dalla quale aveva spiccato il volo quattro anni prima, era considerato un bravo operaio, un futuro capomastro, un probabile padroncino; di fatto, aveva trovato lavoro solo in Germania, e precisamente nella Sarre, a Neuweiler, un piccolo paese vicino a Sarrebruck; in seguito era andato a Château d'Oex, in Svizzera, e di là a Marcoule dove costruiva una villa per uno degli ingegneri. In nessuno di questi posti gli è mai capitato qualcosa di tanto grave da farlo morire ammazzato cinque anni dopo. Apparentemente, l'unica storia cui si trovò immischiato è una rissa con dei militari all'uscita da una balera.

"Quanto a Elizabeth, è un altro paio di maniche. Fra il momento in cui se n'è andata di casa nel 1946 e il suo arrivo a Bagnols-sur-Cèze, non si sa niente, assolutamente niente di lei, tranne il fatto che si è presentata alla padrona del ristorante dichiarando di chiamarsi Elizabeth Ledinant. Tutto questo, del resto, è già stato appurato ampiamente dall'inchiesta ufficiale e la polizia ha tentato disperatamente di sapere cosa diavolo abbia mai fatto Elizabeth durante quegli undici anni. Hanno interrogato metodicamente centinaia e centinaïa di schedari. Ma non sono riusciti a trovare niente, proprio niente.

"È su questa base inesistente che ho riaperto l'inchiesta. La mia ipotesi di lavoro, o più precisamente il canovaccio da cui sono partito, è stato il seguente: parecchi anni prima del matrimonio, Elizabeth ha commesso qualcosa di grave che l'ha costretta a fuggire e nascondersi. Il fatto che alla fine si sia sposata significa che pensava di essere definitivamente sfuggita all'uomo o alla donna da cui aveva tutti i motivi di temere una vendetta. Pure, due anni dopo, ecco che quella vendetta la colpisce.

"Il mio ragionamento era complessivamente coerente, anche se dovevo ancora tapparne i buchi. Supposi allora che per arrivare a una soluzione del problema, bisognava che quel qualcosa di grave avesse lasciato perlomeno una traccia reperibile, e decisi di spulciare tutti i quotidiani dal 1946 al 1957. Si tratta di un lavoro fastidioso, ma non impossibile: assunsi cinque studenti che controllarono alla Biblioteca nazionale tutti gli articoli e trafiletti in cui si parlava – esplicitamente o implicitamente – di una donna fra i quindici e i trent'anni. Non appena un qualche fatto di cronaca nera corrispondeva a questo criterio iniziale, davo il via a un'indagine più approfondita. Ho così esaminato parecchie centinaia di casi corrispondenti alla prima fase del mio canovaccio; per esempio, un certo Emile D., che circolava a bordo di una Mercedes blu savoia con una giovane donna bionda accanto aveva sfracellato, fra Parentis e Mimizan, un campeggiatore australiano che faceva l'autostop; oppure, durante un tafferuglio in un bar di Montpellier, una prostituta che rispondeva al nome di Véra aveva tagliuzzato con i cocci di una bottiglia la faccia di un tale Lucien Campen, detto monsieur Lulu; questa storia mi piaceva abbastanza, soprattutto per via di quel nome, Véra, che chiariva la personalità di sua figlia in un modo assolutamente inquietante. Per mia sfortuna, monsieur Lulu era in prigione e Véra, più viva che mai, gestiva una merceria a Palinsac. Quanto alla prima storia, non approdò a nulla neanche quella: Emile D. era stato arrestato, processato, e condannato a una forte ammenda e tre mesi di prigione col beneficio della condizionale; l'identità della sua compagna di viaggio non venne rivelata alla stampa per timore di uno scandalo, si trattava infatti della moglie di un ministro in carica.

"Non uno dei casi che ebbi a esaminare resistette a queste verifiche complementari. Ero sul punto di abbandonare le ricerche quando uno degli studenti da me reclutati mi fece osservare che l'avvenimento che tentavamo di rintracciare poteva benissimo essersi svolto all'estero! La prospettiva di dover spulciare fatti e fattacci dell'intero pianeta non ci rallegrò alla follia, e tuttavia ci mettemmo d'impegno. Se sua figlia era fuggita in America, credo che mi sarei scoraggiato prima, ma questa volta la fortuna girò: nell'*Express and Echo* di Exeter del lunedì 14 giugno 1953 leggemmo questo penoso fatto di cronaca nera: Ewa Ericsson, moglie di un diplomatico svedese in servizio a Londra, passava con il figlio di cinque anni le sue vacanze in una villa che aveva affittato per un mese a Sticklehaven, nel Devon. Suo marito, Sven Ericsson, trattenuto a Londra per i festeggiamenti dell'incoronazione, doveva raggiungerla domenica tredici dopo aver assistito al grande ricevimento che la coppia reale dava la sera del dodici a Buckingham Palace per più di duemila invitati. Di salute malferma, Ewa aveva assunto a Londra poco prima di partire una ragazza alla pari di origine francese il cui unico compito avrebbe dovuto essere quello di badare al bambino, una donna presa sul posto si sarebbe occupata della casa e della cucina. Sven Ericsson, quando arrivò, la domenica sera, scoprì uno spettacolo orrendo: suo figlio, gonfio come un otre, galleggiava nella vasca da bagno e Ewa, con i polsi tagliati, giaceva sulle piastrelle del bagno; la loro morte risaliva a quarantott'ore prima almeno, e cioè a venerdì sera. I fatti furono spiegati così: dovendo fare il bagno al piccolo mentre Ewa riposa in camera sua, la ragazza alla pari, intenzionalmente o no, lo lascia annegare. Resasi conto delle inesorabili conseguenze del suo atto, decide di fuggire immediatamente. Poco dopo, Ewa scopre il cadavere del figlio e, pazza di dolore, sentendosi incapace di sopravvivergli, si dà a sua volta la morte. L'assenza della donna a ore, che riprendeva servizio solo lunedì mattina, impedisce il ritrovamento dei corpi prima dell'arrivo di Sven Ericsson dando quindi alla ragazza un vantaggio di quarantott'ore.

"Sven Ericsson aveva visto la francese solo per pochi minuti. Ewa aveva messo dei piccoli annunci in vari posti: YWCA,* Centro culturale danese, Liceo francese, Goethe Institut, Casa della Svizzera, Fondazione Dante Alighieri, American Express, eccetera, e aveva assunto la prima ragazza che si era presentata, una giovane francese di circa vent'anni, studentessa, infermiera diplomata, alta, bionda, con occhi slavati. Si chiamava Véronique Lambert; le avevano rubato il passaporto un mese prima, ma aveva mostrato alla signora Ericsson una fede di perdita rilasciata dal consolato francese. La testimonianza della donna a ore fornì scarse precisazioni supplementari; modi e maniere della francese non le piacevano, è chiaro, per cui le parlava il meno possibile, ma fu comunque in grado di segnalare che aveva un neo sotto la palpebra destra, che sulla sua boccetta di profumo era disegnata una barca cinese e che balbettava un po'. L'indicazione

* Young Women's Christian Association, Associazione Cristiana delle Giovani. [*N.d.T.*]

152

venne diffusa senza alcun risultato in Gran Bretagna e in Francia.

"Non mi fu difficile – proseguì Salini – stabilire con certezza che quella Véronique Lambert era proprio Elizabeth de Beaumont e che il suo assassino era Sven Ericsson perché, quando due settimane fa mi recai a Sticklehaven per poter rintracciare la domestica al fine di mostrarle una fotografia di Elizabeth, la prima cosa che venni a sapere fu che Sven Ericsson il quale, *dopo la tragedia, continuava ad affittare annualmente la villa senza abitarci mai*, vi era tornato e si era dato la morte il precedente diciassette settembre, appena tre giorni dopo il duplice assassinio di Chaumont-Porcien. Ma se quel suicidio nei medesimi luoghi della prima tragedia indicava senz'alcun dubbio l'omicida di sua figlia, continuava a lasciare nell'ombra l'essenziale: com'era riuscito il diplomatico svedese a ritrovare le tracce della donna che, sei anni prima, aveva causato la morte della moglie e del figlio? Speravo vagamente che avesse lasciato una lettera spiegando il suo gesto, ma la polizia fu categorica: non c'erano lettere accanto al cadavere, né altrove.

"Pure, avevo visto giusto: quando potei finalmente interrogare Mrs. Weeds, la domestica, le domandai se avesse mai sentito parlare di una certa Elizabeth de Beaumont assassinata a Chaumont-Porcien. Lei si alzò e andò a prendere una lettera che mi consegnò.

'Mister Ericsson', mi disse in inglese, 'mi ha detto che se un giorno qualcuno fosse venuto a parlarmi di quella francese e della sua morte nelle Ardenne, avrei dovuto dargli questa lettera.'

'E se non fossi venuto?'

'Avrei aspettato, e dopo sei anni, avrei dovuto spedirla all'indirizzo indicato.'

"Ecco la lettera – continuò Salini – è destinata a lei. Sulla busta ci sono il suo nome e il suo indirizzo."

Immobile, impietrita, senza parole, Véra de Beaumont prese i fogli che Salini le porgeva, li spiegò e si mise a leggere:

Exeter, 16 settembre 1959

Signora,

un giorno o l'altro, dopo averla scoperta cercandola, facendola cercare o ricevendola per posta fra sei anni — il tempo che mi ci è voluto per compiere la mia vendetta —, si ritroverà con questa lettera in mano e finalmente saprà come e perché ho ucciso sua figlia.

Poco più di sei anni fa, sua figlia, che allora si

153

faceva chiamare Véronique Lambert, venne assunta per un mese come ragazza alla pari da mia moglie la quale, ammalata, voleva che qualcuno si occupasse di nostro figlio Erik, di cinque anni appena. Venerdì 11 giugno 1953, per un motivo che continuo a ignorare, volontariamente o no, lasciò annegare nostro figlio. Incapace di assumersi la responsabilità del suo atto criminoso, si diede alla fuga, nell'ora seguente presumo. Poco dopo, mia moglie, scoprendo nostro figlio annegato, impazzita, si aprì i polsi con un paio di forbici. Mi trovavo a Londra in quel momento, e fu solo la domenica sera che li vidi. Giurai allora di consacrare la mia vita, il mio patrimonio e la mia intelligenza alla vendetta.

Avevo visto sua figlia solo per pochi secondi, quand'era arrivata a Paddington per prendere il treno con mia moglie e nostro figlio, e quando venni a sapere che le sue generalità erano false, disperai di trovarne mai più traccia.

Durante le sfibranti insonnie che cominciavano allora a opprimermi, e che non mi hanno più lasciato riposo, mi vennero in mente due insignificanti particolari che mia moglie aveva menzionato raccontandomi il colloquio avuto con sua figlia prima di assumerla: mia moglie, saputo che era francese, le aveva parlato di Arles e di Avignone dove avevamo più volte soggiornato, e sua figlia le aveva detto che era cresciuta da quelle parti; e quando mia moglie si era congratulata per il suo ottimo inglese, aveva precisato che viveva in Inghilterra già da due anni e che studiava archeologia.

Mrs. Weeds, la domestica che lavorava nella casa affittata da mia moglie, e che sarà la depositaria di quest'ultima lettera fino al momento in cui giungerà fra le sue mani, mi diede un aiuto ancora più prezioso: è stata lei a dirmi che sua figlia aveva un neo sotto la palpebra destra, che usava un profumo di nome Sampang e che balbettava. Ed è stata lei che mi ha aiutato anche a frugare la villa da cima a fondo in cerca di qualche eventuale indizio della pseudo Véronique Lambert. Ma non ne aveva lasciati. Con mio grande dispetto, non aveva rubato gioielli né oggetti, si era portata via solo il borsellino di cucina che mia moglie preparava per le spese di Mrs. Weeds, contenente tre sterline, undici scellini e sette pence. In compenso, non aveva potuto prendersi tutta la sua roba e in particolare aveva dovuto lasciare quella che era stata appena lavata: parecchi capi di biancheria personale a buon mercato, due fazzoletti, un foulard stampato a colori piuttosto sgargianti e soprattutto una camicetta bianca con le iniziali ricamate: E. B. La camicetta, poteva averla presa in prestito o rubata, però considerai quelle iniziali un possibile indizio; ritrovai pure sparse per la casa varie altre cose che indubbiamente le appartenevano e in particolare, nel salotto in cui non aveva avuto il coraggio di entrare prima di scappare temendo di svegliare mia moglie che dormiva nella stanza accanto, il primo volume del ciclo romanzesco di Henri Troyat che, intitolato *Gli Aubernat*, era uscito in Francia pochi mesi prima. Un'etichetta precisava che la copia veniva dalla libreria Rolandi, Berners Street 20, specializzata nel prestito di libri stranieri.

Riportai il libro da Rolandi, dove seppi che Véronique Lambert avèva una tessera di lettura: era studentessa dell'Istituto di Archeologia, dipendente dal British Museum, e abitava in una stanza d'affitto, *Bed and Breakfast*,(*) proprio dietro al museo, in Keppel Street 79.

Feci irruzione in quella camera e non ci guadagnai nulla: l'aveva lasciata quando mia moglie l'aveva assunta come ragazza alla pari. Né venni a sapere qualcosa dall'affittacamere o dagli altri pensionati. All'Istituto di Archeologia, fui più fortunato: non solo trovai una fotografia nella sua scheda d'iscrizione, ma potei anche conoscere molti suoi compagni, fra i quali un ragazzo con il quale pare fosse uscita due o tre volte; quest'ultimo mi diede un'informazione importantissima: qualche mese prima, l'aveva invitata al Covent Garden per ascoltare *Didone e Enea*. "Detesto l'opera" gli aveva detto, aggiungendo: "È logico, mia madre era una cantante!"

Incaricai varie agenzie d'investigatori privati di rintracciare, in Francia o altrove, una giovane donna fra i venti e i trent'anni, alta, bionda, con occhi slavati, una macchiolina sotto la palpebra destra, un po' balbuziente; la sua scheda segnaletica diceva anche che forse usava un profumo di nome Sampang, che forse si faceva chiamare Véronique Lambert, che le sue vere iniziali avrebbero potuto esse-

* Letto e prima colazione [N.d.T.]

re E.B., che era cresciuta nella Francia del sud, aveva soggiornato in Inghilterra e parlava un ottimo inglese, aveva studiato, s'interessava di archeologia, e infine che sua madre era, o era stata una cantante lirica.

Quest'ultimo indizio si rivelò decisivo: l'esame della biografia — nei vari *Who's who* e in altre raccolte specializzate — di tutte le cantanti il cui cognome iniziava con la lettera B non diede alcun risultato, ma quando controllammo tutte quelle che avevano avuto una figlia fra il 1912 e il 1935, da una settantina e più di altri nomi saltò fuori il suo: Véra Orlova, nata a Rostov nel 1900, sposata nel 1926 con l'archeologo francese Fernand de Beaumont; una figlia, Elizabeth Natascia Victorine Marie, nata nel 1929. Una breve ricerca, e venni a sapere che Elizabeth era stata allevata dalla nonna a Lédignan, nel Gard, e che ripresa dalla madre era scappata di casa il 3 marzo 1945, all'età di sedici anni. Capii allora ch'era per sfuggire alle sue ricerche, signora, che nascondeva le sue vere generalità, ma questo, ahimè! significava anche che la pista da me ritrovata si fermava qui, dal momento che né lei né sua suocera, malgrado gli innumerevoli appelli lanciati per radio e via stampa, ne avevate più notizie da ben sette anni!

Si era già nel millenovecentocinquantaquattro: mi ci era voluto quasi un anno per sapere chi avrei ucciso: mi ci vollero ancora più di tre anni per ritrovarne le tracce.

Durante quei tre anni, ci tengo a farglielo sapere, ho assoldato squadre d'investigatori i quali, ventiquatt'ore su ventiquattro, si davano il cambio per sorvegliarvi e pedinarvi appena uscivate, lei a Parigi e la contessa de Beaumont a Lédignan, nel caso, sempre più improbabile, in cui sua figlia avesse cercato di rivederla o di rifugiarsi dalla nonna. La sorveglianza risultò vana ma non volevo lasciare nulla d'intentato. Ogni strada che aveva qualche probabilità, anche minima, di mettermi su una pista, venne sistematicamente battuta: per questo finanziai una gigantesca ricerca di mercato sui profumi "esotici" in generale e sul profumo Sampang in particolare; e mi feci comunicare il nome di tutte le persone che avevano preso in prestito in una biblioteca pubblica uno o più volumi di *Gli Aubernat*; e inviai a tutti i chirurghi estetici di Francia una lettera personale domandando loro se avessero avuto l'occasione di procedere, dal 1953 in poi, all'ablazione di un neo situato sotto la palpebra destra di una giovane donna sui venticinque anni; e feci il giro di tutti gli ortofonisti e professori di dizione cercando tutte le bionde d'alta statura che fossero eventualmente guarite da una leggera balbuzie; per questo infine organizzai parecchie spedizioni archeologiche, una più fasulla dell'altra, con l'unico scopo di poter reclutare attraverso i piccoli annunci una "giovane donna buon inglese per accompagnare missione scientifica nordamericana intenzionata scavi archeologici Pirenei".

Contavo molto su quest'ultima trappola. Non diede nessun risultato. Grande affluenza di candidate, d'accordo, ma Elizabeth non si fece vedere. Sul finire del 1956, continuavo a segnare il passo e avevo già speso tre quarti e più del mio patrimonio; avevo venduto tutti i titoli, tutte le terre, tutte le mie proprietà. Mi restavano la collezione di quadri e i gioielli di mia moglie. Cominciai a disperderli uno dopo l'altro per continuare a pagare l'esercito di detective che avevo lanciato alle calcagna di sua figlia

La morte di sua suocera, la contessa de Beaumont, all'inizio del millenovecentocinquantasette, riaccese le mie speranze, conoscevo infatti l'affetto della nipote; ma, proprio come lei del resto, sua figlia non andò a Lédignan per i funerali, e fu in pura perdita che, per varie settimane, feci sorvegliare il cimitero convinto che sarebbe assolutamente venuta a mettere un fiore sulla sua tomba.

Quegli scacchi continui mi esasperavano sempre di più, ma non intendevo abbandonare la partita. Mi rifiutavo di ammettere che Elizabeth fosse morta, come se ormai fossi il solo a poter decidere della sua vita o della sua morte, e volevo continuare a credere che si trovasse in Francia: avevo finito col sapere com'era riuscita a lasciare l'Inghilterra senza tracce d'imbarco: il 12 giugno 1953, all'indomani del delitto, aveva preso a Torquay una nave diretta alle isole anglonormanne: raschiando via la prima lettera del cognome dalla fede di perdita del suo passaporto, era riuscita a mettersi in lista sotto il nome di Véronique Ambert e la sua scheda, classificata alla lettera A, era sfuggita alle ricerche della polizia portuale. Questa scoperta tardiva non migliorava granché le cose, ma era sempre un sostegno alla mia convinzione che continuasse a nascondersi in Francia.

Fu proprio in quell'anno, credo, che cominciai a sragionare. Mi misi a fare dei ragionamenti di questo tipo: cerco Elizabeth de Beaumont, cioè una donna alta, bionda, con occhi slavati, che parla bene l'inglese, ch'è stata allevata nel Gard, eccetera. Ora, Elizabeth de Beaumont sa che la cerco, ragione per cui si nasconde, e nascondersi, in questo caso, significa cancellare il più possibile i segni particolari che la farebbero riconoscere; di conseguenza non devo cercare una Elizabeth, non una donna alta, bionda, eccetera, ma un'anti-Elizabeth, e mi mettevo a sospettare donne piccole e brune che parlucchiavano spagnolo.

Un'altra volta, mi svegliai fradicio di sudore. Avevo appena trovato, in sogno, la soluzione lampante del mio incubo. Piazzato accanto a un'immensa lavagna coperta di equazioni, un matematico finiva di dimostrare di fronte a un pubblico irrequieto che il celebre teorema detto "di Montecarlo" era generalizzabile; la qual cosa significava non solo che un giocatore di roulette che puntasse a caso aveva almeno altrettante probabilità di vincere di un giocatore che puntasse secondo un sistema infallibile, ma anche che avevo altrettante se non maggiori probabilità di ritrovare Elizabeth andando a prendere il tè da Rumpelmayer l'indomani pomeriggio alle quattro e diciotto in punto di quante ne avrei avute facendola cercare da quattrocentotredici investigatori.

Fui tanto debole da cedere. Alle 16 e 18, entrai in quella sala da tè. Nel medesimo istante, ne usciva una donna alta con i capelli rossi. La feci seguire, stupidamente, ovvio. In seguito, raccontai il mio sogno a uno degli investigatori che lavoravano per me: tutto serio, mi disse che avevo commesso solo un errore d'interpretazione: il numero dei detective avrebbe dovuto mettermi una pulce nell'orecchio: 413 è, ovviamente, l'inverso di 314, e cioè di π: era quindi alle 18 e 16 che avrebbe dovuto succedere qualcosa.

Mi appellai allora a tutte le sfibranti risorse dell'irrazionale. Se la sua bella e misteriosa vicina americana si fosse trovata ancora lì, stia certa che avrei richiesto anche i suoi inquietanti servigi; e invece, feci muovere i tavoli, portai anelli incrostati di certe determinate pietre, feci cucire nelle pieghe dei miei indumenti calamite, unghie d'impiccati, o minuscoli flaconi contenenti erbe, semi, sassolini colorati; consultai maghi, rabdomanti, cartomanti, veggenti, indovini d'ogni genere: che lanciarono dadi, bruciarono una fotografia di sua figlia in un piatto di porcellana bianca e ne osservarono le ceneri, si sfregarono il braccio sinistro con foglie di verbena appena colta, si posero calcoli di iena sotto la lingua, sparsero farina sul pavimento, fecero infiniti anagrammi sui nomi e gli pseudonimi di sua figlia, e sostituirono le lettere del suo nome con delle cifre tentando di ottenere un 253, esaminarono la fiamma di una candela attraverso vasi pieni d'acqua, buttarono nel fuoco un po' di sale di cui ascoltarono attenti il crepitìo, e sementi di gelsomino o rami di lauro di cui osservarono il fumo, versarono in una tazza colma d'acqua l'albume di un uovo appena fatto da una gallina nera, oppure del piombo, o delle gocce di cera fusa, e guardarono le figure che si formavano; arrostirono scapole di pecora sui carboni ardenti, appesero dei setacci a un filo e li fecero girare, esaminarono latte di pesce (carpa), teste di asini morti, cerchi di chicchi beccati da un gallo.

L'undici luglio millenovecentocinquantasette ci fu un colpo di scena: uno degli uomini che avevo appostato a Lédignan e che continuavano a vigilare malgrado la morte della contessa de Beaumont, mi telefonò per dirmi che Elizabeth aveva appena scritto in municipio per chiedere un certificato di stato civile. Dava come recapito un albergo di Orange.

Secondo la logica — se di logica, a questo punto, m'è ancora permesso parlare — avrei dovuto cogliere l'occasione al volo per mettere fine a quella storia senza vie di uscita. Mi sarebbe bastato tirar fuori dal suo bel fodero di cuoio verde l'arma che poco più di tre anni prima avevo deciso sarebbe stato lo strumento della mia vendetta: un bisturi da campagna col manico di corno, esternamente identico a un rasoio ma infinitamente più tagliente, che avevo imparato a maneggiare con estrema destrezza, e fare irruzione a Orange. E invece, mi udii ordinare ai miei uomini di reperire sua figlia, di sorvegliarla a vista e basta. A Orange del resto se la lasciarono scappare — l'albergo non esisteva; era andata alla Posta dicendo che si era sbagliata e l'addetto al servizio scarti aveva ripescato la lettera del municipio di Lédignan e gliel'aveva consegnata — ma ritrovarono le sue tracce, qualche settimana dopo, a Valence. Si era sposata lì, con due compagni di cantiere di François Breidel come testimoni.

Lasciò Valence la sera stessa con il marito. Dovevano aver intuito di essere inseguiti e per più di un anno tentarono di sfuggirmi; fecero il possibile e l'impossibile, seminando mille piste, falsi scopi, falsi indizi e finte, rintanandosi in orrende camere ammobiliate, accettando per sopravvivere i lavori più infami: guardiani notturni, lavapiatti, vendemmiatori, bottinai. Ma una settimana dopo l'altra, i quattro investigatori che potevo ancora permettermi chiudevano la morsa. Per una ventina di volte e più, ebbi l'occasione di uccidere impunemente sua figlia. Ma ogni volta, con una scusa o con l'altra, lasciavo perdere: più facile diventava la vendetta e più mi ripugnava.

L'8 agosto 1958, ricevetti una lettera di sua figlia:

Signore,

ho sempre saputo che avrebbe fatto di tutto per ritrovarmi. Nel preciso istante in cui suo figlio morì, capii che sarebbe stato inutile implorare da lei come da sua moglie un gesto di clemenza o di pietà. La notizia del suicidio di sua moglie mi giunse qualche giorno più tardi convincendomi che d'ora in avanti avrebbe consacrato la sua esistenza a braccarmi.

Quella che all'inizio era solo un'intuizione, una paura, si confermò nei mesi seguenti; ero pienamente cosciente che sapeva pochissimo di me, ma ero sicura che avrebbe usato qualsiasi mezzo per sfruttare al massimo gli scarsi elementi a sua disposizione; il giorno in cui, in una via di Cholet, un intervistatore mi offrì un campione del profumo che quell'anno usavo in Inghilterra, compresi d'istinto che si trattava di una trappola; pochi mesi dopo un annuncio che chiedeva una giovane donna buona conoscenza inglese per accompagnare missione archeologica mi disse che sapeva di me più di quanto pensassi. Da quel momento la mia vita è diventata un lungo incubo: mi sentivo spiata da tutti, continuamente, dovunque, mi mettevo a sospettare chiunque, i camerieri dei caffè che mi rivolgevano la parola, le cassiere che mi davano il resto, le clienti di una macelleria che brontolavano perché non aspettavo il mio turno, i passanti che mi urtavano; ero seguita, braccata, sorvegliata dagli autisti di taxi, dagli agenti di polizia, dai pseudo barboni buttati sulle panchine dei giardinetti pubblici, dai venditori di caldarroste, da quelli che vendevano biglietti di lotterie, dagli strilloni. Una sera, coi nervi a pezzi, nella sala d'aspetto della stazione di Brives, picchiai un uomo che mi guardava un po' troppo. Fui arrestata, portata al commissariato e solo per un miracolo non venni immediatamente chiusa in manicomio: una giovane coppia che aveva assistito alla scena si offrì di prendersi cura di me: vivevano nelle Cévennes, in un villaggio abbandonato di cui stavano ricostruendo le case crollate. Vissi con loro per quasi due anni. Eravamo soli, tre esseri umani, una ventina di capre e galline. Non avevamo giornali né radio.

Col passare del tempo i miei timori si sciolsero. Mi convinsi che aveva rinunciato o che era morto. Nel giugno 1957, tornai a vivere fra gli uomini. Poco tempo dopo conobbi François. Quando mi domandò di sposarlo, gli raccontai la mia storia e mi lasciai facilmente convincere che era stato il mio senso di colpa a farmi immaginare quella sorveglianza continua.

A poco a poco ripresi fiducia, quel tanto da arrischiarmi, senza precauzioni o quasi, a chiedere in municipio un certificato di stato civile necessario per sposarci. Fu, presumo, uno di quegli errori che lei, acquattato nell'ombra, aspettava da anni.

Da quel momento, la nostra vita è solo una fuga senza fine. Per un anno, ho creduto di poterle sfuggire. Adesso, so che è impossibile. Fortuna e denaro sono stati e saranno sempre dalla sua; inutile credere che un giorno riuscirò a sgusciare fra le maglie della sua ragnatela, com'è illusorio sperare che un giorno la smetterà di perseguitarmi. Lei ha il potere di uccidermi, signore, e crede di averne il diritto, ma non mi obbligherà più a fuggire: con François, mio marito, e Anne, che ho appena messo al mondo, vivremo ormai senza muoverci più a Chaumont-Porcien, nelle Ardenne. Dove l'aspetterò serenamente.

Per più di un anno, mi costrinsi a non dare segni

di vita; licenziai tutti gli investigatori e detective che avevo assunto; mi rintanai nel mio appartamento, non uscendo praticamente più, cibandomi solo di gallette allo zenzero e tè in sacchetto, coltivando con l'aiuto di alcolici, sigarette e compresse di maxiton una specie di febbre vibrante intervallata a volte da fasi di completo torpore. La certezza che Elizabeth mi stesse aspettando, che si addormentasse ogni sera pensando che forse non si sarebbe svegliata più, che baciasse ogni mattina sua figlia quasi stupita di essere ancora viva, la sensazione che quel rinvio fosse per lei una tortura sempre rinnovata, mi riempiva a volte di un'ebbrezza vendicativa, un senso di esaltazione malvagia, onnipotente, onnipresente, e a volte mi piombava in un abbattimento sconfinato. Per lunghe settimane, giorno e notte, incapace di dormire più di qualche minuto filato, misuravo a grandi passi i corridoi e le camere dell'appartamento deserto sghignazzando, o scoppiando in singhiozzi, immaginandomi d'un tratto davanti a lei, a rotolarmi per terra, a implorarne il perdono.

Venerdì scorso, l'11 settembre, Elizabeth mi fece arrivare una seconda lettera:

Signore,

Le scrivo dalla maternità di Rethel dove ho messo al mondo un'altra bambina, Béatrice. Anne, la primogenita, ha appena compiuto un anno. Venga la supplico, è adesso che deve venire, o mai più.

L'ho uccisa due giorni dopo. Uccidendola, ho capito che la morte la liberava come, dopodomani, libererà me. Quel poco che resta del mio patrimonio, depositato presso i miei avvocati, verrà, secondo le mie ultime disposizioni, diviso fra le sue nipotine al raggiungimento della maggiore età.

La signora de Beaumont, se pure la notizia della figlia morta l'aveva sconvolta, lesse senza battere ciglio l'epilogo di quella storia la cui tristezza non sembrava colpirla più di quanto, una ventina d'anni prima, l'avesse colpita il suicidio del marito. Quest'apparente indifferenza verso la morte si può forse spiegare con la sua storia personale: una mattina dell'aprile millenovecentodiciotto, quando la famiglia Orlov, che la Rivoluzione aveva sparpagliato ai quattro angoli della Santa Russia, era miracolosamente riuscita a ritrovarsi quasi intatta, un distaccamento di guardie rosse assalì la loro residenza. Véra si vide fucilare sotto gli occhi nonno, il vecchio Sergej Ilarionovič Orlov, che Alessandro III aveva nominato ambasciatore plenipotenziario in Persia, padre, il colonnello Orlov, che comandava il famoso battaglione dei lancieri di Krasnodar, e che Trotzkij aveva soprannominato il boia del Kuban, e i cinque fratelli, il più giovane dei quali aveva appena compiuto undici anni. Lei stessa e sua madre riuscirono a fuggire, protette da una fitta nebbia che durò tre giorni. Al termine di un'allucinante marcia forzata di 79 giorni, riuscirono finalmente a passare nella Crimea occupata dai corpi franchi di Denikin, e di là in Romania e in Austria.

CAPITOLO XXXII

Marcia, 2

La signora Marcia è in camera sua. È una donna di circa sessant'anni, robusta, quadrata, ossuta. Semisvestita, indossa ancora una sottoveste di nylon bianco orlata di pizzi, un busto e un paio di calze, con i bigodini in testa, è seduta in una poltrona di fattura moderna di legno presagomato e cuoio nero. Regge nella mano destra un grosso barattolo di vetro, a forma di botticella, pieno di cetriolini sotto sale, e tenta di afferrarne uno fra indice e medio della mano sinistra. Accanto a lei, un tavolo basso sovraccarico di carte, libri e oggetti vari: un prospetto stampato come una partecipazione, che annuncia l'unione della Società Delmont and C. (architetture d'interni, arredamenti, oggetti d'arte) con la ditta Artifoni (arte floreale, sistemazione di giardini ornamentali, serre, terrazze, aiole, piante e fiori in vaso); un invito dell'Associazione culturale franco-polacca a una retrospettiva dell'opera di Andrzej Wajda; un invito alla vernice di una mostra del pittore Silberselber: l'opera riprodotta sul cartoncino è un acquerello intitolato *Giardino giapponese, IV*, il cui terzo inferiore è occupato da una serie di linee spezzate rigidamente parallele, e i due terzi superiori dalla rappresentazione realistica di un cielo pesante con effetti temporaleschi; una bottiglia di Schweppes; parecchi braccialetti, un romanzo, presumibilmente poliziesco, intitolato *Clocks and Clouds* la cui copertina raffigura una scacchiera di jacquet sulla quale sono posati un paio di manette, una minuscola figurina di alabastro de *L'Indifferente* di Watteau, una pistola, un piattino probabilmente pieno d'acqua e zucchero dato lo sfaccendare delle api intorno, e un gettone esagonale, di latta, nel quale è stato ritagliato con la fustella il numero 90; una cartolina con la leggenda *Choza de Indios. Beni, Bolivia*, raffigurante un gruppo di selvagge in perizoma a righe che strizzano occhi, allattano, si accigliano, sonnecchiano, in mezzo a un brulichìo di bambini, accoccolate lungo una fila di capanne di giunco; una fotografia, della signora Marcia direi, ma con quarant'anni di meno: una mingherlina con gilè a pois e cappelluccio, al volante di una finta automobile – uno di quei fondali dipinti con i buchi per passarci la testa usati dai fotografi nelle fiere di paese — in compagnia di due giovanotti che portano giacche bianche a righe sottili e paglietta.

Il mobilio presenta un'audace mescolanza di elementi ultramoderni — la poltrona, la carta giapponese alle pareti, tre lampade sul pavimento, che sembrano grossi ciottoli luminescenti — e curiosità di varie epoche: due bacheche piene di stoffe copte e di papiri sopra le quali due grandi paesaggi scuri di un pittore alsaziano del XVII secolo con tracce di città e incendi lontani, inquadrano al posto d'onore un lastrone coperto di geroglifici; una rara serie di bicchieri detti *voleur*,* ampiamente usati nell'ottocento dai locandieri dei grandi porti nel tentativo di ridurre le risse fra marinai: simili all'esterno a veri cilindri, vanno rimpicciolendosi all'interno come ditali, finti difetti che sono abilmente mascherati dalle bolle del vetro rozzamente soffiato; dei cerchi paralleli, incisi dall'alto verso il basso, segnano la quantità bevibile per questa o quella cifra; e infine, un letto stravagante, capriccio moscovita che pare sia stato proposto a Napoleone I quando passò la notte a Palazzo Petrovski, cui però dovette certamente preferire il suo solito letto da campo: è un mobile imponente, tutto intarsiato, con sedici qualità di legno e tartaruga che, applicate in minuscole losanghe, disegnano un quadro fantastico: un universo di rosette e ghirlande intrecciate in mezzo al quale emerge, botticelliana, una ninfa vestita dei suoi soli capelli.

* Chiamati cioè "ladri", perché "rubano" alcool. [*N.d.T.*]

CAPITOLO XXXIII

Cantine, 1

Cantine.

La cantina degli Altamont, pulita, tutta ordinata, nitida: da terra al soffitto, scaffali e caselle muniti di etichette grandi e chiaramente leggibili. Un posto per ogni cosa e ogni cosa al suo posto; si è pensato a tutto: scorte, provviste, di che resistere a un assedio, di che sopravvivere in caso di crisi, di che lasciar fare in caso di guerra.

La parete sinistra è riservata ai prodotti alimentari. Innanzitutto, i prodotti base: farina, semolino, maizena,* fecola di patate, tapioca, fiocchi d'avena, zucchero in zolle, in polvere, in scaglie, sale, olive, capperi, condimenti, grandi barattoli di senape e cetriolini, latte d'olio, pacchetti d'erbe seccate, pacchetti di pepe in grani, chiodi di garofano, funghi liofilizzati, scatolette di scorze di tartufo; aceto di vino e d'alcool; mandorle sgusciate, gherigli di noce, nocciole e noccioline americane confezionate sotto vuoto, salatini vari, caramelle, cioccolata per dolci o da mangiare, miele, marmellate, latte in scatola, latte in polvere, uova in polvere, lievito, dolciumi Franco-russe, tè, caffè, cacao, tisane, brodo Kub, concentrati di pomodoro, harrisah,** noce moscata, peperoncini rossi, vaniglia, spezie e aromi vari, pangrattato, gallette, uva passa, frutta candita, erba angelica; poi vengono le conserve: conserve di pesce, tonno in briciole, sardine sottolio, acciughe a fagotto, sgombri al vino bianco, pilchard*** al pomodoro, baccalà all'andalusa, spratti affumicati, uova di lompo, fegato di merluzzo affumicato; conserve di verdure: piselli, punte d'asparagio, funghi di Parigi, fagiolini extra, spinaci, cuori di carciofo, fagioli mangiatutto, scorzobianche, macedonie; e anche pacchi di legumi secchi, piselli da purè, fagioli nani, lenticchie, fave, fagioli; sacchi di riso, di pasta, maccheroncini, vermicelli, conchiglie, spaghetti, patatine chip, fiocchi di patate per il purè, minestre in busta;

---

* Farina di mais. [N.d.T.]
** Superconcentrato di pomodoro molto piccante. [N.d.T.]
*** Sardella. [N.d.T.]

conserve di frutta: mezze albicocche, pere sciroppate, ciliegie, pesche, prugne, pacchetti di fichi, cassette di datteri, banane e prugne secche; conserve di carne e piatti già cucinati: corned-beef, prosciutti, vasetti di maiale tritato e cotto nello strutto, foie gras, pâté di fegato, galantina, testina di vitello, crauti, stufato di agnello con fagioli bianchi, salsiccia con lenticchie, ravioli, stufato di montone con cipolline e patate, ratatouille* nizzarda, cuscus, pollo alla basca, paella, fricassea di vitello alla vecchia.

La parete di fondo e quasi tutta la parete di destra sono occupate da bottiglie distese nelle apposite gabbie di fildiferro plastificato secondo un ordine apparentemente canonico: prima di tutto i vini cosiddetti da pasto, poi i Beaujolais, Côtes-du-Rhône e vini bianchi d'annata della Loira, poi i vini a breve conservazione, Cahors, Bourgueil, Chinon, Bergerac, e poi la vera cantina, finalmente, la grande cantina, amministrata da un registro in cui viene segnata ogni bottiglia con la sua provenienza, il nome del produttore, il nome del fornitore, il millesimo, la data d'ingresso, il periodo di conservazione ottimale, l'eventuale data di uscita: vini alsaziani: Riesling, Traminer, Pinot nero, Tokay; Bordeaux rosso: Médoc: Château-de-l'Abbaye-Skinner, Château-Lynch-Bages, Château-Palmer, Château-Brane-Cantenac, Château-Gruau-Larose; Graves: Château-La-Garde-Martillac, Château-Larrivet-Haut-Brion; Saint-Emilion: Château-La-Tour-Beau-Site, Château-Canon, Château-La-Gaffellière, Château-Trottevieille; Pomerol: Château-Taillefer; Bordeaux bianco: Sauternes: Château-Sigalas-Rabaud, Château-Caillou, Château-Nairac; Graves; Château-Chevalier, Château-Malartic-Lagravière; Borgogna rosso: Côtes de Nuit: Chambolles-Musigny, Charmes-Chambertin, Bonnes-Mares, Romanée-Saint-Vivant, La Tâche, Richebourg: Côtes de Beaune: Pernand-Vergelesse, Aloxe-Corton, Santenay Gravières, Beaune Grèves "Vignes-de-l'Enfant-Jésus", Volnay Caillerets; Borgogna bianco: Beaune Clos-des-Mouches, Corton Charlemagne; Côtes du Rhône: Côte-Rôtie, Crozes-Hermitage, Cornas, Tavel, Châteauneuf-du-Pape; Côtes-de-Provence: Bandol, Cassis; vini del Mâconnais e del Dijonnais, vini naturali dello Champagne – Vertus Bouzy, Crémant –, vini vari del Languedoc, del Béarn, del Saumurois e della Turenna, vini stranieri: Fechy, Pully, Sidi-Brahim, Château-Mattilloux, vino del Dorset, vini del Reno e della Mosella, Asti, Koudiat, Haut-Mornag, Sangue-di-Toro, eccetera; e buone ultime, delle casse di champagne, aperitivi e alcolici vari – whisky, gin, kirsch, calvados, cognac, Grand-Marnier, Bénédictine,

* Piatto a base di melanzane, zucchine, pomodori e altro ancora, cotti tutti insieme. [N.d.T.]

e, ancora sugli scaffali, dei cartoni con varie bibite analcoliche, gassate o no, delle acque minerali, birra, succhi di frutta.

All'estrema destra infine, fra il muro e la porta – fitto graticcio di legno bardato di ferro chiuso da due grossi lucchetti – c'è la zona prodotti per casa, toilette e *varia*: mucchi di strofinacci da pavimento, contenitori pieni di detersivi, detergenti, scrostatori, sturatori, dosi di varechina, spugne, prodotti per parquet, vetri, rami, argenteria, cristallo, piastrelle e linoleum, scope senza manico, sacchi per aspirapolvere, candele, scorte di fiammiferi, stock di pile elettriche, filtri per il caffè, aspirina vitaminica, lampadine a tortiglione per lampadari, lamette di rasoio, acqua di Colonia da poco prezzo e a litro, saponette, shampooing, pacchi di ovatta, bastoncini per pulirsi le orecchie, lime a smeriglio, refill d'inchiostro, cera per pavimenti, vasi di colore, medicazioni singole, insetticida, accendifuoco, sacchetti per le immondizie, pietrine per accendini, asciuga, spolvera e puliscitutto.

Cantine.
La cantina dei Gratiolet. Varie generazioni vi hanno ammucchiato rifiuti e scarti che nessuno ha mai riordinato né smistato. Giacciono, su tre metri di profondità, sotto la vigilanza inquieta di un grosso gatto tigrato che, accovacciato lassù dall'altra parte dello spiraglio, guata attraverso la griglia l'inaccessibile e però non del tutto impercettibile zampettìo di un topo.

L'occhio, abituandosi via via alla penombra, finirebbe col riconoscere sotto il sottile strato di polvere grigia dei resti sparsi provenienti da tutti i Gratiolet: lo scheletro e le spalliere di un letto svasato, degli sci di hickory che già da parecchio hanno perduto qualsiasi elasticità, un casco coloniale di un bianco un tempo immacolato, delle racchette da tennis nelle loro pesanti presse trapezoidali, una vecchia macchina per scrivere Underwood, della famosa serie "Quatre Millions" la quale, per via del tabulatore automatico, passò a suo tempo per uno degli oggetti più perfezionati del mondo, e dove François Gratiolet si mise a battere le sue quietanze quando decise che doveva assolutamente modernizzare la propria contabilità; un vecchio *Nouveau Petit Larousse Illustré* che inizia con una mezza pagina 71 – ASPIC *sm.* (dal gr. *aspis*). Nome volgare della vipera. *Fig. Lingua d'aspic*, detto di persona maldicente – e termina a pagina 1530 con MAROLLES-LES-BRAULTS, capoluogo canton. (Sarthe), arrondissement di Mamers; 2.000 ab., (950 urb.); un attaccapanni di ferro battuto al quale è ancora appeso un pastrano di grossa lana grezza tutta a pezze diverse di colore e talvolta perfino di stoffa: il cappotto del soldato semplice Gratiolet Olivier, fatto prigioniero a Arras il venti maggio 1940, liberato dopo il maggio del '42 grazie all'intervento dello zio Marc (Marc, figlio di Ferdinand, non era zio di Olivier, ma primo cugino di suo padre Louis, ma Olivier lo chiamava zio, come chiamava zio anche l'altro cugino del padre, François); un vecchio mappamondo di cartone, alquanto bucherellato; pile e pile di giornali scompagnati: *L'Illustration*, *Point de Vue*, *Radar*, *Détective*, *Réalités*, *Images du Monde*, *Comoedia*; sulla copertina di un *Paris-Match*, Pierre Boulez, in frac, brandisce la sua bacchetta per la prima di *Wozzeck* all'Opéra di Parigi; sulla copertina di una *Historia*, si vedono due adolescenti, uno in divisa da colonnello degli ussari – calzoni di casimira bianca, dolman blu notte con alamari grigioperla, shakò piumato –, l'altro in finanziera nera con cravatta e polsini di pizzo, che si buttano le braccia al collo con, sotto, la seguente leggenda: *Luigi XVII e l'Aiglon si sono incontrati segretamente a Fiume l'otto agosto 1808? Il più fantastico enigma della storia finalmente risolto!* Una cappelliera traboccante di fotografie accartocciate, di quei cliché ingialliti o marroncini di cui ci si domanda sempre chi raffigurino e chi li abbia scattati: tre uomini su una stradina di campagna; quel signore bruno e grazioso con baffi neri elegantemente arricciati e un paio di calzoni a scacchi chiari, dev'essere senz'altro Juste Gratiolet, il bisnonno di Olivier, il primo proprietario dello stabile, con due suoi amici che forse sono i Bereaux, Jacques e Emile, dei quali sposò la sorella Marie; e quegli altri due, che se ne stanno davanti al monumento ai caduti di Beiruth entrambi con la manica destra svolazzante, e salutano col braccio sinistro i tre colori, il petto costellato di decorazioni, sono Bernard Lehameau, un cugino di Marthe, la moglie di François, con il suo vecchio amico colonnello Augustus B. Clifford, cui ha fatto da interprete al Gran Quartier Generale delle Forze alleate a Péronne, e che, come lui, perdette il braccio destro quando il suddetto G.Q.G. fu bombardato dal Barone rosso il 19 maggio 1917; e quest'altro, un uomo chiaramente presbite che sta leggendo un libro posto sopra un leggìo inclinato, è Gérard, il nonno di Olivier.

Accanto, ammucchiati in una scatola quadrata di latta, conchiglie e ciottoli raccolti da Olivier Gratiolet a Gatseau, nell'isola di Oléron, il tre settembre 1934, il giorno in cui morì suo nonno, e, legato con un elastico, un fascio d'immagini di Epinal come se ne distribuivano un tempo alle elementari quando avevi ottenuto un sufficiente numero di buoni voti: quella di sopra illustra l'incontro frà lo zar e il presidente della Repubblica francese su una nave da guerra. Ovunque, a perdita d'occhio, non ci sono che navi il cui fumo si perde in un cielo senza nuvole. A grandi passi, lo zar e il presidente si sono avvicinati, e si stringono la mano. Dietro allo zar, come dietro al presidente, ci sono due uomini impettiti; in contrasto con la faccia manifestamente gioiosa dei due capi, le loro facce appaiono serie. Gli sguardi della scorta si concentrano sui rispettivi sovrani. In basso – la scena si svolge chiaramente sulla tolda del vascello – mezzo tagliate dal bordo dell'illustrazione, lunghe file di marinai sull'attenti.

CAPITOLO XXXIV

Per le scale, 4

Gilbert Berger scende le scale a piè zoppo. È quasi arrivato sul pianerottolo del primo piano. Regge nella mano destra una pattumiera di plastica arancione da cui sbucano due elenchi del telefono scaduti, una bottiglia vuota di sciroppo d'acero Arabelle e bucce di legumi vari. È un ragazzo di quindici anni con una zazzera bionda quasi bianca. Indossa una camicia scozzese di lino e larghe bretelle nere ricamate a fiori di mughetto. Porta all'anulare sinistro un anello di latta come quelli che si trovano generalmente insieme a un bubble-gum dal sapore chimico nelle confezioni azzurre intitolate *Gioia di Donare, Piacere di Ricevere* che hanno sostituito i classici pacchetti a sorpresa e che si ottengono mediante franchi uno dai distributori automatici sistemati accanto alle cartolerie e alle mercerie. Il castone ovale dell'anello imita la forma di un cammeo la cui testa in rilievo tenta di rappresentare un giovanotto dai capelli lunghi lontanamente imparentato con un ritratto del Rinascimento italiano.

Gilbert Berger si chiama Gilbert, malgrado l'effetto poco eufonico prodotto dal raddoppio della sillaba "ber", perché i suoi genitori si sono conosciuti a un recital che Gilbert Bécaud – del quale erano entrambi fanatici – diede a l'Empire nel 1956 e durante il quale vennero rotte 87 poltrone. I Berger vivono al quarto piano, vicino ai Rorschash, sotto i Réol, sopra Bartlèbooth, in un bilocale e cucina dove un tempo abitò la signora che usciva sul pianerottolo in abbigliamento succinto e che aveva una cagnetta chiamata Dodéca.

Gilbert è in terza. Nella sua classe, l'insegnante di francese fa redigere agli allievi un giornale murale. Ogni ragazzo o gruppo di ragazzi si occupa di una rubrica e fornisce testi che poi tutta la classe, riunita due ore alla settimana in un comitato di redazione, discute e talvolta respinge. Ci sono rubriche politiche e sindacali, pagine sportive, fumetti, notizie del liceo, parole incrociate, piccoli annunci, informazioni locali, cronaca nera, pubblicità – generalmente fornita dai genitori che hanno qualche attività commerciale accanto alla scuola – e varie rubriche di giochi e fai-da-te (consigli per incollare la carta da parati, fabbricatevi la scacchiera del jacquet, incorniciare presto e bene, eccetera). Insieme a due compagni, Claude Coutant e Philippe Hémon, Gilbert s'è incaricato di scrivere un romanzo d'appendice. La storia si chiama *La Puntura misteriosa* e sono arrivati al quinto episodio.

Nel primo episodio, *Per amore di Constance*, un celebre attore, François Gormas, chiede al pittore Lucero che ha appena vinto il gran premio di Roma di ritrarlo nella scena che gli ha procurato i maggiori trionfi, quella in cui, nella parte di d'Artagnan, si batte in duello contro Rochefort per amore della giovane e graziosa Constance Bonacieux. Pur considerando Gormas un guitto gonfio di pretese e indegno del suo pennello, Lucero accetta, con la segreta speranza di un compenso da re. Nel giorno convenuto, Gormas arriva nel grande studio di Lucero, indossa il suo costume di scena e, fioretto in pugno, si mette in posa; ma il modello che Lucero ha prenotato già da parecchi giorni per fare Rochefort non è arrivato. Per sostituirlo così su due piedi, Gormas manda a chiamare un certo Félicien Michard che è il figlio della sua portinaia, e che fa l'uomo di fatica in casa del conte de Châteauneuf. Fine del primo episodio.

Secondo episodio: *La botta di Rochefort*. La prima seduta può quindi finalmente iniziare. I due avversari prendono posto, Gormas fingendo di parare abilmente in extremis la terribile botta segreta che gli tira Michard e che dovrebbe aprirgli la giugulare. Proprio in quel momento un'ape entra nello studio e si mette a svolazzare intorno a Gormas il quale, d'un tratto, si porta la mano alla nuca e stramazza. Per fortuna, c'è un medico nello stabile e Michard corre a cercarlo; il medico arriva quasi subito, diagnostica una puntura d'ape che, avendo colpito il bulbo rachideo, ha provocato una sincope paralizzante, e porta d'urgenza l'attore in ospedale. Fine del secondo episodio.

Terzo episodio: *Il veleno che uccide*. Gormas muore prima di arrivare all'ospedale. Il medico, sorpreso dalla rapidità dell'effetto di quella puntura, rifiuta di firmare il certificato di morte. L'autopsia dimostra che effettivamente l'ape non c'entra per niente: Gormas è stato avvelenato con una dose infinitesimale di topazina che si trovava sulla punta del fioretto di Michard. Questa sostanza, derivata dal curaro usato dai cacciatori indios del Sudamerica che la chiamano "la morte silenziosa", possiede una strana proprietà: è attiva solo negli individui che abbiano recentemente avuto un'epatite virale. Malattia da cui per l'appunto Gormas si è appena ristabilito. Di fronte a questo nuovo elemento che sembra provare ci sia stato omicidio premeditato, un investigatore, il commissario capo Winchester, apre un'inchiesta. Fine del terzo episodio.

Quarto episodio: *Confidenze a Ségesvar*. Il commissario capo Winchester confida al suo vice, Ségesvar, le osservazioni ispirategli dal caso in questione:

in primo luogo, l'assassino dev'essere un amico intimo dell'attore poiché sapeva che quest'ultimo aveva appena avuto l'epatite virale;
in secondo luogo, dev'essersi potuto procurare
  a) il veleno, e soprattutto
  b) l'ape, perché la faccenda si svolge in dicembre e non ci sono api in dicembre;
in terzo luogo, deve aver avuto libero accesso al fioretto di Michard. Ora, questo fioretto, così come quello di Gormas, è stato prestato a Lucero dal suo mercante d'arte Gromeck, la cui moglie, lo sanno tutti, è stata l'amante dell'attore. Il che dà quindi sei indiziati, tutti con un movente:

1. il pittore Lucero, esasperato dall'obbligo di fare il ritratto a un uomo che disprezza; per di più, lo scandalo che il caso susciterà di certo potrebbe essergli commercialmente vantaggioso;
2. Michard: tanto tempo fa, la signora Gormas madre invitò il piccolo Félicien a passare le vacanze con il figlio; dopo di che, il povero ragazzo è sempre stato umiliato dall'attore che dispone spudoratamente di lui;
3. il conte de Châteauneuf, che è un apicoltore, e che, lo sanno tutti, ha giurato un odio mortale alla famiglia Gormas in quanto Gatien Gormas, presidente del Comitato di salute pubblica di Beaugency, nel 1793 ha fatto ghigliottinare Eudes de Châteauneuf;
4. Gromeck, il mercante d'arte, per gelosia e motivi pubblicitari insieme;
5. Lise Gromeck, che non ha mai perdonato a Gormas di averle preferito l'attrice italiana Angelina di Castelfranco;
6. e infine lo stesso Gormas: attore appagato, ma produttore incompetente e scalognato, è di fatto completamente rovinato e non è riuscito a ottenere l'avallo bancario indispensabile per finanziare la sua ultima super produzione: un suicidio camuffato da omicidio è l'unico suo mezzo per uscire dignitosamente di scena lasciando ai figli, per via di una grossa assicurazione sulla vita, un'eredità all'altezza delle loro ambizioni. Fine del quarto episodio.

Ecco dunque a che punto è arrivato il feuilleton del quale si possono facilmente individuare le fonti immediate, o almeno qualcuna: un articolo sul curaro in *Science et Vie*, un altro sulle epidemie di epatite in *France-Soir*, le avventure del commissario Bougret e del suo fedele vice Charolles nelle *Rubriques à Brac** di Gotlib, vari fatti di cronaca sui soliti scandali finanziari del cinema francese, una frettolosa lettura del *Cid*, un romanzo poliziesco di Agatha Christie intitolato *Morte fra le nuvole*, un film di Danny Kaye il cui titolo originale è *Knock on wood*. I quattro primi episodi sono stati accolti con grande entusiasmo da tutta la classe. Il quinto però pone ai tre autori dei problemi difficili. Nel sesto e ultimo episodio infatti si saprà che il colpevole è il medico che abita nello stesso stabile in cui Lucero ha lo studio. È vero che Gormas era sull'orlo della rovina. Un tentato omicidio da cui fosse uscito miracolosamente indenne gli avrebbe garantito una pubblicità tale da consentirgli di ricominciare le riprese del suo ultimo film, interrotte dopo soli otto giorni. Con la complicità del dottore, tale Borbeille, ch'altri non è che il suo fratello di latte, si inventa quindi il tortuoso copione di cui sopra. Ma Jean-Paul Gormas, figlio dell'attore, ama Isabelle, figlia del dottore. Gormas padre si oppone violentemente al matrimonio che il medico vedrebbe invece di buon occhio. Ecco perché approfitta del trasporto di Gormas all'ospedale, solo con lui nel retro dell'ambulanza, per avvelenarlo con una puntura di topazina, sicuro che l'accusato sarà poi il fioretto di Michard. Ma il commissario capo Winchester, interrogando la comparsa che Félicien Michard aveva dovuto sostituire in extremis, verrà a sapere che l'uomo era stato pagato per non presentarsi, e, dopo questa scoperta, ricostruirà tutta la macchinazione. Malgrado certe rivelazioni dell'ultima ora che contraddicono una delle regole d'oro del romanzo poliziesco, questa soluzione con le sue recrudescenze finali costituisce un epilogo più che accettabile. Ma prima di arrivarci, i tre giovani autori devono scagionare tutti gli altri indiziati e non sanno proprio da dove incominciare. Philippe Hémon ha suggerito che, come in *Delitto sull'Orient-Express*, siano tutti colpevoli, ma gli altri due non ne vogliono assolutamente sapere.

* Intraducibile gioco di assonanze con "bric-à-brac", che significa "cianfrusaglie", "bottega di rigattiere". [*N.d.T.*]

CAPITOLO XXXV

La guardiola

Fino al millenovecentocinquantasei, la portinaia dello stabile è stata la signora Claveau. Era una donna di media statura, dai capelli grigi, la bocca sottile, con un fazzoletto color tabacco perennemente in testa e perennemente vestita (salvo le sere di ricevimento quando stava al guardaroba) di un grembiule nero a fiorellini azzurri. Badava alla pulizia del caseggiato con tutta la cura di un proprietario. Era sposata con un fattorino di Nicolas che girava per Parigi in triciclo, berretto spavaldo sulle ventitré, cicca in bocca, e che talvolta, terminate le consegne, si vedeva, sostituito il giubbotto di cuoio beige tutto screpolato con una giacca di mollettone lasciatagli da Danglars, dare una mano alla moglie lustrando a fondo i rami della gabbia dell'ascensore o ripassando con il bianco di Spagna il grande specchio dell'entrata senza mai smettere di fischiettare il successo del giorno, *La romance de Paris*, *Ramona*, o *Premier rendez-vous*. Avevano un figlio, di nome Michel, ed è per lui che la signora Claveau chiedeva a Winckler i francobolli dei pacchi che Smautf gli spediva due volte al mese. Michel si ammazzò nel 1955, a diciannove anni, in un incidente di motocicletta, e la sua morte prematura non fu certo estranea alla partenza dei genitori, l'anno dopo. Si ritirarono nel Jura. Per molto tempo, Morellet sostenne che avevano aperto un caffè immediatamente fallito dato che compare Claveau si era praticamente bevuto l'azienda invece di venderla, ma è una voce che nessuno confermò né infirmò mai.

Furono sostituiti dalla signora Nochère. Che aveva allora venticinque anni. Aveva appena perduto il marito, un sergente maggiore di carriera di quindici anni più vecchio. Il quale morì a Algeri, no, non in un attentato, ma per i postumi di una gastroenterite dovuta all'assunzione esagerata di pezzetti di gomma, no, non di gomma da masticare, la qual cosa avrebbe potuto avere un effetto altrettanto nefasto, ma di gomma per cancellare. Henri Nochère era in realtà vice del vice capo dell'ufficio 95, e cioè della sezione "Statistiche" della divisione "Studi e Progetti" del Servizio effettivi dello Stato maggiore generale della X Regione Militare. Il suo lavoro, piuttosto tranquillo fino al 1954-1955, si fece, con i primi richiami di soldati del contingente, sempre più preoccupante e Henri Nochère, per calmare il nervoso e l'affaticamento, si mise a succhiare matite e a masticare gomme mentre ricominciava per l'ennesima volta le sue interminabili addizioni. Tali pratiche alimentari, innocue fintantoché rimangono entro limiti ragionevoli, possono rivelarsi nocive in caso di abuso, perché i minuscoli frammenti di gomma involontariamente ingoiati provocano ulcerazioni e lesioni della mucosa intestinale tanto più pericolose in quanto a lungo indecifrabili e quindi difficilmente suscettibili di una diagnosi abbastanza precoce, oltre che giusta. Ospedalizzato per "disturbi allo stomaco", Nochère morì ancora prima che i medici fossero riusciti a capire cosa aveva.

Di fatto, il suo caso sarebbe rimasto un enigma medico se, nello stesso trimestre, e probabilmente per gli stessi motivi, il maresciallo Olivetti, dell'ufficio immatricolazione reclute di Orano, e il caporalmaggiore Margueritte, del Centro Transito di Costantina, non fossero morti in condizioni quasi identiche. Da cui il termine "Sindrome dei Tre Sergenti" che non è assolutamente corretto dal punto di vista della gerarchia militare, ma che colpisce abbastanza la fantasia per essere correntemente usato a proposito di questo particolare tipo di affezioni.

La signora Nochère ha oggi quarant'anni. È una donna piccola, rotondetta, loquace e servizievole. Non ha niente a che vedere con la consueta immagine della portinaia: non sbraita, mormora o bofonchia, non insulta urlando i vari animali domestici, non caccia via i piazzisti (cosa che del resto molti proprietari e inquilini avrebbero una certa tendenza a rimproverarle), non è servile né avida, non tiene accesa la televisione tutto il santo giorno e non si arrabbia contro quelli che portano giù la pattumiera di mattina o di domenica o che coltivano vasi di fiori sul terrazzo. Non c'è niente di meschino in lei, e l'unica cosa che si potrebbe rimproverarle sarebbe forse d'essere un po' troppo chiacchierona, un po' invadente anche, poiché vuole sempre sapere tutto di questo o di quello, sempre pronta a impietosirsi, aiutare, trovare una soluzione per ogni singola storia. Tutti nel caseggiato hanno avuto l'occasione di apprezzare la sua gentilezza, e hanno potuto, prima o poi, andarsene tranquillamente sapendo che i pesci rossi sarebbero stati nutriti, i cani portati a spasso, i fiori annaffiati, i contatori annotati.

Una sola persona nello stabile detesta cordialmente la Nochère; è la signora Altamont, per una faccenda capitata un'estate. La signora Altamont se ne andava in vacanza. Con la mania dell'ordine e della pulizia che la caratterizza in tutto, svuotò il frigorifero e ne regalò gli avanzi alla portinaia: un pezzetto di burro, una libbra di fagiolini freschi, due limoni, mezzo barattolo di marmellata di ribes, un rimasuglio di panna liquida, qualche ciliegia, un po' di latte, poche briciole di formaggio, varie erbe aromatiche e tre yogurt alla bulgara. Per motivi non ben precisati ma probabilmente legati alle lunghe assenze del marito, la signora Altamont non poté partire all'ora inizialmente prevista e dovette restare a casa ventiquattr'ore di più; per cui tornò dalla Nochère e le spiegò, con aria a dire il vero alquanto imbarazzata, che non aveva niente da mangiare per la sera e che avrebbe voluto recuperare i fagiolini che le aveva dato proprio quella mattina. "Il fatto è" disse la Nochère "che li ho puliti, e stanno cuocendo." "E cosa posso farci?" replicò la signora Altamont. La signora Nochère portò di persona alla signora Altamont i fagiolini cotti e le altre derrate che le aveva lasciato. L'indomani mattina prima di partire, questa volta sul serio, la signora Altamont riportò alla Nochère i suoi avanzi. Ma la portinaia li rifiutò cortesemente.

La storia, raccontata per una volta senza esagerazioni, fece rapidamente il giro dello stabile e presto dell'intero quartiere. Da allora, la signora Altamont non è mai mancata a una riunione fra proprietari chiedendo ogni volta, con mille scuse e pretesti, che la signora Nochère venisse sostituita. È appoggiata dall'amministratore e da Plassaert, il venditore d'indianerie, che non perdonano alla portinaia di aver preso le difese di Morellet, ma la maggioranza rifiuta regolarmente di mettere la cosa all'ordine del giorno.

La signora Nochère è nella guardiola; scende da una scaletta dopo aver cambiato le valvole che controllano una delle luci dell'atrio. La guardiola è un locale di circa dodici metri quadrati, dipinto in verde chiaro, piastrellato di rosso. È diviso in due da un tramezzo di legno a giorno. Dall'altra parte del tramezzo, appena visibile, la zona camera comporta un letto con copriletto smerlato, un acquaio sormontato da un piccolo boiler, un mobile per la toilette con piano di marmo, un fornello a due fuochi appoggiato sopra un minuscolo comò rustico, e parecchie scansie piene di scatoloni e valigie. Dalla parte della guardiola vera e propria, c'è un tavolo con tre piante – la buganvillea scarsetta e scolorita è della portinaia, le altre, due ficus molto più floridi, appartengono ai proprietari del primo a destra, i Louvet, che sono in viaggio e gliele hanno affidate — e la posta serale fra cui si nota soprattutto *Jours de France* della signora Moreau che porta in copertina, a braccetto sulla Croisette, Gina Lollobrigida, Gérard Philipe e René Clair con la didascalia: *Vent'anni fa "Les belles de Nuit" trionfava a Cannes*. Il cane della signora Nochère, un cagnolino da topi grasso e furbo che risponde al nome di Boudinet, è sdraiato sopra un altro tavolo, un mobiletto a fagiolo sul quale la signora Nochère che si prepara a mangiare ha messo: un piatto liscio, un piatto fondo, un coltello, un cucchiaio, una forchetta e un bicchiere a calice, accanto a una dozzina di uova nel loro imballo di cartone ondulato e tre sacchetti di verbena-menta decorati di nizzarde col cappello di paglia. Lungo il tramezzo, c'è un pianoforte verticale, il piano sul quale la figlia della portinaia, Martine, che oggi sta per laurearsi in medicina, ha coscienziosamente martellato per dieci anni *La Marcia turca*, *Per Elisa*, *Children's Corner* e *L'Asinello* di Paul Dukas, e che, finalmente chiuso per sempre, regge un vaso di gerani, un cappello a campana azzurro cielo, un televisore e una culla imbottita, di vimini, nella quale dorme a pugni chiusi il piccolo di Geneviève Foulerot, l'inquilina del quinto a destra, che lo affida alla portinaia ogni mattina alle sette e viene a riprenderlo solo alle otto di sera, dopo che, rientrata, ha fatto il bagno e si è cambiata.

Contro la parete di fondo, sopra il tavolo con le piante, c'è un pannello di legno munito di ganci numerati che reggono quasi tutti dei mazzi di chiavi, un avviso stampato con le istruzioni per l'uso dei dispositivi di sicurezza del riscaldamento centrale, una foto a colori, probabilmente ritagliata da un catalogo, raffigurante un anello con un enorme solitario, e un ricamo su canovaccio, di forma quadrata, il cui soggetto stupisce se paragonato alle solite cacce alla corsa e vari balli in maschera sul Canal Grande; raffigura infatti un'esibizione di artisti davanti al tendone di un grande circo: a destra, due acrobati, uno dei quali, enorme, una specie di Porthos, alto sei piedi, testa voluminosa, spalle in proporzione, petto come il mantice di una fucina, gambe come due matricine di dodici anni, braccia come bielle, mani come tenaglie, tiene a braccio teso il secondo, un ragazzo di vent'anni, piccolo, gracile, magro, che non pesa in libbre un quarto di quello che pesa l'altro in chilogrammi; al centro, un gruppo di nani caprioleggianti intorno alla loro regina, una nana dalla facies canina, vestita d'un abito con guardinfante; a sinistra infine, un domatore, un ometto sparuto con benda nera sull'occhio, giacca nera, ma con magnifico sombrero a lunghe ghiande ciondoloni allegramente sulla schiena.

CAPITOLO XXXVI

Per le scale, 5

Sul pianerottolo del secondo piano. La porta degli Altamont, inquadrata da due aranci nani che emergono dai sottovasi esagonali di marmo, è aperta. Ne esce un vecchio amico di famiglia, arrivato evidentemente in anticipo.

È un industriale tedesco, tale Herman Fugger, che ha fatto fortuna nel primo dopoguerra vendendo materiale da campeggio e poi riconvertito nel ramo moquette tagli esclusivo e carta da parati. Indossa un doppiopetto la cui serietà è riscattata anche troppo da una sciarpa viola a pallini rosa. Porta sotto il braccio un quotidiano di Dublino – *The Free Man* – del quale si leggono la manchette

NEWBORN POP STAR WINS PIN BALL CONTEST

e il piccolo inserto di un'agenzia di viaggi:

In realtà, Herman Fugger ha fatto apposta a venire presto: appassionato di culinaria, che passa il suo tempo a rimpiangere quello più spesso perduto dietro agli affari che dietro ai fornelli, sognando il giorno sempre più improbabile in cui potrà finalmente dedicarsi a quest'arte, si proponeva di realizzare per il ricevimento di stasera una ricetta originale di cosciotto di cinghiale alla birra il cui muscolo vicino all'osso, dice, è la cosa più prelibata del mondo, ma gli Altamont hanno rifiutato con rabbia.

CAPITOLO XXXVII

Louvet, 1

L'appartamento dei Louvet, primo piano a destra. Un soggiorno da quadri superiori. Pareti tappezzate di cuoio avana; caminetto incassato con focolare esagonale e fuoco pronto ad ardere; blocco audiovisivo integrato: radio, magnetofono, televisione, proiettore per diapositive; divano e poltrone assortiti di cuoio naturale con cinghie. Toni fulvi, cannella, marrone bruciato; tavolo basso piastrellato a formelle bigie sul quale è posata una coppa contenente dei dadi da poker, varie uova da rammendo, una boccetta di angostura, un tappo di champagne che in realtà è un accendino; una bustina di fiammiferi pubblicitari proveniente da un club di San Francisco, il Diamond's; scrivania tipo navale, con una lampada moderna d'importazione italiana, sottile armatura di metallo nero che rimane stabile in qualsiasi posizione o quasi; alcova con tende rosse e un letto tutto coperto di piccolissimi cuscini variopinti; sulla parete di fondo, un acquerello di grandi dimensioni raffigura dei musicisti che suonano strumenti antichi.

I Louvet sono in viaggio. Viaggiano molto, per affari e diporto. Louvet assomiglia – forse un po' troppo – all'immagine che ci si fa e che ha di se stesso: stile inglese, baffi alla Francesco Giuseppe. La signora Louvet è una donna scicchissima, che sfiora i quaranta, e porta volentieri gonne pantalone, gilè gialli a scacchi, cinturoni di cuoio e grossi bracciali di tartaruga.

Una fotografia li mostra durante una caccia all'orso sulle Ande, nella regione di Macondo; posano insieme a una coppia che si può solo definire d'eiusdem farinae, dello stesso identico stampo: tutti e quattro indossano dei camiciotti kaki pieni di tasche e cartucciere. In primo piano, Louvet, accucciato, un ginocchio a terra e fucile in mano; dietro di lui, la moglie, seduta su un seggiolino pieghevole; in piedi dietro al seggiolino, l'altra coppia.

Un quinto personaggio, indubbiamente la guida che li accompagna, se ne sta un po' in disparte: è un uomo di alta statura dai capelli tagliati a spazzola, che sembra un G.I. americano; vestito di un battle-dress mimetico, pare completamente assorto nella lettura di un romanzo poliziesco edizione economica, con la copertina illustrata, intitolato *El Crimen piramidal*.

CAPITOLO XXXVIII

Macchinario dell'ascensore, 1

L'ascensore come al solito è guasto. Non è mai andato molto bene. Appena qualche settimana dopo la messa in opera, nella notte fra il quattordici e il quindici luglio 1925, è rimasto bloccato sette ore. C'erano dentro quattro persone, il che permise alle assicurazioni di rifiutarsi di pagare la riparazione, essendo stato previsto per tre persone o duecento chili. Le quattro vittime erano la signora Albin, che allora si chiamava Flora Champigny, Raymond Albin, il suo fidanzato, che faceva il servizio militare, il signor Jérôme, allora giovane insegnante di storia, e Serge Valène. Erano andati a Montmartre per vedere le luminarie* ed erano rincasati a piedi passando da Pigalle, Clichy e le Batignolles fermandosi in quasi tutti i bistrot a farsi un bicchierino di bianco secco o di rosé bello fresco. Per cui erano alquanto brilli quando capitò l'incidente, verso le quattro del mattino, fra il quarto e il quinto piano. Passati i primi istanti di paura, chiamarono la portinaia: non era ancora la signora Claveau, ma una vecchia spagnola che era nata si può dire con la casa; si chiamava Araña ed era proprio tutta il suo nome, una donnetta ragnesca, nera e adunca. Che arrivò, con una vestaglia arancione arabescata di verde e una specie di calza di cotone a mo' di berretto da notte, gli ordinò di tacere, e li avvertì che non avrebbero certo potuto liberarli prima di qualche ora.

Rimasti soli nell'alba livida, i quattro giovani, perché all'epoca erano tutti e quattro giovani, fecero l'inventario delle loro ricchezze. Flora Champigny aveva nella borsetta un avanzo di nocciole tostate che si spartirono, cosa che rimpiansero immediatamente per via della gran sete. Valène aveva un accendino e il signor Jérôme delle sigarette; ne accesero qualcuna, ma era chiaro che avrebbe preferito una bella bevuta. Raymond Albin propose di passare il tempo giocando a

---

* Il 14 luglio, presa della Bastiglia, è festa nazionale in Francia. [N.d.T.]

belote* e si cavò di tasca un mazzo di carte unte, ma si accorse subito che mancava il fante di fiori. Decisero di sostituire quel fante perduto con un pezzo di carta dello stesso formato sul quale avrebbero disegnato un omino a testa piedi, il seme (♣), una grande F, e anche il nome del fante. "Baltard" disse Valène. "No! Ogier" disse il signor Jérôme. "No! Lancillotto!" disse Raymond Albin. Litigarono un po' a voce bassa poi convennero che non era assolutamente necessario dare un nome al fante. Cercarono allora un pezzo di carta. Il signor Jérôme propose un suo biglietto da visita, ma non era del formato giusto. Il meglio che riuscirono a scovare, fu il frammento di una busta appartenente a una lettera di Valène spedita da Bartlebooth la sera prima per informarlo che, data la festa nazionale, l'indomani non sarebbe potuto venire per la solita lezione d'acquerello (glielo aveva già detto a voce poche ore fa, al termine dell'ultima seduta, ma questo era proprio un tratto caratteristico del comportamento di Bartlebooth o, forse e più semplicemente, un'occasione per usare la carta da lettere che si era fatto fare, una bellissima pergamena *nuvolosa*, quasi bronzea, con il suo monògramma liberty iscritto in una losanga). Valène aveva una matita in tasca ovviamente e quando finirono di ritagliare con qualche approssimazione con le forbicine per le unghie di Flora Champigny un difficoltoso pezzo di busta, eseguì con quattro segni un fante di fiori del tutto accettabile, che scatenò una serie di fischi ammirativi da parte dei suoi tre compagni: per la rassomiglianza (Raymond Albin), la rapidità d'esecuzione (signor Jérôme) e la bellezza intrinseca (signorina Flora Champigny).

A questo punto però si pose un altro problema, infatti, per quanto splendido fosse, quel fante era troppo diverso dalle altre carte del mazzo, la qual cosa, in sé, non aveva niente di riprovevole, tranne il fatto che nella belote il fante è una figura di primaria importanza. L'unica soluzione, disse allora il signor Jérôme, consisteva nel trasformare in fante di fiori una carta innocente, il sette di fiori per esempio, e disegnare un sette su un altro pezzo di busta. "Avremmo dovuto pensarci prima" brontolò Valène. Infatti la busta non bastava più. Inoltre, Flora Champigny, probabilmente stanca di aspettare che le insegnassero a giocare a belote, si era addormentata e il fidanzato aveva finito con l'imitarla. Per un attimo, Valène e il signor Jérôme pensarono di giocare in due, ma nessuno dei due pareva averne veramente voglia per cui vi rinunciarono quasi subito. Erano attanagliati dalla sete e dalla fame, più che dal sonno, si misero a raccontarsi i più bei pasti della loro vita, o almeno qualcuno, e poi a scambiarsi ricette di cucina, campo questo in cui il signor Jérôme si

* Gioco molto simile alla briscola. [*N.d.T.*]

rivelò imbattibile. Non aveva ancora finito di enumerare gli ingredienti necessari per preparare un pasticcio di anguilla, ricetta che secondo lui risaliva al Medioevo, che Valène si addormentò a sua volta. Il signor Jérôme che aveva indubbiamente bevuto più degli altri e che voleva continuare a divertirsi cercò per qualche minuto di svegliarlo. Non ci riuscì e per passare il tempo si mise a canticchiare i successi del giorno, poi, rinfrancandosi, a improvvisare liberamente su qualcosa che, nella sua testa, doveva essere il tema finale di *L'Enfant et les Sortilèges* alla cui prima parigina aveva assistito qualche settimana prima nel Théâtre des Champs-Elysées.

Il suo allegro vociare non tardò a buttar fuori dal letto, e poi dai rispettivi appartamenti, gli abitanti del quarto e quinto piano: la signora Hébert, la signora Hourcade, nonno Echard, con le guance piene di sapone da barba, Gervaise, la governante del signor Colomb, in liseuse goffrata, cuffietta di pizzo e pianelle con pompon, e infine, il baffo scarruffato, Emile Gratiolet in persona, il proprietario, che allora viveva al quinto a sinistra in uno dei due appartamenti di tre stanze che trentacinque anni dopo i Rorschash avrebbero riunito.

Emile Gratiolet non era precisamente un uomo facile. In altre circostanze avrebbe certamente cacciato via i quattro disturbatori seduta stante. Fu il 14 luglio a ispirargli un sentimento di clemenza? O l'uniforme del soldatino Raymond Albin? O il delizioso rossore di Flora Champigny? Fatto sta che mise in funzione il dispositivo manuale per lo sblocco esterno delle porte dell'ascensore, aiutò i quattro festaioli a sfilarsi dalla stretta cabina e li mandò a dormire senza neanche minacciarli di azioni giudiziarie o multe.

CAPITOLO XXXIX

Marcia, 3

Léon Marcia, il marito dell'antiquaria, è in camera sua. È un vecchio malato, magro e stenterello, dal volto quasi grigio e mani ossute. È seduto in una poltrona di cuoio nero, in calzoni da pigiama e camicia senza colletto, con una sciarpa a scacchi arancioni buttata sulle spalle aggettanti, i piedi nudi in certe pantofolacce sbiadite, e il cranio coperto da una specie di cosa di flanella che ricorda un berretto frigio.

Quest'uomo spento, dallo sguardo vuoto, i gesti stanchi, è a tutt'oggi considerato dalla maggior parte dei banditori d'asta e dei mercanti d'arte il miglior esperto mondiale in campi diversi come le monete e medaglie prussiane e austroungariche, la ceramica Ts'ing, l'incisione francese del Rinascimento, gli strumenti musicali antichi e i tappeti da preghiera dell'Iran e del golfo Persico. La sua fama esplose all'inizio degli anni trenta quando dimostrò in una serie di articoli pubblicati nel *Journal of the Warburg and Courtauld Institute* che il lotto di piccole incisioni attribuite a Léonard Gaultier e venduto nel 1899 da Sotheby's con il titolo *Le Nove Muse*, rappresentava in realtà le nove più celebri eroine di Shakespeare – Cressida, Desdemona, Giulietta, lady Macbeth, Ofelia, Porzia, Rosalinda, Titania e Viola – ed era stato eseguito da Jeanne de Chénany, attribuzione che giustamente fece scalpore dato che fino allora non si conosceva nessuna opera di quell'artista, identificata solo dal suo monogramma e da un cenno biografico redatto da Humbert e pubblicato nel suo *Compendio storico dell'origine e dei progressi dell'incisione e delle stampe in legno e taglio dolce*, Berlino, 1752, in-8°, il quale affermava, sfortunatamente senza citarne le fonti, che l'artista lavorò a Bruxelles e a Aquisgrana fra il 1647 e il 1662.

Léon Marcia – e questa è indubbiamente la cosa più straordinaria – è un autodidatta. Era andato a scuola solo fino ai nove anni. A venti, sapeva appena leggere e la sua unica lettura regolare era un quotidiano ippico che si chiamava *La Veine*: lavorava allora in avenue de la Grande-Armée da un garagista che fabbricava automobili da corsa le quali non solo non vincevano mai ma avevano quasi sempre degli incidenti. Il garage quindi non tardò a chiudere definitivamente i battenti e Marcia, provvisto solo di un piccolo peculio, rimase senza lavoro per qualche mese; abitava in un alberghetto, l'Hôtel de l'Haveyron, si alzava alle sette del mattino, beveva al banco una broda bollente sfogliando *La Veine* e risaliva in camera dove, nel frattempo, gli avevano rifatto il letto, il che gli permetteva di tornare a sdraiarsi per fare una piccola siesta, non prima di avere accuratamente disteso il giornale in fondo al letto per non sporcare il piumino con le scarpe.

Marcia, che si accontentava di niente, avrebbe potuto vivere così per vari anni, ma l'inverno dopo cadde malato; i medici diagnosticarono una pleurite tubercolare e gli raccomandarono vivamente di andare a vivere in montagna; non potendo ovviamente sostenere le spese di un lungo soggiorno in sanatorio, Marcia risolse il problema riuscendo a farsi assumere come cameriere ai piani nel più lussuoso di tutti, il Pfisterhof di Ascona, nel Canton Ticino. Fu lì che per riempire le lunghe ore di riposo forzato che, terminato il lavoro, si obbligava a rispettare con scrupolo, incominciò a leggere, con piacere sempre crescente, tutto quello che gli capitava a tiro, prendendo in prestito opere su opere dalla ricca clientela internazionale – re o figli di re della carne in scatola, della gomma o dell'acciaio temperato – che frequentava il sanatorio. Il primo libro che lesse fu un romanzo, *Silbermann*, di Jacques de Lacretelle, che aveva vinto l'ultimo premio Fémina; il secondo fu un'edizione critica, con traduzione a fronte, del *Kublai Khan* di Coleridge:

> *"In Xanadu did Kublai Khan*
> *A stately pleasure-dome decree..."*

In quattro anni Léon Marcia si lesse un buon migliaio di libri e imparò sei lingue: inglese, tedesco, italiano, spagnolo, russo e portoghese, che padroneggiò in undici giorni, no, non con l'aiuto de *I Lusiadi* di Camões dove Paganel credette d'imparare lo spagnolo, ma con il quarto e ultimo volume della *Bibliotheca Lusitana* di Diego Barbosa-Machado che aveva trovato, scompagnato, nella cassa da dieci centesimi di un libraio di Lugano.

Più imparava, e più voleva imparare. Le sue risorse d'entusiasmo sembravano praticamente inesauribili e altrettanto inesauribile la sua facoltà di assimilare. Gli bastava leggere qualcosa una volta per non dimenticarla più, e divorava con la stessa rapidità, la stessa voracità e la stessa intelligenza trattati di grammatica greca, storie della Polonia, poemi epici in venticinque canti, manuali di scherma o di orticoltura, romanzi popolari e dizionari enciclopedici con, bisogna ben dirlo, una sicura predilezione per questi ultimi anche.

Nel millenovecentoventisette, qualche ospite del Pfisterhof, su iniziativa del signor Pfister in persona, si quotò per costituire a Marcia una rendita di dieci anni che gli avrebbe permesso di dedicarsi completamente agli studi desiderati. Marcia, che aveva allora trent'anni, esitò per quasi tutto un trimestre fra gli insegnamenti di Ehrenfels, Spengler, Hilbert e Wittgenstein, poi, avendo ascoltato una conferenza di Panovsky sulla statuaria greca, scoprì che la sua vera vocazione era la storia dell'arte e se ne andò subito a Londra per iscriversi al Courtauld Institute. Tre anni dopo, faceva nel mondo delle perizie artistiche l'ingresso folgorante che sappiamo.

La sua salute rimase sempre malferma e lo costrinse fra letto e poltrona per quasi tutta la vita. Visse a lungo in albergo, a Londra in principio, poi a Washington e a New York; si muoveva solo per andare a verificare in una biblioteca o in un museo questo o quel particolare, e fu sempre a letto o in poltrona che dava consulti sempre più ambiti. È stato lui, fra l'altro, a dimostrare che gli *Adriana* di Atri (più noti con il soprannome di "Angeli di Adriano") erano falsi, e a stabilire con certezza la cronologia delle miniature di Samuel Cooper raccolte nella collezione Frick: e proprio in quest'ultima occasione conobbe quella che sarebbe diventata sua moglie: Clara Lichtenfeld, figlia di ebrei polacchi emigrati negli Stati Uniti, che faceva un corso pratico in quel museo. Anche se lei aveva quindici anni meno di lui, i due si sposarono poche settimane dopo e decisero di stabilirsi in Francia. Il figlio, David, nacque nel millenovecentoquarantasei, poco dopo il loro arrivo a Parigi e la sistemazione in rue Simon-Crubellier dove la signora Marcia aprì, in un'ex selleria, un negozio di antichità cui, stranamente, il marito rifiutò sempre d'interessarsi.

Léon Marcia – come qualche altro abitante dello stabile – non è mai uscito di camera da parecchie settimane; si nutre solo di latte, petits-beurre e biscotti all'uva; ascolta la radio, legge o fa finta di leggere delle riviste d'arte già vecchie; ne ha una sulle ginocchia, l'*American Journal of Fine Arts*, e altre due ai suoi piedi, una rivista jugoslava, *Umetnost*, e il *Burlington Magazine*; sulla copertina dell'*American Journal* è riprodotta una vecchia, splendida stampa americana, scintillante d'ori e rossi, verdi e indachi: una locomotiva dal fumaiolo gigantesco, con grossi fanali di stile barocco e un fantastico paraurti frontale, che rimorchia i suoi vagoni lilla lungo una prateria notturna sferzata dalla tempesta, mischiando nere volute di fumo schizzate di scintille all'oscuro mantello di nuvole pronte a scoppiare. Sulla copertina di *Umetnost*, che nasconde quasi del tutto quella del *Burlington*, è fotografata un'opera dello scultore ungherese Meglepett Eger: placche di metallo rettangolari fissate una all'altra in modo da formare un solido con undici facce.

Quasi sempre, Léon Marcia se ne sta immobile e muto, immerso nei ricordi: uno dei quali, risorto dal limite estremo della sua prodigiosa memoria, l'ossessiona da molti giorni: è una conferenza che Jean Richepin aveva tenuto in sanatorio poco prima di morire, tema: la Leggenda napoleonica. Richepin raccontò che, quando era piccolo, aprivano la tomba di Napoleone una volta all'anno e facevano sfilare gli invalidi per mostrare loro il volto dell'imperatore imbalsamato, spettacolo più propizio al terrore che all'ammirazione, in quanto quel volto era gonfio e verdastro; è del resto il motivo per cui l'apertura della tomba fu in seguito annullata. Ma Richepin ebbe eccezionalmente l'occasione di vederlo, appollaiato in braccio al prozio che aveva prestato servizio in Africa e per il quale il comandante dell'Hôtel des Invalides aveva fatto appositamente aprire la tomba.

CAPITOLO XL

Beaumont, 4

Un bagno dal suolo coperto di grandi piastrelle quadrate color crema. Sul muro una carta a fiori plasticata. Nessun elemento decorativo abbellisce il mobilio esclusivamente sanitario salvo un tavolinetto rotondo con piede di ghisa scolpito il cui piano di marmo venato, stretto all'intorno da un rialzo di bronzo di stile vagamente Impero, regge una lampada a raggi ultravioletti di una modernità aggressivamente brutta.

A un appendiabiti di legno tornito è appesa una vestaglia di satin verde con una figura di gatto e il simbolo che nelle carte figura l'asso di picche ricamati sul dorso. Secondo Béatrice Breidel, quest'abito da casa di cui talvolta sua nonna si serve ancora, sarebbe l'ex accappatoio da match di un pugile americano chimato Cat Spade,* che la nonna avrebbe conosciuto all'epoca della sua tournée negli Stati Uniti e che sarebbe stato il suo amante. Anne Breidel respinge completamente tale versione. Che negli anni trenta sia esistito un pugile nero chiamato Cat Spade è esatto. La sua fu una carriera brevissima. Vincitore del torneo di boxe militare nel millenovecentoventinove, lasciò l'esercito per diventare professionista e venne successivamente battuto da Gene Tunney, Al Brown e Jack Dempsey, che pure stava per ritirarsi. Così tornò nell'esercito. È molto dubbio che abbia frequentato gli stessi ambienti di Véra Orlova e perfino che si siano conosciuti, quella russa bianca dai pregiudizi tenaci non si sarebbe mai data a un negro, sia pure a uno splendido peso massimo. La spiegazione di Anne Breidel è diversa ma si basa ugualmente sui tanti aneddoti che raccontano la vita amorosa della Orlova: la vestaglia sarebbe effettivamente il regalo di uno dei suoi amanti, un professore di storia al Carson College di New York, Arnold Flexner, autore di una tesi nota e notata su *I Viaggi di Tavernier e Chardin e l'immagine della Persia in Europa da Scudéry a Montesquieu* e, con vari pseudonimi – Morty Rowlands, Kex Camelot, Trim Jinemewicz,

---

* Cat è gatto, spade è picche. [N.d.T.]

James W. London, Harvey Elliott –, di romanzi polizieschi conditi di scene se non pornografiche perlomeno abbastanza chiaramente libertine: *Delitti a Pigalle*, *Notte calda a Ankara*, eccetera. Si sarebbero conosciuti a Cincinnati, Ohio, dove Véra Orlova era stata ingaggiata per cantare la parte di Blonde in *Die Entführung aus dem Serail*. Indipendentemente dal loro significato sessuale, che Anne Breidel menzionò solo per inciso, gatto e asso di picche avrebbero secondo lei fatto allusione al più famoso romanzo di Flexner, *Il Settimo Crack di Saratoga*,* storia di un borsaiolo che opera negli ippodromi il quale, per destrezza e agilità, è stato soprannominato "Il Gatto" e che si trova immischiato suo malgrado in un'inchiesta criminale che risolve con brio e malizia.

La signora de Beaumont non conosce le due spiegazioni; da parte sua, non ha mai fatto il minimo commento sull'origine dell'accappatoio.

Sul bordo della vasca, sufficientemente largo per servire da appoggio, sono posati dei flaconi, una cuffia da bagno di gomma goffrata azzurro cielo, un nécessaire da viaggio a forma di saccoccia, tagliato in una specie di spugna di un rosa sporco, chiuso da un cordoncino a treccia, e una scatola di metallo lucente, a forma di parallelepipedo, nel coperchio della quale è praticata una lunga fessura da cui sbuca un pezzo di Kleenex.

Anne Breidel è sdraiata a pancia sotto davanti alla vasca, sopra un lenzuolo da bagno verde. Indossa una camicia da notte di lino bianco rialzata fino a metà schiena; sulle natiche striate dalla cellulite poggia un cuscino termo-vibro-massaggiatore elettrico, di circa quaranta centimetri di diametro, ricoperto di plastica rossa.

Mentre Béatrice, che ha un anno di meno, è lunga e sottile, Anne è tondetta e grassoccia. Perennemente preoccupata dal peso, s'impone delle diete draconiane che non ha mai la forza di seguire fino in fondo e s'infligge trattamenti d'ogni genere che vanno dai bagni di fango alle tute per sudare, dalle sedute di sauna seguite da flagellazione alle pillole anoressiche, dall'agopuntura all'omeopatia, e dal medicine-ball, home-trainer, marce forzate, saltelli, estensori, parallele e altri esercizi estenuanti a tutti i massaggi possibili e immaginabili: con guanto di crine, zucca secca, bosso, saponi speciali, pietra pomice, allume in polvere, genziana, ginseng, succo di cetriolo e sale grosso. Quello cui si sottopone in questo momento ha un sicuro vantaggio su tutti gli altri: le permette di occuparsi contemporaneamente di altre cose; adesso, per esempio, approfitta delle sedute

* Crack, come voce ippica, è il cavallo vincente, "l'asso". [*N.d.T.*]

giornaliere di settanta minuti durante i quali il cuscino elettrico eserciterà la sua azione a quanto pare benefica su spalle, schiena, fianchi, natiche, cosce e pancia in successione, per fare il bilancio della dieta: ha davanti un libriccino intitolato *Tabella completa del valore energetico degli alimenti comuni*, nel quale gli alimenti stampati in modo speciale sono ovviamente evitandi, e sta confrontandone i dati – cicoria 20, melacotogna 70, eglefino 80, *lombata* 220, *uva passa* 290, *noce di cocco* 620 – con quelli del cibo ingurgitato il giorno prima e annotato, nella quantità esatta, in un'apposita agenda.

Tè senza zucchero e senza latte	0
Un succo di ananas	66
Uno yogurt	60
Tre biscotti di segala	60
Carote grattugiate	45
Costolette d'agnello (due)	192
Zucchine	35
Capra fresco	190
Melacotogna	70
Zuppa di pesce (senza crostini né rouille*)	180
Sardine fresche	240
Insalata di crescione con limone verde	66
Saint-Nectaire	400
Sorbetto ai mirtilli	110
Totale	1714

Questo elenco particolareggiato con la conseguente somma totale, malgrado il Saint-Nectaire, sarebbe più che ragionevole se non peccasse gravemente per omissione; certo, Anne ha notato con grande scrupolo quello che ha mangiato e bevuto alla prima colazione, pranzo e cena, ma non ha assolutamente tenuto conto delle quaranta o cinquanta incursioni furtive fatte fuori pasto nel frigorifero e nella dispensa per tentare di calmare la sua fame insaziabile. Nonna, sorella, e signora Lafuente, la donna di servizio che hanno da più di vent'anni, hanno fatto di tutto per impedirgliele, arrivando

* Salsa rossa di sapore fortissimo. [*N.d.T.*]

perfino al punto di svuotare il frigorifero ogni sera e chiudere a chiave in un armadio quanto c'era di commestibile; ma la cosa non serviva un bel niente: privata dei suoi spuntini, Anne Breidel aveva delle crisi di furore indescrivibili e usciva per soddisfare in un caffè o in casa di amiche la sua irreprimibile bulimia. Il fatto più grave però, non è che Anne mangi fuori pasto, cosa che molti dietisti considerano perfino alquanto benefica, ma che, irreprensibilmente rigida per quanto riguarda la dieta seguita a tavola, imposta del resto anche alla nonna e alla sorella, si riveli, appena uscita dalla sala da pranzo, sorprendentemente lassista: mentre non sopporterebbe di vedere a tavola non solo pane e burro, ma nemmeno alimenti ritenuti neutri come le olive, i gamberetti grigi, la senape o la scorzonera, si sveglia di notte per andare a divorare spudoratamente montagne di *fiocchi d'avena* (350), *fette di pane e burro* (900), *tavolette di cioccolata* (600), *brioche farcite* (360), *bleu d'Auvergne** (320), *noci* (600), *macinato di maiale con strutto* (600), *groviera* (380), o *tonno sottolio* (300). Di fatto, non smette mai di sgranocchiare qualcosa, e adesso mentre con la mano destra fa i suoi conti consolatori, con la sinistra rosicchia una coscia di pollo.

Anne Breidel ha solo diciott'anni. Quanto a studi, è brava quanto la sorella minore. Ma mentre Béatrice è forte in lettere, sulle versioni in particolare – primo premio di greco al Concorso generale –,** decisa a prendere storia antica e forse anche archeologia, Anne è portata sulle scientifiche: matura a sedici anni, è passata al primo colpo nella Scuola Centrale,*** settima in graduatoria.

Fu nel 1967, a nove anni, che Anne si scoprì la vocazione d'ingegnere. Quell'anno, una petroliera panamense, la *Silver Glen of Alva*, naufragò al largo della Terra del Fuoco con centoquattro persone a bordo. Il suo SOS mal ricevuto per via della tempesta che infuriava nell'Atlantico del sud e nel mare di Weddell non permise di localizzarla con precisione. Per due settimane, i guardacoste argentini e le squadre della protezione civile cilena, aiutati da molte navi che in quel momento incrociavano nei paraggi, frugarono instancabili gli innumerevoli isolotti di Capo Horn e della baia di Nassau.

Con ansia febbrile e crescente, Anne leggeva ogni sera nel giornale il racconto delle ricerche; il brutto tempo le rallentava parecchio

---

* Un tipo di formaggio grasso. [*N.d.T.*]

** Concorso annuale cui partecipano i migliori allievi delle ultime classi del liceo. [*N.d.T.*]

*** Fra le grandi Scuole superiori alle quali si accede soltanto per concorso. [*N.d.T.*]

e, settimana dopo settimana, le probabilità di trovare qualche superstite diminuivano. Quando ormai non c'erano più speranze, la grande stampa inneggiò all'abnegazione dei soccorritori i quali, in circostanze e condizioni spaventevoli, avevano fatto l'impossibile per salvare gli eventuali naufraghi; ma parecchi commentatori affermarono, non senza ragione, che il vero responsabile della catastrofe non era il maltempo, ma la mancanza, nella Terra del Fuoco, e più generalmente nell'intero pianeta, di apparecchi riceventi abbastanza potenti da poter captare, quali che fossero le condizioni atmosferiche, gli appelli trasmessi dalle navi in pericolo.

Fu dopo aver letto quegli articoli che, ritagliati e incollati in un quaderno speciale, usò in seguito come fonte per un'esercitazione in classe (faceva allora la prima media), anche Anne Breidel decise di costruire il più grande radiofaro del mondo, un'antenna alta ottocento metri che avrebbe chiamato Tour Breidel, capace di ricevere qualsiasi messaggio trasmesso in un raggio di ottomila chilometri.

Fin verso i quattordici anni, Anne dedicò quasi tutto il suo tempo libero a disegnare progetti della torre, calcolandone peso e resistenza, verificandone la portata, studiandone la collocazione ottimale – Tristan da Cuña, le Crozet, le Bounty, l'isolotto Saint-Paul, l'arcipelago Margarita Teresa, e, per finire, le isole del Principe Edoardo, a sud del Madagascar – e raccontandosi in ogni particolare i salvataggi miracolosi che avrebbe reso possibili. La sua passione per la fisica e la matematica si sviluppò man mano dall'immagine mitica, quell'albero maestro fusiforme emergente dalle nebbie scintillanti dell'oceano Indiano.

I suoi anni di corsi ipo e propedeutici, e lo sviluppo delle telecomunicazioni via satellite superarono poi quel progetto. Ne rimane solo una fotografia pubblicata in un giornale che la presenta, dodicenne, mentre posa davanti al modello costruito in sei lunghi mesi, un'aerea struttura metallica, fatta di 2715 puntine da grammofono in acciaio tenute insieme con dei microscopici punti di colla, alta due metri, sottile come un merletto, snodata come una ballerina, che porta sulla cima 366 minuscoli ricevitori parabolici.

CAPITOLO XLI

Marquiseaux, 3

Riunendo l'ex camera da letto dei vecchi Echard con la piccola sala da pranzo e aggiungendovi il corrispondente pezzo di vestibolo, ormai inutile, oltre a uno sgabuzzino per le scope, Philippe e Caroline Marquiseaux hanno ottenuto un locale abbastanza ampio facendone la sala riunioni della loro agenzia: non è assolutamente un ufficio ma, ispirata alle più recenti tecniche in fatto di *brain-storming* e gruppologia, una stanza che gli americani chiamano *Informal Creative Room*, abbreviata I.C.R., e comunemente *I see her*; i Marquiseaux, da parte loro, la chiamano l'urlatoio, il pensatoio o meglio, riferendosi alla musica ch'è loro compito promuovere, la "poperia": è qui che si definiscono i grandi assi delle loro campagne i cui particolari saranno poi messi a punto negli uffici dell'agenzia, al diciassettesimo piano d'una delle torri della Défense.*

Pareti e soffitto sono tappezzati di vinile bianco; il pavimento è coperto da un tappeto di gommapiuma uguale a quello usato dagli adepti di certe arti marziali; niente alle pareti; quasi nessun mobile: un buffè basso laccato di bianco sul quale sono posate delle lattine di succo di verdura Seven-Up e birra analcolica (root-beer); un giardinetto zen ottagonale, pieno di sabbia finemente striata da cui spunta qua e là un ciottolo, un'infinità di cuscini d'ogni forma e colore.

Quattro oggetti si spartiscono lo spazio essenziale: il primo è un gong di bronzo grande all'incirca come quello dei titoli di testa dei film della Rank, vale a dire più alto di un uomo; non viene dall'Estremo Oriente, ma da Algeri: sarebbe stato usato per radunare i prigionieri del tristemente famoso bagno penale barbaresco in cui, fra gli altri, furono imprigionati Cervantes, Régnard e San Vincenzo de' Paoli; in ogni caso, un'iscrizione araba

بِسْمِ اللَّهِ الرَّحْمَنِ الرَّحِيمِ

* Località della cintura parigina di struttura avveniristica, i cui altissimi grattacieli sono chiamati appunto "les tours de la Défense". [N.d.T.]

proprio quella, l'al-Fâtiha, che introduce ciascuna delle centoquattordici sure del Corano: "Nel nome del Dio clemente e misericordioso", è incisa al centro.

Il secondo oggetto è un juke-box "elvispresleyco" cromato e luccicante; il terzo è un biliardino elettrico appartenente a un modello particolare che chiamano *Flashing Bulbs*: cassa e tavola non contengono plot né molle né contatori: sono degli specchi crivellati da una miriade di piccoli fori dietro ai quali sono disposte altrettante lampadine collegate a un flash elettronico; il movimento della bilia d'acciaio, anch'essa invisibile e silenziosa, scatena lampi luminosi talmente intensi che nell'oscurità uno spettatore situato a tre metri dall'apparecchio può agevolmente leggere dei caratteri piccoli come quelli di un dizionario; per chi gli sta davanti o di fianco, anche se porta occhiali protettori, l'effetto è a tal punto "psichedelico" che un poeta hippy lo ha definito "coito astrale". La fabbricazione della macchina è stata interrotta non appena l'hanno riconosciuta responsabile di sei casi di cecità; è ormai molto difficile procurarsene una, perché certi amatori, abituati a quei lampi in miniatura come lo si può essere a una droga, non esitano a circondarsi di quattro o cinque apparecchi che fanno funzionare tutti insieme.

Il quarto oggetto è un organo elettrico, abusivamente battezzato sintetizzatore, inquadrato da due altoparlanti sferici.

I Marquiseaux, assorti nei loro palpeggi acquatici, non sono ancora entrati in questa stanza dove li aspettano due amici che sono anche due clienti.

Uno dei due, un giovanotto in abito di tela, a piedi nudi, sprofondato nei cuscini, sul punto di accendersi una sigaretta con uno zippo, è un musicista svedese, Svend Grundtvig. Allievo di Falkenhausen e di Hazefeld, adepto della musica postweberniana, autore di costruzioni sapienti quanto discrete, la più celebre delle quali, *Crossed Words*, offre una partitura stranamente simile a uno schema di parole incrociate, con la lettera orizzontale o verticale corrispondente a sequenze di accordi dove le "caselle nere" hanno funzione di pausa, Svend Grundtvig è nondimeno smanioso di accostarsi a musiche più popolari e ha appena composto un oratorio, *Proud Angels*, il cui libretto si basa sulla storia della caduta degli angeli. La riunione di questa sera studierà mezzi e modi di promozione prima che venga rappresentato al festival di Tabarka.

L'altro, la celeberrima "Hortense", è un personaggio molto più personale. È una donna sui trent'anni, di faccia dura e occhi inquieti;

è accovacciata vicino all'organo elettrico, e suona solo per sé, con la cuffia ricevitore in testa. A piedi nudi anch'essa – dev'essere una regola della casa togliersi le scarpe prima di entrare in questa stanza – indossa mutandoni lunghi di seta kaki stretti al polpaccio e ai fianchi da lacci bianchi con puntali di strass, e un giubbotto corto, o meglio una specie di bolero, fatto di mille pezzetti di pelliccia.

Fino al millenovecentosettantatré, "Hortense" – è ormai consuetudine scriverne il nome fra virgolette – era un uomo e si chiamava Sam Horton. Faceva il chitarrista-compositore in un piccolo complesso newyorkese, "The Wasps". La sua prima canzone, *Come in, little Nemo*, rimase per tre settimane nel Top 50 di *Variety*, ma le successive – *Susquehanna Mammy, Slumbery Wabash, Mississippi Sunset, Dismal Swamp, I'm homesick for being homesick* – non ebbero il successo che si dava per scontato, malgrado il loro fascino molto "anni quaranta". Il gruppo quindi vegetava e vedeva con angoscia il rarefarsi degli ingaggi e il negarsi sempre più frequente dei discografici che per loro erano sempre in riunione, quando, all'inizio del 1973, Sam Horton lesse per caso in una rivista che stava sfogliando nella sala d'aspetto del suo dentista un articolo su quell'ufficiale dell'esercito delle Indie che era diventato/a una rispettabile lady. Quello che interessò immediatamente Sam Horton, non fu tanto il fatto che un uomo avesse potuto cambiare sesso quanto il successo editoriale ottenuto dal racconto di quella rara esperienza. Cedendo quindi alla fallace seduzione del ragionamento analogico, Sam Horton si convinse che un gruppo pop composto di transessuali avrebbe senz'altro avuto successo. Evidentemente non riuscì a convincere i quattro partner, ma continuava a pensarci. L'idea non doveva certo rispondere a un bisogno solo pubblicitario, e infatti se ne andò in Marocco per sottoporsi in una clinica specializzata ai trattamenti chirurgici ed endocrini del caso.

Quando "Hortense" tornò negli Stati Uniti, i Wasps, che nel frattempo lo avevano sostituito con un altro chitarrista e che sembravano in via di risalire la china, rifiutarono di riprenderla con loro, e quattordici editori le rimandarono il manoscritto, "solo una copia", dissero, "di un recente successo". Fu l'inizio di un periodo di vacche magre che durò parecchi mesi nel quale, per sopravvivere, dovette fare la donna delle pulizie in qualche agenzia di viaggio.

In un abisso di disperazione – per usare i termini dei riassuntini biografici stampati sul retrobusta dei suoi dischi –, "Hortense" ricominciò a scrivere canzoni e, poiché nessuno voleva cantarle, finì con il decidersi a interpretarle lei stessa: la sua voce rauca e instabile creava incontestabilmente quel *new sound* che tutta la gente del mestiere continua a rincorrere e le canzoni stesse rispondevano proprio all'attesa inquieta di un pubblico di giorno in giorno più febbrile per il quale diventò ben presto l'incomparabile simbolo di tutta la fragilità del mondo: con *Lineblossom Lady*, storia nostalgica di un negozio di erborista demolito per far posto a una pizzeria, ottenne in pochi giorni il primo dei suoi 59 dischi d'oro.

Philippe Marquiseaux, riuscendo a mettere sotto contratto esclusivo per l'Europa e il Nordafrica questa creatura tremante e insicura ha indubbiamente realizzato il miglior affare della sua ancora breve carriera; non per "Hortense" in sé la quale, con le sue fughe continue, le sue rotture di contratto, i suicidi, le depressioni, i processi, i balletti rosa e verdi, cure, controcure e ubbie varie, gli costa perlomeno quanto ne ricava, ma perché a questo punto tutti quelli che sognano di farsi un nome nel music-hall tengono molto a entrare nella stessa agenzia di "Hortense".

CAPITOLO XLII

Per le scale, 6

Due uomini si incontrano sul pianerottolo del quarto piano, entrambi sulla cinquantina, entrambi occhialuti e con montatura rettangolare, entrambi identicamente vestiti di nero, calzoni, giacca, panciotto che gli stanno un po' larghi, scarpe nere, cravatta nera su camicia bianca dal colletto stondato, cappello tondo nero. Ma quello che è di spalle porta una sciarpa stampata tipo cachemire, mentre l'altro ha una sciarpa rosa a righine viola.

Sono due porta a porta. Il primo propone una *Nuova Chiave dei Sogni*, sedicentemente basata sugli Insegnamenti di uno stregone Yaki raccolti sul finire del XVII secolo da un viaggiatore inglese che si chiamava Henry Barrett, ma redatti di fatto poche settimane fa da uno studente di botanica dell'Università di Madrid. A prescindere dagli anacronismi senza i quali questa chiave dei sogni non aprirebbe ovviamente un bel niente, e dai fronzoli con i quali la fantasia dello spagnolo ha tentato di abbellire la fastidiosa enumerazione per accentuarne l'esotismo cronologico e geografico, molte delle associazioni proposte hanno uno straordinario sapore:

ORSO	=	OROLOGIO A PENDOLO
PARRUCCA	=	POLTRONA
ARINGA	=	SCOGLIERA
MARTELLO	=	DESERTO
NEVE	=	CAPPELLO
LUNA	=	SCARPA
NEBBIA	=	CENERI
RAME	=	TELEFONO
PROSCIUTTO	=	SOLITARIO

Il secondo vende un giornaletto intitolato *Debout!* organo dei testimoni della Nuova Bibbia. In ogni fascicolo si trovano articoli di fondo come: "Cos'è la felicità dell'uomo?", "Le 67 verità della Bibbia", "Era veramente sordo Beethoven?", "Mistero e Magia dei gatti", "Come apprezzare i fichi d'India", qualche informazione generica: "Agite prima che sia troppo tardi!", "La vita è comparsa per caso", "Meno matrimoni in Svizzera", e qualche massima del tipo *Statura justa et aequa sint pondere*. Furtivamente infilate fra le pagine ci sono pubblicità per articoli igienici con offerta di spedizioni discrete.

CAPITOLO XLIII

Foulerot, 2

Una camera del quinto a destra. Era la camera di Paul Hébert, fino al suo arresto, una camera da studente con un tappeto di lana bucàto da bruciature di sigaretta, una carta verdastra alle pareti, un *cosy-corner* coperto di stoffa a righe.

Gli autori dell'attentato che, il sette ottobre 1943, in boulevard Saint-Germain, costò la vita a tre ufficiali tedeschi, vennero arrestati il giorno stesso verso sera. Erano due ex ufficiali di carriera appartenenti a un "Gruppo d'Azione Davout" del quale, come si capì subito, erano gli unici membri; con il loro gesto, intendevano restituire ai Francesi la Dignità perduta: li arrestarono nel momento in cui si preparavano a distribuire un volantino che iniziava con queste parole: "Il soldato crucco è un essere forte, sano, che pensa solo a far grande la patria. *Deutschland über alles!* Mentre noi siamo dei dilettanti, ci siamo dentro fin qui!".

Tutti quelli che erano stati presi nella retata successiva di un'ora all'esplosione furono liberati l'indomani pomeriggio dopo un accertamento d'identità, tranne cinque studenti la cui posizione sembrava irregolare e per i quali le autorità di occupazione richiesero un supplemento d'indagine. Paul Hébert era fra i cinque: i suoi documenti erano in regola, ma il commissario che lo interrogava si stupì di averlo trovato al crocevia dell'Odéon un giovedì alle tre del pomeriggio mentre avrebbe dovuto trovarsi nella Scuola del Genio civile, in avenue de Wagram 152, a prepararsi per il concorso della Scuola superiore di chimica. La cosa di per sé aveva pochissima importanza, ma le spiegazioni fornite da Paul Hébert non convinsero proprio nessuno.

Nipote di un farmacista sistemato in rue de Madrid 48, Paul Hébert approfittava ampiamente di quella pasta di nonno soffiandogli dei flaconi di elisir a base oppiacea che poi rivendeva fra i quaranta e i cinquanta franchi l'uno a giovani drogati del Quartiere latino; quel giorno, aveva consegnato le sue scorte mensili e quando lo arrestarono si preparava a spendere allegramente i cinquecento franchi guadagnati sugli Champs-Elysées. Ma invece di raccontare semplicemente che aveva bruciato scuola per andare al cinema a vedersi *L'ultimo bacio*, o *La casa degli incubi*, si lanciò in lunghe giustificazioni sempre più ingarbugliate cominciando col raccontare che era stato costretto a recarsi da Gibert per acquistare il *Trattato di chimica organica*, di Polonovski e Lespagnol, un volumone di 856 pagine uscito da Masson due anni prima. "E allora, dov'è questo trattato?" domandò il commissario. "Da Gibert, non l'avevano" affermò Hébert. Il commissario che, a questo punto, doveva avere solo voglia di divertirsi un po' e basta, spedì da Gibert un agente che, ovviamente, tornò pochi minuti dopo con il trattato in questione. "Sì, ma era troppo caro per me" mormorò Hébert, dandosi definitivamente la zappa sui piedi.

Dal momento che gli autori dell'attentato erano già stati arrestati, il commissario non cercava più di scovare "I Terroristi". Ma per un semplice scrupolo di coscienza, fece perquisire Hébert, trovò i cinquecento franchi e, credendo di avere messo il dito su una rete del mercato nero, ordinò una perquisizione domiciliare.

Nello stanzino attiguo alla camera di Hébert, fra una montagna di vecchie scarpe, scorte di verbena menta, scaldapiedi elettrici di rame tutti ammaccati, pattini da ghiaccio, racchette con le corde smollate, riviste scompagnate, romanzi illustrati, vecchi indumenti e vecchi cordini, venne trovato un impermeabile grigio e, nella tasca del suddetto impermeabile, una scatola di cartone, alquanto piatta, di circa quindici centimetri per dieci, sulla quale c'era scritto:

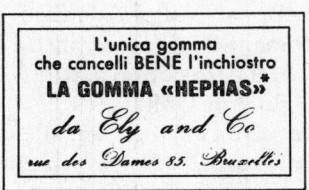

Dentro la scatola, c'era un fazzoletto da naso di seta verde, presumibilmente ritagliato in una stoffa di paracadute, un'agenda coperta di note sibilline del tipo "In piedi", "incisioni a losanga", "X-27", "Gault-de-Perche", eccetera, la cui difficile decifrazione non recò alcun elemento conclusivo; un frammento della carta all'1/160.000 dello Jutland, inizialmente eseguita da J.H. Mansa; e una busta ver-

* Da notare che "Hephas" si pronuncia circa come "efface" da "effacer", cancellare. [*N.d.T.*]

201

gine contenente un foglio piegato in quattro: in alto e a sinistra del
foglio c'era un'intestazione

Anton

Tailor & Shirt-Maker

*16 bis, avenue de Messine
Paris 8°*

EURope 21-45

che sormontava una figura di leone che in termini araldici si sarebbe
definita "passante" o "leopardito". Sul resto del foglio era accuratamente tracciata con l'inchiostro viola una mappa del centro di Le
Havre, dal Grand-Quai alla place Gambetta: una croce rossa indicava l'albergo Les Armes de la Ville, quasi all'angolo fra rue d'Esti-
mauville e rue Frédéric-Sauvage.

Ora, è proprio in quell'albergo, requisito dai tedeschi, che il 23
giugno, poco più di due mesi prima, era stato abbattuto l'ingegnere
generale Pferdleichter, uno dei principali responsabili dell'Organizzazione Todt il quale, dopo aver diretto i lavori di fortificazione
costiera dello Jutland, dove del resto era miracolosamente scampato
per ben due volte a due attentati, era appena stato incaricato da Hitler
in persona di supervisionare l'Operazione *Parsifal*: quell'operazione
analoga al progetto *Cyclope* che, iniziata un anno prima nella zona di
Dunkerque, doveva approdare alla costruzione, una ventina di chilometri indietro rispetto al Vallo Atlantico vero e proprio, fra
Goderville e Saint-Romain-du-Colbosc, di tre basi di radioguida e
otto bunker dai quali avrebbero potuto partire V2 e razzi a più stadi in
grado di raggiungere gli Stati Uniti.

Pferdleichter fu ucciso da una fucilata, alle dieci meno un quarto
– ora tedesca – nel salone dell'albergo – mentre stava giocando a
scacchi con uno dei suoi assistenti, un ingegnere giapponese di nome
Uchida. Il tiratore si era appostato nella soffitta di una casa proprio di
fronte all'albergo e allora disabitata, e aveva approfittato del fatto che
le finestre del salone erano aperte; malgrado un angolo di tiro particolarmente sfavorevole, gli bastò una sola pallottola per colpire a
morte Pferdleichter troncandogli la carotide. Ne dedussero che si
trattava di un tiratore scelto, la qual cosa venne confermata l'indomani mattina dalla scoperta in un boschetto del giardino pubblico di
place de l'Hôtel de Ville dell'arma di cui si era servito, una carabina
da competizione, calibro 22, di fabbricazione italiana.

L'indagine si orientò in parecchie direzioni tutte finite in un vicolo cieco: il proprietario ufficiale dell'arma, un certo Gressin, di Aigues-Mortes, non fu ritrovato; quanto al proprietario della casa in cui il tiratore si era imboscato, era un funzionario coloniale di stanza a Numea.

Gli elementi acquisiti nella perquisizione Hébert, riportarono il caso alla ribalta. Ma Paul Hébert non aveva mai visto quell'impermeabile né, a maggior ragione, la scatola e il suo contenuto; la Gestapo ebbe un bel torturarlo, non venne a capo di nulla.

Paul Hébert, malgrado la giovane età, viveva solo in quell'appartamento. Uno zio che vedeva non più di una volta alla settimana e il nonno farmacista si occupavano di lui. Sua madre era morta quando aveva dieci anni e suo padre, Joseph Hébert, ispettore al materiale mobile nelle ferrovie dello Stato, era praticamente sempre assente da Parigi. I sospetti dei tedeschi si appuntarono su quel padre di cui Paul Hébert non aveva notizie da più di due mesi. Si vide subito che aveva anche smesso di lavorare, ma tutte le ricerche intraprese per ritrovarlo furono vane. A Bruxelles non esisteva nessuna Ditta Ely e C., come del resto nessun sarto chiamato Anton al numero 16 bis di avenue de Messine, che tra l'altro era un numero fittizio, fittizio quanto il numero telefonico il quale, come poi si capì, corrispondeva semplicemente all'ora dell'attentato. In capo a qualche mese, le autorità tedesche, convinte che Joseph Hébert stesso fosse stato accoppato o che fosse riuscito a passare in Inghilterra, archiviarono il caso e spedirono il figlio a Buchenwald. Dopo le torture quotidianamente subìte, fu quasi una liberazione per lui.

Una ragazza di diciassette anni, Geneviève Foulerot, abita adesso l'appartamento con il figlioletto di un anno. L'ex camera di Paul Hébert è diventata la camera del piccolo, una camera quasi vuota con qualche mobile da bambini: una culla bianca di vimini intrecciati sopra un supporto pieghevole, un tavolo fasciatoio, un box rettangolare con i bordi protetti da un'imbottitura.

I muri sono nudi. C'è solo una fotografia appuntata alla porta. Raffigura Geneviève, il volto raggiante, che tiene il suo piccolo a braccio teso; indossa un due pezzi di stoffa scozzese e posa accanto a una piscina smontabile la cui parete metallica esterna è decorata con grandi fiori stilizzati.

La fotografia proviene da un catalogo di vendite per corrispondenza di cui Geneviève è una delle sei modelle stabili. Dove la si può veder remare a bordo di una finta canoa con un giubbotto da salvataggio gonfiabile di plastica arancione, o seduta su una sedia da giardino di tubo e tela a righe gialle e blu vicino a una tenda dal tetto blu, vestita d'un accappatoio da bagno verde e in compagnia di un uomo in accappatoio da bagno rosa, oppure in camicia da notte ornata di trine, mentre solleva dei piccoli manubri, e in mille abiti da lavoro di tutti i generi: camici da infermiera, da commessa, da insegnante, tute da prof di ginnastica, grembiuli da cameriera di ristorante, giacchette da macellaia, salopette, sottovesti, giubbotti, casacche, eccetera.

Al di fuori di questo poco prestigioso lavoro sbarcalunario, Geneviève Foulerot segue dei corsi d'arte drammatica e si è già vista in molti film e feuilleton. Presto sarà forse la protagonista femminile di un teledramma liberamente ispirato a una novella di Pirandello che, facendo il bagno, all'altro capo dell'appartamento, si accinge adesso a leggere: il suo volto da madonnina, i suoi grandi occhi limpidi, i suoi lunghi capelli neri, l'hanno fatta scegliere fra una trentina di postulanti per quella Gabriella Vanzi il cui sguardo candido e insieme perverso precipiterà Romeo Daddi nella follia.

CAPITOLO XLIV

Winckler, 2

All'inizio, l'arte del puzzle sembra un'arte breve, di poco spessore, tutta contenuta in uno scarno insegnamento della Gestalttheorie: l'oggetto preso di mira – sia esso un atto percettivo, un apprendimento, un sistema fisiologico o, nel nostro caso, un puzzle di legno – non è una somma di elementi che bisognerebbe dapprima isolare e analizzare, ma un insieme, una forma cioè, una struttura: l'elemento non preesiste all'insieme, non è più immediato né più antico, non sono gli elementi a determinare l'insieme, ma l'insieme a determinare gli elementi: la conoscenza del tutto e delle sue leggi, dell'insieme e della sua struttura, non è deducibile dalla conoscenza delle singole parti che lo compongono: la qual cosa significa che si può anche guardare il pezzo di un puzzle per tre giorni di seguito credendo di sapere tutto della sua configurazione e del suo colore, senza aver fatto il minimo passo avanti: conta solo la possibilità di collegare quel pezzo ad altri pezzi e in questo senso l'arte del puzzle e l'arte del go hanno qualcosa in comune; solo i pezzi ricomposti assumeranno un carattere leggibile, acquisteranno un senso: isolato, il pezzo di un puzzle non significa niente; è semplicemente domanda impossibile, sfida opaca; ma se appena riesci, dopo molti minuti di errori e tentativi, o in un mezzo secondo prodigiosamente ispirato, a connetterlo con uno dei pezzi vicini, ecco che quello sparisce, cessa di esistere in quanto pezzo: l'intensa difficoltà che ha preceduto l'accostamento, e che la parola *puzzle* – enigma – traduce così bene in inglese, non solo non ha più motivo di esistere, ma sembra non averne avuti mai, tanto si è fatta evidenza: i due pezzi miracolosamente riuniti sono diventati ormai uno, a sua volta fonte di errori, esitazioni, smarrimenti e attesa.

La parte dell'artefice di puzzle è difficile da definire. Nella maggior parte dei casi – per tutti i puzzle di cartone in particolare – i puzzle sono fatti a macchina e i loro contorni non seguono necessità alcuna: una pressa tranciante regolata secondo un disegno immutabile taglia i fogli di cartone sempre nel medesimo modo; il vero amatore respinge questo tipo di puzzle, non solo perché sono di cartone invece che di legno, né perché sulla confezione è riprodotto il modello, ma soprattutto perché con questo sistema si viene a perdere la specificità stessa del puzzle: poco importa all'occorrenza, contrariamente a un'idea fortemente ancorata nella mente del pubblico, che l'immagine iniziale si consideri facile (una scena di genere alla maniera di Vermeer per esempio, o la fotografia a colori di un castello austriaco) oppure difficile (un Jackson Pollock, un Pissarro o – misero paradosso – un puzzle bianco): non nel soggetto del quadro o nella tecnica del pittore sta la difficoltà del puzzle, ma nella sapienza del taglio, e un taglio aleatorio produrrà necessariamente una difficoltà aleatoria, oscillante fra una facilità estrema per i bordi, i particolari, le macchie di luce, gli oggetti ben definiti, le pennellate, le transizioni, e una difficoltà fastidiosa per il resto: il cielo senza nuvole, la sabbia, i prati, i coltivi, le zone d'ombra, eccetera.

Nei puzzle del genere, i pezzi si dividono in alcune classi maggiori fra cui le più note sono:

gli ometti

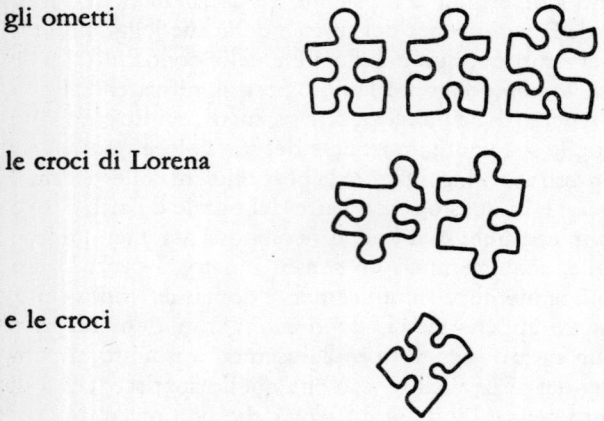

le croci di Lorena

e le croci

e poi riformati i bordi, messi a posto i particolari – la tavola con la tovaglia rossa a frange gialle molto chiare, quasi bianche, che regge un leggìo con un libro aperto, la ricca cornice dello specchio, il liuto, l'abito rosso della donna – e le grandi masse degli sfondi divise a blocchi seguendone le tonalità di grigio, marrone, bianco o azzurro cielo – la soluzione del puzzle consisterà solo nel tentare via via tutte le combinazioni plausibili.

L'arte del puzzle inizia con i puzzle di legno tagliati a mano quando colui che li fabbrica comincia a porsi tutti i problemi che il giocatore dovrà risolvere, quando, invece di lasciare che il caso imbrogli le piste, vuole sostituirgli l'astuzia, la trappola, l'illusione: in modo premeditato, tutti gli elementi che figurano sull'immagine da ricostruire – questa poltrona di broccato d'oro, quel tricorno nero ornato da una piuma nera un po' sciupata, quest'altra livrea color giunchiglia tutta coperta di galloni d'argento – saranno il punto d'avvio di un'informazione ingannevole: lo spazio organizzato, coerente, strutturato, significante del quadro verrà spezzettato non solo in elementi inerti, amorfi, poveri di significato e informazione, ma anche in elementi falsificati, portatori di false informazioni: due frammenti del cornicione che s'incastrino perfettamente mentre in realtà appartengono a due parti molti distanti del soffitto, la fibbia di una cintura d'uniforme che si rivela in extremis un pezzo di metallo reggitorcia, vari pezzi tagliati quasi allo stesso modo appartenenti, gli uni a un arancio nano sulla mensola di un caminetto, gli altri al suo riflesso appena appannato in uno specchio, sono classici esempi di trabocchetti tesi all'appassionato.

Se ne potrà dedurre quella che è probabilmente la verità ultima del puzzle: malgrado le apparenze, non si tratta di un gioco solitario: ogni gesto che compie l'attore del puzzle, il suo autore lo ha compiuto prima di lui; ogni pezzo che prende e riprende, esamina, accarezza, ogni combinazione che prova e prova ancora, ogni suo brancolare, intuire, sperare, tutti i suoi scoramenti, sono già stati decisi, calcolati, studiati dall'altro.

Per trovare l'artefice dei suoi puzzle, Bartlebooth mise un annuncio su *Le Jouet français* e *Toy Trader*, chiedendo ai candidati di mostrargli un campione di quattordici centimetri per nove tagliato in duecento pezzi; ricevette dodici risposte, quasi tutte banali e senza attrattive, le solite cose tipo "Serata in un cottage inglese" e simili, con i soliti mille particolari di colore locale: la vecchia lady con l'eterno vestito di seta nera e l'eterna spilla esagonale di quarzo, il maggiordomo che porta il caffè sopra un vassoio, il mobilio Regency e il ritratto dell'antenato, un gentleman con i piccoli favoriti, in marsina rossa dell'epoca ultime diligenze, pantaloni bianchi, stivali coi risvolti, cilindro grigio, giannetta in mano, il tavolinetto coperto da un tappetino di pezze inserite, la tavola accanto al muro con i numeri del *Times* in bella mostra, il grande tappeto cinese a fondo azzurro cielo, il generale in pensione – riconoscibile dai capelli grigi tagliati a spazzola, dai corti baffi bianchi, dal colorito rossastro e dalla sfilza di decorazioni – che accanto alla finestra consulta il barometro con faccia arcigna, il giovanotto in piedi davanti al camino immerso nella lettura del *Punch*, eccetera. Un altro campione, raffigurante solo uno splendido pavone che faceva la ruota, piacque a Bartlebooth quel tanto da convocare l'autore, ma questo – un principe russo emigrato che viveva alquanto miseramente al Raincy – gli sembrò troppo vecchio per i suoi progetti.

Il puzzle di Gaspard Winckler aveva tutti i requisiti richiesti. Winckler lo aveva tagliato da una specie di illustrazione d'Epinal, firmata con le iniziali M.W. e intitolata *L'ultima Spedizione alla Ricerca di Franklin*; nelle prime ore in cui fu impegnato a risolverlo, Bartlebooth credeva si trattasse di semplici variazioni sul bianco; di fatto, il corpo principale del disegno raffigurava una nave, la *Fox*, stretta nella banchisa: in piedi vicino al timone coperto di ghiaccio, imbacuccati nelle loro pellicce grigio chiare da cui emergono a stento le facce terree, due uomini, il capitano M'Clintoch, capo della spedizione, e il suo interprete d'inupik, Carl Petersen, alzano le braccia verso un gruppo di esquimesi che sbuca da una fitta nebbia che ricopre l'orizzonte, e viene loro incontro su delle slitte trainate da cani; ai quattro angoli del disegno, quattro cartigli fanno rispettivamente vedere: la morte di sir John Franklin, ormai sfinito, l'11 giugno 1847, fra le braccia dei suoi due chirurghi, Peddie e Stanley; le due navi della spedizione, la *Erebus*, comandante Fitz-James, e la *Terror*, comandante Crozier; e la scoperta, il 6 maggio 1859, nella terra di re Guglielmo, da parte del tenente Hobson, secondo della *Fox*, del cairn* contenente l'ultimo messaggio lasciato dai cinquecento sopravvissuti il 25 aprile 1848 prima di abbandonare le navi fracassate dai ghiacci per tentar di raggiungere in slitta o a piedi la baia dell'Hudson.

Gaspard Winckler era allora appena arrivato a Parigi. Aveva solo ventidue anni. Del contratto che fece con Bartlebooth non si riseppe mai niente; qualche mese dopo però, venne ad abitare in rue Simon-Crubellier con la moglie Marguerite; che era miniaturista: era stata lei a dipingere il guazzo usato da Winckler per il puzzle di prova.

Per quasi due anni, Winckler badò solo a sistemarsi il laboratorio – imbottendo la porta e facendo tappezzare le pareti di sughero –, a ordinare gli attrezzi, a preparare il materiale, a fare certe prove. Nient'altro. Poi, alla fine del millenovecentotrentaquattro, Bartlebooth e Smautf si misero in viaggio, e tre settimane dopo Winckler riceveva dalla Spagna il primo acquerello. Da quel momento si

* Tumulo. [*N.d.T.*]

susseguirono ininterrottamente per vent'anni, in ragione di due al mese di media. Non ne andò mai perso uno, neanche in pienissima guerra, quando talvolta un secondo attaché dell'ambasciata svedese li recapitava di persona.

Il primo giorno Winckler metteva l'acquerello sopra un cavalletto accanto alla finestra e lo guardava senza toccarlo. Il secondo giorno, lo incollava a un supporto – compensato di pioppo – un tantino più grande del dipinto. Usava una colla speciale, di un bel colore azzurro, che si preparava da solo, e inseriva fra la Whatman e il legno un sottile foglio di carta bianca che doveva facilitare l'ulteriore separazione dell'acquerello ricostituito dal compensato, e che sarebbe stato il bordo del futuro puzzle. Poi spalmava tutta la superficie con una vernice protettiva che applicava mediante uno di quei pennelli larghi e piatti chiamati pennellesse. Per tre o quattro giorni, allora, studiava l'acquerello con la lente, oppure, rimettendolo sul cavalletto, gli sedeva di fronte per ore, alzandosi ogni tanto per esaminarne un particolare da vicino, o girando in tondo come una pantera in gabbia.

La prima settimana trascorreva in quest'unica osservazione minuziosa e inquieta. Dopo di che, le cose si mettevano a filare velocemente: Winckler metteva sull'acquerello un calco sottilissimo e, in pratica, senza staccare mai la mano, disegnava tagli e frastagliature. Il resto era solo questione di tecnica, una tecnica delicata e lenta, che richiedeva un'abilità scrupolosa, ma dove l'invenzione non c'entrava più: partendo dal calco, l'artigiano fabbricava una specie di stampo – prefigurazione della griglia a giorno che, vent'anni dopo, Morellet avrebbe usato per ricomporre l'acquerello – che gli permetteva di guidare con efficacia la sua sega a due tempi e collo d'oca. La levigatura di ogni singolo pezzo con cartavetro e poi con pelle di daino, qualche ultimissima rifinitura, si prendevano gli ultimi giorni della quindicina. Il puzzle veniva deposto in una delle scatole nere dal nastro grigio della signora Hourcade; un'etichetta rettangolare, indicante luogo e data in cui l'acquerello era stato dipinto

* FORT-DAUPHIN (MADAGASCAR) 12 GIUGNO 1940 *

oppure

* PORTO SAID (EGITTO) 31 DICEMBRE 1953 *

veniva incollata all'interno, sotto il coperchio, e la scatola, numerata e sigillata, andava a raggiungere i puzzle già pronti in una cassaforte della Société Générale;* l'indomani o qualche giorno dopo, il postino recapitava un altro acquerello.

A Gaspard Winckler non piaceva lo si guardasse lavorare. Marguerite non entrava mai nel laboratorio dove lui si chiudeva per intere giornate, e quando Valène andava a trovarlo, l'artigiano trovava sempre una scusa per smettere e nascondere il lavoro. Non diceva mai "Mi ha disturbato" ma qualcosa tipo "Ah, capita a proposito, stavo proprio per smettere" piuttosto, oppure si metteva a fare pulizia, aprire la finestra per arieggiare la stanza, a spolverare il bancone con uno straccio di lino, oppure a svuotare il portacenere, un grande guscio di ostrica perlifera nel quale si ammucchiavano in continuazione torsoli di mela e lunghe cicche di Gitanes maïs che non riaccendeva mai.

* Banca. [N.d.T.]

CAPITOLO XLV

Plassaert, 1

L'appartamento di Plassaert è composto di tre camere mansardate all'ultimo piano. Una quarta camera, quella che occupava Morellet fino all'internamento, è in via di sistemazione.

La stanza in cui siamo adesso è una camera con il pavimento di legno, un divano trasformabile in letto e una tavola pieghevole, tipo tavolo da bridge: i due mobili sono disposti in modo tale che, tenendo conto della piccolezza della stanza, non si possa aprire il letto senz'aver prima chiuso la tavola, e viceversa. Sul muro una carta da parati azzurro chiaro il cui disegno rappresenta delle stelle a quattro punte regolarmente spaziate; sulla tavola, una partita a domino già iniziata, un portacenere di porcellana raffigurante la testa di un bulldog con un collare irto di chiodi e un'aria tremendamente collerica, e un mazzo di belle di notte in un vaso a forma di parallelepipedo fatto di quella particolare sostanza detta pietra azzurra o lapislazzuli che deve il suo colore a un ossido di cobalto.

Sdraiato bocconi sul divano, vestito d'un maglione marrone e calzoni corti neri, con scarpe di corda, un ragazzo di dodici anni, Rémi, il figlio dei Plassaert, sta catalogando la sua collezione di carte assorbenti pubblicitarie; sono per la maggior parte dei prospetti medici, inseriti nelle riviste specializzate *La Presse médicale*, *La Gazette médicale*, *La Tribune médicale*, *La Semaine médicale*, *La Semaine des Hôpitaux*, *La Semaine du Médecin*, *Le Journal du Médecin*, *Le Quotidien du Médecin*, *Les Feuillets du Praticien*, *Aesculape*, *Caduceus*, eccetera – da cui il dottor Dinteville è regolarmente inondato e che vengono riconsegnate così come stanno, vale a dire chiuse, alla signora Nochère, la quale le dà a certi studenti che raccolgono carta non senza averne accuratamente e previamente distribuito le preziose assorbenti fra i bambini dello stabile: Isabelle Gratiolet e Rémi Plassaert sono i grandi beneficiari dell'operazione, perché Gilbert Berger fa collezione di francobolli e le carte assorbenti non lo interessano; Mahmoud, il figlio della signora Orlovska e Octave Réol sono ancora un po' troppo piccoli; quanto alle altre ragazze del caseggiato, sono già troppo grandi.

Secondo un criterio ch'è solo suo, Rémi Plassaert ha catalogato i vari pezzi in otto mucchietti rispettivamente sormontati da:

- un toreador che canta (dentifricio *Email Diamant*)
- un tappeto orientale del XVII secolo, proveniente da una basilica della Transilvania (*Kalium-Sedaph*, soluto di propionato di potassio)
- *La Volpe e la Cicogna* (sic), incisione di Jean-Baptiste Oudry (Cartolerie Marquaize, Stencyl, Riproduzioni)
- un foglio tutto dorato (*Sargenor*, stanchezza fisica, psichica, disturbi del sonno. Laboratori Sarget)
- un tucano (*Rhamphastos vitellinus*) (Collezione Gévéor *Gli Animali del Mondo*)
- delle antiche monete d'oro (risdalleri di Curlandia e Thorn) presentate, ingrandite, sul lato facciale (Laboratori Gémier)
- la bocca aperta, immensa, di un ippopotamo (*Diclocil* [dicloxacillina] dei Laboratori Bristol)
- *I Quattro Moschettieri del Tennis* (*Cochet*, *Borotra*, *Lacoste* e *Brugnon*) (Aspro, della serie *I Grandi Campioni del Passato*).

Davanti agli otto mucchi, sola, c'è l'assorbente più vecchia, quella che fu di pretesto alla collezione; è offerta da Ricqlès – *la menta forte che conforta* – e riproduce graziosamente un disegno di Henry Gerbault che illustra la canzone *Papa les p'tits bateaux*:* il "papà" è un ragazzino in finanziera grigia dal collo nero, cilindro, occhialetti, guanti, stick, calzoni azzurri, ghette bianche; il figlio è un bambinetto in cappellone rosso, collettone di pizzo, giacca con cintura rossa e ghette beige; tiene nella mano sinistra un cerchio, nella destra un bastone, e indica un piccolo bacino circolare sul quale navigano tre piccoli battelli; sull'orlo del bacino è posato un passerotto; un altro svolazza nel rettangolo che include il testo della canzone.

I Plassaert trovarono questa assorbente dietro al termosifone, quando presero possesso della camera.

L'inquilino precedente era Troyan, il libraio di occasioni di rue Lepic. Nella sua mansarda c'era effettivamente un termosifone, e anche un letto, una specie di cuccia coperta da una cotonina a fiori tutta stinta, una sedia impagliata, e un mobile toilette con brocca, catino e bicchiere scompagnati e sbreccati, dove si vedevano molto più spesso un avanzo di costoletta di maiale o una bottiglia di vino già cominciata che un asciugamano, una spugna o una saponetta. Ma lo

---

* Famosa canzoncina per bambini. [*N.d.T.*]

spazio essenziale era occupato da una massa di libri e cose varie, alta fino al soffitto, dove chi si azzardava a rovistare poteva anche fare qualche scoperta interessante: Olivier Gratiolet vi trovò un foglio di cartone, forse per uso oculistico, sul quale erano stampati a caratteri di scatola

CHIUDERE GLI OCCHI PREGO

e

CHIUDERE UN OCCHIO PREGO

Il signor Troquet mise le mani su un'incisione raffigurante un principe con armatura e lancia il quale, in sella a un cavallo alato, incalzava un mostro con testa e criniera di leone, corpo di capra e coda di serpente; il signor Cinoc scovò una vecchia cartolina, il ritratto di un missionario mormone di nome William Hitch, uomo d'alta statura, scurissimo di capelli, con baffi neri, calze nere, cappello di seta nero, panciotto nero, calzoni neri, cravatta bianca, guanti di pelle di cane; e la signora Albin scoprì una pergamena sulla quale era stampato, con musica e tutto, un cantico tedesco

Mensch willtu Leben seliglich
Und bei Gott bliben ewiglich
Sollt du halten die zehen Gebot
Die uns gebent unser Gott

che, le disse il signor Jérôme, era una corale di Lutero pubblicata a Wittenberg nel 1524 nel celebre *Geystliches Gesangbuchlein* di Johann Walther.

Fu proprio il signor Jérôme a scoprire la cosa più bella: in fondo a uno scatolone pieno di vecchi nastri di macchina per scrivere e cacche di topo, tutta piegata, increspata, e però quasi intatta, una grande carta telata dal titolo

NOUVELLE CARTE COMPLÈTE ILLUSTRÉE

ADMINISTRATIVE HISTORIQUE ET ROUTIÈRE

DE

LA FRANCE

ET DES COLONIES

D'APRÈS LES DERNIERS TRAITÉS

INDIQUANT

Les Chemins de Fer et leurs Stations, les Routes Nationales,

Les Rivières navigables, les Canaux, et les Établissements d'Eaux Thermales et Minérale.

Les Cours d'Appel, Évêchés et Archevêchés.

La Traversée des Bateaux à Vapeur sur la Méditerranée et l'Océan.

DRESSÉE PAR

L. SONNET

1878

PARIS . LE BAILLY ÉDITEUR.

Rue Cardinale 6.

Tutto il centro della carta rappresentava la Francia con, in due inserti, una mappa dei dintorni di Parigi e una carta della Corsica; al di sotto, i segni convenzionali e quattro scale, rispettivamente redatte in chilometri, miglia (sic) geografiche, miglia inglesi e miglia tedesche. Ai quattro angoli, le Colonie: in alto, a sinistra, Guadalupa e Martinica; a destra, l'Algeria; in basso, a sinistra, alquanto rosicchiati, Senegal e Nuova Caledonia con le sue dipendenze; a destra, Cocincina francese e Riunione. In alto, gli stemmi di venti città e venti ritratti di uomini celebri che vi sono nati: Marsiglia (Thiers), Digione (Bossuet), Rouen (Géricault), Ajaccio (Napoleone), Grenoble (Bayard), Bordeaux (Montesquieu), Pau (Enrico IV), Albi (La Pérouse), Chartres (Marceau), Besançon (Victor Hugo), Parigi (Béranger), Mâcon (Lamartine), Dunkerque (Jean Bart), Montpellier (Cambacérès), Bourges (Jacques Coeur), Caen (Auber), Agen (Bernard Palissy), Clermont-Ferrand (Vercingetorige), La Ferté-Milon (Racine) e Lione (Jacquart). A destra e a sinistra, ventiquattro piccoli cartigli, dodici dei quali rappresentano delle città, otto, delle scene della storia di Francia, e quattro, dei costumi regionali; a sinistra: Parigi, Rouen, Nancy, Laon, Bordeaux e Lilla; i costumi dell'Alvernia, di Arles e di Nîmes, e quelli normanni e bretoni; e l'assedio di Parigi (1871); Daguerre che scopre la fotografia (1840); la presa di Algeri (1830); Papin che scopre la forza motrice del vapore (1681); a destra, Lione, Marsiglia, Caen, Nantes, Montpellier, Rennes; i costumi di Rochefort, La Rochelle e Mâcon, e quelli della Lorena, dei Vosgi e di Annecy; e la difesa di Chateaudun (1870); Montgolfier che inventa i suoi palloni (1783), la presa della Bastiglia (1789) e infine Parmentier* che offre un mazzo di fiori di patata a Luigi XVI (1780).

Ex combattente delle Brigate Internazionali, Troyan era rimasto prigioniero per quasi tutta la guerra nel campo di Lurs, dal quale era riuscito a evadere alla fine del 1943 per entrare nel maquis. Era tornato a Parigi nel 1944 e dopo qualche mese d'intensa attività politica era diventato libraio di occasione. Il suo negozio in rue Lepic era in realtà un androne sistemato alla bell'e meglio. Ci vendeva soprattutto libri da un franco e certe rivistine nude – tipo *Sensations*, *Soirs de Paris*, *Pin-Up* – che facevano sbavare i liceali. Tre o quattro volte, gli erano passate per le mani cose più interessanti: le tre lettere di Victor Hugo, per esempio, ma anche un'edizione del 1872 della

---

* Chimico, agronomo ed economista, incrementa la coltivazione della patata in Francia. [*N.d.T.*]

Bradshaw's Continental Railway Steam Transit and General Guide e le *Memorie* di Falckenskiold, precedute dalle sue campagne nell'esercito russo contro i turchi nel 1769, seguite da considerazioni sullo stato militare della Danimarca e da una notizia di Secrétan.

FINE DELLA SECONDA PARTE

TERZA PARTE

CAPITOLO XLVI

Camere di servizio, 7
Signor Jérôme

Una camera al settimo piano, praticamente disabitata; appartiene, come molte altre camere di servizio, all'amministratore dello stabile che se n'è riservato l'uso e la presta in via accessoria agli amici di provincia che vengono a passare qualche giorno a Parigi in occasione di questo o quel Salone o Fiera internazionale. L'ha arredata in un modo assolutamente impersonale: dei pannelli di iuta incollati alle pareti, due letti gemelli divisi da un comodino uso Luigi XV, con un portacenere pubblicitario di plastica arancione sui quattro bordi del quale sono scritte alternativamente, quattro volte ciascuna, le parole COCA e COLA, e a mo' di lume una di quelle lampade a pinza con la lampadina abbellita da un cappuccio conico di metallo dipinto che fa da paralume; un tappetino logoro, un armadio a specchi con delle grucce scompagnate provenienti da vari alberghi, dei pouf a forma di cubo coperti di pelo sintetico, e una tavola bassa a fagiolo con i tre pieducci rinforzati alla base da ghiere di metallo dorato e il piano di fòrmica rossa, che regge un numero di *Jours de France* la cui copertina si vanta, primo piano e sorriso, del cantante Claude François.

È in questa camera che, sul finire degli anni cinquanta, tornò a vivere e morire il signor Jérôme.

Il signor Jérôme non era sempre stato il vecchio spento e amaro che fu negli ultimi dieci anni della sua vita. Nell'ottobre del 1924, quando si sistemò per la prima volta in rue Simon-Crubellier, no, non in questa camera di servizio ma nell'appartamento che in seguito avrebbe occupato Gaspard Winckler — era un giovane ordinario di storia, un *normalien* prestigioso* e sicuro di sé, pieno di entusiasmo e di progetti. Smilzo, elegante, con una predilezione tutta americana per i colletti inamidati bianchi su camicie a righe sottili, buontempone, buongustaio, amante di londrès** e cocktail, frequentatore dei bar

* Studente de l'Ecole Normale Supérieure, un'altra delle "grandi scuole" francesi. [*N.d.T.*]
** Sigari. [*N.d.T.*]

217

inglesi e buon lisciatore della Parigi bene, ostentava delle idee avanzate con quel tanto di condiscendenza e disinvoltura da far sentire l'interlocutore umiliato di non conoscerle e insieme lusingato di vedersele esporre.

Per qualche anno insegnò al liceo Pasteur, a Neuilly; poi diventò borsista della Fondazione Thiers e preparò la tesi. Scelse come soggetto *la Via delle Spezie* e analizzò con una finezza non priva di spirito l'evoluzione economica dei primi scambi fra Occidente e Estremo Oriente, mettendoli in relazione con le abitudini culinarie occidentali dell'epoca. Volendo dimostrare che l'introduzione di quei peperoncini secchi detti "a becco di uccello" in Europa aveva provocato un autentico mutamento nell'arte di preparare la cacciagione, non esitò, quando dovette discutere la tesi, a far assaggiare, ai tre vecchi professori che lo giudicavano, marinate di sua composizione.

Venne ovviamente promosso con le congratulazioni del collegio giudicante e, poco tempo dopo, nominato attaché culturale a Lahore, lasciò Parigi.

Due o tre volte, Valène sentì parlare di lui. All'epoca del Fronte popolare, il suo nome comparve a più riprese su manifesti o appelli emanati dal Comitato di Vigilanza degli Intellettuali antifascisti. Un'altra volta, di passaggio in Francia, diede una conferenza al Museo Guimet su *I sistemi di casta nel Punjab e loro conseguenze socioculturali*. Poco tempo dopo, pubblicò in *Vendredi* un lungo e dotto articolo su Gandhi.

Tornò in rue Simon-Crubellier nel 1958 o 1959. Era irriconoscibile, un uomo disfatto, distrutto, finito. Non chiese di rioccupare l'antico alloggio, ma solo una camera di servizio se per caso ce ne fosse stata una disponibile. Non era più professore né attaché culturale; lavorava alla biblioteca dell'Istituto di storia religiosa. Un "vecchio erudito" che aveva, a quanto pare, incontrato in un treno lo pagava cinquanta franchi al mese per schedare il clero spagnolo. In cinque anni redasse settemilaquattrocentosessantadue biografie di ecclesiastici in attività sotto i regni di Filippo III (1598-1621), Filippo IV (1621-1665) e Carlo II (1665-1700), catalogandole poi in ventisette rubriche diverse (per un'incredibile coincidenza, aggiungeva ridacchiando, il 27, nella classificazione decimale universale — più nota come CDU —, è proprio il numero riservato alla storia generale della Chiesa cristiana).

Il "vecchio erudito", nel frattempo, era morto. Il signor Jérôme, dopo aver tentato invano d'interessare la Pubblica Istruzione, il Centro Nazionale della Ricerca scientifica (C.N.R.S.), l'Ecole pratique des Hautes Etudes (sezione VI), il Collège de France e un'altra quindicina d'istituzioni pubbliche o private, alla storia, più movimentata di quanto non si creda, della Chiesa spagnola nel XVII secolo, tentò, altrettanto vanamente, di trovare un editore. Dopo avere subìto quarantasei rifiuti categorici e definitivi, il signor Jérôme prese il suo manoscritto – più di milleduecento pagine di scrittura incredibilmente fitta – e andò a bruciarlo nel cortile della Sorbonne, cosa che del resto gli costò una notte al commissariato.

Quei contatti con gli editori non furono tuttavia del tutto inutili. Un po' più tardi, uno di loro gli propose delle traduzioni dall'inglese. Si trattava di libri per bambini, quei libretti che nei paesi anglosassoni chiamano *primers* e nei quali si trovano ancora abbastanza spesso cose di questo genere:

Co co coccodé.
Clo clo clocchete clo.
La gallinella nera.
Scodella le uova per me.
Felice di fare le uova per me.
Co co coccodé.
Clo clo clocchete clo.
Ecco che arriva comare Niní.
Comare Niní viene giù.
E mette la mano di sotto.
E prende le uova che ha fatto.

che bisognava ovviamente tradurre adattandole a un'altra lingua e altre costumanze.

Fu con questo sbarcalunario che il signor Jérôme vivacchiò fino alla morte. Non avendo poi molto da fare, passava la maggior parte del tempo in camera sua, sdraiato su un vecchio divano di finta pelle verde bottiglia, sempre con lo stesso maglione jacquard o un golf di flanella grigiastra, la testa appoggiata sull'unica cosa che si fosse portato dai suoi anni indiani: un brandello – poco più grande di un fazzoletto – di una stoffa un tempo sontuosa, a fondo purpureo, intessuta di fili d'argento.

Tutt'intorno, il parquet era cosparso di romanzi polizieschi e Kleenex (aveva perennemente la goccia al naso); si divorava tranquillamente un tre romanzi polizieschi al giorno e si vantava di aver letto e di ricordare ben centonovantatré titoli della collana *L'Empreinte* e perlomeno duecento titoli della collana *Le Masque*. Gli piacevano solo i polizieschi a enigma, i cari vecchi classici inglesi d'anteguerra: buio totale e alibi perfetto, con leggera preferenza per i titoli un tantino inconsulti tipo *L'Assassino contadino* o *Il Cadavere vi suonerà il piano* oppure *L'Agnat si arrabbia*.

Leggeva molto in fretta – abitudine e tecnica rimastegli dai suoi tempi di scuola – mai troppo a lungo di seguito però. Spesso si fermava, se ne stava disteso a far niente, chiudeva gli occhi. Rialzava i grossi occhiali con la montatura di tartaruga sulla fronte sguarnita; posava il libro ai piedi del divano dopo averne segnato la pagina con una cartolina raffigurante un mappamondo che per l'asta di legno tornito somigliava a una trottola. Era uno dei primi mappamondi conosciuti, quello che Johannes Schoener, un cartografo amico di Copernico, aveva eseguito a Bamberga nel 1520, oggi conservato nella Biblioteca di Norimberga.

Non raccontò mai a nessuno quello che gli era successo. Non fece praticamente mai parola dei suoi viaggi. Un giorno, il signor Riri gli domandò quale fosse la cosa più straordinaria che avesse visto in vita sua: gli rispose che era un maragià seduto a una tavola tutta incrostata di avorio il quale mangiava con i suoi tre luogotenenti. Nessuno apriva bocca e quei feroci guerrieri, di fronte al loro capo, sembravano tre ragazzini. Un'altra volta, senza esserne richiesto, disse che la cosa più bella, più stupefacente, che avesse mai visto sulla terra era un soffitto diviso in scomparti ottagonali, impreziositi con oro e argento, più cesellato di un gioiello.

CAPITOLO XLVII

Dinteville, 2

La sala d'aspetto del dottor Dinteville. Un locale piuttosto ampio, rettangolare, con pavimento di legno a punto Ungheria, e porte imbottite di cuoio. Contro la parete di fondo, un grande divano coperto di velluto blu; un po' dovunque, poltrone, sedie con lo schienale a lira, servitorelli pieni di riviste e periodici sparsi: sulla copertina d'uno dei quali si vede la fotografia a colori di Franco sul letto di morte, vegliato da quattro monaci in ginocchio, che sembra uscire direttamente da un quadro di de La Tour; contro la parete di sinistra, una scrivania foderata di cuoio sulla quale c'è un portapenne Napoleone III di cartone a pasta durissima con piccole incrostazioni di tartaruga e sottili arabeschi dorati, e, sotto il suo globo di vetro, una pendola verniciata ferma sulle due meno dieci.

Nella sala d'aspetto ci sono due persone. Una è un vecchio terribilmente magro, un professore di francese in pensione che continua a dare lezioni per corrispondenza e che aspetta il proprio turno correggendo con una matita dalla punta aguzza un mucchietto di compiti. Sul compito che sta per esaminare, si può leggere il tema della dissertazione:

> "Negli Inferi, Raskolnikov* incontra
> Meursault (*Lo Straniero*).** Immaginate
> il colloquio prendendo spunto
> dall'opera dei due autori".

L'altro non è un paziente, ma un rappresentante d'impianti telefonici che il dottor Dinteville ha convocato a fine giornata per farsi mostrare i nuovi modelli di segreteria telefonica. Sta sfogliando una delle pubblicazioni che coprono il tavolinetto accanto al quale è

---

* *Delitto e castigo.* [*N.d.T.*]
** Di Camus. [*N.d.T.*]

seduto: un catalogo di orticoltura la cui copertina raffigura i giardini del tempio Suzaku a Kyoto.

Ci sono molti quadri alle pareti. Uno dei quali attira particolarmente l'attenzione, non tanto per la sua fattura pseudo naïf quanto per le proporzioni – quasi tre metri per due – e il soggetto: l'interno minuziosamente, quasi laboriosamente, trattato di un bistrò: al centro, appoggiato al bancone, un giovanotto con gli occhiali divora un sandwich al prosciutto (con burro e molta senape) bevendo una birra grande. Dietro di lui si erge un biliardino elettrico il cui fondale rappresenta una Spagna – o un Messico – da cartolina con, fra i quattro quadranti, una donna che si sventaglia. Per via di un effetto ampiamente sfruttato nei dipinti del Medioevo, lo stesso giovanotto con. gli occhiali è tutto affaccendato con la stessa macchinetta e vittoriosamente, del resto, dato che il segnapunti è fermo sui 67.000 mentre ne bastano 20.000 per giocare una partita gratis. Quattro bambini, in fila lungo l'apparecchio, con gli occhi all'altezza della bilia, ne contemplano le gesta con giubilo: tre ragazzetti in maglione screziato e berretto, simili all'immagine tradizionale dei piccoli poulbot,* e una ragazzina che porta intorno al collo un cordoncino di filo nero intrecciato sul quale è infilata un'unica palla rossa, e tiene nella mano sinistra una pesca. In primo piano, proprio dietro al vetro del caffè sul quale si vede una scritta a rovescio di grosse lettere bianche

due uomini giocano ai tarocchi: uno di loro butta la carta che rappresenta un uomo armato di bastone e bisaccia, con cane al seguito, chiamata il Matto. A sinistra, dietro al banco, il padrone, un uomo obeso in maniche di camicia e bretelle scozzesi, guarda con aria circospetta un manifesto che una ragazza sembra timidamente chiedergli di mettere in vetrina: in alto, una lunga cornetta metallica,

---

* I bambini poveri di Montmartre, parenti di Gavroche, che prendono il nome dal disegnatore che creò il genere. [N.d.T.]

molto appuntita, con molti fori; al centro, l'annuncio della prima mondiale nella chiesa di Saint-Saturnin a Champigny, sabato 19 dicembre 1960 alle 20.45, di *Malakhitès*, opus 35, per quindici ottoni, voci umane e percussioni, di Morris Schmetterling, eseguita dal *New Brass Ensemble of the Michigan State University at East Lansing*, diretto dal compositore. Proprio in basso, una carta di Champigny-sur-Marne precisa gli itinerari da seguire uscendo dalle porte di Vincennes, Picpus e Bercy.

Il dottor Dinteville è un medico di quartiere. Riceve nello studio la mattina e la sera e visita i pazienti tutti i pomeriggi. Alla gente non piace troppo, gli rimproverano una certa mancanza di calore umano ma, apprezzandone l'efficacia e la puntualità, gli rimane fedele.

Il dottore nutre da molto tempo una passione segreta: vorrebbe associare il suo nome a una ricetta culinaria: è incerto fra "Insalata di granchi alla Dinteville", "Insalata di granchi Dinteville" o, più enigmaticamente, "Insalata Dinteville".

Per 6 persone: tre granchi - o tre maie (ragni di mare) o sei piccoli granciporri - vivi e vegeti. 250 grammi di conchigliette (pasta). Un vaso di formaggio di Stilton. 50 grammi di burro, un bicchierino di cognac, una cucchiaiata abbondante di salsa al rafano, qualche goccia di salsa Worcester. Foglie di menta fresca. Tre semi di aneto. Per il court-bouillon:* sale grosso, pepe in grani, 1 cipolla. Per la maionese: un tuorlo, senape forte, sale, pepe, olio d'oliva, aceto, paprika, un cucchiaino di doppio concentrato di pomodoro.

1   In una grossa pentola riempita a tre-quarti di acqua fredda, preparare un court-bouillon con un pizzico di sale grosso, 5 grani di pepe grigio, 1 cipolla pelata e tagliata a metà. Far bollire per 10 minuti. Lasciar raffreddare. Immergere i crostacei nel court-bouillon tiepido. Ridare il bollo. Abbassare il fuoco, coprire e far andare piano per 15 minuti. Tirare fuori i crostacei. Lasciarli raffreddare.

2   Riportare al bollore. Buttare le conchigliette a pioggia nel court-bouillon. Mescolare e cuocere a fuoco vivo per 7 minuti. Importante: la pasta non deve agitarsi. Scolare le conchigliette.

* Specie di brodo con vino, aceto e spezie in cui si fanno lessare crostacei, pesci e simili. [*N.d.T.*]

Passarle in fretta sotto l'acqua fredda e metterle da parte aggiungendovi un filo di olio d'oliva per evitare che si appiccichino.

3   Mischiare in un mortaio con un pestello o un mestolo di legno lo stilton bagnato in un po' di cognac e qualche goccia di salsa Worcester, il burro e il rafano. Lavorare bene il tutto fino a ottenerne una pasta morbida ma non troppo liquida.

4   Staccare zampe e chele dei crostacei raffreddati. Svuotarli in una terrina. Incidere i gusci, togliere la cartilagine centrale, scolare, estrarre le carni e le parti cremose. Tritare il tutto grossolanamente aggiungendovi i semi d'aneto schiacciati e le foglie di menta fresca finemente tritate.

5   Preparare una maionese molto dura. Colorarla con la paprika e il doppio concentrato di pomodoro.

6   In una grande insalatiera, mettere le conchigliette incorporandovi successivamente, mescolando con *molta cautela*, i crostacei tritati, lo stilton e la maionese. Decorare a seconda dei gusti con ciuffi di lattuga, ravanelli, gamberoni, cetrioli, pomodori, uova sode, olive, spicchi d'arancia, eccetera. Servire *molto* freddo.

CAPITOLO XLVIII

Camere di servizio, 8
La signora Albin

Una mansarda sotto i tetti fra l'ex camera di Morellet e quella della signora Orlovska. È vuota, abitata solo da un pesce rosso nella sua boccia. L'inquilina, signora Albin, anche se gravemente malata, è, come ogni giorno, andata a raccogliersi sulla tomba del marito.

Come il signor Jérôme, la Albin è tornata a vivere in rue Simon-Crubellier dopo una lunga assenza. Poco dopo il matrimonio, no, non con il Raymond Albin soldato, suo primo fidanzato, che lasciò qualche settimana dopo la storia dell'ascensore, ma con un certo René Albin, operaio tipografo, imparentato all'altro solo di cognome, lasciò la Francia per Damasco, dove il marito aveva trovato lavoro in una grande tipografia. Il loro scopo era guadagnare abbastanza e abbastanza in fretta per poter rientrare in Francia e mettersi in proprio.

Il protettorato francese favorì le loro ambizioni, o, più precisamente, le accelerò permettendogli, grazie a un sistema di prestiti senza interesse destinato a sviluppare gli investimenti coloniali, di farsi una fabbrichetta di libri scolastici che non tardò a prendere piede e una certa portata. Quando scoppiò la guerra, gli Albin ritennero più prudente non lasciare la Siria, dove la loro azienda editoriale diventava via via più fiorente, e nel millenovecentoquarantacinque stavano per liquidare la ditta e rientrare in Francia ormai benestanti, quando le sommosse antifrancesi e la dura repressione che seguì cancellarono in un amen tutti i loro sforzi: la casa editrice, diventata uno dei simboli della presenza francese, fu messa a fuoco dai nazionalisti, e pochi giorni dopo il bombardamento della città, da parte delle truppe franco-britanniche, distrusse il grande albergo che avevano fatto costruire e nel quale avevano investito trequarti e più del loro patrimonio.

René Albin morì di un colpo al cuore la notte stessa del bombardamento. Quanto a Flora, venne rimpatriata nel 1946. Si portò dietro la salma del marito che fece inumare a Juvisy. Per merito della portinaia, la signora Claveau, con la quale era sempre rimasta in contatto, riuscì agevolmente a recuperare la sua ex stanza.

Dopo di che, ebbe inizio un'interminabile sfilza di processi che perse uno dopo l'altro e nei quali si mangiò quei pochi milioni rimasti: perse contro la Repubblica francese, perse contro Sua Graziosa Maestà britannica, perse contro la Repubblica siriana, perse contro la municipalità di Damasco, perse contro tutte le società di assicurazione e riassicurazione che attaccò. L'unica cosa che ottenne fu una pensione di vittima civile e, poiché la tipografia fondata insieme al marito era stata nazionalizzata, un'indennità poi convertita in vitalizio: il che le garantisce una rendita mensile non tassabile di quattrocento e ottanta franchi, ovvero e per la precisione 16 franchi al giorno.

La signora Albin è una di quelle donne alte, secche e ossute, che sembrano uscite da *Ces dames aux chapeaux verts*. Va ogni santo giorno al cimitero: esce di casa verso le due, prende l'84 a Courcelles, scende alla Gare d'Orsay, prende il treno per Juvisy-sur-Orge, e rientra in rue Simon-Crubellier verso le sei e mezzo sette; a parte questo se ne sta chiusa in camera sua.

Tiene l'alloggio in modo perfetto: le piccole piastrelle del pavimento sono scrupolosamente lucide e a quelli che vanno a trovarla chiede di camminare su pattine tagliate nella tela di sacco; le due poltrone sono coperte di fodere di nylon.

Sulla tavola, il camino e i due tavolinetti, qualche oggetto ravvolto in vecchi numeri dell'unico giornale che legga con piacere, il *France-Dimanche*. È un grande onore essere ammessi a guardarli; non li spacchetta mai tutti insieme, e raramente più di due o tre per una data persona. A Valène, per esempio, ha fatto ammirare una scacchiera di mogano con intarsi di madreperla, e un *rebab*, violino arabo a due corde, che pare risalga al XVI secolo; alla signorina Crespi ha mostrato – senza spiegarne la provenienza né la possibile relazione con il suo soggiorno in Siria – una stampa erotica cinese raffigurante una donna supina onorata da sei piccoli gnomi dai volti rugosi; a Jane Sutton, che non le piace perché inglese, ha fatto vedere solo quattro cartoline anch'esse senza rapporti apparenti con la sua biografia: un combattimento di galli nel Borneo, dei Samoiedi imbacuccati che attraversano sulle loro slitte trainate da renne un deserto di neve nel Nord asiatico; una giovane donna marocchina, vestita di seta a righe, chiusa in un'armatura di catenelle, anelli e paillette, il petto rigonfio mezzo nudo, le narici dilatate, gli occhi pieni di una vita animale, che ride a tutti denti; e un contadino greco con una specie di berrettone, una camicia rossa e un panciotto grigio, che spinge l'aratro. Ma alla signora Orlovska che, come lei, ha vissuto nell'Islam, ha mostrato quanto aveva di più prezioso: una lampada di rame traforata con piccoli ricami ovali che formano fiori di favola, proveniente dalla moschea degli Omayyadi dov'è sepolto Saladino, e una foto colorata a mano del grand hôtel distrutto: un grande cortile quadrato, circondato su tre lati da fabbricati dipinti di bianco con grandi fasce orizzontali rosse, verdi, azzurre, nere; un enorme ciuffo di oleandri i cui fiori tutti sbocciati mettono macchie rosse nel verde delle foglie; in mezzo al cortile, sul pavimento di marmo colorato, zampetta una piccola gazzella con zoccoli sottili e occhi neri.

La signora Albin comincia a perdere la memoria e forse anche un po' la ragione; gli inquilini del piano se ne sono resi conto quando una sera si è messa a bussare alle loro porte per metterli in guardia da pericoli invisibili, che chiamava blouson noir, oppure *harkis*,* e talvolta perfino OAS;** un'altra volta, ha cominciato ad aprire uno dei suoi pacchetti per farlo vedere a Smautf, e Smautf si è accorto che aveva incartato come se fosse uno dei ricordi più preziosi una lattina di succo d'arancia. Una mattina, qualche mese fa, ha dimenticato di mettersi la dentiera che tutte le notti immerge in un bicchiere d'acqua, dopo di che non l'ha rimessa più; la dentiera si trova nel suo bicchiere sopra il comodino, coperta da una specie di muschio acquatico dal quale a volte spuntano piccoli fiori gialli.

---

* Soldati della milizia suppletiva, in questo caso musulmani. [*N.d.T.*]
** Organisation de l'Armée Secrète. [*N.d.T.*]

CAPITOLO XLIX

Per le scale, 7

In cima alle scale.

A destra la porta dell'appartamento che occupava Gaspard Winckler; a sinistra la gabbia dell'ascensore; in fondo, la porta a vetri che dà sulle scalette che portano alle camere di servizio. Un vetro rotto è sostituito da una pagina di *Détective* sulla quale si legge: "Cinque minatori si davano il cambio notte e giorno per soddisfare la direttrice del campeggio", sopra una foto della suddetta, una donna sui cinquanta, con cappello a fiori e mantello bianco sotto il quale non è proibito supporla completamente nuda.

All'inizio, i due piani sottotetto erano occupati esclusivamente dai domestici. Non avevano il diritto di adoperare la scala principale; dovevano entrare e uscire dalla porta di servizio all'estrema sinistra dello stabile e prendere le scale di servizio che sbucavano a ogni piano nelle cucine o negli office, e davano, agli ultimi due piani, su due lunghi corridoi che servivano camere e mansarde. La porta a vetri in cima alla scala principale veniva usata solo nei rarissimi casi in cui un padrone o una padrona avessero bisogno di andare nella camera di un loro domestico, per "dare un'occhiata ai suoi stracci", per esempio, e cioè assicurarsi che non si portasse via cucchiaini d'argento o un paio di candelieri in caso di licenziamento, o far portare alla vecchia Victoire moribonda una tazza di tisana o l'estrema unzione.

Subito dopo la guerra del '14, questa regola sacrosanta che né padroni né domestici si sarebbero mai sognati d'infrangere cominciò ad ammorbidirsi, soprattutto perché camere e mansarde erano sempre meno riservate all'uso esclusivo della servitù. Ne diede l'esempio il signor Hardy, un marsigliese grossista di olio d'oliva che viveva al secondo a sinistra, nell'appartamento che in seguito avrebbero occupato gli Appenzzell, e poi gli Altamont. Affittò una delle sue camere di servizio a Henri Fresnel: Henri Fresnel era in certo qual modo un domestico, essendo capocuoco nel ristorante che il signor Hardy aveva appena aperto a Parigi per dimostrare la freschezza e la bontà dei suoi prodotti ("A la Renommée de la Bouillabaisse", rue de Richelieu 99, vicino al Restaurant du Grand U, allora celebre ritrovo di uomini politici e giornalisti), ma lui – Fresnel – non prestava servizio nello stabile e fu con la coscienza assolutamente a posto che adoperava per scendere la porta a vetri e la scala padronale. Il secondo fu Valène: il signor Colomb, un vecchio originale, editore di almanacchi specializzati (*L'Almanacco dell'Appassionato ippico*, *del Numismatico*, *del Melomane*, *dell'Ostricoltore*, eccetera), padre del trapezista Rodolphe che all'epoca trionfava al Nouveau-Cirque, e lontanamente amico dei genitori di Valène, gli affittò per pochi franchi – spesso restituiti sotto forma di ordinazione per un almanacco – la sua camera di servizio della quale non sapeva che fare, poiché la governante, Gervaise, dormiva già da parecchio tempo in una delle camere del suo appartamento, al terzo a destra, sotto gli Echard. E quando, pochi anni dopo, quella porta a vetri che avrebbe dovuto aprirsi solo in casi eccezionali, venne quotidianamente varcata dal giovane Bartlebooth che saliva da Valène per la lezione d'acquerello, non fu manifestamente più possibile basare in modo durevole l'appartenenza a una classe sulla posizione di questo o di quello rispetto alla porta a vetri, proprio come nella generazione precedente era diventato altrettanto impossibile stabilirla basandosi su nozioni sia pure fortemente solide come quelle stabilite fra pianterreno, mezzanino e piano nobile.

Oggi, sulle venti camere inizialmente riservate al personale da questa parte della facciata, e originariamente numerate con cifre verdi stampigliate dall'11 al 30, e le altre venti, dall'1 al 10 e dal 31 al 40, riguardanti quelle che danno sul cortile, dall'altra parte del corridoio, ne sono rimaste solo due effettivamente occupate da domestici in servizio nella casa: la camera n° 13, che è quella di Smautf, e la 26, dove dorme la coppia olandese-paraguaiana degli Hutting; a rigore, vi si potrebbe aggiungere anche la 14, quella di Jane Sutton, che se la paga andando a lavorare due ore al giorno dai Rorschash, la qual cosa corrisponde del resto a un affitto alquanto pazzesco per una camera così piccola, e, forzando parecchio, la 15, dove vive la signora Orlovska la quale talvolta lavora anche lei a ore, ma generalmente mai nello stabile tranne, in casi eccezionali, dai Louvet o dai Marquiseaux, quando i suoi onorari di polacco e arabo nel *Bollettino segnaletico dei CNRS** non le bastano più per vivere, lei e il bambino. Le

* Centre National de la Recherche Scientifique. [*N.d.T.*]

altre camere e mansarde non appartengono neanche più, non obbligatoriamente almeno, ai proprietari degli appartamenti: l'amministratore ne ha rilevate parecchie e le affitta come "singole" dopo averci portato l'acqua corrente; molti hanno raggruppato due o più camere, cominciando da Olivier Gratiolet, l'erede degli ex proprietari, annettendovi perfino, senza curarsi dei regolamenti di comproprietà e a botte di astuzia, cavilli e bustarelle varie, porzioni di "parti comuni", come Hutting che per sistemare il grande studio si è servito dei vecchi corridoi.

Le scale di servizio servono ormai solo a qualche fattorino e fornitore, e agli operai che fanno dei lavori nello stabile. L'ascensore – quando funziona – è liberamente usato da tutti. Ma la porta a vetri rimane il segno discreto e tremendamente tenace di una differenza. Anche se in alto c'è gente molto più ricca che in basso, ciò non toglie che per quelli di sotto, quelli di sopra sono più che altro degli inferiori: nel caso, se non si tratta di domestici, si tratta di poveri, di ragazzi (di *Giovani*) o di artisti per i quali la vita deve necessariamente avere come cornice quelle camere strette dove c'è posto solo per un letto, un armadio a muro e uno scaffale pane-e-marmellata per tirare fino alla fine del mese. Va da sé, ovvio, che Hutting, pittore di fama internazionale, è molto più ricco degli Altamont, ed è anche risaputo che gli Altamont sono lusingati di ricevere Hutting in casa e di essere invitati nel suo castello in Dordogna o nella sua cascina provenzale, ma gli Altamont non perderanno mai l'occasione di far notare che nel XVII secolo pittori, scrittori e musicisti erano solo dei servi specializzati, come fino al XIX i profumieri, i parrucchieri, i sarti e i ristoratori, oggigiorno non solo baciati dalla fortuna ma spesso anche dalla celebrità; che un sarto o un ristoratore possa diventare, col suo solo lavoro, un commerciante, e perfino un industriale, be', questo si può concepire, ma gli artisti è chiaro dipenderanno sempre dal bisogno borghese.

Questa visione delle cose, meravigliosamente esposta nel 1879 da Edmond About che, in un'opera intitolata *L'ABC del lavoratore*, calcolò senza scherzare che quando la signorina Patti (1843-1919) canta nel salone di un finanziere, produce, aprendo la bocca, l'equivalente di quaranta tonnellate di ghisa a cinquanta franchi per mille chili, questa visione delle cose non è ovviamente condivisa con la stessa intensità da tutti gli abitanti del caseggiato. Per qualcuno, è pretesto di recriminazioni e invidie, manifestazioni di gelosia o disdegno; per altri, appartiene a un folclore senza vere conseguenze. Ma per gli uni come per gli altri, e inoltre anche per quelli di sotto come per quelli di sopra, funziona in fin dei conti come fatto acquisito: i Louvet, per esempio, dicono dei Plassaert "hanno sistemato delle camere di servizio, mica male però"; i Plassaert d'altro canto si sentono obbligati a sottolineare il *fascino pazzesco* delle piccole mansarde, aggiungendo che le hanno avute per un pezzo di pane e insinuando che non cagoneggiano nel finto Luigi XV, loro, come la Moreau, cosa che, nel suo caso, è assolutamente falsa. E così anche Hutting dirà volentieri, come per scusarsi, che era stanco di quella specie di hangar di lusso che possedeva alla Porta d'Orleans e che sognava un piccolo studic tranquillo in un quartiere pieno di calma; in compenso, l'amministratore, parlando di Morellet, dirà "Morellet" e, parlando di Cinoc o di Winckler, dirà "il signor Cinoc" o "il signor Winckler", e se alla signora Marquiseaux capita di prendere l'ascensore insieme alla signora Orlovska, farà, suo malgrado forse, un gesto come per dire che si tratta del *suo* ascensore e che acconsente a spartirne per un attimo il godimento con una persona che, arrivata al sesto piano, dovrà salirne altri due a piedi.

Per due volte quelli di sopra e quelli di sotto si sono dichiarati in guerra aperta: la prima, quando Olivier Gratiolet ha chiesto alla comproprietà di prolungare la corsia fino al settimo e ottavo piano, oltre la porta a vetri. Ha avuto l'appoggio dell'amministratore, per il quale una corsia su quelle scale rappresentava cento franchi in più al mese e a camera. Ma la maggioranza, pur dichiarando legittima l'operazione, ha preteso che le spese venissero sostenute esclusivamente dai proprietari degli ultimi due piani, e non da tutta la comproprietà. La qual cosa non conveniva certo all'amministratore che avrebbe dovuto pagare la corsia quasi da solo, e che quindi si affrettò a insabbiare la faccenda.

La seconda, fu a proposito della distribuzione della posta. La portinaia attuale, signora Nochère, può anche essere la donna più buona e più brava del mondo, ciò non toglie che abbia dei pregiudizi di classe, per cui non ritiene affatto fittizia la separazione segnata dalla porta a vetri: così, porta la posta solo a quelli che abitano al di qua; gli altri, devono andarsela a prendere in portineria: sono gli ordini che Juste Gratiolet aveva dato alla signora Araña, che la signora Araña ha trasmessi alla signora Claveau la quale li ha a sua volta trasmessi alla signora Nochère. Hutting, e con maggior virulenza ancora i Plassaert, hanno preteso l'abrogazione di questa misura discriminatoria e infamante, e la comproprietà è stata costretta a dire di sì per non avere l'aria di interinare un'usanza ereditata dal XIX secolo. Ma la signora Nochère ha rifiutato di brutto, e avendole l'amministratore intimato di distribuire la posta in tutti i piani senza distinzione, ha esibito un certificato medico rilasciatole dallo stesso dottor Dinteville, attestante che lo stato delle sue gambe le impediva di salire le scale a piedi. In questa faccenda, la signora Nochère agiva soprattutto in odio ai Plassaert e a Hutting; infatti porta tranquillamente la posta anche quando non funziona l'ascensore (il che capita spesso) ed è raro che passi giorno senza andare a trovare la signora Orlovska e la signorina Crespi, approfittando dell'occasione per portargliela su.

La cosa ovviamente non ha grandi conseguenze pratiche, tranne per la portinaia stessa, la quale sa una volta per tutte che non dovrà mai aspettarsi grosse mance natalizie da parte di Hutting e dei Plassaert. È una di quelle fratture da cui si origina la vita di uno stabile, una fonte di minuscole tensioni, di miniconflitti, allusioni, sottintesi, battibecchi; il tutto poi rientra nelle controversie a volte aspre che scuotono le riunioni fra comproprietari, come quelle sollevate a proposito dei vasi di fiori della signora Réol, o della motocicletta di David Marcia (aveva o non aveva il diritto di metterla sotto la tettoia adiacente al cortiletto dei bidoni per le immondizie? La domanda ormai non si pone più, ma per tentare una risposta vennero consultati una mezza dozzina di consulenti legali, in pura perdita), oppure delle disastrose abitudini musicali di quel demente del secondo a destra in fondo al cortile che, in certe epoche imprecisabili e per periodi di durata imprevedibile, si sarebbe trovato in crisi di astinenza se non ascoltava trentasette volte di seguito, preferibilmente fra mezzanotte e le tre del mattino, *Halli Hallo*, *Lili Marlene* e altri gioielli della musica hitleriana.

Ci sono fratture ancora più discrete, quasi insospettabili: i vecchi e i nuovi, per esempio, la cui spartizione rientra nell'imponderabile: Rorschash, che ha comprato i suoi appartamenti nel 1960, è un "vecchio", mentre Berger, arrivato meno di un anno dopo, è un "nuovo"; oltretutto, Berger si è sistemato subito mentre Rorschash ha tirato avanti i lavori per più di un anno e mezzo; oppure il clan degli Altamont e il clan dei Beaumont; oppure l'atteggiamento della gente durante l'ultima guerra: dei quattro che vivono ancora nello stabile e allora già in grado di scegliere, uno solo s'impegnò attivamente nella Resistenza, Olivier Gratiolet, che aprì nella sua cantina una tipografia clandestina e tenne sotto al letto per quasi un anno una mitragliatrice americana smontata che si era portato, pezzo su pezzo, dentro una sporta. Véra de Beaumont invece ostentò spesso e volentieri idee filotedesche mostrandosi varie volte in compagnia di alti ufficiali impeccabili e prussiani; gli altri due, la signorina Crespi e Valène, rimasero alquanto indifferenti.

Tutto questo dice una storia molto tranquilla, con i suoi drammi di cacche di cane e le sue tragedie di pattumiere, la radio troppo mattutina dei Berger e il loro macinino che sveglia la signora Réol, il carillon dei Gratiolet di cui Hutting continua a lagnarsi, o le insonnie di Léon Marcia che i Louvet sopportano a stento: il vecchio infatti cammina per ore in camera sua, su e giù su e giù, poi va in cucina a prendersi un bicchiere di latte nel frigorifero, o in bagno a sciacquarsi un po' il viso, o apre la radio e ascolta, in sordina ma sempre troppo forte per i vicini, dei programmi tutti gracchianti che sono e vengono dalla fine del mondo.

Nella storia dello stabile ci sono stati pochi avvenimenti seri, tranne i piccoli incidenti dovuti agli esperimenti di Morellet e, molto tempo prima, Natale 1925 circa, l'incendio del boudoir della signora Danglars, che oggi è la stanza in cui Bartlebooth ricompone i suoi puzzle.

I Danglars pranzavano fuori; la stanza era vuota, ma nel caminetto ardeva un fuoco preparato dai domestici. Si suppose che un tizzone, saltato oltre il grande parafuoco rettangolare di metallo dipinto piazzato davanti al camino, fosse piombato in un vaso posto sopra un tavolino basso: il vaso era disgraziatamente pieno di magnifici fiori finti che presero subito fuoco: il fuoco si estese al tappeto inchiodato e alla tela di Jouy che tappezzava le pareti riproducendo un'antica scena campestre: un fauno che balza, con un braccio sul fianco e l'altro graziosamente inarcato sul capo, delle pecore al pascolo con una più scura nel centro, una falciatrice che coglie l'erba con il falcetto.

Bruciò tutto, e soprattutto il gioiello più prezioso della signora Danglars: una delle 49 uova di Pasqua di Carl Fabergé, un uovo di cristallo di rocca contenente un cespuglio di rose; quando si apriva l'uovo, le rose formavano un cerchio in mezzo al quale appariva un gruppo di uccelli canterini.

Ritrovarono solo un braccialetto di perle che il signor Danglars aveva regalato alla moglie per il suo compleanno. Lo aveva acquistato all'asta di un discendente di madame de La Fayette cui sarebbe stato dato da Enrichetta d'Inghilterra. Lo scrigno che lo conteneva aveva resistito perfettamente al fuoco, ma le perle erano diventate completamente nere.

Metà appartamento dei Danglars venne distrutto. Il resto del caseggiato non ebbe a soffrirne.

Valène, a volte, sognava cataclismi e tempeste, turbini che portandosi via tutta la casa come un fuscello di paglia facessero scoprire ai naufraghi abitanti le meraviglie infinite del sistema solare; oppure una crepa invisibile che percorrendola da cima a fondo, come un brivido, con uno scricchiolìo lungo e profondo l'avrebbe spaccata in due, sprofondandola piano nell'abisso indicibile; allora le orde l'avrebbero invasa: mostri dagli occhi glauchi, insetti giganti con mandibole d'acciaio, termiti cieche, grossi vermi bianchi di bocca insaziabile: e il legno sbriciolato, la pietra fatta sabbia, gli armadi crollati sotto il loro peso, tutto sarebbe tornato polvere.

Ma no, niente di tutto questo. Solo sordide liti a proposito di mastelli, fiammiferi e acquai. E, dietro quella porta chiusa per sempre, la noia morbosa della lenta vendetta, questa greve faccenda di monomaniaci rimbambiti che rimuginano le loro storie fasulle e le loro miserabili trappole.

CAPITOLO L

Foulerot, 3

La camera, o meglio la futura camera, di Geneviève Foulerot.
È appena stata ridipinta. Il soffitto è d'un bianco opaco, le pareti
laccate di bianco avorio, il pavimento a doghe di legno laccato di
nero. Una lampadina nuda penzola da un filo parzialmente nascosta
da un paralume di fortuna fatto di un grande foglio di carta assorbente rossa, arrotolata a forma di cono.

La stanza è senza mobili. Un quadro, di grande formato, è
appoggiato, non ancora appeso, contro la parete di destra e parzialmente riflesso nello specchio scuro del parquet.

Il quadro stesso raffigura una camera. Sul davanzale della finestra
c'è una boccia di pesci rossi e un vaso di reseda. Dalla finestra
spalancata, si scorge un paesaggio campestre: il cielo di un azzurro
tenero, curvo come una cupola, si appoggia all'orizzonte sulla den-
tellatura dei boschi; in primo piano, sul ciglio della strada, una
ragazzina, a piedi nudi nella polvere, pascola una vacca. Poco distante, un pittore in camiciotto azzurro lavora sotto una quercia con la
scatola dei colori sulle ginocchia. Nello sfondo lontano luccica un
lago sulle sponde del quale si erge una città brumosa con le verande
delle case ammucchiate una sull'altra e certe vie alte dai parapetti a
ringhiera che dominano l'acqua.

Davanti alla finestra, un poco a sinistra, un uomo in uniforme di
fantasia – calzoni bianchi, giacca di tela indiana sovraccarica di
spalline, patacche, giberne, alamari, grande cappa nera, stivali con
speroni – è seduto davanti a uno scrittoio rustico – un vecchio banco
di scuola comunale con buco per il calamaio e piano leggermente
inclinato – sul quale sono posati una caraffa d'acqua, uno di quei
bicchieri detti flûte e un candeliere la cui base è un bellissimo uovo di
avorio fasciato d'argento. L'uomo ha appena ricevuto una lettera che
legge con aria profondamente abbattuta.

Proprio a sinistra è appeso un telefono a muro e, ancora più a
sinistra, un quadro: raffigura un paesaggio rivierasco con in primo

piano una pernice appollaiata sul ramo di un albero secco il cui tronco tormentato e contorto emerge da un mucchio di rocce che si allarga in una cala tempestosa. In lontananza, sul mare, una barca con vele triangolari.

A destra, sempre della finestra, c'è un grande specchio dalla cornice dorata nel quale si suppone riflessa una scena che si svolgerebbe alle spalle del personaggio seduto. Tre persone in piedi, anch'esse mascherate, una donna e due uomini. La donna indossa un lungo abito severo, di lana grigia, e una cuffietta da quacchera, e tiene sotto il braccio un orcio di sottaceti; uno degli uomini, un quadragenario magro dall'aria ansiosa, indossa un costume da buffone medievale, con un farsetto diviso in lunghe pezze triangolari alternativamente rosse e gialle, uno scettro e un berretto a sonagli; l'altro, un ragazzotto insulso, con radi capelli gialli e muso da mela, è travestito da bebè gigante, con mutandine di gomma piene di panni, calzettini bianchi, stivaletti di vernice, bavaglino; succhia quella specie di dentaruolo di celluloide che i neonati si ficcano continuamente in bocca e tiene in mano un poppatoio enorme le cui tacche graduate rievocano in termini familiari o semigergali imprese o fiaschi amorosi che dovrebbero corrispondere alle quantità di alcool ingerito (*Vieni, Pollastrella, Montaci su che vedrai le stelle, Il Ponte sul fiume Kwai, Soddisfatta o rimborsata, Vieni ancora dài, Fa la nanna bambin, Semaforo spento*, eccetera).

L'autore del quadro è il nonno paterno di Genèvieve, Louis Foulerot, più conosciuto come decoratore che come pittore. È l'unico membro della famiglia che non abbia rinnegato la ragazza quando, decisa a tenersi e crescersi il bambino, se ne andò di casa. Louis Foulerot si è addossato l'onere della sistemazione dell'appartamento e, a quanto pare, ha fatto le cose bene; il grosso è già finito, cucina e bagno sono pronti, restano solo tinteggiatura e rifiniture.

Il quadro gli è stato ispirato da un romanzo poliziesco – *L'assassinio dei pesci rossi* – la cui lettura gli procurò un piacere tale da pensare di farne l'oggetto di un quadro che avrebbe riunito in un'unica scena quasi tutti gli elementi dell'enigma.

L'azione si svolge in una regione che ricorda abbastanza quella dei laghi italiani, poco distante da una città immaginaria che l'autore chiama Valdrade. Il narratore è un pittore. Mentre sta lavorando in campagna, una pastorella va a trovarlo. Ha sentito un grido che veniva dalla lussuosa villa recentemente affittata da un ricchissimo commerciante di diamanti svizzero, certo Oswald Zeitgeber. Accompagnato dalla ragazzina, il pittore penetra nella casa e scopre la vittima: il gioielliere, vestito di un'uniforme fantasia, morto stecchito vicino al telefono. Al centro della stanza c'è uno sgabello e, attaccata all'anello del lampadario, una corda che finisce in un nodo scorsoio. I pesci rossi nella boccia sono morti.

L'ispettore Waldémar, cui il pittore-narratore si presta graziosamente come confidente, conduce le indagini. Fruga coscienziosamente ogni locale della villa, fa eseguire vari esami di laboratorio. È all'interno del banco di scuola che sono riuniti gli indizi più rivelatori: vengono rinvenuti a) una tarantola viva, b) l'annuncio riguardante la richiesta d'affitto della villa, c) un programma di un ballo in maschera, dato la sera stessa del delitto, con la partecipazione straordinaria del cantante Mickey Malleville, e d) una busta contenente un foglio bianco sul quale è semplicemente incollato il seguente trafiletto, che proviene da un quotidiano africano:

> BAMAKO (AAP)* 16 giugno. Un ossario contenente perlomeno 49 scheletri umani è stato scoperto nella regione di Fuidra. Secondo i primi accertamenti, pare che i cadaveri vi siano stati sepolti trent'anni fa. È in corso un'inchiesta.

Quel giorno, tre persone sono andate a trovare Oswald Zeitgeber. Sono arrivate quasi contemporaneamente – il pittore le ha viste passare una dopo l'altra a pochi minuti d'intervallo – e se ne sono andate insieme. Tutte e tre erano già pronte per il ballo. Furono rapidamente identificate e interrogate separatamente.

La prima a presentarsi è la donna vestita da quacchera. Si chiama Quaston. Afferma d'essere andata alla villa per offrirsi come domestica, ma nessuno può confermarlo. Per di più, l'inchiesta non tarderà a scoprire che sua figlia era la cameriera personale della signora Zeitgeber e che è morta in circostanze non molto chiare.

Il secondo visitatore è quello che indossa il costume da buffone. Si chiama Jarrier; è il proprietario della villa. Ci è andato, dice, per vedere se il suo inquilino si era sistemato bene e per fargli firmare un inventario dei mobili. La signora Quaston ha assistito al colloquio e può confermare, cosa che fa; aggiunge inoltre che appena arrivato Jarrier per poco non cadeva lungo disteso sul pavimento lucidissimo e che, aggrappandosi alla finestra, ha semi rovesciato la boccia dei pesci rossi sul tappetino posato accanto al telefono a muro.

* Agence Afrique Presse. [N.d.T.]

Il terzo visitatore, il pupolotto, è il cantante Mickey Malleville. Confessa immediatamente di essere nientedimeno che il genero di Oswald Zeitgeber venuto a chiedergli dei soldi in prestito. Jarrier e la signora Quaston precisano entrambi che, appena entrato il cantante, il gioielliere li ha pregati di lasciarlo solo con lui. Poco più tardi, li ha richiamati, si è scusato di non accompagnarli al ballo, ma ha promesso di raggiungerli dopo aver fatto qualche telefonata urgente. Il pittore ha rivisto passare le tre maschere e anzi, dice, vedendole avanzare in fila frontale prendendo in larghezza l'intero viottolo, non ha potuto trattenersi dal provare una sensazione sgradevole. Circa un'ora dopo, la pastorella ha sentito il grido.

Le circostanze della morte appaiono subito chiare: c'era una lunga piastra di acciaio sotto il tappetino: andando a telefonare, Zeitgeber ha provocato un cortocircuito che gli è stato fatale. Solo Jarrier ha potuto collocare quella piastra di acciaio e si capisce subito che solo per favorire l'elettroesecuzione ha fatto in modo, appena entrato, d'inondare il tappetino; si scoprono allora due particolari ancora più significativi: da una parte, è stato lui che ha fornito a Zeitgeber il costume per il ballo in maschera, e i ferri, gli speroni degli stivali e tutte le parti metalliche della giacca dovevano anch'essi garantire il passaggio della corrente; dall'altra, e soprattutto, ha manipolato l'impianto telefonico in modo che il cortocircuito mortale potesse prodursi solo se la vittima designata dal suo stesso mascheramento – Zeitgeber diventato un superconduttore – avesse composto un dato numero: quello dello studio medico in cui lavorava la signora Jarrier!

Posto di fronte a queste prove schiaccianti, Jarrier confessa quasi subito: morbosamente geloso, si è accorto che Oswald Zeitgeber, dongiovanni noto in tutta la zona, ronzava intorno a sua moglie. Volendo vederci chiaro, escogita quel dispositivo omicida che funzionerà solo se il gioielliere è veramente colpevole, e cioè se tenta di telefonare allo studio medico.

Malgrado l'indubbia fantasia del movente – la signora Jarrier pesa centoquaranta chili e l'espressione "ronzare intorno" dev'essere in questo caso presa alla lettera e anzi nel senso di "girare" – ciò non toglie che si tratti di omicidio premeditato, Jarrier viene quindi incolpato, arrestato, incarcerato. Ma la cosa ovviamente non soddisfa l'investigatore né il lettore: come spiegare infatti la morte dei pesci rossi, la corda dell'impiccato, la tarantola, la busta con il trafiletto africano, e l'ultima scoperta di Waldémar: un lungo spillo, come uno spillone da cappello ma senza testa, conficcato nel vaso di reseda? Quanto agli esami di laboratorio, danno due rivelazioni: da una parte, che i pesci sono stati avvelenati mediante una sostanza dall'azione quasi istantanea, la fibrotossina; dall'altra, che in cima allo spillo esistono tracce di un veleno molto più lento, l'ergo-idantoina.

Al termine di qualche peripezia secondaria, e dopo aver considerato e scartato parecchie piste false che suggerivano la colpevolezza della signora Jarrier, della signora Zeitgeber, del pittore, della pastorella e di uno degli organizzatori del ballo in costume, la soluzione perversa e polimorfa di questo compiacente rompicapo viene finalmente trovata e permette all'ispettore Waldémar, in una di quelle riunioni sul luogo del delitto, davanti a tutti gli attori rimasti vivi, senza le quali un romanzo poliziesco non sarebbe un romanzo poliziesco, di ricostruire brillantemente l'intero caso: ovviamente sono colpevoli tutti e tre, ciascuno animato da un movente diverso.

La signora Quaston – la cui figlia, perseguitata dal vecchio debosciato, fu costretta ad annegarsi per salvare l'onore – si è presentata al gioielliere facendosi passare per una veggente e ha cominciato a leggergli la mano: ne ha approfittato per pungerlo con lo spillo intriso di quel veleno che sapeva avrebbe agito dopo un certo tempo. Poi ha nascosto l'ago nel vaso di reseda e collocato la tarantola, fino allora celata nell'orcio di sottaceti, nel banco di scuola: sapeva che la puntura della tarantola provoca delle reazioni molto simili a quelle del suddetto veleno e, pur essendo consapevole che tale stratagemma avrebbe finito con l'essere scoperto, pensava, piuttosto ingenuamente, che avrebbe sviato gli inquirenti quel tanto da potersi nel frattempo mettere in salvo.

Quanto a Mickey Malleville, il genero della vittima, cantante fallito coperto di debiti, incapace di far fronte alle spese stravaganti della figlia dello svizzero, una scervellata abituata agli yacht, ai breitschwanz e al caviale, sapeva che solo la morte del suocero avrebbe potuto salvarlo da una situazione sempre più ingarbugliata: ha negligentemente versato nella caraffa d'acqua il contenuto di un flaconcino di fibrotossina nascosto nel succhiotto del poppatoio gigante.

Ma la spiegazione del mistero, la sua impennata finale, il colpo di scena estremo, l'ultima rivelazione, la chiusa, è altrove: la lettera che Oswald Zeitgeber leggeva era la sua condanna a morte: quell'ossario recentemente scoperto in Africa, era quanto restava di un villaggio in rivolta del quale aveva fatto ammazzare tutta la popolazione e che aveva fatto radere al suolo prima di andar a saccheggiare un favoloso cimitero degli elefanti. Proprio da questo delitto compiuto a sangue freddo proveniva il suo immenso patrimonio. L'uomo che gli scriveva l'aveva braccato per vent'anni, cercando instancabilmente le prove della sua colpevolezza: le aveva trovate e, l'indomani, la notizia sarebbe comparsa su tutti i giornali svizzeri. Zeitgeber ne ebbe la conferma telefonando a quei collaboratori che gli erano stati complici in quella vecchia storia e che, come lui, avevano ricevuto la lettera: per tutti, l'unica via di uscita allo scandalo era la morte.

Zeitgeber quindi andò a prendere uno sgabello e una corda per impiccarsi. E però, forse per un senso di superstizione che gli imponeva di compiere una buona azione prima di morire, vedendo che i pesci rossi erano quasi senz'acqua vuotò nella boccia la caraffa che Jarrier arrivando aveva intenzionalmente rovesciato. Poi preparò la corda. Ma già i primi sintomi dell'avvelenamento (nausea, sudori freddi, crampi allo stomaco, palpitazioni) da ergo-idantoina lo avevano colto e, piegato in due dal dolore, chiamò la dottoressa – certo non perché ne fosse innamorato (in verità la sbirciata era piuttosto la pastorella senza scarpe) ma per chiederle aiuto.

Un uomo che sta per suicidarsi, si preoccupa forse se gli brucia lo stomaco e fino a quel punto? L'autore, conscio dell'interrogativo, tiene a precisare in un poscritto che l'ergo-idantoina provoca, unitamente agli effetti tossici, degli effetti psichici pseudo allucinatori fra i quali questo tipo di reazione non sarebbe inconcepibile.

CAPITOLO LI
Camere di servizio, 9
Valène

Ci sarebbe anche lui nel quadro, alla maniera di quei pittori del Rinascimento che si riservavano sempre un minuscolo posto fra la folla dei vassalli, dei soldati, dei vescovi o dei mercanti; non un posto centrale, né un punto privilegiato e significativo in una data intersecazione, lungo un asse particolare, secondo questa o quella prospettiva illuminante, nel prolungamento di un certo sguardo carico di significato a partire dal quale potrebbe costruirsi tutta una reinterpretazione del quadro, ma solo un posto apparentemente innocuo, come se fosse stato fatto così, per accidente, un po' per caso, perché l'idea è saltata fuori da sola, come se non si desiderasse troppo far notare la cosa, come se dovesse essere una firma per iniziati e basta, qualcosa come un marchio di fabbrica solo permesso all'autore dal committente dell'opera, qualcosa che non doveva essere noto che a pochi e subito dimenticato: morto il pittore, poi, sarebbe diventato un aneddoto trasmissibile di generazione in generazione, di studio in studio, una leggenda cui nessuno avrebbe più creduto, fino al giorno in cui se ne fosse riscoperta la prova, grazie a fortunati controlli di concordanza o confrontando il quadro con degli schizzi preparatori ritrovati nelle soffitte di un museo, oppure in modo del tutto fortuito, come quando, leggendo un libro, si trovano frasi già lette altrove: e forse allora ci si renderà conto di quanto c'era sempre stato di un po' particolare in quel piccolo personaggio, non solo una maggiore accuratezza nelle rifiniture del volto ma anche una maggiore neutralità, o un certo modo di chinare impercettibilmente il capo, qualcosa di simile alla comprensione, a una specie di dolcezza, a una gioia forse sfumata di nostalgia.

Ci sarebbe anche lui nel quadro, in camera sua, su, in alto, quasi in cima a destra, come un piccolo ragno attento che tesse la sua tela lucente, dritto, accanto al quadro, con la tavolozza in mano, il lungo camice grigio tutto macchiato di colore e la sciarpa violetta.

Sarebbe in piedi accanto al quadro quasi finito, a dipingere proprio se stesso, abbozzando con il pennello la figurina di un pittore in lungo camice grigio e sciarpa violetta, e tavolozza in mano, che dipinge la figura minuscola di un pittore che dipinge, un'altra di quelle immagini "in abisso" che avrebbe voluto continuare all'infinito come se il potere dei suoi occhi e delle sue mani non avesse più limiti.

Si dipingerebbe dipingere e, intorno a lui, sulla grande tela quadrata, tutto sarebbe già a posto: la gabbia dell'ascensore, le scale, i pianerottoli, gli zerbini, le camere e i salotti, le cucine, i bagni, la guardiola della portinaia, l'entrata con la romanziera americana che consulta la lista degli inquilini, la bottega della signora Marcia, le cantine, le caldaie, il macchinario dell'ascensore.

Si dipingerebbe dipingere, e già si vedrebbero i mestoli e i coltelli, le schiumaiole, le maniglie delle porte, i libri, i giornali, i tappetini, le caraffe, gli alari, i portaombrelli, i sottopiatti, gli apparecchi radio, i lumi da comodino, i telefoni, gli specchi, gli spazzolini da denti, gli stenditoi, le carte da gioco, le cicche nei portacenere, le foto di famiglia nelle cornici antitarlo, i fiori nei vasi, le mensole sui termosifoni, i passaverdura, le pattine, i mazzi di chiavi nei vuotatasche, le sorbettiere, le casse toilette per gatti, le cassette d'acqua minerale, le culle, i bollitori, le sveglie, le lampade Pigeon, le pinze universali. E i due sottovasi cilindrici di rafia intrecciata del dottor Dinteville, i quattro calendari di Cinoc, il paesaggio tonkinese dei Berger, la cassapanca scolpita di Gaspard Winckler, il leggìo della signora Orlovska, le babbucce tunisine portate alla signorina Crespi da Béatrice Breidel, la tavola a fagiolo dell'amministratore, gli automi della signora Marcia e la pianta di Namur di suo figlio David, i fogli coperti di equazioni di Anne Breidel, la scatola di spezie della cuoca della signora Moreau, l'ammiraglio Nelson di Dinteville, le sedie cinesi degli Altamont e la loro preziosa tappezzeria con i vecchioni innamorati, l'accendino di Nieto, il mackintosh di Jane Sutton, la cassapanca da nave di Smautf, la carta a stelle dei Plassaert, la conchiglia di madreperla di Geneviève Foulerot, il copriletto stampato di Cinoc con le sue grandi foglie triangolari e il letto dei Réol di cuoio sintetico ("uso camoscio rifiniture alta selleria con cinghia e fibbia cromata"), la tiorba di Gratiolet, le strane scatole di caffè nella sala da pranzo di Bartlebooth e la luce senz'ombra della sua lampada scialitica, il tappeto esotico dei Louvet e quello dei Marquiseaux, la posta sul tavolo della guardiola, il grande lampadario di cristallo di Olivia Rorschash, gli oggetti religiosamente incartati della signora Albin, l'antico leone di pietra trovato da Hutting a Thuburbo Majus,

e tutt'intorno, la lunga teoria dei suoi personaggi, con le loro storie, il loro passato, le loro leggende:

1   Pelagio vincitore di Alkhamah che si fa incoronare a Covadonga
2   La cantante russa in esilio che segue Schönberg a Amsterdam
3   Il gattino sordo dagli occhi discromici che vive all'ultimo piano
4   Il capo isolato fesso che fa preparare barili di sabbia
5   La donna avara che annota le più piccole spese in un quaderno
6   Il fabbricante di puzzle che si accanisce nelle partite di jacquet
7   La portinaia che cura le piante degli inquilini assenti
8   I genitori che chiamano il figlio Gilbert in omaggio a Bécaud
9   La sposa del conte liberato dall'Ottomana che accetta la bigamia
10 La donna d'affari che sogna di tornarsene in campagna

11 Il ragazzino che porta giù il bidone delle immondizie fantasticando
    sul suo romanzo
12 Il nipote zerbinotto che accompagna la globe-trotter australiana
13 La tribù fuggitiva che evita a tutti i costi il mite antropologo
14 La cuoca che si rifiuta di usare un forno autopulente
15 Il PDG* dell'industria alberghiera internazionale che sacrifica
    l'1% all'arte
16 L'infermiera che guarda svogliata una rivista illustrata
17 Il poeta pellegrino che naufraga a Arcangelo
18 Il violinista italiano che fa perdere la pazienza al suo miniatore
19 La grassa coppia mangiatrice di salsicce che non chiude mai la radio
20 Il colonnello monco dopo l'attacco del Gran Quartier Generale

21 Le tristi fantasticherie della ragazza al capezzale del padre
22 I clienti austriaci che trattano l'acquisto di un "Bagno turco" più
    vaporoso
23 L'uomo di fatica paraguaiano che sta per bruciare una lettera
24 Il giovane miliardario che studia acquerello in knickerbocker
25 L'ispettore alle Acque & Foreste che fonda una riserva per uccelli
26 La vedova che impacchetta i ricordi in vecchi settimanali
27 Lo scassinatore internazionale che passa per un alto magistrato
28 Robinson Crusoe che vive benissimo nell'isola solitaria
29 L'hamster giocatore di domino amante delle croste di Edam

* Presidente Direttore Generale. [N.d.T.]

30 Il dolente "ammazzaparole" che ciondola fra una bancarella e l'al-
    tra

31 Il venditore a domicilio che presenta una nuova chiave dei sogni
32 Il grossista d'olio che apre a Parigi un ristorante tutto pesce
33 Il vecchio maresciallo ucciso dalla caduta di un bel lampadario ve-
    neziano
34 Lo stayer sfigurato che sposa la sorella del suo pacemaker*
35 La cuoca che deve fare solo un uovo e un po' di haddock lessato
36 La giovane coppia che s'indebita due anni per un letto di lusso
37 La moglie del mercante d'arte abbandonata per una star italiana
38 L'amica d'infanzia che rilegge le biografie delle cinque nipoti
39 Il signore che imbottiglia figurine di sughero
40 L'archeologo che cerca le tracce dei re arabi di Spagna

41 L'ex clown di Varsavia che tira a campare nell'Oise
42 La suocera che toglie l'acqua calda quando il genero deve radersi
43 L'olandese che diceva che qualsiasi numero è la somma di x nume-
    ri primi
44 Scipion che definisce le persone novantenni *vecchie e... nove*
45 L'ingegnere atomico che legge sulle labbra dell'uomo-tronco sordo-
    muto
46 Il brigante albanese che canta il suo amore alla stella hollywoodiana
47 L'industriale tedesco che vuole cucinare il suo cosciotto di cinghiale
48 Il figlio della signora con il cane che preferisce la pornografia al
    sacerdozio
49 Il barman malese che baratta la sua dea madre in pidgin english
50 Il ragazzino rimasto senza dolce che lo vede in sogno

51 I sette attori che rifiutano la parte dopo aver letto il copione
52 Il disertore che lascia morire la sua pattuglia in Corea
53 Il chitarrista che cambia sesso e poi diventa una superstar
54 Il maragià che offre una caccia alla tigre a un europeo dai capelli
    rossi
55 Il nonno liberale che trova l'ispirazione in un romanzo
56 Il calligrafo che ricopia nella Medina una sura del Corano
57 Orfanik che chiede l'aria di Angelica nell'Orlando di Arconati
58 L'attore che ordisce la propria morte con l'aiuto del fratello di latte
59 La giovane giapponese che tiene alta la fiaccola olimpica
60 Ezio che ferma le orde di Attila ai Campi Catalaunici

* Termine ciclistico, il motociclista che nel mezzofondo tiene lo stayer sulla
ruota, determinandone l'andatura. [N.d.T.]

61 Il sultano Selim III che tocca gli ottocentonovantotto metri
62 Il sergente maggiore morto per consumo massiccio di gomma
63 Il secondo della *Fox* che scopre l'ultimo messaggio di Fitz-James
64 Il giovane studente che rimase in camera per sei mesi
65 La moglie del produttore che parte per l'ennesimo giro del mondo
66 L'operaio che nel locale caldaie regola l'accensione a nafta
67 Il ricco amatore che lascia alla biblioteca il suo catalogo-informa-
tore musicale
68 Il ragazzino che cataloga le sue collezioni di carte assorbenti mediche
69 Il cuoco commediante assunto da una ricchissima americana
70 L'ex giocatrice d'azzardo diventata una donnetta timida

71 Il chimico frustrato che perde tre dita della mano sinistra
72 La ragazza che vive a Chaumont-Porcien con un muratore belga
73 L'avo del dottore che crede di avere svelato l'enigma del diamante
74 La giovane donna che fa concludere un patto con Mefistofele
75 Il figlio dell'antiquaria spetezzante in tuta rossa
76 Il procuratore che cestina il segreto dei chimici tedeschi
77 L'ex professore di storia che brucia il suo manoscritto respinto
78 Il vecchio industriale giapponese magnate dell'orologio subacqueo
79 Il diplomatico che grida vendetta per la moglie e il figlio
80 La signora che partendo il giorno dopo vuole indietro i suoi fagiolini

81 La stella della canzone che medita su una mousse alla fragola
82 La vecchia lady che colleziona orologi e automi
83 Il mago che indovina tutto con numeri scelti a caso
84 Il boiardo che offre alla Grisi un delizioso divanetto a S di mogano
85 L'autista che non guida più e si diverte a fare solitari
86 Il medico che sogna di dare il suo nome a una ricetta culinaria
87 L'ingegnere che si rovina commerciando in pelli africane
88 Il giapponese che inizia dolorosamente i Tre Uomini Liberi
89 Il vecchio autodidatta che rimugina mille ricordi di sanatorio
90 Il lontano parente che deve mettere all'asta l'eredità

91 I doganieri che spacchettano il samovar della principessa furibonda
92 Il venditore d'indianerie che sistema il suo pied-à-terre all'ottavo
93 Il compositore che offre a Amburgo l'ouverture alla francese
94 Marguerite che guarda al contafili la miniatura da restaurare
95 Chéri-Bibi che dà il suo nome al gatto rosso del fabbricante di puzzle

96 Il cameriere del night che sale alla ribalta per presentare la rivista
97 Il quadro superiore che dà un lussuoso ricevimento per i suoi colleghi
98 La donna dell'agenzia immobiliare che visita l'appartamento vuoto
99 La signora che prepara scatole per i puzzle dell'inglese
100 La ragazzina che addenta un petit-beurre Lu

101 Il pretore che in un giorno fa morire 30.000 lusitani
102 La ragazza in cappotto che sbircia una pianta del metrò parigino
103 L'amministratore dello stabile che pensa di arrotondare i suoi fine mese
104 La giovane profumiera che sceglie gli anelli del vecchio artigiano
105 L'editore di Damasco rovinato dai nazionalisti antifrancesi
106 Il critico che commette un delitto per una marina dell'inglese
107 La vecchia domestica che sogna becchini con occhi astiosi
108 Lo studioso che confronta gli effetti della stricnina con quelli del curaro
109 Lo studente che mette viandox nella minestra dei vegetariani
110 Il terzo operaio che legge una lettera uscendo dal cantiere

111 Il vecchio maggiordomo che ricalcola all'infinito un fattoriale
112 Il prete commosso che aiuta un francese sperduto a New York
113 Il farmacista arricchito che ritrova le tracce del Santissimo Vaso
114 Il chimico che s'ispira alla tecnica di un fonditore italiano
115 L'uomo dal cappotto nero che sta infilandosi un paio di guanti nuovi
116 Guyomard che separa nello spessore un disegno di Hans Bellmer
117 L'amico di Liszt & Chopin che compone un valzer rapinoso
118 Dom Pérignon che fa assaggiare a Colbert il suo champagne migliore
119 Amerigo morente che viene a sapere che danno il suo nome a un continente
120 Il signor Riri che sonnecchia dopopranzo dietro al bancone

121 Mark Twain che scopre il suo necrologio in un giornale
122 La segretaria che pulisce il pugnale che ha ucciso Kléber
123 Il filologo che fa un lascito al collegio di cui fu rettore
124 La ragazza-madre che fa il bagno leggendo Pirandello
125 Lo storico che scrive sotto vari nomi dei romanzi ullallà
126 Il vecchio bibliotecario che accumula le prove dell'esistenza di Hitler
127 Il cieco che accorda il piano della cantante russa

128 L'arredatore che sfrutta lo scheletro rosso di un maiale neonato
129 L'impresario che crede di fare fortuna con il traffico dei cauri
130 La cliente truffata che ha perso i capelli per una tintura

131 La vice bibliotecaria che con la matita rossa riquadra critiche d'opera
132 Il cocchiere innamorato che crede a un topo dietro la tenda
133 I garzoni di fornaio che portano sandwich caldi per la grande baldoria
134 Pip e La Minouche che rovesciano il bricco di latte dell'infermiera
135 Il soldatino bloccato in ascensore con la promessa sposa
136 L'inglese alla pari che finalmente legge la lettera del suo boy-friend
137 Il libraio di occasioni che trova tre lettere di Victor Hugo
138 Gli amanti di safari che posano accanto alla guida indigena
139 La bella polacca che torna dalla Tunisia con il figlioletto
140 L'ingegnere generale ucciso da una fucilata nel salone del suo albergo

141 Il chirurgo costretto a operare sotto la minaccia delle armi da fuoco
142 Il professore di francese che corregge i compiti delle vacanze
143 La moglie del magistrato che scorge dopo il fuoco le perle nere
144 Il corridore che cerca di far omologare il suo record dell'ora
145 Il militare che riconosce il suo ex professore di fisica
146 L'ex proprietario che sogna di creare un vero eroe da romanzo
147 Il jazzman troppo perfezionista che ricomincia le prove
148 I fan di Tasmania che offrono al loro idolo 71 topi bianchi
149 La piccola studentessa di matematica che sogna di costruire la torre più alta del mondo
150 Il coreografo pazzo d'amore che torna a ossessionare l'inflessibile ballerina

151 L'ex portinaia spagnola che si rifiuta di sbloccare l'ascensore
152 Il fattorino di Nicolas che pulisce gli specchi dell'atrio
153 Il fumatore di Por Larranaga che ascolta un fonografo a tromba
154 Il vecchio *pornografo* che aspetta all'uscita delle scuole
155 Il botanico del Kenia che spera di battezzare un epifillo eburneo
156 Il giovane Mozart che suona davanti a Luigi sedici & Maria Antonietta
157 I russo che partecipa a tutti i concorsi pubblicati sui giornali
158 Il giocoliere che avendo inghiottito un coltello vomita chiodini
159 Il fabbricante di articoli religiosi che muore di freddo nelle Argonne
160 I vecchi cavalli ciechi che tirano vagoncini in miniera

161 L'urologo che sogna la polemica fra Asclepiade e Galeno
162 Il bell'aviatore che cerca sulla carta la strada per Corbénic
163 L'operaio ebanista che si scalda a un effimero fuoco di trucioli
164 I turisti che tentano invano di rimettere insieme l'anello turco
165 L'insegnante di danza ucciso a bastonate da tre mascalzoni
166 La giovane principessa che prega al capezzale del re suo nonno
167 L'inquilina temporanea che controlla le tubature dei servizi igienici
168 Il caposervizio che riesce ad assentarsi per quattro mesi all'anno
169 L'antiquaria che immerge le dita in un barattolo di caviale
170 Il gioielliere che legge il trafiletto che lo condanna a morte

171 Il famoso pittore che "annebbia" opere celebri
172 Il principe Eugenio che fa fare l'elenco di tutte le Reliquie
173 L'Imperatore che pensa all'Aquila per attaccare i britannici
174 La signora in abito a pallini che sferruzza in riva al mare
175 Le melanesiane che fanno ginnastica sul ritmo di un disco di Haendel
176 Il giovane acrobata che non vuole più scendere dal trapezio
177 Gideon Spilett che si ritrova in tasca l'ultimo fiammifero
178 L'ebanista italiano che materializza l'impalpabile lavorìo del tarlo
179 Il vecchio pittore che inscrive nella sua tela tutta la casa, e ce la fa
stare

CAPITOLO LII

Plassaert, 2

Una delle stanze dell'appartamento dei Plassaert: la prima che occuparono, poco più di tredici anni fa, un anno prima della nascita del figlio. Qualche tempo dopo, Troyan morì e loro ne acquistarono la mansarda dall'amministratore. Poi rilevarono dai Marquiseaux la stanza in fondo al corridoio: era occupata da un vecchio, certo Troquet, che vivacchiava recuperando bottiglie vuote; si faceva rimborsare la consegna e ne teneva qualcuna infilandoci degli omini di sughero raffiguranti bevitori, pugili, marinai, Maurice Chevalier, il generale de Gaulle, eccetera, che andava a vendere la domenica ai perdigiorno degli Champs-Elysées. I Plassaert avviarono un processo di sfratto perché Troquet non pagava regolarmente l'affitto e, dato che era un mezzo barbone, la spuntarono con facilità.

Nella prima delle loro camere era vissuto un tempo per un paio d'anni uno strano giovanotto che si chiamava Grégoire Simpson. Era studente di storia. Per un po', aveva lavorato come vice bibliotecario aggiunto alla Biblioteca dell'Opéra. Il suo lavoro non era particolarmente esaltante: un ricco amatore, Henri Astrat, aveva lasciato alla Biblioteca una collezione di documenti raccolti in quarant'anni di vita. Appassionato d'opera, Henri Astrat non aveva praticamente mai perso una prima dal millenovecentodieci in poi, non esitando a traversare la Manica, e perfino l'Atlantico, per sentire Furtwängler dirigere il *Ring*, la Tebaldi cantare *Desdemona* o la Callas *Norma*.

A ogni rappresentazione, Astrat costituiva un incartamento stampa cui aggiungeva il programma — ampiamente dedicato dal direttore d'orchestra e dagli interpreti — e, a seconda dei casi, vari elementi dei costumi e delle scene: le bretelle viola di Mario del Monaco nella parte di Rodolfo (*Bohème*, Covent Garden, Opera di Napoli, 1946), la bacchetta di Victor de Sabata, la partitura del *Lohengrin* annotata da Heinz Tietjen per la storica regia data a Berlino nel 1929, i bozzetti di Emil Preetorius per le scene di quella stessa rappresentazione, lo stampo di finto marmo che Karl Böhm fece portare a Haig Clifford per la parte del Commendatore nel *Don Giovanni* che allestì al Maggio Musicale di Urbino, eccetera.

Il lascito di Henri Astrat si accompagnava a una considerevole rendita destinata a sovvenzionare il proseguimento di quel catalogo specializzato unico al mondo. La Biblioteca dell'Opéra poté così creare un Fondo Astrat, consistente in tre sale da esposizione e lettura sorvegliate da due custodi, e in due uffici occupati, uno da un conservatore, e l'altro da una vice bibliotecaria e un vice bibliotecario aggiunto a mezzo tempo. Il conservatore – un professore di storia dell'arte specializzato in Feste del Rinascimento – riceveva le personalità ammesse a consultare il Fondo – ricercatori, critici, storici dello spettacolo, musicologi, registi, scenografi, musicisti, costumisti, interpreti, eccetera – e organizzava delle esposizioni (Omaggio al Met, Centenario della *Traviata*, eccetera); la vice bibliotecaria leggeva quasi tutti i quotidiani parigini e una notevole quantità di settimanali, riviste e pubblicazioni varie, riquadrando con la matita rossa ogni articolo riguardante l'opera in generale (*Chiuderanno l'Opéra?, Progetti per l'Opéra, A che punto è l'Opéra, Il Fantasma dell'Opéra: realtà e leggenda*, eccetera) o un'opera in particolare; il vice bibliotecario aggiunto a mezzo tempo ritagliava gli articoli riquadrati di rosso e li metteva, senza incollarli, nelle "cartelle provvisorie" (CP) chiuse da un elastico; dopo un periodo variabile, che però non superava generalmente mai le sei settimane, si tiravano fuori i ritagli di stampa (RS, questi) dalle CP, li si incollava su fogli di carta bianca 21 X 27, scrivendo, in alto a sinistra, con l'inchiostro rosso, titolo dell'opera, in lettere maiuscole sottolineate due volte, genere (opera, opera buffa, operetta, oratorio drammatico, vaudeville, eccetera), nome del compositore, nome del direttore d'orchestra, nome del regista, nome della sala, in lettere maiuscole sottolineate una volta, e data della prima rappresentazione pubblica: i ritagli così incollati venivano allora rimessi nelle loro cartelle, ma queste, invece d'essere chiuse da un elastico, lo erano ormai da un cordoncino di lino, il che le mutava in "dossier in attesa" (DIA) che venivano riposti in un armadio a vetri dell'ufficio della vice bibliotecaria e del vice bibliotecario aggiunto a mezzo tempo (VB2AMT); in capo a qualche settimana, quand'era ormai ampiamente chiaro che non si sarebbero più dedicati altri articoli alla rappresentazione trattata, si trasferiva il DIA in uno dei grandi armadi a grate delle sale da esposizione e lettura dove finalmente diventava un "dossier al suo posto" (DASP) soggetto allo stesso regime del rimanente Fondo Astrat, e cioè, all'occorrenza, "consultabile sul posto dietro presentazione di una tessera permanente o di un permesso particolare rilasciato dal Conservatore amministratore del Fondo" (Estratto degli Statuti, articolo XVIII, § 3, capoverso *c*).

Quel posto a mezzo tempo non venne disgraziatamente rinnovato. Un ispettore finanziario chiamato a scoprire l'inspiegabile deficit registrato di anno in anno dalle biblioteche in generale e dalla Biblioteca dell'Opéra in particolare espresse nel suo rapporto il parere che due custodi per tre sale erano troppi, e che centosettantacinque franchi e diciotto centesimi al mese per ritagliare articoli di giornale erano centosettantacinque franchi e diciotto centesimi di spesa inutile, visto che quell'unico custode che avrebbe solo dovuto custodire e basta, avrebbe potuto benissimo ritagliare custodendo. La vice bibliotecaria, una timida donna di cinquant'anni con grandi occhi tristi e una protesi acustica, tentò di spiegare che tutto il viavai di CP (con RS) e DIA fra il suo ufficio e le sale da esposizione e lettura sarebbe diventata una fonte di grane continue che rischiava di danneggiare seriamente i DASP – cosa che in seguito si verificò puntalmente – ma il conservatore, ben felice di conservare se non altro il suo posto, si trovò pienamente d'accordo con l'ispettore e "deciso ad arginare l'emorragia finanziaria cronica" del servizio risolse 1) di tenere un solo custode, 2) di licenziare il vice bibliotecario aggiunto a mezzo tempo (VB2AMT), 3) di aprire le sale da esposizione e lettura solo tre pomeriggi alla settimana, 4) di far ritagliare alla vice bibliotecaria stessa gli articoli ritenuti "più importanti" affidando gli altri al custode, e infine, 5) che, per economia, i ritagli sarebbero stati d'ora in poi incollati recto e verso.

Grégoire Simpson terminò l'anno scolastico trovando vari lavori temporanei: fece visitare appartamenti in vendita invitando gli eventuali compratori a salire su sgabelli da cucina perché potessero rendersi conto che chinando un po' la testa si godeva una gran bella vista sul Sacré-Coeur, s'industriò nel porta a porta, proponendo "libri d'arte" o orrende enciclopedie introdotte da ineffabili teste di rapa, borsette "smarcate" pessime imitazioni di modelli mediocri, giornali "giovani" tipo "Le piaccione gli studenti?", tovagliette ricamate negli orfanotrofi, stoini intrecciati da ciechi. E Morellet, suo vicino, che aveva appena avuto l'incidente delle tre dita, lo incaricò di piazzare nel quartiere i suoi saponi, i coni deodoranti, i dischetti ammazzamosche e gli shampooing per capelli e moquette.

L'anno seguente, Grégoire Simpson vinse una borsa di studio il cui ammontare, anche se alquanto scarso, gli permetteva almeno di sopravvivere senza doversi trovare un lavoro. Ma invece di dedicarsi agli studi e prendere il diploma, cadde in una specie di neurastenia; uno strano stato letargico dal quale niente e nessuno riuscì apparentemente a svegliarlo. Chi ebbe occasione d'incontrarlo in quel periodo aveva l'impressione che vivesse in una sorta di non gravità, come un'assenza sensoriale, una specie di indifferenza a tutto: al tempo che faceva, all'ora che era, alle informazioni che il mondo esterno continuava a fornirgli ma che pareva sempre meno disposto a ricevere: si mise a vivere una specie di vita uniforme, vestendosi sempre nello stesso modo, mangiando tutti i giorni nella stessa friggitoria, in piedi, al banco, lo stesso pasto, leggendo tutte le sere nel solito bar, tutto *Le Monde* da cima a fondo, e passando intere giornate a fare solitari o a lavarsi tre delle quattro paia di calze o una delle tre camicie in una bacinella di plastica rosa.

Poi, venne l'epoca delle grandi passeggiate. Andava alla deriva, portato dal caso, si tuffava nella mischia dell'ora di punta, rasentava le vetrine, entrava in tutte le gallerie d'arte, traversava i passaggi coperti del nono arrondissement, si fermava davanti a tutti i negozi. Guardava con la stessa attenzione i comò rustici dei venditori di mobili, i piedi di letto e le molle dei materassai, le corone artificiali delle pompe funebri, gli anelli da tenda dei merciai, le carte da gioco "erotiche" con pin-up superpoppute dei venditori di souvenir (*Si parla tedesco*, *Si parla inglese*), le foto ingiallite di uno studio d'Arte: un marmocchio con faccia da luna piena vestito alla marinara, un ragazzino brutto con berretto da cricket, un adolescente dal naso schiacciato, un uomo con un'aria da bulldog vicino a un'automobile nuova fiammante; la cattedrale di Chartres in strutto di un salumiere; i biglietti da visita umoristici dei negozi specializzati in giochi e scherzetti;

Adolf Hitler pellicciaio *	**JEAN BONNOT** salumiere **

**I signori HOCQUARD
di Tours (I. & L.)**
*annunciano con gioia
la nascita del loro piccolo*
ADHEMAR *

* In francese "fourreur" (pellicciaio) ha una pronuncia molto simile a quella di "führer". [*N.d.T.*]

** Duplice doppio senso: Jean Bonnot ha una pronuncia simile a "jambonneau" (zampetto, peduccio di maiale). Per di più Jean Bonnot era un famosissimo gangster primo novecento e "charcutier" (salumiere) vuole anche dire "massacratore". [*N.d.T.*]

*** Gioco di doppi sensi fonetico fra "Adhémar Hocquard de Tours" e "elle démarre au quart de tour" che significa "parte al primo colpo" (la signora Hocquard che "ci è restata subito" evidentemente). [*N.d.T.*]

i biglietti da visita sbiaditi, i campioni d'intestazioni, le partecipazioni delle stamperie:

IL PANNELLO METALLIZZATO
S.r.l. con capitale di
6.810.000 franchi

Marcel-Emile Burnachs, S.A.
«*Tutto per il Tappeto*»

ASSOCIAZIONE
DEGLI EX ALLIEVI
DEL COLLEGIO GEOFFROY SAINT-HILAIRE

A volte s'imponeva compiti assurdi, come censire i ristoranti russi del XVII arrondissement e combinare un itinerario che li riunisse senza incrociarsi mai, ma quasi sempre si sceglieva una meta ridicola — la centoquarantasettesima panchina, l'ottomiladuecentotrentasettesimo passo — e passava qualche ora seduto su una panchina a listelli verdi, chissà dove verso Denfert-Rochereau o Château-Landon, o si piantava come una statua davanti a un negozio di forniture per vetrine che esponeva nella propria non solo manichini con la vita di vespa e vassoi presentatori che presentavano solo se stessi, ma anche tutta una gamma di striscioni, etichette e insegne

SALDI

prezzi stracciati

ARTICOLO ECCEZIONALE

N O V I T À

L'ultimissimo grido

MODELLO ESCLUSIVO

che guardava per lunghi minuti come se non la smettesse di rimuginare sul paradosso logico connesso a questo tipo di vetrina.

Più tardi incominciò a starsene in casa, perdendo a poco a poco il senso del tempo. Un giorno la sua sveglia si fermò sulle cinque e un quarto e non la ricaricò: a volte, la luce restava accesa per tutta la notte; a volte poteva passare un giorno, due giorni, tre giorni e perfino una settimana intera senza uscire di camera se non per andare al gabinetto in fondo al corridoio. A volte usciva verso le dieci di sera e rientrava l'indomani mattina, sempre uguale a se stesso, e senza alcun danno apparente dopo la notte in bianco; andava a vedere dei film in certi cinema bisunti dei grands boulevards che puzzavano di disinfettante; ciondolava per i bar sempre aperti, passando ore a giocare a biliardino elettrico o a guardare con occhio torvo sopra il suo espresso i festaioli in gringola, gli sbronzi tristi, i macellai obesi, i marinai e le ragazze.

Negli ultimi sei mesi, non usciva praticamente più di camera. Di tanto in tanto lo si incontrava dalla panettiera di rue Léon-Jost (che allora quasi tutti chiamavano ancora rue Roussel); posava sulla lastra di vetro del bancone una moneta da venti centesimi e se la panettiera gli alzava addosso uno sguardo interrogativo – cosa che all'inizio le capitò qualche volta – si limitava a indicare con un cenno del capo i filoni di pane disposti nei panieri di vimini facendo con la mano sinistra una specie di gesto a forbice che voleva significare ne voglio solo mezzo.

Non rivolgeva più la parola a nessuno e quando gli parlavano rispondeva solo con una specie di mugolìo sordo che scoraggiava subito ogni tentativo di conversazione. Di tanto in tanto, lo si vedeva socchiudere la porta per guardare se non ci fosse qualcuno alla fontanella sul pianerottolo prima di andarsi a riempire la bacinella di plastica rosa.

Un giorno Troyan, il suo vicino di destra, che rientrava verso le due del mattino, si accorse che c'era ancora luce nella camera dello studente; bussò, non ottenne risposta, bussò di nuovo, aspettò un minuto, spinse la porta che non era veramente chiusa, e scoprì Grégoire Simpson, rannicchiato sul letto, vestito di tutto punto, gli occhi spalancati, che fumava una sigaretta stretta fra medio e anulare usando una vecchia ciabatta come portacenere. Non alzò gli occhi quando Troyan entrò, non rispose quando il libraio gli chiese se stesse male, se voleva un bicchiere d'acqua, se aveva bisogno di qualcosa, e fu solo quando l'altro gli toccò leggermente la spalla come per convincersi che non fosse morto, che si voltò con un unico movimento verso il muro mormorando: "Non rompa le palle".

Scomparve sul serio pochi giorni dopo, e non se ne seppe più nulla. Tutti nel caseggiato optarono per il suicidio, qualcuno anzi assicurò che lo aveva fatto buttandosi sotto un treno dal ponte Cardinet. Ma nessuno poté fornirne la prova.

In capo a un mese, l'amministratore, che era il proprietario della camera, fece apporre i sigilli alla porta; in capo a un altro mese, fece constatare dall'ufficiale giudiziario che il locale era libero e buttò via quei pochi stracci che ancora restavano: una panchetta stretta, lunga quel tanto da dormirci su, una bacinella di plastica rosa, uno specchio incrinato, qualche camicia e dei calzini sporchi, pile di vecchi giornali, un mazzo di cinquantadue carte, macchiate, unte, strappate, una sveglia ferma sulle cinque e un quarto, un'asta metallica con una vite filettata da una parte e una valvola a molla dall'altra, la riproduzione di un ritratto del Quattrocento, un uomo dal volto energico e insieme grasso, con una piccolissima cicatrice sopra il labbro superiore, una valigetta-giradischi rivestita di pegamoide granata, un radiatore alettato, tipo soffiante, modello *Congo*, e qualche decina di libri fra i quali le *Diciotto lezioni sulla Società industriale*, di Raymond Aron, piantato a pagina 112, e il VII volume della monumentale *Storia della Chiesa*, di Fliche e Martin, preso in prestito sei mesi prima nella Biblioteca dell'Istituto di pedagogia.

Malgrado la consonanza del cognome, Grégoire Simpson non era affatto inglese. Veniva da Thonon-les-Bains. Un giorno, molto prima di cadere nell'ibernazione fatale, aveva raccontato a Morellet che, da ragazzino, suonava il tamburo con i Matagassier alla festa di mezza quaresima. Sua madre, che lavorava da sarta, gli confezionava i panni tradizionali: calzoni a scacchi rossi e bianchi, ampia giubba azzurra, berretto bianco di cotone con nappina, e suo padre gli comperava, in una bella scatola tonda e arabescata, la maschera di cartone che somigliava a una testa di gatto. Fiero come Artaban * e serio come un papa, percorreva con il corteo le vie della città vecchia, dalla piazza du Château alla porta des Allinges e dalla porta de Rives a rue Saint-Sébastien prima di andare nella città alta, aux Belvédères, a ingozzarsi di prosciutto cotto al ginepro annaffiandolo con valanghe di Ripaille, quel vino bianco chiaro come acqua di neve e secco come pietra focaia.

---

* Eroe di un romanzo seicentesco di La Calprenède (*Cleopatra*) il cui carattere fiero e orgoglioso s'è fatto proverbio. [*N.d.T.*]

CAPITOLO LIII

Winckler, 3

La terza stanza dell'appartamento di Gaspard Winckler.

È qui, di fronte al letto, accanto alla finestra, che c'era quel quadro quadrato che gli piaceva tanto e che raffigurava tre uomini vestiti di nero in un'anticamera; non era un dipinto, ma una fotografia ritoccata, ritagliata da *La Petite Illustration* o da *La Semaine théâtrale*. Rappresentava la scena I atto III de *Le Ambizioni perdute*, tetro melodramma di un imitatore mediocre di Henry Bernstein, un certo Paulin-Alfort, e mostrava i due padrini dell'eroe – interpretato da Max Corneille – che venivano a prenderlo mezz'ora prima del duello in cui avrebbe trovato la morte.

Era stata Marguerite a scoprire la fotografia in fondo a una di quelle casse di libri d'occasione che allora esistevano ancora sotto i portici del Théâtre de l'Odéon: l'aveva incollata su una tela, raccomodata, colorita, incorniciata, e poi regalata a Gaspard quando erano venuti a stare in rue Simon-Crubellier.

Questa, di tutte le stanze dello stabile, è quella che Valène ricordava meglio, una camera tranquilla e un po' pesante, con i suoi zoccoli alti di legno scuro, il letto coperto da una trapunta mauve, lo scaffale di legno a tortiglione che crolla sotto il peso dei libri più disparati e, davanti alla finestra, la grande tavola dove lavorava Marguerite.

La rivedeva esaminare con la lente i delicati arabeschi d'una di quelle scatole veneziane di cartone dorato con i festoni in rilievo, o prepararsi i colori sulla minuscola tavolozza di avorio.

Era bella, con discrezione; un colorito pallido sparso di lentiggini, le guance un po' scavate, occhi grigioazzurri.

Era una miniaturista. Dipingeva raramente soggetti originali: preferiva riprodurre o ispirarsi a documenti che esistevano già; per esempio, aveva disegnato il puzzle di prova che Gaspard Winckler aveva ritagliato per Bartlebooth seguendo delle incisioni su acciaio pubblicate in *Le Journal des Voyages*. Sapeva copiare a meraviglia nei loro quasi impercettibili particolari le minuscole scene dipinte all'interno degli orologi da taschino, sulle scatole di tabacco da fiuto o sui risguardi di messali lillipuziani, o restaurare tabacchiere, ventagli, bomboniere e medaglioni. I suoi clienti erano collezionisti privati, mercanti di rarità, fabbricanti desiderosi di rifare le prestigiose porcellane stile Retour d'Egypte o Malmaison, gioiellieri che le chiedevano di raffigurare dentro a un ciondolo destinato a ricevere un'unica ciocca di capelli il ritratto della persona amata (realizzato mediante una foto il più delle volte dubbia) o librerie d'arte per le quali ritoccava fregi romantici o miniature di libri d'ore.

La sua minuzia, il suo rispetto, la sua abilità, erano straordinari. In un riquadro lungo quattro centimetri e largo tre, riusciva a mettere un paesaggio intero col cielo azzurro pallido sparso di piccole nubi bianche, l'orizzonte mollemente ondulato di colline dai fianchi coperti di vigne, un castello, un crocicchio a due strade dove passava un cavaliere al galoppo vestito di rosso su un cavallo baio, un cimitero con due beccamorti armati di vanga, un cipresso, degli ulivi, un fiume orlato di pioppi con tre pescatori seduti sulla riva, e, in una barca, due minuscoli personaggi vestiti di bianco.

Oppure, sullo smalto piattamente uniforme di una *chevalière*,* ricostruiva un paesaggio enigmatico dove, in una luce d'aurora, fra pallide erbe ai bordi di un lago gelato, un asino fiutava le radici di un albero; sul tronco era inchiodata una lanterna grigia; fra i rami posava un nido, vuoto.

Questa donna così precisa e così misurata era irresistibilmente attratta dal caos. La sua tavola era un bailamme, un' eterna invasione, sempre ingombrata da mucchi di materiale inutile, da un cumulo di oggetti eterogenei, da tutto un disordine che doveva continuamente arginare, prima di mettersi al lavoro: lettere, bicchieri, bottiglie, etichette, portapenne, piatti, scatole di fiammiferi, tazze, tubetti, forbici, taccuini, medicine, banconote, spiccioli, compassi, fotografie, ritagli di giornale, francobolli; e poi dei fogli volanti, pagine strappate da bloc notes o calendari, un pesalettere, un contafili di ottone, il calamaio di vetraccio intagliato, le scatole di penne, la scatola verdenera da 100 penne de La République n° 705 di Gilbert e Blanzy-Poure, e la scatola beige e bigia da 144 penne in tondo n° 394 di Baignol e Farjon, il tagliacarte con il manico di corno, le gomme, le scatole di puntine e fermagli, le lime per unghie di cartone, e il semprevivo nella fioriera presa da Kirby Beard, e il pacchetto di sigarette Athletic con lo sprinter in maglia bianca a righe azzurre e il numero di gara 39 scritto in rosso che taglia il traguardo lasciando gli

---

* Anello con monogramma o stemma. [*N.d.T.*]

altri chissà dove lontani, e le chiavi legate a una catenella, il doppio decimetro di legno giallo, la scatola con la scritta CURIOUSLY STRONG altoids PEPPERMINT OIL, il barattolo di ceramica azzurra con tutte le sue matite, il fermacarte di onice, gli scodellini emisferici simili a quelli per i bagni oculari (o per cuocere le lumache) nei quali mescolava i colori, e la coppetta di silverplate dai due scomparti sempre pieni, uno di pistacchi salati e l'altro di caramelle alla violetta.

Solo un gatto poteva muoversi in mezzo a quella massa di cose senza provocare crolli, e di fatto, Gaspard e Marguerite avevano un gatto, un micione rossiccio che avevano inizialmente chiamato Leroux, poi Gaston, poi Chéri-Bibi e infine, dopo un'ultima aferesi, Ribibi, al quale piaceva pazzamente passeggiare fra tutta quella roba senza spostarla di un pelo, finendo con l'accovacciarvisi in mezzo come un pascià, sempre che non si sistemasse sul collo della padrona lasciando penzolare le zampe a destra e sinistra con aria del tutto indolente.

Un giorno, Marguerite raccontò a Valène come aveva conosciuto Gaspard Winckler. Accadde nel millenovecentotrenta, una mattina di novembre, a Marsiglia, in un caffè di rue Bleue, poco distante dall'arsenale e dalla caserma Saint-Charles. Fuori, cadeva una pioggia finissima e fredda. Lei indossava un tailleur grigio e un'incerata nera stretta in vita da un'alta cintura. Aveva diciannove anni, era appena rientrata in Francia e in piedi, davanti al bancone, si beveva un caffè nero leggendo la piccola pubblicità su *Dernières Nouvelles de Marseille*. Il padrone del bar, tale La Brigue, che di courtelinesco non aveva proprio niente,* osservava con occhio truce un militare del quale pareva avesse già deciso che non avrebbe potuto pagarsi il cappuccio e le fette di pane imburrato.

Era Gaspard Winckler e il padrone del caffè non si sbagliava poi tanto: la morte del signor Gouttman aveva lasciato il suo allievo in una situazione difficile; appena dicannovenne, conoscendo a fondo moltissime tecniche senza però disporre di un vero lavoro, Winckler non possedeva esperienze di vita professionale o quasi, e non aveva casa, né amici né famiglia: quando infatti, cacciato da Charny dal padrone della casa che Gouttman affittava, se ne tornò a La Ferté-Milon, venne a sapere che suo padre era morto a Verdun, che sua madre, risposata con un impiegato delle assicurazioni, viveva adesso al Cairo, e che sua sorella Anne, di un anno più giovane, aveva appena sposato un certo Cyrille Voltimand, piastrellista a Parigi nel

---

* I personaggi di Courteline sono infatti acuti osservatori, La Brigue oltretutto è anche il nome di uno di loro. [N.d.T.]

diciannovesimo arrondissement. E fu così che, un bel giorno del marzo 1929, Gaspard Winckler arrivò, a piedi, nella capitale che vedeva per la prima volta nella vita. Si fece coscienziosamente tutte le vie del diciannovesimo arrondissement informandosi con cortesia presso tutti i piastrellisti che vide se per caso conoscessero un certo Cyrille Voltimand suo presunto cognato. Ma non lo trovò e, non sapendo cosa fare, finì con l'arruolarsi.

Passò i successivi diciotto mesi in un fortino tra Bou-Jeloud e Bab-Fetouh, poco distante dal Marocco spagnolo, dove non ebbe praticamente nient'altro da fare se non scolpire lavoratissimi birilli per trequarti della guarnigione, occupazione come un'altra e che perlomeno gli permise di non perdere la mano.

Era tornato dall'Africa il giorno prima. Durante la traversata aveva giocato e si era fatto ripulire quasi del tutto. Marguerite stessa era senza lavoro, ma fu comunque in grado di offrirgli il suo pane e burro.

Si sposarono pochi giorni dopo e vennero su a Parigi. I primi tempi furono difficili, ma ebbero la fortuna di trovare lavoro abbastanza presto: lui, da un negoziante di giocattoli oberato sotto Natale e lei, un po' più tardi, da un collezionista di strumenti musicali antichi che le chiese di decorare sulla scorta di certi documenti d'epoca una magnifica spinetta presumibilmente appartenuta a Champion de Chambonnière della quale aveva dovuto far rifare il coperchio: fra grovigli di foglie, ghirlande e intrecci come intarsiati, Marguerite dipinse, in due cerchi di tre centimetri di diametro, due ritratti: un giovanotto dal volto un po' lezioso, visto di trequarti, parrucca incipriata, giacca nera, panciotto giallo, cravatta di merletto bianco, in piedi, è appoggiato di gomito su un caminetto di marmo, davanti a una grande tenda color salmone che, socchiusa, svela in parte una finestra da cui si scorge un cancello; e una giovane donna, bella, un po' grassa, con grandi occhi bruni e gote vermiglie, una parrucca incipriata con nastro rosa e una rosa, e un fazzoletto a scialle di mussola bianca ampiamente scollato.

Valène conobbe i Winckler pochi giorni dopo il loro trasferimento in rue Simon-Crubellier, in casa di Bartlebooth che li aveva invitati a pranzo tutti e tre. Si sentì subito attratto da quella donna dolce e ridente che posava sul mondo e le cose uno sguardo così limpido. Gli piaceva il suo gesto di ravviarsi i capelli all'indietro; gli piaceva il modo sicuro e insieme pieno di grazia con cui si appoggiava sul gomito sinistro prima di abbozzare con la punta del pennello sottile come un capello una minuscola ombra verde in un occhio. Della famiglia, dell'infanzia, dei viaggi, non parlò quasi mai. Una sola volta gli raccontò che aveva rivisto in sogno la casa fra i campi in cui aveva passato tutte le sue estati di adolescente: un grande edificio bianco invaso dalle clematidi, con una soffitta che le faceva paura, e un calessino tirato da un asino che rispondeva al dolce nome di Boniface.

Molte volte, mentre Winckler si chiudeva nel suo laboratorio, andarono a passeggio insieme. Andavano al parc Monceau, oppure costeggiavano la ferrovia della circonvallazione interna lungo il boulevard Péreire, o andavano a vedere delle esposizioni in boulevard Haussmann, in avenue de Messine, in rue du Faubourg Saint-Honoré. A volte Bartlebooth portava tutti e tre a visitare i castelli della Loira o li invitava qualche giorno a Deauville. Una volta, nell'estate del millenovecentotrentasette, quando navigava con il suo yacht, l'Alcyon, lungo le coste adriatiche, li invitò perfino a passare due mesi con lui fra Trieste e Corfù, facendo loro scoprire i palazzi rosa di Pirano, i grand hôtel fine secolo di Portorosa, le rovine dioclezianee di Spalato, la miriade d'isole dalmate, Ragusa, diventata da qualche anno Dubrovnik, e le asperità tormentate delle Bocche di Cattaro e della Montagna Nera.*

Fu proprio durante quell'indimenticabile viaggio che una sera, di fronte alle mura merlate di Rovigno, Valène confessò improvvisamente il suo amore alla giovane donna, ottenendone un sorriso ineffabile e niente di più.

Molte volte, sognò di fuggire con lei, o lontano da lei, ma rimasero com'erano, vicini e lontani, nella tenerezza e la disperazione di un'amicizia non valicabile.

Nel novembre millenovecentoquarantatré Marguerite morì dando alla luce un bimbo morto.

Per tutto l'inverno, Gaspard Winckler rimase seduto alla tavola dove lei lavorava, prendendo e tenendosi in mano tutti gli oggetti che aveva toccato, che aveva guardato, che aveva amato: il ciottolo vetrificato con le scanalature bianche, beige e arancioni, il piccolo liocorno di giada, sopravvissuto a un prezioso gioco di scacchi, e la spilla fiorentina che le aveva regalato perché portava, fatte di microscopiche tessere, tre margherite.

Poi, un giorno, buttò via tutto quello che c'era sulla tavola, e bruciò la tavola; e andò a portare Ribibi da un veterinario di rue Alfred-de-Vigny e gli fece fare la puntura; buttò via i libri e lo scaffale di legno a tortiglione, la trapunta mauve, la poltrona inglese dove lei si sedeva, con lo schienale basso e il cuscino piatto di cuoio nero, tutto

* È il Montenegro, tradotto letteralmente dal serbo "Crnagora" che significa appunto "Montagna nera". [N.d.T.]

quello che serbasse la sua traccia, tutto quello che ne portasse l'orma, tenendo solo in questa camera il letto e, di fronte al letto, quel quadro malinconico dei tre uomini vestiti di nero.

Poi tornò in laboratorio, dove undici acquerelli, ancora intatti nelle buste con francobolli argentini e cileni, aspettavano di farsi puzzle.

La camera è oggi una stanza grigia di polvere e tristezza, una stanza vuota e sporca con una carta da parati stinta; dalla porta aperta sullo stanzino da toilette in rovina, si vede un lavabo tutto incrostato e ruggine dall'orlo sbeccato sul quale una bottiglia incominciata di Schweppes all'arancia finisce di ammuffire da due anni.

CAPITOLO LIV

Plassaert, 3

Adèle e Jean Plassaert sono seduti vicino alla scrivania, un mobile grigio metallizzato attrezzato con cassetti a schedari sospesi. Il piano di lavoro è ingombro di registri contabili aperti, dalle lunghe colonne coperte di una scrittura pignola. La luce viene da una vecchia lampada a petrolio fornita d'un piede di ottone e due globi di vetro verde. Di fianco, una bottiglia di whisky McAnguish Caledonian Panacea, la cui etichetta rappresenta una gioviale vivandiera che dà da bere a un granatiere baffuto con un berrettone di pelo in testa.

Jean Plassaert è un uomo basso e alquanto grasso; porta una camicia fantasia, coloratissima, tipo Carnevale di Rio, e una cravatta che consiste in una stringa nera con due puntali brillanti ai due capi, stretta da un anello di cuoio intrecciato. Ha di fronte una scatola di legno bianco abbondantemente munita di etichette, francobolli, timbri e sigilli di ceralacca rossa, dalla quale ha cavato cinque spille d'argento e strass, stile art déco, che raffigurano cinque sportive stilizzate: una nuotatrice che batte il crawl in mezzo a festoncini d'onde, una sciatrice catapultata lungo uno schuss, una ginnasta in tutù che maneggia delle torce ardenti, una giocatrice di golf con la mazza in alto e una tuffatrice che esegue un impeccabile volo d'angelo. Ne ha disposte quattro sul sottomano una vicino all'altra e mostra la quinta – la tuffatrice – alla moglie.

Adèle è una donna sui quarant'anni, piccola e ossuta, con labbra sottili. Indossa un tailleur di velluto rosso con un collo di pelliccia. Per guardare la spilla che le mostra il marito, ha alzato gli occhi dal libro che sta consultando: è una voluminosa guida dell'Egitto, aperta su una pagina doppia che riproduce l'estratto di uno dei primi dizionari di egittologia conosciuti, il *Libvre mangificque dez Merveyes que pouvent estre vuyes es La Egipte** (Lione, 1560):

---

* *Libro meraviglioso delle meraviglie che possono vedersi in Egitto.* [N.d.T.]

Ieroglifici: Sacre sculture. Così erano dette le lettere degli antichi saggi egiziani, ed erano fatte di imagini diverse di alberi e erbe e animali e pesci e augelli e istrumenti, per la quale natura e ufficio era rappresentato quello che volevano significare.

Obelischi: Grandi e lunghi aghi di pietra, larghi per il basso e a poco a poco terminanti in punta verso l'alto. Ve ne hanno in Roma prossimo al tempio di San Pietro uno intero e da altre parti altri ancora. Sopra isolotti prossimi alla riva del mare si facevano fuochi per lucere ai marinai nel tempo di tempesta, ed erano dette obeliscolichnie.

Piramidi: Grandi costrutti di pietra o mattone quadrati, larghi per il basso e aguzzi verso l'alto, com'è la forma di una fiamma di fuoco. Possono vedersi molte sopra il Nilo, prossime al Cairo.

Catadupe del Nilo. Luogo nell'Etiopia dove il Nilo cade da alte montagne, in tanto orribile fragore che i vicini del luogo sono quasi tutti sordi, come scritto da Claudio Galeno. Si odono fragori a più di quattro giorni lontano, che è altrettanto da Parigi a Tours. Vedere Tol., Cicerone in Som. Scipionis; *Plinio*, lib. 6, cap. 9, *e* Strabone.

Commercianti d'indianerie e altri oggetti esotici, i Plassaert sono organizzati, efficienti e, come si dicono da soli, professionisti.

Il loro primo contatto con l'Estremo Oriente coincise con il loro incontro, circa vent'anni fa. Quell'anno, il consiglio di gestione della banca in cui facevano entrambi pratica, lui a Aubervilliers e lei a Montrouge, organizzò un viaggio nella Mongolia esterna. Il paese in sé li interessò poco, Ulan-Bator era solo un grosso borgo con qualche edificio ufficiale tipico dell'arte staliniana e il deserto del Gobi non aveva granché da mostrare tranne i suoi cavalli e pochi mongoli ridenti con gli zigomi alti e i berretti di pelo, ma gli scali all'andata, in Persia, e al ritorno, nell'Afganistan, li fecero impazzire. Il loro comune amore per viaggi e traffici vari, una certa fantasia marginale, il forte gusto per la bohème tira a campare, tutto questo li spinse a mollare gli sportelli di banca dove certo non li aspettava un futuro esaltante e farsi cercatori di anticaglie. Con un camioncino raffazzonato e un capitale iniziale di poche migliaia di vecchi franchi, si misero a vuotare cantine e soffitte, a battere le aste campagnole e a proporre, la domenica mattina al marché aux Puces di Vanves allora poco battuto, delle trombe un po' ammaccate, delle enciclopedie raramente complete, delle forchette scarsamente argentate, e dei piatti decorati ("Uno scherzo da prete": un uomo fa la siesta in un giardino; un altro, che si è avvicinato furtivamente, gli versa un liquido nell'orecchio; oppure, in un folto d'alberi fra i quali si nascondono due ragazzacci sghignazzanti, una guardia campestre dall'aria furente: "Dove sono finiti i due burloni?"; e ancora, un giovanissimo mangiatore di spade vestito alla marinara, con la didascalia: "Il Mangiatore non aspetta di avere l'età".)

La concorrenza era temibile e se avevano fiuto, non avevano esperienza; varie volte, si lasciarono rifilare degli stock da cui non avrebbero ricavato un bel niente e gli unici colpi che riuscirono a fare consistevano in lotti di vecchi indumenti, giubbotti d'aviatore, camicie americane a collo abbottonato, mocassini svizzeri, tee-shirt, berretti alla Davy Crockett, blue-jeans, grazie ai quali arrivarono in quegli anni se non a svilupparsi, perlomeno a sopravvivere.

All'inizio degli anni sessanta, poco prima di trasferirsi in rue Simon-Crubellier, conobbero, in una pizzeria di rue des Ciseaux, uno strano personaggio: un avvocato nevrastenico d'origine olandese che, sistemato in Indonesia, era stato per anni rappresentante a Giakarta di varie società commerciali e aveva finito col creare una sua compagnia di export-import. Buon conoscitore di tutte le produzioni artigiane del Sudest asiatico, sapendo sfuggire come pochi ai controlli doganali, mettere fuori gioco le compagnie assicurative e quelle di transito, oltre a evitare il fisco, inzeppava per tutto l'anno e da anni tre navi cadenti di conchiglie malesi, fazzoletti filippini, chimoni di Formosa, camicie indiane, casacche nepalesi, pellicce afgane, lacche cingalesi, barometri di Macao, giocattoli di Hong Kong, e cento altre merci di ogni specie e provenienza che ridistribuiva in Germania con un utile dal due al trecento per cento.

I Plassaert gli piacquero e decise di finanziarli, o meglio d'investire. Gli vendeva a sette franchi una camicia che lui comprava a tre e loro rivendevano a diciassette, ventuno, venticinque o trenta franchi a seconda dei casi. Cominciarono con una botteguccia, un'ex calzoleria vicino a Saint-André-des-Arts. Oggi, possiedono tre negozi a Parigi, altri due a Lilla e a Cannes, e progettano di aprirne un'altra decina, permanenti o stagionali, in città termali, spiagge sull'Atlantico e stazioni di sport invernali. Nel frattempo sono riusciti a triplicare – e presto a quadruplicare – la superficie dell'appartamento parigino e a rifare da cima a fondo una casa di campagna vicino a Bernay.

Il loro senso degli affari personale completa a meraviglia quello del loro socio in Indonesia: non solo vanno a comperarsi laggiù delle produzioni locali facilmente smerciabili in Francia, ma vi fanno fabbricare, seguendo dei modelli liberty o art déco, soprammobili e gioielli di fattura europea: hanno scovato a Makassar, nell'isola di Celebes, un artigiano che non esitano a definire geniale il quale, con una dozzina di operai, gli fornisce dietro richiesta e per pochi centesimi al pezzo clips, anelli, spille, bottoni fantasia, accendini, astucci per fumatori, stilografiche, ciglia finte, yo-yo, montature per occhiali, pettini, bocchini, calamai, tagliacarte e tutta la gingilleria e paccottiglia di questo mondo, articoli di legno intarsiato, ebano, avorio eccetera compresi, ma di bachelite, celluloide, galalite e altre materie plastiche che, sembrando vecchi di mezzo secolo almeno, i nostri due spacciano per invecchiati all'antica, a volte con qualche traccia di falso restauro perfino.

Pur continuando a buttarsi sul tè-e-simpatia, offrendo da bere ai clienti e dando del tu agli impiegati, la rapida espansione dell'azienda comincia a porre dei seri problemi di gestione degli stock, di contabilità, di rendimento e di impiego, e li obbliga a cercare di variare i prodotti, subappaltare parte delle loro attività a negozi di maggior superficie o a centri di vendita per corrispondenza, e cercare altrove nuovi materiali, nuovi oggetti e nuove idee; hanno cominciato a prendere contatto con il Sudamerica e l'Africa nera, e hanno già firmato con un mercante egiziano un contratto per la fornitura di tessuti, gioielli imitazione copta e mobiletti dipinti di cui si sono assicurati l'esclusiva per l'Europa occidentale.

Il tratto saliente dei Plassaert è l'avarizia, un'avarizia metodica e organizzata della quale gli capita perfino di vantarsi: si gloriano per esempio che in casa o nei loro negozi non ci sia mai un fiore — sostanza eminentemente deperibile — ma solo composizioni di semprevivi, canne, cardi grigi e monete del papa rallegrati da qualche piuma di pavone. È un'avarizia sempre viva, che non molla mai la presa e che non solo li porta a scartare il superfluo — le uniche spese autorizzate devono essere spese produttrici di prestigio legate agli imperativi della professione e assimilabili a investimenti — ma li spinge a commettere tirchierie indicibili, come versare whisky belga nelle bottiglie di marca quando hanno degli invitati, razziare sistematicamente nei caffè le bustine di zucchero per la propria zuccheriera, facendosi anche regalare *La Semaine des Spectacles* che poi lasciano a disposizione dei clienti vicino alla cassa, o sgraffignare qualche spicciolo sulle spese alimentari discutendo su ogni articolo e acquistando di preferenza i prodotti di scarto.

Con una precisione che non lascia niente al caso, nello stesso modo in cui nel diciannovesimo secolo la padrona di casa spulciava i conti della cuoca e non ci pensava su due volte a farsi restituire sei soldi di un rombo, Adèle Plassaert fa, giorno dopo giorno, in un quaderno di scuola, l'inesorabile bilancio delle spese quotidiane:

pane	0,90
filoncini	0,40
2 carciofi	1,12
prosciutto	3,15
formaggini	1,20
vino	2,15
parrucchiere	16,00
mancia	1,50
calze	3,10
riparazione macinino caffè	15,00
detersivo	2,70
lamette da barba	4,00
lampadina	2,60
prugne	1,80
caffè	3,00
cicoria	1,80
totale	59,42

Dietro a loro, sulla parete dipinta di bianco sporco dalle modanature laccate in giallo chiaro, sono appesi sedici piccoli disegni rettangolari, la cui fattura ricorda le caricature fine secolo. Raffigurano i classici "piccoli mestieri" parigini, ciascuno con il suo grido caratteristico in leggenda:

LA VENDITRICE DI MOLLUSCHI
   "Ah la littorina, due soldi l'una!"

LO STRACCIVENDOLO
   "Stracci, ossi,
   Ferrovecchio!"

LA VENDITRICE DI LUMACHE
   "Sono fresche, sono belle,
   Lumache! la dozzina sei soldi!"

LA PESCIVENDOLA·
   "Al gamberetto,
   Il buon gamberetto.
   Ho razze vivissime
   Vive!"

IL BOTTAIO
   "Botti, botti!"

IL ROBIVECCHIO
   "Vestiti,
   Vendo vestiti,
   Ve-sti-ti!"

L'ARROTINO SCAMPANELLANDO
   "Arr-otinoo,
   Coltelli, forbici,
   Lame varie!"

LA VENDITRICE DI FRUTTA E VERDURA
   "La tenerella, la verdurella,
   Frutta, fruttosa.
   Car-cio-fi sani!"

LO STAGNAIO
   "Stagno stagno
   Batto e toppo
   Toppo i buchi
   con lo stagno!"

LA VENDITRICE DI CIALDE
   "Comandi i cialdoni, signòra, comandi!"

LA VENDITRICE DI ARANCE
   "L'arancia, la bella, la fresca spagnola!"

IL TOSACANI
   "Tosa cani
   Castra gatti, code e orecchie!"

L'ORTOLANO
   "Alla romana! Alla romana!
   Non te la vendi ma la spasseggi,
   Lattuga nostrana!"

IL VENDITORE DI FORMAGGI
   "Buon formaggio cremì, buon formaggio cremò,
   Buon formaggio!"

L'ARROTASEGHE
   "Seghe, seghe,
   Arrotoseghe!"

IL VETRAIO
   "Vetri vetraio
   Ecco il ve-tra-io
   Lastre spezzate
   E riparate!"

CAPITOLO LV

Camere di servizio, 10

Henri Fresnel, il cuoco, venne ad abitare in questa camera nel giugno millenovecentodiciannove. Era un meridionale malinconico, di circa venticinque anni, piccolo, smilzo, con baffetti neri. Preparava in modo alquanto squisito i pesci, i crostacei, e gli antipasti di legumi: carciofini da mangiarsi crudi, cetrioli all'aneto, zucchine alla curcuma, ratatouille alla menta, ravanelli con panna e cerfoglio, peperoni al basilico tritato, olivetta al timo. In omaggio al suo lontano omonimo,* aveva anche inventato un piatto di lenticchie, cotte nel sidro, servite fredde annaffiate d'olio di oliva e zafferano su fette tostate di quel pane rotondo che si adopera per il *pan bagnat.*

Nel millenovecentoventiquattro, quell'uomo poco loquace sposò la figlia del direttore alle vendite di un'importante salumeria di Pithiviers, specializzata nel famoso paté di allodola cui la città deve in parte la sua celebrità, venendogli il resto dall'altrettanto famosa torta di mandorle. Ormai fidando nei successi ottenuti dalla sua cucina e pensando giustamente che il signor Hardy, troppo occupato nella promozione del suo olio e dei suoi barili di acciughe, non gli avrebbe dato modo di svilupparla, Henri Fresnel decise di mettersi in proprio e con l'aiuto di Alice, la giovane moglie, che vi portò la sua dote, aprì un ristorante in rue des Mathurins, nel quartiere de la Madeleine. Lo chiamarono La belle Alouette**. Fresnel stava ai fornelli, Alice in sala: tenevano aperto fin tardi, per approfittare della clientela di attori, giornalisti, nottambuli e festaioli che abbondavano nel quartiere, e la modicità dei prezzi unita all'alta qualità della cucina fecero sì che presto dovettero respingere clienti e i muri di legno chiaro della piccola sala si coprirono via via di foto con dedica di stelle del music-hall, attori in voga e pugili vincenti.

---

* Augustin Fresnel (1788-1827), famoso fisico, fra i fondatori della teoria delle onde luminose e inventore di lenti (lentilles: lenti e lenticchie) speciali. [*N.d.T.*]

** Alouette = Allodola. [*N.d.T.*]

Andava tutto per il meglio e i Fresnel furono presto in grado di fare progetti per il futuro, pensarono di avere un bambino e di lasciare la loro cameretta stretta. Ma una mattina dell'ottobre 1929, Alice era incinta di sette mesi, Henri scomparve, lasciando alla moglie un biglietto laconico dove spiegava che lui, in cucina, moriva di noia e che se ne andava per realizzare il suo sogno di sempre: fare l'attore!

Alice Fresnel reagì alla notizia con una flemma incredibile: assunse un nuovo cuoco il giorno stesso e prese, con rara energia, le redini dell'azienda, lasciandola solo quel tanto da mettere al mondo un maschiotto paffuto che battezzò Ghislain e diede subito a balia. Quanto al marito, non fece niente per rintracciarlo.

Lo rivide quarant'anni dopo. Nel frattempo il ristorante era andato a rotoli e lo aveva venduto; Ghislain era cresciuto ed era entrato nell'esercito e lei, provvista di qualche rendita, continuava a vivere nella solita camera, sbollicchiando sulla sua cucina economica a smalto rane pescatrici all'americana, stufati, fricassee di vitello e spezzatini che riempivano le scale di servizio di odori deliziosi e che poi faceva assaggiare a qualcuno dei vicini.

Non fu per un'attrice – come Alice credette sempre – ma proprio per il teatro che Henri Fresnel aveva piantato tutto. Come quei commedianti girovaghi del Grand Siècle che arrivavano sotto una pioggia battente nel cortile di qualche castello in rovina e chiedevano ospitalità a nobilissimi morti di fame che l'indomani mattina si portavano dietro, se n'era andato per le vie del mondo con quattro compagni di sventura che, respinti al Conservatoire,* disperavano di poter recitare: due gemelli, Isidore e Lucas, pezzi d'uomini del Jura, che facevano parti di Matamoro** e attor giovane, un'ingenua tolosana e una caratterista sul viriloide che era di fatto la beniamina della compagnia. Isidore e Lucas guidavano i due camioncini trasformati in roulotte e montavano il palco, Henri si occupava della cucina, dei conti e della regia, Lucette, l'ingenua, disegnava, cuciva e soprattutto rammendava i costumi, e Charlotte, la caratterista, faceva tutto il resto: piatti, pulizia delle roulotte, compere, pettinature e stirature dell'ultimo minuto, eccetera. Avevano due scenari di tela dipinta: uno rappresentava un palazzo con effetti di prospettiva e veniva usato indifferentemente per Racine, Molière, Labiche, Feydeau,

* Al Conservatorio s'insegnava anche l'arte drammatica, oltre naturalmente a quella musicale. [N.d.T.]

** Il capitano smargiasso della Commedia dell'Arte, per estensione il bravaccio. [N.d.T.]

Caillavet e Courteline; l'altro, pescato in un patronato, rappresentava il presepio di Betlemme: con due alberi di compensato e qualche fiore artificiale, diventava la Foresta Incantata in cui si svolgeva il grande successo della compagnia, *La Forza del Destino*, un dramma post romantico che non c'entrava minimamente con Verdi, e che aveva fatto la fortuna della Porte Saint-Martin e di sei generazioni di teatranti: la Regina (Lucette) vedeva un feroce brigante (Isidore) appeso a uno strumento di tortura, sotto il sole. Ne aveva pietà, si avvicinava, gli portava da bere, si accorgeva trattarsi di un giovanotto amabile e ben fatto. Lo liberava col favore delle tenebre, poi lo invitava a fuggire travestito da vagabondo e ad aspettare che lo raggiungesse sul suo cocchio reale nel bosco oscuro. Ma veniva allora apostrofata da una guerriera splendente (Charlotte, con un elmo di cartone dorato) che avanzava alla testa di un esercito (Lucas e Fresnel):

– Regina della Notte, l'uomo che hai liberato mi appartiene: Preparati a combattere; la guerra contro gli eserciti del giorno durerà, fra gli alberi del bosco, fino all'aurora!
(*Exeunt omnes.* Buio. Silenzio assoluto. Rumore di tuono. Squilli di tromba.)

E le due regine riapparivano, con elmi impennacchiati, con armature tutte ingemmate, con guanti da scherma, con lunghe lance e scudi di cartone decorati, uno da un sole fiammeggiante e l'altro da una falce di luna su fondo stellato, in sella a due animali favolosi, uno tipo drago (Fresnel) e l'altro tipo cammello (Isidore e Lucas), le cui pelli erano state abilmente cucite da un sarto ungherese di avenue du Maine.

Con qualche altro misero accessorio, uno sgabello a X per il trono, un vecchio sommier e tre cuscini, un casellario da musica dipinto di nero, dei praticabili fatti di vecchie casse che un pezzo di panno verde rattoppato trasformava in quella scrivania con gli angoli di vermeil, carica di carte e libri, dove un cardinale pensieroso, che non è Richelieu ma il suo fantasma Mazarino (Fresnel), decide di mandare a prendere alla Bastiglia un vecchio prigioniero ch'altri non è che Rochefort (Isidore) e affida tale missione a un tenente dei Moschettieri Neri ch'altri non è che d'Artagnan (Lucas), con dei costumi rifatti, rabberciati, rammendati, aggiustati e riaggiustati mille volte a forza di fildiferro, pezzi di nastro isolante, spille da balia, con due riflettori arrugginiti che facevano funzionare dandosi il cambio e che poi saltavano una volta su due, mettevano in scena drammi storici, commedie di costume, grandi classici, tragedie borghesi, melodrammi moderni, vaudeville, farse, grand-guignolate, riduzioni frettolose di *Senza Famiglia, I Miserabili* o *Pinocchio*, in cui Fresnel faceva il Grillo Parlante con un vecchio frac dipinto a corpo di grillo che pareva una cavalletta e due molle, con dei tappi in punta, che incollate sulla fronte fungevano da antenne.

Recitavano nei cortili delle scuole, o sotto i portici delle medesime, o sulle piazze di borgate improbabili, nel cuore delle Cevenne o dell'Alta Provenza, realizzando ogni sera miracoli d'inventiva e improvvisazione, cambiando sei parti e dodici costumi per volta, seguiti da un pubblico di dieci adulti addormentati e quindici bambini imberrettati e infagottati nelle sciarpe a maglia, con i piedi al caldo, che si davano di gomito morendo dal ridere perché le mutandine rosa dell'attrice giovane affioravano fra gli strappi dell'abito.

La pioggia interruppe il loro spettacolo, i camion rifiutarono di mettersi in moto, una bottiglia di olio si rovesciò pochi minuti prima che il signor Jourdain entrasse in scena sull'unico costume Luigi XIV quasi quasi presentabile, una giacca di velluto azzurro cielo con un farsetto ricamato a fiori e polsini di pizzo, degli orrendi foruncoli fiorirono sul seno delle eroine, ma per tre anni non si persero d'animo. Poi, in pochi giorni, andò tutto a catafascio: Lucas e Isidore fuggirono in piena notte al volante d'una delle camionette, portandosi via l'introito della settimana che, una volta tanto, non era stata catastrofica; due giorni dopo, Lucette si lasciò rapire da un fessacchiotto d'impiegato del catasto che le correva dietro invano già da tre mesi. Charlotte e Fresnel tennero duro per un quindici giorni, cercando di recitare in due gli spettacoli del repertorio e lasciandosi prendere dalla fallace illusione di poter facilmente ricostituire la compagnia, una volta arrivati in una grande città. Approdarono a Lione dove si separarono di comune accordo. Charlotte tornò in famiglia, una stirpe di banchieri svizzeri per i quali il teatro era peccato; Fresnel si unì a una compagnia di saltimbanchi che andavano in Spagna: un uomo serpente, perennemente vestito di una sottile calzamaglia squamosa, che passava contorcendosi sotto una piastra in fiamme posta a trenta centimentri da terra, e una coppia di nane, di cui una era del resto un nano, che eseguiva un numero di sorelle siamesi con banjo, claquette e canzoncine. Quanto a Fresnel, diventò mister Mephisto, il mago, l'indovino, il guaritore che tutte le teste coronate d'Europa avevano applaudito. In smoking rosso con un garofano all'occhiello, cilindro, bastone con pomo di diamante, impercettibile accento russo, tirava fuori da una scatola alta e stretta di un vecchio cuoio priva del coperchio un gioco completo dei tarocchi, ne disponeva otto a rettangolo sopra una tavola e li cospargeva mediante una spatola d'avorio di una polvere grigio azzurrina che era solo galena macinata, ma che lui chiamava Polvere di Galeno, attribuendole certe proprietà opoterapiche passibili di guarire qualsiasi affezione passata, presente o futura, e particolarmente raccomandata in caso d'estrazioni dentarie, emicranie e cefalee, dolori mestruali, artriti e artrosi, nevralgie, crampi e lussazioni, coliche e calcoli, e questa o quella cosa sempre opportunamente scelta a seconda dei luoghi, delle stagioni e delle particolarità del pubblico presente in sala.

Ci misero due anni a traversare la Spagna, passarono in Marocco, scesero nella Mauritania e fino al Senegal. Verso il millenovecentotrentasette, s'imbarcarono per il Brasile, raggiunsero il Venezuela, il Nicaragua, l'Honduras, e fu così che, alla fine, Henri Fresnel si ritrovò a New York, NY, Stati Uniti d'America, da solo, una bella mattina dell'aprile 1940, con diciassette cent in tasca, seduto su una panchina di fronte alla chiesa Saint Mark's in the Bowery, davanti a una targa di pietra posta obliquamente accanto al portico di legno che attestava come la suddetta chiesa, risalente al 1799, fosse una delle 28 costruzioni americane anteriori al 1800. Andò a chiedere aiuto al prete che si occupava di quella parrocchia il quale, forse colpito dal suo accento, accettò di ascoltarlo. L'ecclesiastico scosse tristemente la testa venendo a sapere che Fresnel era stato ciarlatano, illusionista e attore, ma quando sentì che aveva diretto un ristorante a Parigi e nutrito abitualmente Mistinguett, Maurice Chevalier, Serge Lifar, il fantino Tom Lane, Nungesser e Picasso, sorrise a tutti denti e, avvicinandosi al telefono, dichiarò al francese che i suoi guai erano ormai finiti.

Fu così che al termine di undici anni errabondi, Henri Fresnel diventò il cuoco di un'americana eccentrica e straricca, Grace Twinker. Grace Twinker, allora settantenne, era nientedimeno che la celebre *Twinkie*, quella che aveva esordito a sedici anni in un *burlesque** vestita da Statua della Libertà – appena inaugurata – e che fu, nel primissimo novecento, una delle più fulgide stelle di Broadway prima di sposare successivamente cinque miliardari che ebbero tutti l'ottima idea di morire poco tempo dopo il matrimonio lasciandole l'intero patrimonio.

Stravagante e generosa, Twinkie si manteneva intorno tutta una corte di gente di teatro, registi, musicisti, coreografi e danzatori, autori, librettisti, scenografi e via di seguito, assunti per scrivere una commedia musicale che avrebbe ricalcato la sua mitica vita: il trionfo

---

* Spettacolo tipicamente americano di varietà, che comprendeva canzoni, balletti, caricature, spogliarelli eccetera. [*N.d.T.*]

vestita da lady Godiva per le vie di New York, il matrimonio con il principe de Guéménolé, la burrascosa relazione con il sindaco Groncz, l'arrivo in Duesenberg sul campo di aviazione di East Knoyle durante un meeting nel corso del quale l'aviatore argentino Carlos Kravchnik, pazzo d'amore, si lanciò dal suo biplano dopo una serie di undici picchiate a foglia morta e la più impressionante risalita a candela mai vista, l'acquisto del convento dei Fratelli della Misericordia a Granbin, vicino a Pont-Audemer, trasportato pietra su pietra nel Connecticut e regalato all'università di Highpool che ne fece la sua biblioteca, la gigantesca vasca da bagno di cristallo, tagliata a forma di coppa, che faceva riempire di champagne (californiano), i suoi undici gatti siamesi dagli occhi blu, guardati giorno e notte da due medici e quattro infermiere, le sue partecipazioni sfarzose e lussuose, delle quali come venne più volte riferito gli interessati avrebbero forse fatto volentieri a meno, alle campagne di Harding, Coolidge e Hoover, il famoso telegramma – *Shut up, you singing-boy!* – che aveva fatto spedire a Caruso pochi minuti prima del suo debutto sulle scene del Metropolitan, tutto questo doveva essere rappresentato in uno spettacolo "americano al cento per cento" accanto al quale le più deliranti *Folies* dell'epoca sarebbero sembrate spettacolini da oratorio.

Il nazionalismo fanatico di Grace Slaughter – era il cognome del quinto marito, un fabbricante di confezioni farmaceutiche e articoli "profilattici" appena morto per un'ernia al peritoneo – ammetteva solo due eccezioni cui il primo marito, Astolphe de Guéménolé-Longtgermain, non doveva certo essere estraneo: cucina, fatta da francesi di sesso maschile, biancheria lavata e stirata da inglesi di sesso femminile (niente cinesi, mi raccomando). Il che permise a Henri Fresnel d'essere assunto senza dover nascondere la propria nazionalità d'origine, cosa cui erano perennemente costretti il regista (ungherese), lo scenografo (russo), il coreografo (lituano), i danzatori (italiano, greco, egiziano), il soggettista (inglese), il librettista (austriaco) e il compositore, finlandese di origine bulgara, fortemente tinta di rumeno.

Il bombardamento di Pearl Harbour e l'entrata in guerra degli Stati Uniti alla fine del 1941 posero termine a quei progetti grandiosi di cui Twinkie, eternamente convinta che non si desse il giusto rilievo alla parte galvanizzante da lei avuta nella vita della nazione, non era mai soddisfatta. Pur essendo assolutamente contraria all'amministrazione Roosevelt, Twinkie decise di dedicarsi allo sforzo bellico facendo spedire a tutti i militari americani impegnati nella battaglia del Pacifico dei pacchi contenenti dei campioni di prodotti di grande consumo fabbricati dalle società che controllava direttamente o indirettamente. I pacchi erano avvolti in un foglio di nylon raffigurante la bandiera americana; contenevano uno spazzolino da denti, un tubetto di pasta dentifricia, tre confezioni di cachet effervescenti raccomandati in caso di nevralgia, gastralgia e acidità, una saponetta, tre dosi di shampooing, una bottiglia con bibita gassata, una biro, quattro pacchetti di chewing-gum, un astuccio di lamette da barba, un portabiglietti di materiale sintetico destinato a ricevere una fotografia – per fare un esempio, Twinkie vi aveva infilato la sua al varo della motosilurante *Remember the Alamo* – una medaglietta ritagliata a forma dello Stato in cui era nato il destinatario (se era nato all'estero, la medaglia aveva la forma degli Stati Uniti) e un paio di calzini. Il consiglio di amministrazione delle "Madrine di Guerra Americane" che era stato incaricato dal Ministero della Difesa di controllare il contenuto di quei pacchi dono, ne aveva fatto togliere i campioni di prodotti "profilattici" sconsigliandone vivamente l'invio a titolo personale.

Grace Twinker morì nel millenovecentocinquantuno per postumi di una rara malattia al pancreas. Lasciava ai suoi servitori delle rendite più che onorevoli. Henry Fresnel – ormai scriveva il suo nome all'inglese – se ne servì per aprire un ristorante che in omaggio ai suoi anni di attore ambulante battezzò "Le Capitaine Fracasse", pubblicare un libro orgogliosamente intitolato *Mastering the French Art of Cookery* e fondare una scuola di cucina che prosperò in fretta. La qual cosa non gl'impedì di soddisfare la sua vera passione. Grazie a tutti gli addetti ai lavori che avevano gustato la sua cucina in casa di Twinkie e che trovarono presto la via del suo ristorante, diventò produttore, consigliere tecnico e interprete principale di una serie televisiva intitolata *Io sono il cuoco* (ai emme ze cucchi, come diceva nel suo inimitabile accento meridionale che aveva vittoriosamente resistito a tutti quegli anni di esilio). Il successo di quelle trasmissioni, alla fine delle quali presentava sempre un piatto originale, fu tale che varie altre volte, in altre produzioni, gli affidarono analoghe parti di francese affabile che gli permisero di appagare finalmente la sua vocazione.

Si ritirò dagli affari nel 1970, a settantasei anni, e decise di rivedere Parigi che aveva lasciato più di quarant'anni prima.

Dovette indubbiamente stupirsi di sapere che la moglie abitava ancora nella stanzetta di rue Simon-Crubellier. Andò a trovarla, le raccontò tutto quello che aveva vissuto, le notti nei fienili, le strade dissestate, le gavette di patate e lardo zuppe d'acqua piovana, i tuareg dagli occhi stretti che scoprivano inesorabilmente tutti i suoi giochi di prestigio, il caldo e la fame in Messico, i ricevimenti da favola della vecchia americana per i quali creava dei dolci a più piani da cui a un dato momento schizzavano fuori gruppi di girls impennacchiate di piume di struzzo.

Lei lo ascoltò in silenzio. Quando ebbe finito, dopo essersi sentita timidamente proporre una parte del danaro accumulato alla fine delle sue peregrinazioni, gli disse semplicemente che non gliene importava un bel niente, né della sua storia né del suo denaro, e gli aprì la porta senza prendersi nemmeno la briga di scrivere il suo indirizzo di Miami.

Tutto porta a credere che fosse rimasta in quella camera solo per aspettare, per quanto breve e deludente potesse essere, il ritorno del marito. Pochi mesi dopo infatti, avendo liquidato i suoi affari, andò a vivere col figlio, ufficiale effettivo di guarnigione a Numea. Un anno dopo, la signorina Crespi ricevette una sua lettera; le raccontava come viveva laggiù, agli antipodi, una vita molto triste in cui serviva alla nuora da tuttofare e bambinaia, dormendo in una camera senza acqua corrente, ridotta a lavarsi in cucina.

La camera è oggi occupata da un uomo sulla trentina: è sdraiato sul letto, completamente nudo, bocconi, fra cinque bambole gonfiabili, lungo disteso sopra una di loro, stringendone altre due fra le braccia, e sembra provare su quei simulacri instabili un orgasmo senza pari.

Il resto della camera è più arido: muri nudi, un linoleum verde acqua sul pavimento pieno d'indumenti sparsi. Una sedia, una tavola con una tela cerata, avanzi di un pasto – una lattina, dei gamberoni in un piatto – e un giornale della sera aperto su uno schema gigante di parole incrociate.

CAPITOLO LVI

Per le scale, 8

Sesto a destra, davanti alla porta del dottor Dinteville. Un cliente aspetta che gli aprano la porta; è un uomo sulla cinquantina, dal portamento militare, genere ardito dei gebel, capelli a spazzola, completo grigio, cravatta di seta stampata con minuscolo diamante a spilla, pesante cronometro d'oro. Tiene sotto il braccio sinistro un quotidiano del mattino sul quale si possono leggere una pubblicità di calze, l'annuncio del film di Gate Flanders, *Amore, Maracas e Salame* con Faye Dolores e Sunny Philips, prossimamente su questi schermi, e un titolone di prima pagina: *La principessa del Faucigny-Lucinge è tornata!* che campeggia sopra una foto in cui si vede la principessa seduta, con aria furiosa, in una poltrona liberty mentre cinque doganieri tirano fuori con mille precauzioni dall'ampio fondo di una grande cassa variegata da francobolli internazionali un samovar d'argento massiccio e un grande specchio.

Accanto allo zerbino è sistemato un porta ombrelli: un alto cilindro di gesso dipinto tipo colonna antica. A destra, una pila di giornali impacchettati destinata agli studenti che fanno nello stabile la raccolta periodica della carta straccia. Malgrado tutti i prelievi eseguiti dalla portinaia distributrice di carte assorbenti, il dottor Dinteville resta il loro maggior fornitore. Il giornale in cima alla pila non è una pubblicazione medica, ma una rivista di linguistica della quale si vede il sommario:

Bollettino dell'Istituto di Linguistica di Lovanio

98° anno   1973   Fasc. 3-4

CAPITOLO LVII

Camere di servizio, 11
La signora Orlovska

Elizaveta Orlovska – la bella polacca come la chiama tutto il quartiere – è una donna sulla trentina, alta, seria e maestosa, con una pesante chioma bionda quasi sempre rialzata a chignon, occhi azzurro scuro, una pelle bianchissima, un collo carnoso innestato su spalle rotonde e quasi grasse. Ritta, pressappoco al centro della stanza, un braccio sollevato, spolvera un piccolo lume sospeso dai bracci di rame traforato che sembra una copia ridotta di un lampadario d'interno olandese.

La camera è molto piccola e molto in ordine. A sinistra, attaccato alla parete, il letto, una panca stretta con qualche cuscino, sotto la quale sono stati ricavati dei cassetti; poi una tavola di legno bianco con una macchina per scrivere portatile e varie carte, e un'altra tavola, ancora più piccola, pieghevole, di metallo, che regge un fornello da campeggio e qualche utensile da cucina.

Contro il muro di destra ci sono un lettino con le sbarre e uno sgabello. Un altro sgabello, vicino alla panca, colmando il breve spazio che la separa dalla porta, serve da comodino: vi si fiancheggiano una lampada dal piede ritorto, un portacenere ottagonale di ceramica banca, una piccola scatola per sigarette di legno scolpito a botticella, un voluminoso saggio intitolato *The Arabian Knights. New Visions on the Islamic Feudalism in the Beginnings of the Hegira*, scritto da un certo Charles Nunneley, e un romanzo poliziesco di Lawrence Wargrave, *L'assassino è il giudice*: X ha ucciso A in modo tale che la giustizia, che lo sa, non può incolparlo. Il giudice istruttore uccide B in modo tale che X viene sospettato, arrestato, processato, riconosciuto colpevole e giustiziato senza avere mai potuto fare niente per provare la sua innocenza.

Il pavimento è coperto da un linoleum rosso scuro. Le pareti, munite di scaffali in cui sono riposti indumenti, libri, vasellame eccetera, sono dipinte di beige chiaro. Due manifesti dai colori molto vivaci, sulla parete di destra, fra il lettino e la porta, le illuminano un po': il primo è il ritratto di un clown, con naso a palla, ciuffo rosso carota, costume a scacchi, papillon gigante a pallini e lunghe scarpe molto piatte. Il secondo raffigura sei uomini in piedi uno accanto all'altro: uno ha la barba lunghissima, una barba nera, un altro ha un grosso anello al dito, un altro ha una cintura rossa, un altro ha i calzoni strappati sulle ginocchia, un altro ha solo un occhio aperto e l'ultimo mostra i denti.

Quando le domandano il significato di quel manifesto, Elizaveta Orlovska risponde che illustra una filastrocca popolarissima in Polonia, dove serve per addormentare i bambini piccoli:

— *Ho incontrato sei uomini, dice la mamma.*
— *E come sono? chiede il bambino.*
— *Uno ha una barba nera, dice la mamma.*
— *Perché? chiede il bambino.*
— *Perché non sa rasarsi, perbacco! dice la mamma.*
— *E il secondo? chiede il bambino.*
— *Il secondo ha un anello, dice la mamma.*
— *Perché? chiede il bambino.*
— *Perché è sposato, perbacco! dice la mamma.*
— *E il terzo? chiede il bambino.*
— *Il terzo ha una cintura sui calzoni, dice la mamma.*
— *Perché? chiede il bambino.*
— *Perché se non l'avesse cascherebbero, perbacco! dice la mamma.*
— *E il quarto? chiede il bambino.*
— *Il quarto si è strappato i calzoni, dice la mamma.*
— *Perché? chiede il bambino.*
— *Perché correva troppo in fretta, perbacco! dice la mamma.*
— *E il quinto? chiede il bambino.*
— *Il quinto ha solo un occhio aperto, dice la mamma.*
— *Perché? chiede il bambino.*
— *Perché sta per addormentarsi, come te, piccolo mio, dice la mamma con voce dolcissima.*
— *E l'ultimo? chiede mormorando il bambino.*
— *L'ultimo mostra i denti, dice la mamma in un sussurro.*
   Non bisogna assolutamente che il piccolo allora chieda ancora qualcosa, se per sventura infatti dicesse:
— *Perché?*
— *Perché se non dormi ti mangerà, perbacco! dirà la mamma con voce tonante.*

Elizaveta Orlovska aveva quindici anni quando venne in Francia per la prima volta. In una colonia di vacanze a Parçay-les-Pins, Maine-et-Loire. La colonia dipendeva dal Ministero degli Affari esteri e raccoglieva i figli del personale appartenente al ministero e alle ambasciate. La piccola Elizaveta ci era andata perché suo padre faceva il portiere all'Ambasciata di Francia a Varsavia. Si trattava di una colonia fondamentalmente e generalmente internazionale ma, quell'anno, le capitò di ospitare una forte maggioranza di bambini francesi per cui i pochi stranieri che c'erano si sentirono alquanto spaesati. Fra questi ultimi, si trovava un piccolo tunisino di nome Boubaker. Suo padre, un musulmano tradizionalista che viveva quasi senza contatti con la cultura francese, non si sarebbe mai sognato di mandarlo in Francia, ma lo zio, archivista al Quai d'Orsay, aveva insistito parecchio, convinto che fosse il modo migliore per familiarizzare il nipote con una lingua e una civiltà che le giovani generazioni tunisine, ormai indipendenti, non potevano più permettersi di ignorare.

Elizaveta e Boubaker diventarono subito inseparabili. Se ne stavano da soli in disparte, non prendevano parte ai giochi degli altri, ma camminavano tenendosi a manina, si guardavano sorridendo, si raccontavano, ognuno nella propria lingua, lunghe storie che l'altro ascoltava beato, senza capire una parola. Gli altri bambini non li amavano affatto, facevano scherzi crudeli, nascondevano nei loro letti topi morti, ma gli adulti che venivano a passare la giornata con i loro rampolli si deliziavano davanti alla piccola coppia: lei, tutta paffuta, con le trecce bionde e la pelle come una statuina di Saxe e lui, esile e riccio, flessibile come una liana, con una pelle opaca, i capelli come ali di corvo, immensi occhi pieni di tenerezza angelica. L'ultimo giorno di colonia, si punsero il pollice e mischiarono il sangue giurando di amarsi in eterno.

Non si rividero mai nei dieci anni seguenti, ma si scrissero due volte alla settimana lettere sempre più innamorate. Ben presto, Elizaveta riuscì a convincere i genitori a farle imparare il francese e l'arabo perché sarebbe andata a vivere in Tunisia con suo marito Boubaker. Per lui, la cosa fu molto più difficile e per mesi si accanì nel tentativo di persuadere il padre, che lo aveva sempre terrorizzato, che non intendeva in nessun modo mancargli di rispetto, che avrebbe continuato a essere fedele alle tradizioni dell'Islam e all'insegnamento del Corano, e che pur sposando un'occidentale non per questo si sarebbe vestito all'europea o sarebbe andato a vivere in quella città francese.

Il problema più arduo fu ottenere le autorizzazioni necessarie per la venuta di Elizaveta in Tunisia. La qual cosa costò più di diciotto mesi di seccature burocratiche da parte tunisina quanto da parte polacca. Esistevano, fra Tunisia e Polonia, degli accordi di cooperazione secondo i quali studenti tunisini potevano andare in Polonia a studiare ingegneria, mentre dentisti, agronomi e veterinari polacchi potevano andare a lavorare come funzionari nei Ministeri della Sanità o dell'Agricoltura tunisini. Ma Elizaveta non era dentista né agronoma né veterinaria e, per un anno, tutte le domande di visto che presentò, qualunque fosse la spiegazione fornita, le vennero rispedite con la menzione: "non risponde ai criteri definiti dagli accordi sopraindicati". Ci volle il fatto che, per una serie singolarmente complessa di maneggi, Elizaveta riuscisse a saltare i servizi ufficiali andando a raccontare la sua storia direttamente a un vice segretario di Stato perché, solo sei mesi dopo, venisse finalmente assunta come traduttrice-interprete al consolato polacco di Tunisi – l'amministrazione prendendo finalmente in considerazione il suo diploma di arabo e francese.

Sbarcò all'aereoporto di Tunisi-Cartagine il primo giugno millenovecentosettanta. C'era un sole radioso. Lei era raggiante di gioia, di libertà e d'amore. In mezzo alla folla di tunisini che, dalle terrazze, facevano grandi cenni ai viaggiatori in arrivo, cercò di vedere il fidanzato. Ma non lo vide. Si erano scambiati varie volte delle fotografie: lui, mentre giocava a football o in costume da bagno sulla spiaggia di Salammbo o in gellaba e babbucce ricamate accanto a suo padre, più piccolo di una testa, e lei, mentre sciava a Zakopane o volteggiava sul cavallo in palestra. Era sicura di riconoscerlo, pure quando lo vide esitò per un attimo: era nell'atrio, proprio dietro gli sportelli della polizia, e la prima cosa che gli disse fu:
– Ma non sei cresciuto!

Quando si erano conosciuti, a Parçay-les-Pins, erano alti uguali; ma mentre lui si era alzato solo di un venti o trenta centimetri, lei ne aveva guadagnati almeno sessanta: lei, arrivava al metro e settantasette e lui raggiungeva a stento un metro e cinquantacinque; lei, sembrava un girasole nel cuore dell'estate, lui, era secco e imbozzacchito come un limone dimenticato da qualche parte in cucina.

La prima cosa che fece Boubaker fu di portarla a trovare suo padre. Che era scrivano pubblico e calligrafo. Lavorava in una botteguccia infima della Medina; dove vendeva cartelle, astucci e matite, ma i clienti venivano soprattutto a chiedergli di scrivere i loro nomi su diplomi o certificati oppure ricopiare frasi sacre su delle pergamene che poi mettevano in cornice. Elizaveta lo scoprì, seduto alla turca, con una tavoletta sulle ginocchia, il naso incappucciato da occhiali con lenti spesse come fondi di bicchiere, che faceva la punta alle penne con aria di grande importanza. Era un uomo piccolo, magro, molto freddo, colorito verdastro, occhio falso e sorriso orrendo, perplesso e silenzioso con le donne. In due anni, rivolse a malapena tre volte la parola alla nuora.

Il primo anno fu il peggiore; Elizaveta e Boubaker lo passarono in casa del padre, nella città araba. Avevano una camera per loro, uno spazio largo quel tanto da farci stare il letto, senza luce, divisa dalle camere dei cognati da sottili tramezzi attraverso i quali si sentiva non solo ascoltata ma anche spiata. Non potevano neanche mangiare insieme; lui, se ne stava con il padre e i due fratelli maggiori; lei, doveva servirli in silenzio e tornare in cucina con le donne e i bambini, dove la suocera la subissava di baci, carezze, smancerie, sfibranti geremiadi su pancia e reni e di domande quasi oscene sulla natura delle carezze che suo marito dava o chiedeva.

Il secondo anno, dopo aver messo al mondo il figlio, che chiamarono Mahmoud, si ribellò trascinandosi dietro Boubaker. Affittarono un appartamento di tre stanze nella città europea, in rue de Turquie, tre stanze alte e fredde, con mobili orrendi. Una o due volte furono invitati da colleghi europei di Boubaker; una o due volte, diede in casa dei pranzi tetri per squallidi dentisti, agronomi eccetera; a parte questo, le toccava insistere per settimane perché la portasse in un ristorante; ogni volta, lui tirava fuori una scusa per restarsene a casa o uscire da solo.

Era di una gelosia tenace e tignosa; tutte le sere, quando rientrava dal consolato, doveva raccontargli la sua giornata nei minimi particolari ed enumerare tutti gli uomini che aveva visto, quanto tempo erano rimasti nel suo ufficio, cosa le avevano detto, cos'aveva risposto, e dov'era andata a mangiare, e perché aveva telefonato così a lungo con la taldeitali, eccetera. E quando per caso passeggiavano insieme per via e gli uomini si voltavano a guardare quella bionda bellezza, Boubaker le faceva, al ritorno, scenate terribili, come se fosse stata responsabile del biondo dei suoi capelli, del candore della sua pelle e dell'azzurro dei suoi occhi. Lei sentiva che avrebbe voluto sequestrarla, nasconderla per sempre agli sguardi altrui, tenerla solo per sé, per il suo sguardo, per la sua adorazione muta e febbrile.

Ci mise due anni a valutare l'abisso che c'era fra tutti i loro sogni di dieci anni, e quella realtà meschina che sarebbe ormai stata la sua vita. Cominciò a odiare il marito e, trasferendo sul figlio tutto l'amore che aveva provato, decise di scappare con il piccolo. Con la complicità di certi suoi compatrioti riuscì a lasciare clandestinamente la Tunisia a bordo di una nave lituana che la sbarcò a Napoli di dove, via terra, raggiunse la Francia.

Il caso volle che arrivasse a Parigi in pieno Maggio '68. In quella piena di entusiasmi e di felicità, visse una breve passione con un giovane americano, un folk singer che lasciò Parigi la sera in cui l'Odéon fu ripreso. Poco tempo dopo, si trovò questa camera: era quella di Germaine, la guardarobiera di Bartlebooth, che andava in pensione proprio allora e che l'inglese non rimpiazzò.

Nei primi mesi si nascose, temendo che Boubaker arrivasse come un pazzo a riprendersi il bambino. Più tardi venne a sapere che, cedendo alle insistenze del padre, si era lasciato risposare da una sensale con una vedova madre di quattro figli ed era tornato a vivere nella Medina.

Si mise a fare una vita semplice e quasi monastica, tutta incentrata sul figlio. Per sbarcare il lunario, trovò un posto in una società di export-import che aveva relazioni commerciali con i paesi arabi e per la quale traduceva istruzioni per l'uso, norme amministrative e descrizioni tecniche. Ma la ditta poco dopo fallì, e vive da allora con gli scarsi onorari del CNRS che le affida delle analisi su articoli arabi e polacchi per il *Bollettino segnaletico*, incrementando quel magro stipendio con qualche servizio a ore.

Fu subito amata da tutto il caseggiato. Lo stesso Bartlebooth, il suo padrone di casa, la cui indifferenza per qualsiasi cosa capitasse nello stabile era sempre stata considerata un dato di fatto, le si affezionò. Varie volte, prima che la sua morbosa passione lo condannasse in eterno a una solitudine via via più rigorosa, la invitò a pranzo. Una volta – cosa che non aveva mai fatto con nessuno e che non fece mai più – le fece perfino vedere il puzzle che stava ricostituendo in quei quindici giorni: un porto da pesca nell'isola di Vancouver, Hammertown, un porto bianco di neve, con case basse e qualche pescatore in giacca imbottita che tirava sul greto una lunga barca livida.

Oltre agli amici che si è fatta nello stabile, Elizaveta non conosce quasi nessuno a Parigi. Ha perso ogni contatto con la Polonia e non frequenta gli esuli polacchi. Uno solo viene a trovarla regolarmente, un uomo piuttosto anziano, con un'eterna sciarpa di flanella bianca e un bastone da passeggio. Di quell'uomo che sembra nauseato di tutto, dice che è stato il clown più famoso della Varsavia anteguerra e che è proprio lui il soggetto di uno dei due manifesti. Lo ha incontrato tre anni fa ai giardinetti Anna de Noailles dove badava a suo figlio che giocava con la sabbia. Andò a sedersi sulla sua stessa panchina, e lei vide che leggeva un'edizione polacca delle *Figlie del fuoco – Sylwia i inne opowiadania*. Diventarono amici. Viene a mangiare da lei due volte al mese. Dato che non ha più denti, lo nutre a latte caldo e crema all'uovo.

Non vive a Parigi, ma in un paesino che si chiama Nivillers, nell'Oise, vicino a Beauvais, in una casa a un piano, lunga e bassa, con finestrelle dai vetri multicolori. È dove il piccolo Mahmoud, che oggi ha nove anni, è appena andato in vacanza.

CAPITOLO LVIII

Gratiolet, 1

Il penultimo discendente dei proprietari dello stabile vive al settimo piano, con la figlia, in due ex camere di servizio trasformate in un alloggio piccòlo ma comodo.

Olivier Gratiolet è seduto davanti a un tavolino pieghevole coperto da un drappo verde, sta leggendo. La figlia Isabelle, che ha tredici anni, è inginocchiata sul pavimento di legno; accatasta un castello di carte la cui ambizione è pari solo alla sua fragilità. Di fronte a loro, su uno schermo televisivo che nessuno dei due sta a guardare, un'annunciatrice emergente da un'orribile scenografia fantascientifica – pannelli di metallo lucente abbelliti da ghirigori alla militar soldato – e fasciata in qualcosa che vorrebbe sembrare una tuta spaziale, presenta su un cartello il cui taglio esagonale dovrebbe ricordare il perimetro della Repubblica francese il programma della serata: alle venti e trenta, *Il filo giallo*, fantasia poliziesca di Stewart Venter: all'inizio del secolo, un audace ladro di gioielli si rifugia su un trasporto di tronchi galleggianti lungo il Fiume Giallo, e alle ventidue, *Quella falce d'oro nel campo delle stelle*, opera da camera di Philoxante Schapska, dal *Booz addormentato* di Victor Hugo, data in prima mondiale all'inaugurazione del Festival di Besançon.

Il libro che legge Olivier Gratiolet è una storia dell'anatomia, un'opera voluminosa spianata con cura sul tavolo, aperta sulla riproduzione a tutta pagina di una tavola di Zorzi da Castelfranco, un allievo di Mondino di Luzzi, accompagnata a fronte dalla descrizione che, un secolo e mezzo dopo, ne diede François Béroalde de Verville nel suo *Quadro delle ricche invenzioni coperte dal velo degl'inganni amorosi che sono raffigurate nell'Hypnerotomachia Poliphili*:

«Il cadavere non è ridotto a scheletro ma le carni residue sono impregnate di terra, e formano un magma disseccato e come di cartone. Qua e là nondimeno le ossa sono in parte presenti: allo sterno alle clavicole alle rotule alle tibie. il colorito complessivo è di un giallo marrone nella parte anteriore, la faccia *posteriore nerastra e di un verde scuro, più umida, è piena di vermi. la testa è piegata sulla spalla sinistra, il cranio è coperto di capelli bianchi impregnati di terra e mischiati a fili di straccio. l'arcata sopraccigliare è spoglia; la mascella inferiore presenta due denti, gialli e semi trasparenti. cervello e materia cerebrale occupano pressapoco i due terzi della cavità cranica, ma non è più possibile distinguere i singoli organi che compongono l'encefalo. La dura madre esiste sotto forma di una membrana azzurrina; la si direbbe quasi allo stato normale. Non c'è più midollo spinale. le vertebre cervicali sono visibili anche se in parte coperte da un sottile spessore color ocra. all'altezza della sesta vertebra si riscontrano le parti molli interne della laringe saponificate. I due quadranti del petto appaiono vuoti, se non per un po' di terra e qualche piccola mosca. sono nerastri, affumicati e carbonizzati. l'addome è afflosciato coperto di terra e crisalidi; gli organi addominali diminuiti di volume non sono identificabili; le parti genitali sono distrutte al punto che non si può riconoscere il sesso. Gli arti superiori sono disposti sui lati del corpo di modo che le braccia e gli avambracci e le mani si trovino insieme. A sinistra la mano sembra intera, di un grigio misto a marrone. A destra ha un colore più scuro e già molte sue ossa sono disgiunte. gli arti inferiori sono o sembrano interi. Le ossa corte non sono più spugnose che allo stato normale ma sono internamente alquanto più secche».*

Olivier deve il suo nome al fratello gemello del prozio Gérard, che fu ucciso il 26 settembre 1914 a Perthes-lèz-Hurlus, Champagne, in una delle scaramucce di retrovia che seguirono la prima battaglia della Marne.

Gérard, quello dei quattro fratelli Gratiolet che, ereditata l'azienda agricola nel Berry, l'aveva poi venduta mezza per cercare, come il fratello Emile frazionando l'immobile, di dare una mano al fratello Ferdinand e più tardi alla sua vedova, aveva avuto due figli. Henri, il minore, rimase scapolo. Nel 1934, alla morte del padre, prese in mano la fattoria. Tentò di rammodernarne attrezzature e metodi, chiese prestiti su ipoteca per acquistare materiale e alla sua morte nel 1938 — morì per i postumi del calcio di un cavallo — lasciava talmente tanti debiti che il fratello maggiore Louis, padre di Olivier, preferì rinunciare tranquillamente all'eredità piuttosto che accollarsi un'azienda che ci avrebbe messo parecchi anni prima di tornare in attivo.

Louis aveva studiato, a Vierzon e a Tours, ed era entrato nel Ministero alle Acque & Foreste. Appena finita la guerra, quando aveva solo ventun anni, lo incaricarono di organizzare una delle prime riserve naturali francesi, quella di Saint-Trojan d'Oléron dove, come nell'arcipelago delle Sette Isole, al largo di Perros-Guirec, già sistemato nel 1912, si doveva fare di tutto per proteggere la fauna e la flora locali. Louis andò quindi ad abitare a Oléron dove sposò France Lidron, figlia di un artigiano del ferro battuto, un vecchio strambo che cominciava a inondare l'isola di cancellate artistiche e lavori di bronzo dorato uno più aggressivamente brutto dell'altro ma il cui successo non si sarebbe più smentito. Olivier, nato nel 1920, crebbe su spiagge allora in gan parte deserte e a dieci anni venne spedito al liceo di Rochefort come interno. Detestando cordialmente collegio e studi, passava tutto il suo tempo ad annoiarsi e a sognare le passeggiate a cavallo che avrebbe fatto la domenica. Dovette ripetere un anno e fu bocciato quattro volte alla maturità prima che il padre rinunciasse a fargliela prendere, rassegnandosi a vederlo garzone di stalla in un allevamento nei dintorni di Saint-Jean-d'Angély. Era un lavoro che gli piaceva e nel quale sarebbe forse riuscito a farsi strada, ma meno di un paio d'anni dopo scoppiò la guerra: Olivier fu richiamato e, preso prigioniero vicino a Arras nel maggio del 1940, si ritrovò in uno stalag a Hof, in Franconia. Vi rimase due anni. Il 18 aprile del 1942, Marc, il figlio di Ferdinand, che proprio nell'anno della bancarotta e fuga di suo padre era passato all'aggregazione* di filosofia e aveva poi animato delle sezioni del Comitato Francia-Germania, entrava nel gabinetto di Fernand de Brinon ch'era appena stato nominato segretario di Stato nel secondo governo Laval. Un mese dopo, avendogli Louis scritto per chiedergli d'intervenire, ottenne senza difficoltà la liberazione del figlio di suo zio.

Olivier andò a vivere a Parigi. François, l'altro cugino del padre che, con la moglie Marthe, possedeva ancora quasi metà degli appartamenti dello stabile e gestiva la comproprietà, gli procurò un appartamento di tre stanze, sotto quello occupato da lui (lo stesso dove, in seguito, vennero a vivere i Grifalconi). Olivier vi trascorse il resto della guerra, andando ad ascoltare in cantina *Dei francesi parlano ai francesi*, e fabbricando e diffondendo con l'aiuto di Marthe e François il bollettino di collegamento di parecchi gruppi della resistenza, una specie di lettera quotidiana che dava informazioni da Londra e messaggi in codice.

Louis, il padre di Olivier, morì nel 1943, di brucellosi. L'anno seguente, Marc fu assassinato in circostanze che non vennero mai chiaramente appurate. Hélène Brodin, la minore dei figli di Juste,

* Esame di concorso per poter accedere all'insegnamento medio o superiore. [N.d.T.].

morì nel 1947. Quando, nel 1948, Marthe e François perirono nell'incendio del cinema Rueil Palace, Olivier diventò l'ultimo dei Gratiolet.

**L'ALBERO
GENEALOGICO
DELLA FAMIGLIA
GRATIOLET
SI TROVA
A PAGINA 89**

Olivier prese molto sul serio le sue mansioni di proprietario e curatore degli interessi comuni, ma pochi anni dopo, la guerra tornò ad accanirsi contro di lui: richiamato in Algeria nel 1956, saltò su una mina e dovettero amputarlo sopra il ginocchio. Curato all'ospedale militare di Chambéry, s'innamorò della sua infermiera, Arlette Criolat, e, benché fosse di dieci anni più vecchio, se la sposò. Si sistemarono in casa del rispettivo suocero e padre, un mercante di cavalli, del quale Olivier, ritrovando qualcosa dell'antica vocazione, prese in mano la contabilità.

La guarigione fu lunga e costosa. Gli provarono addosso un prototipo di protesi totale, un autentico modello anatomo-fisiologico di gamba che sfruttava le più recenti scoperte in fatto di neurofisiologia muscolare, ed era fornito di sistemi asserviti che permettevano flessioni ed estensioni reciprocamente equilibrate. In capo a vari mesi di esercizio, Olivier riuscì a dominare il suo apparecchio al punto da poter camminare senza bastone e perfino, una volta, con le lacrime agli occhi, montare a cavallo.

Anche se allora dovette cedere uno dopo l'altro tutti gli appartamenti che aveva ereditato, tenendosi alla fine solo due camere di servizio, quelli furono indubbiamente gli anni più belli della sua vita, una vita tranquilla in cui brevi andirivieni nella capitale si alternavano con lunghi soggiorni nella fattoria del suocero, in mezzo a grandi prati, gonfi d'acqua, in una casa bassa e chiara piena di fiori e odori di cera. Fu lì che, nel 1962, venne al mondo Isabelle, e il suo primo ricordo la porta a passeggio col padre in un calesse tirato da un cavallino bianco pezzato di grigio.

La sera del Natale millenovecentosessantacinque, preso da una crisi di pazzia improvvisa, il padre di Arlette strangolò la figlia e s'impiccò. L'indomani, Olivier si trasferì a Parigi con Isabelle. Non cercò un lavoro, industriandosi a vivere solo con la pensione di mutilato di guerra, dedicandosi completamente a Isabelle, preparandole da mangiare, ricucendole i vestiti, insegnandole a leggere e a contare.

Oggi, tocca a Isabelle badare al padre che si ammala sempre più spesso. Fa le spese, batte le uova per le omelette, lustra le pentole, si occupa delle faccende di casa. È una ragazzina magra, con faccia triste e occhi malinconici, che passa delle ore davanti allo specchio raccontandosi sottovoce storie terribili.

Olivier non si muove quasi più. La gamba ormai gli fa male e lui non ha più i mezzi per farne revisionare i complicati meccanismi. Se ne sta la maggior parte del tempo seduto in poltrona, con i calzoni del pigiama e una vecchia giacca da casa a scacchi addosso, sorseggiando tutto il giorno, malgrado la proibizione assoluta del dottor Dinteville, bicchierini su bicchierini di liquore. Per tentar di migliorare un poco le sue misere entrate, disegna – malissimo – dei rebus che spedisce a una specie di settimanale dedito a quello che viene pomposamente chiamato *sport cerebrale*; glieli pagano generosamente — quando glieli accettano – quindici franchi al pezzo. L'ultimo raffigura un fiume; sulla prua di una barca, una donna seduta lussuosamente vestita, circondata da sacchi d'oro, scrigni socchiusi traboccanti di gioielli; ha la lettera S al posto della testa; a poppa, in piedi, un personaggio maschile con la corona comitale funge da traghettatore; sul suo mantello sono ricamate le lettere ENTEMENT. Soluzione: "Chi si contenta gode".*

In quest'uomo di cinquant'anni, vedovo e infermo, che la guerra ha segnato d'un triste destino, vivono tuttavia due progetti grandiosi e illusori.

Il primo è di natura romantica: Gratiolet vorrebbe creare un eroe da romanzo, un vero eroe; no, non uno di quei polacchi obesi che sognano solo salsicce e sterminio, ma un autentico paladino, un prode, un difensore di vedove e orfani, un riparatore di torti, un gentiluomo, un gran signore, finissimo stratega, elegante, coraggioso, ricco e spiritoso; dozzine di volte ne ha immaginato il volto, il mento deciso, la fronte larga, la bocca dal caldo sorriso, una piccola luce in fondo agli occhi; dozzine di volte gli ha fatto portare vestiti dal taglio impeccabile, guanti color burro, gemelli da polso di rubini, perle fantastiche montate a spilla fermacravatta, monocolo, bastone di giunco con pomolo d'oro, ma non riesce né mai è riuscito a trovargli un nome e un cognome di suo gradimento.

Il secondo progetto rientra nel campo della metafisica: volendo

* Intraducibile: in francese il proverbio *Contentement passe richesse*, suona *Compt* (conte) *ENTEMENT passe* (da traghettatore, il nostro antico passatore) richESSE. [N.d.T.]

dimostrare che, secondo l'espressione del professor H. M. Tooten, "l'evoluzione è un'impostura", Olivier Gratiolet ha iniziato a redigere un esauriente inventario di tutte le imperfezioni e insufficienze che un organismo deve subire: la stazione eretta, per esempio, garantisce all'uomo solo un equilibrio instabile: ci si regge in piedi unicamente grazie alla tensione muscolare, la qual cosa è fonte perenne di fatica e disagio per la colonna vertebrale che, pur essendo sedici volte più forte così di quanto non sarebbe diritta, non permette all'uomo di portare sulla schiena un carico consequenziale; i piedi dovrebbero essere più larghi, più spianati, più specificatamente adatti alla locomozione, mentre non sono che mani atrofizzate che hanno perduto il loro potere prensile; le gambe non sono abbastanza solide per reggere il corpo il cui peso le fa piegare, e per di più affaticano il cuore, che è costretto a pompare il sangue sollevandolo di quasi un metro, da cui piedi gonfi, varici, eccetera; le articolazioni dell'anca sono fragili, e costantemente soggette all'artrosi o a fratture gravi (collo del femore); le braccia sono atrofizzate e troppo sottili; le mani sono fragili, il mignolo soprattutto che non serve a niente, il ventre non è protetto in alcun modo, come le parti genitali del resto; il collo è rigido e limita la rotazione della testa, i denti non permettono alcuna presa laterale, l'olfatto è quasi inesistente, la vista notturna più che mediocre, l'udito assolutamente insufficiente; la pelle senza peli né pelliccia non offre difese contro il freddo, e insomma, di tutti gli animali del creato, l'uomo, considerato generalmente il più evoluto, è invece quello più sprovveduto.

CAPITOLO LIX

Hutting, 2

Hutting lavora, non nello studio grande, ma in una piccola stanza ricavata nel ballatoio che adopera per le lunghe sedute di posa cui costringe i suoi clienti da quando si è dato al ritratto.

È una stanza chiara e chiaramente agiata, ordinatissima, che non presenta affatto il solito disordine degli studi di pittore; niente tele girate contro il muro, nessuna pila di telai instabili, niente bollitori ammaccati su fornelli d'altri tempi, ma una porta imbottita in cuoio nero, alte piante verdi che riversandosi da grandi treppiedi di bronzo vanno all'assalto del soffitto a vetri, e pareti laccate di bianco, nude, se non per un lungo pannello di acciaio lucente sul quale ci sono tre manifesti fissati con puntine calamitate a forma di semisfera: una riproduzione a colori del *Trittico del Giudizio Universale* di Roger Van der Weyden conservato nell'ospedale maggiore di Beaune, il cartellone del film di Yves Allégret, *Gli Orgogliosi*, con Michèle Morgan, Gérard Philipe e Victor Manuel Mendoza, e un ingrandimento fotografico di un menu fine secolo iscritto dentro arabeschi beardsleyani:

YE OLDE IRISH COFFEE HOUSE

47, rue Bochart-de-Saron, 47
(tel. 148.84)

Tartufi al foie gras
Caviale con lenticchie
Quaglie en caisse
Ostriche di Ostenda

Vino di Tokay
Acqua di Arquebuse
Champagne Grand Crémant

Il cliente è un giapponese dal viso coperto di rughe, che porta occhiali a molla montati in oro e indossa un severo abito nero, camicia bianca, cravatta grigio perla. È seduto su una sedia, mani sulle ginocchia, gambe ben chiuse, busto eretto, occhi girati, non in direzione del pittore ma verso un tavolino da gioco il cui intarsio raffigura una scacchiera da trictrac, sul quale sono posati un telefono bianco, una caffettiera di silverplate e un cesto di vimini colmo di frutta esotica.

Davanti al cavalletto, con la tavolozza in mano, Hutting è seduto sopra un leone di pietra, imponente scultura la cui origine assira pur non essendo in alcun modo dubbia pose comunque qualche problema agli esperti, perché ritrovata dal pittore stesso in un campo, sepolta a meno di un metro dalla superficie, all'epoca in cui, campione della *Mineral Art*, cercava sassi nei dintorni di Thuburbo Majus.

Hutting è a torso nudo, ha pantaloni di tela indiana, calzini di grossa lana bianca, un fazzoletto di batista sottile intorno al collo e una decina di braccialetti multicolori al polso sinistro. Tutto il suo materiale — tubi, scodellini, pennelli, gessi, stracci, spruzzatori, raschietti, penne, spugne, eccetera — è accuratamente ordinato dentro una lunga cassa da composizione posta alla sua destra.

La tela posata sul cavalletto è montata su un telaio trapezoidale, alto circa due metri, largo sessanta centimetri in alto e un metro e venti in basso, come se l'opera fosse destinata a essere appesa molto in alto e si fosse voluto, con un effetto di anamorfosi, esasperarne le prospettive.

Il quadro, quasi terminato, raffigura tre personaggi. Due sono in piedi, a destra e a sinistra di un alto mobile carico di libri, piccoli strumenti e giocattoli vari: caleidoscopi astronomici che mostrano le dodici costellazioni dello Zodiaco, dall'Ariete ai Pesci, minuscoli planetari tipo Orrery, numeri a caramella di gomma, biscuit geometrici gemelli di quelli zoologici, palloni mappamondo, bambole in costume storico.

Il personaggio di sinistra è un uomo corpulento con i particolari del volto completamente nascosti dall'abbigliamento, un voluminoso completo da subacqueo: tuta di caucciù, lucida nera con strisce bianche, cappuccio nero, maschera, bombola d'ossigeno, fiocina, pugnale con manico di sughero, orologio a tenuta, pinne.

Il personaggio di destra, chiaramente il vecchio giapponese che posa, indossa un lungo abito nero dai riflessi rossastri.

Il terzo personaggio si trova in primo piano, inginocchiato davanti agli altri due, di schiena rispetto a chi guarda. Ha sulla testa un tocco a forma di losanga come quelli che portano i professori e gli allievi delle università anglosassoni alla consegna dei diplomi.

Il pavimento, dipinto con precisione estrema, è un ammattonato geometrico i cui motivi riproducono il mosaico di marmo portato da Roma verso il 1268 da artigiani italiani per il coro dell'Abbazia di Westminster della quale Robert Ware era allora l'abate.

Fin dagli anni eroici del "periodo nebbia" e della *Mineral Art* – estetica dell'ammucchiamento pietre la cui manifestazione più memorabile fu la "rivendicazione", la "firma" e, poco più tardi, la vendita – a un urbanista di Urbana, Illinois – di una delle barricate di rue Gay-Lussac – Hutting nutriva l'intenzione di fare il ritrattista e parecchi erano i clienti che lo scongiuravano di ritrarli. Il suo problema, come per le altre imprese pittoriche, era mettere a punto un protocollo originale, trovare, come diceva lui stesso, una ricetta che gli permettesse di preparare dei buoni piatti.

Per qualche mese, Hutting usò un metodo che, diceva, un mendicante mulatto incontrato in un miserabile bar di Long Island gli aveva rivelato per tre giri di gin del quale però, malgrado le sue mille insistenze, non aveva voluto svelargli le origini. Si trattava di scegliere i colori di un ritratto partendo da una sequenza inamovibile di undici tinte e tre cifre-chiave fornite, la prima, dalla data e l'ora di nascita del quadro, intendendosi con "nascita" la prima seduta di posa, la seconda, dalla fase lunare al momento del concepimento del quadro, riferendosi con "concepimento" alla circostanza che aveva innescato il quadro, come per esempio una telefonata d'ordinazione, e la terza dal prezzo richiesto.

L'impersonalità del sistema aveva di che sedurre Hutting. Il quale però, forse per averlo applicato troppo rigidamente, ottenne dei risultati che più di sedurre sconcertarono. Certo, la sua *Contessa de Berlingue dagli occhi rossi* conobbe un meritato successo, ma i vari altri ritratti lasciarono critici e clienti a bocca aperta, e delusa, e soprattutto lui stesso viveva con la sensazione vaga e spesso sgradevole di adoperare senza genio una formula che, evidentemente, qualcun altro prima di lui aveva saputo piegare assai meglio alle proprie esigenze artistiche.

Il relativo insuccesso di quei tentativi non lo scoraggiò oltre misura, ma lo indusse a raffinare ulteriormente quelle che il critico d'arte Elzéar Nahum, suo bardo ufficiale, chiamava graziosamente "equazioni personali": gli permisero di definire, a mezza via fra il quadro di genere, il ritratto reale, il puro fantasma e il mito storico, qualcosa che battezzò "ritratto immaginario". Decise di realizzarne ventiquattro, in ragione di uno al mese, con un ordine preciso, nei due anni a venire:

1   Tom Dooley guidando gli autentici *trattori metallici* incontra tre persone che non c'entrano

2   Coppelia insegna a Noè l'arte di navigare

3   Settimio Severo viene a sapere che i negoziati con il Bey avranno successo solo se gli darà sua sorella Septimia Octavilla

4   Jean-Louis Girard commenta la celebre sestina di Isaac de Bensérade

5   Il conte de Bellerval (der Graf von Bellerval), logico tedesco allievo di-Łukasiewicz, dimostra in presenza del suo maestro che un'isola è uno spazio chiuso da sponde

6   Jules Barnavaux si pente di non aver tenuto conto del duplice avviso esposto nei gabinetti del Ministero

7   Nero Wolfe sorprende il saraceno Fierabraccia a forzare la cassaforte della Chase Manhattan Bank

8   Il bassotto Optimus Maximus arriva a nuoto a Calvi, notando con soddisfazione che il sindaco lo aspetta con un osso

9   Il traduttore antipodale rivela a Orfeo che il suo canto culla gli animali

10 Livingstone, accorgendosi che il premio promesso da lord Ramsay gli sfugge, manifesta il proprio malumore

11 R. Mutt è respinto agli orali della maturità per aver sostenuto che Rouget de l'Isle era l'autore del *Chant du Départ*

12 Boriet-Tory beve del Château-Latour guardando "L'Uomo dei Lupi" che balla il fox-trot

13 Il giovane seminarista sogna di visitare Lucca e T'ien-Tsin

14 Massimiliano, arrivando a Città del Messico, si sbafa elegantemente undici tortillas

15 L'impostatore di rime esige che il suo fattore tosi le pecore e che la moglie ne tessa la lana

16 Narcisse Follaninio, finalista del certame poetico Giochi Floreali di Amsterdam, apre un dizionario di rime e lo legge sotto il naso dei commissari d'esame

17 Zenone di Didima, corsaro delle Antille, dopo aver ricevuto una grossa somma in denaro da Guglielmo III, lascia Curaçao indifesa di fronte agli Olandesi

18 La Moglie del Direttore della Officina Arrotatura Lame di Rasoio autorizza sua figlia a uscire da sola per le vie di Parigi a patto che, scendendo lungo il Boul' Mich',* si tolga i traveller's cheques dal corsetto

19 L'attore Archibald Moon esita per il prossimo spettacolo fra Giuseppe d'Arimatea e Zaratustra

* Il boulevard Saint-Michel, nel Quartiere latino. [*N.d.T.*]

20   Il pittore Hutting cerca di ottenere da un ispettore polivalente delle tasse una perequazione delle medesime

21   Il dottor LaJoie è radiato dall'albo dei medici per aver dichiarato in pubblico che William Randolph Hearst, dopo una proiezione di *Citizen Kane*, avrebbe commissionato l'assassinio di Orson Welles

22   Prima di prendere la diligenza per Amburgo, Javert si ricorda che Valjean gli ha salvato la vita

23   Il geografo Lecomte, scendendo lungo il fiume Hamilton, è ospitato da certi eschimesi e per ringraziarli offre una carruba al capo del villaggio

24   Il critico Molinet inaugura il suo corso al Collège de France abbozzando con brio i ritratti di Vinteuil, Elstir, Bergotte e della Berma, ricchi miti dell'arte impressionista dei quali i lettori di Marcel Proust non hanno ancora terminato l'esegesi.

Ogni quadro, spiega Hutting, e soprattutto ogni ritratto, si pone alla confluenza fra un sogno e una realtà. Il concetto stesso di "ritratto immaginario" si sviluppò partendo da questa idea base: il compratore, colui che desidera farsi fare il proprio ritratto o quello della persona amata, costituisce solo uno degli elementi del quadro, e anche il meno importante, forse – chi ricorderebbe ancora il signor Bertin senza Ingres? – ma ne è l'elemento iniziale, ragione per cui a diritto sostiene una parte determinante, "fondatrice", nel quadro: non in quanto modello estetico che determinerebbe le forme, i colori, la "somiglianza", e direi anche l'episodio del quadro in sé, ma in quanto modello *strutturale*: il committente, o meglio, come nella pittura del Medio evo, il "donatore" sarà "l'iniziatore" del proprio ritratto: la sua identità, più che i suoi tratti, andranno a nutrire l'estro creativo e la sete d'immaginario dell'artista.

Un solo ritratto sfugge a questa legge, il ventesimo, quello che raffigura Hutting stesso. La presenza stessa di un autoritratto in mezzo a quella serie unica si imponeva come un'evidenza, ma la forma testuale gli fu dettata, dichiara il pittore, da sei anni di grane continue con l'ufficio imposte dirette, al termine dei quali riuscì finalmente a far trionfare il suo punto di vista. Il problema era questo: Hutting vendeva trequarti e più della sua produzione negli Stati Uniti, ma voleva ovviamente pagare le tasse in Francia, dov'erano molto minori: la cosa era di per sé assolutamente lecita, ma il pittore voleva inoltre che i suoi redditi venissero considerati non alla stregua di "redditi incassati all'estero" – come invece faceva l'ispettorato delle tasse che li calcolava tali quasi senza alcun sgravio – ma alla stregua di "redditi provenienti da manufatti esportati all'estero" passibili di benificiare, sotto forma di conseguenti riduzioni, dell'aiuto che lo Stato accorda all'esportazione. Ora, c'è forse qualcosa al mondo che meriti l'appellativo di *manu*fatto più di un quadro dipinto dalla *mano* di un artista? L'ispettore delle tasse fu costretto ad ammettere tale evidenza etimologica, ma si prese subito una rivincita rifiutandosi di considerare come "manufatti *francesi*" dei quadri che erano stati dipinti a mano, d'accordo, ma in uno studio situato oltre Atlantico, e solo dopo brillanti scambi di arringhe varie fu ammesso che la mano di Hutting restava una mano francese anche quando dipingeva all'estero e che di conseguenza, e considerando anche il fatto che Hutting, nato da padre americano e madre francese, aveva la doppia nazionalità, conveniva riconoscere il vantaggio morale, intellettuale e artistico che l'esportare opere di Franz Hutting nel mondo procurava alla Francia e, proprio e se non altro per questo, applicare ai suoi redditi le perequazioni auspicabili, vittoria che Hutting festeggiò raffigurandosi nelle sembianze di un Don Chisciotte che lotta con la lunga lancia contro fragili e pallidi funzionari nerovestiti che abbandonano il Ministero delle Finanze come fanno i topi quando la nave è in pericolo.

Tutti gli altri quadri furono concepiti in base a nome, cognome e professione dei ventitré amatori che li ordinarono impegnandosi per iscritto a non contestare il titolo e il tema dell'opera, né il posto che vi avrebbe occupato. Sottoposte a vari trattamenti linguistici e numerici, l'identità e la professione del compratore determinavano successivamente il formato del quadro, il numero dei personaggi, i colori dominanti, il "campo semantico" [mitologia (2, 9), fantasia (22), matematica (5), diplomazia (3), spettacoli (19), viaggi (13), storia (14, 17), indagine poliziesca (7), eccetera], il tema centrale dell'episodio, i particolari secondari, (allusioni storiche e geografiche, elementi di abbigliamento, accessori, eccetera) e da ultimo il prezzo. Ciononostante, questo sistema sottostava a due imperativi: il compratore – o la persona che il compratore voleva far ritrarre – doveva essere raffigurato "esplicitamente" sulla tela, e uno degli elementi dell'episodio, quanto al resto rigorosamente determinato al di fuori della personalità del modello, doveva coincidere precisamente con lui.

Far apparire il nome del compratore nel titolo del quadro era ovviamente considerata cosa fin troppo facile e Hutting vi si rassegnò solo tre volte: per il numero quattro, ritratto dell'autore di romanzi polizieschi Jean-Louis Girard, per il numero dodici, ritratto del chirurgo svizzero Boriet-Tory, responsabile del Dipartimento di Criostasia sperimentale all'Organizzazione mondiale della Sanità, e per il numero diciannove, autentico prodigio d'abilità ispirato all'olografia, nel quale l'attore Archibald Moon è dipinto in modo tale che se si passa davanti al quadro da sinistra a destra, sembra Giuseppe d'Arimatea, con lunga barba bianca, burnus di lana grigia, bastone da pellegrino, mentre se passi da destra a sinistra, capelli di fuoco, torso nudo, bracciali di cuoio chiodato ai polsi e alle caviglie, è Zaratustra in persona. In compenso, se il numero otto è effettivamente il ritratto di un bassotto – quello del produttore cinematografico venezuelano Melchior Aristotelès che vede in lui il solo e unico successore di Rintintin – il bassotto in questione non si chiama affatto Optimus Maximus ma risponde al nome, molto più sonoro, di Freischutz.

A volte questa coincidenza fra immaginario e biografico fa del ritratto un toccante riassunto della vita del modello: così, il numero tredici, ritratto del vecchio cardinale Fringilli, che fu abate a Lucca prima di andarsene per lunghi anni in missione a T'ien-Tsin.

A volte invece, solo un elemento superficiale, il cui stesso principio potrebbe essere giudicato di facile contestazione, collega l'opera al suo modello: così, è stato un industriale veneziano la cui giovane e deliziosa sorella vive nel terrore perenne di fornire la triplice origine dell'enigmatico ritratto numero tre, dove figura sotto le specie di Settimio Severo imperatore: innanzitutto perché la sua industria si classifica regolarmente settima della categoria nell'albo d'oro annuale del *Financial Times* e di *Enterprise*, poi perché la sua severità è leggendaria, e infine perché intrattiene relazioni continue con lo scià dell'Iran (titolo quanto mai imperiale) e non sarebbe del tutto inconcepibile che un rapimento della sorella suscitasse qualche seria ripercussione su questo o quel negoziato di portata internazionale. Ed è un filo ancora più remoto, ancora più vago e arbitrario a legare il ritratto numero cinque al suo committente, Juan Maria Salinas-Łukasiewicz, il magnate della birra in scatola dalla Colombia alla Terra del Fuoco: il quadro raffigura un episodio, per di più assolutamente fittizio, della vita di Juan Łukasiewicz, il logico polacco fondatore della Scuola di Varsavia, senza il minimo legame di parentela con il birraio argentino che appare solo come una figuretta in mezzo alla folla.

Venti di quei ventiquattro ritratti sono già bell'e finiti. Il ventunesimo è quello attualmente posato sul cavalletto: è il ritratto di un industriale giapponese, il re degli orologi a quarzo, Fujiwara Gomoku. Destinato a ornare la sala riunioni del consiglio d'amministrazione della ditta.

L'episodio che Hutting ha scelto di rappresentare gli è stato raccontato proprio dal protagonista principale della storia, François-Pierre LaJoie, dell'Università Laval, nel Québec. Nel 1940, addottorato di fresco, François-Pierre LaJoie visitò un uomo che soffriva di bruciori allo stomaco e che gli avrebbe sostanzialmente detto: "Quel fetente di Hearst mi ha avvelenato perché non ho voluto fargli un lavoretto sporco". Pregato di spiegarsi meglio, avrebbe allora dichiarato che Hearst gli aveva promesso quindicimila dollari per liberarlo di Orson Welles. LaJoie non poté trattenersi dal ripetere il tutto quella sera al club. L'indomani mattina, convocato d'urgenza dal Consiglio dell'Ordine, fu accusato di violazione del segreto professionale per aver ripetuto in pubblico una confidenza ricevuta nell'ambito di una visita medica. Riconosciuto colpevole, venne immediatamente radiato. Pochi giorni dopo, dichiarò che si era inventato l'accusa di sana pianta ma troppo tardi, ovviamente, e dovette ricominciare la carriera da zero specializzandosi nella ricerca e diventando uno dei migliori esperti di problemi circolatori e respiratori legati all'attività subacquea. Solo quest'ultimo punto permette di spiegare la presenza di Fujiwara Gomoku nel quadro: LaJoie, in effetti, condusse le sue ricerche su quelle tribù costiere del Giappone del sud che si chiamano Ama, e la cui esistenza è attestata da più di duemila anni poiché uno dei più antichi riferimenti a questo popolo si trova nel Gishi-Wajin-Den, che si fa risalire al III secolo prima di Cristo. Le donne Ama sono le migliori tuffatrici del mondo: capaci, per quattro o cinque mesi all'anno, di scendere fino a centocinquanta volte al giorno, a una profondità che può anche superare i venticinque metri. Si tuffano nude, protette, solo da un secolo a questa parte, da occhiali pressurizzati grazie a due palloncini laterali, e possono restare giù due minuti ogni volta raccogliendo varie specie di alghe, agar-agar in particolare, oloturie, ricci, cetrioli marini, conchiglie, ostriche perlifere e altri molluschi il cui guscio era un tempo molto pregiato. Ora la famiglia Gomoku discende da uno di quei villaggi Ama, e del resto gli orologi subacquei sono una specialità della ditta.

Gli Altamont hanno esitato a lungo prima di ordinare il proprio ritratto, presumibilmente fermati dai prezzi di Hutting, che metteva le sue opere solo alla portata dei grossi presidenti direttori generali, ma alla fine si sono decisi e come rassegnati. Appaiono nel quadro numero uno, lui, vestito da Noè, e lei, da Coppelia, allusione al fatto che è stata una danzatrice.

Il loro amico tedesco, Fugger, figura anch'egli fra i clienti di Hutting. Rientra nel quattordicesimo ritratto, essendo, da parte di madre, molto lontanamente imparentato con gli Asburgo, e avendo, da un viaggio in Messico, riportato undici ricette di tortillas!

CAPITOLO LX

Cinoc, 1

Una cucina. Per terra un linoleum, mosaico di romboidi, giada, azzurro e vermiglione. Sulle pareti una tinteggiatura che fu brillante. Contro la parete di fondo, accanto all'acquaio, sopra una rastrelliera di filo plastificato, inseriti uno sotto l'altro fra il muro e le tubature, quattro calendari delle poste con foto in quadricromia:

1972: *I Piccoli Amici*: un'orchestra jazz composta di marmocchi seienni con strumenti giocattolo; il pianista, con gli occhiali e quell'aria di estrema serietà, ricorda un po' Schroeder, il giovane prodigio beethoveniano dei Peanuts di Schultz;

1973: *Immagini d'Estate*: api che succhiano astri;

1974: *Notte nella Pampa*: tre *gauchos* che schitarrano intorno a un fuoco;

1975: *Pompon e Fifi*: una coppia di scimmie gioca a domino. Il maschio porta bombetta e calzamaglia con il numero 32 scritto in paillette sulla schiena; la femmina fuma un sigaro che tiene fra pollice e indice del piede destro, porta un cappello piumato, guanti a uncinetto e borsetta.

Sopra, su un foglio quasi dello stesso formato, tre garofani in un vaso di terra a corpo sferico e collo corto, con la sola leggenda "DIPINTO CON LA BOCCA E COI PIEDI" e, fra parentesi, "vero acquerello".

Cinoc è in cucina. È un vecchio magro e ossuto vestito d'un panciotto di flanella verde gialliccia. È seduto sopra uno sgabello di fòrmica accanto a una tavola coperta da una tela incerata, sotto un lume di latta smaltata bianca fornita di un sistema di carrucole equilibrate da un contrappeso a forma di pera. Mangia, da una scatola male aperta, dei pilchard agli aromi. Davanti a lui, sulla tavola, tre scatole da scarpe sono piene di cartoncini bristol coperti d'una grafia minuziosa.

Cinoc venne ad abitare in rue Simon-Crubellier nel 1947, pochi mesi dopo la morte di Hélène Brodin-Gratiolet della quale si prese l'appartamento. E subito pose alla gente, e soprattutto alla signora Claveau, un arduo problema: come bisognava pronunciare il suo cognome? Ovviamente, la portinaia non aveva il coraggio di chiamarlo "Sinoque".* Interrogò Valène che propose "Cinoche", Winckler, che propendeva per "Tchinotch", Morellet, che teneva per "Cinots", la signorina Crespi, che suggerì "Chinosse", François Gratiolet, che consigliò vivamente "Tsinoc", e infine il signor Echard che, bibliotecario esperto in grafie forestiere e nei susseguenti modi di emetterle, dimostrò che, senza tener conto di una eventuale trasformazione della "n" centrale in "gn" o "nj", e ammettendo in teoria e una volta per tutte che la "i" si pronunciasse "i", e la "o", "o", esistevano quattro maniere di pronunciare la prima "c": "s", "ts", "ch" e "tch", e cinque maniere di dire l'ultima: "s", "k", "tch", "ch" e "ts" e di conseguenza, tenuto conto della presenza o dell'assenza di questo o quell'accento o segno diacritico e delle particolarità fonetiche di questa o quella lingua o dialetto, si poteva scegliere fra le seguenti venti pronunce:

SINOSSE	SINOK	SINOTCH	SINOCH	SINOTS
TSINOSSE	TSINOK	TSINOTCH	TSINOCH	TSINOTS
CHINOSSE	CHINOK	CHINOTCH	CHINOCH	CHINOTS
TCHINOSSE	TCHINOK	TCHINOTCH	TCHINOCH	TCHINOTS

Dopo di che, una delegazione andò a porre la domanda al principale interessato il quale rispose che non sapeva nemmeno lui quale fosse il modo più giusto di pronunciare il suo cognome. Il patronimico originario della famiglia, quello che il bisnonno, un sellaio di Szczyrk, aveva ufficialmente acquistato all'ufficio di Stato Civile del Palatinato di Cracovia era Kleinhof; ma di generazione in generazione, di rinnovo di passaporto in rinnovo di passaporto, sia per non aver unto abbastanza i capi ufficio tedeschi o austriaci, sia per essersi rivolti a impiegati ungheresi, poldavi, moravi o polacchi che leggevano "v" e trascrivevano "ff" o che notavano "c" quello che udivano "tz", sia per aver avuto a che fare con persone che non avevano mai dovuto sforzarsi troppo per ridiventare un po' analfabeti e passabilmente duri d'orecchio quando si trattava di fornire carte d'identità a un ebreo, il cognome non aveva più niente della pronuncia né dell'ortografia primitiva e Cinoc ricordava che il padre gli raccontava che suo padre gli parlava di certi cugini che aveva e che si chiama-

* Che in gergo significa "tocco, svitato". Cinoc e Sinoque suonano uguali: Sinoc. Tutti gli altri tentativi restano pronunciati alla francese. [N.d.T.]

vano Klajnhoff, Keinhof, Klinov, Szinowcz, Linhaus, eccetera. Com'era diventato Cinoc, Kleinhof? Cinoc non lo sapeva di preciso; l'unica cosa di cui era certo, è che un giorno la "f" finale era stata sostituita da quel segno particolare (ß) con cui i tedeschi scrivono la doppia "s"; in seguito, probabilmente, la "l" era caduta da sé o l'avevano cambiata in "h": arrivando a Khinoss o Kheinhoss, e di là, forse, a Kinoch, Chinoc, Tsinoc, Cinoc, eccetera. In ogni caso, era del tutto secondario pronunciarlo in questo o quel modo.

Cinoc, che era allora sulla cinquantina, esercitava uno strano mestiere. Come diceva lui stesso, faceva l'"ammazzaparole": lavorava all'aggiornamento dei dizionari Larousse. Ma, mentre altri redattori erano sempre alla ricerca di parole e significati nuovi, lui, per fargli posto, doveva eliminare tutte le parole e tutti i significati caduti in disuso.

Quando, nel millenovecentosessantacinque, dopo cinquantatré anni di scrupoloso servizio, andò in pensione, aveva fatto sparire centinaia e migliaia di attrezzi, tecniche, usi, costumi, motti, piatti, giochi, soprannomi, pesi e misure; aveva cancellato dalla carta geografica decine di isole, centinaia di città e di fiumi, migliaia di capoluoghi cantonali; aveva rispedito nel loro anonimato tassonomico centinaia di tipi di vacche, specie d'insetti, di uccelli e di serpenti, pesci un po' particolari, varietà di conchiglie, piante non del tutto simili, tipi speciali di legumi e di frutti; aveva fatto svanire nella notte dei tempi legioni di geografi, missionari, entomologi, Padri della Chiesa, letterati, generali, Dei & Demoni.

Chi oggigiorno saprebbe cosa significava "vedettografo", "sorta di telegrafo fra vedette che si comunicano"? Chi oggigiorno potrebbe immaginare che sia esistita per generazioni e generazioni forse "una mazza di legno sita in cima a un bastone per pigiare il crescione nei fossi inondati" e che questa mazza si chiamava *schuèle* (*chu-èle*)? Chi oggigiorno ricorderebbe il "velocimane"?

VELOCIMANE (s.m.)
(dal lat. *velox-ocis*, veloce, e *manus*, mano). Apparato di locomozione, soprattutto per bambini, a forma di cavallo, montato su tre o quattro ruote, detto anche *cavallo meccanico*.

Dov'erano finiti gli "abuna", metropoliti della Chiesa etiopica, le "palatine", pellicce che le donne portavano sul collo d'inverno, così chiamate per via della principessa palatina che ne introdusse l'uso in Francia durante la minore età di Luigi XIV, e i "chandernagors", quei sottufficiali letteralmente coperti d'oro che precedevano le sfilate nel Secondo Impero? Cos'era capitato a Léopold-Rudolph Von Schwanzenbad-Hodenthaler la cui brillantissima azione a Eisenühr aveva permesso a Zimmerwald di vincere la battaglia di Kisàszony? E Uz (Jean-Pierre), 1720-1796, poeta tedesco, autore di *Poesie liriche*, de *L'arte di essere sempre allegri*, poema didattico, e di *Odi e Canzoni*, eccetera? E Albert de Routisie (Basilea, 1834 - Mar Bianco, 1867). Poeta e romanziere francese. Grande ammiratore di Lomonosov, decise di andare in pellegrinaggio a Arcangelo, la sua città natale, ma la nave naufragò poco prima di arrivare in porto. Dopo di che, la sua unica figlia ne pubblicò il romanzo incompiuto, *I Cento Giorni*, una scelta di poesie, *Gli occhi di Melusina*, e, con il titolo di *Lezioni*, un'ammirevole raccolta di aforismi che rimane la sua opera più compiuta. Chi saprebbe oggigiorno che Francesco Albergati Capacelli era un drammaturgo italiano nato a Bologna nel 1728, e che la porta di bronzo della cappella mortuaria di Carennac si deve al mastro fonditore Rondeau (1493-1543)?

Cinoc si mise a ciondolare per i lungosenna, frugando le bancarelle di libri usati, sfogliando romanzi a due soldi l'uno, saggi fuori moda, guide turistiche sorpassate, vecchi trattati di fisiologia, meccanica o morale, atlanti annosissimi in cui l'Italia appariva ancora come un mosaico di piccoli stati. Poi, prese in prestito dei libri nella biblioteca municipale del XVII arrondissement, in rue Jacques-Binjen, tirando giù dalle soffitte in-folio polverosi, manuali Roret, libri della Biblioteca delle Meraviglie, e vecchi dizionari: il Lachâtre, il Vicarius, il Bescherelle maggiore, il Larrive e Fleury, l'Enciclopedia della Conversazione redatta da una Società di Uomini di Lettere, il Graves e l'Esbigné, il Bouillet, il Dezobry e Bachelet. Infine, quando ebbe esaurito le risorse della biblioteca di quartiere, andò, fattosi ardito, a iscriversi a Sainte-Geneviève e si mise a leggere gli autori dei quali, entrando, vedeva i nomi incisi sulla facciata.

Lesse Aristotele, Plinio, Aldrovandi, sir Thomas Browne, Gesner, Ray, Linneo, Brisson, Cuvier, Bonneterre, Owen, Scoresby, Bennett, Aronnax, Olmstead, Pierre-Joseph Macquart, Eugénie Guérin, Gastrifere, Phutatorius, Somnolentius, Trittolemo, Argalaste, Kysarchius, Egnatius, Sigonius, Bossius, Ticinenses, Baysius, Budoeus, Salmasius, Lipsius, Lazius, Isaac Casaubon, Giuseppe Scaligero, e perfino il *De re vestiaria* di Rubenius (1665, in −4°) dove gli fu spiegato fin nei minimi particolari cos'era la toga o veste sciolta, la clamide, l'efod, la tunica o mantello corto, la sintesi, la penula, la lacema con il suo cappuccio, il paludamentum, la pretesta, il sagum o cappa militare, e la trabea che, secondo il parere di Svetonio, era di tre specie.

Cinoc leggeva lentamente, annotava le parole rare, e a poco a poco il suo progetto prese corpo: decise di redigere un grande dizionario delle parole dimenticate, non per perpetuare il ricordo degli Akka, popolo nero nano dell'Africa centrale, o di Jean Gigoux, pittore di storia, o di Enrico Romagnesi, compositore di romanze, 1781-1851, né per tramandare in eterno lo scolecobroto, coleottero tetramero della famiglia dei longicorni, sottofamiglia dei cerambici, ma per salvare parole semplici che a lui continuavano a parlare.

In dieci anni ne raccolse più di ottomila, per le quali venne a iscriversi una storia oggi appena leggibile:

RIVELETTE (s.f.)
Altro nome del miriofillo o finocchio acquatico.

ARÉA (s.f.)
med. ant. Alopecia, tigna, malattia che fa cadere i peli e i capelli.

LOQUIS (s.m.)
Specie di chincaglieria di cui ci si serve per commerciare con i negri sulle coste africane. Piccoli cilindri di vetro colorato.

RONDELIN (s.m. radice *rond,. rotundus*)
Parola scherzosa usata da Chapelle per designare un uomo molto grosso:
Per vedere il bravo rondelin
Bisogno non v'è di cannocchiale.

CADETTE (s.f.)
Pietra da taglio adatta alla pavimentazione.

LOSSE (s.f.)
Tecn. Attrezzo di ferro affilato e tagliente, semiconico, tagliato dall'alto in basso nel senso dell'asse e concavo all'interno. S'incastra come un embrice e serve per forare il cocchiume delle botti.

BEAUCÉANT (s.m.)
Stendardo dei Templari.

BEAU-PARTIR (s.m.)
Ipp. Bell'avvio del cavallo. La sua velocità in linea retta fino all'arresto.

LOUISETTE (s.f.)

Nome dato per qualche tempo alla ghigliottina, la cui invenzione si attribuiva al dottor Louis. "Louisette era il nomignolo che Marat dava alla ghigliottina" (Victor Hugo).

FRANCATU (s.m.)

Orticol. Tipo di mela a lunga conservazione.

RUISSON (s.m.)

Canale per svuotare una salina.

SPADILLE (s.f.)

(Spagn. *espada*, spada.) L'asso di picche nel gioco dell'ombra (*ant.*).

URSULINE (s.f.)

Piccola scala sormontata da una piattaforma stretta sulla quale i saltimbanchi facevano salire le loro capre ammaestrate.

TIERÇON (s.m.)

Ant. com. Misura di liquido che contiene un terzo dell'intera misura. Ha una capacità di: a Parigi 89 litri e 41, a Bordeaux 150 litri e 80, nello Champagne 53 litri e 27, a Londra 158 litri e 08 e a Varsavia 151 litri e 71.

LOVELY (s.m.)

(Ingl. *lovely*, delizioso, bello). Uccello indiano simile al fringuello europeo.

GIBRALTAR (s.m.)

Dolciume, piatto di pasticceria che si serve fra il formaggio e la frutta.

PISTEUR (s.m.)

Impiegato d'albergo con l'incarico di raccogliere i viaggiatori.

MITELLE (s.m.)

(lat. *mitella*, dim., da *mitra*, mitra). *St. rom.* Piccola mitra, specie di copricapo che portavano soprattutto le donne a volte molto lussuoso. Gli uomini la usavano in campagna. *Bot.* Genere di piante della famiglia delle sassifraghe così chiamate per la forma dei loro frutti e originarie delle regioni fredde asiatiche e americane. *Chir.* Sciarpa per sostenere il braccio. *Mol.* Gasteropodi dalla conchiglia particolarmente lunga e aguzza.

TERGAL, E (*agg.*)
(lat. *tergum*, dorso). Che ha relazione con il dorso degli insetti.

VIRGOULEUSE (*s.f.*)
Pera burrona invernale.

HACHARD (*s.m.*)
Cesoia per ferro.

FEURRE (*s.m.*)
Paglia di grano, frumento, eccetera. Paglia lunga per impagliare le sedie.

VEAU-LAQ (*s.m.*)
Cuoio morbidissimo usato in pelletteria.

EPULIE (*s.f.*)
(dal gr. Επι, sopra, e ουλον, gengiva), *Chir.* Escrescenza carnosa che si forma sopra o intorno alle gengive.

TASSIOT (*s.m.*)
Tecn. Croce formata da due listelli di legno, con la quale il canestraio inizia certi lavori.

DOUVEBOUILLE (*s.m.*)
(*Gergo mil.* deformazione dall'am. *dough-boy*, soldato semplice, bassaforza). Soldato americano durante la prima guerra mondiale (1917-1918).

VIGNON (*s.m.*)
Ginestra spinosa.

ROQUELAURE (*s.m.*)
(Dal nome del suo inventore, il duca di Roquelaure). Specie di mantello tutto abbottonato da cima a fondo.

LOUPIAT (*s.m.*)
Pop. Ubriaco, sbronzone. "Era proprio ben messa con quello sbronzone di marito." (E. Zola)

DODENAGE (*s.m.*)
Tecn. Modo di levigare i chiodi da tappezziere che consiste nel riporli in un sacco di tela fittissima o pelle insieme a smeriglio o qualsiasi altra materia abrasiva.

CAPITOLO LXI

Berger, 1

La sala da pranzo dei Berger. Una stanza dal pavimento di legno quasi quadrata. Al centro, una tavola rotonda sulla quale ci sono due coperti, un sottopiatto metallico a forma di losanga, una zuppiera dal coperchio scostato che lascia passare il manico di un mestolo argentato, un piatto bianco con una cervellata tagliata a metà coperta di salsa alla senape e un camembert la cui etichetta raffigura un veterano napoleonico. Contro la parete di fondo, una credenza di stile un po' vago sulla quale poggiano una lampada il cui zoccolo è un cubo di opaline, una bottiglia di pastis 51, un'unica mela rossa sopra un piatto di stagno, e un giornale della sera di cui si può leggere l'enorme manchette: PONIA: LA PUNIZIONE SARÀ ESEMPLARE. Sopra la credenza è appeso un quadro raffigurante un paesaggio asiatico, con dei cespugli stranamente contorti, un gruppo di indigeni con grandi cappelli conici in testa e qualche giunca all'orizzonte. Dipinto si dice dal bisnonno di Charles Berger, un sottufficiale di carriera che avrebbe fatto la campagna del Tonkino.

Lise Berger è sola nella sala da pranzo. È una donna sulla quarantina la cui corpulenza tende, se non all'obesità, perlomeno alla pinguedine. Sta finendo di preparare per sé e per il figlio – che ha mandato giù a portare le immondizie e comperare il pane – e mette sulla tavola una bottiglia di succo d'arancia e una scatola di birra di Munich Spatenbräu.

Suo marito, Charles, serve in un ristorante. È un uomo gioviale e tondetto, e insieme formano una di quelle coppie grasse, amanti di salsicce, crauti, bicchierotti di bianco e birra ben gelati, che molto spesso ti ritrovi in treno nello stesso scompartimento.

Per molti anni, Charles ha lavorato in un locale notturno pomposamente chiamato Igitur, specie di ristorante "poetico" dove un animatore che si dava arie da figlio spirituale di Antonin Artaud presentava un'antologia deprimente e laboriosamente declamata nella quale ti rifilava senza vergogna l'integralità delle proprie opere con, tentando di fartele digerire, l'insufficiente complicità di Guillaume Apollinaire, Charles Baudelaire, René Descartes, Marco Polo, Gérard de Nerval, François-René de Chateaubriand e Jules Verne. La qual cosa alla fine non impedì al ristorante di fallire.

Charles Berger lavora adesso a La Villa d'Ouest, ristorante night vicino alla Porta Maillot, da cui il nome, che presenta uno spettacolo di travestiti e appartiene a un ex animatore di un'organizzazione di vendite a domicilio che si fa chiamare Désiré, o, ancora più carino, Didi. È un individuo senza età e senza rughe, in parrucchetta, che adora nei, anelli con monogramma, braccialetti, catenine e porta volentieri completi di flanella immacolatamente bianchi, fazzolettini da tasca a scacchi, foulard di crespo di Cina e scarpe di daino color malva o viola.

Didi buttava sull'artistoide, il che significa giustificare tirchieria e grettezza con osservazioni del tipo: "Non si può fare niente di vero senza essere un tantino criminali", oppure: "Se vuoi essere all'altezza delle tue ambizioni devi saper diventare uno sporco individuo, esporti, comprometterti, giurare il falso, comportarti come un artista che ruba in casa per comprarsi i colori".

Didi non si esponeva poi tanto, se non sulla scena, e si comprometteva il meno possibile, ma era indubbiamente uno sporco individuo, odiato dalla compagnia e dal personale. I camerieri lo avevano soprannominato "Fritte-verdura" dal giorno ormai lontano in cui aveva loro ordinato, quando un cliente chiedeva una porzione o una razione supplementare di patatine fritte – o di un altro contorno qualsiasi – di calcolarla come verdura a parte.

Il cibo che serviva era infetto e sotto nomi squillanti – Julienne al vecchio xeres, Crespelle di gamberetti in gelatina, Chaud-froid di pernici alla Suvaroff, Astice al cumino alla Sigalas-Rabaud, Piccantino di cervella in Eccellenza, Dadolata d'Isard all'Amontillado, Macedonia di cardi con paprica ungherese, Dolciumi de l'Evêque d'Exeter, Fichi freschi alla Fregoli, e via dicendo – nascondeva porzioni preconfezionate e pretagliate che ogni mattina arrivavano da una rosticceria all'ingrosso e che uno pseudo cuoco col cappellone faceva finta di cucinare lì per lì, mandando per esempio in sala dei pentolini di rame con salse all'acqua calda, dado Kub e un fondo di ketchup.

Fortunatamente, non era per il mangiare che i clienti affollavano La Villa d'Ouest. I pasti venivano serviti a passo di carica prima dei due spettacoli serali delle undici e delle due, e quelli che poi non riuscivano a prendere sonno non attribuivano certo il loro malessere alla galantina sospetta e tremolante che inguainava quanto avevano ingurgitato, ma all'intensa eccitazione provata vedendo lo show. Se infatti La Villa d'Ouest non si vuotava dal primo gennaio al trentun dicembre, se diplomatici, uomini d'affari, tenori della politica e stelle della scena e dello schermo andavano a pigiarvisi, era solo per la qualità eccezionale dei suoi spettacoli, e in particolare per la presenza in seno alla compagnia di due grandi star, "Domino" e "Belle de May": l'impareggiabile "Domino" che, davanti a scintillanti pannelli di alluminio, faceva un'incredibile imitazione di Marilyn Monroe, con la sua immagine riflessa all'infinito come nell'indimenticabile primo piano di *Come sposare un milionario*, che a sua volta era una copia di quello ancora più celebre de *La signora di Shangai*; e la favolosa "Belle de May" la quale, in un batter d'occhio, si trasformava in Charles Trenet.

Per Charles Berger, il lavoro non è poi molto diverso da quello che faceva nel cabaret precedente, né da quello che potrebbe eseguire in qualsiasi altro ristorante; e forse è anzi più facile, dato che tutti i pasti sono poco o tanto identici e serviti tutti contemporaneamente, e pagato molto meglio anche. L'unica cosa veramente diversa è alla fine del secondo servizio, quasi alle due del mattino, dopo aver servito caffè, champagne e digestivi, dopo aver disposto sedie e tavolini in modo da far vedere lo show a più gente possibile, i quattro camerieri, con bastoncello, grembiule lungo, tovagliolo bianco e vassoio d'argento, devono salire sul palcoscenico, mettersi in fila davanti al sipario rosso e, al segnale del pianista, alzare ben alta la gamba cantando il più forte e stonato possibile, ma insieme:

> E 'desso che avete mangia benmangiato, e bevu benbevuto
> Di di gra, dite grazie e un saluto
> All'amico Didi, Dididi, Désiré
> Che fin 'desso non vi ha ancora mostrato
> Il più bel da vedere che c'è, Dididi, sì sì sì, il più bel
> da vedere che c'è!

una cosa più o meno così, dopo di che tre girls sbucando dalle minuscole quinte aprono lo spettacolo.

I camerieri prendono servizio alle sette di sera, mangiano insieme, poi preparano le tavole, stendono le tovaglie, apparecchiano, tirano fuori i secchielli per il ghiaccio, dispongono i bicchieri, i portacenere, i tovaglioli di carta, le saliere, i macinapepe, gli stuzzicadenti, e i campioncini d'eau de toilette Désiré omaggio della casa agli affezionati clienti. Alle quattro del mattino, terminata la seconda seduta, quando gli ultimi spettatori se ne sono andati dopo il bicchiere della staffa, pranzano con la compagnia, poi sparecchiano, rimettono a posto le tavole, piegano le tovaglie, e se ne vanno nel momento in cui la donna delle pulizie arriva per svuotare i portacenere, arieggiare il locale e passare l'aspirapolvere.

Charles rientra a casa verso le sei e mezzo. Prepara un caffè per Lise, la sveglia accendendo la radio, e va a letto quando lei si alza, si lava, si pettina, si veste, sveglia Gilbert, gli dà una ripulita, un boccone e lo porta a scuola prima di andare al lavoro.

Quanto a Charles, dorme fino alle due e mezzo circa, si scalda una tazza di caffè, se la tiracchia un poco a letto prima di lavarsi e vestirsi. Poi va a prendere Gilbert all'uscita di scuola. Tornando a casa fa la spesa, compera il giornale. Ha solo il tempo di sfogliarlo. Alle sei e mezzo, se ne va a piedi a La Villa d'Ouest incontrando quasi sempre Lise per le scale.

Lise lavora in un dispensario, vicino alla Porta d'Orléans. È ortofonista e rieduca piccoli balbuzienti. Il lunedì non lavora e, dato che La Villa d'Ouest chiude la domenica sera, Lise e Charles riescono a starsene un po' insieme da domenica mattina a lunedì sera.

CAPITOLO LXII

Altamont, 3

Il salottino della signora Altamont. È una stanza intima e scura, con rivestimenti di quercia, tendaggi di seta e pesanti tende di velluto grigio. Contro la parete di sinistra, fra due porte, un divano color tabacco sul quale è disteso un king-charles dal lungo pelo setoso. Sopra il divano è appesa una grande tela iper realista che raffigura un piatto di spaghetti fumanti e un pacchetto di cacao Van Houten. Davanti al sofà, una tavola bassa con vari ninnoli d'argento, fra cui una piccola scatola di pesi come quelli che usavano i cambiavalute e i pesatori d'oro, scatola tonda dove le misure cilindriche entrano l'una nell'altra come le bambole russe, e tre pile di libri rispettivamente sormontate da *Vittoria amara*, di René Hardy (Livre de Poche), *Dialoghi con 33 variazioni di Ludwig van Beethoven sopra un tema di Diabelli*, di Michel Butor (Gallimard) e *Il Cavallo d'orgoglio*, di Pierre Jakez-Helias (Plon, collection Terre Humaine). Contro la parete di fondo, sotto due tappeti da preghiera decorati da arabeschi ocra e neri caratteristici nei lavori di sparto bantù, si trova uno stipo Luigi XIII sul quale è posato un grande specchio ovale cerchiato di rame davanti al quale è seduta a passarsi del khôl fra le ciglia e sulle palpebre con un bastoncino sottile la signora Altamont. È una donna sui quarantacinque anni, ancora molto bella, di contegno impeccabile, con un volto ossuto, zigomi sporgenti, occhi severi. Indossa solo il reggiseno e mutandine di pizzo nero. Intorno alla mano destra è ravvolta una piccola fascia di garza nera.

Anche il signor Altamont è nella stanza. Indossa un ampio mantello a scacchi, e in piedi accanto alla finestra legge con aria del tutto indifferente una lettera dattiloscritta. Vicino a lui si drizza una scultura di metallo che sembra essere un bilboquet gigante: base fusoidale con una sfera sulla punta.

Simultaneamente allievo del Politecnico e della Scuola Nazionale dell'Amministrazione, Cyrille Altamont diventò a trentun anni segretario permanente del consiglio d'amministrazione e procuratore della Banca Internazionale per lo Sviluppo delle Risorse Energetiche e Minerarie (BISREM), organizzazione alimentata da varie istituzioni pubbliche e private, con gli uffici a Ginevra, e l'incarico di finanziare tutte le ricerche e i progetti legati allo sfruttamento del sottosuolo, concedendo crediti ai laboratori e borse ai ricercatori, organizzando simposi, facendo stime e perizie e, all'occorrenza, diffondendo notizie tecniche di perforazione, estrazione, trattamento e trasporto.

Cyrille Altamont è un uomo di gamba lunga, cinquantacinquenne, che porta stoffe inglesi e biancheria fresca come un fiore, con i capelli qua e là striati di un giallo quasi canarino, occhi azzurri molto distanti, baffi color paglia, e mani perfettamente curate. È considerato un manager molto energico, circospetto e freddamente realistico. La qual cosa non gl'impedì, in un'occasione almeno, di comportarsi con una leggerezza rivelatasi in seguito disastrosa per la sua organizzazione.

All'inizio degli anni sessanta, Altamont ebbe a Ginevra la visita di un certo Wehsal, uomo dal capello rado e il dente guasto. Wehsal era allora professore di chimica organica nell'università di Green River, Ohio, ma durante la seconda guerra mondiale aveva diretto il Laboratorio di chimica inorganica della Chemische Akademie di Mannheim. Nel millenovecentoquarantacinque, fu fra coloro ai quali gli americani posero la seguente alternativa: accettare di lavorare per gli americani stessi, emigrare negli Stati Uniti e sentirsi offrire un posto interessante, oppure essere giudicato come complice dei criminali di guerra e condannato a pesanti pene detentive. Questa operazione, conosciuta come Operazione Paperclip (Operazione Fermaglio) non lasciava molta scelta agli interessati e Wehsal fu uno dei duemila e più scienziati – il più noto dei quali era e rimane Wernher von Braun – che presero la via dell'America insieme a qualche tonnellata di archivi scientifici.

Wehsal era convinto che la scienza e la tecnologia tedesche avessero compiuto, grazie allo sforzo bellico, dei progressi prodigiosi in parecchi campi. Certe tecniche e certi metodi erano già stati resi pubblici: per esempio, si sapeva che il combustibile usato allora per le V2 era alcool di patate; era ugualmente noto come l'impiego giudizioso del rame e dello stagno avesse permesso di fabbricare delle batterie che, all'incirca vent'anni dopo, erano state ritrovate perfettamente funzionanti, in pieno deserto, sui tank abbandonati da Rommel.

Ma la maggior parte di quelle scoperte restava ancora segreta e Wehsal, che odiava gli americani, era sicuro che non fossero capaci di ritrovarle e che, anche se qualcuno gliele avesse rivelate, non avrebbero saputo servirsene con efficacia. Aspettando che la rinascita del Terzo Reich gli ridesse l'occasione di utilizzare quelle ricerche di punta, Wehsal decise quindi di recuperare il patrimonio scientifico e tecnologico tedesco.

La vera specialità di Wehsal riguardava l'idrogenazione del carbone, e cioè la produzione di petrolio sintetico; il principio era molto semplice: teoricamente, bastava combinare uno ione di idrogeno con una molecola di monossido di carbonio (CO) per ottenere delle molecole di petrolio. L'operazione si poteva eseguire partendo dal carbone propriamente detto, ma anche partendo dalla lignite e dalla torba, e proprio per questa ragione l'industria bellica tedesca si era formidabilmente interessata al problema: la macchina bellica hitleriana esigeva in effetti delle risorse petrolifere che non esistevano allo stato naturale nel sottosuolo del Paese, e doveva quindi appoggiarsi su energie di sintesi estratte dagli enormi giacimenti prussiani di lignite e dalle non meno colossali riserve di torba polacche.

Wehsal conosceva alla perfezione gli schemi sperimentali di questa metamorfosi il cui processo teorico era stato fissato proprio da lui, ma ignorava quasi tutto sulla tecnologia di certe tappe cruciali, quelle che riguardavano, in particolare, dosaggio e tempi d'azione dei catalizzatori, l'eliminazione dei depositi solforosi, e le precauzioni d'immagazzinaggio.

Cominciò quindi col mettersi in contatto con i suoi ex colleghi, ormai sparsi in tutto il Nordamerica. Evitando i club di mangiacrauti, o più precisamente Amanti del crauto, le Associazioni dei Sudeti, i Figli di Aachen e altri gruppi criptonazisti che sapeva quasi sempre imbottite d'informatori, ma mettendo a profitto i suoi periodi di ferie e le discussioni in corridoio in occasione di congressi e conferenze varie, riuscì a trovarne 72. Molti non erano del suo ramo: il professor Thaddeus, specialista in tempeste magnetiche, e Davidoff, l'esperto in dispersioni, non ebbero niente da dirgli; e ancora meno il dottor Kolliker, l'ingegnere atomico che aveva perso braccia e gambe nel bombardamento del suo laboratorio ma che veniva considerato il miglior cervello dell'epoca pur essendo per giunta sordo e muto: costantemente attorniato da quattro guardie del corpo e assistito da un ingegnere specializzato che aveva seguito un corso intensivo all'unico scopo di leggergli sulle labbra le equazioni che poi trascriveva su lavagne, Kolliker aveva realizzato il prototipo di un missile balistico strategico, antenato dei classici razzi Atlas di Berman. Molti altri, su iniziativa americana, avevano cambiato completamente mestiere, e si erano americanizzati al punto di non volersi più ricordare quello che avevano fatto per il Vaterland, o rifiutarsi di parlarne.

Qualcuno arrivò perfino a denunciarlo all'FBI, cosa del tutto inutile, poiché l'FBI non aveva mai smesso di sorvegliare tutti quegli emigrati di fresca data, e due suoi agenti seguivano qualsiasi spostamento di Wehsal chiedendosi cosa diavolo stesse mai cercando; finirono col convocarlo, lo interrogarono, e quando lui confessò che tentava di ritrovare il segreto della trasformazione della lignite in benzina, lo rilasciarono, non vedendo in via assoluta cosa potesse esserci di fondamentalmente antiamericano in quel tentativo.

Con l'andar del tempo Wehsal raggiunse comunque il suo scopo. Riuscì a mettere le mani, a Washington, su un fascio di documenti che il governo federale aveva fatto esaminare, giudicato di scarso interesse e quindi archiviato: vi trovò la descrizione dei container che servivano per il trasporto e l'immagazzinaggio del petrolio sintetico. E, fra i suoi settantadue ex compratori, ce ne furono tre che gli fornirono le soluzioni tanto cercate.

Wehsal voleva tornare in Europa. Si mise in contatto con la BISREM e in cambio di un posto d'ingegnere consulente propose a Cyrille Altamont di rivelargli tutti i segreti relativi all'idrogenazione del carbone e alla produzione industriale di carburante sintetico. Più, a mo' come dire di omaggio, aggiunse scoprendo i denti guasti, un metodo che permetteva di produrre zucchero con la segatura. E a titolo di prova, consegnò a Altamont dei foglietti dattiloscritti coperti di formule e cifre: le equazioni generali della trasformazione e, unico segreto realmente rivelato, nome, natura, dosaggio e durata d'impiego degli ossidi minerali che servivano come catalizzatori.

I fulminei balzi in avanti che la guerra avrebbe fatto fare alla scienza e i segreti della superiorità militare della Germania non interessavano poi molto Cyrille Altamont il quale metteva questo genere di cose sullo stesso piano delle storie di tesori nascosti dalle SS e altri cavalli di ritorno della stampa a grande tiratura, ma che fu nondimeno scrupoloso tanto da sottoporre a perizia i metodi che Wehsal gli aveva proposto. La maggior parte dei suoi consiglieri scientifici si burlarono di quelle tecniche pesanti, poco eleganti e superate: effettivamente, si erano potuti lanciare razzi a vodka, come anche far funzionare automobili con gassogeni che andavano a carbone di legna: si poteva fabbricare benzina con la lignite o con la torba, e perfino con foglie morte, vecchi stracci o bucce di patata: ma la cosa costava talmente tanto e implicava dei dispositivi talmente ingombranti ch'era mille volte preferibile continuare a servirsi del buon vecchio oro nero. Quanto alla fabbricazione dello zucchero partendo dalla segatura, presentava ancora meno interesse in quanto gli esperti erano d'accordo nel dichiarare che, a medio termine, la segatura sarebbe diventata molto più preziosa dello zucchero stesso.

Altamont cestinò i documenti di Wehsal e per parecchi anni raccontò l'episodio come un tipico esempio della cretineria scientifica.

Due anni fa, subito dopo la prima grande crisi del petrolio, la BISREM decise di finanziare delle ricerche sulle energie di sintesi "partendo da grafiti, antraciti, carboni fossili, ligniti, torbe, bitumi, resine e sali organici": i suoi investimenti sono già un centinaio di volte superiori a quel che le sarebbe costata l'assunzione di Wehsal con relative tecniche. A più riprese, Altamont ha cercato di rintracciare il chimico. E infine è venuto a sapere ch'era stato arrestato nel novembre del 1973, pochi giorni dopo la riunione dell'OPEC nel Kuweit dove si decise la riduzione del greggio a quasi tutti i Paesi consumatori di almeno un quarto. Accusato di aver tentato di vendere segreti "d'importanza strategica" a una potenza straniera – in questo caso, la Rhodesia – Wehsal si era impiccato nella sua cella.

CAPITOLO LXIII

L'entrata di servizio

Un lungo corridoio solcato da tubature, con pavimento piastrellato, e le pareti parzialmente coperte da una vecchia carta plasticata che raffigura vaghi gruppi di palme. Globi di vetro lattiginoso, in cima e in fondo, lo illuminano di una luce fredda.

Entrano cinque fattorini, che portano agli Altamont vettovaglie varie per la festa. Il più piccolo cammina in testa, schiacciato dal peso di un pollo più grande di lui; il secondo regge con precauzioni infinite un grande vassoio di rame sbalzato carico di dolciumi orientali – baklava, corna di gazzella, pasticcini al miele e ai datteri – disposti a più piani e circondati di fiori artificiali; il terzo tiene tre bottiglie di Wachenheimer Oberstnest millesimato per mano; il quarto porta sulla testa una lastra di latta coperta di minuscoli pasticci di carne, piatti di mezzo caldi e sandwich; il quinto, infine, chiude la marcia con, sulla spalla destra, una cassa di whisky sulla quale è stampigliata la scritta

THOMAS KYD'S
IMPERIAL MIXTURE
100% SCOTCH WHISKIES
blended and bottled in Scotland
by
BORRELLY, JOYCE & KAHANE
91, Montgomery Lane, Dundee, Scot.

In primo piano, nascondendo parzialmente l'ultimo fattorino, una donna esce dallo stabile: una donna sulla cinquantina, vestita d'un impermeabile al quale è appesa una scarsella, piccola borsa di cuoio verde chiusa da un cordoncino di cuoio nero alla cintura, la testa coperta da un foulard di cotone stampato i cui motivi ricordano gli elementi mobili di Calder. Tiene fra le braccia una gatta grigia e, fra l'indice e il medio della mano sinistra, una cartolina raffigurante

Loudun, quella città dell'ovest in cui una certa Marie Besnard fu accusata di avere avvelenato l'intera famiglia.

La signora non vive qui, ma nello stabile accanto. La sua gatta, che risponde al nome di Lady Piccolo, passa delle ore su queste scale, forse sognando di trovarsi un bel gatto. Sogno ahimè illusorio, dato che i maschi di casa — Pip Moreau, Petit Pouce, dei Marquiseaux, e Poker Dice, di Gilbert Berger — sono tutti castrati.

CAPITOLO LXIV

Nel locale caldaie, 2

In uno stanzino dai muri coperti di contatori, manometri e tubi d'ogni calibro, attiguo al locale dov'è sistemata la caldaia vera e propria, un operaio accoccolato esamina un grafico su lucido posato direttamente sul cemento. Porta dei guanti di cuoio e un giubbotto e sembra piuttosto rabbioso, probabilmente perché, dovendo rispettare le clausole di un contratto di manutenzione, si rende conto che in quell'anno le pulizie della caldaia richiederanno molto più lavoro di quanto non abbia previsto e che quindi il suo guadagno ne uscirà del pari indebolito.

È in questo bugigattolo che durante la guerra Olivier Gratiolet aveva sistemato la sua stazione radio e la macchina ad alcool sulla quale tirava il bollettino giornaliero di collegamento. Era allora una cantina appartenente a François. Olivier sapeva che ci avrebbe dovuto passare molte ore e la sistemò di conseguenza, tappando con cura fessure e pertugi con vecchi stoini stracci e pezzi di sughero datigli da Gaspard Winckler. S'illuminava a candela, si proteggeva dal freddo infagottandosi nel lapin di Marthe e in un passamontagna con ciuffolotto, e per mangiare si era portato giù dall'appartamento di Hélène Brodin una piccola dispensa a rete dove poteva conservare per qualche giorno una bottiglia d'acqua, un po' di salame, del formaggio di capra che suo nonno era riuscito a spedirgli da Oléron, e qualcuna di quelle mele da sidro, rugosette, di sapore asprigno, che allora erano più o meno l'unica frutta che ci si potesse procurare senza troppe difficoltà.

Si piazzava nella classica poltrona alla Luigi XV con schienale ovale, che non aveva più braccioli e solo due gambe e mezza tenuta su grazie a un sistema di zeppe tutto suo. La tappezzeria viola abbondantemente sbiadita raffigurava una specie di natività: vi si vedeva la Vergine Maria con un neonato dalla testa smisuratamente grossa sulle ginocchia e, come donatori e insieme re Magi – in mancanza del bue e l'asinello –, un vescovo fra due accoliti, il tutto in un paesaggio improbabile fatto di scogliere svasate fino a un porto ben riparato con palazzi di marmo e tetti rosei sfumati da una bruma leggera.

Per riempire le lunghe ore di attesa durante le quali la radio taceva, leggeva un voluminoso romanzo trovato in una cassa. Mancavano pagine intere, e lui tentava di collegare fra loro gli episodi di cui disponeva. Vi si parlava, fra l'altro, di un feroce cinese, di una ragazza coraggiosa dagli occhi scuri, di un placido omaccione i cui pugni sbiancavano alle nocche quando qualcuno lo faceva arrabbiare sul serio, e di un certo Davis che dichiarava di venire dal Natal, in Sudafrica, quando invece non ci aveva mai messo piede.

Oppure frugava nei mucchi di cianfrusaglie che si ammassavano in cestoni di vimini sfondati. Vi trovò un vecchio taccuino datato 1926 pieno di vecchi numeri telefonici, una *guêpière*, un acquerello stinto raffigurante dei pattinatori sulla Neva, dei piccoli classici Hachette evocatori del penoso ricordo dei vari

> *Roma non è più a Roma, è tutta dove io sono*

oppure

> *Sì è Agamennone, è il tuo re che ti sveglia*

o il famoso

> *Prendi un seggio Cinna e siedi per terra*
> *E se vuoi parlare comincia tacendo...*

e altre tiritere di *Mitridate* o *Britannico* che bisognava imparare a memoria e recitare d'un fiato senza capirci niente. Trovò anche dei vecchi giocattoli che certo erano quelli con cui aveva giocato François: una trottola a molla, e un negretto di piombo dipinto con un buco di chiave sul fianco; non aveva per così dire il minimo spessore, essendo composto da due profili più o meno fusi insieme, e la carriola era ormai tutta rotta e contorta.

E in un altro giocattolo Olivier nascondeva la stazione radio: una cassa il cui coperchio leggermente obliquo era bucherellato da fori un tempo numerati – solo il numero 3 era ancora ben visibile – dove si tentava di lanciare una piastrella metallica, e che si chiamava tonneau * o rana, perché il foro più difficile da raggiungere figurava una rana con la bocca smisuratamente aperta. Quanto al duplicatore ad alcool – uno di quei piccoli modelli usati nei ristoranti per stampare i menu – era nascosto in fondo a un baule. In seguito all'arresto di Paul Hébert, i tedeschi, guidati dal capo isolato Berloux, perquisirono le cantine, ma diedero solo un'occhiata a quella di Olivier: era la più

---

* È il nome del gioco. [*N.d.T.*]

polverosa, la più gremita di tutte, quella in cui era difficilissimo credere potesse nascondersi un "terrorista".

Quando Parigi insorse, Olivier si sarebbe volentieri battuto sulle barricate, ma non gliene diedero l'occasione. La mitragliatrice che aveva tenuta in deposito sotto al letto venne sistemata fin dalle prime ore sul tetto di uno stabile di piazza Clichy e affidata a una batteria di tiratori esperti. Quanto a lui, gli ordinarono di starsene in cantina per ricevere le istruzioni che affluivano da Londra e da dovunque un po'. Vi rimase più di trentasei ore consecutive, senza dormire né mangiare, e con un fetido surrogato di succo di albicocca come unica bibita, a coprire un taccuino dopo l'altro di enigmatici messaggi sul tipo: "il presbiterio non ha perso un grammo del suo fascino né il giardino del suo splendore", "l'arcidiacono è diventato maestro nell'arte del biliardo giapponese" o "*tout va très bien, Madame la Marquise*", che legioni di staffette con l'elmo venivano a prendere ogni cinque minuti. Quando riemerse, la sera del giorno dopo, le campane di Notre-Dame e di tutte le altre chiese della capitale suonavano a distesa per festeggiare l'arrivo delle truppe della Liberazione.

FINE DELLA TERZA PARTE

QUARTA PARTE

CAPITOLO LXV

Moreau, 3

Nei primi anni cinquanta, visse nell'appartamento che in seguito fu acquistato dalla signora Moreau, un'enigmatica americana, che la bellezza, la biondezza e il mistero da cui era circondata avevano fatto soprannominare la Lorelei. Diceva di chiamarsi Joy Slowburn e viveva apparentemente sola un quello spazio immenso sotto la protezione silenziosa di un autista-guardia del corpo di nome Carlos, un filippino piccolo e tarchiato, sempre e irreprensibilmente vestito di bianco. Lo si trovava a volte in certi negozi di lusso, dove comperava frutti canditi, cioccolatini e altri dolciumi. Lei, non si vedeva mai per via. Le imposte erano sempre chiuse; non riceveva posta e la sua porta si apriva solo ai fornitori che consegnavano pasti già pronti o ai fiorai che, ogni mattina, portavano fasci di gigli, gigari e tuberose.

Joy Slowburn usciva solo a tarda sera, in una lunga Pontiac nera guidata da Carlos. La gente di casa la guardava passare, splendente, in un abito da sera di faille di seta bianca con lungo strascico che le lasciava la schiena quasi nuda, una stola di visone sul braccio, un grande ventaglio di piume nere e capelli di un biondo senza uguali, sapientemente rialzati e ritorti, adorni di un diadema tempestato di diamanti; e davanti a quel volto lungo di un ovale perfetto, a quegli occhi sottili e quasi crudeli, a quella bocca esangue (allora andava di moda dipinta di un rosso violento), i vicini si sentivano come incantati ma non avrebbero saputo dire se per delizia o terrore.

Sul suo conto correvano le voci più fantasiose. Si diceva che in certe notti desse dei ricevimenti fastosi e muti, che degli uomini andassero a trovarla di nascosto, poco prima di mezzanotte, portando goffamente grossi sacchi; si raccontava che una terza persona, invisibile, abitasse nell'appartamento non potendo uscirne né farsi vedere, e che a volte dei rumori fantomatici e orrendi salissero su per i camini, facendo balzare nei loro letti i bambini spaventati.

Un mattino dell'aprile 1954, si seppe che la Lorelei e il filippino erano stati assassinati durante la notte. L'omicida si era consegnato alla polizia: era il marito della giovane donna, quel terzo inquilino di cui qualcuno aveva sospettato l'esistenza senz'averlo mai visto. Si chiamava Blunt Stanley e le rivelazioni che fece permisero di chiarire lo strano comportamento della Lorelei e dei suoi compagni.

Blunt Stanley era un uomo di alta statura, bello come un eroe dei western, con fossette alla Clark Gable. Era ufficiale dell'esercito americano quando una sera, nel millenovecentoquarantotto, conobbe la Lorelei in un music-hall di Jefferson, Missouri: lei, figlia di un pastore danese emigrato negli Stati Uniti, si chiamava in realtà Ingeborg Skrifter, e faceva, con lo pseudonimo di Florence Cook, una celebre medium dell'ultimo quarto del diciannovesimo secolo che aveva la pretesa di reincarnare, un numero di veggente.

Fu un colpo di fulmine, ma la loro felicità ebbe una breve durata: nel luglio del '50, Blunt Stanley partì per la Corea. La sua passione per Ingeborg era tale che appena sbarcato, incapace di vivere lontano da lei, disertò per tentare di raggiungerla. Lo sbaglio che commise allora fu quello di disertare, non in occasione di una licenza – è anche vero che non gliela diedero – ma mentre comandava una pattuglia poco distante dal trentottesimo parallelo: con la sua guida filippina, ch'altri non era se non Carlos, il quale si chiamava in realtà Aurelio Lopez, abbandonò gli undici uomini della pattuglia condannandoli a morte sicura, e al termine di un periplo tremendo, arrivò a Port Arthur da cui, sempre in compagnia di Carlos, riuscì a portarsi a Formosa.

Gli americani pensarono che la pattuglia fosse caduta in un'imboscata, che gli undici soldati vi avessero trovato la morte e che il tenente Stanley e la guida filippina fossero stati presi prigionieri. Anni dopo, quando la faccenda stava ormai per giungere alla sua deplorevole conclusione, i servizi della cancelleria dello stato maggiore degli eserciti di terra cercavano ancora la signora e forse vedova Stanley per consegnarle, a titolo eventualmente postumo, la *Medal of Honor* del suo sposo scomparso.

Blunt Stanley era in balìa di Aurelio Lopez e capì quasi subito che Aurelio Lopez aveva tutte le intenzioni di approfittarne: non appena si trovarono al sicuro, il filippino avvertì l'ufficiale che ogni particolare della sua diserzione era stato messo nero su bianco, chiuso in buste sigillate e consegnato a dei legali che avevano l'ordine di prenderne visione se Lopez fosse rimasto per un certo periodo senza dare segni di vita. Poi gli chiese diecimila dollari.

Blunt riuscì a mettersi in contatto con Ingeborg la quale, seguendo le sue istruzioni, vendette tutto quello che poteva vendere – l'automobile, il caravan, e quei pochi gioielli personali – e andò a Hong Kong dove i due uomini la raggiunsero. Quando ebbero pagato

Aurelio Lopez, si ritrovarono soli, con una sessantina di dollari in tasca che comunque gli permisero di raggiungere Ceylon dove riuscirono a beccarsi un miserabile ingaggio in un cinema con varietà: fra i documentari e il film principale, un sipario di paillette scendeva a coprire lo schermo e un altoparlante annunciava Joy e Hieronymus, i celebri indovini del Nuovo Mondo.

Il loro primo numero sfruttava due trucchi classici dei maghi da fiera: Blunt, vestito da fachiro, indovinava varie cose compresi dei numeri scelti apparentemente a caso; quanto a Ingeborg, vestita da veggente, graffiava con una punta d'acciaio la gelatina di una lastra fotografica raffigurante Blunt e un identico sfregio sanguinoso appariva sul corpo del partner. Il pubblico cingalese, generalmente pazzo per questo genere di attrazioni, si dimostrò freddino: ben presto, Ingeborg si rese conto che il marito aveva un'indubbia presenza scenica ma che non doveva assolutamente aprire bocca, se non per emettere due o tre suoni inarticolati.

L'idea prima delle loro ulteriori prestazioni nacque da questa necessità e si perfezionò rapidamente: dopo vari esercizi di divinazione, Ingeborg entrava in trance e, comunicando con l'aldilà, ne faceva emergere l'Illuminato in persona, Swedenborg "il Budda del Nord", vestito di una lunga tunica bianca, il petto costellato di emblemi rosacrociani, apparizione luminosa, vacillante, fulligginosa e folgorante, spaventosa, accompagnata da scricchiolii, lampi, scintille, effluvi, esalazioni, emanazioni d'ogni genere e specie. Swedenborg si limitava a mandare qualche brontolìo indistinto, o degli incantesimi tipo "Atcha Botatcha Sab Atcha" che Ingeborg traduceva con frasi sibilline emesse con una voce stridula e strozzata:

"Ho varcato i mari. Sono in una città centrale, ai piedi di un vulcano. Vedo l'uomo in camera sua; scrive, porta un'ampia camicia svolazzante, nera con paramenti gialli e bianchi; mette la lettera in una raccolta di poesie di Thomas Dekker. Si alza; l'orologio a pendolo sul caminetto segna le una, eccetera eccetera".

Il loro numero, basato sulle preparazioni sensoriali e psicologiche abituali in questo tipo di attrazioni – giochi di specchi, giochi di fumo a base di varie combinazioni di carbone, zolfo e salnitro, illusioni ottiche, messinscena sonora – ebbe un successo immediato, e poche settimane dopo un impresario di spettacoli itineranti gli propose un interessante contratto per Bombay, l'Irak e la Turchia. E proprio durante una serata in un locale notturno di Ankara, che si chiamava The Gardens of Heian-Kyô, avvenne l'incontro che doveva decidere la loro carriera: alla fine dello spettacolo, un uomo andò a trovare

Ingeborg in camerino offrendole cinquemila sterline se consentiva a fargli incontrare il diavolo, e più precisamente Mefistofele, con il quale sperava di firmare il solito patto: salvezza eterna contro vent'anni di onnipotenza.

Ingeborg accettò. Far apparire Mefistofele non era, di per sé, più complicato che far apparire Swedenborg, anche se quell'apparizione doveva prodursi di fronte a un unico testimone, e non più di fronte a varie decine o centinaia di spettatori indifferenti, divertiti o impietriti, e, comunque, seduti troppo lontano dalla cosa per poter verificare certi particolari se gliene fosse presa la voglia. Se questo spettatore privilegiato infatti aveva creduto all'apparizione del "Budda del Nord" al punto di rischiare cinquemila sterline per vedere il Diavolo, non c'era la minima ragione di non soddisfare il suo desiderio.

Blunt e Ingeborg si sistemarono quindi in una villa appositamente affittata e modificarono la messa in scena in funzione dell'apparizione richiesta. Nel giorno stabilito, nell'ora fissata, l'uomo si presentò alla villa. Per tre settimane, seguendo le severe istruzioni di Ingeborg, si era sforzato di uscire solo sul far della notte, di nutrirsi solo di ortaggi freschi cotti nell'acqua e frutti sbucciati con strumenti non metallici, di bere soltanto decotti di fiori d'arancio e infusioni di menta fresca, basilico e origano.

Un servitore indigeno fece passare il candidato in una grande stanza quasi senza mobili, tutta dipinta di nero opaco, appena schiarita da torciere svasate che mandavano un chiarore giallo verdastro. Al centro della stanza pendeva una sfera di cristallo sfaccettato che, girando lentamente su se stessa, lanciava dalle mille minuscole làmine migliaia di sprazzi scintillanti e apparentemente imprevedibili. Ingeborg era seduta al di sotto, in un'alta poltrona dipinta di rosso scuro. A un metro circa da lei, un poco più a destra, su delle pietre piatte posate direttamente per terra, un fuoco sprigionava volute di fumo abbondante e acre.

Secondo la prassi, l'uomo si era portato in un sacco di tela bigia una gallina nera di cui bendò gli occhi e che sgozzò sopra il fuoco guardando verso l'oriente. Il sangue della gallina non spense il focolare ma anzi sembrò attizzarlo: alte fiamme azzurre danzarono e la giovane donna, per vari minuti, le osservò attentamente, senza più preoccuparsi della presenza del cliente. Infine, alzandosi, prese con una piccola pala un po' di cenere che buttò per terra, quasi di fronte alla poltrona, dove, all'istante, disegnarono un pentacolo. Prendendo allora l'uomo per un braccio, lo fece sedere nella poltrona, obbligandolo a stare ben dritto, immobile, con le mani posate a piatto sui braccioli. Lei stessa, in ginocchio al centro del pentacolo, si mise a declamare con voce acutissima un incantesimo lungo quanto incomprensibile:

Al barildim gotfano dech min brin alabo dordin falbroth ringuam albaras. Nin porth zadikim almucathin milko prin al elmim enthoth dal heben ensouim: kuthim al dum alkatim nim broth dechoth porth min michais im endoth, pruch dal maisoulum hol moth dansrilim lupaldas im voldemoth. Nin hur diavosth mnarbotim dal goush palfrapin duch im scoth pruch galeth dal chinon min foulchrich al conin butathen doth dal prim.

Mentre la formula dell'incantesimo si svolgeva man mano, il fumo diventava sempre più opaco. Ben presto ci furono fumarole rossastre accompagnate da crepitii e scintille. Poi, all'improvviso, le fiamme azzurre crebbero a dismisura e quasi subito ricaddero: proprio dietro al fuoco, ritto, le braccia conserte, Mefistofele sorrideva d'un largo sorriso.

Era un Mefisto alquanto tradizionale, quasi convenzionale anzi. Non aveva corna, né lunga coda forcuta, né piedi di capro, ma un volto verdastro, occhi scuri molto affossati, sopracciglia fitte e nerissime, piccoli baffi appuntiti, barbetta alla Napoleone III. Indossava un costume piuttosto vago del quale erano soprattutto visibili un jabot di pizzo immacolato e un panciotto rosso scuro, tutto il resto nascosto da un ampio mantello i cui risvolti di seta rosso fuoco brillavano nella penombra.

Mefistofele non disse una parola. Si limitò a chinare con grande lentezza la testa portandosi la mano destra contro la spalla sinistra. Poi tese il braccio al di sopra del fuoco le cui fiamme parevano adesso quasi immateriali e sprigionavano un fumo molto odoroso, e accennò al candidato di avvicinarsi. L'uomo si alzò, andando a piazzarsi davanti a Mefistofele, dall'altra parte del focolare. Il Diavolo gli porse una pergamena piegata in quattro sulla quale erano tracciati una dozzina di segni incomprensibili; poi afferrandogli la mano sinistra, gli punse il pollice con un ago di acciaio, facendone uscire una stilla di sangue che appose sul patto; nell'angolo opposto, tracciò rapidamente con l'indice sinistro apparentemente coperto da una fuliggine grassa e spessa la propria firma, che somigliava a una grossa mano di sole tre dita. Poi lacerò il foglio in due parti, se ne mise una nella tasca del panciotto e porse l'altra all'uomo con un profondo inchino.

Ingeborg mandò un grido stridente. Ci fu come un rumore di

carta frusciata e nella stanza scoppiò la luce accecante di un lampo, accompagnato da un tuono e da un forte odore di zolfo. Un fumo acre e spesso si formò intorno al focolare. Mefistofele era scomparso e, voltandosi, l'uomo vide Ingeborg di nuovo seduta nella poltrona: davanti a lei, non c'era più traccia del pentacolo.

Malgrado le precauzioni esagerate di cui si circondò e l'aspetto rigido, un po' troppo insistito, delle sue manifestazioni, pare proprio che quell'apparizione rispondesse in tutto alle aspettative del cliente, il quale non solo pagò senza battere ciglio la somma promessa, ma un mese dopo, sempre senza svelare la propria identità, fece sapere a Ingeborg che un suo amico, residente in Francia, desiderava vivamente assistere a una cerimonia identica a quella che lui aveva avuto il grande onore di poter vedere, e che era disposto a sborsare cinque milioni di franchi più le spese di trasferta e soggiorno a Parigi.

Fu così che Ingeborg e Blunt arrivarono in Francia. Ma disgraziatamente non vi arrivarono soli. Tre giorni prima della partenza, Aurelio Lopez, i cui affari erano andati male, li aveva raggiunti a Ankara e volle assolutamente partire con loro. Non potevano rifiutare. Si sistemarono tutti e tre nel grande appartamento al primo piano. Era già convenuto che Blunt non si sarebbe mai fatto vedere. Quanto ad Aurelio, decisero che avrebbe svolto, con il nome di Carlos, le mansioni di autista, guardia del corpo e boy.

In poco più di due anni, Ingeborg fece apparire il Diavolo 82 volte, dietro compensi che finirono con l'arrivare a venti, venticinque e una volta anche trenta milioni di franchi (vecchi). L'elenco dei suoi clienti comprende sei deputati (tre dei quali diventarono poi ministri, e uno solo sottosegretario di Stato), sette alti funzionari, undici capitani d'industria, sei ufficiali generali e superiori, due professori universitari di medicina, vari sportivi, parecchi grandi sarti, dei proprietari di ristorante, il direttore di un giornale e perfino un cardinale, gli altri candidati appartenenti al mondo delle arti, delle lettere, e soprattutto dello spettacolo. Tutti uomini, con l'eccezione di una cantante lirica negra, la cui ambizione era cantare nella parte di Desdemona: poco tempo dopo aver concluso il patto con il Diavolo, realizzò il suo sogno grazie a una messa in scena "in negativo" che fece scalpore, ma portò alla ribalta lei e il regista: la parte di Otello era cantata da un bianco, tutte le altre parti erano affidate a artisti neri (o bianchi truccati) in una scenografia e con dei costumi ugualmente "invertiti" dove tutto quello che era chiaro o bianco (il fazzoletto e il cuscino per esempio, per citare solo questi due accessori vitali) diventava scuro o nero, e viceversa.

Nessuno mise mai in dubbio la "realtà" dell'apparizione e l'autenticità del patto. Un'unica volta, uno dei loro clienti si meravigliò di avere sempre un'ombra e di vedersi negli specchi, e Ingeborg dovette fargli capire che si trattava di un privilegio accordatogli da Mefistofele, per evitare di essere "riconosciuto e bruciato vivo sulla pubblica piazza".

Per quanto Ingeborg e Blunt potessero rendersi conto, l'effetto dei patti fu sempre benefico: la certezza dell'onnipotenza era generalmente bastante per far compiere a coloro che avevano venduto l'anima al Diavolo i prodigi che si aspettavano da sé. La coppia, comunque, non ebbe mai problemi di stanca. Appena tre mesi dopo il loro arrivo a Parigi, Ingeborg dovette iniziare a rifiutare le offerte che affluivano e imporre ai candidati tariffe sempre più alte, tempi di attesa sempre più lunghi e prove preparatorie sempre più rigorose. Quando morì, il suo "taccuino di ordinazioni" era al completo per più di un anno, più di trenta candidati aspettavano il proprio turno, e quattro di loro si suicidarono per quella morte.

La messa in scena delle apparizioni non fu mai molto diversa dalla prima di Ankara, se non per il fatto che, ben presto, le sedute non cominciarono più al buio. Le torciere svasate vennero sostituite da cilindri neri d'aspetto pesante i quali, ritti sul pavimento, erano sormontati da grosse lampadine sferiche di vetro che mandando un forte chiarore azzurro via via smorzato permettevano al cliente di rendersi conto a bell'agio che la sala era vuota, se non per la giovane donna e lui stesso, e tutte le uscite ermeticamente chiuse. La regolazione delle luci, il dosaggio delle fiamme, l'insonorizzazione necessaria per gli effetti tuono, il dispositivo delle pastiglie di ferrocerio che innescava scintille a distanza, il maneggio della limatura di ferro e delle calamite, tutte queste tecniche di trucco furono perfezionate e qualche altra aggiunta, in particolare l'impiego di certi insetti afanitteri dotati di un potere fosforescente che li aureola d'un alone verde, e l'uso di profumi e incensi speciali che, mischiandosi all'odore dei gigli e delle tuberose di cui il posto era sempre impregnato, creava una sensazione propizia alle manifestazioni soprannaturali. Questi ingredienti non sarebbero mai bastati a convincere un essere anche solo un po' scettico, ma quelli che avevano accettato le condizioni di Ingeborg e avevano sopportato le prove preliminari arrivavano la sera del patto pronti a esserlo.

Disgraziatamente, il successo professionale non liberava Ingeborg e Blunt dal ricatto che Carlos continuava a esercitare. Ingeborg era tenuta — e ritenuta — a parlare solo danese e un certo dialetto altofrisone per il tramite del quale conversava con Mefistofele, per cui era il filippino a trattare con i candidati, tenendosi poi la totalità delle enormi somme che quelli sborsavano. La sua guardia era costante e quando usciva per fare delle compere obbligava l'ex ufficiale e la moglie a spogliarsi e chiudeva a chiave i loro vestiti, non intendendo lasciarsi scappare quell'autentica gallina dalle uova d'oro.

Nel millenovecentocinquantatré, l'armistizio di Panmunjon fece loro sperare in una prossima amnistia che gli avrebbe permesso di sottrarsi a quell'insopportabile espropriazione. Ma poche settimane dopo, Carlos, con un sorriso trionfante, fece loro vedere un numero già vecchio del *Louisville Courier-Journal* (Kentucky): la madre di uno dei soldati che il tenente Stanley aveva avuto ai suoi ordini si era meravigliata di non trovare il nome di Blunt Stanley sulla lista dei prigionieri liberati dai nordcoreani. L'esercito, messo in allarme, aveva deciso di riesaminare il caso. Senza pronunciarsi ancora definitivamente, gli inquirenti lasciavano già intendere che ormai non si poteva più scartare la possibilità che il tenente Stanley fosse un disertore e un traditore.

Parecchi mesi dopo, Ingeborg riuscì a convincere il marito che bisognava uccidere Carlos e scappare. Una sera dell'aprile 1954, Blunt riuscì a eludere la sorveglianza del filippino e lo strangolò con un paio di bretelle.

Frugarono la casa e scoprirono il nascondiglio in cui Carlos teneva più di settecento milioni in valuta di ogni provenienza e gioielli. Riempirono alla svelta due valigie e si prepararono a fuggire: progettavano di andare a Amburgo dove parecchie persone avevano già proposto a Ingeborg di sistemare il suo commercio diabolico. Ma, un attimo prima di uscire, Blunt guardò meccanicamente fuori e, attraverso le imposte, vide due uomini che sembravano sorvegliare la casa: fu preso dal panico. Era ovviamente impossibile che le minacce di Carlos fossero già in atto pochi minuti dopo il suo assassinio, ma Blunt, che non aveva mai lasciato l'appartamento da quando vi era entrato, credette che il filippino li facesse sorvegliare da molto tempo e rimproverò aspramente la moglie di non essersene mai accorta.

Fu proprio durante quell'alterco, dichiarò Stanley, che Ingeborg, la quale aveva in mano una piccola pistola, rimase accidentalmente uccisa.

Blunt Stanley venne giudicato in Francia per assassinio premeditato, omicidio colposo, sfruttamento pubblico di talenti occulti (articoli 405 e 479 del codice penale) e truffa. Fu poi estradato, riportato negli Stati Uniti, giudicato in corte marziale per il delitto di alto tradimento e condannato a morte. Ma gli venne accordata la grazia presidenziale e la pena fu commutata in ergastolo.

La voce che disponeva di poteri soprannaturali e che era capace di mettersi in comunicazione – e comunione – con gli spiriti infernali si sparse rapidamente. Quasi tutte le guardie e i prigionieri del penitenziario di Abigoz (Iowa), parecchi poliziotti, parecchi giudici e uomini politici gli domandarono d'intercedere in loro favore presso questo o quel diavolo per questo o quel particolare problema. Si dovette preparare un parlatorio speciale in grado di accogliere i danarosi che venendo dai quattro capi d'America gli chiedevano udienza. In mancanza di meglio, i meno ricchi potevano, per la modica somma di cinquanta dollari, toccare il suo numero di matricola, 1.758.064.176, che è anche il numero dei diavoli infernali, poiché vi sono 6 legioni demoniache comprendenti ciascuna 66 coorti comprendenti ciascuna 666 compagnie comprendenti ciascuna 6666 diavoli. Con soli dieci dollari, si poteva acquistare uno dei suoi aghi fluidici (ex puntine per pick-up di acciaio). Per molte comunità, congregazioni e confessioni, Blunt Stanley è diventato la reincarnazione del Maligno, e parecchi fanatici sono andati a commettere dei delitti nello Iowa con l'unico scopo di farsi incarcerare a Abigoz per cercare di assassinarlo; ma lui, grazie alla complicità delle guardie, ha potuto imbastire una guardia personale fatta di prigionieri la quale, fino a questo momento, l'ha efficacemente protetto. Secondo il giornale satirico *Nationwide Bilge*, sarebbe uno dei dieci ergastolani più ricchi del mondo.

Solo nel maggio del millenovecentosessanta, quando fu chiarito l'enigma di Chaumont-Porcien, si capì che i due uomini che, effettivamente, sorvegliavano lo stabile, erano i due investigatori assunti da Sven Ericsson per pedinare Véra de Beaumont.

Della stanza in cui la Lorelei faceva apparire Mefisto e che fu teatro del duplice omicidio, la signora Moreau decise di fare una cucina. L'arredatore Henry Fleury concepì per lei una soluzione di avanguardia la quale, come proclamò a gran voce, sarebbe stata il prototipo delle cucine del XXI secolo: un laboratorio culinario con una generazione d'anticipo sulla propria, dotato dei perfezionamenti tecnici più sofisticati, attrezzato con forni a onde, piastre autoscaldanti invisibili, robot domestici telecomandati in grado di eseguire programmi di preparazione e cottura molto complessi. Tutti questi dispositivi ultramoderni vennero abilmente inseriti dentro a bauli della nonna, a fornelli Secondo Impero di ghisa smaltata e madie d'antiquariato. Dietro le porte di quercia lucida con guarnizioni di rame si nascosero taglieri elettrici, macinini elettronici, padellone per friggere a ultrasuoni, rosticcere a infrarossi, e poi trita, dosa, miscela, impasta, monda, il tutto elettromeccanico e completamente transistorizzato; pure, non si vedevano entrando che muri coperti di piastrelle vecchia Delft, asciugamani di cotone grezzo, antiche bilance di Roberval, brocche da toilette con piccoli fiori rosa, boccali da farmacia, grosse tovaglie a scacchi, scaffali rustici sfrangiati di tela Mayenne·che reggevano piccoli stampi per dolci, misure di stagno, marmitte di rame e pentole a pressione di ghisa, e un pavimento piastrellato, splendida alternanza di rettangoli bianchi, grigi e ocra con motivi ornamentali qua e là a losanga, che era la copia fedele del pavimento della cappella di un monastero di Betlemme.

La cuoca della signora Moreau, una robusta borgognona nativa di Paray-le-Monial che rispondeva al nome di Gertrude, non si lasciò incantare da quei rozzi artifici, e avvertì subito la padrona che non avrebbe mai cucinato niente in una cucina del genere dove niente era al suo posto e dove niente funzionava come sapeva lei. Reclamò una finestra, un acquaio, una vera cucina a gas con dei veri fuochi, una padella normale, un tagliacarne, e soprattutto un retrocucina per metterci le bottiglie vuote, i cannicci per il formaggio, le corbe, i suoi sacchi di patate, i suoi mastelli per lavare la verdura, e il cesto dell'insalata.

La signora Moreau diede ragione alla cuoca. Fleury, distrutto, dovette riprendersi tutti i suoi apparecchi sperimentali, rompere il pavimento, smontare le tubature e i circuiti elettrici, spostare i tramezzi.

Delle anticaglie patinate delle cucine francesi del tempo che fu, Gertrude si è tenuta solo quelle che potevano farle comodo – un matterello, la bilancia, la scatola per il sale, i bollitori, le pentole a pressione, le pesciaie, i ramaioli, e i coltelli da macellaio – e ha spedito tutto il resto in cantina. S'è portata dalla campagna qualche utensile e accessorio di cui non avrebbe mai potuto fare a meno: il suo macinino personale e la sua teiera, una schiumaiola, un setaccio fitto, uno schiacciapatate, un bagnomaria, e la scatola in cui, da sempre, ha riposto i baccelli di vaniglia, i bastoncini di cannella, i chiodi di garofano, lo zafferano, le sue perline e l'erba angelica, una vecchia scatola da biscotti di latta, quadrata, sul coperchio della quale si vede una ragazzina che addenta un petit-beurre.

CAPITOLO LXVI

Marcia, 4

Esattamente come considera di sua proprietà i mobili e i soprammobili che vende, la signora Marcia considera amici i suoi clienti. Indipendentemente dagli affari che tratta con loro, e nei quali si rivela spesso particolarmente coriacea, è riuscita a stabilire quasi con tutti dei legami di gran lunga superiori al semplice rapporto di affari: si offrono il tè, si invitano a pranzo, giocano a bridge, vanno all'Opéra, visitano mostre, si prestano libri, si scambiano ricette di cucina, e fanno perfino qualche crociera nelle isole greche o dei soggiorni di studio al Prado.

Il suo negozio non ha un nome particolare. Sopra la maniglia della porta, c'è solo una piccola scritta bianca in corsivo inglese.

C. Marcia, Antichità

Con più discrezione ancora, sulle due vetrinette, molti autoadesivi segnalano le carte di credito accettate e il nome della ditta specializzata che garantisce il servizio di vigilanza notturna.

Il negozio vero e proprio consiste in due locali che comunicano attraverso uno stretto passaggio. La prima stanza, quella da cui si entra, è consacrata soprattutto ai piccoli oggetti, ninnoli, rarità, strumenti scientifici, lumi, caraffe, scatole, porcellane, biscuit, incisioni di moda, mobiletti accessori, eccetera, tutte cose che, anche se sono di grande valore, il cliente può portarsi via subito dopo l'acquisto. È David Marcia, oggi ventinovenne che cura questa parte del negozio da quando il suo incidente nel 35° Bol d'Or, 1971, lo ha definitivamente allontanato dal motociclismo competitivo.

La signora Marcia in persona, pur conservando la direzione diciamo così generale, si occupa più particolarmente della seconda stanza, quella in cui ci troviamo adesso, la stanza di fondo, che comunica direttamente con il retrobottega, e che è soprattutto riservata ai grandi mobili, ai salotti, alle tavole di fattoria o monastero, complete di lunghe panche, ai letti con baldacchino o agli armadioni da notaio. Ci passa in genere tutti i pomeriggi e vi ha sistemato la scrivania, una piccola tavola di noce con tre cassetti, fine diciottesimo, sulla quale ha appoggiato due schedari metallici grigi, riservati, uno ai clienti regolari di cui conosce i gusti particolari e che invita personalmente a vedere i suoi ultimi acquisti, l'altro, a tutti gli oggetti che le sono passati per le mani e di cui ogni volta si è sforzata di scrivere storia, provenienza, caratteristiche e destino. Un telefono nero, un blocco, una matita automatica di tartaruga, un minuscolo fermacarte conico, la cui base ha un diametro inferiore al centimetro e mezzo, ma che la sua piccolezza non impedisce di pesare "tre once da speziale", 93 grammi abbondanti cioè, e una fioriera di Gallé che contiene un'ipomea a fiore purpureo, varietà di semprevivo nota anche come Stella del Nilo, finiscono d'ingombrare lo stretto ripiano.

Rispetto al retrobottega, e perfino alla camera da letto, i mobili di questa stanza sono relativamente pochi; la stagione è poco propizia agli affari, ma soprattutto la signora Marcia, per principio, non ha mai venduto molte cose contemporaneamente. Fra cantina, retrobottega e stanze private, ha tutto il tempo di rinnovare il suo stock senza dover sovraccaricare il locale dove espone i mobili che desidera vendere in quel momento e che preferisce presentare in una cornice concepita apposta per loro. Uno dei motivi degli incessanti traslochi dei mobili sta proprio in questa sua volontà di valorizzazione che le fa cambiare l'arredo molto più spesso di una vetrinista da grande magazzino.

Il suo ultimo acquisto, fulcro della presentazione attuale di questa stanza, è un salotto fine secolo trovato in una pensioncina di Davos dove un ungherese allievo di Nietzsche avrebbe passato qualche anno: delle poltrone con braccioli tortili e imbottiti raggruppate intorno a una tavola rotonda incrostata di metallo, dietro la quale c'è un divano dello stesso stile, carico di cuscini di velluto di seta. Intorno a questi pastrocchi austro-ungarici pesantucci e luigidueschi, la signora Marcia ha disposto degli elementi che vi si accordano in tormento barocco, o vi si oppongono invece per stravaganza rustica o selvaggia, o nella gelida perfezione: alla sinistra del tavolo, un tavolino di legno di rosa sul quale sono posati tre orologi antichi finemente cesellati, un graziosissimo cucchiaio da tè a forma di foglia, qualche libro miniato con rilegatura e fermagli di metallo incrostati di smalto, e un dente di capodoglio inciso, bell'esempio di quei skrimshander che i balenieri fabbricavano per riempire le lunghe ore di ozio forzato, raffigurante una vedetta appollaiata sull'alberatura della nave.

Dall'altra parte, alla destra delle poltrone, un severo leggìo musicale metallico, fornito di due lunghi bracci articolati in grado di alloggiare delle candele sulla punta, regge una straordinaria incisione, presumibilmente destinata a un antico libro di scienze naturali, raffigurante a sinistra un pavone (*peacock*) visto di profilo, figura rigida e dura dove il piumaggio si raccoglie in una massa indistinta e quasi spenta cui solo il grande occhio orlato di bianco e il ciuffo a corona danno un brivido di vita, e a destra, lo stesso animale, visto di faccia, che fa la ruota (*peacock in his pride*), esuberanza di colori, iridescenze, sprazzi e scintillii fiammeggianti a paragone dei quali una vetrata gotica sembra una pallida copia.

La parete di fondo è nuda, e mette in risalto un pannello di ciliegio selvatico chiaro e un tendaggio di seta ricamata.

Nella vetrina infine, quattro oggetti che, sotto la luce discreta di spot invisibili, sembrano collegati da una moltitudine di fili impercettibili.

Il primo, quello più a sinistra rispetto a noi, è una *pietà** medievale, una scultura di legno dipinto, a grandezza quasi naturale, appoggiata sopra uno zoccolo di gres: una Madonna dalla bocca contorta, la fronte aggrottata, e un Cristo dall'anatomia quasi grottesca con goccioloni di sangue coagulato sulle stigmate. La si ritiene di origine renana, risalente al quattordicesimo secolo, tipica espressione del realismo esasperato di quell'epoca e del suo diffuso gusto del macabro.

Il secondo oggetto è posato sopra un piccolo cavalletto a forma di lira. È uno studio di Carmontelle – carboncino lumeggiato a pastello – per il suo ritratto di Mozart bambino; differisce in vari particolari dal quadro definitivo oggi conservato al Carnavalet: Leopold Mozart non si trova dietro la sedia del figlio, ma dall'altra parte, e di tre quarti in modo da poter sorvegliare il bambino continuando a leggere la partitura; quanto a Maria Anna, non è di profilo dall'altra parte del clavicembalo, ma di faccia, davanti al clavicembalo, nascondendo in parte la partitura che il giovane prodigio decifra; si può ben comprendere come Leopold abbia chiesto all'artista le modifiche sfociate poi nel quadro definitivo le quali, senza danneggiare il figlio nella sua posizione centrale, danno tuttavia al padre un posto un po' meno svantaggiato.

Il terzo oggetto è un grande foglio di pergamena, in una cornice di

* In italiano nel testo. [*N.d.T.*]

ebano, posato di sbieco sopra un supporto che non si vede. La metà superiore del foglio riproduce con molta finezza una miniatura persiana; mentre sta per spuntare il giorno, un giovane principe, sulle terrazze di un palazzo, guarda dormire una principessa ai cui piedi è inginocchiato. Sulla metà inferiore del foglio, sei versi di Ibn Zaydûn scritti con caratteri di grande eleganza:

> *Ed io vivrò nell'ansia di non sapere*
> *Se il Padrone del mio Destino*
> *Meno indulgente del sultano Sheriar*
> *Al mattino quando smetterò il racconto*
> *Consentirà a sospendere la sentenza di morte*
> *E mi permetterà di seguitarlo la successiva sera.*

L'ultimo oggetto è un'armatura spagnola del quindicesimo secolo di cui la ruggine ha definitivamente saldato tutti gli elementi.

La vera specialità della signora Marcia riguarda quel genere di automi che chiamano orologi animati. Contrariamente agli altri automatismi o carillon celati dentro a bomboniere, pomi di bastone, scatole per pastiglie, flaconi di profumo eccetera, non si tratta generalmente di meraviglie della tecnica. Ma la loro rarità ne guida il prezzo. Mentre quelli tipo mori di Venezia o tipo chalet svizzero con cucù eccetera sono sempre stati anche troppo diffusi, è estremamente raro trovare un orologio un po' antico, orologio da tasca, cipolla o saponetta * che sia, in cui l'indicazione delle ore e dei secondi serva di pretesto a un quadro meccanico.

I primi apparsi erano in realtà solo degli automi in miniatura con uno o due personaggi di spessore trascurabile che battevano le ore su un carillon quasi piatto.

In seguito apparvero gli orologi osceni, così chiamati dagli orologiai stessi che, se accettarono di fabbricarli, rifiutarono di venderli sul posto, e cioè a Ginevra. Affidati a degli agenti della Compagnia delle Indie incaricati di smerciarli in America o in Oriente, giunsero raramente a destinazione; molto spesso furono, nei porti europei, oggetto di un traffico clandestino tanto intenso che, ben presto, diventò quasi impossibile procurarseli. Se ne fabbricarono non più di qualche centinaio, e i sopravvissuti sono al massimo una sessantina. Un orologiaio americano ne possiede da solo più dei due terzi. Dalle scarse descrizioni fornite sulla sua collezione – non ha mai autorizzato nessuno a vedere e a fotografare uno solo degli orologi – risulta

---

* Orologi da tasca del XIX secolo, detti "cipolle" se molto bombé, "saponette" se a doppia cassa. [*N.d.T.*]

che i loro fabbricanti non hanno dimostrato questa gran fantasia: su trentanove dei quarantadue orologi in suo possesso, la scena rappresentata è in effetti sempre la stessa: un coito eterosessuale fra due individui appartenenti al genere umano, entrambi adulti, della medesima razza (bianca, o come anche si dice, caucasica); l'uomo è sdraiato sul ventre della donna che è supina (posizione detta "del missionario"). I secondi sono segnati da un ancheggiamento dell'uomo il cui bacino va e viene a ogni secondo; la donna indica i minuti con il braccio sinistro (spalla visibile) e le ore con il braccio destro (spalla nascosta). Il quarantesimo orologio è identico ai primi trentanove, ma è stato dipinto a cose fatte, trasformando la bianca in una nera. Appartenne a un negriero che si chiamava Silas Buckley. Il quarantunesimo, eseguito con una finezza molto più avanzata, raffigura Leda e il Cigno: i battiti d'ala dell'uccello ritmano ogni secondo del loro turbamento amoroso. Il quarantaduesimo, che dicono appartenesse al cavalier Andrea de Nerciat, dovrebbe illustrare una scena della sua celebre opera *Lolotte o il mio noviziato*: un giovanotto, vestito da servetta con le vesti alzate, viene sodomizzato da un uomo il cui abito, scostandosi, fa intravedere un sesso smisuratamente grosso; i due personaggi sono in piedi, l'uomo dietro alla cameriera che si appoggia contro lo stipite di una porta. Sfortunatamente, la descrizione fornita dall'orologiaio americano non precisa come siano segnate le ore e i secondi.

La signora Marcia stessa possiede solo otto orologi di questo genere, ciò non toglie che la sua collezione sia molto più varia: all'infuori di un automatismo antico raffigurante due fabbri che battono uno dopo l'altro sopra un'incudine, e di un orologio "osceno" analogo a quello del collezionista americano, sono tutti giocattoli d'epoca vittoriana ed edoardiana i cui meccanismi sono rimasti miracolosamente intatti:

— un macellaio che taglia un cosciotto sopra un bancone;
— due ballerine spagnole; una dà l'ora con le braccia agitando le nacchere, l'altra dà i secondi abbassando il ventaglio;
— un atletico clown appollaiato su una specie di cavallo ginnico, volteggiando in modo che le sue gambe inesorabilmente tese mostrano le ore, mentre la testa si agita a ogni secondo;
— due soldati, uno che fa delle segnalazioni con bandiere (ore), e l'altro, arma a tracolla, che saluta militarmente (secondi);

— una testa d'uomo i cui lunghi baffi sottili sono le lancette dell'orologio; gli occhi battono i secondi spostandosi da destra a sinistra e da sinistra a destra.

Quanto al pezzo più curioso di questa piccola collezione, sembra uscire direttamente dal romanzo della contessa de Ségur, *Un bon petit diable:* una megera orrenda sculaccia un ragazzetto.

Pur essendosi sempre rifiutato di aiutarla per il negozio, è stato proprio Léon Marcia che ha dato alla moglie l'idea di una specializzazione tanto spinta; mentre in tutte le grandi città del mondo esistono degli esperti che si dedicano agli automi, ai giocattoli o agli altri orologi, nel campo più particolare degli orologi animati non ce n'era nemmeno uno. In realtà, solo per caso la signora Marcia si è trovata, con l'andar del tempo, a possederne otto; non è affatto una collezionista, e vende volentieri degli oggetti con i quali ha vissuto a lungo, sicura di trovarne poi altri che amerà perlomeno altrettanto. La sua parte consiste molto più esattamente nel cercare orologi come questi, rintracciarne la storia, autenticarli, e mettere in contatto gli appassionati. Una decina di anni fa, durante un viaggio in Scozia, fece tappa a Newcastle-upon-Tyne, e scoprì, al museo municipale, il quadro di Forbes *Un topo dietro la tenda.* Ne fece fare una riproduzione fotografica formato naturale e, tornata in Francia, iniziò a esaminarla con la lente d'ingrandimento per verificare se lady Forthright avesse in collezione degli orologi come quelli. La risposta fu negativa, e lei regalò la fotografia a Caroline Echard in occasione delle sue nozze con Philippe Marquiseaux.

Il quadro non corrispondeva minimamente ai desiderata scritti dai giovani sposi sulle apposite liste. Quel cocchiere impiccato e quella lady inebetita davano al dono un carattere alquanto morboso che non si capiva bene come potesse unirsi a mille auguri di felicità. Ma forse era proprio quello che la signora Marcia intendeva augurare a Caroline la quale, due anni prima, aveva rotto con David.

Caroline, due mesi più due mesi meno, aveva la stessa età di David; avevano imparato a camminare insieme, avevano fatto i castelli di sabbia negli stessi giardinetti, avevano occupato lo stesso banco all'asilo e poi nelle scuole comunali. La signora Marcia l'aveva adorata e adulata fin quando era piccola, poi aveva cominciato a odiarla appena finita l'età delle trecce e dei vestitini di rigatino. Si mise a trattarla da oca e a prendere in giro suo figlio che si lasciava menare per il naso. Quando ruppero si sentì alquanto meglio, ma per David la cosa fu ovviamente più dolorosa.

Era in quel tempo un ragazzo atletico, che spetezzava d'orgoglio nella sua tuta da motociclista di cuoio rosso tutta foderata di seta con uno scarabeo d'oro ricamato sulla schiena. La sua moto era allora una modesta Suzuki 125 e non è da escludere che quell'oca di Caroline Echard gli abbia preferito un altro ragazzo – no, non Philippe Marquiseaux, ma un certo Bertrand Gourguechon con il quale ruppe quasi subito – perché aveva una 250 Norton.

Comunque sia, la cicatrizzazione sentimentale di David Marcia si può misurare con l'aumento della cilindrata delle sue macchine: Yamaha 250, Kawasaki 350, Honda 450, Kawasaki Mach III 500, Honda 750 a quattro cilindri, Guzzi 750, Suzuki 750 con radiatore a acqua, BSA A75 750, Laverda SF 750, BMW 900, Kawasaki 1000.

Era passato professionista già da parecchi anni quando, su quest'ultima moto, slittò sopra una macchia d'olio, il 4 giugno 1971, pochi minuti dopo la partenza del 35° Bol d'Or a Montlhéry. Ebbe la fortuna di cadere bene e di rompersi solo la clavicola e il polso destro, ma quell'incidente lo costrinse a non gareggiare mai più.

CAPITOLO LXVII

Cantine, 2

Cantine, la cantina dei Rorschash.

Delle doghe di parquet ricuperate all'epoca della sistemazione del multiplo sono state fissate sui muri, davanti a scaffali di fortuna. Vi si trovano residui di rotoli di carta da parati i cui motivi semi astratti rievocano dei pesci, barattoli di colore d'ogni tinta e dimensione, qualche decina di classificatori grigi con la scritta ARCHIVI, di questa o di quella funzione ufficiale alla direzione Programmi della Televisione.

Per terra, ciondolano masse imprecise – sacchi di gesso, bidoni per la benzina, valigie sfondate? Ne emerge qualche oggetto un po' più identificabile: pacco di detersivo, sgabello arrugginito.

Un gabbiotto per bottiglie, di fildiferro, plastificato, è piazzato a sinistra accanto alla porta a grata. Il piano inferiore contiene cinque bottiglie di liquore di frutta: kirsch, mirabella, quetsch, prugna, lampone. Su uno dei piani intermedi si trovano il libretto – in russo – de *Il Gallo d'Oro* di Rimskij-Korsakov dalla fiaba di Puškin, e un romanzo presumibilmente popolare intitolato *Il Tributo o la Vendetta del Fabbro di Lovanio*, la cui copertina raffigura una ragazza che porge a un giudice un sacco d'oro. Sul piano superiore, in una scatola ottagonale senza coperchio, ci sono dei pezzi di un gioco di scacchi fantasia, di plastica, che imitano rozzamente gli avori cinesi: il cavallo è una specie di drago, il re un budda seduto.

Cantine. La cantina di Dinteville.

Da uno scatolone per traslochi traboccano pile di libri che hanno lasciato la cantina dell'ex domicilio del dottore a Lavaur, nel Tarn, solo per approdare a questa. Fra i quali, una *Storia della guerra europea*, di

Liddell Hart, con le prime ventidue pagine mancanti, qualche foglio del *Trattato elementare di patologia interna*, di Béhier e Hardy, una grammatica greca, un numero della rivista *Annales des maladies de l'oreille et du larynx*, datata 1905, e una copia tirata a parte dell'articolo di Meyer-Steineg, *Das medizinische System der Methodiker*, "Jenaer med.-stor. Beiträge", fascic. 7/8, 1916.

Sul vecchio divano da sala d'aspetto la cui tela di lino, un tempo verde, tutta rotta, finisce di marcire, è appoggiata una targa di finto marmo, un tempo rettangolare, oggi spezzata, sulla quale si legge: STUDIO MED.

Da qualche parte sopra un'asse, accanto a boccali incrinati, catini ammaccati, flaconi senza etichetta, si trova il primo ricordo di Dinteville giovane medico: una scatola quadrata piena di chiodini arrugginiti. L'ha conservata a lungo nello studio e non si è mai deciso a buttarla definitivamente via.

Quando Dinteville si sistemò a Lavaur, uno dei suoi primi clienti fu il giocoliere che poche settimane prima aveva inghiottito uno dei suoi coltelli. Non sapendo cosa fare, non avendo il coraggio di operarlo, Dinteville gli prescrisse a ogni buon conto un emetico e l'altro gli vomitò tutta una serie di chiodini. Dinteville rimase così strabiliato da voler scrivere una comunicazione sul caso. Ma i colleghi cui raccontò la faccenda glielo sconsigliarono. Pur avendo anche loro sentito parlare di casi del genere, storie di spilli inghiottiti che si rivoltano da soli nell'esofago o nello stomaco per non perforare l'intestino, erano convinti che questa volta si trattasse di una mistificazione.

Da un chiodo piantato vicino alla porta della cantina penzola uno scheletro triste. Dinteville se l'era comprato quand'era studente. Lo aveva soprannominato Horatio, in omaggio all'ammiraglio Nelson, in quanto privo del braccio destro. Continua a portare una benda sull'occhio destro, un panciotto a brandelli, braghe a righe e feluca di carta.

Dinteville, quando si sistemò, scommise di far sedere Horatio nella sala d'aspetto. Ma poi preferì perdere la scommessa che i clienti.

CAPITOLO LXVIII

Per le scale, 9

*Tentativo d'inventario di qualcuna delle
cose che si sono trovate per le scale
nel corso degli anni.*

Molte fotografie, fra cui quella di una ragazza di quindici anni in mutandine da bagno nere e maglietta bianca, inginocchiata sulla spiaggia,

una sveglia-radio chiaramente destinata alla riparazione, in un sacchetto di plastica della Ditta Nicolas,

una scarpa nera ornata di brillanti,

una pianella di capretto dorato,

una scatola di pasticche per la tosse Géraudel,

una museruola,

un astuccio per sigarette di cuoio di Russia,

delle cinghie,

taccuini e agende varie,

un paralume cubico di carta metallizzata color bronzo, in un sacchetto proveniente da un negozio di dischi di rue Jacob,

una bottiglia di latte in un sacchetto della macelleria Bernard,

un'incisione romantica raffigurante Rastignac al Père-Lachaise, in un sacchetto del calzaturificio Weston,

una partecipazione – umoristica? – che annuncia il fidanzamento di Eleuthère de Grandair con il marchese de Granpré,*

un foglio di carta rettangolare, formato 21 x 27, sul quale era minuziosamente disegnato l'albero genealogico della famiglia Romanov, incorniciato da un fregio di linee spezzate,

il romanzo di Jane Austen, *Pride and Prejudice*, nella collana Tauschnitz, aperto a pagina 86,

un cartoccio proveniente dalla pasticceria Aux Délices de Louis XV, vuoto, ma che ha visibilmente contenuto tortini di mirtillo,

* Eleuthère, Eleuterio, è un nome maschile. [*N.d.T.*]

una tavola dei logaritmi Bouvard e Ratinet, in cattivo stato, con il timbro: Liceo di Tolosa, e un nome scritto con l'inchiostro rosso: P. Roucher, sulla pagina di risguardo,

un coltello da cucina,

un topolino di metallo, con una cordicella a mo' di coda, montato su ruote, ricaricabile con una chiave piatta,

un rocchetto di filo azzurro cielo,

una collana da quattro soldi,

un numero spiegazzato de *La Revue du Jazz*, contenente una conversazione fra Hubert Damisch e il trombone Jay Jay Johnson e un testo del batterista Al Levitt che rievoca il suo primo soggiorno parigino a metà degli anni cinquanta,

una scacchiera da viaggio, di cuoio sintetico, con pezzi magnetici,

un collant marca Mitoufle,

una maschera da martedì grasso raffigurante Topolino,

molti fiori di carta, cotillon e coriandoli,

un foglio di carta coperto di disegni infantili fra gli interstizi dei quali s'intrufola la laboriosa malacopia di una versione latina di seconda media: *dicitur formicas offeri granas fromenti in buca Midae pueri in somno eius. Deinde suus pater arandum, aquila se posuit in jugum et araculum oraculus nuntiavit Midam futurus esse rex. Quidam scit Midam electum esse regum Phrygiae et* (parola illeggibile) *latum reges suis leonis.*

CAPITOLO LXIX

Altamont, 4

L'ufficio di Cyrille Altamont: un pavimento di legno a spina di pesce lucido di cera, una carta da parati decorata con grandi pampini rossi e oro, e qualche mobile che compone un bell'insieme Regency, agiato e pesante: una scrivania ministeriale a nove cassetti, di mogano, dal piano coperto di finta pelle scura, una poltrona girevole e a dondolo, di ebano imbottito di cuoio, a ferro di cavallo, uno sgabellino da riposo, tipo Récamier, in legno di rosa, con zampe di ottone a forma di artiglio. Sulla parete di destra, una grande biblioteca a vetri con cornicione a collo d'oca. Di fronte, un grande portolano di carta telata, incorniciato da listelli di legno, riproduzione un po' ingiallita di

CARTE PARTICVLLÌERe
DE LAMER MEDÌTERRANEE ·
FAÌCTE PAR MOY
FRANÇOÏS OLLÌVE
·A·MARSEÌLLE·
EN LANNEE 1664 *

Sulla parete di fondo, accanto alla porta che dà sul vestibolo, a sinistra, tre quadri di formato più o meno identico: il primo è il ritratto di Morrell d'Hoaxville, pittore inglese del secolo scorso, dei fratelli Dunn, clergymen del Dorset, entrambi esperti in materie

---

* Carta marina particolare / del mare Mediterraneo / fatta da me / François Ollive / in Marsiglia / nell'anno 1664. [N.d.T.]

oscure, la paleopedologia e le arpe eolie. Herbert Dunn, lo specialista in arpe eolie, è a sinistra: un uomo di alta statura, magro, che indossa un completo di flanella nera, e porta un anello di barba rossa e degli occhiali ovali senza montatura. Jeremy Dunn, il paleopedologo, è un ometto rotondo, raffigurato in abito da lavoro, e cioè equipaggiato per una spedizione in loco con uno zaino militare, un doppio decametro, una lima, delle pinze, una bussola e tre martelli infilati nella cintura, più un bastone da cammino più alto di lui, dal lungo puntale di ferro, e con la mano alzata ad afferrarne saldamente il pomo.

Il secondo è un'opera del pittore americano Organ Trapp, che a Corfù una decina di anni fa Hutting fece conoscere agli Altamont. Illustra in ogni minimo particolare una stazione di servizio di Sheridan, Wyoming: un bidone verde, delle gomme in vendita, molto nere con fianchi molto bianchi, delle latte di olio lucenti, una ghiacciaia rosso vermiglio con bibite assortite.

La terza opera è un disegno firmato Priou e intitolato *L'operaio ebanista della rue du Champ-de-Mars*: un ragazzo giovane, sui vent'anni, che indossa un maglione chiné e un paio di calzoni trattenuti da un cordino, si scalda a un fuoco di trucioli.

Sotto il quadro di Organ Trapp si trova un tavolinetto a due ripiani: su quello inferiore è appoggiata una scacchiera i cui pezzi riproducono la situazione dopo la diciottesima mossa del Nero nella partita giocata a Berlino 1852 fra Anderssen e Dufresne, un attimo prima che Anderssen iniziasse quella brillante combinazione di matto che ha dato alla partita il nome di "Sempreverde":

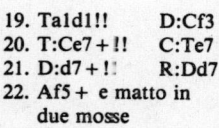

19. Ta1d1!!　　D:Cf3
20. T:Ce7+!!　C:Te7
21. D:d7+!!　 R:Dd7
22. Af5+　 e matto in
　　 due mosse

Su quello superiore sono appoggiati un telefono bianco e un vaso dal profilo trapezoidale traboccante di gladioli e crisantemi.

In pratica, l'ufficio non serve ormai più a Cyrille Altamont che ha trasportato nei locali assegnatigli a Ginevra tutti i libri e tutti gli oggetti che gli occorrono o cui è affezionato. In questa stanza quasi sempre vuota restano adesso solo cose immobili e morte, mobili dai cassetti nudi e nella biblioteca chiusa a chiave dei libri che non sono mai stati aperti: il *Grand Larousse Universel* del XIX secolo rilegato in marocchino verde, le opere complete di La Fontaine, de Musset, dei poeti de la Pléiade e Maupassant, varie collezioni rilegate di riviste di un certo tono: *Preuves, Encounter, Merkur, La Nef, Icarus, Diogène, Le Mercure de France,* e qualche libro d'arte ed edizioni di lusso, fra cui un *Sogno di una notte di mezz'estate* romantico con incisioni su acciaio di Helena Richmond, *Venere in pelliccia* di Sacher Masoch, presentato in un cofanetto di visone sul quale i caratteri del titolo sembrano impressi a fuoco, e la partitura manoscritta di *Incertum*, op. 74 di Pierre Block, per voci umane e percussioni, rilegato in una pelle di bufalo incrostata d'osso e avorio.

Si finisce di sistemare la stanza per il ricevimento. Due maggiordomi, tutti vestiti di nero, stendono sulla scrivania una grande tovaglia bianca. Nel vano della porta, un cameriere di fuori in maniche di camicia è pronto, non appena avranno finito, a disporre sulla tavola il contenuto dei suoi due panieri: delle bottiglie di succo di frutta e due grosse ciotole ottaedriche di ceramica azzurra piene d'insalata di riso decorata di olive, acciughe, uova sode, gamberetti e pomodori.

—

CAPITOLO LXX

Bartlebooth, 2

La sala da pranzo di Bartlebooth in pratica non serve ormai più. È una stanza rettangolare e severa, dal pavimento scuro, con alte tende di velluto goffrato e una grande tavola di palissandro coperta da una tovaglia di lino damascato. Sulla lunga credenza in fondo alla stanza sono posate otto scatole cilindriche che portano tutte l'effigie di re Faruk.

Mentre, sul finire del millenovecentotrentasette, poco prima d'iniziare il suo lungo giro dell'Africa, si trovava a Capo San Vincenzo, nel sud del Portogallo, Bartlebooth conobbe un importatore di Lisbona il quale, saputo che l'inglese aveva l'intenzione di recarsi prossimamente a Alessandria, gli affidò uno scaldapiedi elettrico pregandolo vivamente di consegnarlo al suo corrispondente egiziano, un certo Farîd Abu Talif. Bartlebooth annotò con cura le referenze del mercante sulla sua agenda; quando nella tarda primavera 1938 arrivò in Egitto, s'informò su quella degna persona e gli fece pervenire il regalo del portoghese. Benché la temperatura fosse già anche troppo clemente perché il bisogno di uno scaldapiedi elettrico si facesse realmente sentire, Farîd Abu Talif fu così contento del dono che chiese a Bartlebooth di recapitare al portoghese, a titolo di perizia, otto scatole di caffè che aveva trattato con una tecnica chiamata "ionizzazione", tecnica destinata, spiegò, a prolungarne quasi indefinitamente il sapore. Bartlebooth ebbe un bel precisare che non avrebbe certamente più avuto l'occasione di rivedere l'importatore per qualcosa come diciassette anni, l'egiziano s'incaponì, aggiungendo che l'esperimento sarebbe risultato ancora più probante se, dopo tutto quel tempo, il caffè avesse conservato anche solo un po' del suo aroma.

Negli anni successivi quelle scatole furono oggetto di grane senza fine. A ogni passaggio di frontiera, Bartlebooth e Smautf dovevano aprire le scatole e permettere ai doganieri sospettosi di annusare, assaggiare in punta di lingua e qualche volta farsi perfino un caffè per

343

rendersi ben conto che non si trattasse di un nuovo tipo di droga. Sul finire del millenovecentoquarantatré, le scatole, piuttosto ammaccate, si ritrovarono vuote, ma Smautf insistette perché Bartlebooth non le buttasse via; se ne servì per riporre spiccioli vari o le conchiglie rare che gli capitava di raccogliere sulle spiagge, e quando rientrarono in Francia, come ricordo del loro lungo viaggio, le mise sulla credenza della sala da pranzo dove Bartlebooth le lasciò.

Ogni puzzle di Winckler era per Bartlebooth un'avventura nuova, unica, irripetibile. Ogni volta, dopo avere rotto i sigilli che chiudevano la scatola nera della signora Hourcade e sparpagliato sul panno della sua tavola, sotto la luce senz'ombra della lampada scialitica, i settecentocinquanta pezzetti di legno che era diventato il suo acquerello, aveva la sensazione che tutta l'esperienza accumulata in cinque, dieci o quindici anni non gli sarebbe servita a niente, che avrebbe avuto come sempre a che fare con delle complicazioni, delle difficoltà assolutamente insospettabili.

Ogni volta si riprometteva di procedere con disciplina e con metodo, di non buttarsi sui pezzi, di non cercar di ritrovare immediatamente nel suo acquerello spezzettato questo o quell'elemento di cui credeva di serbare un ricordo intatto: no, questa volta non si sarebbe lasciato travolgere dalla passione, dal sogno o dall'impazienza, ma avrebbe costruito il suo puzzle con rigore cartesiano: dividere i problemi per risolverli meglio, affrontarli nell'ordine, eliminare le combinazioni improbabili, eseguire le mosse come un giocatore di scacchi che edifica piano la sua strategia ineluttabile e irrimediabile: avrebbe cominciato col mettere tutti i pezzi al dritto, poi ne avrebbe cavato tutti quelli che presentassero un bordo rettilineo componendo la cornice del puzzle. Poi avrebbe esaminato tutti gli altri, a uno a uno, sistematicamente, prendendoli in mano, rigirandoli parecchie volte in tutti i versi; avrebbe isolato tutti quelli sui quali fosse più chiaramente visibile un disegno o un particolare, avrebbe classificato i restanti secondo il colore, e all'interno di ogni colore secondo la sfumatura, e ancor prima di avere iniziato a incastrare i pezzi centrali, avrebbe così già superato trequarti dei tranelli preparati da Winckler. Il resto sarebbe stato solo questione di pazienza.

Il problema principale era rimanere neutrali, obiettivi, e soprattutto disponibili, e cioè senza alcun pregiudizio. Ma proprio qui Gaspard Winckler tendeva le trappole. Via via che Bartlebooth prendeva confidenza con i pezzetti di legno, cominciava a percepirli secondo un asse privilegiato, come se i pezzi si polarizzassero, si vettorizzassero, si pietrificassero in un modo di percezione che li assimilava, con una irresistibile seduzione, a immagini, forme e figure familiari: un cappello, un pesce, un uccello straordinariamente preciso, con lunga coda, lungo becco ricurvo e gonfio alla base, come ricordava di averne visti in Australia, oppure, appunto, la frastagliatura dell'Australia, o l'Africa, l'Inghilterra, la penisola iberica, lo stivale italiano, eccetera. Gaspard Winckler si sbizzarriva in simili pezzi e come in quei puzzle per bambini di legno spesso, a volte Bartlebooth si ritrovava con tutto un serraglio, un pitone, una marmotta e due elefanti perfettamente formati, uno africano (con lunghe orecchie) e l'altro asiatico, oppure un Charlot (bombetta, bastoncino e gambe ad arco), un profilo di Cyrano, uno gnomo, una strega, una donna col cappello a cono, un saxofono, un tavolino di caffè, un pollo arrosto, un astice, una bottiglia di champagne, la ballerina dei pacchetti di Gitanes o l'elmo alato delle Gauloises, una mano, una tibia, un fiore di giglio, vari frutti, o un alfabeto quasi completo con pezzi a forma di J, di K, di L, di M, di W, di Z, di X, di Y e di T.

A volte, tre, quattro, o cinque di quei pezzi s'incastravano con una facilità sconcertante; poi, si bloccava tutto: il pezzo mancante faceva venire in mente a Bartlebooth una specie di India nera cui fosse rimasta attaccata Ceylon (ora, l'acquerello raffigurava precisamente un piccolo porto della costa di Coromandel). Ed era solo parecchie ore dopo, quando non erano parecchi giorni, che Bartlebooth si rendeva conto che il pezzo adeguato non era nero ma grigio piuttosto chiaro – discontinuità di colore che si sarebbe dovuta prevedere se Bartlebooth non si fosse lasciato per così dire trascinare dal suo slancio – e aveva esattamente la forma di quello che fin dall'inizio si era ostinato a chiamare la "perfida Albione", a patto d'imprimere a quella piccola Inghilterra una rotazione di novanta gradi in senso orario. Indubbiamente lo spazio vuoto non somigliava alle Indie più di quanto il pezzo che doveva riempirlo somigliasse all'Inghilterra; l'importante, in questi casi, era che fintantoché continuava a vedere in questo o quel pezzo un uccello, un ometto, un blasone, un elmo puntuto, un cane la-voce-del-padrone o un Winston Churchill, non poteva certo scoprire come quello stesso pezzo si collegasse agli altri senza essere appunto rovesciato, rigirato, decentrato, desimbolizzato, e in una parola "de-formato".

L'essenziale delle illusioni di Gaspard Winckler si basava su questo principio: obbligare Bartlebooth a investire lo spazio vuoto di forme apparentemente anodine, evidenti, facilmente descrivibili – per esempio, un pezzo del quale, qualunque ne fosse peraltro la configurazione, due lati dovevano obbligatoriamente formare tra loro un angolo retto – e nello stesso tempo forzare in un senso completamente diverso la percezione dei pezzi destinati a riempirlo sul serio. Come in quella caricatura di W.E. Hill che raffigura "nello stesso tempo" una giovane donna e una vecchia, l'orecchio, la guancia, la collana della giovane essendo rispettivamente un occhio, il naso e la bocca della vecchia, con la vecchia di profilo in primo piano e la giovane di trequarti schiena inquadrata a mezza spalla, Bartlebooth doveva, per trovare quell'angolo a dire il vero quasi ma non proprio del tutto retto, smettere di considerarlo la punta di un triangolo, e cioè ribaltare la sua percezione, vedere "diversamente" quello che ingannevolmente l'altro gli faceva vedere e, per esempio, scoprire che la pseudo Africa dai riflessi gialli che cincischiava senza sapere dove andava messa occupava esattamente lo spazio che credeva di dover riempire con una specie di quadrifoglio dai toni color malva spenta che cercava dappertutto e non trovava. La soluzione era evidente, evidente quanto il problema era parso insolubile fino a quando lo aveva risolto, proprio come in una definizione di parole incrociate – la sublime "vecchie e... nove" dieci lettere, di Robert Scipion, per esempio – si va a cercare chissà dove non c'è quello che è enunciato con grande precisione nella definizione stessa, consistendo in realtà tutto il lavoro nell'operare quello "spostamento" che dà al pezzo, alla definizione, il suo "senso" e rende contemporaneamente fastidiosa e inutile qualsiasi spiegazione.

Nel caso particolare di Bartlebooth, il problema si complicava per il fatto stesso che era l'autore degli acquerelli iniziali. Ne aveva accuratamente distrutto schizzi e minute e non aveva ovviamente fatto fotografie né appunti, ma prima di dipingerli aveva guardato quei paesaggi marini con un'attenzione abbastanza intensa perché vent'anni dopo gli bastasse leggere sulle brevi note che Gaspard Winckler incollava all'interno della scatola "Isola di Skye, Scozia, marzo 1936" o "Hammamet, Tunisia, febbraio 1938", per fargli venire in mente un marinaio dal maglione giallo con un tom o'shanter sulla testa, o la macchia rossa e oro del vestimento di una donna berbera che lavava la lana in riva al mare, o una nube lontana su una collina, leggera come un uccello: non proprio il ricordo stesso – era infatti più che evidente come quei ricordi fossero esistiti solo per essere acquerelli prima, e puzzle dopo e poi di nuovo niente – ma ricordi di immagini, di tratti di matita, colpi di gomma, tocchi di pennello.

Quasi tutte le volte Bartlebooth cercava quei segni privilegiati. Ma era illusione volersi appoggiare su loro: talvolta, Gaspard Winckler riusciva a farli sparire; quella macchiolina rossa e gialla, per esempio, la frammentava in una miriade di pezzi da cui il giallo e il rosso parevano inspiegabilmente assenti, fusi, confusi in quei traboccamenti minuscoli, in quegli schizzi quasi microscopici, quelle piccole sbavature di pennello e straccio che l'occhio non era assolutamente in grado di percepire guardando l'insieme del quadro ma che i suoi colpi di sega paziente erano riusciti a esagerare esasperatamente; più spesso, e in modo molto più perfido, come se avesse intuito che quella data forma si era incrostata nella memoria di Bartlebooth, lasciava tale e quale, in un unico pezzo, quella nuvola, quella figura, quella macchia colorata che, nude all'intorno, diventavano inutilizzabili, ritagli uniformi, monocromi, delle quali non si vedeva in via assoluta cosa potesse circondarle.

Le astuzie di Winckler iniziavano con gli orli, molto prima di questi stadi già avanzati. Come nei puzzle classici, i suoi puzzle avevano sottili orli rettilinei e bianchi, e uso e ragione volevano che, come nel gioco del go, proprio dagli orli si cominciasse a giocare.

È anche vero che un giorno, esattamente come quel giocatore di go che pose la prima pietra proprio al centro del go-ban strabiliando l'avversario abbastanza a lungo da vincerlo, Bartlebooth, preso da un'intuizione improvvisa, cominciò uno dei puzzle a partire dal centro – le macchie gialle di un tramonto luccicante sul Pacifico (poco distante da Avalon, Santa Catalina Island, California, novembre 1948) – e quella volta ce la fece in tre giorni invece che in due settimane. Ma in seguito perse quasi un intero mese quando credette di poter rifare il colpo.

La colla azzurra che adoperava Gaspard Winckler a volte usciva un pochino dal foglio bianco intercalato che costituiva l'orlo del puzzle, lasciando una frangia azzurrina quasi impercettibile. Per molti anni Bartlebooth usò quella frangia come una specie di garanzia: se due pezzi che gli sembravano perfettamente adattabili presentavano frange che non coincidevano, esitava a farli incastrare; e invece, era tentato di accostare due pezzi che, a prima vista, non avrebbero mai dovuto toccarsi, ma le cui frange azzurrine offrivano una continuità perfetta e spesso accadeva che un po' più tardi andassero effettivamente bene così.

Solo quando quell'abitudine era già presa, e sufficientemente radicata perché il liberarsene diventasse spiacevole, Bartlebooth si rese conto che quei "casi fortunati" potevano benissimo essere a loro volta trappole, e che l'autore dei puzzle aveva lasciato, su un centinaio di giochi, quella minima traccia a far da indizio – o esca piuttosto – solo per meglio imbrogliare poi.

Era questa, da parte di Gaspard Winckler, un'astuzia quasi primaria, semplice entrata in argomento. Che due o tre volte agitò

Bartlebooth per qualche ora e non ebbe effetti più durevoli. Ma era alquanto tipica dello spirito con cui Gaspard Winckler concepiva i suoi puzzle intendendo suscitare in Bartlebooth uno smarrimento ogni volta rinnovato. I metodi più rigorosi, la schedatura dei settecentocinquanta pezzi, l'impiego di calcolatori o di qualsiasi altro sistema scientifico o oggettivo, non sarebbero certo serviti granché. Gaspard Winckler aveva evidentemente considerato la fattura dei cinquecento puzzle come un tutto, come un gigantesco puzzle di cinquecento pezzi ogni pezzo del quale fosse stato un puzzle di settecentocinquanta pezzi, ed è chiaro che ciascuno di loro esigeva per la sua soluzione un approccio, uno spirito, un metodo, un sistema diversi.

A volte Bartlebooth risolveva d'istinto, come per esempio quando aveva, senza un motivo apparente, attaccato dal centro; a volte lo faceva per deduzione anche, basandosi sui puzzle precedenti; ma, quasi sempre, ci lavorava tre giorni con l'impressione tenace del perfetto imbecille: i bordi non erano neanche finiti, quindici piccole Scandinavie accostate fin dall'inizio disegnavano la sagoma scura di un uomo ammantellato che saliva tre gradini di un molo, mezzo girato verso il pittore (Launceston, Tasmania, ottobre 1952), e da parecchie ore non aveva più messo un solo pezzo.

Bartlebooth ritrovava in quel senso d'impasse, di vicolo cieco, l'essenza stessa della sua passione: una specie di torpore, di rimuginìo, di abbrutimento smorto alla ricerca di qualcosa d'informe di cui riusciva solo a biascicare i contorni: un becco forse adattabile alla piccola ferita concava, una cosa così, un piccolo oggetto giallastro, un pezzettino con denti rotondi, dei piccoli punti arancioni, il pezzo d'Africa, la porzione di costa adriatica, brontolii confusi, rumori di fondo di una fantasticheria maniacale, sterile, infelice.

Talvolta allora, al termine di quelle ore d'inerzia malinconica, lo prendevano accessi improvvisi di rabbia terribile, rabbie tremende e inspiegabili quanto, da Riri, quelle di Gaspard Winckler quando faceva la sua partita di jacquet con Morellet. Quell'uomo che, per tutti nello stabile, era il simbolo stesso della flemma britannica, della discrezione, della cortesia, della gentilezza, dell'urbanità più squisita, quell'uomo che nessuno aveva mai udito dire una parola più forte dell'altra, si lasciava allora prendere da furori di una violenza tale che pareva essersela covata dentro per anni. Una sera spaccò in due con un unico pugno un tavolino dal piano di marmo. Un'altra volta, dopo che Smautf aveva commesso l'imprudenza di entrare, come faceva tutte le mattine, con la prima colazione – due uova alla coque, un succo d'arancia, tre toast, un tè con latte, qualche lettera e tre quotidiani: *Le Monde*, il *Times*, e l'*Herald* – Bartlebooth sbatté via il vassoio con una forza tale che la teiera, espulsa quasi verticalmente con la velocità di una palla di fucile, fracassò il vetro spesso della lampada scialitica prima di rompersi anch'essa in mille pezzi che ricaddero sul puzzle (Okinawa, Giappone, ottobre 1951). Bartlebooth ci mise otto giorni a recuperare i settecentocinquanta pezzi, che la vernice protettiva di Gaspard Winckler aveva salvato dal tè bollente, e indubbiamente quella crisi di furore non risultò inutile, perché riordinando i suoi pezzi scoprì finalmente come andavano messi.

Più spesso, per fortuna, al termine di quelle ore di attesa, dopo aver attraversato tutti gli stadi dell'ansia e dell'esasperazione controllate, Bartlebooth raggiungeva una specie di trance, una stasi, una sorta d'inebetimento tutto asiatico, forse analogo a quello che cerca l'arciere: un oblìo profondo del corpo e del bersaglio da colpire, una mente vuota, assolutamente vuota, aperta, disponibile, un'attenzione intatta ma libera di librarsi al di sopra delle vicissitudini dell'esistenza, delle contingenze del puzzle e dei tranelli dell'artigiano. In quei momenti, Bartlebooth vedeva senza guardarli i sottili intagli del legno incastrarsi esattamente uno nell'altro e poteva, prendendo due pezzi cui non aveva mai fatto caso o che forse aveva giurato per ore non potessero materialmente mai riunirsi, comporli in un amen.

Quella sensazione di grazia durava a volte vari minuti e Bartlebooth aveva allora l'impressione di essere un veggente: percepiva tutto, capiva tutto, avrebbe potuto veder crescere l'erba, il fulmine colpire l'albero, l'erosione modellare le montagne come una piramide lentissimamente consumata dall'ala di un uccello che la sfiora: giustapponeva i pezzi a gran velocità, senza sbagliarsi mai, ritrovando sotto tutti i particolari e gli artifici che intendevano mascherarli, quest'unghiata minuscola, quell'impercettibile filo rosso, quest'altra tacca dagli orli neri che gli avrebbero, in ogni momento, indicato la soluzione se solo avesse avuto occhi per vedere: in pochi attimi, sull'onda di quell'ebbrezza esaltante e sicura, una situazione immobile da ore o da giorni, e della quale non concepiva neanche più lo svolgimento, si modificava da così a così: spazi interi si saldavano di colpo, il cielo e il mare ritrovavano il loro posto, dei tronchi ridiventavano rami, degli uccelli, onde, delle ombre, goemone.

Quegli attimi privilegiati erano rari quanto inebrianti ed effimeri quanto sembravano efficaci. Ben presto Bartlebooth ridiventava un sacco di sabbia, una massa inerte inchiodata al tavolo di lavoro, un ebete dagli occhi spenti, incapaci di vedere, che aspettava per ore senza capire cosa aspettava.

Non aveva né fame né sete, né caldo né freddo; poteva starsene senza dormire più di quaranta ore, senza far altro che prendere a uno a uno i pezzi non ancora riuniti, guardarli, rigirarli e rimetterli giù senza neanche tentare di sistemarli, come se qualsiasi tentativo fosse inesorabilmente votato al fallimento. Una volta rimase seduto 62 ore di fila – dal mercoledì mattina alle otto al venerdì sera alle dieci – davanti a un puzzle incompiuto che raffigurava le lunghe ghiaie di Elsinore: frangia grigia fra un mare grigio e un cielo grigio.

Un'altra volta, nel millenovecentosessantasei, ricompose nelle prime tre ore più di due terzi del puzzle che toccava in quei quindici giorni: la stazioncina balneare di Rippleson, in Florida. Poi, nelle successive due settimane, tentò invano di finirlo: aveva davanti un pezzetto di spiaggia quasi deserto, con un ristorante a un capo della passeggiata e delle rocce di granito all'altro capo; in lontananza, sulla sinistra, tre pescatori caricavano una scialuppa di reti color alga bruna; al centro una donna di una certa età vestita di un abito a pallini e calzata di un cappello da carabiniere di carta sferruzzava seduta sui ciottoli; accanto a lei, supina sopra un tappeto di fibre vegetali, una ragazzina con una collana di conchiglie mangiava banane seccate; all'estrema destra, un bagnino, vestito di un vecchio battledress, raccoglieva ombrelloni e sdraio; sullo sfondo una vela trapezoidale e due isolotti spezzavano la linea dell'orizzonte. Mancavano un po' di mare ondeggiante e un pezzetto di cielo a pecorelle: duecento pezzi dello stesso azzurro con minuscole variazioni bianche, ciascuno dei quali richiese più di due ore di lavoro prima di trovare il suo posto.

Fu una delle poche volte in cui non gli bastarono due settimane per terminare un puzzle. Generalmente, fra ebbrezze e abbattimenti, esaltazioni e disperazioni, attese febbrili e certezze effimere, il puzzle si completava nei tempi previsti, incamminandosi verso l'ineluttabile fine in cui, risolto ogni problema, restava ormai solo un onesto acquerello, di fattura sempre un po' scolastica, raffigurante un porto di mare. Via via che lo aveva saziato, nella frustrazione o nell'entusiasmo, il suo desiderio si andava spegnendo, lasciandogli come unico esito l'apertura di un'altra scatola nera.

CAPITOLO LXXI

Moreau, 4

Alla cucina alla vecchia, inizialmente dotata dei ritrovati ultramoderni che la cuoca della signora Moreau fece rapidamente sostituire, Henry Fleury volle contrapporre, per la grande sala da pranzo di rappresentanza, uno stile decisamente avanguardistico, di un rigore geometrico, di un formalismo impeccabile, un modello di gelida sofisticazione in cui i grandi pranzi ufficiali avrebbero assunto l'aspetto di cerimonie uniche.

La sala da pranzo era allora una stanza pesante e zeppa di mobili, con un parquet a disegni complicati, un'alta stufa di maiolica azzurra, pareti sovraccariche di cornicioni e stucchi, zoccoli uso marmo venato, un lampadario a nove bracci con 81 gocce, una tavola di quercia, rettangolare, con le sue brave dodici sedie di velluto ricamato e, ai due capi, due poltrone di mogano chiaro con gli schienali traforati a X, la parte inferiore di un credenzone tipo bretone dove da sempre si erano visti un cabaret Napoleone III di cartapesta, un servizio per fumatori (con una scatola per sigarette raffigurante *Les Joueurs de cartes* di Cézanne, un accendino a benzina abbastanza simile a un lume a olio, e quattro portacenere rispettivamente decorati da un asso di fiori, di quadri, di cuori e di picche), e una compostiera d'argento piena di arance, il tutto sormontato da una tappezzeria raffigurante una fantasia equestre di cavalieri arabi; fra le finestre, sopra un *coco weddelliana*, palma d'appartamento con foglie ornamentali, pendeva una grande tela scura che mostrava un uomo in toga da giudice, seduto sopra un trono elevato la cui doratura inzaccherava tutto il quadro.

Henry Fleury condivideva l'opinione ampiamente diffusa che il gusto è condizionato non solo dal colore specifico dei cibi ingeriti, ma anche dai loro immediati dintorni. Delle ricerche avanzate e vari esperimenti lo convinsero che il bianco, per la neutralità, per il "vuoto" e la sua luce, era il colore che meglio avrebbe esaltato il sapore degli alimenti.

E fu basandosi su questo dato che ristrutturò da cima a fondo la sala da pranzo della signora Moreau: eliminò i mobili, fece sganciare il lampadario e scalzare gli zoccoli e nascose stucchi, rosoni e affini con un finto soffitto fatto di pannelli lamificati di un candore abbagliante, forniti qua e là di spot immacolati orientati in modo da convergere verso il centro della stanza. Le pareti furono laccate di un bel bianco brillante e il vetusto parquet rivestito di plastica ugualmente bianca. Tutte le porte vennero condannate tranne quella che dava sull'entrata, una porta a due battenti, un tempo vetrata, che fu sostituita da due lastre scorrevoli comandate da una cellula fotoelettrica invisibile. Quanto alle finestre, le nascose dietro alti pannelli di compensato foderati di skai bianco.

Tavola e sedie a parte, nessun mobile o attrezzatura furono tollerati nella stanza, neanche un interruttore o un filo elettrico. Tutta la sistemazione del vasellame e della biancheria da tavola si fece negli armadi preparati fuori dalla stanza, nel vestibolo, dove venne anche installata una tavola di servizio attrezzata con scaldapiatti e taglieri.

Al centro di quello spazio bianco che nessuna macchia, nessuna ombra, nessuna asperità veniva ad appannare, Fleury dispose la tavola: una monumentale lastra di marmo, assolutamente bianca, tagliata a ottagono, dagli orli leggermente smussati, retta da un fusto cilindrico del diametro di un metro circa. Otto sedie di plastica stampata, bianche, completarono il mobilio.

Quel candore come partito preso si fermava qui. Le stoviglie, disegnate dallo stilista italiano Titorelli, furono realizzate in toni pastello – avorio, giallo pallido, verde acqua, rosa tenue, malva leggero, salmone, grigio chiaro, turchese, eccetera – il cui impiego era determinato dalle caratteristiche dei cibi preparati che a loro volta si organizzavano intorno a un colore fondamentale, cui erano ugualmente assortiti la biancheria da tavola e l'abbigliamento dei camerieri.

Nei dieci anni in cui le bastò la salute per continuare a ricevere, la signora Moreau diede circa un pranzo al mese. Il primo fu un pasto giallo: tortini di formaggio alla borgognona, morbidelle di luccio in salsa olandese, salmis* di quaglia con zafferano, insalata di mais, sorbetti al limone e alla guaiava, accompagnati da xeres, Château-Chalon, Château-Carbonneux e punch ghiacciato al Sauternes. L'ultimo, nel millenovecentosettanta, fu un pasto nero servito in piatti di ardesia lucida; comportava ovviamente caviale, ma anche calamari

---

* Spezzatino in cui selvaggina o pollame sono già stati precedentemente cotti allo spiedo. [N.d.T.]

alla tarragonese, una sella di cinghialetto alla Cumberland, un'insalata di tartufi e una charlotte ai mirtilli; le bevande di quest'ultimo pranzo furono più difficili da scegliere: il caviale venne servito con la vodka versata in piccoli bicchieri di basalto e i calamari con un vino resinato di un rosso effettivamente molto scuro, ma per la sella di cinghialetto il maggiordomo presentò due bottiglie di Château-Ducru-Beaucaillou 1955 travasate per l'occasione in certe brocche a becco di cristallo di Boemia che avevano tutta la nerezza richiesta.

Quanto alla signora Moreau, non assaggiava quasi mai i piatti che faceva servire ai suoi invitati. Seguiva una dieta sempre più rigida che aveva finito col permetterle solo del latte di pesce crudo, un boccone di petto di pollo, Edam e fichi secchi. In genere, mangiava prima che arrivassero gli invitati, sola o insieme alla signora Trévins. La qual cosa non le impediva di animare le serate con la stessa energia che dedicava al lavoro diurno di cui quei pranzi erano d'altronde solo una delle tante appendici: li preparava con cura e minuzia, stendendo la lista degli ospiti come si stende un piano di battaglia; riuniva invariabilmente sette persone fra le quali si trovavano in genere: un individuo con una qualche funzione ufficiale (capo di gabinetto, consigliere referendario alla Corte dei conti, uditore al Consiglio di Stato, amministratore civile e via di seguito); un artista o un letterato; uno o due membri del suo staff, mai la signora Trévins però la quale detestava quel genere di festività preferendo allora restare in camera sua a rileggersi il libro; e l'industriale francese o straniero, con il quale stava trattando e per il quale aveva dato quel pranzo. Due o tre mogli oculatamente scelte completavano la tavolata.

Uno dei pranzi più memorabili fu dato in onore di un uomo che, del resto, era già venuto varie volte nello stabile: Hermann Fugger, l'uomo d'affari tedesco amico degli Altamont e di Hutting, del quale la signora Moreau doveva distribuire in Francia certi materiali da campeggio: quella sera, fece preparare un pranzo rosa – aspic di prosciutto al Vertus, koulibiak di salmone con salsa aurora, anatra selvatica alle pesche da vigna, champagne rosé, eccetera – e convitò, oltre a uno dei suoi stretti collaboratori che dirigeva il ramo "ipermercati" dell'azienda, un cronista gastronomico, un industriale della farina riconvertito nei piatti pronti e un proprietario-coltivatore di vini della Mosella, questi ultimi due accompagnati da mogli amanti della buona cucina quanto i loro congiunti. Trascurando per una volta il maiale di Flourens e altre curiosità aperitive, gli invitati imperniarono la conversazione esclusivamente sui piaceri della gola, le vecchie ricette, gli chef scomparsi, il burro da tavola di comare Clémence, e cose così.

La sala da pranzo di Fleury serviva ovviamente solo per quei pranzi di prestigio. Altrimenti, anche quando era ancora valida e provvista di un solido appetito, la signora Moreau pranzava con la signora Trévins in camera sua o in quella dell'amica. Era il loro unico momento di distensione in tutta la giornata; parlavano all'infinito di Saint-Mouezy, rievocando senza stancarsi mille ricordi.

Rivedeva l'arrivo del vecchio distillatore che veniva da Buzançais con il suo alambicco di rame tirato da una cavallina nera che rispondeva al nome di Belle; e il cavadenti con il berretto rosso e i suoi volantini multicolori; e il suonatore di cornamusa che l'accompagnava soffiando nelle canne a più non posso e stonando come un pazzo per coprire gli urli dei poveri pazienti. Riviveva l'ossessione di essere privata del dolce e messa a pane e acqua per tre giorni quando la maestra le dava un brutto voto; ritrovava il terrore provato scoprendo sotto una pentola che sua madre le aveva detto di lustrare un grosso ragno nero; o l'intenso stupore quando, una mattina del 1915, aveva visto per la prima volta in vita sua un aereo, un biplano che era sbucato dalla nebbia e si era posato su un campo; ne era sceso un giovanotto bello come un dio, con una giubba di cuoio, grandi occhi pallidi e lunghe mani sottili in grossi guanti foderati di agnello. Era un aviatore gallese che voleva andare al castello di Corbénic e la nebbia aveva sviato. Nell'aereo c'erano parecchie carte che esaminò invano. Lei non poté aiutarlo come del resto neanche gli abitanti del villaggio dai quali lo portò.

Oppure, fin da quando poteva ricordare, risaliva l'incanto provato tutte le volte che, piccolissima, guardava suo nonno farsi la barba: sedeva generalmente al mattino, verso le sette, dopo una prima colazione frugale, e preparava con gran serietà, in una scodella d'acqua molto calda e usando un pennello molto morbido, una schiuma di sapone così densa così bianca così compatta che, dopo più di settantacinque anni, gliene veniva ancora l'acquolina in bocca.

CAPITOLO LXXII

Cantine, 3

Cantine. La cantina di Bartlebooth.

Nella cantina di Bartlebooth c'è un rimasuglio di carbone sul quale è ancora appoggiato un secchio nero di latta smaltata con un manico di filo di ferro fornito di un'impugnatura di legno, una bicicletta appesa a un gancio da macellaio, delle gabbie per bottiglie ormai disoccupate, e i quattro bauli da viaggio, quattro bauli panciuti, coperti di tela catramata, fasciati da listelli di legno, con angoli e guarnizioni di rame, e completamente foderati all'interno di fogli di zinco per garantirne la tenuta stagna.

Bartlebooth li aveva ordinati a Londra, da Asprey, e li aveva fatti riempire di tutto quello che poteva essere necessario, utile, confortevole, o semplicemente gradevole per l'intera durata del suo periplo intorno al mondo.

Il primo che, aprendosi, svelava un ampio vano guardaroba, aveva contenuto un corredo completo adatto a tutta la gamma delle condizioni climatiche quanto alle varie occasioni della vita mondana, come le collezioni di vestiti di cartone ritagliato che i bambini appiccicavano sulle bambole-figurini di moda: il tutto andava dagli stivali di pelo alle scarpe di vernice, dalle incerate ai frac, dai passamontagna ai cravattini a farfalla e dai caschi coloniali ai cilindri.

Il secondo aveva contenuto i vari materiali da dipinto e disegno necessari per eseguire gli acquerelli, imballaggi già pronti per essere spediti a Gaspard Winckler, guide e carte varie, prodotti da toilette e manutenzione che si potevano supporre quasi introvabili allora agli antipodi, una cassetta di pronto soccorso, le famose scatole di "caffè ionizzato", e qualche strumento: macchina fotografica, binocolo, macchina per scrivere portatile.

Il terzo offriva ancora tutto quello che ci sarebbe voluto se, essendo naufragati in seguito a una tempesta, tifone, maremoto, ciclone o ammutinamento d'equipaggio, Bartlebooth e Smautf avessero dovuto andare alla deriva sopra un relitto, approdare in un'isola deserta e doverci sopravvivere. Il suo contenuto richiamava, in più moderno, quello del baule zavorrato con botti vuote che capitan Nemo fa arenare su una spiaggia per aiutare i coraggiosi coloni dell'isola Lincoln, e la cui esatta nomenclatura, annotata in un foglio del taccuino di Gideon Spilett, occupa, accompagnata è vero da due incisioni quasi a piena pagina, le pagine da 223 a 226 de *L'Isola misteriosa* (ed. Hetzel).

Il quarto, infine, era stato previsto per catastrofi di poca importanza e conteneva – perfettamente conservata e miracolosamente imballata in un volume così esiguo – una tenda a sei posti con tutti gli accessori e servizi, dalla classica "ghirba" alla comoda – e recentissima allora, poiché vincitrice dell'ultimo concorso Lépine – * pompa a pedale, passando per il telo da terra, il doppio tetto, i paletti inossidabili, i tenditori di ricambio, i piumini, i materassi pneumatici, le torce a vento, i fornelli a pastiglia, le bottiglie termos, i coperti incastrabili, un ferro per stiro da viaggio, una sveglia, un portacenere "anosmico" brevettato che permetteva al fumatore accanito di abbandonarsi al suo vizio senza disturbare il vicino, e una tavola tutta pieghevole che richiedeva circa due ore, lavorando in due, per essere montata – o smontata – con l'aiuto di piccolissime chiavi a manicotto con otto facce.

Il terzo e il quarto baule non servirono mai o quasi. Il gusto innato di Bartlebooth per il comfort britannico e i mezzi più o meno illimitati di cui allora disponeva gli permettevano di scegliere, quasi sempre, delle residenze convenientemente attrezzate – grandi alberghi, ambasciate, residenze di ricchi privati – dove lo xeres gli veniva offerto su vassoi d'argento e dove l'acqua per la barba toccava gli 86° fahrenheit e non gli 84°.

Quando non riusciva proprio a trovare una sistemazione di suo gradimento nei dintorni del luogo scelto per l'acquerello di turno, Bartlebooth si rassegnava al campeggio. La qual cosa gli capitò una ventina di volte in tutto, e fra le altre in Angola, dalle parti di Moçamedes, in Perù dalle parti di Lambayeque, all'estrema punta della penisola californiana (e cioè in Messico) e in varie isole del Pacifico o dell'Oceania dove avrebbe potuto benissimo dormire

---

* Da Louis Lépine, amministratore e poi questore, che ha lasciato il suo nome a questo concorso-esposizione tenuto annualmente dal 1901 per piccoli inventori. [*N.d.T.*]

all'aperto senza obbligare il povero Smautf a tirare fuori, sistemare, e soprattutto, pcchi giorni dopo, a smontare tutto il materiale, secondo un ordine immutabile in cui ogni oggetto doveva essere ripiegato e riposto seguendo le istruzioni per l'uso unite al baule, che, se no, non avrebbe mai potuto richiudersi.

Bartlebooth non ha mai parlato molto dei suoi viaggi e, da qualche anno, non ne parla proprio più. Quanto a Smautf, li rievoca volentieri, ma la memoria gli fa cilecca sempre più spesso. Per tutti gli anni delle sue peregrinazioni, ha tenuto una specie di taccuino-diario dove, accanto a calcoli prodigiosamente lunghi che ormai ha dimenticato cosa calcolassero, annotava come passava le giornate. Aveva una grafia alquanto strana in cui i tagli delle *t* sembravano sottolineare le parole della riga superiore e dove i puntini sulle *i* avevano l'aria di interrompere le frasi della riga di sopra; in compenso, intercalava nella riga di sotto code e arabeschi delle parole che le erano sovrapposte. Il risultato odierno è ben lontano dall'essere sempre chiaro, tanto più che Smautf era convinto che la semplice rilettura di una parola riassumente allora tutta la situazione sarebbe poi bastata a risuscitare il ricordo intatto, come quei sogni che ti ritornano all'improvviso quando ne rammenti un elemento: ragione per cui annotava le cose in modo oscuro e pochissimo esplicito. Per esempio, alla data 10 agosto 1939 – a Takaungu, nel Kenia – si può leggere:

Cavalli di piazza che vanno alla voce, senza vetturino.
Gli spiccioli di rame si rendono in un pezzo di carta.
Le camere aperte nella locanda.
Vuole... me?
È gelatina di zampetto di vitello (calf foot jelly).
Modo di portare i bambini.
Pranzo dal signor Macklin.

Smautf non capisce più quello che voleva così ricordare. Tutto quello che gli viene in mente – e non lo ha mai notato – è che quel mister Macklin era un botanico sui sessanta e passa il quale, dopo aver catalogato per ben vent'anni felci e farfalle nei sotterranei del British Museum, se n'era andato a inventariare in loco la flora keniota. Quando Smautf arrivò per pranzare con il botanico – Bartlebooth quella sera era a Mombasa dal governatore provinciale – lo trovò inginocchiato nel salotto, intento a riporre in scatolette rettangolari delle piantine di basilico (*Ocimum basilicum*) e svariati campioni di epifillo uno dei quali, dai fiori color avorio, non era affatto un *Epi-*

phyllum truncatum e, gli disse con voce tremante, forse un giorno si sarebbe chiamato *Epiphyllum paucifolium* Macklin (avrebbe preferito *Epiphyllum macklineum*, ma questo ormai non si faceva più). Il vecchio infatti accarezzava da vent'anni un sogno: dare il suo nome a una di quelle cactacee o, in mancanza di meglio, a uno scoiattolo locale del quale indirizzava descrizioni sempre più particolareggiate ai suoi capi i quali insistevano a rispondergli che tale varietà non differiva abbastanza dagli altri sciuridi africani (*Xerus getelus, Xerus capensis*, eccetera) per meritarsi una denominazione specifica.

La cosa più straordinaria della storia è che, dodici anni e mezzo dopo, Smautf incontrò nelle isole Salomone un altro mister Macklin, poco più giovane del primo, e suo nipote; si chiamava Corbett: era un missionario dal volto affilato, il colorito cinereo, che si cibava esclusivamente di latte e formaggio bianco; sua moglie, un donnino pimpante che si chiamava Bunny, badava alle ragazzine del villaggio; gli faceva fare ginnastica sulla spiaggia e, tutti i sabati mattina, le si vedeva agghindate con gonne a pieghe, nastri ricamati fra i capelli e braccialetti di corallo dondolarsi al ritmo di una corale di Haendel ripetuta fino alla nausea da un grammofono a molla, con grande gioia dei *tommies** bighelloni che la signora in questione fulminava inutilmente.

* Nomignolo dei soldati semplici inglesi. [*N.d.T.*]

CAPITOLO LXXIII

Marcia, 5

La prima stanza del negozio della signora Marcia, quella di cui si occupa il figlio David, è piena di piccoli mobili: tavolini di caffè con il piano di marmo, servitorelli, pouf panciuti, sedie pontate, sgabelli Early American provenienti dall'ex stazione di posta di Woods Hole, Massachussets, inginocchiatoi, seggiolini pieghevoli di tela a X dai piedi a tortiglione, eccetera. Sulle pareti tappezzate di tela bigia grezza, parecchi scaffali variamente alti e profondi, coperti di stoffa verde listata da un nastro di cuoio rosso fissato con borchie di rame a testa larga, reggono tutta una serie di ninnoli accuratamente disposti: una confettiera dal corpo di cristallo, base e coperchio d'oro, finemente cesellata, degli anelli antichi presentati su stretti cilindri di cartone bianco, una bilancia da cambiavalute d'oro, qualche moneta senza effigie, scoperta dall'ingegner Andrussov all'epoca dei lavori di sterro per la ferrovia transcaspica, un libro miniato aperto su una miniatura raffigurante una Vergine con Bambino, una scimitarra di Shiraz, uno specchio di bronzo, un'incisione che illustra il suicidio di Jean-Marie Roland de la Platière a Bourg-Baudoin (brache viola di Parma e giacca a righe, il Convenzionale, in ginocchio, scarabocchia il biglietto nel quale spiega il suo gesto. Dalla porta socchiusa s'intravede un uomo in carmagnola e berretto frigio, armato di una lunga picca, che lo guarda con odio); due tarocchi del Bembo raffiguranti uno, il diavolo e l'altro, l'ospedale; una fortezza in miniatura con quattro torri di alluminio e sette porte con ponte levatoio, a molla, tutte fornite dei loro bravi soldatini di piombo; altri soldati da collezione, più grandi, dei *poilus** della Grande Guerra: un ufficiale osserva con il binocolo, un altro, seduto sopra un barile di polvere, esamina una carta distesa sulle sue ginocchia; una staffetta consegna salutando militarmente un plico sigillato a un generale in mantella; un soldato inasta la baionetta; un altro, in divisa da fatica, conduce

* È il soprannome dato comunemente ai soldati francesi della prima guerra mondiale. [*N.d.T.*]

un cavallo per la cavezza; un terzo srotola un avvolgitore di presunto cordino Bickford; uno specchio ottagonale in una cornice di tartaruga; vari lumi fra i quali due torciere brandite da braccia umane, simili a quelle che, in certe notti, si animano nel film *La Bella e la Bestia*; dei modellini di scarpe, di legno scolpito, che nascondono portapillole o tabacchiere da fiuto; una testa di giovane donna di cera dipinta, la cui acconciatura fatta di capelli veri piantati a uno a uno e veramente pettinabili serve come pubblicità ai parrucchieri; "il piccolo Gutenberg", tipografia per bambini anni venti, contenente non solo una cassa piena di caratteri di gomma, un compositoio, una pinzetta e dei tamponi ma anche delle immagini in rilievo su pezzi di linoleum quadrato, che servono per abbellire i testi con fregi vari: ghirlande di fiori, grappoli e pampini, gondola, grande piramide, piccolo abete, gamberetti, liocorno, gaucho, eccetera.

Sulla scrivania dove David Marcia se ne sta seduto tutto il giorno c'è un classico della bibliografia numismatica, la *Raccolta di monete della Cina, del Giappone, eccetera*, del barone de Chaudoir, e un cartoncino d'invito alla prima mondiale di *Suite sérielle 94* di Octave Coppel.

Storia del sellaio della sorella e del cognato

Il primo che occupò la bottega era un incisore su vetro che lavorava soprattutto a sistemare negozi e del quale, nei primi anni cinquanta, si potevano ancora ammirare i delicati arabeschi sui tramezzi di vetro smerigliato del Caffè Riri, prima che il signor Riri, cedendo alla moda, li facesse sostituire da pannelli di fòrmica e iuta incollata. I suoi effimeri successori furono un vivaista, un vecchio orologiaio che una mattina ritrovarono morto in mezzo a tutti i suoi orologi fermi, un fabbro ferraio, un litografo, un fabbricante di sdraio, un venditore di articoli da pesca e infine, sul finire degli anni trenta, un sellaio che si chiamava Albert Massy.

Figlio di un piscicoltore di Saint-Quentin, Massy non aveva fatto sempre il sellaio. A sedici anni, quand'era apprendista a Levallois, si era iscritto a un club sportivo rivelandosi di colpo ciclista eccezionale: buon scalatore, veloce allo sprint, magnifico al passo, fantastico nei recuperi, con l'istinto infallibile di come e quando sferrare l'attacco, Massy aveva la stoffa di uno di quei giganti della strada le cui imprese illustrano l'età d'oro del ciclismo; a vent'anni, appena passato professionista, lo dimostrò in pieno: nella penultima tappa, Ancona-Bologna, del Giro d'Italia 1924, la sua prima grande prova, si scatenò fra Forlì e Faenza in una fuga partendo con una tale foga che solo Alfredo Binda e Enrici riuscirono ad agganciargli la ruota: Enrici ci guadagnò la vittoria finale e Massy stesso un onorevolissimo quinto posto.

Un mese dopo, al suo primo e ultimo Tour, Massy per poco non rinnovò ancora più brillantemente quella sua prestazione e nella dura tappa Grenoble-Briançon quasi strappò a Bottecchia, che l'aveva conquistata fin dal primo giorno, la maglia gialla. Con Leduc e Magne, anch'essi al loro primo Tour, andò in fuga al ponte de l'Aveynat e uscendo da Rochetaillée aveva già seminato il gruppo. Nei successivi cinquanta chilometri, la progressione continuò inesorabile: trenta secondi a Bourg-d'Oisans, un minuto a Dauphin, due a Villar-D'Arène, ai piedi del Lautaret. Galvanizzati dalla folla entusiasta di vedere finalmente dei francesi minacciare l'invincibile Bottecchia, i tre giovani corridori superarono il colle con tre minuti e più di distacco: non gli restava che lasciarsi trionfalmente scivolare per la discesa fino a Briançon; qualunque fosse il risultato della classifica di tappa, a Massy bastava conservare quei tre minuti su Bottecchia per balzare in testa alla classifica generale; ma a venti chilometri dall'arrivo, proprio prima di Monêtier-les-Bains, slittò in una curva e cadde, una caduta senza conseguenze per lui ma catastrofica per la bicicletta: la forcella si spaccò nettamente. Allora, il regolamento proibiva il cambio di macchina in corsa, e il giovane campione fu costretto al ritiro.

La fine della stagione fu disastrosa. Il direttore della squadra, che aveva una fiducia quasi sconfinata nelle possibilità del suo pupillo, riuscì a convincerlo, mentre continuava a parlare di smetterla per sempre con le gare, che la sua jella al Tour gli aveva provocato un'autentica fobia della strada e lo persuase a passare alla pista.

Sulle prime, Massy pensava alle Sei Giorni e quindi si mise in contatto con il vecchio pistard austriaco Peter Mond il cui compagno abituale si era appena ritirato. Ma Mond aveva da poco firmato con Arnold Augenlicht e Massy allora decise, su consiglio di Toto Grassin, di darsi al mezzofondo: di tutte le discipline ciclistiche era questa la più popolare, e campioni come Brunier, Georges Wambst, Sérès, Paillard o l'americano Walthour, erano letteralmente adulati dalle folle domenicali che riempivano il Vél-d'Hiv, Buffalo, la Croix de Berny o il parc des Princes.

La giovinezza e l'entusiasmo di Massy fecero meraviglie e il quindici ottobre 1925, meno di un anno dopo il suo debutto nella specialità, il nuovo stayer batté a Montlhéry il record mondiale dell'ora percorrendo 118,75 chilometri dietro la grossa moto del suo allenatore Barrère, attrezzata per l'occasione con un tagliavento elementare. Quindici giorni prima, il belga Léon Vanderstuyft, tirato sulla stessa pista da Deliège, con un tagliavento un po' più notevole, ne aveva fatti solo 115,098.

Quel record che, in altre circostanze, avrebbe potuto dare il via a una carriera prodigiosa di pistard non fu disgraziatamente che un'apoteosi triste e senza futuro. Massy prestava allora servizio di leva, solo da sei settimane, nel primo reggimento carreggi a Vincennes, e se aveva potuto ottenere un permesso speciale per fare il suo tentativo, non riuscì a farlo spostare in extremis quando uno dei tre giudici richiesti dalla Federazione Internazionale Ciclismo disdisse l'impegno due giorni prima della data stabilita.

La sua prestazione non fu quindi omologata. Massy si batté quanto possibile, cosa non facile stando in caserma, malgrado l'appoggio spontaneo che gli diedero non solo i compagni di camerata per i quali era ovviamente un idolo, ma anche tutti i suoi superiori fino al colonnello comandante la guarnigione, che provocò perfino un intervento alla Camera dei deputati del ministro della Guerra, il quale altri non era che Paul Painlevé.

La Commissione internazionale di Omologazione rimase inflessibile; tutto quello che Massy riuscì a ottenere fu l'autorizzazione a ripetere il tentativo in condizioni regolamentari. Ricominciò ad allenarsi con furia e fiducia e in dicembre, nel secondo tentativo, impeccabilmente tirato da Barrère, batté il proprio record percorrendo in un'ora 119,851 chilometri. Ma questo non gl'impedì di scendere dalla macchina scuotendo tristemente la testa: una quindicina di giorni prima, Jean Brunier, dietro la moto di Lautier, aveva fatto 120,958 chilometri, e Massy sapeva di non averlo battuto.

Quest'ingiustizia della sorte che lo privava per sempre della gioia di vedere il suo nome sull'albo della specialità quando invece era stato, comunque, recordman dell'ora dal 15 ottobre al 14 novembre 1925, demoralizzò Massy al punto da farlo rinunciare completamente al ciclismo. Ma allora commise un grave errore: appena finito il servizio militare, invece di cercarsi un lavoro lontano dalla folla scatenata dei velodromi, diventò il *pacemaker*, e cioè l'allenatore, di un giovanissimo stayer, Lino Margay, un piccardo instancabile e mulo che aveva scelto il mezzofondo per pura ammirazione verso le prodezze di Massy, ed era venuto a piazzarsi spontaneamente sotto quell'egida famosa.

Il mestiere di pacemaker è un mestiere ingrato. Molto inarcato sulla grossa moto, le gambe ben verticali e gli avambracci appiccicati al corpo per fornire il maggior riparo possibile, tira lo stayer e ne dirige la corsa in modo da imporgli un minimo sforzo, attento a piazzarsi nelle condizioni migliori per poter attaccare questo o quell'avversario. In questa posizione terribilmente stancante in cui quasi tutto il peso del corpo grava sulla punta del piede sinistro, e che deve mantenere per un'ora o un'ora e mezzo senza muovere braccio o gamba, il pacemaker vede a malapena il suo stayer e, per via del ruggito degli altri motori, non è praticamente in grado di riceverne i messaggi: tutt'al più, gli può comunicare con piccoli cenni del capo, il cui significato viene concordato in anticipo, che sta per accelerare, rallentare, salire all'esterno, tuffarsi alla corda, o superare quell'avversario. Il resto, lo stato di freschezza del corridore, la sua combattività, il suo morale, lo deve intuire. Di conseguenza corridore e allenatore devono essere un tutto, ragionare e agire insieme, procedere contemporaneamente alla stessa analisi della corsa e trarne nello stesso momento le stesse conseguenze: chi è sorpreso è perduto; l'allenatore che permette a una moto nemica di piazzarsi in modo da tagliargli l'aria non potrà evitare che il suo stayer si stacchi; lo stayer che non segue il suo allenatore quando quello accelera in curva per attaccare un suo concorrente, si asfissierà tentando di riportarsi sul rullo; in entrambi i casi, il corridore perderà in pochi secondi ogni probabilità di vittoria.

Fin dall'inizio della loro associazione, tutti capirono che Massy e Margay sarebbero stati un tandem modello, una di quelle squadre di cui si cita ancora la perfetta armonia, proprio come le altre celebri coppie che furono fra gli anni venti e gli anni trenta, nell'epoca d'oro del mezzofondo, Lénart e Pasquier primo, De Wied e Bisserot, o gli svizzeri Stampfli e d'Entrebois.

Per anni Massy portò Margay alla vittoria in tutti i grandi velodromi d'Europa. E per molto tempo, quando udiva il pubblico del prato e delle gradinate applaudire freneticamente Lino e alzarsi scandendo il suo nome appena compariva sulla pista con la sua maglia bianca a strisce viola, quando lo vedeva, vincitore, salire sul podio per ricevere medaglie e mazzi di fiori, non sentiva che gioia e orgoglio.

Ma presto quelle acclamazioni che non si rivolgevano a lui, quegli onori che avrebbe dovuto conoscere e dei quali un destino iniquo lo aveva privato, provocarono in lui un risentimento sempre più tenace. Incominciò a odiare quelle folle urlanti che lo ignoravano per adorare stupidamente l'eroe del giorno che doveva le sue vittorie soltanto a lui, alla sua esperienza, alla sua volontà, alla sua tecnica, alla sua abnegazione. E come se per radicarsi nell'odio e nel disprezzo avesse avuto bisogno di veder trionfare il pupillo sempre di più, arrivò a chiedergli sforzi sempre maggiori, rischi sempre più grandi, attaccando fin dall'inizio e correndo dal principio alla fine a una media infernale. Margay ubbidiva, drogato dall'inflessibile energia di Massy per il quale nessuna vittoria, nessuna impresa, nessun record pareva bastassero mai. Fino al giorno in cui, dopo aver spinto il giovane campione a tentare a sua volta quel record dell'ora di cui lui stesso era stato il detentore misconosciuto, Massy gli impose, sulla terribile pista del Vigorelli di Milano, una tale andatura e tempi di passaggio talmente serrati, che l'inevitabile finì col prodursi: tirato a più di cento all'ora, Margay si staccò dal rullo in una curva e, preso da un risucchio, perse l'equilibrio, e cadde trascinato per più di cinquanta metri.

Non morì, ma quando uscì dall'ospedale, sei mesi dopo, era orrendamente sfigurato. Il legno della pista gli aveva strappato tutta la parte destra del viso: aveva un orecchio solo e un occhio solo, più naso, più denti, niente mascella inferiore. La parte bassa del viso era ridotta a un'orribile poltiglia rosea mossa da tremiti incontrollabili o pietrificata in rictus indicibili.

In seguito all'incidente, Massy aveva finalmente dato un addio definitivo al ciclismo e ricominciato a fare il sellaio, mestiere appreso e praticato quand'era ancora dilettante. Aveva rilevato la bottega di rue Simon-Crubellier – il suo predecessore, quello delle canne da pesca, che si era arricchito con il Fronte Popolare, traslocava in rue Jouffroy in un locale quattro volte più grande – e divideva con la sorella Josette l'appartamento del pianterreno. Ogni giorno alle sei andava a trovare Lino Margay all'ospedale Lariboisière e quando fu dimesso lo prese con sé. Il suo senso di colpa era inestinguibile e quando, pochi mesi dopo, l'ex campione gli chiese la mano di Josette, tanto fece e tanto disse da riuscire a convincere la sorella che alla fine sposò quel mostro larvale.

La giovane coppia si sistemò a Enghien in un villino in riva al lago. Margay affittava ai villeggianti e a quelli che passavano le acque sdraio, barche e pattini a pedale. La parte inferiore del volto sempre imbacuccata in una grande sciarpa di lana bianca che arrivava più o meno a nascondere la sua mostruosità. Josette badava alla casa, faceva le spese, cucinava o cuciva a macchina in un guardaroba in cui aveva chiesto a Margay di non mettere piede.

Questo stato di cose non durò diciotto mesi. Una sera dell'aprile millenovecentotrentanove, Josette tornò dal fratello scongiurandolo di liberarla da quell'uomo con la faccia di verme che era diventato il suo incubo d'ogni minuto.

Margay non cercò di ritrovare, rivedere o riprendersi Josette.

Pochi giorni dopo, al sellaio arrivò una lettera: Margay capiva benissimo cos'aveva sopportato Josette da quando si era sacrificata per lui e ne implorava il perdono; incapace di chiederle di tornare quanto di riuscire a vivere senza di lei, preferiva andarsene, espatriare, sperando di trovare in qualche lontana contrada la morte liberatrice.

Venne la guerra. Requisito dallo STO* Massy andò in Germania a lavorare in un'industria di scarpe e, nella bottega, Josette sistemò una sartoria. In quei periodi di carestia in cui gli almanacchi raccomandavano di rinforzarsi le scarpe con suole ritagliate in più strati di carta di giornale o vecchi pezzi di feltro riesumato, e disfare i vecchi pullover per farseli nuovi, era di regola scucire e ricucire vecchi vestiti e Josette ebbe molto lavoro. La si vedeva, seduta accanto alla finestra, ricuperare spalline e fodere, rivoltare un cappotto, tagliare una casacchina in un vecchio scampolo di broccato o, in ginocchio davanti alla signora de Beaumont, segnarle col gesso l'orlo della gonna pantaloni ricavata da un paio di calzoni di tweed del defunto marito.

Marguerite e la signorina Crespi andavano talvolta a farle compagnia. Le tre donne se ne stavano mute intorno alla piccola stufa a legna alimentata solo da pallottole di segatura e di carta, tirando per ore le lunghe gugliate di filo sotto la pallida luce della lampada azzurra.

Massy tornò alla fine del '44. Fratello e sorella ripresero a vivere insieme. Non pronunciarono mai il nome dell'ex stayer. Ma una sera il sellaio sorprese la sorella in lacrime. Gli confessò che da quando aveva lasciato Margay non aveva mai smesso di pensarlo per un minuto: non era pietà né rimorso, ma amore, un amore mille volte più forte della ripulsione che le ispirava il volto dell'essere amato.

L'indomani mattina suonarono alla porta e un uomo meravigliosamente bello apparve sulla soglia: era Margay, risuscitato dai mostri.

Lino Margay non solo era diventato bello, ma era diventato ricco. Deciso a espatriare, aveva affidato al caso la scelta della sua ultima destinazione; aveva aperto un atlante e senza guardarlo aveva piantato uno spillo sulla carta del mondo; il caso, dopo essere caduto varie volte nel mare, finì con l'indicare il Sudamerica, e Margay si era imbarcato come fuochista sul cargo greco *Stephanotis* in partenza per Buenos Aires e, durante la traversata, era diventato amico di un

---

* Service Travail Obligatoire. [*N.d.T.*]

vecchio marinaio di origine italiana, Mario Ferri, detto Ferri le Rital. *

Prima della Grande Guerra, Ferri le Rital dirigeva a Parigi in rue des Acacias numero 94, un piccolo locale notturno che si chiamava le Chéops, il quale nascondeva una bisca clandestina nota ai clienti abituali con il nome di l'Octogone per via della forma delle puglie che vi venivano usate. Ma le vere attività di Ferri erano ben altre: era uno dei dirigenti di quel gruppo di agitatori politici che chiamavano Pananarchici, e la polizia, se sapeva per certo che il Chéops nascondeva una casa da gioco conosciuta sotto il nome di l'Octagone, ignorava che l'Octogone stesso era semplicemente la copertura di uno dei quartier generali pananarchici. Quando, dopo la notte del 21 gennaio 1911, il movimento venne decapitato e duecento dei suoi militanti più attivi imprigionati, fra i quali i tre capi storici Purkinje, Martinotti e Barbenoire, Ferri le Rital fu uno dei pochissimi responsabili a sfuggire alla retata della polizia ma, denunciato, individuato, perseguitato, poté solo, dopo essersi rintanato per qualche mese nella Beauce, cominciare una vita errabonda che lo portò senza tregua da un capo all'altro della terra, facendogli fare, per sopravvivere, i più vari mestieri, da tosacani ad agente elettorale, da guida alpina a mugnaio in grande stile.

Margay non aveva progetti precisi. Ferri, pur avendo passato da un pezzo la cinquantina, ne aveva per due e puntava tutte le sue speranze su un gangster notorio che conosceva a Buenos Aires, Rosendo Juarez detto "le Cogneur". Rosendo le Cogneur era fra gli illustrissimi di Villa Santa Rita. Trinciapolli come pochi, e per di più uomo di don Nicolas Paredes a sua volta uomo di Morel, che era senz'altro un uomo importante. Appena sbarcati, Ferri e Margay andarono a trovare le Cogneur e si misero ai suoi ordini. E mal gliene incolse perché, al primo lavoretto – una semplice consegna di droga – si fecero prendere, molto probabilmente su istigazione dello stesso le Cogneur del resto. Ferri le Rital si beccò dieci anni di prigione e ci morì qualche mese dopo. Lino Margay, che non portava armi, ne ebbe solo tre.

In gattabuia, Lino Margay – Lino le Baveur o Lino Tête-de-Noeud come lo chiamavano allora – si rese conto che la sua immonda bruttezza ispirava a chiunque – guardia o ladro che fosse – pietà e fiducia. Vedendolo la gente voleva conoscere la sua storia, e quando gliel'aveva raccontata, gli raccontava la propria. In quell'occasione Lino Margay scoprì di avere una memoria straordinaria: quando uscì

* Popolare per "italiano", come *ricain* per "americano" ecc. [N.d.T.]

di prigione, nel giugno del millenovecentoquarantadue, il pedigree di tre quarti della teppa sudamericana non aveva più segreti per lui. Non solo conosceva minutamente le loro fedine penali, ma ne sapeva a menadito gusti, difetti, armi preferite, specialità, tariffe, nascondigli, modo di trovarli, eccetera. In una parola, era attrezzato a meraviglia per poter diventare l'impresario dei bassifondi dell'intera America latina.

Si sistemò a Città del Messico in un'ex libreria, all'angolo fra via Corrientes e via Talcahuano. Ufficialmente faceva il prestatore su pegno, ma convinto dell'efficacia della doppia copertura tipo quella già praticata da Ferri le Rital, non cercò di nascondere troppo che faceva il ricettatore. In realtà, era molto raro che i gangster sempre più papaveri di tutte le Americhe andassero a consultarlo per affidargli merci di valore: ormai conosciuto con il nomignolo rispettoso di *el Fichero* (lo Schedario), Lino Margay era diventato il Who's who dei banditi del Nuovo Mondo: sapeva tutto di tutti, sapeva chi faceva questo, cosa, quando, dove è perché, sapeva che il tal contrabbandiere cubano cercava una guardia del corpo, che la tal gang di Lima aveva bisogno di un buon pistolero o un "soffione", che Barrett aveva assunto un sicario, certo Razza, per stendere il suo concorrente Ramon, o che la cassaforte dell'albergo Sierra Bella di Port-au-Prince racchiudeva una collana di diamanti stimata sui cinquecentomila dollari per la quale un texano era pronto a versarne trecentomila in contanti.

La sua discrezione era esemplare, la sua efficienza garantita e la commissione, ragionevole: fra il due e il cinque per cento del prodotto finale dell'operazione.

Lino Margay fece rapidamente fortuna. Alla fine del 1944, aveva accumulato abbastanza denaro per andare negli Stati Uniti a tentare di farsi operare: era venuto a sapere che un chirurgo di Pasadena, California, aveva appena messo a punto una tecnica d'innesto proteolitico che permetteva ai tessuti cicatriziali di rigenerarsi senza lasciare tracce. Sfortunatamente, il procedimento aveva una casistica positiva solo su piccoli animali o, per l'uomo, su frammenti di pelle non innervata. Non era mai stato applicato in una zona così devastata – e da molto tempo oltretutto – come la faccia di Margay e sperare in un risultato soddisfacente pareva vano, al punto che il chirurgo si rifiutò di tentare l'impresa. Ma Margay non aveva niente da perdere: fu sotto la minaccia di quattro gorilla armati di mitra che il medico dovette operare l'ex campione.

Miracolosamente, l'operazione riuscì. Lino Margay poté finalmente rientrare in Francia e ritrovare colei che non aveva mai smesso di amare. Pochi giorni dopo, se la portò nella lussuosa proprietà che si era fatto costruire sulle rive del lago di Ginevra, vicino a Coppet dove, è presumibile e anzi certo, continuò, indubbiamente su scala ancora più vasta, le sue lucrose attività.

Massy rimase a Parigi per qualche altra settimana, poi vendette la selleria e ritornò a Saint-Quentin a vivere in pace il resto dei suoi giorni.

CAPITOLO LXXIV

Macchinario dell'ascensore, 2

A volte immaginava che lo stabile fosse un iceberg con la parte visibile costituita dai piani e i sottotetti. Al di là del primo livello delle cantine sarebbero allora iniziate le masse sommerse: scale dai gradini sonori che scendessero girando su se stesse, lunghi corridoi piastrellati con globi luminosi protetti da reti metalliche e porte di ferro segnate da teschi e stampigliature, montacarichi con pareti ribadite, bocche d'aria fornite di ventole enormi e immobili, canne antincendio di tela metallizzata, grosse come tronchi d'albero, innestate su prese gialle d'un metro di diametro, pozzi cilindrici scavati nella viva roccia, gallerie di cemento qua e là forate da finestrelle di vetro smerigliato, stanzini, depositi, casematte, sale con casseforti munite di porte blindate.

Più giù ci sarebbe stato come un ansare di macchine, e poi ricettacoli illuminati a tratti da chiarori rossastri. Passaggi stretti aperti su sale immense, atrii sotterranei alti come cattedrali, con le volte sovraccariche di catene, pulegge, cavi, tubi, canalizzazioni, travi, e delle piattaforme mobili fissate su martinetti d'acciaio lucidi di grasso, e carcasse di tubi e profilati delineanti impalcature mostruose in cima alle quali degli uomini in tuta di amianto, la faccia coperta da grandi maschere trapezoidali, avrebbero fatto sprizzare vividi lampi di archi voltaici.

Ancora più giù ci sarebbero stati silos e hangar, celle frigorifere, celle di maturazione, centri per la cernita e la distribuzione della posta, e stazioni di smistamento con cabine di manovra e locomotive a vapore trainanti carri piatti e trasbordatori, vagoni piombati, container, vagoni cisterna, e banchine coperte di merci ammucchiate, pile di legname tropicale, pacchi di tè, sacchi di riso, piramidi di mattoni e pietre di legatura, rotoli di filo di spinato, trafilati, angolari, lingotti, sacchi di cemento, barili e barattoli, cordami, taniche, bombole di gas butano.

E ancora più distante montagne di sabbia, ghiaia, coke, scorie, pietrisco da massicciata, e poi betoniere, mucchi di residui di fonderia, pozzi di miniera illuminati da riflettori a luce arancione, serbatoi, officine del gas, centrali termiche, torri di perforazione, pompe, tralicci dell'alta tensione, trasformatori, vasche, caldaie irte di tubature, leve e contatori;

e dock brulicanti di ponteggi, carroponti e gru, verricelli dai cavi tesi come corde di violino che trasportano legno per impiallacciatura, motori d'aereo, pianoforti da concerto, sacchi di concime, balle di foraggio, biliardi, mietitrebbia, cuscinetti a sfera, casse di sapone, botti di bitume, mobili da ufficio, macchine da scrivere, biciclette;

e ancora più giù dei sistemi di chiuse e bacini, canali percorsi da convogli di chiatte cariche di grano e cotone, e linee stradali solcate da camion di merci, corral pieni di neri cavalli scalpitanti, recinti di pecore belanti e grasse vacche, montagne di corbe gonfie di frutta e verdura, colonne di forme di groviera e formaggi duri, infilate di mezze bestie dagli occhi vitrei appese a ganci da macellaio, colline di vasi, stoviglie e fiaschi impagliati, carichi di angurie, latte d'olio di oliva, botti di salamoia, e panetterie giganti con i garzoni a torso nudo, in calzoni bianchi, che tirano fuori dai forni piastre brucianti colme di migliaia di pani all'uva, e cucine smisurate con padelle grandi come macchine a vapore che producono centinaia di porzioni di stufato untuoso versato in grandi piatti rettangolari;

e ancora più giù gallerie di miniera con vecchi cavalli ciechi che tirano vagoncini di minerale e le processioni lente dei minatori in elmetto; e budelli sgocciolanti puntellati da assi inzuppate che porterebbero ai piedi di gradini lucenti dove sciacquettano acque nerastre; barche a fondo piatto, burchielli zavorrati con botti vuote, navigherebbero su quel lago senza luce, sovraccarichi di esseri fosforescenti che trasbordano instancabili dall'una all'altra riva ceste di biancheria sporca, stock di vasellame, zaini, pacchi di cartone chiusi da pezzi di corda; cassette piene di piante striminzite, bassorilievi di alabastro, calchi di Beethoven, poltrone Luigi XIII, grandi vasi di porcellana cinesi, scatole di arazzi raffiguranti Enrico III e i suoi favoriti che giocano a bilboquet, lampadari ancora forniti delle loro carte moschicide, mobili da giardino, canestrelli d'arance, gabbie per uccelli vuote, scendiletti, termos;

più giù ricominciavano i grovigli di condotte, tubi e guaine, e dedali delle fogne, dei collettori e delle viuzze, gli stretti canali con parapetti di pietra nera, le scale senza ringhiera a strapiombo nel vuoto, tutta una geografia labirintica di bottegucce e piccoli cortili di sgombero, di portici e marciapiedi, di passaggi e vicoli ciechi, tutta un'organizzazione urbana verticale e sotterranea con i suoi quartieri, i suoi distretti e le sue zone: la città dei conciatori con i loro laboratori dal fetore ammorbante, macchine malandate dalle cinghie logore, ammassi di cuoi e pellame, mastelli colmi di liquidi brunastri; i depositi dei demolitori con i loro caminetti di marmo e stucco, i bidè, le vasche da bagno, i radiatori arrugginiti, le statue di ninfe fuggitive, i lumi, le panchine pubbliche; la città dei ferravecchi, cenciaioli e pulciaioli, con i loro mucchi di stracci, le carcasse di carrozzine per bambini, i pacchi d'impermeabili, camicie spiegazzate, cinturoni e ranger, le poltrone da dentista, gli stock di giornali vecchi, montature per occhiali, portachiavi, bretelle, sottopiatti musicali, lampadine, laringoscopi, storte, boccette con apertura laterale e vetrume di tutti i generi; il mercato del vino con le sue montagne di damigiane e bottiglie rotte, i grossi barili sfondati, le cisterne, le vasche, le gabbie; la città degli spazzini con le sue pattumiere rovesciate da cui traboccano croste di formaggio, carte unte, lische di pesce, risciacquature di piatti, avanzi di spaghetti, vecchie bende usate, con le sue masse d'immondizia trascinate di continuo da bulldozer viscosi, gli scheletri di lavatrici, le pompe idrauliche, i tubi catodici, i vecchi apparecchi radio, i divani mezzo disfatti; e la cittadella amministrativa, con i suoi quartier generali brulicanti di militari dalle camicie ben stirate che spostano bandierine sulla carta del mondo; con i suoi obitori di porcellana popolati di gangster nostalgici e bianche annegate dagli occhi sbarrati; con le sue sale archivio zeppe di funzionari in camice grigio che consultano sempre e comunque certificati di stato civile; con le sue centrali telefoniche che allineano chilometri di centraliniste poliglotte, e le sale macchine con telescriventi crepitanti, calcolatori vomitanti all'istante fasci di statistiche, fogli paga, schede di magazzino, bilanci, estratti conto, ricevute, inventari a zero; con i suoi mangiacarta e gli inceneritori che inghiottono all'infinito masse di formulari scaduti, ritagli stampa ammucchiati in cartelle marroni, registri rilegati in tela nera coperti di una sottile grafia violacea;

e, giù in fondo, un universo di caverne dalle pareti coperte di fuliggine, un mondo di cloache e pantani, un mondo di larve e di bestie, con esseri senz'occhi che si tirano dietro carcasse animali, e mostri demoniaci dal corpo di uccello, pesce o maiale, e cadaveri disseccati, scheletri vestiti di una pelle giallastra, impietriti in una posa da vivi, e fucine popolate da Ciclopi inebetiti, con grembiuli di cuoio nero, l'unico occhio protetto da un vetro blu incastonato in un pezzo di metallo, che martellano con le mazze di bronzo degli scudi splendenti.

CAPITOLO LXXV

Marcia, 6

David Marcia è in camera sua. È un uomo sulla trentina, dal volto un po' grasso. È disteso vestito sul letto, ha tolto solo le scarpe. Indossa un maglione di cachemire a disegni scozzesi, calzini neri, calzoni di gabardine color petrolio. Porta al polso destro un bracciale d'argento a catena piatta. Sfoglia un numero di *Pariscop* che mostra in copertina, per il rilancio nei cinematografi del film *The Birds*, una foto di Alfred Hitchcock che sbircia con occhio socchiuso un corvo, appollaiato sulla sua spalla, che sembra scoppiare dal ridere.

La camera è piccola e ammobiliata in modo sommario: il letto, un comodino, una poltrona di cuoio larga e profonda. Sul comodino sono appoggiate un'edizione tascabile di *The Daring Young Man on the Flying Trapeze*, di William Saroyan, una bottiglia di succo di frutta, e una lampada il cui zoccolo è un cilindro di vetro spesso riempito di sassolini colorati dai quali spunta qualche ciuffo di aloe. Contro la parete di fondo, sopra un camino di maiolica sormontato da una specchiera si trova una statuetta di bronzo raffigurante una ragazzina che falcia dell'erba. La parete di destra è coperta di fogli di sughero destinati a isolare la stanza dalla camera accanto, occupata da Léon Marcia che le insonnie continue costringono a interminabili passeggiate notturne. La parete di sinistra è tappezzata di carta da rilegature e decorata da due incisioni in cornice: una, è una grande carta della città e della cittadella di Namur e dintorni con indicazioni dei lavori di fortificazione eseguiti all'epoca dell'assedio del 1746; l'altra è un'illustrazione di *Vent'anni dopo*, raffigurante l'evasione del duca de Beaufort: il duca ha appena sfilato dal finto timballo due pugnali, una scala di corda e un piccolo strumento di tortura che Grimaud ficca nella bocca di La Ramée.

David Marcia è tornato a vivere con i genitori da poco tempo. Li aveva lasciati quand'era diventato professionista ed era andato a vivere a Vincennes in una villa d'affitto fornita di un grande garage dove passava le giornate a trafficare con le sue moto. Era allora un ragazzo posato, coscienzioso, tutto dedito alle gare. Ma l'incidente ne fece un velleitario, testa fra le nuvole, che si nutriva di progetti chimerici nei quali buttò tutto il denaro liquidatogli dall'assicurazione, ossia quasi cento milioni.

Cominciò col tentativo di darsi all'automobilismo e partecipò a molti rally; ma un giorno vicino a Saint-Cyr travolse due bambini che uscivano di corsa da una casetta di guardabarriere, e la patente gli venne definitivamente tolta.

Diventò poi produttore discografico: all'epoca del suo soggiorno in ospedale, aveva conosciuto un musicista autodidatta, Marcel Gougenheim detto Gougou, la cui ambizione era creare una grande orchestra jazz come quelle che giravano in Francia ai tempi di Ray Ventura, Alix Combelle e Jacques Hélian. David Marcia si rendeva perfettamente conto ch'era pura follia pensare di guadagnarsi da vivere con una grande orchestra: neanche le piccole formazioni riuscivano a farcela e sempre più spesso, al Casino de Paris come alle Folies-Bergère, tenevano solo solisti accompagnati da incisioni su nastro; ma si convinse che un disco avrebbe avuto successo e decise di finanziare l'operazione. Gougou assunse una quarantina di jazzmen e le prove iniziarono in un teatro di periferia. L'orchestra aveva un suono eccellente che gli arrangiamenti molto woody-hermaneschi di Gougou esaltavano in modo fantastico. Ma Gougou aveva un bruttissimo difetto: era un perfezionista cronico e dopo ogni esecuzione trovava sempre un particolare che non andava, un piccolo ritardo qua, una minima sbavatura là. Le prove, che avrebbero dovuto durare tre settimane, si trascinarono invece per nove prima che David Marcia decidesse di tagliare i fondi.

S'interessò allora a un villaggio di vacanze situato in Tunisia nelle isole Kerkenna. Di tutte le sue iniziative era l'unica che avrebbe potuto funzionare: meno battute di Gerba, le isole Kerkenna offrivano ai turisti lo stesso genere di vantaggi, e il villaggio in questione era ben attrezzato: vi si poteva fare equitazione quanto vela, sci nautico, caccia subacquea, pesca grossa, passeggiate sul cammello, corsi di ceramica, tessitura e sparteria, espressione corporale e training autogeno. Associato con un'agenzia di viaggi che gli forniva clienti per quasi otto mesi su dodici, David Marcia diventò il direttore del villaggio e nei primi mesi andò tutto liscio, fino al giorno in cui ingaggiò, per un corso teatrale, un attore che si chiamava Boris Kosciuszko.

Boris Kosciuszko era un uomo sulla cinquantina, alto e magro, con faccia angolosa, zigomi sporgenti, occhi di fuoco. Secondo la sua teoria, Racine, Corneille, Molière e Shakespeare erano degli autori mediocri abusivamente innalzati al rango di geni da registi pecoreschi e privi di fantasia. Il vero teatro, decretava, aveva come titoli *Venceslao* di Rotrou, *Manlius Capitolinus* di Lafosse, *Rosselana e Mustafà* di Maisonneuve, *Il Seduttore innamorato* di Longchamps; i veri drammaturghi si chiamavano Colin d'Harleville, Dufresny, Picard, Lautier, Favart, Destouches; ne conosceva a dozzine, e andava imperturbabilmente in estasi sulle beltà nascoste dell'*Ifigenia* di Guimond de la Touche, *Agamennone* di Népomucène Lemercier, *Oreste* di Alfieri, *Didone* di Lefranc de Pompignan, sottolineando pesantemente le goffaggini che, in soggetti analoghi o simili, i sedicenti Grandi Classici avevano commesso. Il pubblico colto della Rivoluzione e dell'Impero che, Stendhal in testa, metteva sullo stesso piano l'Orosmane della *Zaira* di Voltaire e l'Otello di Shakespeare, o *Radamisto e Zenobia* di Crébillon e *Il Cid*, non si era certo sbagliato, e fino alla metà del diciannovesimo secolo, i due Corneille furono pubblicati insieme e l'opera di Thomas era apprezzata almeno quanto quella di Pierre. Ma l'istruzione laica obbligatoria e il centralismo burocratico avevano, a partire dal Secondo Impero e dalla Terza Repubblica, schiacciato quei drammaturghi generosi e selvaggi e imposto l'ordine gretto e malato pomposamente chiamato classicismo.

L'entusiasmo di Boris Kosciuszko doveva essere contagioso perché, poche settimane dopo, David Marcia annunciò via stampa la fondazione del Festival di Kerkenna, destinato, precisava, a "salvaguardare e promuovere i tesori ritrovati della scena". Erano annunciati quattro lavori: *Giasone* di Alexandre Hardy, *Ines di Castro* di Lamotte-Houdar, una commedia in un atto e in versi di Boissy, *Il Chiacchierone*, tutti e tre allestiti da Boris Kosciuszko, e *Il Signore di Polisy*, tragedia di Raimond de Guiraud nella quale si era immortalato il grande Talma, messa in scena dallo svizzero Henri Agustoni. Erano previste varie altre manifestazioni, fra le quali un simposio internazionale il cui tema – il mito delle tre unità – costituiva solo un brillantissimo manifesto.

David Marcia non lesinò certo i mezzi, prevedendo che il successo del Festival sarebbe rimbalzato sul suo villaggio. Con l'appoggio di qualche organizzazione e istituzione, fece costruire un teatro all'aperto di ottocento posti, e triplicò il numero dei bungalow per poter ospitare attori e spettatori.

Gli attori arrivarono in massa – ce ne volevano una ventina solo per il *Giasone* – e ugualmente affluirono a folla gli scenografi, i costumisti, i tecnici dell'illuminazione, i critici e gli universitari; in compenso, spettatori paganti, pochi, e molte rappresentazioni furono annullate o interrotte da quei violenti temporali di mezza estate così frequenti nella zona: alla chiusura del Festival, David Marcia poté constatare che gli incassi ammontavano a 98 dinar, mentre l'operazione gliene era costati quasi 30.000.

In tre anni David Marcia dilapidò così il suo piccolo patrimonio. Allora tornò a vivere in rue Simon-Crubellier. Avrebbe dovuto inizialmente essere una soluzione provvisoria e si cercò fiaccamente un lavoro e un appartamento, fino a quando la madre, compassionevole, gli affidò metà bottega con gli eventuali profitti. È un lavoro che non lo stanca troppo e il cui reddito gli serve per saziare la sua nuova passione, i giochi d'azzardo, e più precisamente la roulette dove, quasi tutte le sere, perde dai trecentocinquanta ai mille franchi.

CAPITOLO LXXVI

Cantine, 4

Cantine. La cantina della signora de Beaumont.

Vecchi oggetti: lampada già da scrivania con zoccolo di rame e paralume emisferico di opaline verde acqua, tutta sbreccata, un pezzo di tisaniera, degli attaccapanni. Ricordini di viaggi o vacanze: stella marina disseccata, minuscole bambole vestite da coppia serba, piccolo vaso decorato da una veduta di Etretat; scatole da scarpe traboccanti di cartoline, pacchi di lettere d'amore chiuse da elastici ormai corda, volantino farmaceutico:

ORABASE®

ORAL PROTECTIVE PASTE

- strong adhesive properties hold the protective "bandage" at the site of application for up to two hours
- helps protect oral tissues against further irritation from chewing, swallowing, and other normal mouth activity
- easy to apply, convenient to use
- contains no antibiotic — harmless when swallowed

Dab, do not rub, Orabase onto the affected area until the paste adheres well (rubbing this preparation on may result in a granular, gritty sensation). After application, a smooth, slippery film develops. Reapply as needed, particularly after eating; or as directed by your dentist or physician.

NOTE: Orabase is not intended for use in the presence of infection. If an infection is suspected, or if any mouth irritation does not heal within 7 days, consult your dentist or physician. If irritation is from dentures that do not fit properly, consult your dentist.

Available in 0.17 oz. (5 Gram) and ½ oz. (15 Gram) tubes.
Also available as ORABASE® with Benzocaine for protection and relief of pain associated with minor irritations of the mouth and gums.

libri per bambini con pagine mancanti, copertine strappate: *Le Fiabe Verdi della Nonna, La Storia di Francia attraverso i rebus,* aperto su un disegno che mostra una specie di bisturi, un'insalata e un ratto, rebus la cui soluzione: l'Anno VII li ucciderà* si riferisce, com'è spiegato,

---

* Intraducibile: *lancette* (bisturi), *laitue* (lattuga) e *rat* (ratto), la pronuncia è la stessa di l'An Sept les tuera. [*N.d.T.*]

al Direttorio, anche se quest'ultimo è stato in realtà rovesciato il 18 brumaio Anno VIII, quaderni di scuola, agende, album di fotografie, di cuoio sbalzato, di panno lenci nero, di seta verde, dove, in quasi tutte le pagine, l'impronta degli angolini triangolari, da un pezzo scollati, disegna ormai quadrilateri vuoti; fotografie con orecchie d'asino, ingiallite, screpolate; fotografie di Elizabeth sedicenne, a Lédignan, che passeggia con la nonna allora già sui novant'anni, in un calessino tirato da un pony a pelo lungo; fotografia di Elizabeth, piccola e sfocata, stretta a François Breidel, al centro di una tavolata di uomini in tuta; fotografie di Anne e Béatrice; in una, Anne ha otto anni, Béatrice sette; sono sedute in un prato, sotto un abete; Béatrice si stringe a un cagnolino nero ricciuto; Anne, vicino a lei, con faccia seria, quasi severa, porta un cappello maschile: quello dello zio Armand Breidel, dal quale quell'anno erano in vacanza; in un'altra, della stessa epoca, Anne dispone in un vaso dei fiori di campo; Béatrice è allungata in un'amaca, e legge Le Avventure di Re Babar; il cagnolino non c'è; in una terza, più tarda, sono mascherate, insieme a altre due ragazzine, nel bel boudoir rivestito di quercia della signora Altamont, che dava allora una festa per il compleanno di sua figlia. Le signore de Beaumont e Altamont si odiavano; la signora de Beaumont tacciava Cyrille Altamont di nullità e diceva che le faceva venire in mente suo marito e che era una di quelle persone che credono sia sufficiente essere ambiziosi per essere intelligenti. Ma Véronique Altamont e Béatrice, che avevano la stessa età, si volevano molto bene, e la signora Altamont era stata costretta a invitare le piccole Breidel: Anne era travestita da Eugenia de Montijo e Béatrice da pastorella; la terza ragazzina, la minore delle quattro, è Isabelle Gratiolet, vestita da squaw; la quarta, Véronique, è un adorabile giovin signore: capelli incipriati e codino legati da un nastro, cravatta di pizzo, piccolo frac verde, pantaloni color malva, spada al fianco e lunghi gambali di pelle bianca a mezza coscia; fotografie del matrimonio di Fernand de Beaumont e Véra Orlovska, il ventisei novembre 1926, nei saloni dell'Hôtel Crillon: folle eleganti, famiglia, amici – il conte Orfanik, Ivan Bunin, Florent Schmitt, Arthur Schnabel, eccetera – la torta di nozze, la giovane coppia, lui che prende nella propria la mano aperta che lei gli dà, in piedi davanti a fasci di rose sparse sul lussuoso tappeto inchiodato su sfondo azzurro; fotografie degli schiavi di Oviedo: una delle quali, presumibilmente scattata da Fernand de Beaumont stesso, poiché non si vede, mostra la squadra in riposo, una decina di studenti magri, abbronzati, con barbe divoranti, short a fisarmonica e canottiere sul grigio; per la siesta, si sono sistemati sotto una grande tettoia di tela che li protegge dal sole ma non dal caldo; quattro di loro giocano a bridge, tre dormono o sonnecchiano, un altro scrive una lettera, un altro ancora risolve, con un mozziconcino di matita, uno schema di parole incrociate, un altro ancora cuce con molto impegno un bottone su un camiciotto tutto rappezzato; un'altra fotografia mostra Fernand de Beaumont e Bartlebooth quando quest'ultimo andò a trovare l'archeologo nel gennaio del 1935. I due uomini posano in piedi, uno vicino all'altro, sorridendo e strizzando gli occhi per via del sole. Bartlebooth indossa un paio di calzoni da golf, un maglione a scacchi, un foulard. Beaumont, piccolissimo accanto a lui, ha un completo di flanella grigia, alquanto spiegazzato, con cravatta nera e panciotto a doppiopetto ornato da una catena d'orologio d'argento. Non è stato Smautf a scattare la foto dato che vi appare, in secondo piano, intento a lavare con Fawcett la grossa Chenard e Walker bicolore.

Malgrado la differenza d'età – Bartlebooth aveva allora trentacinque anni mentre l'archeologo andava per i sessanta – i due uomini erano molto amici. Si erano conosciuti in un ricevimento all'Ambasciata d'Inghilterra, e conversando si erano accorti, prima che abitavano nella stessa casa – a dire il vero Beaumont non ci andava quasi mai e Bartlebooth ci stava solo da poche settimane – e poi, ma soprattutto, che avevano un comune amore per la musica antica tedesca: Heinrich Finck, Breitengasser, Agricola. E forse, ancor più che quell'attrazione reciproca, c'era nella certezza perentoria con cui l'archeologo affermava un'ipotesi che tutti i suoi colleghi erano d'accordo nel giudicare la più improbabile di tutte, qualcosa tale da affascinare Bartlebooth e incoraggiarlo sulla propria via. In ogni caso, fu la presenza di Fernand de Beaumont a Oviedo che decise Bartlebooth a scegliere il vicino porto di Gijon per dipingervi la prima marina.

Quando Fernand de Beaumont si suicidò, il dodici novembre del 1935, Bartlebooth era nel Mediterraneo e aveva appena finito di dipingere la ventunesima marina nel porticciolo corso di Propriano. Sentì la notizia per radio, e riuscì a tornare sul continente in tempo per assistere ai funerali del suo sventurato amico, a Lédignan.

CAPITOLO LXXVII

Louvet, 2

La camera dei Louvet: un tappeto di fibra preso nelle Filippine, una coiffeuse 1930 tutta coperta di minuscoli specchi, un grande letto rivestito di stoffa stampata, d'ispirazione romantica, raffigurante una scena classica e pastorale: la ninfa Io che allatta il figlio Epafo teneramente protetta dal dio Mercurio.

Sul comodino è appoggiata una lampada detta "ananas" (il corpo del frutto è un uovo di marmo – o meglio di finto marmo – azzurro, le foglie e il rimanente zoccolo sono di metallo argentato); accanto, un telefono grigio con segreteria telefonica, e una foto di Louvet in una cornice di bambù: a piedi nudi, calzoni di tela grigia, giubbotto di nylon rosso lacca molto aperto sul petto villoso, imbracato sulla poppa di un grosso fuoribordo, molto "il vecchio e il mare", s'inarca, quasi disteso all'indietro, cercando di tirar fuori dall'acqua una specie di tonno che sembra alquanto notevole.

Ci sono alle pareti quattro quadri e una bacheca. La bacheca contiene una collezione di modellini di antiche macchine da guerra, tipo fai-da-te: arieti, vineae, delle quali si servì Alessandro per coprire i suoi soldati lavoratori all'assedio di Tiro, catapulte siriane che lanciavano pietre mostruose a cento piedi di distanza, baliste, pirobole, scorpioni che scagliavano contemporaneamente migliaia di giavellotti, specchi ustori – come quello di Archimede che bruciava, in un amen, intere flotte – e torri falcate montate sulla groppa a focosi elefanti.

Il primo quadro è un facsimile di un cartellone pubblicitario primo novecento: tre persone riposano sotto una pergola; un giovanotto, in calzoni bianchi e camiciotto azzurro, paglietta in testa, stick con pomo d'argento sotto il braccio, ha fra le mani una scatola di sigari, una bella cassetta laccata, ornata di un mappamondo, molte medaglie e un padiglione d'esposizione circondato di bandiere al vento decorate d'oro. Un altro giovanotto, vestito allo stesso modo, è seduto su un pouf di vimini; le mani in tasca, i piedi calzati di nero allungati davanti a sé, tiene fra le labbra, lasciandolo un po' ciondoloni, un lungo sigaro di un grigio opaco che si trova ancora nel primo stadio della combustione, e cioè con la cenere ancora attaccata; accanto a lui, sopra una tavola rotonda coperta da una stoffa a pallini, ci sono dei giornali piegati, un grammofono a tromba grandissima, che sembra ascoltare religiosamente, e una guantiera, aperta, con dentro cinque fiale dal tappo dorato. Una giovane donna, una bionda alquanto enigmatica, vestita di un abito leggero e lento, inclina la sesta fiala, piena di un liquore bruno sostenuto con il quale riempie tre bicchieri a pancia tonda. In basso a destra, a grandi lettere gialle, cave, di quel carattere chiamato Auriol Champlevé molto usato nel secolo scorso, sono scritte le parole

POR LARRANAGA 89 cts

Il secondo quadro raffigura un mazzo di vitalbe, note anche con il nome di erba pitocca perché i mendicanti le usavano per ulcerarsi superficialmente la pelle.

I due ultimi quadri sono delle caricature di fattura alquanto stucchevole e umorismo molto sfruttato. La prima s'intitola *Niente soldi niente Svizzera*: raffigura un alpinista che si è perso in montagna, soccorso da un sambernardo portatore apparente di una botticella di rhum ristoratore sulla quale è dipinta una croce rossa. Ma l'alpinista scopre stupefatto che non c'è rhum nella botticella: è in realtà una cassetta per l'elemosina sotto la cui fessura c'è scritto: Aiutate Henri Dunant!

L'altra caricatura si chiama *La buona ricetta*: in un ristorante alla Dubout un cliente s'indigna di scoprire nella minestra una specie di spago. Il maître, altrettanto furioso, ha fatto chiamare lo chef per una spiegazione, ma quest'ultimo si limita a dire con ariette e moine: "Tutti i cuochi hanno il loro segreto!". *

---

* Intraducibile, basato sullo spago trovato dal cliente e la risposta del cuoco: i trucchi del mestiere, i segreti, in francese si chiamano infatti *les ficelles du* (gli spaghi) *métier*. [N.d.T.]

CAPITOLO LXXVIII

Per le scale, 10

Sono quarant'anni che l'accordatore di pianoforti viene due volte all'anno, in giugno e in dicembre, in casa de Beaumont ed è la quinta volta che si fa accompagnare dal nipotino il quale prende molto sul serio la sua parte di guida anche se non ha ancora compiuto dieci anni. Ma l'ultima volta il ragazzino ha rovesciato una giardiniera di dieffenbachie e questa volta la signorina Lafuente gli ha proibito di entrare.

Seduto sui gradini delle scale, il nipote dell'accordatore sta quindi aspettando il nonno. Indossa calzoncini corti di panno blu scuro e un giubbotto di "seta di paracadute", e cioè di nylon brillante, azzurro cielo, abbellito da badges fantasia: un traliccio da cui partono quattro fulmini e dei cerchi concentrici, simbolo di radiotelegrafia; un compasso, una bussola e un cronometro, ipotetici emblemi di un geografo, di un agrimensore o di un esploratore; la cifra 77 scritta in lettere rosse dentro un triangolo giallo; la sagoma di un calzolaio che ripara uno scarpone; una mano che respinge un bicchiere pieno d'alcool con, sotto, le parole *No grazie, sto guidando.*

Il ragazzino legge in *Le Journal de Tintin* una biografia romanzata di Carel Van Loorens, intitolata *Il Messaggero dell'Imperatore*.

Carel Van Loorens fu una delle menti più fertili del suo tempo. Nato in Olanda ma naturalizzato francese per amore dei Filosofi, era vissuto in Persia, in Arabia, in Cina e nelle Americhe, e parlava correntemente una buona dozzina di lingue. Di un'intelligenza ovviamente superiore, ma troppo dispersiva, apparentemente incapace di applicarsi più di due anni alla stessa disciplina, esercitò in vita sua le attività più varie, passando con uguale fortuna e uguale allegria dalla professione di chirurgo a quella di geometra, fondendo cannoni a Lahore e fondando una scuola di veterinaria a Shiraz, insegnando fisiologia a Bologna, matematica a Halle e astronomia a Barcellona (dove, per ipotesi, osò mettere in dubbio i calcoli di Méchain sul metro), scortando fucili per Wolfe Tone, o, fabbricante di organi, considerando l'eventualità di sostituire i registri a tirante con tasti commutatori, come doveva poi accadere un secolo dopo. Il risultato di questa versatilità sistematica fu che Carel Van Loorens si pose parecchi problemi interessanti, abbozzò varie soluzioni iniziali che non mancavano d'eleganza né a volte anche di genio, ma trascurò quasi sempre di redigere i risultati in modo abbastanza comprensibile. Quando morì infatti si ritrovarono nel suo studio annotazioni per la maggior parte indecifrabili riguardanti indifferentemente l'archeologia, l'egittologia, la tipografia (progetto di alfabeto universale), la linguistica (lettera a de Humboldt sulla parlata degli Uarseni: probabilmente solo una malacopia; Humboldt comunque non ne parla mai), la medicina, la politica (proposta di governo democratico che tenga conto non solo della divisione dei tre poteri legislativo, esecutivo e giudiziario, ma anche, con un'anticipazione inquietante, di un quarto che chiama pubblicitario (da *pubblicista*, giornalista),* e cioè l'informazione, l'algebra numerica (nota sul problema di Goldbach, che propone che qualsiasi numero n sia la somma di X numeri primi), la fisiologia (ipotesi sul sonno invernale delle marmotte, sul corpo pneumatico degli uccelli, sull'apnea volontaria degli ippopotami, eccetera), l'ottica, la fisica, la chimica (critica delle teorie di Lavoisier sugli acidi, abbozzo di una classificazione dei corpi semplici), oltre a svariati progetti d'invenzioni cui quasi sempre non sarebbe mancato poi molto per essere assolutamente a punto: un celerifero a ruota orientabile, simile alla draisina (antenata della bicicletta) ma con vent'anni di anticipo; una stoffa battezzata *pellette*, specie di cuoio artificiale fatto di un'armatura di tela forte spalmata con un miscuglio di sughero in polvere, olio di lino, colle e resine; o una "fucina solare" costituita da un complesso di piastre metalliche lucide come specchi convergenti in un fuoco topico.

Nel 1805, Van Loorens era in cerca di soldi per finanziare una spedizione che finalmente potesse risalire il Nilo fino alla o alle sorgenti, progetto pensato da molti prima di lui ma portato a termine da nessuno. Si rivolse a Napoleone I che aveva già conosciuto qualche anno prima quando, generale troppo popolare per i gusti del Direttorio che cercava di allontanarlo spedendolo in Egitto, il futuro imperatore dei francesi aveva chiamato a raccolta qualcuno fra i migliori studiosi dell'epoca per fare la campagna con lui.

Napoleone si poneva allora un difficile problema diplomatico; il grosso della flotta francese era appena stato distrutto a Trafalgar, e, preoccupandosi di contrastare in qualche modo la formidabile ege-

* Non nel senso di "studioso del diritto pubblico", cioè. [N.d.T.]

monia marittima inglese, l'imperatore aveva pensato di pagare i servizi del più prestigioso dei corsari barbareschi, quello che soprannominavano Hokab el-Uakt, l'Aquila del Giorno.

Hokab el-Uakt comandava una vera e propria flotta di undici galeotte le cui azioni perfettamente coordinate ne facevano il padrone di buona parte del Mediterraneo. Ma se non aveva alcun motivo per amare gli inglesi i quali, già in possesso di Gibilterra da quasi un secolo, si tenevano Malta da cinque anni, minacciando sempre di più l'attività dei barbareschi, non ne aveva certo questo granché per preferirgli i francesi i quali, esattamente come spagnoli, olandesi, genovesi e veneziani, erano sempre andati a bombardare Algeri senza tirarsi indietro.

In ogni caso, il problema principale era raggiungere l'Aquila che, attento a difendersi dagli attentati, si circondava perennemente di diciotto guardie del corpo sordomute la cui unica consegna era quella di uccidere chiunque si avvicinasse al loro padrone nel raggio di tre metri.

Ora, fu proprio nel momento in cui si stava chiedendo dove diavolo poteva trovare la bestia rara capace di condurre in porto quei negoziati difficili i cui soli preliminari sembravano così poco incoraggianti, che l'imperatore diede udienza a Carel Van Loorens e poté dire a se stesso, ricevendolo, che il destino gli era ancora una volta favorevole; Van Loorens, lo sapeva, parlava benissimo l'arabo, e in Egitto aveva potuto apprezzarne l'intelligenza, la presenza di spirito, la rapidità di decisione, il senso della diplomazia e il coraggio. Così, fu senza esitare che Napoleone accettò di sobbarcarsi tutte le spese di una spedizione fino alle sorgenti del Nilo se Loorens avesse portato un messaggio a Hokab el-Uakt, a Algeri.

Qualche settimana dopo, trasformato in un ricco mercante del golfo Persico rispondente al molto rispettabile nome di Haj Abdulaziz Abu Bakr, Carel Van Loorens fece il suo ingresso in Algeri a capo di una lunga teoria di cammelli e di una scorta che riuniva venti dei migliori mammalucchi della Guardia imperiale. Trasportava tappeti, armi, perle, spugne, tessuti e spezie, tutte merci di prima qualità che trovarono ben presto acquirenti, anche se Algeri era allora una città ricca in cui si trovavano in abbondanza prodotti provenienti da ogni parte del mondo che i corsari barbareschi avevano dirottato dalla loro destinazione originaria. Ma Loorens tratteneva in suo possesso tre grandi casse di ferro e a tutti coloro che gli domandavano cosa contenessero rispondeva invariabilmente: "Nessuno di voi è degno di vedere i tesori di queste casse, tranne Hokab el-Uakt".

Il quarto giorno dopo il suo arrivo, tre uomini dell'Aquila vennero ad aspettare Loorens davanti alla porta della locanda. Gli fecero cenno di seguirli. Lui acconsentì, e lo fecero salire in una portantina ermeticamente chiusa da spesse cortine di cuoio. Lo condussero fuori città, in una tomba di marabutto isolata dove lo rinchiusero dopo averlo frugato con cura. Passarono parecchie ore. Finalmente, a notte inoltrata, preceduto da qualche guardia del corpo, apparve proprio Hokab:

— Ho fatto aprire le tue casse — disse — erano vuote.

— Sono venuto a offrirti quattro volte l'oro che quelle casse avrebbero potuto contenere!

— Avrei dunque bisogno del tuo oro? Il più piccolo galeone spagnolo me ne dà sette volte tanto!

— E quando lo hai preso l'ultimo galeone? Gli inglesi li affondano, e tu non hai il coraggio di prendertela con gli inglesi. Accanto ai loro grandi tre alberi, le tue galeotte sono solo barchette!

— Chi ti manda?

— Sei un'Aquila e solo un'altra Aquila può rivolgersi a te! Sono venuto a portarti un messaggio di Napoleone I, imperatore dei francesi!

Indubbiamente, Hokab el-Uakt conosceva Napoleone e certo doveva stimarlo parecchio, perché pur senza rispondere in modo esplicito alla proposta fattagli, considerò subito Carel Van Loorens come un ambasciatore e gli usò grandissimi riguardi; lo invitò a soggiornare nel suo palazzo, un'immensa fortezza a strapiombo sul mare, in cui digradavano giardini incantevoli ricchi di giuggioli, carrubi, oleandri e gazzelle addomesticate, e diede per lui feste sontuose facendogli assaggiare i cibi più rari d'Asia e d'America. In cambio, per pomeriggi interi, Loorens raccontava all'arabo le sue avventure e gli descriveva le città fiabesche in cui era vissuto: Diomira, la città dalle sessanta cupole d'argento, Isaura, la città dai cento pozzi, Smeraldine, la città acquatica, e Moriane con le sue porte di alabastro trasparenti alla luce del sole, le sue colonne di corallo che sostengono frontoni incrostati di serpentino, le sue ville di vetro come acquari in cui le ombre delle danzatrici con squame argentate nuotano sotto lampadari a forma di medusa.

Loorens era ospite dell'Aquila da quasi una settimana quando una sera, mentre rimasto solo nel giardino che si apriva davanti ai suoi appartamenti finiva di bere un magnifico moca, tirando di tanto in tanto al cannello d'ambra del suo narghilè profumato all'acqua di rose, udì nella notte levarsi un canto soave. Era una voce leggera e malinconica di donna, e l'aria gli parve così familiare che si mise ad ascoltare attentamente la musica e le parole e non fu molto sorpreso nel riconoscere la pastorella di Adrien Villart:

Quand la douce saisons fine,
Que le fel yver revient,
Que flors et fuelle décline,
Que ces oiselez ne tient
De chanter en bois n'en broil,
En chantant si com je soil,
Tot seus mon chemin erroie.

Loorens si alzò, si diresse verso la voce e al di là di una rientranza della fortezza a picco sugli scogli, una diecina di metri sopra i suoi appartamenti, scorse, su una terrazza tutta chiusa da grate dorate, illuminata dalla morbida luce delle torce di resina, una donna di bellezza così incomparabile che, dimenticando qualsiasi prudenza, scavalcò la balaustra della propria terrazza, raggiunse l'altra ala della fortezza progredendo lungo un cornicione molto stretto e, aggrappandosi alla roccia scalza, giunse all'altezza della giovane donna. La chiamò sottovoce. Lei lo udì, quasi scappò, poi, tornando indietro, avvicinandosi, gli narrò in due sussurri ansanti la sua triste storia.

Si chiamava Ursula Von Littau. Figlia del conte di Littau, ex aiutante di campo di Federico Guglielmo II, l'avevano maritata a quindici anni con il figlio dell'ambasciatore di Spagna a Potsdam, Alvaro Sanchez del Estero. La corvetta sulla quale attraversava il mare per raggiungere il suo sposo a Malaga era stata attaccata dai barbareschi. Solo alla sua bellezza doveva la vita, e già da dieci anni ormai languiva nell'harem dell'Aquila del Giorno insieme alle altre quindici mogli.

Mezzo sospeso nel vuoto, Carel Van Loorens aveva ascoltato, con le lacrime agli occhi, Ursula Von Littau e, quando lei finì di narrargli la storia, giurò di liberarla l'indomani stesso. E come pegno della promessa, le mise al dito il suo anello, grosso e pesante con un castone ovoidale nel quale era inserito un corindone opalino che portava inciso a intaglio un 8 orizzontale. "Gli antichi" le disse "consideravano questa pietra il simbolo della memoria e vuole una leggenda che colui che ha veduto anche una volta sola l'anello non potrà dimenticare mai più."

In meno di ventiquattr'ore, disinteressandosi completamente alla missione affidatagli dall'imperatore, Loorens preparò l'evasione di Ursula Von Littau. La sera dopo, essendosi procurato durante il giorno il materiale necessario, tornò ai piedi della terrazza dell'harem. Cavandosi di tasca una pesante boccetta di vetro scuro, versò in parecchi punti della grata qualche goccia di acido solforico. Sotto l'azione corrosiva del liquido, le sbarre di ferro cominciarono a disgregarsi e Loorens fu in grado di aprire la piccola breccia per la quale la giovane prussiana avrebbe potuto sgattaiolare.

Lei giunse sulla mezzanotte. La notte era d'inchiostro. Molto lontano, davanti agli appartamenti dell'Aquila, il tranquillo andirivieni delle guardie. Loorens srotolò fino ai piedi della fortezza una scala di seta intrecciata che prima Ursula e poi lui stesso usarono per ritrovarsi, venticinque metri più in basso, in una cala sabbiosa circondata di rocce e scogli a fior d'acqua.

Due mammalucchi della scorta li aspettavano, muniti di lanterne cieche. Guidandoli fra le rocce, in mezzo alle frane ghiaiose ammassate ai piedi della scogliera, li condussero fino all'imboccatura di un uadi asciutto che s'addentrava nel cuore della terraferma. Là, li aspettava il resto della scorta. Ursula Von Littau venne issata su un *atatich*, quella specie di tenda rotonda portata da cammelli e nella quale stanno generalmente le donne, e la carovana si mise in cammino.

Loorens contava di arrivare fino a Orano, dove l'influenza spagnola era ancora preponderante. Ma non ne ebbe l'occasione. All'alba, quand'erano solo a poche ore da Algeri, gli uomini dell'Aquila li raggiunsero e li attaccarono. Fu una breve battaglia e, per i mammalucchi, disastrosa. Lo stesso Loorens vide ben poco, poiché una specie di Ercole dal cranio completamente rasato lo stese subito con un unico pugno.

Quando Carel Van Loorens si svegliò, tutto dolorante, si trovava in una stanza che sembrava una cella: grandi lastre di pietra, un muro scuro e nudo, un anello di ferro murato. La luce scendeva da un pertugio rotondo munito di sbarre di ferro battuto finemente lavorate. Loorens si avvicinò e vide che la prigione faceva parte di un minuscolo villaggio di tre o quattro *gourbi* * raggruppati intorno a un pozzo, attorniati da un piccolissimo palmeto. Gli uomini dell'Aquila erano accampati all'aperto, affilavano le sciabole, aguzzavano le frecce, si davano agli esercizi equestri.

D'un tratto la porta si aprì e tre uomini entrarono. Si impadronirono di Loorens e lo portarono a qualche centinaio di metri dal villaggio, oltre a qualche duna, in mezzo alle palme morte che il deserto si era rimangiato; là, lo legarono saldamente su un telaio di legno simile a un lettino da campo e a un tavolo operatorio insieme, con un lungo guinzaglio di cuoio che faceva più volte il giro del corpo

* Capanna araba. [*N.d.T.*]

e tutto. Poi si allontanarono velocemente al gran galoppo.

Calava la sera. Loorens sapeva che se non fosse morto di freddo durante la notte, l'indomani mattina sarebbe stato bruciato dal sole, esattamente come se si fosse trovato al centro della sua "fucina solare". Ricordò di aver descritto il progetto a Hokab e che l'arabo aveva scosso pensieroso la testa mormorando che il sole del deserto non aveva bisogno di specchi e si disse che scegliendo proprio quella tortura per farlo morire l'Aquila voleva significargli il senso delle sue parole.

Anni dopo, quando fu certo che Napoleone non avrebbe più potuto farlo arrestare né Roustan assassinarlo come aveva giurato per vendicare i suoi venti compagni massacrati per colpa dell'olandese, Carel Van Loorens scrisse una breve memoria su quell'avventura e la fece pervenire al re di Prussia con la segreta speranza che Sua Maestà gli avrebbe pagato una pensione per ricompensarlo di aver tentato di salvare la figlia dell'aiutante di campo del padre defunto. Vi narra come un destino benefico abbia deciso della sua vita, un caso che volle che gli uomini dell'Aquila usassero per legarlo una cavezza di cuoio intrecciato. Se avessero adoperato una corda di alfa o di canapa, o una striscia di tela, non avrebbe mai potuto liberarsi. Ma il cuoio, come tutti sanno, si slenta per l'azione del sudore, e in capo a qualche ora di contorcimenti affannosi, di spasimi, di raccapricci improvvisi seguiti da brividi al limite dell'agonia, Loorens sentì che la correggia, che fino ad allora ogni sforzo affondava sempre più nella carne, cominciava ad allentarsi impercettibilmente. Era talmente esausto che malgrado l'angoscia che lo attanagliava cadde in un sonno febbrile misto a incubi che gli facevano vedere eserciti di topi che lo assalivano a frotte strappandogli a pieni denti brandelli di carne viva. Si svegliò ansimando, coperto di sudore, e sentì che il suo piede gonfio era finalmente libero di muoversi.

Qualche ora dopo, aveva sciolto i legacci. La notte era gelida e un vento violento alzava turbini di sabbia che laceravano la sua pelle già tutta straziata. Con la forza della disperazione, Loorens scavò una buca nella sabbia e vi si nascose come meglio poteva, chiudendola con il pesante telaio di legno al quale era stato legato.

Non riuscì a riprendere sonno e a lungo, lottando contro il freddo, contro la sabbia che gli entrava negli occhi e nella bocca incrostandosi nelle piaghe aperte ai polsi e alle caviglie, tentò di esaminare la situazione con sguardo lucido. Non era brillante: poteva muoversi liberamente, d'accordo, e sarebbe anche riuscito a sopravvivere a quella spaventevole notte, ma era arrivato a un punto critico di stanchezza, senza viveri né acqua, e ignorava dove fosse, se non a qualche centinaio di metri da un'oasi dov'erano accampati proprio quelli che lo avevano condannato.

Se così era, non aveva possibilità di sopravvivenza. E questa certezza quasi lo sollevò: non faceva più dipendere la sua salvezza dal coraggio, dall'intelligenza o dalla forza, ma unicamente dal destino.

Finalmente l'alba spuntò. Loorens si cavò faticoso dalla buca, si tirò in piedi, riuscì a fare due passi. Davanti a lui, al di là delle dune, le cime dei palmizi erano chiaramente visibili. Nessun rumore pareva venire dall'oasi. La speranza rinacque: se, esaurito il loro compito, gli uomini dell'Aquila avevano lasciato quella tana occasionale ed erano rientrati a Algeri, questo significava, da una parte che la costa era vicina, e dall'altra che nell'oasi avrebbe trovato acqua e viveri. La speranza gli diede la forza di trascinarsi fino ai palmizi.

Il suo ragionamento era sbagliato, o, perlomeno, ipotetico, ma si realizzò almeno in un punto: l'oasi era deserta. Le capanne per metà sfondate sembravano abbandonate da anni, il pozzo asciutto brulicava di scorpioni, il verde viveva i suoi ultimi giorni.

Loorens riposò qualche ora e medicò le piaghe avvolgendole in foglie di palma. Poi si avviò verso il nord. Camminò per ore con passo meccanico e allucinato attraverso un paesaggio che non era più deserto di sabbia ma qualcosa di grigio e pietroso con ciuffi d'erba stenta quasi gialla, e stelo tagliente, e, a volte, una carcassa d'asino, bianca e friabile, o un mucchio di pietre mezzo franate che forse era stato il riparo di un pastore. Poi, mentre scendeva di nuovo il crepuscolo, gli parve di scorgere in lontananza, laggiù, al margine di un altopiano arido irto di crepe e bolle, dei cammelli, delle capre, delle tende.

Era un accampamento berbero. La notte era alta quando ci arrivò, e si lasciò cadere davanti al fuoco intorno al quale erano seduti gli uomini della tribù.

Restò con loro più di una settimana. Sapevano solo qualche parola araba, per cui non poterono comunicare molto, ma lo curarono, gli aggiustarono i vestiti, e quando ripartì gli diedero viveri, acqua e un pugnale il cui manico era una pietra levigata stretta da una lamina di rame decorata con fini arabeschi. Per proteggergli i piedi non abituati a starsene nudi su quei terreni sassosi, gli confezionarono una specie di zoccoli di legno fissati al piede da una larga striscia di cuoio cui si abituò talmente che in seguito non riuscì mai a ricalzarsi all'europea.

Qualche settimana dopo, Carel Van Loorens era al sicuro a

Orano. Non sapeva cosa fosse successo a Ursula Von Littau e vanamente tentò di organizzare una spedizione punitiva che gli avrebbe permesso di liberare la giovane donna. Solo nel 1816, dopo che l'Aquila del Giorno era stato ucciso nel bombardamento di Algeri, il ventisette agosto, da una squadra navale anglo-olandese, si venne a sapere dalle donne dell'harem che la povera prussiana aveva subìto la sorte riservata alle mogli infedeli: cucita in un sacco di cuoio, l'avevano buttata in mare dall'alto della fortezza.

Carel Van Loorens visse ancora per quasi quarant'anni. Sotto il nome fittizio di John Ross, diventò bibliotecario del governatore di Ceuta e passò il resto dei suoi giorni a trascrivere i poeti della corte di Cordova e a incollare sulle pagine di risguardo delle opere della biblioteca degli ex libris raffiguranti un ammonite fossile sormontato dal motto orgoglioso: *Non frustra vixi*.

CAPITOLO LXXIX

Per le scale, 11

La porta dei Rorschash ha i due battenti aperti. Due bauli sono stati tirati sul pianerottolo, due bauli armadio rinforzati di cuoio chiodato, muniti di mille etichette. Se ne intuisce un terzo nell'ingresso, stanza con legni scuri sul pavimento e le pareti, ad altezza d'uomo, e degli attaccapanni "rustico-colto" a forma di corna di cervidi provenienti da una *Bierstube* di Ludwigshafen, e un lampadario liberty, coppa emisferica di pasta di vetro, decorata a motivi triangolari intarsiati, che manda una luce alquanto fioca.

Olivia Rorschash parte stasera a mezzanotte, da Saint-Lazare, per il suo 56° giro del mondo. Il nipote, che l'accompagna per la prima volta, è venuto a prenderla con non meno di quattro commessi. È un ragazzo di sedici anni, molto alto, dai capelli molto neri che gli ricadono a boccoli sulle spalle, vestito con una ricercatezza che non è certo della sua età: camicia bianca molto aperta, gilè scozzese, giubbotto di cuoio, foulard albicocca e blue-jeans ocra dentro a larghi stivali texani. È seduto su uno dei bauli e succhia con aria indolente da una cannuccia immersa in una bottiglia di coca-cola, leggendo il *Vademecum del francese a New York*, piccolo opuscolo turistico-pubblicitario edito da un'agenzia di viaggi.

Nata a Sidney nel millenovecentotrenta, Olivia Norvell divenne a otto anni la più adulata delle bambine australiane quando interpretò, al Royal Theater, una riduzione di *La Mascotte dell'Aeroporto* in cui riprendeva la parte che Shirley Temple aveva creato per lo schermo. Il trionfo fu tale che il lavoro non solo registrò il tutto esaurito per due anni ma, quando Olivia mise in giro delle voci, abilmente reclamizzate, che aveva iniziato a provare una nuova parte, quella di Alice in *Un Sogno di Alice*, vagamente ispirato a Lewis Carroll e scritto apposta per lei da un drammaturgo di fama venuto appositamente da Melbourne, tutti i posti delle duecento recite previste furono acquistati sei mesi prima della prima e la direzione del teatro dovette aprire delle liste d'attesa per le eventuali ulteriori rappresentazioni.

Sua madre, Eleanor Norvell, un'accorta donna d'affari, intelligentemente consigliata da un agente in gamba, pur lasciando che la figlia seguisse la sua folgorante carriera, sfruttava a fondo l'immensa popolarità della ragazzina che divenne ben presto l'indossatrice più pagata di tutte. E l'Australia intera fu invasa da giornaletti e manifesti seduttori dove Olivia accarezzava un orso di peluche, o consultava sotto l'occhio professionale di genitori inteneriti un'enciclopedia più grande di lei (*Let your Child enter the Realm of Knowledge!*) o vestita alla poulbot con berrettuccio e tutto, seduta sull'orlo di un marciapiede, giocava tranquillamente agli aliossi in compagnia di tre sosia di Pim, Pam, Pum, per una specie di antenata australiana della Prevenzione incidenti stradali.

Benché madre e agente si preoccupassero costantemente delle conseguenze disastrose che l'adolescenza e, peggio, la pubertà avrebbero procurato alla carriera di quella bambolina vivente, Olivia arrivò ai sedici anni senza avere mai smesso d'essere un oggetto di adorazione tale che in certe località della costa occidentale scoppiavano tumulti quando il settimanale cripto-pubblicitario che aveva l'esclusività delle sue foto non arrivava con la posta prevista. E fu allora che, supremo trionfo, sposò Jeremy Bishop.

Come tutte le ragazzine, e le ragazze australiane, Olivia era ovviamente stata fra il 1940 e il 1945 madrina di guerra di parecchi soldati. Di fatto, per lei si trattava di interi reggimenti ai quali spediva la propria fotografia con dedica; inoltre, una volta al mese, scriveva una letterina al soldato semplice o al sottufficiale che si erano distinti per qualche fatto d'armi più o meno eroico.

Arruolatosi volontario nel 28° reggimento di fanteria di marina (comandato dal celebre colonnello Arnhem Palmerston, soprannominato Vecchio Tuono perché una sottile cicatrice bianca gli solcava la faccia come se fosse stato colpito da un fulmine), il soldato Jeremy Bishop fu uno dei fortunati eletti: per avere, nel 1942, mentre infuriava la sanguinosa battaglia del mar dei Coralli, ripescato il suo tenente caduto in acqua, ricevette, insieme alla Victoria Cross, una lettera autografa di Olivia Norvell che finiva con "ti bacio con tutto il mio cuoricino" seguito da una decina di piccole croci, una per bacio.

Tenendosi addosso la lettera come talismano, Bishop giurò a se stesso di riceverne un'altra, ragione per cui si diede a mille azioni brillanti: da Guadalcanal a Okinawa, passando per Tarawa, le Gilbert, le Marshall, Guam, Baatan, le Marianne e Iwo-Jima, tante ne fece da ritrovarsi alla fine della guerra il soldato più decorato dell'intera Oceania.

Il matrimonio fra quei due idoli della gioventù s'imponeva e fu celebrato, con tutta la pompa dovuta, il ventisei gennaio 1946, giorno della festa nazionale d'Australia. Più di quarantacinquemila persone assistettero alla benedizione nuziale impartita nel grande stadio di Melbourne dal cardinale Fringilli, allora vicario ecumenico apostolico dell'Australasia e delle terre antartiche. Poi, dietro compenso di dieci dollari australiani a testa – ossia quasi settanta franchi – la folla fu ammessa nella nuova proprietà della giovane coppia e poté sfilare davanti ai regali arrivati dalle cinque parti del mondo: il presidente degli Stati Uniti aveva donato l'opera omnia di Nathaniel Hawthorne rilegata in bufalo; la signora Plattner, di Brisbane, dattilografa, un disegno raffigurante gli sposi, eseguito esclusivamente con lettere di macchina per scrivere: *The Olivia Fan Club of Tasmania*, settantuno topi bianchi addomesticati che sapevano riunirsi in modo da formare il nome Olivia; e il ministro della Difesa, un dente di narvalo più lungo di quello che sir Martin Frobisher donò alla regina Elisabetta al suo ritorno dal Labrador. Pagando dieci dollari in più si poteva perfino entrare nella camera nuziale per ammirarvi il letto matrimoniale scolpito in un tronco di sequoia, dono congiunto dell'Associazione Interprofessionale delle Industrie del Legno e Assimilati e del Sindacato Nazionale Forestali-Boscaioli. La sera, infine, nel corso di una festa grandiosa Bing Crosby, che un aereo speciale era andato a prendere a Hollywood, cantò un arrangiamento de *la Marcia Nuziale*, composta in onore degli sposi da uno dei migliori allievi di Ernst Krenek.

Fu il primo matrimonio. Durò dodici giorni. Rorschash fu il suo quinto marito. Nel frattempo, si sposò successivamente con un attor giovane che aveva visto nella parte di ufficiale austriaco baffuto portatore di dolman con alamari, il quale la lasciò quattro mesi dopo per un giovane italiano che gli aveva venduto una rosa in un ristorante di Bruges; un lord inglese che non si separava mai dal suo cane, una specie di piccolo spaniel ricciuto a pelo lungo chiamato Scrambled Eggs; e un industriale paralitico di Racine (Wisconsin, fra Chicago e Milwaukee) che dirigeva le sue fonderie dalla terrazza della villa, seduto nella poltrona a rotelle, le gambe coperte da una massa di giornali di tutto il mondo arrivati con la posta del mattino.

Fu a Davos, nel febbraio 1958, qualche settimana dopo il suo quarto divorzio, che conobbe Rémi Rorschash, in circostanze degne della più classica commedia americana. Stava cercando in una libreria un libro su *Le Ricchissime Ore del Duca de Berry* di cui la sera prima, nel corso di una trasmissione televisiva, aveva visto qualche miniatura. È chiaro che l'unico esemplare disponibile era appena stato acquistato e il fortunato acquirente, un uomo maturo ma visibilmente arzillo, stava pagandolo proprio in quel momento. Senza esitare, Olivia gli si avvicinò decisa, si presentò e gli propose di ricomperare l'opera. L'uomo, che altri non era che Rorschash, rifiutò, ma alla fine si accordarono per spartirsela.

CAPITOLO LXXX

Bartlebooth, 3

All'epoca del terzo congresso dell'Unione internazionale delle Scienze storiche che si tenne a Edimburgo nell'ottobre 1887 sotto il duplice auspicio della Royal Historical Society e della British Association for the Advancement of Sciences, due comunicazioni scossero fortemente la comunità scientifica internazionale e per qualche settimana trovarono perfino una vasta eco nell'opinione pubblica.

La prima comunicazione fu fatta in tedesco dal professor Zapfenschuppe, dell'Università di Strasburgo. Aveva come titolo: *Untersuchungen über des Taufes Amerikas*. Mentre stava esaminando degli archivi dissepolti dalle cantine del Vescovado di Saint-Dié, l'autore aveva scoperto un lotto di libri antichi provenienti senza alcun dubbio possibile dalla celebre tipografia fondata nel 1495 da Germain Lud. Fra quei libri si trovava un atlante cui facevano riferimento vari testi del sedicesimo secolo, ma del quale non si conosceva alcun esemplare: era la famosa *Cosmographiae introductio cum quibusdam geometriae ac astronomiae principiis ad eam rem necessariis, insuper quatuor Americii Vespucii navigationes*, di Martin Waldseemüller, detto Hylacomylus, il più quotato cartografo della Scuola di Saint-Dié. È in questo atlante cuoriforme che, per la prima volta, il nuovo continente scoperto da Cristoforo Colombo e da lui battezzato Indie Occidentali appariva indicato come TERRA AMERICI VEL AMERICA, e la data posta sull'esemplare – 1507 – poneva finalmente termine all'aspro dibattito che da quasi tre secoli si faceva su Amerigo Vespucci: per gli uni, era un uomo sincero, un esploratore onesto e scrupoloso che non aveva mai pensato di avere un giorno l'onore di battezzare un continente e che non lo seppe mai o lo avrebbe saputo solo in punto di morte (e molte incisioni romantiche – fra le quali una di Tony Johannot – mostrano il vecchio esploratore morente, a Siviglia, nel 1512, attorniato dai suoi, con la mano appoggiata sopra un atlante aperto che un uomo in lacrime inginocchiato al suo capezzale gli tende perché possa vedere con i propri occhi un'ultima volta prima di morire la parola AMERICA allungata di sbieco sul nuovo continente); ma per gli altri, era un avventuriero della genìa dei fratelli Pinzon, il quale, come loro, aveva fatto di tutto per soppiantare Colombo e attribuirsi il merito delle sue scoperte. Grazie al professor Zapfenschuppe, questa era infine la prova che l'usanza di chiamare America le nuove terre era già stabilita fin da quando Vespucci era vivo. Vespucci, benché nei diari e nelle corrispondenze non ne facesse menzione, doveva saperlo di certo: la mancanza di smentite e la tenacia della denominazione tendono in effetti a dimostrare che in fin dei conti il fatto di dare il suo nome a un continente che credeva senza dubbio, e in perfetta buona fede, di avere "scoperto" più lui del genovese, il quale tutto sommato si era limitato a esplorare qualche isola e non aveva fatto conoscenza con il continente vero e proprio che molto più tardi, all'epoca del suo terzo viaggio, nel 1498-1500, quando visitò la foce dell'Orinoco e si rese finalmente conto che l'immensità di quel sistema idrografico era il segno indubbio di una vasta terra ignota, questo fatto ripeto non doveva affatto spiacergli.

Ma la seconda comunicazione era ancora più sensazionale. Si intitolava *New Insights into Early Denominations of America* e il suo autore era un archivista spagnolo, Juan Mariana de Zaccaria, che lavorava all'Avana, nella Maestranza, su una collezione di quasi ventimila carte in gran numero provenienti dal forte di Santa Catalina, e che vi aveva trovato un planisfero datato 1503 sul quale il nuovo continente era esplicitamente indicato con il nome di TERRA COLUMBIA!

Quando il presidente della seduta, il vecchio lord Smighart Colquhoun of Darroch, segretario a vita della Caledonian Society, la cui imperturbabile flemma non fu mai tanto apprezzata, riuscì finalmente a quietare le esclamazioni di stupore, entusiasmo, incredulità e felicità che facevano risonare le austere volte del grande anfiteatro dell'*Old College*, e nella sala tornò una calma relativa più compatibile con la dignità, l'imparzialità e l'oggettività da cui un vero studioso non dovrebbe mai allontanarsi, Zaccaria poté riprendere la sua esposizione e far circolare fra il pubblico elettrizzato delle fotografie che mostravano il planisfero completo come pure un ingrandimento del frammento — alquanto deteriorato — dove le lettere

TE RA COI B I A

orlavano per la lunghezza di qualche centimetro una rappresentazione sommaria ma innegabilmente riconoscibile di un'ampia fetta del Nuovo Mondo: America centrale, Antille, coste del Venezuela e della Guyana.

Zaccaria fu l'eroe del giorno e gli inviati del *Scotsman*, del *Scottish Daily Mail*, del *Scottish Daily Express* di Glasgow e del *Press and Journal* di Aberdeen, senza omettere *Times* e *Daily Mail*, ovviamente, s'incaricarono di spargere la notizia in tutto il mondo. Ma qualche settimana dopo, mentre Zaccaria, tornato all'Avana, dava gli ultimi tocchi all'articolo che aveva promesso all'*American Journal of Cartography* nel quale il prezioso documento, riprodotto in extenso, avrebbe dovuto figurare come inserto a parte, ricevette una lettera inviata da un certo Florentin Gilet-Burnachs, conservatore del Museo di Dieppe: il caso gli aveva fatto aprire un numero del *Moniteur Universel* dove aveva letto la comunicazione di Zaccaria, accompagnata dalla descrizione del frammento danneggiato sul quale l'archivista si era basato per dichiarare che il Nuovo Mondo, già nel 1503, era stato chiamato CO-LOMBIA.

Citando al volo un certo signor de Cuverville ("l'entusiasmo non è stato d'animo da storici"), Florentin Gilet-Burnachs, pur apprezzando il brillo della tesi di Zaccaria, si domandava se la rivelazione, per non dire la rivoluzione, che conteneva non avrebbe dovuto passare al vaglio di una critica implacabile. Certo, la tentazione di tradurre

COI B I A

con

COLUMB I A

era forte, e quest'interpretazione ben rispecchiava il sentimento generale: ritrovando una carta in cui le Indie Occidentali erano battezzate COLUMBIA, geografi e storici avevano la sensazione di riparare un errore storico; da secoli ormai il mondo occidentale non perdonava a Amerigo Vespucci di aver usurpato il nome che Cristoforo Colombo avrebbe dovuto dare alle terre che per primo aveva esplorate: acclamando Zaccaria, il Congresso aveva creduto di riabilitare il navigatore genovese e porre fine a quasi quattro secoli d'ingiustizia.

Ma, ricordava il conservatore, negli ultimi anni del quindicesimo secolo, decine di navigatori, da Caboto ai Cabral, da Gomes a Verrazzano, cercarono verso occidente la via delle Indie, e – ed è qui che voleva arrivare – una solida tradizione dieppese, attiva fino alla fine del diciottesimo secolo, attribuiva la scoperta dell'"America" a un navigatore di Dieppe, Jean Cousin, detto Cousin le Hardy, che avrebbe visitato le Antille nel 1487-1488, cinque anni prima del genovese. Il Museo di Dieppe, erede di parte delle carte tracciate per ordine dell'armatore Jean Ango, e che fecero della Scuola dieppese di cartografia, con Desceliers e Nicolas Desliens, una delle migliori del suo tempo, era appunto in possesso di una carta datata 1521, e cioè sensibilmente posteriore a quella della Maestranza, sulla quale il golfo dell'Honduras – il "golfo profondo" di Cristoforo Colombo – era chiamato MARE CONSO, abbreviazione evidente di MARE CONSOBRINIA, il mare di o del Cousin* (e non, come aveva scioccamente sostenuto Lebrun-Brettil, MARE CONSOLATRIX).

Così, proseguiva implacabilmente Florentin Gilet-Burnachs, quel

COI   B J A

che Zaccaria leggeva

COLUMB I A

poteva ancor meglio, dal punto di vista della distanza fra le tre ultime lettere, leggersi

CONSOBRINIA

In conclusione, il conservatore suggeriva a Zaccaria di accertare con cura la provenienza della carta del 1503. Se era di fattura portoghese, spagnola, genovese o veneziana, quel

COI   B J A

poteva effettivamente indicare Colombo, anche se quest'ultimo aveva imposto la parola INDIA. In ogni caso, la cosa non poteva indicare Jean Cousin, la cui fama era molto radicata solo a Dieppe e che, appena fuori, fin da Le Tréport, Saint-Valéry-en-Caux, Fécamp,

---

* "Cousin" (cugino) viene infatti dal latino "consobrinus". [N.d.T.]

Etretat e Honfleur si vedeva opporre marinai altrettanto arditi * e scopritori a gara di nuove vie. Se invece la carta proveniva dalla Scuola dieppese − il che si poteva facilmente verificare con la presenza di un monogramma ornato da una *d* minuscola al centro di una delle rose dei venti − si trattava senza dubbio proprio di TERRA CONSOBRINIA.

Se, aggiungeva infine Gilet-Burnachs in poscritto, il monogramma era composto da due R intrecciate, questo significava che quel planisfero era opera di Renaud Régnier, uno dei primi cartografi della Scuola, che si riteneva avesse effettivamente accompagnato Jean Cousin in uno dei suoi viaggi. Lo stesso Renaud Régnier aveva, qualche anno dopo, verso il 1520, tracciato una carta della costa nordamericana, e, per una straordinaria coincidenza, aveva battezzato TERRA MARIA la terra che, un secolo dopo, si sarebbe, per via di Enrichetta Maria di Francia, figlia di Enrico IV e moglie di Carlo I d'Inghilterra, chiamata MARYLAND.

Zaccaria era un geografo onesto. Avrebbe potuto trascurare la lettera di Gilet-Burnachs, o approfittare del cattivo stato generale del planisfero per annullare qualsiasi possibilità d'identificarne le origini e dichiarare in seguito al conservatore di Dieppe che si trattava di una carta spagnola e che le sue critiche non stavano in piedi. Ma verificò coscienziosamente che si trattava proprio di una carta di Renaud Régnier, ne informò il suo corrispondente, e propose una messa a punto redatta in comune e firmata da entrambi, che avrebbe posto fine allo spinoso problema di toponimia. L'articolo uscì nel 1888 sulla rivista *Onomastica* ma la sua risonanza fu infinitamente minore di quella suscitata dalla comunicazione al terzo congresso.

Fermo restava comunque il fatto che il planisfero del 1503 era l'unica carta sulla quale il continente oggi conosciuto con il nome di America era chiamato la "Cousinia". Singolarità che giunse all'orecchio di James Sherwood il quale, un anno dopo, riuscì ad acquistarlo, per una cifra non precisata, dal rettore dell'Università dell'Avana. Ed ecco perché quella carta si trova adesso su una parete della camera di Bartlebooth.

Non è certo per la sua unicità che Bartlebooth si attaccò a quella carta che, fin da piccolo, vedeva nel grande atrio della dimora in cui fu allevato, ma solo perché possiede un'altra caratteristica: il nord non si trova in alto, ma in basso. Questo cambio di orientamento,

---

* Da notare che il soprannome di Cousin era l'Hardy che, senza *y* ma con *i* semplice, significa "l'ardito". [*N.d.T.*]

allora più frequente di quanto non si creda, ha sempre affascinato Bartlebooth in sommo grado: quella rappresentazione capovolta, non sempre di cent'ottanta gradi, a volte di novanta o di quarantacinque, distruggeva ogni volta radicalmente la percezione abituale dello spazio e faceva sì, per esempio, che la sagoma dell'Europa, familiare a tutti quelli che abbiano frequentato anche solo le scuole elementari, si mettesse a somigliare, quando ruotava di novanta gradi verso destra, e l'ovest diventava l'alto, a una specie di Danimarca. E in quel capovolgimento minuscolo, si nascondeva l'immagine stessa della sua attività di uomo da puzzle.

Bartlebooth non fu mai un collezionista nel senso tradizionale del termine, pure, all'inizio degli anni trenta, cercò o fece cercare delle carte simili a quelle. Ne possiede altre due che ha messo in camera sua. Una, trovata nella Sala Drouot, è una bella stampa dall'*Imperium Japonicum... descriptum ab Hadriano Rolando*, che faceva parte dell'Atlante di Reinier Otten di Amsterdam; gli specialisti tengono in gran conto questa carta, non perché il nord è a destra, ma perché i nomi delle sessantasei province imperiali vi sono dati, per la prima volta, in ideogrammi giapponesi e trascritti in caratteri latini.

L'altra è ancora più curiosa: è una carta del Pacifico uguale a quelle che usavano le tribù costiere del golfo di Papuasia: un reticolo finissimo di steli di bambù indica le correnti marine e i venti dominanti; qua e là, come per caso, sono disposte delle conchiglie (cauri) che rappresentano isole e scogli. Rispetto alle norme oggi adottate da tutti i cartografi, quella "carta" sembra un'aberrazione: non offre a prima vista orientamento, né scala, né distanze, né rappresentazione dei contorni; in realtà, pare che alla prova dei fatti si riveli di un'efficacia incomparabile, proprio come, spiegò Bartlebooth un giorno, la pianta del metrò londinese non è assolutamente sovrapponibile a una pianta della città di Londra, pur essendo d'impiego sufficientemente semplice e chiaro per potersene servire senza alcun problema quando si voglia andare in metropolitana da un posto all'altro.

Quella carta del Pacifico venne portata in Inghilterra dal capitano Barton che, alla fine del secolo scorso, studiò i peripli di una delle tribù della Nuova Guinea, i Motu di Port Moresby, peripli che ricordano da vicino la *kula* dei Trobriandesi. Barton, tornato a Londra, offrì la sua scoperta alla Bank of Australia che aveva parzialmente sovvenzionato la spedizione. La banca l'espose per qualche tempo in una delle sale da ricevimento della sede sociale, poi la regalò a sua volta alla Fondazione nazionale per lo sviluppo dell'Emisfero Sud, agenzia semi privata destinata a reclutare emigranti per la

Nuova Zelanda e l'Australia. La Fondazione fallì alla fine degli anni venti e la carta del Pacifico, messa in vendita dal liquidatore giudiziario, finì con l'essere segnalata a Bartlebooth che la comperò.

Il resto della camera è quasi privo di mobili: una stanza chiara, dipinta di bianco, con fitte tende di percalle, e un letto scostato; è un letto inglese, con spalliere di rame, coperto da una tela indiana a fiori, fra due comodini stile Impero. Su quello di sinistra, una lampada la cui base finge un carciofo, e un piatto ottagonale di stagno sul quale ci sono due zollette di zucchero, un bicchiere, un cucchiaio e una caraffa d'acqua di cristallo con un tappo a forma di pigna; su quello di destra, una piccola pendola rettangolare la cui cassa di mogano venato è intarsiata d'ebano e metallo dorato, un bicchierino d'argento col monogramma, e una fotografia in una cornice ovale raffigurante tre nonni di Bartlebooth, William Sherwood, fratello di James, con la moglie Emily, e James Aloysius Bartlebooth, tutti e tre vestiti a festa, in piedi dietro a Priscilla e Jonathan sposi, seduti fianco a fianco in una profusione di cesti, fiori e nastri. Sul ripiano inferiore è posata un'agenda formato grande, rilegata in cuoio nero. Sulla copertina le parole DESK DIARY 1952 e ALLIANCE BUILDING SOCIETY, a grandi lettere dorate, sormontano un blasone di campo rosso agli scaglioni, api e bisanti d'oro, accompagnato da un cartiglio che porta il motto DOMUS ARX CERTISSIMA, la cui traduzione inglese è data subito sotto: *The surest stronghold is the home.*

Sarebbe noioso tracciare la lista delle pecche e delle contraddizioni che si rivelarono nel progetto di Bartlebooth. Se alla fine, come vedremo ormai presto, il programma che l'inglese si era prefisso cadde, vittima dell'attacco deciso di Beyssandre e di quello, molto più subdolo e insidioso, di Gaspard Winckler, è innanzitutto all'incapacità in cui allora si trovò Bartlebooth di rispondere a quegli attacchi che bisogna imputare il suo fallimento.

Qui non si tratta di quelle pecche minori che non misero mai in pericolo il sistema che Bartlebooth aveva voluto costruire, anche se ne accentuarono a volte il lato esasperante e troppo rigidamente tirannico. Per esempio, quando Bartlebooth decise che avrebbe dipinto cinquecento acquerelli in vent'anni, scelse quel numero solo per cifra tonda; sarebbe stato meglio scegliere il quattrocentonovanta infatti, il che avrebbe dato due acquerelli al mese, o, a rigore, il cinquecentoventi, e cioè uno ogni due settimane. Ma per arrivare esattamente a cinquecento acquerelli, fu talvolta costretto a dipingerne due al mese, tranne il mese in cui ne dipingeva tre, o uno pressapoco ogni due settimane e un quarto. La qual cosa, aggiungendosi alle contingenze dei viaggi, compromise impercettibilmente lo svolgimento temporale del programma: Gaspard Winckler riceveva teoricamente un acquerello ogni quindici giorni, perché nella pratica ci furono variazioni di qualche giorno e anche di qualche settimana; ancora una volta, però, questo non chiamò in causa l'organizzazione generale del compito che Bartlebooth si era imposto, come non la compromisero i piccoli ritardi che l'inglese ebbe talvolta nella ricostruzione dei puzzle, per cui molto spesso gli acquerelli, quando vennero "cancellati" negli stessi posti in cui erano stati dipinti, non lo furono esattamente vent'anni dopo, ma circa vent'anni dopo, vent'anni e qualche giorno dopo.

Se si può parlare di scacco globale, non è per via di questi piccoli slittamenti, ma perché, realmente, concretamente, Bartlebooth non riuscì a condurre in porto il suo tentativo rispettando le regole che si era dato: voleva che l'intero progetto si chiudesse su se stesso senza lasciare tracce, come un mare d'olio che si chiuda sopra un uomo che annega, voleva che non ne rimanesse niente, assolutamente niente, che non ne uscisse che il vuoto, il candore immacolato del nulla, la perfezione gratuita dell'inutile, ma se dipinse cinquecento marine in vent'anni, e se tutte quelle marine furono ritagliate da Gaspard Winckler in puzzle di settecentocinquanta pezzi ciascuno, tutti i puzzle non vennero ricomposti e tutti i puzzle ricomposti non vennero distrutti nel luogo stesso in cui, circa vent'anni prima, gli acquerelli erano stati dipinti.

È difficile dire se il progetto fosse realizzabile, se era possibile portarne a termine l'esecuzione senza che prima o poi crollasse sotto il peso delle proprie contraddizioni interne o per la semplice usura dei suoi elementi costitutivi. E anche se Bartlebooth non avesse perso la vista, forse non avrebbe comunque mai potuto portare a compimento quell'avventura implacabile cui aveva deciso di dedicare la sua vita intera.

Fu negli ultimi mesi del millenovecentosettantadue che Bartlebooth si rese conto di diventare cieco. La cosa era iniziata poche settimane prima con dei mali di testa, dei torcicollo e dei disturbi visivi per cui, quando aveva lavorato tutto il giorno ai suoi puzzle, aveva la sensazione che la vista gli si annebbiasse, che il contorno delle cose si aureolasse di una nebbia indistinta. All'inizio, gli bastava sdraiarsi qualche minuto al buio perché la cosa passasse, ma presto i disturbi si aggravarono, si fecero più frequenti e più intensi e, anche nella semi oscurità, gli pareva che gli oggetti si sdoppiassero, come se fosse stato eternamente ubriaco.

I medici da cui si fece vedere diagnosticarono una cateratta bilaterale che operarono con successo. Gli applicarono grosse lenti a contatto proibendogli ovviamente di stancare gli occhi. La qual cosa, secondo loro, significava leggere solo i titoli grandi dei giornali, non guidare di notte, non guardare la televisione troppo a lungo. Non gli passò certo per la mente che a Bartlebooth potesse venire l'idea di ricominciare con i puzzle. Ma solo un mese dopo, Bartlebooth sedeva alla scrivania e cominciava a rifarsi del tempo perduto.

Quasi subito i disturbi tornarono. Questa volta, gli sembrava di vedere una mosca svolazzare di continuo chissà dove accanto all'occhio sinistro e si sorprendeva ad alzare senza tregua la mano per cacciarla. Poi, il suo campo visivo iniziò a restringersi per ridursi alla fine a una stretta fessura che lasciava filtrare una luce glauca, come una porta schiusa nel buio.

I medici che chiamò al suo capezzale scossero negativamente la testa. Questi parlarono di amaurosi e quelli di retinite pigmentaria. In entrambi i casi, non c'era più niente da fare e l'evoluzione verso la cecità era inesorabile.

Da diciotto anni Bartlebooth prendeva fra le mani i pezzetti dei puzzle, e il tatto era per lui importante quasi come la vista. Si rese conto con una specie di ebbrezza che avrebbe potuto continuare il suo lavoro: sarebbe stato come se, d'ora in poi, avesse dovuto assoggettarsi a ricomporre degli acquerelli incolori. In realtà, allora riusciva ancora a differenziare le forme. Quando, all'inizio del 1975, cominciò a non percepire più niente se non dei barlumi impalpabili mossi in lontananze tremolanti, decise di farsi aiutare da qualcuno in grado di smistare con lui i pezzi del puzzle in cantiere secondo il colore dominante, le sfumature e le forme. Winckler era morto, e comunque si sarebbe rifiutato di farlo, Smautf e Valène erano troppo vecchi, e le prove cui sottopose Kléber e Hélène non lo soddisfecero. Finalmente, si rivolse a Véronique Altamont perché aveva saputo da Smautf, il quale lo sapeva dalla signora Nochère, che studiava acquerello ed era un'appassionata di puzzle. Quasi ogni giorno, così, la fragile giovinetta trascorre un paio d'ore insieme al vecchio inglese e gli fa toccare a uno a uno i pezzi di legno descrivendogli con un filo di voce le impercettibili variazioni di colore.

CAPITOLO LXXXI

Rorschash, 4

La camera di Olivia Rorschash è una stanza chiara e gradevole, tappezzata di carta azzurra pallida giapponesoide, piacevolmente ammobiliata di legno chiaro. Il letto, sul quale è buttata una coperta indiana patchwork, è appoggiato sopra un'ampia pedana a gradino che da una e dall'altra parte forma due comodini: su quello di destra un vaso di alabastro con rose gialle; sull'altro, un piccolo lume il cui supporto è un cubo di metallo nero, un esemplare d'occasione de *La Valle della Luna*, di Jack London, comperato il giorno prima per quindici centesimi al mercato delle pulci di place d'Aligre, e una fotografia di Olivia ventenne: camicia a scacchi, panciotto di cuoio a frange, calzoni da cavallo, stivali a tacco alto, cappello da cow-boy, arrampicata su uno steccato di legno, con una bottiglia di coca-cola in mano; dietro di lei un muscoloso venditore ambulante brandisce in un sol gesto forzuto dell'avambraccio un pesante vassoio sovraccarico di frutti variopinti: è una fotografia di scena del penultimo lungometraggio – *Forza ragazzi!* – che girò come vedette nel 1949 quando, dopo la clamorosa rottura con Jeremy Bishop, lasciò l'Australia tentando di reinserirsi coraggiosamente negli Stati Uniti. *Forza ragazzi!* ebbe vita breve. Il film successivo che, per coincidenza crudele, si chiamava *Resta in cartello, tesoro!* – vi faceva la parte di una cavallerizza (la bella Amandine) innamorata di un artista diciassettenne che compiva acrobazie con torce accese – non fu nemmeno montato, dopo che i produttori visionando il girato decisero che non ne valeva la pena. Olivia divenne allora la stella di una serie turistica nella quale era la giovane americana bene e di buona volontà, che faceva sci nautico alle Everglades, prendeva la tintarella alle Bahamas, nei Caraibi o nelle Canarie, si scatenava nel carnevale di Rio, applaudiva i toreri a Barcellona, s'istruiva all'Escurial, si raccoglieva in Vaticano, stappava bottiglie di champagne al Moulin Rouge, beveva birra all'Oktoberfest di Monaco. Era arrivata al suo cinquantottesimo cortometraggio (*Indimenticabile Vienna...*) quando conobbe il secondo marito che del resto piantò al cinquantanovesimo (*Bruges l'Incantatrice*).

Olivia Rorschash è in camera sua. È una piccoletta, sul paffuto, dai capelli ricci; indossa un tailleur di lino bianco, severo, di taglio perfetto, una camicetta di seta greggia ornata da una larga cravatta. È seduta accanto al letto vicino a certe cose che intende portare con sé – una borsa, un nécessaire da toilette, un cappotto leggero, un berretto con l'antica medaglia dell'Ordine di Saint-Michel, raffigurante l'arcangelo che sta per abbattere il drago, *Time Magazine*, *Le Film français*, *What's On in London* – e rilegge la lista d'istruzioni che lascia a Jane Sutton:

— *fare un'ordinazione di coca-cola*
— *cambiare ogni due giorni l'acqua ai fiori, aggiungervi sempre una mezza compressa di aspirina, buttarli via quando saranno appassiti*
— *far pulire il lampadario grande di cristallo (chiamare l'impresa Salmon)*
— *riportare alla biblioteca municipale i libri che avrebbero dovuto essere restituiti già da quindici giorni e in particolare* Le lettere d'amore di Clara Schumann, Dall'angoscia all'estasi, *di Pierre Janet, e* Il ponte sul fiume Kwai, *di Pierre Boulle*
— *comperare l'Edam per Polonius e non dimenticare di portarlo una volta alla settimana dal signor Lefèvre per la lezione di domino**
— *controllare ogni giorno che i Pizzicagnoli non abbiano rotto il grappolo di vetro soffiato del vestibolo.*

La scusa per questo 56° giro del mondo è un invito a Melbourne per la prima mondiale del film *C'era una volta Olivia Norvell*, un montaggio che raccoglie la maggior parte delle sue prestazioni migliori, comprese le sequenze filmate dei suoi successi teatrali; il viaggio inizierà con una grande crociera via mare da Londra alle Antille e proseguirà in aereo fino a Melbourne con tappe di qualche giorno a New York, Città del Messico, Lima, Tahiti e Numea.

---

* Polonius è il 43° discendente di una coppia di hamster ammaestrati che Rémi Rorschash regalò a Olivia poco tempo dopo averla conosciuta: avevano visto in un music-hall di Stoccarda un presentatore di animali ed erano rimasti affascinati dalle prodezze sportive dell'hamster Ludovic – a suo agio sia agli anelli che alla sbarra fissa, al trapezio e alle parallele – al punto da volerlo comperare. Il presentatore, Lefèvre, si era rifiutato ma gli aveva venduto una coppia – Gertrude e Sigismond – alla quale aveva insegnato a giocare a domino. La tradizione si era tramandata di generazione in generazione, poiché i genitori insegnavano spontaneamente il gioco alla prole. Sfortunatamente, l'inverno prima, un'epidemia aveva quasi distrutto la piccola colonia: l'unico superstite, Polonius, non poteva giocare da solo e, ancora peggio, era condannato a deperire se non poteva più darsi al suo passatempo preferito. Così, una volta alla settimana, bisognava portarlo a Meudon dal presentatore il quale, ormai in pensione, continuava per il proprio piacere ad allevare animaletti sapienti.

CAPITOLO LXXXII

Gratiolet, 2

La camera di Isabelle Gratiolet: una camera da bambini con carta da parati a righe gialle e arancioni, un letto stretto in tubolare fornito di un guanciale a forma di Snoopy, una poltroncina bassa e imbottita di una stoffa frangiata i cui braccioli terminano con delle nappine a fiocco, un piccolo armadio a due ante, di legno bianco, dai pannelli coperti di stoffa plasticata adesiva che figura un piastrellato rustico (tipo Delft: piastrelle azzurro chiaro, minimamente sbreccate, rappresentanti alternativamente un mulino a vento, un frantoio e una meridiana), e un banco di scuola con la scanalatura per le matite, e tre caselle per i libri. Sul banco ci sono un astuccio portapenne decorato con motivi stampigliati raffiguranti, in modo alquanto stilizzato, degli scozzesi in costume nazionale che suonano la cornamusa, un righello di acciaio, una scatola un po' ammaccata, di metallo smaltato, sulla quale è scritta la parola SPEZIE, piena di penne a sfera e pennarelli, un'arancia, vari quaderni coperti di carta marmorizzata come quella che adoperano i rilegatori, una boccetta d'inchiostro Waterman e quattro carte assorbenti della collezione che va facendosi Isabelle, con serietà molto inferiore al suo concorrente Rémi Plassaert però:

- un bambino piccolissimo in calzoncini Petit-Bateau* che spinge un cerchio davanti a sé (offerta dalle Cartolerie Fleuret Figlio di Corvol l'Orgueilleux);
- un'ape (*Apis mellifica* L.) (offerta dai Laboratori Juventia);
- un'incisione di moda raffigurante un uomo in pigiama di shantung rosso, babbucce di pelle di foca e vestaglia di cachemire azzurro cielo con spighetta d'argento (NESQUIK: *ne faresti volentieri il bis!*);
- e infine il N° 24 della serie *Le grandi donne della storia di*

* Marca d'indumenti per bambini. [*N.d.T.*]

Francia, offerta da *La Semaine de Suzette*: madame Récamier; in un salottino Impero dove pochi uomini in frac ascoltano seduti su un divano, si vede, accanto a una psiche retta da una Minerva, una sedia a sdraio dall'interno ricurvo come una culla dov'è allungata una giovane donna: l'indolenza della posa contrasta con lo splendido sfarzo del vestito di pesante satin rosso chiaro.

Sopra il letto, presenza sorprendente in questa camera di adolescente, è appesa una tiorba con la cassa ovale, uno di quei liuti a doppio manico la cui effimera moda fiorì nel sedicesimo secolo, culminò sotto Luigi XIV – vi eccelleva, sembra, Ninon de Lenclos – e diminuì in seguito a vantaggio della chitarra bassa e del violoncello. È l'unico oggetto che Olivier Gratiolet ha portato con sé dalla stazione di monta dopo l'assassinio della moglie e il suicidio del suocero. La si diceva in famiglia da sempre ma nessuno ne conosceva l'origine e Olivier finì col mostrarla a Léon Marcia che la identificò facilmente: si trattava, è verosimile, di una delle ultime tiorbe fabbricate; non era mai stata suonata e proveniva dal laboratorio tirolese degli Steiner; non risaliva certamente al periodo d'oro della loro bottega, quello in cui si paragonavano i violini di Jacques Steiner ai violini di Amati, ma alla sua fine, probabilmente ai primissimi anni della seconda metà del diciottesimo secolo, nell'epoca in cui liuti e tiorbe erano ormai curiosità per collezionisti più che strumenti musicali.

A scuola, nessuno ama Isabelle la quale non sembra far nulla per essere amata. Le sue compagne dicono di lei che è tutta picchiata, e varie volte dei genitori sono andati a lagnarsi con Olivier Gratiolet per via che la figlia racconta alle altre bambine della sua classe e qualche volta, durante la ricreazione, anche alle allieve molto più piccole, delle storie che fanno loro paura. Per esempio, per vendicarsi di Louisette Guerné che le aveva rovesciato una boccetta d'inchiostro di china sul grembiule a lezione di disegno, le ha raccontato che un vecchio "pornografico" la seguiva per via ogni volta che usciva dall'istituto e un giorno l'avrebbe assalita strappandole tutti i vestiti e costringendola a fare cose schifose. Oppure, ha convinto Dominique Krause, che ha solo dieci anni, che i fantasmi esistono sul serio e perfino che un giorno aveva visto apparire sua padre chiuso in un'armatura come un cavaliere medievale in mezzo a una folla di guardie terrorizzate, armate di partigiane. E ancora, quando le avevano dato come tema "Racconta il ricordo più bello delle tue vacanze", aveva scritto una lunga e tortuosa storia d'amore nella quale, vestita di broccati d'oro, alla ricerca di un Principe Mascherato la cui faccia, lo aveva giurato, le sarebbe rimasta sconosciuta, misurava a grandi passi degli atrii lastricati di marmo venato, scortata da stuoli di paggi portatori di torce resinose, e nani che le versavano vini inebrianti in coppe di vermeil.

La sua insegnante di francese, disorientata, fece vedere il tema alla direttrice la quale, dopo aver sentito il parere di una consulente pedagogica, scrisse a Olivier Gratiolet, raccomandandogli vivamente di portare la figlia da uno psicoterapeuta e suggerendo di farla entrare l'anno prossimo in un istituto psichico-pedagogico nel quale il suo sviluppo intellettuale e psichico sarebbe stato maggiormente seguito, ma Olivier rispose, piuttosto secco, che se le coetanee di sua figlia erano per la maggior parte pecore o pappagalli appena in grado di ripetere in coro "la fattoressa nutre le sue galline" o "il contadino ara con il suo aratro" non era certo per questo che bisognava considerare Isabelle anormale, o semplicemente fragile, solo perché aveva fantasia e immaginazione.

CAPITOLO LXXXIII

Hutting, 3

La camera di Hutting, ricavata nel ballatoio del grande studio, corrisponde pressapoco all'ex camera di servizio n° 12 nella quale, fino alla fine del 1949, visse una vecchissima coppia chiamata gli Honoré; Honoré era in realtà il nome di battesimo del marito, ma nessuno, tranne forse la signora Claveau e i Gratiolet, conosceva il loro cognome – Marcion – né adoperava il nome di battesimo della moglie, Corinne, che ci si ostinava a chiamare signora Honoré.

Fino al millenovecentoventisei, gli Honoré erano a servizio dai Danglars. Honoré lui, come maggiordomo e Honoré lei come cuoca, una cuoca alla vecchia, che portava in qualsiasi stagione una pezzuola di tela indiana fissata alla schiena con uno spillo, una cuffietta che le nascondeva i capelli, calze grigie, gonnella rossa, e sopra la camiciola un grembiuole con pettorina. Una terza domestica completava la servitù dei Danglars: Célia Crespi, che era stata assunta come cameriera pochi mesi prima.

Il tre gennaio millenovecentoventisei, una decina di giorni dopo l'incendio che aveva devastato il salottino della signora Danglars, Célia Crespi, prendendo servizio verso le sette del mattino, trovò l'appartamento vuoto. I Danglars, così pareva, avevano buttato in tre valigie qualche oggetto di prima necessità e se n'erano andati senza avvertire nessuno.

La scomparsa di un secondo presidente di corte d'appello non può costituire un fatto anodino e, l'indomani stesso, incominciarono a spargersi voci su quello che subito fu detto il "Caso Danglars": era vero che c'erano state minacce contro il magistrato? era vero che da più di due mesi era seguito da poliziotti in borghese? era vero che il suo ufficio al Palazzo di Giustizia era stato perquisito, malgrado una proibizione formale notificata al questore dal guardasigilli in persona? Tutte domande che, giornali satirici in testa, pose la grande stampa con il suo solito fiuto per gli scandali e i casi sensazionali.

La risposta arrivò una settimana dopo: il Ministero degli Interni pubblicò un comunicato annunciante che Berthe e Maximilien Danglars erano stati arrestati il cinque gennaio mentre cercavano di espatriare clandestinamente in Svizzera. E si venne a sapere con estremo stupore che, dalla fine della guerra in poi, l'alto magistrato e la moglie avevano commesso una trentina di furti, uno più audace dell'altro.

I Danglars non rubavano per interesse ma piuttosto, come nella casistica abbondantemente e minutamente descritta in tutti i testi di psicopatologia, perché i rischi che correvano commettendo quei furti gli procuravano un'esaltazione e un'eccitazione di natura propriamente sessuale e di grandissima intensità. Quella rigida coppia altoborghese che aveva sempre avuto dei rapporti alla Gauthier Shandy (una volta alla settimana, dopo aver caricato la pendola, Maximilien Danglars compiva il suo dovere coniugale) scoprì che il fatto di trafugare in pubblico un oggetto di molto valore scatenava in entrambi una specie di ubriacatura libidica che presto diventò la loro ragione di vita.

Avevano avuto la rivelazione di questa pulsione comune in un modo del tutto fortuito; un giorno, accompagnando il marito da Cleray a scegliersi un portasigarette, la signora Danglars, presa da un'emozione e un terrore irresistibili e guardando fissamente la commessa che si stava occupando di loro, trafugò una fibbia di tartaruga. Era solo un furterello di lusso ma quando, la sera, lo confessò al marito che non si era accorto di niente, il racconto di quell'impresa illegale provocò simultaneamente in entrambi una frenesia sensuale generalmente assente dai loro amplessi.

Le regole del gioco si elaborarono in fretta. L'importante, per loro, era che uno dei due compisse davanti all'altro questo o quel furto ch'era stato messo in condizioni di commettere. Tutto un sistema di *pegni*, generalmente erotici, ricompensava o puniva il ladro a seconda che ci fosse riuscito o no.

Ricevendo molto, ampiamente invitati, era nei saloni delle ambasciate o nelle grandi mondanità del Tout-Paris che i Danglars sceglievano le loro vittime. Per esempio, Berthe Danglars sfidava il marito a portarle la stola di visone quella sera indossata dalla duchessa de Beaufour e Maximilien, raccogliendo la sfida, esigeva in cambio che la moglie si procurasse il cartone di Fernand Cormon (*Chasse à l'auroch*) che ornava uno dei salotti dei loro ospiti. A seconda delle difficoltà d'avvicinamento all'oggetto desiderato, il candidato poteva disporre di un certo lasso di tempo e perfino, nei casi più complessi, beneficiare della complicità o della protezione del coniuge.

Delle quarantaquattro sfide lanciate, ne onorarono trentadue.

Rubarono, fra l'altro, un grande samovar d'argento in casa della contessa de Melan, uno schizzo del Perugino presso il nunzio apostolico, la spilla da cravatta del direttore generale della Banca dell'Hainaut, e il manoscritto quasi completo di *Memoria sulla vita di Jean Racine*, del figlio Louis, in casa del capogabinetto del ministro della Pubblica Istruzione.

Chiunque altro sarebbe stato individuato e arrestato immediatamente, ma anche quando gli capitò di essere colti sul fatto, riuscirono a discolparsi quasi senza fatica: pareva talmente impossibile che un alto magistrato e la moglie potessero essere sospettati di furto che i testimoni preferivano dubitare di quel che avevano visto con i propri occhi piuttosto di ammettere la colpevolezza di un giudice.

Così, raggiunto sulle scale di casa del mercante d'arte d'Olivet, mentre portava via tre *lettres de cachet* * firmate da Luigi XVI, relative agli imprigionamenti del marchese de Sade a Vincennes e alla Bastiglia, Maximilien Danglars spiegò con l'aria più tranquilla del mondo che se l'era appena fatte imprestare per quarantott'ore da un uomo che credeva fosse il suo ospite, giustificazione assolutamente inaccettabile che d'Olivet accettò comunque senza battere ciglio.

Questa quasi impunità gli diede un'audacia pazzesca, testimoniata proprio dalla faccenda che causò la loro rovina. Nel corso di un ballo mascherato dato da Timothy Clawbonny – della banca mista Marcuart, Marcuart, Clawbonny e Shandon –, un vecchio anglosassone glabro, preziosetto e pederasta, travestito da Confucio, mandarino con occhiali e robone, Berthe Danglars trafugò una tiara scita. Il furto fu scoperto subito. Chiamata all'istante, la polizia perquisì tutti gli invitati e scoprì il gioiello nella cornamusa truccata della sposa del presidente, che si era vestita da scozzese.

Berthe Danglars confessò tranquillamente di aver forzato la vetrina in cui era chiusa la tiara perché glielo aveva chiesto il marito; con altrettanta tranquillità, Maximilien Danglars confermò le parole della moglie esibendo seduta stante una lettera del direttore del carcere della Santé che lo pregava – a titolo altamente confidenziale – di non perdere di vista una certa corona d'oro che, come riferito da uno dei suoi migliori informatori, avrebbe dovuto essere rubata proprio quella sera da Chalia la Rapine: così era chiamato un audace rapinatore che aveva commesso il suo primo misfatto all'Opéra durante una rappresentazione del *Boris Godunov*; in realtà, Chalia la Rapine rimase sempre un ladro mitico; più tardi, scoprirono che su trentatré arraffa a lui imputati, diciotto si dovevano ai Danglars.

* Sono le lettere con sigillo reale, recanti generalmente un ordine di prigionia o esilio. [*N.d.T.*]

Ancora una volta, la spiegazione, per quanto inverosimile fosse, venne accettata da tutti, ivi compresa la polizia. Pure, tornando, pensieroso, al Quai des Orfèvres, un giovane ispettore, Roland Blanchet, si fece portare gli incartamenti di tutti i furti commessi a Parigi nel corso di una serata mondana, e ancora insoluti; si sentì fremere quando constatò che i Danglars figuravano in ventinove delle trentaquattro liste d'invitati. Cosa che, per lui, costituiva una prova schiacciante; ma il questore al quale comunicò i suoi sospetti chiedendo che gli affidasse il caso volle vederci solo una coincidenza. E dopo averne prudentemente informato il Ministero della Giustizia, dove si indignarono che un poliziotto osasse mettere in dubbio la parola e l'onorabilità di un magistrato tenuto in grande stima da tutti i suoi colleghi, il questore proibì al suo ispettore di occuparsi di quell'indagine e di fronte alle sue insistenze minacciò perfino di farlo trasferire in Algeria.

Pazzo di rabbia, Blanchet diede le dimissioni e giurò a se stesso di scovare le prove della colpevolezza dei Danglars.

Ma inutilmente, per varie settimane, seguì o fece seguire i Danglars e penetrò furtivo nell'ufficio di cui Maximilien godeva al Palazzo. Le prove che cercava, se mai esistevano, non si trovavano certo lì, e l'unica probabilità di Blanchet era che i Danglars si fossero tenuti in casa qualcuno degli oggetti rubati. La sera del Natale 1925, sapendo che i Danglars pranzavano fuori, che gli Honoré erano a letto e che la giovane cameriera faceva il cenone con tre suoi amici (Serge Valène, François Gratiolet e Flora Champigny) nel ristorante dei Fresnel, Blanchet riuscì finalmente a introdursi nell'appartamento del terzo a sinistra. Non vi trovò né il ventaglio tempestato di zaffiri di Fanny Mosca, né il ritratto di Ambroise Vollard eseguito da Felix Vallotton che era stato sottratto a lord Summerhill proprio all'indomani del giorno in cui si era finalmente deciso a comprarlo, ma trovò una collana di perle che poteva essere quella trafugata in casa della principessa Rzewuska poco dopo l'armistizio, e un uovo di Fabergé abbastanza simile a quello che era stato rubato in casa della signora de Guitaut. Ma Blanchet mise le mani su un reperto molto più compromettente per i Danglars di quelle prove cui i suoi ex superiori avrebbero potuto continuare a negare ogni fondatezza: un quaderno di grande formato, con righe contabili, contenente la descrizione succinta ma precisa di tutti i furti e furterelli che i Danglars avevano commesso o tentato di commettere, accompagnata in risguardo dall'enumerazione dei pegni che la coppia si era conseguentemente inflitti.

Blanchet stava per andarsene con il quaderno rivelatore quando udì, in fondo al corridoio, aprirsi la porta dell'appartamento: era Célia Crespi che aveva dimenticato di accendere il fuoco nel salottino della signora come le aveva chiesto di fare Honoré prima di salire in camera sua, e che tornava a compiere tardivamente il suo dovere approfittandone per offrire un liquorino ai compagni e far loro assaggiare i magnifici marron glacé mandati al signor presidente da un giudicabile grato. Nascosto dietro a una tenda, Blanchet diede un'occhiata all'orologio e vide che erano quasi le una del mattino. Indubbiamente i Danglars sarebbero rincasati tardi, ma ad ogni minuto passato aumentavano i rischi di un incontro increscioso e Blanchet non poteva uscire senza passare davanti alla grande porta a vetri della sala da pranzo dove Célia merendava con i suoi invitati. La vista del mazzo di fiori finti gli diede l'idea di appiccare un incendio prima di andarsi a nascondere nella camera dei Danglars. Il fuoco si propagò con una rapidità incredibile e Blanchet incominciava a chiedersi se non sarebbe caduto nella propria trappola quando Célia Crespi e gli altri si resero finalmente conto che tutto un capo dell'appartamento era in fiamme. Venne dato l'allarme e fu allora più facile all'ex poliziotto scapparsene mischiandosi alla folla dei soccorritori e dei vicini.

Per qualche giorno, Blanchet fece il morto, lasciando crudelmente credere ai Danglars che il quaderno che li condannava – e che avevano cercato disperatamente rientrando nell'appartamento mezzo bruciato – si fosse consumato nel fuoco insieme a tutti gli oggetti che si trovavano nel salottino. Poi l'ex poliziotto chiamò Danglars: il trionfo della giustizia e il ristabilimento della verità non erano più i soli motivi che lo animavano: se le sue pretese fossero state meno esose, è probabile che il caso non sarebbe mai venuto alla luce e che il secondo presidente di corte d'appello e sua moglie si sarebbero ancora liberamente dedicati a lungo alle loro sottrazioni libidiche. Ma la somma richiesta da Blanchet – cinquecentomila franchi – superava le possibilità finanziarie dei Danglars. "Rubateli" ribatté cinicamente Blanchet prima di chiudere il telefono: i Danglars si sentivano assolutamente incapaci di rubare per denaro e preferirono, giocando il tutto per tutto, prendere il volo.

Qualche anno fa, passeggiando per via, la signorina Crespi riconobbe la sua ex padrona; seduta su una panchina, in rue de la Folie-Régnault, era una barbona sdentata, con una vestaglia giallo verdastra, che spingeva una carrozzina per bambini piena di straccerie varie e rispondeva al nomignolo di *la Baronne*.

Gli Honoré avevano allora entrambi settant'anni. Lui, era un lionese dal colorito pallido; aveva viaggiato, avuto delle avventure, fatto il marionettista con Vuillerme e con Laurent Josserand, l'assistente di un fachiro, il cameriere al ballo Mabille, il suonatore d'organetto di Barberia con berretto a punta e scimmia sulla spalla, prima di andare a servizio nelle case borghesi dove la sua flemma più britannica del naturale lo aveva presto reso insostituibile. Lei, era una robusta contadina normanna che sapeva fare di tutto e avrebbe potuto cuocere il pane quanto sgozzare un porcellino se glielo avessero chiesto. Messa a servizio a Parigi, verso la fine del 1871, aveva iniziato come sguattera in una pensione familiare, The Vienna School and Family Hotel, rue Darcet 22, vicino a place Clichy, un esercizio diretto con pugno di ferro da una greca, la signora Cissampelos, una donnetta magra come un chiodo, che insegnava le buone maniere a giovani inglesi portatrici di quei temibili incisivi sporgenti da cui, ed era la spiritosaggine del giorno, si diceva facessero tasti per pianoforte.

Trent'anni dopo, Corinne era diventata la cuoca della casa, ma continuava a guadagnare solo venticinque franchi al mese. Fu in quel periodo che conobbe Honoré. S'incontrarono all'Esposizione universale, durante lo spettacolo dei *Bonhommes Guillaumes*, un teatro di automi dove, su un palcoscenico minuscolo, si vedevano danzare e cicalare delle bambole alte cinquanta centimetri vestite all'ultimo grido, e di fronte al suo stupore lui le fornì qualche spiegazione tecnica prima di farle visitare *il Maniero alla Rovescia*, un castellotto gotico piantato sui propri camini con finestre capovolte e mobili appesi al soffitto, *il Palazzo Luminoso*, quella casa di fiaba in cui tutto, dai mobili ai tendaggi, dai tappeti ai mazzi di fiori, era fatto di vetro, e il cui costruttore, il mastro vetraio Ponsin, era morto prima di vederla compiuta; *il Globo Celeste, il Palazzo del Costume, il Palazzo dell'Ottica*, con il grande cannocchiale che permetteva di vedere la LUNA a UN metro di distanza, *i Diorama del Club Alpino, il Panorama transatlantico, Venezia a Parigi* e una decina d'altri padiglioni. Quello che li impressionò di più fu, per lei, l'arcobaleno artificiale del padiglione della Bosnia, e per lui, l'Esposizione mineraria sotterranea, con i suoi seicento metri di cunicoli percorsi da un trenino elettrico e sfocianti all'improvviso in una miniera d'oro nella quale lavoravano veri negri, e la botte gigante del signor Fruhinsoliz, autentica costruzione di quattro piani che comportava non meno di cinquantaquattro chioschi nei quali si distribuivano tutte le bevande del mondo.

Pranzarono al Cabaret de la Belle Meunière, vicino ai padiglioni coloniali, dove bevvero dello Chablis in caraffa e mangiarono zuppa di cavoli e cosciotto che Corinne trovò mal fatto.

Honoré quell'anno era stato assunto da Danglars padre, un viticoltore della Gironda, presidente della sezione bordolese del Comitato vini, che era venuto ad abitare a Parigi per tutta la durata dell'Esposizione affittando un appartamento di Juste Gratiolet. Quando, poche settimane dopo, lasciò Parigi, Danglars padre era così soddisfatto del suo maggiordomo che lo regalò, insieme all'appartamento, al figlio Maximilien che stava per sposarsi ed era appena stato nominato giudice assessore. Poco tempo dopo la giovane coppia, su consiglio del maggiordomo, assunse la cuoca.

Dopo il caso Danglars gli Honoré, troppo vecchi per pensare di trovarsi un altro posto, ottennero da Emile Gratiolet il permesso di tenersi la camera. Ci vivacchiarono con quel poco che avevano messo via, rimpolpato di tanto in tanto da qualche lavoretto spicciolo, come per esempio badare a Ghislain Fresnel quando le balie non potevano farlo, o andare a prendere a scuola Paul Hébert, o preparare per questo o quell'inquilino che dava un pranzo dei succulenti piccoli pasticci o dei bastoncini d'arancia candita rivestiti di cioccolata. Vissero così più di vent'anni ancora, tenendo la loro mansarda come uno specchio, lustrando l'ammattonato a losanghe, annaffiando quasi col contagocce il mirto nel suo rosso vaso di rame. Arrivarono alla bella età di novantatré anni, lei, sempre più rattrappita e lui, sempre più lungo e magro. Poi, un giorno del novembre 1949, lui cadde per terra alzandosi da tavola e morì entro un'ora. Lei gli sopravvisse di qualche settimana.

Quanto a Célia Crespi, che era al suo primo impiego, la scomparsa improvvisa dei padroni la sbalestrò ancora di più. Ebbe la fortuna di trovarsi prestissimo un altro posto nel caseggiato, presso l'inquilino che, per un anno, sostituì i Danglars, un uomo d'affari latino-americano che la portinaia e qualche altro chiamavano le Rastaquouère,* un obeso gioviale con baffi impeciati, che fumava lunghi avana, si puliva la bocca con uno stuzzicadenti d'oro, e portava un grosso brillante a mo' di spilla da cravatta; poi venne assunta dalla signora de Beaumont quando quest'ultima si stabilì in rue Simon-Crubellier dopo il matrimonio. In seguito, quando la cantante, quasi subito dopo la nascita della figlia, lasciò la Francia per una lunga tournée negli Stati Uniti, Célia Crespi andò come guardarobiera da Bartlebooth restandoci fino a quando l'inglese iniziò il suo lungo giro del mondo. Poco più tardi, trovò un posto di commessa a Aux délices de Louis XV, la pasticceria-sala da tè più in vista del quartiere, dove lavorò fino alla pensione.

Anche se fu sempre chiamata "la signorina Crespi", Célia aveva

---

* Significa, familiarmente, "avventuriero straniero". [N.d.T.]

un figlio. Lo mise discretamente al mondo nel millenovecentotrentasei. Quasi nessuno si era accorto della sua attesa. Tutto lo stabile si domandò chi mai poteva essere il padre e tutti i nomi degli individui di sesso maschile abitanti la casa e fra i quindici e i settantacinque anni furono avanzati. Ma il segreto rimase tale. Il bambino, dichiarato di padre ignoto, venne allevato fuori Parigi. Nessuno riuscì mai a vederlo.

Solo qualche anno fa, si è saputo che era morto durante i combattimenti per la liberazione di Parigi, mentre aiutava un ufficiale tedesco a caricare sul side-car una cassa di champagne.

La signorina Crespi è nata in un paesetto sopra Ajaccio. Ha lasciato la Corsica all'età di dodici anni e non vi è mai tornata. A volte, chiude gli occhi e rivede il paesaggio che c'era davanti alla finestra della stanza in cui vivevano tutti: il muro fiorito di buganville, il pendìo folto di euforbie, la siepe di fichi d'India, la spalliera di capperi; ma non riesce a ricordare altro.

Oggi la camera di Hutting è una stanza che serve di rado. Sopra il divano letto coperto di pelliccia sintetica e fornito d'una trentina di cuscini variopinti, è inchiodato un tappeto da preghiera di seta proveniente da Samarcanda, con una decorazione rosa stinto e lunghe frange nere. A destra una poltroncina bassa e imbottita tappezzata di seta gialla serve come comodino: regge una sveglia di acciaio satinato che ostenta la forma di un corto cilindro obliquo, un telefono col disco sostituito da un sistema di tasti a sfioramento, e un numero della rivista di avanguardia *la Bête Noire*. Non ci sono quadri alle pareti ma, vicino al letto, a sinistra, montato su una cornice d'acciaio mobile che ne fa una specie di paravento mostruoso, un'opera dell'intellettualista italiano Martiboni: è un blocco di polistirolo alto due metri, largo uno, profondo dieci centimetri, nel quale sono affondati vecchi busti mescolati a pile di antichi carnet di ballo, fiori secchi, vestiti di seta stramati, brandelli di pelliccia mangiata dalle tarme, ventagli rosi simili a zampe d'oca senza palme, scarpe d'argento prive di suola e di tacchi, avanzi conviviali e due o tre cagnolini impagliati.

FINE DELLA QUARTA PARTE

QUINTA PARTE

CAPITOLO LXXXIV

Cinoc, 2

La camera di Cinoc; una camera alquanto sporca, che dà un po' sul muffito, un parquet pieno di macchie, i muri tutti scrostati. Sullo stipite della porta è appesa una *mezuza*, quel talismano da appartamento ornato di tre lettere

contenente versetti della Torah. Contro la parete di fondo, sopra un divano letto coperto da una stoffa stampata a fronde triangolari, dei libri rilegati o in brossura sono appoggiati obliqui uno contro l'altro su una piccola mensola e, accanto alla finestrella aperta, si trova un leggìo a gamba lunga di costruzione leggera che ha, davanti, un tappetino di feltro largo quel tanto da permettere a una persona di starci in piedi. Vicino alla mensola, a destra, c'è sulla parete un'incisione tutta tarlata, intitolata *la Culebute*: mostra cinque bambinetti nudi che fanno le capriole,* accompagnata dalla seguente sestina:

> *A voir leurs soubresauts bouffons*
> *Qui ne diroit que ces Poupons*
> *Auroient bon besoin d'Ellebore:*
> *Leur corps est pourtant bien dressé*
> *Si, selon que dit Pythagore,*
> *L'homme est un arbre renversé.* **

---

* *Culebute*, significa infatti "capriola, capitombolo". [*N.d.T.*]
** Nel vedere i loro balzi pazzi, chi non direbbe che questi pupolotti abbiano un gran bisogno di Elleboro; pure il loro corpo è ben drizzato se, a quel che dice Pitagora, l'uomo è un albero rovesciato. [*N.d.T.*]

Sotto l'incisione un tavolino coperto da un tappeto verde regge una caraffa d'acqua sormontata da un bicchiere e qualche opera sparsa fra cui spiccano i titoli:

Dai Raskolniki *di Avvakum all'insurrezione di Stenka Razin. Contributi bibliografici allo studio del regno di Alessio I*, di Hubert Corneylius, Lille, Imprimerie des Tilleuls, 1954;

La Storia dei Romani, di G. De Sanctis (tomo III);

Travels in Baltistan, di P.O. Box, Bombay, 1894;

Quand'ero petit rat. Ricordi d'infanzia e giovinezza, di Maria Feodorovna Vysciskava, Parigi 1948;

The Miner *e gli inizi del Laburismo*, di Irwin Wall, tirato a parte della rivista *les Annales*;

Beiträge zur feineres Anatomie des menschlichen Ruckenmarks, di Groll, Gand 1860;

tre numeri della rivista *Rustica*;

Sul clivaggio piramidale degli alabastri e dei gessi, di Otto Lidenbrock, professore al Johannaeum di Amburgo e conservatore del Museo di mineralogia dell'ambasciatore di Russia Struve, estratto da *Zeitschrift für Mineralogie und Kristallographie*, vol. XII, Suppl. 147,

e le *Memorie di un Numismatico*, di Florent Baillarger, ex segretario di prefettura del dipartimento dell'Alta Marna, Chalindrey, Librairie Le Sommelier, s.d.

Hélène Brodin morì in questa camera, nel millenovecentoquarantasette. Ci aveva vissuto, timorata e discreta, per quasi dodici anni. Dopo la sua morte, il nipote François Gratiolet trovò una lettera in cui raccontava com'era finito il suo soggiorno americano.

Nel pomeriggio dell'undici settembre 1935, venne a prenderla la polizia e la portò a Jemina Creek per farle riconoscere il cadavere del marito. Antoine Brodin, con il cranio fracassato, giaceva supino, le braccia in croce, in fondo a una cava fangosa dal terreno completamente zuppo. I poliziotti gli avevano messo sulla testa un fazzoletto verde. Calzoni e stivali erano stati rubati ma indossava ancora la camicia a righe sottili che Hélène gli aveva comprato giorni prima a Saint Petersbourg.

Hélène non aveva mai visto gli assassini di Antoine; ne aveva soltanto udito le voci quando, due giorni addietro, avevano dichiarato tranquillamente al marito che sarebbero tornati a fargli la pelle. Ma li identificò con grande facilità: erano i due fratelli Ashby, Jeremiah e Ruben, accompagnati come di consueto da Nick Pertusano, un nano vizioso e crudele con la fronte adorna di una macchia indelebile a forma di croce, color della cenere, e che era la loro anima dannata e il loro zimbello. Malgrado i dolci nomi biblici, gli Ashby erano dei teppistelli temuti in tutta la regione, i quali taglieggiavano saloon e *diner's*, quei vagoni sistemati a ristorante dove si poteva mangiare per pochi soldi; e, sfortunatamente per Hélène, erano nipoti dello sceriffo della contea. Sceriffo che non solo non arrestò gli assassini ma la fece anche scortare da due suoi aiutanti fino a Mobile sconsigliandole di rimettere piede da quelle parti. Hélène riuscì a piantare in asso i due angeli custodi, andò fino a Tallahassee, la capitale dello Stato, e sporse denuncia presso il governatore. La sera stessa un sasso mandò in frantumi i vetri della sua camera d'albergo. Conteneva un messaggio con minacce di morte.

Su ordine del governatore lo sceriffo dovette comunque aprire un simulacro d'indagine; prudenzialmente, consigliò ai nipoti di allontanarsi per qualche tempo. I due delinquenti e il nano si separarono. Hélène lo seppe e capì che quella era l'unica possibilità di vendicarsi: doveva agire in fretta e ucciderli uno dopo l'altro ancora prima che si rendessero conto di quanto gli capitava.

Il primo che uccise fu il nano. Fu il più facile. Venne a sapere che si era imbarcato come lavapiatti su un battello a ruota che risaliva il Mississippi e sul quale operavano per tutto l'anno parecchi giocatori professionisti. Uno di loro accettò di aiutare Hélène: travestita da giovanetto, la fece furtivamente salire a bordo contrabbandandola come suo boy.

Durante la notte, mentre tutti quelli che non dormivano si accanivano a giocare interminabili partite di craps o faraone, Hélène trovò facilmente la via delle cucine; il nano, mezzo ubriaco, sonnecchiava in un'amaca vicino a un fornello sul quale cuoceva lento un gigantesco stufato di montone. Gli si avvicinò e prima che potesse reagire lo afferrò per il collo e le bretelle buttandolo a capofitto nel pentolone.

L'indomani mattina, a Bâton Rouge, lasciò il battello quando il delitto non era ancora stato scoperto. Sempre travestita da ragazzo, ridiscese il fiume, questa volta su un convoglio di tronchi, una vera città galleggiante dove vivevano comodamente varie decine di uomini. A uno di loro, un ambulante di origine francese che si chiamava Paul Marchal, raccontò la sua storia e lui le offrì il suo aiuto. A Nuova

Orléans, affittarono un camion e cominciarono a percorrere la Louisiana e la Florida. Si fermavano nelle stazioni di servizio, nelle stazioncine, nei bar sul ciglio della strada. Lui si tirava dietro una specie di attrezzatura da uomo-orchestra con grancassa, bandoñon, armonica, triangolo, cimbali e sonagli; lei, orientale velata, abbozzava una danza del ventre prima di proporre agli spettatori di leggergli le carte: stendeva davanti a loro tre file di tre carte, copriva due carte che facevano insieme undici punti, così come le tre figure: era un solitario che aveva imparato da bambina, l'unico che conoscesse e se ne serviva per predire le cose più inverosimili in un inestricabile miscuglio di lingue.

Impiegarono solo dieci giorni a ritrovare una pista. Una famiglia seminole che viveva sopra una zattera ancorata in riva al lago Apopka riferì di un uomo che viveva da qualche giorno in un grandissimo pozzo abbandonato, vicino a un posto chiamato Stone's Hill, a una trentina di chilometri da Tampa.

Era Ruben. Lo scoprirono mentre, seduto su una cassa, tentava di aprire con i denti una scatoletta di conserva. Era talmente affamato che non li sentì arrivare. Prima di ucciderlo con una pallottola nella nuca, Hélène lo costrinse a rivelare il nascondiglio di Jeremiah. Ruben sapeva solo che prima di separarsi avevano vagamente discusso tutti e tre sul posto in cui andare: il nano aveva detto che se ne sarebbe andato a zonzo, Ruben voleva un posticino tranquillo, e Jeremiah aveva dichiarato che la cosa migliore era rintanarsi in una grande città.

Nick era un nano e Ruben mezzo scemo, ma Jeremiah le faceva paura. Lo trovò quasi facilmente, due giorni dopo: in piedi, davanti al bancone di una bettola vicino a Hialeah, l'ippodromo di Miami, che sfogliava un giornale di cavalli masticando meccanicamente una porzione di breaded veal chops da quindici cent.

Lo seguì per tre giorni. Viveva di espedienti schifi, ripuliva quelli che puntavano alle corse e procurava clienti al tenutario di una fetida casa da gioco, orgogliosamente chiamata The Oriental Saloon and Gambling House, proprio come la celebre bisca gestita un tempo da Wyatt Earp e Doc Halliday a Tombstone, Arizona. Una rimessa con le pareti di assi letteralmente chiodate da cima a fondo d'insegne di metallo smaltato, commerciali, pubblicitarie o elettorali: QUALITY ECONOMY AMOCO MOTOR OIL, GROVE'S BROMOQUININE STOPS COLD, ZENO CHEWING-GUM, ARMOUR'S CLOVERBLOOM BUTTER, RINSO SOAKS CLOTHES WHITER. THALCO PINE DEODORANT, CLABBERGIRL BAKING POWDER, TOWER'S FISH BRAND, ARCADIA, GOODYEAR TIRES, QUAKER STATE, PENNZOIL SAFE LUBRIFICATION 100% PURE PENNSYLVANIA, BASE-BALL TOURNA-

MENT, Selma American Legion Jrs vs. Mobile, Peter's Shoe's, Chew Mail Pouch Tobacco, Brother-in-law Barber Shop, Haircut 25 C, Silas Green Show from New Orleans, Drink Coca Cola delicious refreshing, Postal Telegraph here, Did You Know? J.W. McDonald Furn'Co can furnish your home complete, Congoleum Rugs, Gruno Refrigerators, Pete Jarman for Congress, Capudine Liquid and Tablets, American Ethyl Gasoline, Granger Rough Cut made for pipes, John Deere Farm Implements, Findlay's, eccetera.

La mattina del quarto giorno, Hélène fece recapitare a Jeremiah una busta. Conteneva una fotografia dei due fratelli – trovata nel portafoglio di Ruben – e un breve scritto in cui la giovane donna lo informava di quel che aveva fatto al Nano e a Ruben e di quello che sarebbe successo a lui, gran figlio di puttana, se solo aveva palle bastevoli per andarla a trovare nel bungalow numero 31 del Burbank's Motel.

Per tutto il giorno, nascosta nello stanzino della doccia di un bungalow vicino, Hélène aspettò. Sapeva che Jeremiah aveva ricevuto la lettera, e che non avrebbe tollerato l'idea di essere sfidato da una donna. Ma era sempre poco per rispondere alla provocazione, ci voleva anche la certezza di essere più forte di lei.

Verso le sette di sera Hélène seppe che il suo istinto non l'aveva ingannata: accompagnato da quattro manigoldi armati, Jeremiah arrivò a bordo di un bucket-seat modello T ammaccato e fumante. Con tutte le precauzioni d'uso, ispezionarono i dintorni e circondarono il bungalow numero 31.

La camera non era molto illuminata, solo quel tanto da far vedere chiaramente a Jeremiah, attraverso le tende a uncinetto, bello e tranquillo su uno dei due letti gemelli, braccia in croce e occhi spalancati, suo fratello Ruben. Mandando un ruggito feroce, Jeremiah Ashby si precipitò nella camera facendo scoppiare la bomba che Hélène vi aveva sistemato.

La sera stessa Hélène s'imbarcava su una goletta che andava a Cuba da dove una nave di linea la riportò in Francia. Fino alla morte, attese il giorno in cui la polizia sarebbe venuta ad arrestarla, ma la giustizia americana non immaginò mai che quella donnina fragile avesse potuto uccidere a sangue freddo tre delinquenti per i quali trovò facilmente degli assassini ben più plausibili.

CAPITOLO LXXXV

Berger, 2

La camera dei Berger senior: una stanza a parquet, poco spaziosa, quasi quadrata, dalle pareti coperte di una carta azzurro chiara a righine gialle; una carta del Tour de France 1975, formato grande, offerta da Vitamix, il ricostituente degli sportivi e dei campioni, è appuntata sulla parete di fondo, alla sinistra della porta; vicino alle città sedi di tappa ci sono degli spazi interlineari perché il tifoso possa via via scriverci le prestazioni dei sei primi arrivati di ogni tappa come pure i tre primi delle varie classifiche generali (Maglia Gialla, Maglia Verde, Gran Premio della Montagna).

La stanza è vuota, se non per un grosso soriano – Poker Dice – che sonnecchia acciambellato sulla trapunta di peluche azzurro cielo buttata sul divano letto affiancato da due comodini gemelli. Su quello di destra è posato un vecchio apparecchio radio a valvole (lo stesso il cui ascolto giudicato eccessivamente mattutino dalla signora Réol compromette le relazioni quanto al resto amichevoli fra le due coppie): il suo coperchio, in grado di alzarsi per svelare un pick-up sommario, regge una lampada dal paralume conico decorato con i quattro semi delle carte da gioco, e qualche busta per dischi a 45 giri: la prima della pila illustra il celebre ritornello di Boyer e Valbonne, *Boire un petit coup c'est agréable*, interpretato da Viviane Malehaut accompagnata da Luca Dracena, la sua fisarmonica e i suoi ritmi; raffigura una ragazza sui sedici anni che se la beve in compagnia di lavoranti salumieri ilari e obesi i quali, sullo sfondo di mezzi maiali appesi ai ganci, brandiscono con una mano la loro coppa di spumante presentando nell'altra grandi piatti di ceramica bianca traboccanti di salumi vari; prosciutto venato di grasso, cervellata, *museau*,* salsicciotti di Vire, lingua salmistrata, zampetti, soppressata e galantina.

Sul comodino di sinistra, una lampada il cui zoccolo è un fiasco di vino italiano (Valpolicella) e un poliziesco della Série Noire – *La Signora del lago*, di Raymond Chandler.

* Preparazione speciale di muso, guance, labbra e mento. [*N.d.T.*]

Fu in questo appartamento che visse, fino al 1965, la signora dal cagnolino con il figlio che si predestinava al sacerdozio. L'inquilino precedente era stato, per molti anni, un vecchio signore che tutti chiamavano il Russo, perché portava per tutto l'anno un colbacco. Il resto dell'abbigliamento era nettamente più occidentale: un abito nero con i calzoni che gli salivano fino allo sterno retti da un paio di bretelle elastiche e una cintura sottopancia insieme, una camicia raramente immacolata, una grande cravatta nera tipo lavallière, e un bastone da passeggio il cui pomo era una palla di biliardo.

Il Russo si chiamava in realtà Abel Speiss. Era un alsaziano sentimentale, ex veterinario dell'esercito, che dedicava tutto il tempo libero rispondendo a qualsiasi concorso pubblicato sui giornali. Risolveva con sconcertante facilità gli indovinelli:

Tre russi hanno un fratello. Questo fratello muore senza lasciare fratelli. Come mai?

i quesiti storici

Chi era l'amico di John Leland?

Chi fu minacciato da un'azione ferroviaria?

Chi era Sheraton?

Chi rasò la barba del vecchio?

i "da una parola all'altra"

VENA	MAMMA	POEMI
VANA	GAMMA	POETI
VACUA	GEMMA	PRETI
ACQUA	LEMMA	PROTI
		PRONI

i problemi matematici

Prudence ha 24 anni. Ha il doppio dell'età che aveva suo marito quando lei aveva l'età che suo marito ha. Quanti anni ha suo marito?

Scrivete il numero 120 usando quattro "8".

gli anagrammi

> MARIA = AMARI
> PATRASSO = TRAPASSO
> NICOMEDIA = MEDIANICO

i problemi di logica

Cosa viene dopo U D T Q C S S O?

Qual è l'intruso nel seguente elenco: italiano, corto, polisillabico, scritto, visibile,
stampato, maschile, parola, singolare, americano, intruso?

le parole quadrate, incrociate, triangolari, a prolunga (*aggio, maggio,*
ormaggio, formaggio), a incastro eccetera, e perfino le "domande sussi-
diarie",* terrore di tutti gli appassionati.

La sua grande specialità erano i crittogrammi. Ma se aveva
trionfalmente vinto il Grande Concorso Nazionale dotato di TRE-
MILA FRANCHI di premio organizzato da "le Réveil de Vienne et
Romans", scoprendo che il messaggio

aeeeil	*ihnalz*	*ruiopn*
toeedt	*zaemen*	*eeuart*
odxhnp	*trvree*	*noupvg*
eedgnc	*estlev*	*artuee*
arnuro	*ennios*	*ouitse*
spesdr	*erssur*	*mtqssl*

nascondeva la prima strofa de *La Marsigliese*, non era mai riuscito a
decifrare l'enigma presentato dalla rivista *le Chien français*

> *t' cea uc tsel rs*
> *n neo rt aluot*
> *ia ouna s ilel-*
> *-rc oal ei ntoi*

---

* Sono le domande di spareggio, nel caso in cui un concorso avesse più
vincitori concorrenti al premio. [*N.d.T.*]

e la sua unica consolazione era che non ce l'aveva fatta nessun altro concorrente e la rivista aveva dovuto risolversi a non assegnare il primo premio.

Oltre ai rebus e ai logogrifi, il Russo viveva un'altra passione: era innamorato pazzo della signora Hardy, la moglie del marsigliese commerciante in olio di oliva, una matrona dal viso dolce col labbro superiore ombrato da un amen di baffi. Si consigliava con tutti nel caseggiato, ma a dispetto degli incoraggiamenti che tutti gli prodigarono, non ebbe mai il coraggio – come diceva lui stesso – di "dichiarare la sua fiamma".

CAPITOLO LXXXVI

Rorschash, 5

Il bagno dei Rorschash fu a suo tempo una cosa di lusso. Su tutta la parete di fondo, collegando fra loro gli apparecchi sanitari, tubature di rame e di piombo, con le diramazioni visibili compiacentemente intricate, e provviste di una quantità verosimilmente superflua di manometri, termometri, flussometri, igrometri, valvole di sicurezza, volani, manette, manopole, miscelatori, leve e chiavi di ogni genere, tracciano una scena da sala macchine che contrasta in modo impressionante con la raffinatezza dell'ambiente: una vasca da bagno di marmo venato, un'acquasantiera medievale usata come lavandino, dei porta asciugamani fine secolo, rubinetti di bronzo scolpiti a forma di sole raggiante, testa di leone, collo d'oca, e qualche altro oggetto d'arte e rarità: una palla di cristallo, come se ne vedevano una volta nei dancing, appesa al soffitto che rifrange la luce da centinaia di piccoli specchi come occhi di mosca, due sciabole giapponesi da cerimonia, un paravento fatto di due lastre di vetro che includono una profusione di fiori d'ortensia seccati, e un tavolinetto Luigi XV di legno dipinto, che regge tre lunghi flaconi di sali da bagno, profumi e latte di bellezza, raffiguranti, rozzamente sbozzate, tre statuine forse antiche: un giovanissimo Atlante che porta sulla spalla sinistra un mondo in miniatura, un Pan itifallico, una Siringa tutta spaurita già mezza giunco.

Quattro opere d'arte attirano più particolarmente lo sguardo. La prima è un dipinto su tavola, databile intorno alla prima metà dell'Ottocento. Si intitola *Robinson che cerca di sistemarsi il più comodamente possibile sull'isola solitaria.* Sopra questo titolo scritto su due righe in maiuscoletto bianco, si vede, raffigurato con una certa ingenuità, Robinson Crusoe, berretto a punta, casacca di pelo di capra, seduto su una pietra; sta segnando sull'albero che gli serve per misurare il tempo la tacca della domenica.

La seconda e la terza sono due incisioni in cui due soggetti simili

426

sono stati trattati in due modi diversi: una, che si intitola enigmaticamente *La lettera rubata*, mostra un salotto elegante – parquet a punto ungherese, pareti tappezzate di tela di Jouy – nel quale una giovane donna seduta accanto a una finestra che dà su un grande parco ricama a punto cordoncino l'angolo di un sottile tessuto di lino bianco; poco distante, un uomo già vecchio e dall'aria eccessivamente britannica suona il virginale. La seconda incisione, d'ispirazione surrealista, raffigura una ragazza giovanissima, sui quattordici o quindici anni forse, che porta una corta sottoveste di pizzo. Le spighette traforate delle calze terminano a freccia e dal collo le pende una piccola croce di cui ciascun braccio è un dito che, sotto l'unghia, sanguina un po'. È seduta davanti a una macchina per cucire, accanto a una finestra aperta che lascia intravedere le rupi accavallate di un paesaggio renano, e sulla biancheria che cuce si legge il motto, ricamato a caratteri gotici tedeschi

𝕭𝖊𝖗𝖘𝖙𝖔̈𝖗𝖚𝖓𝖌
𝖉𝖆𝖘 𝖍𝖚̈𝖇𝖘𝖈𝖍𝖊 𝕾𝖈𝖍𝖚𝖑𝖒𝖆̈𝖉𝖈𝖍𝖊𝖓

La quarta opera è un calco, sul largo orlo della vasca da bagno. Rappresenta, in piedi, una donna che cammina, alta circa un terzo del normale. È una vergine romana sui vent'anni. Il corpo è lungo e slanciato, i capelli mollemente ondulati e quasi completamente coperti da un velo. La testa leggermente china, tiene raccolto nella mano sinistra un lembo dell'abito straordinariamente plissé che le ricade dalla nuca alle caviglie scoprendo così i due piedi calzati di sandali. Il piede sinistro poggia in avanti, e quello destro che sta per seguirlo tocca la terra solo con la punta delle dita, mentre pianta e calcagno s'alzano quasi verticali. Questo movimento, che esprime l'agile disinvoltura di una giovane donna in cammino e insieme un riposo sicuro di sé, le dà un fascino particolare combinando a un passo deciso una specie di volo sospeso.

Da donna accorta, Olivia Rorschash ha affittato l'appartamento per i mesi in cui sarà assente. La locazione – che include il servizio quotidiano di Jane Sutton – è stata fatta per il tramite di un'agenzia specializzata in alloggi temporanei a ricchissimi stranieri. L'inquilino è questa volta un certo Giovanni Pizzicagnoli, funzionario internazionale abitualmente residente a Ginevra, ma venuto a presiedere per sei settimane una delle commissioni sul bilancio della sessione straordinaria dell'Unesco dedicata ai problemi energetici. Il diplomatico ha fatto la sua scelta in pochi minuti sulle descrittive fornite dal corrispondente svizzero dell'agenzia. Arriverà in Francia solo fra due giorni, ma la moglie e il figlio sono già qui perché, convinto che i francesi sono una massa di ladri, ha incaricato la consorte, una robusta bernese sulla quarantina, di verificare in loco se le cose stavano come detto e promesso.

Olivia Rorschash ha ritenuto inutile presenziare alla visita e si è dall'inizio eclissata con un bel sorriso, e la scusa della partenza imminente; limitandosi a raccomandare alla signora Pizzicagnoli di stare attenta che il piccolo non rompa i piatti decorati della sala da pranzo né il grappolo di vetro soffiato del vestibolo.

L'impiegata dell'agenzia ha proseguito da sola la visita, enumerando alla cliente mobilio e forniture che va man mano segnando nel suo inventario. Ma è apparso subito chiaro che quella visita non sarebbe stata la solita formalità routiniera ma avrebbe invece posto dei gravi problemi perché la svizzera, visibilmente ossessionata a morte dalle questioni di sicurezza domestica, ha preteso le si spiegasse il funzionamento di tutti gli apparecchi elettrodomestici e le si mostrasse dove e come erano sistemati fusibili, valvole e disgiuntori. L'ispezione della cucina è andata piuttosto bene, nel bagno però le cose sono precipitate malamente: sommersa dagli eventi, l'impiegata dell'agenzia ha chiamato alla riscossa il direttore in persona il quale, data l'importanza dell'affare – l'affitto è di ventimila franchi per sei settimane – non ha potuto far altro che scaraventarsi, e però, non avendo ovviamente avuto il tempo di studiarsi la pratica, ha dovuto a sua volta ricorrere a varie persone: la signora Rorschash innanzitutto, che si è defilata con la scusa ch'era stato il marito a occuparsi dell'impianto; Olivier Gratiolet, l'ex proprietario, il quale ha risposto che la cosa non lo riguardava più da quasi quindici anni; Romanet, l'amministratore, che ha suggerito di chiedere all'arredatore, il quale si è limitato a dare il nome dell'imprenditore, il quale, vista l'ora tarda, si è fatto vivo solo attraverso una segreteria telefonica.

In conclusione, ci sono adesso sei persone nel bagno della signora Rorschash:

la signora Pizzicagnoli che con un minuscolo dizionario in mano continua a esclamare con una voce che la rabbia fa acuta e vibrante "Io non vi capisco! Una stanza ammobiliata!* Ich verstehe sie nicht! I am in a hurry! Me non capire! Ho fretta!* Io fretosa! Ich habe Eile! Geben sie mir eine Flashe Trinkwasser!";

l'impiegata dell'agenzia, una giovane donna in tailleur di alpaca bianco, che si sventola con i guanti di bavella;

il direttore dell'agenzia che cerca disperatamente dappertutto

* In italiano nel testo. [N.d.T.]

qualcosa che somigli a un portacenere nel quale depositare un sigaro masticato a trequarti;

l'amministratore che sfoglia un regolamento di comproprietà tentando di ricordarsi se vi si accenni da qualche parte alle norme di sicurezza in fatto di scaldabagni;

un riparatore idraulico chiamato d'urgenza non si sa da chi né perché, il quale ricarica l'orologio da polso aspettando che qualcuno gli dica di andarsene;

e il figlioletto Pizzicagnoli, un bamboccio di quattro anni vestito alla marinara che, indifferente a tutto quel chiasso, in ginocchio sul pavimento di marmo, fa correre senza sosta un coniglietto meccanico che batte su un tamburo strombettando instancabilmente l'aria del *Ponte sul fiume Kwai*.

CAPITOLO LXXXVII

Bartlebooth, 4

Nel salone dell'appartamento di Bartlebooth, un'immensa stanza quadrata tappezzata a colori tenui, sono riuniti i resti dei mobili, oggetti e ninnoli di cui Priscilla si circondava così volentieri nel suo palazzo in boulevard Malesherbes, 65: un divano e quattro grandi poltrone, di legno scolpito e dorato, coperti di antichi Gobelins che presentano su fondo giallo a traliccio dei portici arabescati e inghirlandati di tralci, foglie, frutti e fiori pieni di allegri volatili: colombe, pappagalli, cocorite eccetera; un grande paravento a quattro pannelli, con arazzi di Beauvais raffiguranti composizioni arabescate e, nella parte inferiore, delle scimmie travestite alla maniera di Gillot; un grande stipo con sette cassetti, epoca Luigi XVI, di mogano sagomato e filetti di legno colorato; sul suo piano di marmo bianco venato sono appoggiati due candelieri a dieci bracci, un tagliere d'argento, un piccolo servizio da scrivania tascabile in pelle di sagrì fornito di due scodellini con tappo d'oro, portapenne, raschietto e spatola d'oro, sigillo di cristallo inciso, e una piccolissima scatola per nei, rettangolare, d'oro sgraffiato e smalto blu; sull'alto camino di pietra nera, una pendola di marmo bianco e bronzo cesellato, il cui quadrante, marcato *Hoguet, à Paris*, è sostenuto da due barbuti in ginocchio; a destra e a sinistra della pendola, due vasi da farmacia in pasta tenera di Chantilly; su quello di destra c'è scritto *Ther. Vieille*, su quello di sinistra *Gomme Gutte*; da ultimo, su una piccola tavola di forma ovale e legno di rosa con il piano di marmo bianco sono posate tre statuine di Saxe: una rappresenta Venere con un amorino, seduti in un carro decorato di fiori, tirati da tre cigni; le altre due sono allegorie figuranti l'Africa e l'America: *l'Africa* è personificata da un negretto seduto sopra un leone sdraiato; *l'America*, da una donna adorna di piume che, cavalcando all'amazzone un coccodrillo, si stringe al seno sinistro una cornucopia; sulla sua mano destra è posato un pappagallo.

Alle pareti sono appesi parecchi quadri; il più imponente dei quali pende sulla destra del caminetto; è una *Deposizione* del Groziano, scura e severa; sulla sinistra, una marina di F.H. Mans, *L'Arrivée des bateaux de pêche sur une petite plage hollandaise*; sulla parete di fondo, sopra un grande divano, uno studio su cartone per *Il Ragazzo blu* (*Blue Boy*) di Thomas Gainsborough, due grandi incisioni di Le Bas riproducenti *L'Enfant au toton* e *Le Valet d'Auberge* di Chardin, una miniatura raffigurante un prete dalla faccia gonfia di contentezza e orgoglio, una scena mitologica di Eugène Lami che mostra Bacco, Pan e Sileno attorniati da una farandola di satiri, emipani, egipani, silvani, fauni, lemuri, lari, spiriti e folletti; un paesaggio intitolato *L'Isola Misteriosa* e firmato L.N. Montalescot: raffigura una riva la cui parte sinistra, con la spiaggia e la foresta, offre un piacevole approdo, ma la cui parte destra, fatta di pareti rocciose merlate come torri e aperte in un unico imbocco, rievoca una fortezza imprendibile; e un acquerello di Wainewright, quell'amico di sir Thomas Lawrence, pittore, collezionista e critico, che fu uno dei "Leoni" più celebri del suo tempo e di cui dopo morto si riseppe che aveva assassinato per diletto otto persone; l'acquerello s'intitola *Il Barrocciaio* (*The Carter*): il barrocciaio è seduto su una panchina davanti a un muro scialbato a calce. È un uomo alto e forte, con un paio di calzoni di tela bigia dentro a stivali tutti screpolati, una camicia grigia dal collo molto aperto e un foulard variopinto; porta al polso destro un bracciale di cuoio chiodato; dalla spalla sinistra gli ciondola una borsa di tela; la sua frusta di corda intrecciata, il cui ciuffo terminale si sparpaglia in tanti fili scabri, è posata sulla destra, accanto a una brocca e a una pagnotta di pane.

Divani e poltrone sono coperti da fodere di nylon trasparente. Da almeno dieci anni ormai, questa stanza viene usata solo in via eccezionale. L'ultima volta che Bartlebooth vi è entrato risale a quattro mesi fa, quando gli sviluppi del caso Beyssandre lo costrinsero a ricorrere a Rémi Rorschash.

All'inizio degli anni settanta, due importanti industrie del turismo alberghiero – MARVEL HOUSES INCORPORATED e INTERNATIONAL HOSTELLERIE – decisero di associarsi per meglio resistere alla formidabile spinta dei due nuovi giganti della categoria: Holiday Inn e Sheraton. Marvel Houses Inc. era una società nordamericana con solide basi nei Caraibi e in Sudamerica; quanto all'International Hostellerie, si trattava di una holding che gestiva capitali provenienti dagli Emirati arabi, con sede a Zurigo.
Gli stati maggiori delle due società si riunirono una prima volta a Nassau, nelle Bahamas, nel febbraio 1970. L'esame comune che

fecero della situazione mondiale li convinse che la loro unica probabilità di arginare l'ascesa delle due concorrenti era inventarsi uno stile turistico-alberghiero senza uguali nel mondo: "Una concezione dell'industria alberghiera, dichiarò il presidente di Marvel Houses, che non si basi sullo sfruttamento forsennato del culto dei bambini (*applausi*) né sull'accettazione da parte dei responsabili di folli sprechi in conto spese (*applausi*) ma sul rispetto dei tre valori fondamentali: svago, riposo, cultura (*applausi prolungati*)".

Parecchi incontri nella sede di questa o quella delle due società permisero, nei mesi successivi, di precisare gli obiettivi tracciati con tanto brio dal presidente della Marvel Houses. Dopo che uno dei direttori dell'International Hostellerie aveva fatto notare, a mo' di battuta, come le loro ragioni sociali avessero lo stesso numero di lettere, 24, gli uffici pubblicitari delle due organizzazioni impadronendosi dell'idea proposero, in ventiquattro paesi diversi, una scelta di ventiquattro posizioni strategiche in cui avrebbero potuto sorgere ventiquattro complessi alberghieri di uno stile assolutamente nuovo; grazie a una raffinatezza suprema l'enunciato dei ventiquattro luoghi scelti presentava, verticalmente e fianco a fianco, l'intestazione delle due ditte creatrici (fig. 1).

Nel novembre 1970, i presidenti direttori generali si incontrarono a Kuwait e firmarono un contratto di associazione ai termini del quale fu convenuto che la Marvel Houses Incorporated e l'International Hostellerie avrebbero creato in comune due filiali gemelle, una società di investimenti alberghieri, che si sarebbe chiamata Marvel Houses International, e una società bancaria di finanziamento alberghiero, che avrebbero battezzato Incorporated Hostellerie, le quali società, debitamente approvvigionate con capitali provenienti dalle due case madri, avrebbero avuto l'incarico di concepire, organizzare e condurre in porto la costruzione dei ventiquattro complessi alberghieri nei luoghi sopra indicati. Il presidente direttore generale dell'International Hostellerie diventò presidente direttore generale della Marvel Houses International e vice presidente direttore generale dell'Incorporated Hostellerie, mentre il presidente direttore generale della Marvel Houses Incorporated diventava presidente direttore generale dell'Incorporated Hostellerie e vice presidente direttore generale della Marvel Houses International. La sede sociale dell'Incorporated Hostellerie, che si sarebbe assunta specificatamente l'incarico della gestione finanziaria dell'operazione, venne fissata nella stessa Kuwait; quanto alla Marvel Houses International, che si sarebbe addossata l'avvio e il buon funzionamento dei cantieri veri e propri, venne, per motivi fiscali, stanziata a Portorico.

Il bilancio totale dell'operazione superava ampiamente il miliar-

MIRAJ	India
ANAFI	Grecia (Cicladi)
ARTIGAS	Uruguay
VENCE	Francia
ERBIL	Irak
ALNWICK	Inghilterra
HALLE	Belgio
OTTOK	Austria (Illiria)
HUIXTLA	Messico
SORIA	Spagna (Vecchia Castiglia)
ENNIS	Irlanda
SAFAD	Israele
ILION	Turchia (Troia)
INHAKEA	Mozambico
COIRA	Svizzera
OSAKA	Giappone
ARTESIA	Stati Uniti (Nuovo Messico)
PEMBA	Tanzania
OLAND	Svezia
ORLANDO	Stati Uniti (Disneyworld*)
AEROE	Danimarca
TROUT	Canada
EIMEO	Arcipelago di Tahiti
DELFT	Paesi Bassi

Figura 1. Schema d'insediamento dei 24 complessi alberghieri della Marvel Houses International e dell'Incorporated Hostellerie.

* Sembrerebbe così che gli Stati Uniti – con Artesia e Orlando – siano stati scelti due volte, in contrasto con la decisione di costruire i ventiquattro complessi in ventiquattro paesi diversi; ma, fece molto giustamente osservare uno dei direttori della Marvel Houses, Orlando si trova solo apparentemente negli Stati Uniti, e questo perché Disneyworld è un mondo a se stante, un mondo in cui Marvel Houses e International Hostellerie avevano il dovere di essere rappresentate.

do di dollari – più di cinquecentomila franchi per camera – e doveva sfociare nella creazione di centri alberghieri il cui lusso sarebbe stato pari solo alla loro autonomia: l'idea chiave dei promotori era in effetti che, se è giusto che quel luogo privilegiato di riposo, svago e cultura che un albergo dovrebbe sempre essere, si trovi in una zona climatica particolare adattata a un bisogno preciso (avere caldo quando altrove fa freddo, aria pura, neve, iodio, eccetera) e nelle vicinanze di un luogo specificatamente consacrato a una data attività turistica (bagni di mare, stazione sciistica, città termali, città antiche, curiosità e panorami naturali [parco, eccetera] o artificiali [Venezia, Matmata, Disneyworld, eccetera], eccetera), la cosa non doveva in alcun modo essere un obbligo: un buon albergo deve essere quello in cui.il cliente deve poter uscire se ha voglia di uscire, e "non uscire se uscire diventa corvée". Di conseguenza, ciò che avrebbe fondamentalmente caratterizzato gli alberghi che la Marvel Houses International si proponeva di costruire, doveva essere il fatto che avrebbero comportato, *intra muros*, tutto quello che una clientela ricca, esigente e pigra poteva aver voglia di fare o vedere senza uscirne, cosa che si sarebbe puntualmente verificata per la maggior parte di quei visitatori nordamericani, arabi o giapponesi i quali, pur sentendosi in obbligo di percorrere da cima a fondo l'Europa e i suoi tesori culturali, non per questo hanno sempre voglia di farsi chilometri di musei o passare scomodissime ore imbottigliati nel traffico mefitico di Saint-Sulpice o della place Saint-Gilles.

Quest'idea era già da parecchio tempo alla base dell'industria alberghiera moderna: aveva portato alla creazione di spiagge private, alla chiusura sempre più esasperata di zone costiere e piste di sci, e al rapido espandersi di club, villaggi e centri di vacanze completamente artificiali e senza legami vitali con il loro circondario geografico e umano. Ma, qui, fu promossa a sistema perfetto: il cliente di una delle nuove Hostelleries Marvel avrebbe avuto a disposizione non solo, come in qualsiasi altre quattro stelle, spiaggia, campo di tennis, piscina riscaldata, golf a 18 buche, maneggio, sauna, *marina*, casinò, night-clubs, negozi, ristoranti, bar, edicole, tabaccherie, agenzia di viaggi e banca, ma anche il suo campo di sci, il suo impianto di risalita, il suo pattinaggio, il suo fondale per la pesca subacquea, le sue onde per il surf, il suo safari, il suo acquario gigante, il suo museo d'arte antica, le sue rovine romane, il suo campo di battaglia, la sua piramide, la sua chiesa gotica, il suo suk, il suo *bordj*,* la sua *cantina*, la sua plaza de toros, la sua zona archeologica, la sua Bierstübe, il suo bal-à-Jo, le sue danzatrici di Bali, eccetera, eccetera.

* Algerino: casa fortificata. [*N.d.T.*]

Per arrivare a tale disponibilità propriamente vertiginosa e che avrebbe giustificato di per sé i prezzi convenuti, la Marvel Houses International fece ricorso a tre strategie concomitanti: la prima consisteva nella ricerca di siti isolati o facilmente isolabili che offrissero di prima risorse turistiche abbondanti e ancora ampiamente vergini, a questo proposito è significativo notare che dei ventiquattro luoghi presi in considerazione, cinque erano situati nelle immediate vicinanze di parchi naturali – Alnwick, Ennis, Ottok, Soria, Vence – che altri cinque erano isole: Aeroe, Anafi, Eimeo, Oland e Pemba, e che l'operazione prevedeva anche due isole artificiali, una al largo di Osaka nel mare Interno, e l'altra di fronte a Inhakea sulla costa del Mozambico, come pure la sistemazione completa di un lago, il lago Trout, nell'Ontario, dove si pensava di creare un centro interamente subacqueo.

Il secondo passo consistette nel proporre ai responsabili locali, regionali o nazionali delle zone in cui la Marvel Houses International intendeva sistemarsi, la creazione di "parchi culturali", le cui spese di allestimento sarebbero state interamente a carico della Marvel Houses, in cambio di una concessione di ottant'anni (i primi calcoli di previsione avevano dimostrato che, nella maggior parte dei casi, l'operazione si sarebbe ammortizzata in cinque anni e tre mesi per diventare poi redditizia nei successivi settantacinque); questi "parchi culturali" potevano sia essere creati di sana pianta sia conglobare vestigia o costruzioni già note, come a Ennis, in Irlanda, poco distante dall'aeroporto internazionale di Shannon, dove le rovine di un'abbazia del XIII secolo sarebbero rientrate nell'area dell'albergo, sia integrarsi a strutture già esistenti, come a Delft, dove la Marvel Houses offrì alla municipalità di salvare un vecchio quartiere cittadino al completo e farci rivivere "la vecchia Delft", con vasai, tessitori, pittori, cesellatori e artigiani del ferrobattuto in pianta stabile, a lume di candela, calzati e vestiti all'antica.

Il terzo passo della Marvel Houses International consistette nel prevedere il rendimento delle attrazioni offerte studiando, almeno per l'Europa, dove i promotori avevano concentrato il cinquanta per cento dei progetti, le loro possibilità di rotazione; ma quest'idea, inizialmente rivolta solo al personale (danzatrici di Bali, apache del bal-à-Jo, camerieri tirolesi, toreri, aficionados, istruttori, incantatori di serpenti, antipodisti, eccetera), fu presto applicata alle attrezzature stesse comportando di conseguenza quella che indubbiamente costituì la vera originalità di tutta l'iniziativa: la pura e semplice negazione dello spazio.

Si capì ben presto infatti, confrontando bilanci di attrezzatura e bilanci di funzionamento, che sarebbe costato molto di più costruire in ventiquattro esemplari piramidi, fondali subacquei, montagne, roccaforti, canyon, grotte rupestri, eccetera, che trasferire gratuitamente un cliente desideroso di sciare il quindici agosto mentre si trova a Halle o di cacciare la tigre mentre sta nel bel mezzo della Spagna.

Così nacque l'idea di un contratto standard: a partire da un soggiorno uguale o superiore a quattro giornate di ventiquattro ore, ogni pernottamento poteva farsi, senza alcun supplemento prezzi, in un albergo diverso della stessa catena. A ciascun cliente in arrivo, si sarebbe consegnato una specie di calendario che gli avrebbe proposto qualcosa come settecentocinquanta avvenimenti turistici e culturali, con un certo numero di ore prestabilito per tutti, e gli si sarebbe permesso di spuntarne a suo piacimento nei limiti di tempo che intendeva passare nella Marvel Houses, impegnandosi la direzione a coprire, senza alcun supplemento prezzi, l'ottanta per cento dei suoi desiderata. Se, per dirla con un facile esempio, un cliente arrivato a Safad spuntava alla rinfusa avvenimenti come: sci, bagni ferruginosi, visita alla Kasbah' di Ouarzazate, degustazione di formaggi e vini svizzeri, torneo di canasta, visita al Museo dell'Ermitage, pranzo alsaziano, visita al castello di Champs-sur-Marne, concerto dell'orchestra filarmonica di Des Moines diretta da Laszlo Birnbaum, visita alle Grotte di Bétharram (*"traversata completa di una montagna fiabescamente illuminata da 4500 lampadine! L'abbondanza di stalattiti e la varietà meravigliosa degli scenari sono rallegrate da una passeggiata in gondola che ricorda l'aspetto irreale di Venezia la Bella! Quanto la Natura ha fatto di Unico al Mondo!"*) eccetera, la direzione, dopo essersi collegata con il calcolatore gigante della compagnia, avrebbe subito previsto un trasferimento a Coira (Svizzera) per le discese di sci su ghiacciaio, la degustazione di formaggi e vini svizzeri (vini della Valtellina), i bagni ferruginosi e il torneo di canasta, e un altro trasferimento, da Coira a Vence, per la visita delle Grotte Ricostruite di Bétharram (*"traversata completa di una montagna fiabescamente illuminata, eccetera"*). Nella stessa Safad si sarebbero potuti svolgere pranzo alsaziano e visite al museo e al castello assicurate da conferenze audiovisive che al viaggiatore comodamente seduto in poltrona avrebbero fatto scoprire, intelligentemente presentate e valorizzate, le meraviglie artistiche di tutti i tempi e di tutti i paesi. In compenso, la direzione avrebbe garantito il trasferimento a Artesia, dove sorgeva una favolosa replica della Kasbah' di Ouarzazate, e a Orlando-Disneyworld, dove l'orchestra filarmonica di Des Moines era stata ingaggiata per la stagione, solo se il cliente prenotava una settimana supplementare, e avrebbe suggerito come eventuale sostituzione la visita alle sinagoghe autentiche di

Safad (a Safad), una serata con l'orchesta da camera di Bregenz diretta da Hal Montgomery con Virginia Fredericksburg solista (Corelli, Vivaldi, Gabriel Pierné) (a Vence) o una conferenza del professor Strossi, dell'università di Clermont-Ferrand, su *Marshall McLuhan e la terza rivoluzione copernicana* (a Coira).

Va da sé che i dirigenti della Marvel Houses si sarebbero sempre premurati di procurare a ciascuno dei loro ventiquattro parchi tutte le attrezzature promesse. In caso di forza maggiore, avrebbero raggruppato in un unico luogo questa o quella attrazione che sarebbe stato più facile sostituire altrove con una contraffazione di buona qualità: così, per esempio, ci sarebbe stata solo una grotta di Bétharram e altrove delle grotte come Lascaux o Les Eyzies, meno spettacolari, d'accordo, ma altrettanto cariche d'insegnamenti e di emozione. Ma soprattutto quella politica agile e flessibile avrebbe autorizzato progetti infinitamente ambiziosi, e già sul finire del 1971 architetti e urbanisti avevano compiuto, perlomeno sulla carta, veri e propri miracoli: trasporto pietra su pietra e ricostruzione del monastero di Santa Petronia di Oxford, rifacimento del castello di Chambord a Osaka, della Medina di Ouarzazate a Artesia, delle Sette Meraviglie del Mondo (modelli in scala 1:15) a Pemba, del London Bridge sul lago Trout e del Palazzo di Dario a Persepoli a Huixtla (Messico) dove sarebbe stata resa fin nei minimi particolari tutta la magnificenza della corte dei re di Persia, il numero dei loro schiavi, dei loro carri, dei loro cavalli e dei loro palazzi, la bellezza delle loro amanti, il lusso dei loro concerti. Sarebbe stato deplorevole pensare a un duplicato di tali capolavori, tant'era chiaro che l'originalità del sistema originava dalla singolarità geografica di quelle meraviglie, unita al godimento immediato di cui poteva disporne un cliente danaroso.

Gli studi di motivazione e mercato spazzarono via le esitazioni e le reticenze dei finanziatori dimostrando in modo inconfutabile che esisteva una clientela potenziale talmente importante che si poteva ragionevolmente sperare di ammortizzare l'operazione non in cinque anni e tre mesi, come risultava dai primi calcoli, ma solo in quattro anni e otto mesi. I capitali affluirono e all'inizio del 1972 il progetto divenne operativo e i cantieri dei due complessi pilota, Trout e Pemba, furono aperti.

In ossequio alle leggi portoricane, la Marvel Houses International doveva devolvere l'uno per cento del suo bilancio globale all'acquisto di opere d'arte contemporanea; nella maggior parte dei casi, gli obblighi di questo tipo si risolvono nel mondo alberghiero appendendo in ogni camera un disegno a china lumeggiato con l'acquerello raffigurante Sables-d'Or-les-Pins o Saint-Jean-de Monts, oppure piazzando una scultura piccolo monumentale nella grande entrata dell'albergo. Ma dalla Marvel Houses International ci si aspettava ovviamente una maggiore inventiva e, dopo aver buttato giù tre o quattro idee soluzione – allestimento di un museo internazionale d'arte contemporanea in uno dei complessi alberghieri, acquisto o ordinazione di ventiquattro opere importanti ai ventiquattro artisti viventi più famosi, creazione di una Marvel Houses Foundation che distribuisse borse di studio a giovani promettenti, e via dicendo – i dirigenti della Marvel Houses si liberarono del problema per loro secondario affidandolo a un critico d'arte.

La loro scelta cadde su Charles-Albert Beyssandre, critico svizzero di lingua francese, che pubblicava regolarmente i suoi pezzi ne *la Feuille d'Avis de Fribourg* e *la Gazette de Genève*, corrispondente a Zurigo di una mezza dozzina di quotidiani e periodici francesi, belgi e italiani. Il presidente direttore generale della International Hostellerie – e di conseguenza della Marvel Houses International – era uno dei suoi fedeli lettori e lo aveva varie volte utilmente interpellato per i propri investimenti artistici.

Convocato dal consiglio di amministrazione della Marvel Houses e messo al corrente della questione, Charles-Albert Beyssandre riuscì facilmente a convincere i promotori che la soluzione più adatta alla loro politica di prestigio doveva consistere nel riunire un gruppo molto ristretto di opere maggiori: non un museo né un'accozzaglia raccogliticcia e nemmeno una cromolitografia sopra ogni letto, ma una manciata di capolavori gelosamente conservati in un unico luogo che gli appassionati del mondo intero avrebbero sognato di contemplare almeno una volta in vita. Entusiasmati da questa prospettiva, i dirigenti della Marvel Houses affidarono a Charles-Albert Beyssandre l'incarico di raccogliere nei cinque anni a venire quei pezzi rarissimi.

Beyssandre si ritrovò quindi a capo di un bilancio fittizio – le norme definitive, ivi compresa la sua commissione personale del tre per cento, dovendo intervenire solo nel 1976 – e nondimeno colossale: più di cinquanta miliardi di vecchi franchi, di che acquistare i tre quadri più cari del mondo o, come si divertì a calcolare nei primi giorni, di che comperare una cinquantina di Klee, o quasi tutti i Morandi, o quasi tutti i Bacon, o praticamente tutti i Magritte, e forse cinquecento Dubuffet, una buona ventina dei migliori Picasso, un centinaio di Stael, quasi tutta la produzione di Frank Stella, quasi tutti i Kline e quasi tutti i Klein, tutti i Mark Rothko della Collezione Rockefeller con, a mo' di gratifica, tutti gli Huffing della Donazione Fitchwinder e tutti gli Hutting del "periodo nebbia" che del resto

Charles-Albert Beyssandre apprezzava in verità abbastanza poco.

L'esaltazione un po' puerile provocata da quei calcoli si esaurì ben presto e Beyssandre non tardò a scoprire che il suo compito starebbe stato più arduo di quanto non pensasse.

Beyssandre era un uomo sincero, che amava pittura e pittori, attento, scrupoloso e aperto, e felice quando dopo parecchie ore passate in uno studio o in una galleria arrivava a lasciarsi silenziosamente riempire dalla presenza inalterabile di un quadro, la sua esistenza tenue e serena, la sua evidenza compatta imponendosi poco a poco, facendosi cosa quasi vivente, cosa piena, cosa palpabile, qui, semplice e complessa, segni di una storia, di un lavoro, di un sapere, finalmente tracciati al di là del loro incedere difficile, tortuoso e forse anche torturato. Il compito che i dirigenti della Marvel Houses gli avevano affidato era commerciale, certo, ma perlomeno, passando in rivista l'arte del suo tempo, gli permetteva di rinnovare quei "momenti magici" – l'espressione è del suo collega parigino Esberi – e fu quasi con entusiasmo che lo affrontò.

Ma le notizie si spargono in fretta nel mondo dell'arte e si deformano volentieri; ben presto tutti seppero che Charles-Albert Beyssandre era diventato l'agente di uno straordinario mecenate il quale lo aveva incaricato di mettere insieme la più ricca collezione privata di pittori viventi.

In capo a qualche settimana, Beyssandre si accorse di disporre di un potere ancora più grande del credito. Alla semplice idea che il critico avrebbe eventualmente potuto, in un qualche futuro, prendere in considerazione l'acquisto di questa o quell'opera per conto del suo ricchissimo cliente, i mercanti impazzirono e i talenti più oscuri balzarono da un giorno all'altro al livello dei Cézanne e dei Murillo. Come nella storia di quell'uomo che, avendo in tutto e per tutto un biglietto da centomila lire sterline, riesce a viverci su per un mese senza toccarlo, la sola presenza o assenza del critico a una manifestazione artistica incominciò ad avere conseguenze folgoranti. Non appena arrivava a un'asta i prezzi andavano alle stelle, e se ripartiva dopo aver fatto un rapido giro della sala, le quotazioni scendevano, si afflosciavano, crollavano. Quanto ai suoi articoli, diventarono degli avvenimenti che i compratori da investimento aspettavano al varco con ansia sempre crescente. Se parlava della prima esposizione di un pittore, il pittore vendeva tutto in giornata, e se non faceva parola degl'imbratti pubblici di un noto maestro, subito i collezionisti gli s'imbronciavano contro, rivendevano in perdita o sbrattavano il loro salotto dalle tele disprezzate per nasconderle in casseforti blindate aspettando che tornassero in auge.

Ben presto iniziarono le pressioni. Lo s'inondava di champagne e foie gras; lo si mandava a prendere da autisti in divisa al volante di limousine nere; parecchi architetti di fama vollero costruirgli la casa e parecchi arredatori alla moda si offrirono di arredargliela.

Per varie settimane, Beyssandre si ostinò a pubblicare i suoi articoli, convinto che il panico e l'entusiasmo che provocavano si sarebbero via via andati spegnendo. Poi, cercò di adoperare svariati pseudonimi – B. Drapier, Diedrich Knickerbocker, Fred Dannay, M.B. Lee, Sylvander, Ehrich Weiss, Guillaume Porter, eccetera – ma fu quasi peggio, perché da quel momento i mercanti credettero di ravvisarlo in qualsiasi firma insolita e sbalzi inspiegabili continuarono a scuotere il mercato artistico molto tempo dopo che Beyssandre ebbe totalmente cessato di scrivere, annunciandolo a chiare lettere in tutti i giornali cui aveva collaborato.

I mesi successivi furono per lui i più difficili: dovette proibirsi di frequentare le aste e di presenziare ai vernissage; si circondava di precauzioni incredibili per visitare le gallerie, ma ogniqualvolta il suo incognito veniva scoperto la cosa innescava reazioni disastrose, per cui dovette alla fine risolversi a rinunciare; andava ormai solo negli studi privati; chiedeva al pittore di fargli vedere le cinque opere che lo stesso autore riteneva quelle migliori e di lasciarlo solo con loro per almeno un'ora.

Due anni dopo, aveva visitato più di duemila studi suddivisi in novantuno città e in ventitré nazioni. Il suo problema era a questo punto rileggersi gli appunti, fare una scelta e basta: nello chalet dei Grigioni messo cortesemente a sua disposizione da uno dei direttori dell'International Hostellerie, incominciò a riflettere sullo strano compito che gli era stato affidato e sul bizzarro fall-out che ne era conseguito. E fu pressapoco in quel periodo, mentre davanti a quei paesaggi di ghiaccio, con le vacche dai pesanti campanacci come unica compagnia, si interrogava sul significato dell'arte, che gli giunse l'avventura di Bartlebooth.

Ne fu informato per caso mentre stava per accendere il fuoco con un numero vecchio già di due anni delle *Dernières Nouvelles de Saint-Moritz*, foglio locale che in stagione riferiva due volte alla settimana i pettegolezzi della stazione invernale: Olivia e Rémi Rorschash erano venuti a passare una decina di giorni all'Engadiner e avevano avuto un'intervista ciascuno:

– Rémi Rorschash, ci parli un po' dei suoi progetti futuri.
– Mi hanno raccontato la storia di un uomo che ha fatto il giro del mondo per dipingere dei quadri, e poi li ha distrutti scientifica-

mente. Credo di avere una certa voglia di farne un film...

Il riassunto era scarno e manchevole, ma tale da destare l'interesse di Beyssandre. E quando il critico ne approfondì maggiormente la conoscenza, il progetto dell'inglese suscitò il suo entusiasmo. Da quel momento, quasi subito, la decisione di Beyssandre fu presa: sarebbero state proprio quelle opere che l'autore intendeva annullare completamente a costituire la gemma più preziosa della collezione più rara del mondo.

Bartlebooth ricevette la prima lettera di Beyssandre all'inizio dell'aprile 1974. Allora, non poteva già più leggere niente tranne i titoli grandi dei giornali e fu Smautf che gliela lesse. Il critico vi raccontava minutamente tutta la storia e com'era arrivato a scegliere per quegli acquerelli smembrati in altrettanti puzzle un destino da opere d'arte che l'autore gli rifiutava: mentre da mesi gli artisti del mondo intero e i loro mercanti sognavano di inserire uno dei loro prodotti nella favolosa collezione della Marvel Houses, all'unico uomo che non voleva mostrare né tenersi l'opera sua offriva di acquistare il restante per dieci milioni di dollari!

Bartlebooth chiese a Smautf di strappare la lettera, di rispedire senza aprirle quelle che l'avrebbero eventualmente seguita, di non riceverne il mittente se per avventura si fosse presentato.

Per tre mesi, Beyssandre scrisse, telefonò e suonò alla porta inutilmente. Poi, l'undici luglio, andò a trovare Smautf in camera sua e lo incaricò di avvisare il padrone che la guerra era aperta: se l'arte, per Bartlebooth, consisteva nel distruggere le opere che aveva concepito, l'arte, per lui, Beyssandre, sarebbe consistita nel preservare, a qualsiasi costo, una o parecchie di quelle opere, e quindi sfidava l'inglese ostinato a impedirglielo.

Bartlebooth conosceva abbastanza, non foss'altro per averli sperimentati su se stesso quali guasti la passione può esercitare sugli individui più assennati, per capire che il critico non parlava certo alla leggera. La prima delle precauzioni avrebbe dovuto essere quella di evitare qualsiasi rischio agli acquerelli ricomposti, e quindi rinunciare al puntiglio di distruggerli sui medesimi luoghi in cui erano stati un tempo dipinti. Ma significava non conoscere Bartlebooth; sfidato, avrebbe raccolto la sfida, e gli acquerelli, com'era sempre successo, avrebbero continuato a essere portati sul luogo di origine per ritrovarvi il candore del loro primo nulla.

Questa fase suprema del grande progetto si era sempre compiuta in un modo molto meno protocollare delle tappe che l'avevano preceduta. Nei primi anni, fu spesso lo stesso Bartlebooth che, il tempo di prendere due aerei o due treni, procedeva all'operazione; in seguito se ne incaricò Smautf e poi, quando i luoghi cominciarono a farsi via via più lontani, si prese l'abitudine di spedire gli acquerelli ai corrispondenti che Bartlebooth aveva a suo tempo contattato in loco o a quelli che nel frattempo li avevano sostituiti; ogni acquerello era accompagnato da una boccetta di solvente speciale, da un piano particolareggiato indicante il punto preciso in cui la cosa andava fatta, da una nota esplicativa, e da una lettera autografa di Bartlebooth che pregava il suddetto corrispondente di consentire a procedere alla distruzione dell'acquerello qui allegato seguendo le indicazioni date sulla nota esplicativa e, a operazione ultimata, rispedirgli il foglio di carta tornato vergine. Finora l'operazione si era svolta come previsto e Bartlebooth aveva ricevuto, dieci o quindici giorni dopo, il suo foglio di carta bianca, e non gli era mai venuto in mente che qualcuno avrebbe solo potuto far finta di distruggere l'acquerello e rimandargli un altro foglio, della qual cosa però si garantì facendo verificare che tutti quei fogli — fabbricati espressamente per lui — portassero proprio la sua filigrana e le minuscole tracce dei ritagli di Winckler.

Per fronteggiare l'attacco di Beyssandre, Bartlebooth prese in esame parecchie soluzioni. La più efficace sarebbe certo stata quella di affidare la distruzione degli acquerelli a una persona di fiducia e di farla scortare da guardie del corpo. Ma dove trovare una persona di fiducia, di fronte al potere quasi illimitato di cui disponeva il critico? Bartlebooth era sicuro solo di Smautf e Smautf era troppo vecchio e per di più il miliardario che, per il buon esito del progetto, aveva da cinquant'anni abbandonato a poco a poco il suo patrimonio in mani mercenarie, non avrebbe neanche più avuto i mezzi per garantire al vecchio servitore una protezione così costosa.

Dopo aver esitato a lungo, Bartlebooth chiese di vedere Rorschash. Nessuno sa come riuscì a ottenere il suo aiuto, in ogni caso però fu proprio grazie al produttore che poté affidare a degli operatori della televisione in partenza per girare nell'Oceano Indiano, il Mar Rosso o il Golfo Persico l'incarico di distruggere i suoi acquerelli secondo il solito rito e filmarne la distruzione.

Per vari mesi, questo sistema funzionò senza troppi attriti. L'operatore, il giorno prima di partire, riceveva l'acquerello da distruggere insieme a una scatola sigillata contenente centoventi metri di pellicola invertibile, il cui sviluppo cioè avrebbe dato una copia originale senza passare attraverso un negativo. Smautf e Kléber andavano ad aspettare all'aeroporto il ritorno del cameraman che gli consegnava l'acquerello ridiventato bianco e la pellicola impressionata che loro portavano subito in un laboratorio. La sera stessa o l'indomani al più tardi Bartlebooth poteva visionare il film su un proiettore da 16 mm sistemato in anticamera. Poi lo faceva bruciare.

Vari incidenti che potevano difficilmente passare per coincidenze mostrarono però che Beyssandre non si dava per vinto. Fu sicuramente lui a organizzare il furto nell'appartamento di Robert Cravennat, il chimico che, dopo l'incidente di Morellet nel 1960, procedeva alla riacquerellizzazione dei puzzle, e il principio d'incendio doloso che per poco non devastò lo studio di Guyomard. Bartlebooth, la cui vista diminuiva sempre di più, era sempre più in ritardo, e Cravennat non aveva puzzle in casa in quella quindicina; quanto a Guyomard, spense da solo il focolare dell'incendio – stracci imbevuti di petrolio – prima che quelli che lo avevano appiccato potessero approfittarne per rubare l'acquerello appena ricevuto.

Ma ci voleva ben altro per smontare Beyssandre, e poco meno di due mesi fa, il venticinque aprile 1975, la stessa settimana in cui Bartlebooth perse definitivamente la vista, accadde ciò che doveva accadere: l'inevitabile; la squadra televisiva che era andata in Turchia, e il cui cameraman doveva recarsi a Trebisonda per procedervi alla distruzione del quattrocentotrentottesimo acquerello di Bartlebooth (l'inglese aveva allora un ritardo di sedici mesi sul programma), non ritornò: due giorni dopo si seppe che i quattro uomini erano morti in un inspiegabile incidente d'auto.

Bartlebooth decise di rinunciare alle sue distruzioni rituali; i puzzle che da quel momento avrebbe portato a termine non sarebbero più stati rincollati, staccati dal loro supporto di legno e immersi in un solvente da cui il foglio di carta sarebbe riuscito assolutamente bianco, ma semplicemente rimessi nella scatola nera della signora Hourcade e buttati in un inceneritore. Questa decisione fu tardiva e insieme inutile, Bartlebooth infatti non avrebbe mai ultimato il puzzle che iniziò quella settimana.

Pochi giorni dopo, Smautf lesse in un giornale che la Marvel Houses International depositava il proprio bilancio. Nuovi calcoli avevano mostrato che, tenuto conto dell'aumento dei costi di costruzione, l'ammortamento dei ventiquattro parchi culturali avrebbe richiesto non quattro anni e otto mesi, e nemmeno cinque anni e tre mesi, ma sei anni e due mesi; i principali accomandanti, spaventati, avevano ritirato i loro fondi per riversarli in un gigantesco progetto di rimorchio d'iceberg. Il programma della Marvel Houses era sospeso *sine die*. Di Beyssandre, nessuno seppe più nulla.

CAPITOLO LXXXVIII

Altamont, 5

Nel salotto grande degli Altamont, due servitori danno l'ultimo tocco ai preparativi per il ricevimento. Uno, un nero atletico che porta con disinvoltura sbracata una livrea Luigi XV – giubba e brache a righine verdi, calze di cotone verde, scarpe con fibbie d'argento – solleva, senz'alcuno sforzo apparente, un divano a tre posti, di legno laccato rosso scuro, decorato con foglie stilizzate e incrostazioni di madreperla, fornito di cuscini di chintz; l'altro, un maggiordomo di colorito giallo, pomo d'Adamo sporgente, vestito di un abito nero un po' troppo grande per lui, dispone sopra una lunga credenza con il piano di marmo, piazzata contro la parete di destra, vari piatti da portata di silverplate coperti di piccoli sandwich con lingua salmistrata, uova di salmone, bresaola, anguilla affumicata, punte d'asparagio, eccetera.

Al di sopra della credenza ci sono due o tre quadri firmati J. T. Maston, un pittore di genere di origine inglese che visse a lungo nell'America centrale e conobbe fama e successo all'inizio del secolo: il primo, intitolato *Lo Speziale*, raffigura un uomo in finanziera verdastra, calvo, il naso stretto dagli occhialetti, la fronte afflitta da un'enorme cisti sebacea il quale, in fondo a una bottega oscura piena di grandi boccali cilindrici, sembra decifrare con estrema fatica una ricetta; il secondo, *Il Naturalista*, mostra un uomo magro, ossuto, con un volto energico, una barba tagliata all'americana, e cioè lussureggiante sotto il mento. In piedi, a braccia conserte, guarda dibattersi un piccolo scoiattolo prigioniero di una ragnatela a maglie fitte, tesa fra due tulipifere giganti, tessuta da una bestia schifosa, grossa come un uovo di piccione e munita di enormi zampe.

Contro la parete di sinistra, sulla mensola di un caminetto di marmo venato, due lampade, dallo zoccolo fatto di bossoli di granata d'ottone, incorniciano un'alta campana di vetro che ripara un mazzo di fiori ciascun petalo dei quali è una sottile lamina d'oro.

La parete di fondo è presa quasi completamente, in lunghezza, da un arazzo molto rovinato e dai colori tutti spenti. Raffigura molto probabilmente i re Magi: si tratta di tre personaggi, uno inginocchiato, gli altri due in piedi, dei quali uno solo è rimasto pressappoco intatto: ha un lungo abito con maniche a spacchi, ha una spada appesa alla cintura, e tiene nella mano sinistra una specie di confettiera; porta i capelli neri e calza uno strano copricapo ornato da un medaglione, a mezza via fra il berretto, il tricorno, la corona e la cuffia.

In primo piano, leggermente a sinistra e di sbieco rispetto alla finestra, Véronique Altamont è seduta a una scrivania foderata di cuoio abbellito da arabeschi dorati sulla quale sono sparse varie opere: un romanzo di Georges Bernanos, *La Gioia*; *Il Villaggio lillipuziano*, un libro per bambini sulla copertina del quale si vedono delle case in miniatura, una stazione antincendio, un municipio con il suo orologio e dei marmocchi sbalorditi dal viso coperto di lentiggini, ai quali dei nani lungobarbuti servono pane e burro e grandi bicchieri di latte; il *Dizionario delle abbreviazioni francesi e latine usate nel Medioevo*, di Espingole, e gli *Esercizi di Diplomatica e Paleografia medievali*, di Toustin e Tassin, aperti su due facsimili di testi medievali: sulla pagina di sinistra, un contratto-tipo di locazione:

> Connue chose soit à tous ceuz qui ces lettres
> varront et oiront que li ceuz de Menoalville doit
> a ceuz di Leglise Dauteri trois sols de tolois à
> randre chascun an a dict terme...*

sulla pagina di destra un estratto della *Veridicque Histoyre de Philemo et Bauci*, di Garin de Garlande: liberissimo adattamento della leggenda narrata da Ovidio, nella quale l'autore, un chierico di Valenciennes vissuto nel dodicesimo secolo, immagina che Zeus e Mercurio non si contentarono di provocare un diluvio per inondare i Frigi che avevano rifiutato di ospitarli, ma inviarono loro anche legioni di bestie feroci che, tornato nella capanna diventata tempio, Filemone descrive a Bauci:

> Io vidi trecento e nove pellicani; seimila e sedici uccelli seleucidi, tutti che marciavano in fila e divorando
> cavallette tra le messi; dei cinamòlgi, degli argatìli,
> dei caprimùlghi, dei tinnùnculi, dei crotonotàri, altri-

---

* Si fa noto a tutti coloro che vedranno e udranno queste lettere che quelli di Menoalville devono a quelli della Chiesa di Autery tre soldi di Toul da rendersi ogni anno entro il termine stabilito. [*N.d.T.*]

menti detti, onocròtali col loro grande gozzo; e poi
ancora stinfàlidi, arpie, pantere, dòrcadi, cémadi,
cinocefali, satiri, cartasòni, tarandi, uri, monopidi,
pefàgi, cepi, neàri, stèri, cercopitechi, bisonti, musì-
moni, bitùri, òfiri, strigi, grifi.

In mezzo a quei libri si trova una cartella di tela rinforzata, color bigio, chiusa da due elastici, munita di un'etichetta rettangolare autoadesiva sulla quale è scritto con bella e accurata grafia il seguente titolo:

Memorie
utili per la Storia della mia
Infanzia
di Véronique Marceline Gilberte Gardel Altamont

Véronique è una ragazza di sedici anni, troppo alta per la sua età, dal colorito molto pallido, capelli estremamente biondi, viso ingrato, l'aria un po' malinconica; indossa un lungo abito bianco con maniche di pizzo, il cui collo ampiamente aperto mette in mostra le spalle dalle clavicole sporgenti. Esamina attentamente una fotografia formato piccolo, tutta rigata e rotta, che raffigura due ballerine, una delle quali altri non è che la signora Altamont con venticinque anni di meno: si esercitano alla sbarra sotto la direzione del loro insegnante, un uomo magro, con una testina a picchio, occhi ardenti, collo scheletrico, mani ossute, piedi nudi, torso nudo, vestito solo d'un paio di mutandoni lunghi e di uno scialle di maglia che gli ricade sulle spalle, che tiene nella mano sinistra un lungo bastone dal pomo d'argento.

La signora Altamont – Blanche Gardel, come nome di ragazza – faceva a diciannove anni la ballerina in una compagnia che si chiamava i Ballets Frère, fondati e animati non da due fratelli ma da due cugini: Jean-Pierre Frère, che fungeva da direttore commerciale, discuteva i contratti, organizzava le tournée, e Maximilien Riccetti, Max Riquet di vero nome, direttore artistico, coreografo e primo ballerino assolùto. La compagnia, fedele alla più pura tradizione classica – tutù, punte, scambietti, jeté-battus, *Giselle*, *Lago dei Cigni*, passo a due e suite in bianco – si esibiva nei festival di periferia – Notti musicali di Chatou, Sabati artistici di La Hacquinière, Son et Lumière d'Arpajon, Festival di Livry-Gargan eccetera – e nelle scuole dove, titolari di un'irrisoria sovvenzione del Ministero della Pubblica istruzione, i Ballets Frère iniziavano le classi superiori all'arte della danza facendo in palestra o nel refettorio delle dimostrazioni che Jean-Jacques Frère punteggiava via via di commenti bonari infiorati da giochi di parole vecchi come il mondo e sottintesi salaci.

Jean-Jacques Frère era un ometto panciuto e ridanciano e si sarebbe volentieri accontentato di quella vita alquanto mediocre che gli permetteva di pizzicottare il sedere delle sue ballerine e lustrarsi gli occhi con le liceali come e quando voleva. Ma Riccetti, scontento, bruciava dalla voglia di dare al mondo un saggio del suo eccezionale talento. Allora, diceva a Blanche della quale era innamorato quasi altrettanto ardentemente quanto di se stesso, una gloria meritata sarebbe rimbalzata su loro due che sarebbero diventati la più bella coppia di ballerini mai vista.

L'occasione tanto sperata si presentò un giorno del novembre 1949: il conte Della Marsa, un mecenate veneziano appassionato di balletti, decise di finanziare l'allestimento al prossimo Festival internazionale di Saint-Jean-de-Luz de *Le Vertigini di Psiche*, fantasia buffa alla maniera di Lulli, di René Becquerloux (correva voce che sotto quel nome si celasse il conte stesso), e ne affidò la realizzazione ai Ballets Frère che aveva avuto l'occasione di applaudire un anno prima alle Grandes Heures di Moret-sur-Loing.

Qualche settimana dopo, Blanche scoprì di essere incinta e che la nascita del bambino avrebbe coinciso, giorno più giorno meno, con l'inaugurazione del festival. L'unica soluzione era abortire; ma quando lo annunciò a Riccetti, il ballerino andò su tutte le furie, e le proibì di sacrificare l'essere insostituibile che stava per dargli in cambio di una semplice serata di gloria.

Blanche esitò. Era fortemente attaccata al ballerino e il loro amore si nutriva dei loro sogni comuni di grandezza; ma fra un bambino che non aveva mai voluto e che avrebbe sempre potuto fare e la parte che aspettava da sempre, la sua scelta era chiara; chiese un parere a Jean-Jacques Frère per il quale, a dispetto della sua volgarità, provava un affetto sincero e che, lo sapeva, le voleva molto bene: senza darle ragione né torto, il direttore della compagnia lanciò qualche frasetta oscena sulle fabbricanti d'angeli che lavorano di ferro da calza e gambi di prezzemolo su tavole da cucina coperte di tela incerata a quadretti, e le raccomandò di andare perlomeno in Svizzera, in Gran Bretagna o in Danimarca, dove certe cliniche private praticano l'interruzione volontaria di gravidanza in condizioni meno traumatiche. E fu così che Blanche decise di andare a chiedere aiuto e consiglio da un suo amico d'infanzia che viveva in

Inghilterra. Si trattava di Cyrille Altamont il quale, appena uscito dall'ENA,* faceva allora il suo tirocinio presso l'Ambasciata di Francia a Londra.

Cyrille aveva dieci anni più di Blanche. I loro genitori avevano le rispettive case di campagna a Neauphle-le Château e, da bambini, prima della guerra, Blanche e Cyrille vi avevano trascorso vacanze felici tra sfilze di cugini e cugine, piccoli parigini ben pettinati e bravi a scuola, che rimparavano ad arrampicarsi sugli alberi, a sbafarsi le uova e andare alla fattoria per prendersi latte e giuncata appena pressata.

Blanche era una delle più piccole e Cyrille uno dei più grandi; a fine settembre, alla vigilia di separarsi per un nuovo anno scolastico, i bambini davano per gli adulti la festa che avevano preparato per quindici giorni in gran segreto, Blanche eseguiva un numero di petit rat** e Cyrille l'accompagnava con il violino.

La guerra interruppe quei fasti infantili. Quando Blanche e Cyrille si rividero, lei era diventata una splendida ragazza di sedici anni alla quale nessuno avrebbe più osato tirare le trecce, e lui, un tenentino effimero ma aureolato di gloria: era andato a combattere nelle Ardenne ed era anche passato ai concorsi di ammissione al Politecnico e alla Scuola Nazionale dell'Amministrazione. Nei tre anni che seguirono, la portò varie volte a ballare e le fece una corte assidua ma inutile, perché lei smise di dedicare una muta passione ai tre primi ballerini dei Ballets de Paris – Jean Babilée, Jean Guélis e Roland Petit – solo per cadere perdutamente fra le braccia di Maximilien Riccetti.

Cyrille Altamont ammise senza difficoltà che Blanche aveva tutte le ragioni di voler abortire e le offrì il suo aiuto. Due giorni dopo, una mattina, dopo una visita puramente formale da un medico di Harley Street dove Cyrille si fece passare per il marito di Blanche, il giovane alto funzionario portò la ballerina in una clinica della periferia nord, un cottage simile a tutti i cottage che lo circondavano. Tornò a prenderla come convenuto l'indomani in mattinata e l'accompagnò alla stazione Victoria dove lei prese la Freccia d'Argento.

Gli telefonò durante la notte supplicandolo di accorrere. Tornando a casa, aveva trovato, seduti intorno alla tavola della sala da pranzo, a scolarsi una bottiglia di calvados, Jean-Jacques Frère e due ispettori di polizia: le rivelarono che Maximilien si era impiccato il

---

* Ecole Nationale d'Administration, la scuola nazionale dell'amministrazione, una delle più prestigiose di Francia. [N.d.T.]
** Le allieve dei primi corsi del Teatro dell'Opéra. [N.d.T.]

giorno prima. Nel breve biglietto che aveva lasciato per spiegare il suo gesto, scriveva semplicemente che non sarebbe mai riuscito a tollerare l'idea che Blanche avesse rifiutato suo figlio.

Blanche Gardel sposò Cyrille Altamont un anno e mezzo dopo, nell'aprile 1951. In maggio, si trasferirono in rue Simon-Crubellier. Ma Cyrille non vi abitò per così dire mai, qualche settimana più tardi infatti fu destinato a Ginevra dove si stabilì. Da allora ritorna a Parigi solo per brevissimi soggiorni durante i quali va quasi sempre in albergo.

Véronique è nata nel 1959 ed è soprattutto per spiegare la propria nascita che, verso gli otto o i nove anni, ha iniziato le sue indagini sui genitori. All'età in cui ci si racconta volentieri di essere un trovatello, figlio o figlia di re scambiato in culla, neonato abbandonato in un portone e raccolto da saltimbanchi o zingari, lei inventò delle storie rocambolesche per spiegare perché sua madre portava eternamente avvolta intorno al polso e alla mano sinistra una sottile striscia di garza nera, e chi fosse quell'uomo sempre assente che si diceva suo padre e che odiava al punto da grattar via sistematicamente, per anni, dal tesserino scolastico e da tutti i quaderni il cognome Altamont per sostituirlo con quello della madre.

Allora, con un'ostinazione al limite dell'incantamento, con una minuzia maniacale e dolorosa, volle ricostruire la storia della sua famiglia. La madre, un giorno, rispondendo finalmente alla sua domanda, le disse che portava quella striscia di stoffa in segno di lutto, in memoria di un uomo che aveva significato molto per lei. Véronique credette di essere figlia di quell'uomo e che Altamont punisse sua madre per aver amato un altro prima di lui. Più tardi scoprì, segnalibro a pagina 73 di *L'Età della Ragione*, una fotografia della madre che lavorava alla sbarra insieme a un'altra ballerina sotto la direzione di Maximilien e ne concluse che si trattava del suo vero padre. Quel giorno prese un nuovo classificatore e decise di depositarvi in segreto tutto ciò che avesse avuto attinenza con la propria storia e con quella dei genitori, e si mise a frugare sistematicamente tutti gli armadi e i cassetti materni.

Ogni cosa vi era sempre sistemata a puntino e pareva che della vita di ballerina non fosse rimasta traccia alcuna. Pure, un giorno, sotto dei fasci ben ordinati di fatture e ricevute, Véronique finì con lo scoprire delle vecchie lettere, di compagne di scuola, di cugini, cugine, amiche perse di vista da anni, che rievocavano ricordi di vacanze, gite in bicicletta, merende, bagni di mare, balli in costume, spettacoli al Théâtre du Petit-Monde. Un'altra volta, fu un programma dei Ballets Frère, per la Festa dei Genitori nel Liceo Hoche a Versailles, che annunciava un brano di *Coppelia* danzato da Maximilien Riccetti e Blanche Gardel. Un'altra volta ancora, mentre era in vacanza dalla nonna materna, non più a Neauphle, che era stata venduta da molto tempo, ma a Grimaud, sulla Costa Azzurra, scovò in soffitta una scatola con l'etichetta *La piccola ballerina*: conteneva un film di sessanta metri, girato con una Pathé Baby e, riuscita a farselo proiettare, Véronique vide sua madre, ballerina in tutù, accompagnata al violino da un ragazzotto brufoloso nel quale riuscì comunque a riconoscere Cyrille. Poi, qualche mese fa, un giorno del novembre 1974, trovò nel cestino delle carte di sua madre una lettera di Cyrille, e, leggendola, capì che Maximilien era morto dieci anni prima della sua nascita, e che la verità era proprio il contrario di quello che aveva creduto:

«*Ero a Londra qualche giorno fa, e non ho resistito alla voglia di farmi portare nell'estrema periferia dove circa venticinque anni fa, giorno più giorno meno, avevo portato te. La clinica c'è ancora, al 130 di Crescent Gardens, ma è diventata un casone di tre piani, abbastanza moderno. Tutto il resto all'intorno non è praticamente cambiato da come ricordo. Ho rivissuto la giornata passata in quel sobborgo mentre ti stavano operando. Non te l'ho mai raccontata: volevo venirti a trovare nel tardo pomeriggio, quando ti saresti svegliata, non era il caso di tornarmene a Londra quindi, meglio restare nei paraggi, a costo di passare qualche ora in un pub o al cinema. Erano appena le dieci del mattino quando ti ho lasciata. Ho gironzolato una buona mezz'ora per le vie orlate di cottage* semi-detached *talmente identici fra loro che si sarebbe potuto credere ce ne fosse uno solo riflesso in un gigantesco gioco di specchi: le stesse porte dipinte di verde scuro, con i loro picchiotti di rame belli lustri e i loro raschiapiedi metallici, le stesse tendine di pizzo fatto a macchina ai* bow-windows, *gli stessi vasi di aspidistra alle finestre del primo piano. Finalmente riuscii a trovare il centro commerciale: qualche negozio apparentemente deserto, un Woolworth's, un cinema che si chiamava ovviamente* The Odeon *e un pub orgogliosamente battezzato* Unicorn and Castle, *e sfortunatamente chiuso. Andai a sedermi nell'unico posto che mi parve dare segni di vita, una specie di milk bar sistemato in una lunga roulotte di legno, e tenuto da tre zitelle. Mi fu servito un tè schifoso con dei toast senza burro – avevo rifiutato la margarina – e marmellata d'arancia che sapeva di latta.*

Poi, ho comprato dei giornali e sono andato a leggerli in un giardinetto accanto a una statua che raffigurava un tizio dall'aria ironica, seduto, le gambe accavallate, con un foglio di carta – voglio dire di pietra – nella mano sinistra ampiamente riavvolto su se stesso ai due capi, e nella mano destra una penna d'oca; mi ha fatto pensare a Voltaire e ne ho dedotto che era Pope; ma si trattava di un certo William Warburton, 1698-1779, letterato e prelato, autore, precisava l'iscrizione incisa sul basamento, di una Dimostrazione della Missione Divina di Mosè.

Verso mezzogiorno il pub si è finalmente aperto e sono andato a bere un paio di birre mangiando dei sandwich con pasta di acciughe e chester. Sono rimasto lì fino alle due, seduto al banco, il naso nel bicchiere, vicino a due cognati, entrambi funzionari municipali: uno faceva l'aiuto contabile nella società del gas, l'altro il capufficio nel servizio pensioni. Divoravano una specie di stufato alquanto orrendo raccontandosi con un terribile accento cockney un'interminabile storia di famiglia cui partecipavano una sorella sistemata in Canada, una nipote infermiera in Egitto, un'altra sposata a Nottingham e un enigmatico O'Brien di nome Bobby e una mrs Bridgett che aveva una pensioncina a Margate, alla foce del Tamigi.

Alle due sono uscito dal pub per entrare nel cinema; ricordo che c'erano in programma due lungometraggi e vari documentari, attualità e disegni animati. Ho dimenticato i titoli dei due film; erano entrambi insipidi: il primo era un'ennesima storia di ufficiali della RAF che evadevano da un oflag scavando una galleria; il secondo avrebbe dovuto essere una commedia; il tutto si svolgeva nel diciannovesimo secolo e all'inizio vi si vedeva un ricco omaccione malato di gotta che rifiutava a un giovane insulso la mano di sua figlia perché il giovanotto in questione era povero e senza avvenire. Non so proprio come l'insulso riuscisse poi ad arricchirsi e a dimostrare al futuro suocero di essere meno fesso di quel che sembrava perché mi sono addormentato dopo un quarto d'ora. Sono stato svegliato con una certa brutalità da due mascherine. La sala era illuminata, ero l'ultimo spettatore. Tutto suonato, non capii una parola di quello che le mascherine stavano gridando e solo per via mi resi conto che avevo dimenticato i giornali, il cappotto, l'ombrello e i guanti. Per fortuna, una delle mascherine mi raggiunse e me li rese.

Era buio pesto. Erano le cinque e mezzo. Cadeva una pioggia sottile. Sono tornato in clinica ma non mi hanno permesso di vederti. Mi dissero semplicemente che era andato tutto bene, che dormivi, che dovevo venire a prenderti l'indomani alle undici.

Ho ripreso l'autobus che tornava a Londra, attraverso quelle *periferie immense e senz' anima, quelle migliaia e migliaia di home sweet home in cui migliaia e migliaia di uomini e donne appena usciti dagli studi, dalle officine e dagli uffici sollevavano contemporaneamente il tea-cosy della loro teiera, si versavano la loro tazza di tè, l'innaffiavano con una nuvola di latte, afferravano in punta di dita il toast appena schizzato fuori dal tostapane automatico e cominciavano a spalmarlo di Bovril. Avevo una sensazione d'irrealtà totale, come se stessi su un altro pianeta, in un altro mondo, ovattato, nebbioso, umido, traversato da luci di un giallo quasi arancione. E di colpo mi sono messo a pensare a te, a quello che ti capitava, e a quella crudele ironia per cui aiutandoti a sopprimere quel bambino che non era mio potevamo giocare per qualche ora a marito e moglie, dicendo, no, non che tu eri la signora Altamont, ma che io mi chiamavo Gardel.*

Erano le sette e mezzo quando l'autobus arrivò a Charing Cross, il capolinea. Bevvi un whisky in un pub che si chiamava The Greens, *poi tornai al cinema. Questa volta vidi un film di cui mi avevi parlato,* Scarpette rosse, *di Michael Powell, con Moira Shearer e la coreografia di Léonide Massine; non ricordo più la trama del film, ma solo uno dei balletti nel quale un giornale buttato a terra e portato via dal vento diventa un inquietante ballerino. Uscii dal cinema verso le dieci. Io, che non bevo praticamente mai alcolici e sto male al primo bicchiere, avevo una voglia pazza di ubriacarmi.*

Entrai in un pub che si chiamava The Donkey in Trousers. *L'insegna raffigurava un asino con le quattro zampe strette in una specie di gambali di tela bianca a pallini rossi. Credevo che esistesse solo sull'isola di Ré ma probabilmente in qualche parte dell'Inghilterra esisteva un'usanza analoga. La coda dell'asino era uno spago intrecciato e la leggenda spiegava come la coda potesse fare da barometro:*

If tail is dry	Fine
If tail is wet	Rain
If tail moves	Windy
If tail cannot be seen	Fog
If tail is frozen	Cold
If tail falls out	Earthquake

Il pub era pieno zeppo. Ho finito col trovare posto a un tavolo parzialmente occupato da una coppia straordinaria: un uomo, già vecchio, di una corpulenza gigante, la fronte alta, la testa possente aureolata da una folta capigliatura bianca, e una donna sulla trentina, con qualcosa di slavo e insieme di asiatico nella fisionomia, zigomi larghi, occhi a fessura, e capelli di un biondo rosso ritorti a treccia intorno al capo. Lei stava zitta posando spesso la mano su quella del compagno, come per impedirgli di andare in collera. Lui parlava in continuazione, con un lieve accento che non riuscivo a identificare; non finiva mai le frasi, le interrompeva di continuo con dei "bene", "insomma", "ottimo", "perfetto", senza mai smettere d'ingurgitare enormi quantità di cibo e bevande, alzandosi ogni cinque minuti e facendosi strada fino al bancone per tornare con piatti di sandwich, pacchi di patatine chip, salsicce, piccoli pâté caldi, sottaceti, porzioni di apple-pie e pinte di birra scura che buttava giù d'un fiato.

Non tardò a rivolgermi la parola e cominciammo a bere insieme, a chiacchierare di tutto e di niente, della guerra, della morte, di Londra, di Parigi, della birra, della musica, dei treni notturni, della bellezza, della danza, della nebbia, della vita. Credo anche di aver tentato di raccontargli la tua storia. La sua compagna taceva. Di tanto in tanto gli sorrideva; quanto al resto vagabondava con gli occhi per il bar pieno di fumo, bevendo a piccoli sorsi il suo gin pink e accendendosi una dopo l'altra delle sigarette dal bocchino dorato che schiacciava quasi subito in un portacenere réclame offerto dal whisky Antiquarian.

Persi ben presto credo la nozione del luogo e dell'ora. Tutto si fece brusìo confuso punteggiato di tonfi sordi, esclamazioni, risate, sussurri. Poi, all'improvviso, riaprendo gli occhi, vidi che mi avevano messo in piedi, che avevo il cappotto sulle spalle, l'ombrello in mano. Il pub si era vuotato quasi del tutto. Il padrone fumava un sigaro sulla soglia. Una cameriera buttava segatura sul pavimento. La donna aveva indossato un pesante mantello di pelliccia e l'uomo si stava infilando aiutato da un cameriere un'ampia palandrana dal collo di lontra. E di colpo, con un unico moto del corpo si voltò verso di me lanciandomi con voce quasi tonante: "La vita, giovanotto, è una donna sdraiata, con seni accostati e rigonfi, con una gran pancia liscia e molle fra i fianchi sporgenti, con braccia sottili, cosce piene e occhi socchiusi, che nella sua provocazione splendida e beffarda esige il nostro più fervido ardore".

Come ho fatto a rientrare, spogliarmi, coricarmi? Non ricordo più niente. Quando mi sono svegliato, qualche ora dopo, per venirti a prendere, mi sono accorto che tutte le luci erano accese e che la doccia era rimasta aperta per tutta la notte. Mi resta il ricordo preciso di quella coppia però, e delle ultime parole che mi disse quell'uomo, e ogni volta rivedo il bagliore dei suoi occhi di allora, e penso a tutto quello che è successo poche ore dopo, e all'incubo che sono diventate le nostre due esistenze.

Ormai, tu hai costruito la tua vita sull'odio e sull'illusione rimuginata della tua felicità sacrificata. Per tutta la vita mi punirai per averti aiutata a fare quello che volevi fare e che avresti fatto comunque, anche senza il mio aiuto; per tutta la vita, mi butterai addosso il fallimento di quell'amore, il fallimento della vita che quel ballerino tronfio di pretese avrebbe implacabilmente distrutta al servizio della sua miserabile vanità. Per tutta la vita mi reciterai la commedia del rimorso, della donna pura ossessionata nel sonno dall'uomo che ha spinto al suicidio, come reciterai a te stessa la bella storia esemplare della dolorosa, la sposa abbandonata dall'alto funzionario volubile, la madre irreprensibile che cresce benissimo sua figlia sottraendola all'influenza nociva del padre. Ma mi hai dato quella figlia solo per potermi rimproverare ancora di più di aver contribuito a uccidere l'altro, e l'hai cresciuta nell'odio verso di me, proibendomi di vederla, di parlarle, di amarla.

Ti volevo mia moglie, e volevo un figlio con te. Non ho né questo né quello, e la cosa dura da talmente tanto tempo che ho smesso di chiedermi se sia nell'odio o nell'amore che troviamo la forza di continuare questa vita bugiarda, che attingiamo la spaventosa energia che ci permette di soffrire, e di sperare».

CAPITOLO LXXXIX

Moreau, 5

Quando la signora Moreau cominciò a sentirsi impotente, chiese alla signora Trévins di andare ad abitare con lei e la sistemò in una stanza che Fleury aveva arredata a salottino rococò con drappeggi vaporosi, sete viola rabescate a grandi foglie, tovagliette di pizzo, candelabri tormentati, aranci nani, e una statuetta di alabastro raffigurante un bambinetto vestito da pastore di pastorale, con un uccello fra le mani.

Di questi splendori rimangono una natura morta raffigurante un liuto sopra una tavola: il liuto è girato verso il cielo, in piena luce, mentre sotto la tavola, quasi affogato nell'ombra, si distingue l'astuccio nero capovolto; un leggìo di legno dorato, molto lavorato, che porta il bollo controverso di Hugues Sambin, architetto ed ebanista digionese del sedicesimo secolo; e tre grandi fotografie, colorate a mano, che risalgono alla guerra russo-giapponese: la prima raffigura la corazzata *Pobieda*, orgoglio della flotta russa, messa fuori combattimento da una mina sottomarina giapponese davanti a Port Arthur, il 13 aprile 1904; in cartiglio, quattro capi militari russi: l'ammiraglio Makaroff, comandante supremo della flotta in Estremo Oriente, il generale Kuropatkin, generalissimo delle truppe in Estremo Oriente, il generale Stoessel, comandante militare di Port Arthur, e il generale Pflug, capo di stato maggiore generale delle truppe in Estremo Oriente; la seconda fotografia, gemella della prima, raffigura l'incrociatore corazzata giapponese *Asama*, costruito dai cantieri Armstrong, con, nei cartigli, l'ammiraglio Yamamoto, ministro della marina, l'ammiraglio Togo, il "Nelson giapponese", comandante supremo della squadra giapponese davanti a Port Arthur, il generale Kodama, il "Kitchener del Giappone", comandante supremo dell'esercito giapponese, e il generale visconte Tazo-Katsura, primo ministro. La terza fotografia raffigura un accampamento russo nei dintorni di Mukden: è sera, davanti a ogni tenda ci sono soldati seduti con i piedi dentro a bacinelle di acqua tiepida; al centro, in una tenda più grande drappeggiata a forma di chiosco e sorvegliata da due cosacchi, un ufficiale sicuramente superiore studia su delle carte di stato maggiore sovraccariche di bandierine il piano delle future battaglie.

Il resto della camera è ammobiliato in modo moderno: il letto è un materasso di gommapiuma chiuso in una fodera di skai nero e appoggiato sopra una pedana; un mobile basso a cassetti, di legno scuro e acciaio lucido, funge da cassettone e comodino; regge un lume perfettamente sferico, un orologio digitale a braccialetto, una bottiglia d'acqua di Vichy fornita di un tappo speciale che impedisce la fuoruscita del gas, un ciclostilato 21 × 27 intitolato *Norme* AFNOR *per i materiali di orologeria e gioielleria*, una piccola opera della collana "Entreprises" che porta il titolo di *Padroni e Operai, un dialogo sempre possibile*, e un volume di circa quattrocento pagine, protetto da un coprilibro di carta fiammata: è *La Vita delle Sorelle Trévins* di Célestine Durand-Taillefer [presso l'autrice, rue du Hennin, Liegi (Belgio)].

Queste sorelle Trévins sarebbero le cinque nipoti della signora Trévins, figlie di suo fratello Daniel. Il lettore propenso a chiedersi quello che nella vita di queste cinque donne abbia fatto loro meritare una biografia così voluminosa sarà, fin dalla prima pagina, rassicurato: le cinque sorelle sono in effetti un quintetto gemello, nato in diciotto minuti il 14 luglio 1943, a Abidjan, tenuto in incubatrice per quattro mesi e da allora sano come un pesce.

Ma il destino di questa pentagenite supera di mille cubiti il miracolo stesso della loro nascita: Adélaïde, dopo aver battuto a dieci anni il record francese (categoria pulcini) dei sessanta metri piani, fu presa, sui dodici, dal demone del circo e trascinò le sue quattro sorelle in un numero di volteggio che diventò presto famoso in tutta Europa: "Le Figlie del Fuoco" passavano attraverso dei cerchi in fiamme, cambiavano trapezio facendo esercizi di destrezza con delle torce o danzavano l'hula-op sopra un filo teso a quattro metri da terra. L'incendio del Fairyland di Amburgo rovinò quelle precoci carriere: le compagnie di assicurazione sostennero che "Le Figlie del Fuoco" erano la causa del sinistro e rifiutarono di assicurare i teatri in cui si sarebbero esibite, anche dopo che le cinque ragazze ebbero dimostrato in tribunale che usavano una fiamma artificiale assolutamente innocua, venduta da Ruggieri con il nome di "marmellata" e destinata proprio agli artisti del circo e ai cascatori del cinema.

Marie-Thérèse e Odile diventarono allora ballerine di cabaret; la loro plastica impeccabile e la somiglianza perfetta garantì loro un successo folgorante quasi immediato: si videro le *Crazy Sisters* al Lido di Parigi, al Cavalier's di Stoccolma, ai Naughties di Milano, al B and A di Las Vegas, alla Pension Macadam di Tangeri, allo Star di Beyrut, agli

Ambassadors di Londra, al Bras d'Or di Acapulco, al Nirvana di Berlino, al Monkey Jungle di Miami, ai Twelve Tones di Newport e ai Caribbean's della Barbada dove incontrarono due grandi della terra che s'invaghirono di loro tanto da sposarle seduta stante: Marie-Thérèse si sposò con l'armatore canadese Michel Wilker, bis bisnipote di uno sfortunato concorrente di Dumont d'Urville, Odile con un industriale americano, Faber McCork, re dei salumi dietetici.

Divorziarono entrambe l'anno dopo; Marie-Thérèse, diventata canadese, si lanciò negli affari e nella politica fondando e animando un gigantesco Movimento per la Difesa del Consumatore, con tendenze ecologiche e autarchiche, e contemporaneamente fabbricando e diffondendo con capillarità tutta una gamma di prodotti manufatti riadattati al ritorno verso la Natura e la vera vita macrobiotica delle comunità primitive: sacche di tela per l'acqua, yogurtiere, teli da tenda, canotti gonfiabili (in kit), forni per il pane, eccetera. Quanto a Odile, tornò in Francia; assunta come dattilografa dall'Istituto di Storia dei Testi, si scoprì, anche se del tutto autodidatta, una passione per il basso latino, e per i dieci anni successivi rimase tutte le sere quattro ore di più all'Istituto per poter lavorare gratuitamente a un'edizione definitiva della *Danorum Regum Heroumque Historia* di Saxo Grammaticus, che da allora fa testo; si risposò in seguito con un giudice inglese, e pose mano a una revisione dell'edizione latina, di Jérôme Wolf e Portus, del cosiddetto *Lessico* di Suida,* cui lavorava ancora quando fu redatta la storia della sua vita.

Le altre tre sorelle non hanno avuto destini meno impressionanti: Noëlle diventò il braccio destro di Werner Angst, il magnate tedesco dell'acciaio; Roseline fu la prima donna che fece il giro del mondo in solitaria a bordo del suo yacht di undici metri, il *C'est si beau*; quanto a Adélaïde, diventata chimica, scoprì il metodo di frazionamento degli enzimi che permette di ottenere delle catalisi "ritardate"; questa scoperta diede origine a tutta una serie di brevetti ampiamente utilizzati nell'industria dei detersivi, delle lacche e delle vernici, e da allora Adélaïde, ricchissima, si dedica al pianoforte e agli handicappati fisici, i suoi due hobby.

La biografia esemplare delle cinque sorelle Trévins, sfortunatamente, non resiste a un esame più approfondito e il lettore cui tali imprese che sanno di fiaba mettessero una pulce nell'orecchio non

---

* La questione di questo *Lessico* bizantino è stata controversa. Oggi, si dà infatti per certo che Suida non è l'autore ma il titolo dell'opera (tratto dal latino con significato di "roccaforte"). Si dovrebbe quindi dire *Lessico Suida, Lessico di Suida* (o Suda). [*N.d.T.*]

tarderebbe a veder confermati i suoi dubbi. La signora Trévins infatti (che contrariamente alla signorina Crespi, viene chiamata signora benché sia rimasta zitella) non ha fratelli né, di conseguenza, nipoti che portino il suo cognome; e Célestine Durand-Taillefer non potrebbe abitare in rue du Hennin a Liegi, perché a Liegi non esiste nessuna rue de Hennin; in compenso, la signora Trévins aveva una sorella, Arlette, che si sposò con un certo Louis Commine, e da lui ebbe una figlia, Lucette, la quale ha sposato un certo signor Robert Hennin, il quale vende cartoline (da collezione) in rue de Liège, a Parigi (8°).

Una più attenta lettura di queste vite immaginarie permetterebbe indubbiamente d'individuarne le chiavi e vedere come qualcuno degli avvenimenti che hanno segnato la storia del caseggiato, qualcuna delle leggende o semi leggende che vi circolano a proposito di questo o quello dei suoi abitanti, qualcuno dei fili che li collegano fra loro, siano stati immersi nel racconto e ne abbiano fornito l'armatura. Così, è più che probabile che Marie-Thérèse, quella donna d'affari eccezionalmente brillante, rappresenti la signora Moreau, della quale oltretutto il nome è lo stesso; che Werner Angst sia Herman Fugger, l'industriale tedesco amico degli Altamont, cliente di Hutting e collega della signora Moreau; e che dopo uno slittamento significativo, Noëlle, il suo braccio destro, possa essere proprio la signora Trévins; e se è più difficile scovare chi si nasconda dietro le altre tre sorelle, non è proibito pensare che dietro Alélaïde, quella chimica amica degli handicappati, ci sia Morellet che perse tre dita facendo un esperimento sfortunato, che dietro Odile, l'autodidatta, ci sia Léon Marcia, e che dietro la navigatrice solitaria si profilino figure pure così diverse come quelle di Bartlebooth e di Olivia Norvell.

La signora Trévins ci mise parecchi anni a scrivere questa storia, approfittando dei rari momenti di respiro che le lasciava la signora Moreau. Scelse il suo pseudonimo con cura tutta particolare: un nome vagamente evocatore di qualcosa di culturale, e un doppio cognome del quale il primo è di una banalità esemplare e il secondo ricorda un personaggio celebre. Il che non bastò per convincere gli editori, i quali non sapevano cosa farsene di un'opera prima scritta da una zitella di ottantacinque anni. In realtà la signora Trévins ne aveva solo ottantadue, ma per gli editori la cosa non cambiava di molto e la signora Trévins, scoraggiata, finì col farsi stampare un esemplare unico, che si dedicò.

CAPITOLO XC

L'atrio, 2

La parte destra dell'atrio del caseggiato. In fondo, l'attacco delle scale; in primo piano, a destra, la porta dell'appartamento dei Marcia. In secondo piano, sotto un'alta specchiera incorniciata da modanature dorate nella quale si riflette imperfetta la figura, vista di spalle, di Ursula Sobieski dritta davanti alla guardiola della portineria, una grande cassapanca di legno il cui coperchio imbottito di velluto giallo serve come sedile. Vi sono sedute tre donne: la signorina Lafuente, la signora Albin, e Gertrude, l'ex cuoca della signora Moreau.

La prima, quella più a destra rispetto a noi, è la signorina Lafuente: anche se sono quasi le otto di sera, la tuttofare della signora de Beaumont non ha ancora finito la sua giornata. Stava per andarsene quando è arrivato l'accordatore: la signorina Anne faceva la solita ginnastica, la signorina Béatrice era nella camera di sopra e la signora riposava prima di pranzo. Per cui la signorina Lafuente ha dovuto sistemare lei l'accordatore e anche spedire il nipote a sedersi sulle scale con il suo giornaletto per impedirgli di rifare le sciocchezze dell'ultima volta. Poi la signorina Lafuente aveva aperto il frigorifero e si era accorta che restavano solo tre yogurt piccoli al gusto bulgaro per il pranzo, avendo fatto la signorina Anne manbassa sulla frutta e gli avanzi d'arrosto e di pollo che dovevano essere l'essenziale del pasto; malgrado l'ora tarda, e anche se il lunedì quasi tutti i negozi del quartiere sono chiusi, tutti quelli cui dà la sua preferenza perlomeno, è scesa in fretta a comperare delle uova, qualche fetta di prosciutto e un chilo di ciliegie a La Parisienne di rue de Chazelles. Tornando con la sporta ha incontrato la signora Albin, che rientrava dalla sua visita quotidiana sulla tomba del marito, in piena conversazione con Gertrude nell'atrio del caseggiato e, dato che non vedeva Gertrude da vari mesi, si è fermata per salutarla. Perché Gertrude, che per dieci anni fu la temuta cuoca della signora Moreau, quella che le preparava i pranzi monocromi e che tutta Parigi le invidiava, ha finito col cedere alle continue proposte e la signora Moreau, che ha definitivamente rinunciato ai grandi pranzi, le ha permesso di andarsene.

Gertrude sta adesso in Inghilterra. Il suo padrone, lord Ashtray, si è arricchito con il recupero dei metalli non ferrosi, e spende oggi la sua fotuna facendo, nell'immensa proprietà nei dintorni di Londra, Hammer Hall, la vita fastosa del gran signore.

Gazzettieri e visitatori sono spesso rimasti a bocca aperta di fronte ai suoi mobili Regency in legno di rosa, ai suoi divani di cuoio la cui patina è stata garantita da otto generazioni di gentiluomini autentici, ai suoi parquet ad alveoli rapportati, ai suoi 97 lacché in livrea color canarino, e ai suoi soffitti a cassettoni dov'è ripetuto all'infinito lo strano emblema che, per tutta la vita, ha associato alle sue attività: una mela rossa cuoriforme trafitta da un lungo verme e circondata di fiammelle.

Sul conto di questo personaggio circolano le statistiche più sconcertanti: si dice che impieghi quarantatré giardinieri a tempo pieno, che nella proprietà ci siano talmente tante finestre, porte vetrate e specchi da occupare quattro domestici solo per loro e che, non riuscendo a farsi sostituire via via i vetri rotti, ha risolto il problema acquistando semplicemente la più vicina fabbrica di specchi.

Secondo alcuni, possiede undicimila cravatte e 813 bastoni da passeggio, ed è abbonato a tutti i giornali di lingua inglese stampati nel mondo, non per leggerli, cosa di cui si occupano i suoi otto documentalisti, ma per fare le parole incrociate di cui è a tal punto ghiotto che, ogni otto giorni, la sua camera da letto viene completamente ritappezzata con schemi creati apposta per lui dal cruciverbista che apprezza di più, Barton O'Brien, della *Auckland's Gazette and Hemisphere*. È anche un grande appassionato di rugby e ha creato una squadra privata che allena in segreto da mesi nella speranza di vederla sfidare vittoriosamente la prossima vincitrice del torneo delle Cinque Nazioni.

Secondo altri, le sue collezioni e le sue manie sono in realtà specchietti per le allodole, destinati a proteggere le tre vere passioni di lord Ashtray: la boxe (è in casa sua che si allenerebbe Melzack Wall, lo sfidante al titolo mondiale dei pesi mosca); la geometria dello spazio: finanzierebbe le ricerche di un professore che si tira dietro da vent'anni un trattato sui poliedri, con venticinque volumi ancora da scrivere; e, soprattutto, le coperte da cavallo indiane: ne avrebbe raccolte duecentodiciotto tutte appartenenti ai migliori guerrieri delle migliori tribù: White-Man-Runs-Him e Rain-in-the-Face, dei Crow; Hooker Jim, dei Mohoc; Looking Glass, Yason e Alikut, dei Nasi Forati; Chief Winnemucca e Ouray-the Arrow, dei Paiute; Black Beaver e White Horse, dei Kiowa; Cochise, il grande capo apache; Geronimo e Ka-e-ten-a, dei Chiricaua; Sleeping Rabbit, Left Hand e Dull Knife, dei Cheyenne; Restroom Bomber, dei

Saratoga; Big Mike, dei Kachina; Crazy Turnpike, dei Fudge; Satch Mouth, dei Groove; e varie decine di coperte sioux, fra cui quelle di Sitting Bull e delle sue due mogli, Seen-by-her-Nation e Four Times, e quelle di Old-Man-afraid-of-his-Horse, Young-Man-afraid-of-his-Horse, Crazy Horse, American Horse, Iron Horse, Big Mouth, Long Hair, Roman Nose, Lone Horn e Packs-His-Drum.

Ci si sarebbe potuti aspettare che un simile personaggio impressionasse Gertrude. Ma la robusta cuoca della signora Moreau aveva visto ben altro e non per niente aveva nelle vene sangue di Borgogna. Dopo tre giorni di servizio, e a dispetto del severissimo regolamento che il primo segretario di lord Ashtray le aveva imposto al suo arrivo, andò a trovare il nuovo padrone. Che era in sala da musica, dove assisteva a una delle ultime prove dell'opera che intendeva offrire come primizia ai suoi invitati la settimana seguente, *Assuero*, lavoro ritrovato di Monpou (Hippolyte). Esther e quindici coriste, inspiegabilmente vestite da alpiniste, iniziavano il coro che chiude il secondo atto

Quand Israël hors d'Egypte sortit

quando Gertrude fece irruzione. Senza badare minimamente allo scompiglio che provocava, buttò il grembiule in faccia al lord dicendogli che i prodotti forniti erano schifosi e che non aveva nessuna intenzione di farci qualcosa.

Lord Ashtray teneva tanto più alla sua cuoca in quanto non aveva in pratica mai assaggiato la sua cucina. Per farla restare, accettò senza esitazioni che andasse a far la spesa lei stessa, e dove voleva.

Per questo Gertrude viene una volta alla settimana, tutti i mercoledì, in rue Legendre, a riempire un camioncino di burro, uova di giornata, latte, panna fresca, verdura, pollame e condimenti vari; ne approfitta, quando le avanza un po' di tempo, per andare a trovare la sua ex padrona e prendere una tazza di tè con la signora Trévins.

Oggi, però, non è venuta in Francia per fare la spesa — tra l'altro, non avrebbe neanche potuto farla, di lunedì — ma per assistere al matrimonio di sua nipote, che sposa a Bordeaux un vice controllore dei pesi e misure.

Gertrude è seduta fra le due ex vicine. È una donna sulla cinquantina, grossa, dal viso rosso e le mani grassocce; indossa un corpetto di seta nera cangiante e un completo di tweed verde che le sta malissimo. All'occhiello sinistro è appuntato un cammeo raffigurante una pura fanciulla dal profilo sottile. Glielo ha regalato il vice ministro al commercio con l'estero dell'Unione Sovietica, per ringraziarla di un pranzo rosso preparato apposta per lui:

Uova di salmone
Borsch gelato
Timballo di gamberi
Filetto di bue carpaccio
Radicchio di Verona
Formaggio olandese
Insalata ai tre frutti rossi
Charlotte al cassis

Vodka al peperoncino
Bouzy rosso

CAPITOLO XCI

Cantine, 5

Cantine. La cantina dei Marquiseaux.

In primo piano, dentro a un mobile a scomparti di profilato metallico, ci sono delle casse di champagne che portano un'etichetta variopinta sulla quale un vecchio monaco porge una flûte a un gentiluomo in costume Luigi XIV accompagnato da un seguito numeroso: una minuscola leggenda precisa che si tratta di Dom Perignon, cellerario dell'abbazia di Hautvillers vicino a Epernay, scopritore di un procedimento per far spumante il vino di Champagne, che dà in assaggio a Colbert il risultato della sua invenzione. Al di sopra, delle casse di whisky Stanley's Delight: l'etichetta raffigura un esploratore di razza bianca, con un casco coloniale in testa, ma vestito del costume nazionale scozzese: kilt a dominanti gialle e rosse, ampio tartan di cachemire, cintura di cuoio chiodato da cui pende una saccoccia con frange, pugnaletto nel calzettone all'altezza del polpaccio; avanza alla testa di una colonna di nove negri che portano sulla testa una cassa di Stanley's Delight per ciascuno, la cui etichetta riproduce la stessa scena.

Dietro, sul fondo, in disordine, vari mobili e oggetti provenienti dai genitori Echard: una gabbia per uccelli arrugginita, un bidè pieghevole, una vecchia borsetta con un fermaglio cesellato nel quale è incrostato un topazio, un tavolino a tre gambe, e una sacca di iuta traboccante di quaderni di scuola, copie a quadretti, schede, fogli di classificatore, taccuini con la spirale, cartelle di carta kraft, ritagli di stampa incollati su fogli volanti, cartoline (una delle quali raffigura il consolato tedesco a Melbourne), lettere, e una sessantina di fascicoletti ciclostilati, intitolati

BIBLIOGRAFIA CRITICA
DELLE FONTI RELATIVE ALLA
MORTE DI ADOLF HITLER
NEL SUO BUNKER
IL 30 APRILE 1945

* *

prima parte: Francia

*

di

Marcelin ECHARD
ex Capo Magazziniere
della Biblioteca centrale del XVIII arrondissement

Dell'immane lavoro compiuto da Marcelin Echard negli ultimi quindici anni della sua vita, è stato pubblicato solo questo fascicolo. L'autore vi esamina con grande rigore tutti gli annunci di stampa, dichiarazioni, comunicati, opere eccetera in lingua francese che si riferiscano al suicidio di Hitler e dimostra che si basano esclusivamente su una credenza implicita fondata su dispacci di origine incerta. I sei fascicoli successivi, rimasti allo stadio di scheda, avrebbero spulciato con lo stesso spirito critico le fonti inglesi, americane, russe, tedesche, italiane e altre. Dopo aver così provato che non era provato che Adolf Hitler (e Eva Braun) fossero morti nel loro bunker il 30 aprile 1945, l'autore avrebbe iniziato una seconda bibliografia, esauriente come la prima, dedicata ai documenti tendenti a dimostrare la sopravvivenza di Hitler. Poi, in un'ultima opera intitolata *Il Castigo di Hitler. Analisi filosofica, politica e ideologica*, l'autore, abbandonando la rigida obiettività del Bibliografo per la visione disinvolta dello Storico, avrebbe iniziato a esaminare le influenze decisive di tale sopravvivenza sulla storia internazionale del 1945 ai nostri giorni, e avrebbe dimostrato come l'infiltrazione nelle alte sfere statali nazionali e sovrannazionali d'individui conquistati dagli ideali nazisti e manipolati da Hitler (Foster Dulles, Cabot Lodge, Gromyko, Trygvie Lie, Singman Rhee, Attlee, Tito, Beria, sir Stafford Cripps, Bao Dai, MacArthur, Coudé du Foresto, Schuman, Bernadotte, Evita Perón, Gary Davis, Einstein, Humphrey e Maurice Thorez, per citarne solo qualcuno) avesse permesso di sabotare deliberatamente lo spirito pacifista e conciliatore definito alla Conferenza di Yalta, e fomentare una crisi internazionale, prologo a una terza guerra mondiale, che solo il sangue freddo dei quattro grandi era riuscito a evitare nel febbraio 1951.

Cantine. La cantina della signora Marcia.

È un incredibile groviglio di mobili, oggetti e soprammobili, apparentemente ancora più inestricabile di quello che regna nel retrobottega.

Alcuni oggetti più identificabili emergono qua e là dal cianfrusagliume: un goniometro, specie di rapportatore di legno articolato, che dicono appartenuto all'astronomo Nicolas Kratzer; una "marinaretta" – compagna del marinaio – ago magnetico che segnalava il nord, sostenuta da due festuche di paglia sull'acqua di una boccia mezzo piena, strumento primitivo antenato della bussola vera e propria che, munita di una rosa dei venti, comparve solo tre secoli dopo; un servizio da scrivania navale, di fabbricazione inglese, completamente smontabile, che offre tutto un assortimento di cassetti e ribalte allungabili; la pagina di un vecchio erbario con vari campioni di ieraci (ieracio auricola, *Hieracium pilosella*,* *Hieracium aurantiacum*, eccetera) protetti da una lastra di vetro; un vecchio distributore di noccioline americane, ancora pieno a metà, il cui corpo di vetro porta la scritta SUPERLECCORNIA PER LA DELIZIA DEI GHIOTTONI; vari macinini per caffè; diciassette pesciolini d'oro pieni di scritte in sanscrito; tutto un assortimento di bastoni e ombrelli; dei sifoni; una banderuola sormontata da un gallo piuttosto arrugginito; un pennoncello metallico da lavatoio; una vecchia insegna di tabaccheria; parecchie scatole di biscotti, rettangolari, di metallo dipinto: su una, l'imitazione di *Amore e Psiche* di Gérard; su un'altra, una festa veneziana: delle maschere travestite da marchesi e marchese applaudono, dalla terrazza di un palazzo illuminato a giorno, una gondola brillantemente decorata; in primo piano, appollaiata su uno di quei pali di legno dipinto cui si ormeggiano le imbarcazioni, una piccola scimmia guarda la scena; sopra una terza, intitolata *Fantasticheria*, si vede, in un paesaggio d'alti alberi e prati verdi, una giovane coppia seduta su una panchina di pietra; la giovane donna porta un abito bianco e un grande cappello rosa, e appoggia la testa sulla spalla del compagno, un giovanotto alto e malinconico vestito d'un abito grigio topo e di una camicia a jabot; sopra una mensola, infine, tutto un assortimento di giocattolini: strumenti musicali per bambini, saxofono, vibrafono, percussioni composte da un *tom* e da un *high-hat*;

* Il vero nome scientifico sarebbe *Hieracium pilosselloides* detta volgarmente *pelosella*. [N.d.T.]

giochi di cubi, sette famiglie, nano giallo, cavallini e una panetteria di bambola con un bancone di latta e vassoi di ottone che presentano minuscoli pani a forma di ciambella, palla e filone, la panettiera è dietro la cassa e dà il resto a una signora accompagnata da una bambinetta che mangia un croissant. A sinistra si vedono il panettiere e il garzone che infornano pagnotte nella bocca di un forno da cui escono fiamme dipinte.

CAPITOLO XCII

Louvet, 3

La cucina dei Louvet. Per terra, un linoleum verdastro marmorizzato, sulle pareti una carta a fiori plastificata. Lungo tutta la parete di destra sono sistemati degli apparecchi "guadagnaspazio" separati da piani di lavoro: acquaio-trituratore, lastra di cottura, girarrosto, frigorifero-congelatore, macchine per lavare piatti e biancheria. Batterie di pentole, mensole e armadi a muro completano questa sistemazione modello. Al centro della stanza, una piccola tavola ovale, rustico spagnola, ferrobattuta, con quattro sedie di paglia intorno. Sulla tavola, un sottopiatto di ceramica decorata raffigurante il tre alberi *Henriette*, capitano Louis Guion, che rientra nel porto di Marsiglia (dall'acquerello originale di Antoine Roux padre, 1818), e due fotografie in una doppia cornice di cuoio: una, mostra un vecchio vescovo che presenta l'anello al bacio di una gran bella donna vestita come una contadina di Greuze e inginocchiata ai suoi piedi; l'altra, un piccolo cliché color seppia, raffigura un giovane capitano con l'uniforme della guerra ispano-americana dagli occhi seri e candidi sotto le sopracciglia alte e sottili e una bocca sensibile con labbra piene sotto i morbidi baffi neri.

Qualche anno fa i Louvet diedero una grande festa e fecero un tale fracasso che, verso le tre del mattino, le signore Trévins, Altamont, de Beaumont, e perfino la signora Marcia, che pure è generalmente indifferente a questo genere di cose, dopo aver bussato invano alla porta dei festaioli, finirono col telefonare alla polizia. Sul posto furono spediti due agenti, subito raggiunti da un fabbro giurato che li fece entrare.

Proprio nella cucina si scoprì il grosso degli invitati, circa una dozzina, che improvvisavano un concerto di musica contemporanea sotto la direzione del padrone di casa. Quest'ultimo, vestito di una vestaglia a righe grigie e verdi, i piedi pantofolati di cuoio, un paralume conico a mo' di cappello, era arrampicato su una sedia di paglia e, braccio sinistro alzato, indice destro dritto vicino alle labbra, batteva il tempo ripetendo fra scoppi di risa, a intervalli di circa un secondo e mezzo: "Chi va piano va sano, chi va sano va piano, chi va piano va sano, chi va sano va piano"* eccetera.

Buttati su un divano che non aveva alcuna ragione di essere in quel locale, o stravaccati su dei cuscini, gli interpreti seguivano la mimica del direttore d'orchestra, sia sbattendo vari utensili di cottura con forchette, mestoli e coltelli, sia producendo con la bocca grida più o meno modulate. I rumori più esasperanti li mandava la signora Louvet la quale, seduta dentro a una vera e propria pozzanghera, sbatacchiava una sull'altra due bottiglie di sidro tappate fino a quando non ne saltassero spontaneamente i tappi. Due ospiti, apparentemente indifferenti alle direttive di Louvet, partecipavano al concerto a modo loro; uno, azionava di continuo uno di quei giocattoli chiamati "diavoletto", testa di qualcosa montata su una molla potente che schizza su di colpo dal cubo di legno nel quale è compressa; l'altro, lappava il più rumorosamente possibile una fondina piena di un formaggio altamente papposo.

Il resto dell'appartamento era praticamente deserto. Non c'era nessuno in soggiorno, dove un disco di Françoise Hardy (*C'est à l'amour auquel je pense*) continuava a girare sul piatto del grammofono. Nell'ingresso, raggomitolato in un mucchio di cappotti e impermeabili, un bambino sui dieci anni dormiva profondamente, tenendo ancora in mano il voluminoso saggio di Contat e Rybalka dedicato agli *Scritti di Sartre*, aperto a pagina 88, sulla prima di *Le Mosche*, al Théâtre Sarah Bernhardt, allora chiamato, Théâtre de la Cité, il 3 giugno 1943. Nel bagno, due uomini si davano in silenzio a quel gioco che gli scolari chiamavano *morpion*** e i giapponesi go-moku; giocavano senza carta né matita, direttamente sulle piastrelle del pavimento, ponendovi man mano, uno delle cicche di sigaretta ungherese pescate in un portacenere traboccante, e l'altro dei petali appassiti strappati a un mazzo di tulipani rossi.

All'infuori di quello strepito notturno, i Louvet sono poco chiacchierati. Lui lavora in un'industria di bauxite, o di wolframio, e sono molto spesso assenti.

FINE DELLA QUINTA PARTE

---

* In italiano nel testo. [*N.d.T.*]
** Consiste nel disporre alternativamente il proprio simbolo sui quadretti di uno schema, fino a quando uno dei due giocatori riesce a metterne in fila cinque. [*N.d.T.*]

CAPITOLO XCIII

Terzo a destra, 3

La terza stanza di quest'appartamento fantasma è vuota. Pareti, soffitto, pavimento, zoccoli e porte sono laccati di nero. Non c'è un mobile.

Sulla parete di fondo sono appese ventuno incisioni su acciaio, tutte dello stesso formato, uniformemente incorniciate da listelli metallici di un nero opaco. Le incisioni sono disposte su tre file sovrapposte di sette; la prima, in alto e a destra, raffigura delle formiche che trasportano una grossa briciola di pan pepato; l'ultima, in basso a destra, mostra una giovane donna accovacciata su una spiaggia sassosa che esamina un ciottolo con un'impronta fossile; le diciannove incisioni intermedie raffigurano rispettivamente:

una bambinetta che sta infilando tappi di sughero per farne una tenda;

un operaio che, inginocchiato sul pavimento, prende le misure con un metro pieghevole per mettere giù la moquette;

un compositore famelico che scrive febbrile in una mansarda un'opera, *L'Onda bianca*, di cui è leggibile il titolo;

una donnina allegra con dei tirabaci biondo platino di fronte a un tizio in pipistrello;

tre indios peruviani, seduti sui calcagni, il corpo quasi completamente nascosto dal poncho di panno nero, incappellati di feltri logori scesi sugli occhi, che masticano coca;

un uomo con un berretto da notte, uscito direttamente da *Un Cappello di paglia di Firenze*, che sta facendosi un bagno ai piedi alla farina di senape sfogliando il conto d'esercizio della Compagnia ferroviaria dell'Alto Dogon per l'anno 1969;

tre donne in un tribunale, alla sbarra dei testimoni; la prima indossa un abito scollato color opale, guanti avorio a dodici bottoni, pelliccia interna guarnita di zibellino, pettine di brillanti e ciuffo di aigrettes nei capelli; la seconda: toque e mantello di lapin lontrato, collo rialzato fino al mento, sguardo scrutatore dall'occhialetto di tartaruga; la terza: completo da amazzone, tricorno, stivale con speroni, gilè, guanti alla moschettiere di pelle scamosciata con spighette ricamate, lungo strascico sul braccio e frustino da caccia;

un ritratto di Etienne Cabet, fondatore del giornale *Le Populaire* e autore del *Viaggio in Icaria*, che tentò di fondare senza successo una colonia comunista nello Iowa prima di morire nel 1856;

due uomini in frac, seduti a una tavola fragile, che giocano a carte; un esame più attento mostrerebbe che su quelle carte sono riprodotte le stesse scene che figurano nelle incisioni;

una specie di diavolo dalla lunga coda che issa in cima a una scala un grande vassoio rotondo coperto di malta;

un brigante albanese ai piedi di una vamp avvolta in un kimono bianco a pallini neri;

un operaio appollaiato sopra un'impalcatura, che pulisce un grande lampadario di cristallo;

un astrologo con un cappello a punta, e un lungo abito nero costellato di stelle di carta argentata, che finge di guardare per aria attraverso un cilindro evidentemente cavo;

un corpo di ballo che fa la riverenza davanti a un sovrano in divisa da colonnello degli ussari, dolman bianco ricamato con fili d'argento e giberna di pelo di cinghiale;

il fisiologo Claude Bernard che riceve dai suoi allievi, per il quarantasettesimo compleanno, un orologio d'oro;

un portabagagli in camiciotto, con le sue cinghie di cuoio e la targhetta regolamentare, che porta due bauli armadio;

una vecchia signora, vestita alla moda degli anni 1880, cuffia di pizzo, mani coperte da mezzi guanti, che offre delle belle mele grigie sopra un grande graticcio di vimini ovale;

un acquerellista che ha messo il cavalletto su un piccolo ponte, sopra uno stretto canale fiancheggiato da capanne di allevatori di mitili;

un mendicante mutilato che offre all'unico avventore seduto all'esterno di un caffè un oroscopo da quattro soldi: uno stampato la cui intestazione figura sotto il titolo *Il Lillà*, un ramo di lillà che fa da sfondo a due cerchi, uno dei quali circoscrive un ariete e l'altro una falce lunare dai corni girati verso destra.

CAPITOLO XCIV

Per le scale, 12

Tentativo d'inventario di qualcuna delle cose che si sono trovate per le scale nel corso degli anni (seguito e fine)

Un completo di "schede tecniche" riguardanti l'industria lattiera nella regione Poitou-Charentes,

un impermeabile con la marca Caliban, fabbricato a Londra dalla ditta Hemminge & Condell,

sei sottobicchieri di sughero laccato raffiguranti i grandi centri parigini: Palazzo dell'Eliseo, Camera dei deputati, Senato, Notre-Dame, Palazzo di Giustizia e Invalides,

una collana di vertebre di salacca,

la fotografia, fatta da un mediocre professionista, di un bebè nudo bocconi sopra un cuscino di nylon azzurro cielo con pompon,

un rettangolo di bristol, più o meno formato biglietto di visita, che porta stampato da una parte: *Did you ever see the devil with a night-cap on?* e dall'altra: *No! I never saw the devil with a night-cap on!*

un programma del cinema le Caméra, rue de l'Assomption 70, Parigi 16°, per il febbraio 1960:

dal 3 al 9: *Estasi di un delitto,* di **Luis Buñuel,**

dal 10 al 16: Festival Jacques Demy: *Le Bel Indifférent,* tratto da Jean Cocteau, e *Lola, donna di vita,* con Anouk Aimée,

dal 17 al 23: *C'era una volta un piccolo naviglio* di Gordon Douglas,* con Jerry Lewis,

* L'autore evidentemente contamina due titoli simili di due registi diversi: *Tiens-bon la barre, matelot* (*C'era una volta un piccolo naviglio*) del 1959 ma di Norman Taurog, e *Tiens-bon la rampe, Jerry* (*Stazione Luna*), questo sì di Gordon Douglas ma del 1966, quindi presumibilmente introvabile su un programma del 1960. [N.d.T.]

dal 24 al primo marzo: presenza del cinema ungherese: un film diverso al giorno
con, il 26, in prima mondiale e alla presenza dell'autore: *Nem szükséges, hogy
kilépj a házból*, di **Gabor Pelos**,

un pacchetto di spilli da balia,

un esemplare spiegazzato di *Se sei allegro, ridi*, raccolta di tremila
calembour di Jean-Paul Grousset, aperto al capitolo "In una tipografia",

un pesce rosso in un sacchetio semi pieno d'acqua, appeso alla
maniglia della porta della signora de Beaumont,

una tessera di abbonamento settimanale valida per la "piccola
cintura" (PC),*

un piccolo portacipria quadrato, di bachelite nera a pallini bianchi, con lo specchio intatto, ma senza cipria né piumino,

una cartolina istruttiva della serie "I Grandi Scrittori Americani", n° 57: Mark Twain

*Mark Twain, pseud. di Samuel Langhorne Clemens, nacque
a Florida, Missouri, nel 1835. Perse il padre a dodici anni.
Apprendista in una tipografia, diventò pilota sul Mississippi
da cui il soprannome di Mark Twain (espressione che letteralmente significa "marca due" e invita il battelliere a misurare il pescaggio per mezzo di una sagola di scandaglio). Fece successivamente il soldato, il minatore nel Nevada, il cer-
catore d'oro e il giornalista. Viaggiò in Polinesia, Europa e
nel Mediterraneo, visitò la Terra Santa e, travestito da af-
ghano, andò in pellegrinaggio nelle città sante dell'Arabia.
Morì a Redding (Connecticut) nel 1910 e la sua morte coincise con la ricomparsa della cometa Halley, che aveva segnato la sua nascita. Qualche anno prima, aveva letto in un
giornale che era morto e aveva subito spedito al direttore il
seguente cablogramma: LA NOTIZIA DELLA MIA MORTE
È MOLTO ESAGERATA! Nondimeno i guai finanziari, la
morte della moglie e di una figlia, e la pazzia dell'altra,
amareggiarono gli ultimi anni del grande umorista e diedero
alle sue ultime opere un insolito carattere di serietà. Opere
principali: Il ranocchio saltatore (1867), Gli innocenti
all'estero (1869), Vita dura (1872), L'età dell'oro
(1873), Le avventure di Tom Sawyer (1875), Il principe*

* La circonvallazione comunale interna. [*N.d.T.*]

472

e il mendico (1882), Vita sul Mississippi (1883), Le avventure di Huckleberry Finn (1884), Un americano alla corte di re Artù (1889), Memorie personali su Giovanna d'Arco del Sieur Louis de Conte, suo paggio e segretario (1896), Cos'è l'uomo (1906), Il forestiero (1916).

sette pastiglie di marmo, quattro nere e tre bianche, disposte sul pianerottolo del terzo piano in modo da figurare la posizione che nel go si chiama *Ko o Eternità*:

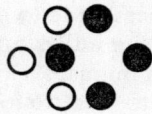

una scatola cilindrica, avvolta in una carta proveniente dal negozio Les Joyeux Mousquetaires, giochi e giocattoli, avenue de Friedland 95 bis, Parigi; l'imballo raffigurava, come di dovere, Aramis, d'Artagnan, Athos e Porthos che incrociano le spade brandite ("Uno per tutti, tutti per uno!"). Nessuna indicazione del destinatario era segnata sul pacco che la signora Nochère trovò sullo stoino dell'appartamento, allora vuoto, e in seguito occupato da Geneviève Foulerot. Dopo aver verificato che il collo anonimo non mandasse nessun ticchettìo sospetto, la signora Nochère lo aprì trovandovi varie centinaia di pezzetti di legno dorato e di plastica uso tartaruga, i quali, debitamente montati, avrebbero dovuto dare una riproduzione fedele, grande un terzo dell'originale, della clessidra donata a Carlomagno da Harun al-Rachid. Nessuno degli inquilini reclamò mai l'oggetto. La signora Nochère lo riportò in negozio. Le commesse ricordarono di aver venduto quel modello ridotto, raro e caro, a un bambino di dieci anni: e anzi, si erano molto stupite che avesse pagàto con biglietti da cento franchi. L'indagine si fermò qui e l'enigma non venne mai risolto.

CAPITOLO XCV

Rorschash, 6

Sul comodino della camera da letto di Rémi Rorschash c'è una lampada antica il cui piede è un infilza candela di metallo argentato, un accendino cilindrico, una minuscola sveglia d'acciaio lucido e, in una cornice di legno scanalato, quattro fotografie raffiguranti Olivia Norvell.

Nella prima, contemporanea al primo matrimonio, Olivia appare vestita di un paio di calzoni alla corsara e un maglione da marinaio a righe orizzontali probabilmente bianche e blu, con un berretto da guardiamarina e una radazza in mano che sarebbe indubbiamente stato inutile chiederle di adoperare.

Nella seconda, è buttata sull'erba, bocconi, vicino a un'altra giovane donna; Olivia porta un abito a fiori e un grande cappello di paglia di riso, la sua compagna dei bermuda e grossi occhiali da sole la cui montatura rievoca un paio d'astri della Cina; in fondo alla fotografia sono scritte le parole *Greetings from the Appalachians* che campeggiano sopra la firma: *Bea*.

La terza fotografia mostra Olivia in costume da principessa rinascimentale: abito di broccato, ampio mantello gigliato, diadema; Olivia posa davanti a dei praticabili sui quali dei macchinisti fissano per mezzo di grosse cucitrici degli scudi lucenti ornati di emblemi araldici; la fotografia risale all'epoca in cui Olivia Norvell, avendo rinunciato definitivamente al cinema, anche cripto pubblicitario, sperava di ridiventare un'attrice di teatro: decise di consacrare gli alimenti che le versava il secondo marito all'allestimento di uno spettacolo di cui sarebbe stata la vedette, e la sua scelta cadde su *Love's Labour Lost*; riservandosi la parte della figlia del re di Francia, affidò la regia a un giovanotto dal fare romantico, con la testa piena di idee e invenzioni, certo Vivian Belt, che aveva conosciuto a Londra pochi giorni prima. L'accoglienza della critica fu scontrosa; un cronista piatto e perfido chiese se per caso lo scricchiolìo delle sedie non facesse parte del dispositivo sonoro. Replicarono solo tre volte, ma

Olivia si consolò sposando Vivian, del quale aveva nel frattempo saputo che era ricco e lord, e di cui non sapeva ancora che dormiva e faceva il bagno con il suo spaniel a pelo riccio.

La quarta fotografia è stata fatta a Roma, un giorno d'estate, a mezzogiorno, davanti alla Stazione Termini: Rémi Rorschash e Olivia passano in Vespa; guida lui, vestito con una camiciola e un paio di calzoni bianchi, scarpe di corda ai piedi, gli occhi protetti da occhiali neri cerchiati d'oro come quelli degli ufficiali dell'esercito americano; lei, in short con una camicetta ricamata e a piedi nudi, gli si aggrappa addosso stringendolo alla vita con il braccio destro, mentre saluta con un ampio gesto della mano sinistra qualche ammiratore invisibile.

La camera di Rémi Rorschash è perfettamente in ordine, come se il suo abitante dovesse venirci a dormire la sera stessa. Ma rimarrà vuota. Non vi entrerà più nessuno, ormai, se non, tutte le mattine, per pochi secondi, Jane Sutton, che le darà un po' d'aria e butterà nel grande vassoio marocchino di rame martellato la posta del produttore, tutti giornali professionali cui era abbonato – *la Cinématographie française*, *le Technicien du Film*, *Film and Sound*, *Tv News*, *Le Nouveau Film Français*, *le Quotidien du Film*, *Image et Son*, eccetera – tutti giornali che gli piaceva tantissimo sfogliare bofonchiando quando faceva la prima colazione, e che d'ora in poi si ammucchieranno, con le fascette intatte, accumulando per niente i loro box-office scaduti. È la camera di un uomo già morto, e sembra già che i mobili, gli oggetti, i soprammobili aspettino questa morte futura, l'aspettino con un'indifferenza cortese, tutti ordinati, tutti puliti, impietriti una volta per tutte in un silenzio impersonale: il copriletto impeccabilmente tirato, il tavolino Impero dalle zampe unghiate, la coppa di legno d'ulivo che contiene ancora qualche moneta straniera; dei pfennig, dei groschen, dei penny, e una bustina di fiammiferi offerta da Fribourg and Treyer, Tobacconists & Cigar Merchants, 34, Haymarket, London SW1, il bellissimo bicchiere di cristallo intagliato, l'accappatoio di spugna color caffè bruciato, appeso a un attaccapanni di legno tornito, e, alla destra del letto, l'indossatore di rame e mogano, con la sua gruccia garbata, il suo sistema brevettato che garantisce ai pantaloni una piega perenne, il suo porta cintura, il portacravatte retrattile, e la vaschetta porta oggetti alveolata dove Rémi Rorschash disponeva coscienziosamente tutte le sere il suo mazzo di chiavi, gli spiccioli, i gemelli, il fazzoletto, il portafoglio, l'agenda, il cronometro e la stilografica.

Questa camera oggi morta è stata il soggiorno-pranzo di quasi quattro generazioni di Gratiolet: Juste, Emile, François e Olivier ci vissero dalla fine degli anni 1880 agli inizi degli anni cinquanta.

Rue Simon-Crubellier cominciò a essere lottizzata nel 1875 su dei terreni che appartenevano per metà a un commerciante in legname, tale Samuel Simon, e per l'altra metà a un noleggiatore di carrozze pubbliche, Norbert Crubellier. I loro vicini più prossimi – Guyot Roussel, il pittore animaliere Godefroy Jadin, e De Chazelles, nipote ed erede di madame de Rumford, la quale altri non era che la vedova di Lavoisier – avevano incominciato a costruire già da molto tempo, approfittando della lottizzazione dei dintorni del parc Monceau, che avrebbe fatto del quartiere uno dei luoghi preferiti degli artisti e pittori dell'epoca. Ma Simon e Crubellier non credevano all'avvenire residenziale di quel sobborgo ancora legato alla piccola industria e dove abbondavano lavanderie, tintorie, officine, capannoni, magazzini di ogni genere, fabbriche grandi e piccole, come la Fonderia Monduit e Béchet, rue de Chazelles 25, dov'erano stati realizzati i lavori di restauro della colonna Vendôme e dove, dal 1883, sarebbe stata impostata, pezzo su pezzo, la gigantesca *Libertà* di Bartholdi la cui testa e il braccio sovrastarono per più di un anno i tetti delle case all'ingiro. Simon si limitò quindi a recintare il suo terreno affermando che avrebbe sempre fatto in tempo a lottizzare se ne avesse avuto bisogno, e Crubellier sistemò nel suo qualche hangar di legno in cui faceva rappezzare le carrozze più a pezzi; il quartiere era quasi completamente fatto quando, capendo finalmente da che parte tiravano aria e interesse, i due proprietari si decisero ad aprire la strada che da allora si chiama come loro.

Da parecchio, Juste Gratiolet era in affari con Simon e si presentò subito come acquirente di un lotto. Uno stesso architetto, Lubin Auzère, Premio Roma, costruì tutti gli edifici del lato dispari, il lato pari fu affidato a suo figlio Noël: erano entrambi degli architetti onesti, ma senza inventiva, che costruirono edifici quasi identici: facciate in pietra da taglio, con il retro in pannelli di legno, balconi ai secondi e quinti piani, e due a sottotetto uno dei quali, l'ultimo, mansardato.

Juste Gratiolet stesso visse pochissimo nello stabile. Preferiva la sua fattoria nel Berry o, durante i soggiorni parigini, una villetta che affittava annualmente a Levallois. Si tenne comunque qualche appartamento per sé e per i figli. Arredò il proprio con estrema semplicità: una camera con alcova, una sala da pranzo con un caminetto – questi due locali pavimentati di legno all'inglese, grazie alla macchina scanalatrice per la quale aveva appena ottenuto il brevetto

– e una grande cucina con mattonelle esagonali che disegnando cubi illusori si potevano guardare secondo due prospettive divise e diverse. C'era l'acqua in cucina. Luce e gas furono allacciati solo molto tempo dopo.

Nessuno, nel caseggiato, conobbe Juste Gratiolet, ma vari inquilini – la signorina Crespi, la signora Albin, Valène – serbano un ricordo preciso del figlio Emile. Era un uomo dall'aspetto severo e l'aria pensosa, cosa che non ha niente di strano se pensiamo alle preoccupazioni causategli dal fatto di essere il maggiore dei quattro ragazzi Gratiolet. Gli si conoscevano due soli piaceri: quello di suonare il piffero – aveva fatto parte della Fanfara municipale di Levallois, ma non sapeva più interpretare che *Le Gai Laboureur*, cosa che tendeva a innervosire il suo pubblico – e quello di ascoltare la radio: l'unico lusso che si permise in tutta la vita fu l'acquisto di un apparecchio supermoderno: accanto al quadrante che indicava delle stazioni dai nomi esotici o misteriosi – Hilversum, Sottens, Allouis, Vaticano, Kerguelen, Monte Ceneri, Bergen, Tromsö, Bari, Tangeri, Falun, Horby, Beromünster, Pozzuoli, Mascate, Amara – si accendeva un cerchio e quattro fasci ortogonali emessi da un punto luminoso rimpicciolivano via via che si centrava sempre più esattamente la lunghezza d'onda desiderata, fino a ridursi a una croce di sottilissimo spessore.

Il figlio di Emile e di Jeanne, François, non fu neanche lui un uomo molto gioviale; era un essere longilineo, dal naso stretto, la vista bassa, afflitto da una calvizie precoce, che sprigionava un senso di malinconia a volte quasi straziante. Non potendo vivere solo sulle rendite dello stabile, s'impiegò come contabile presso una tripperia all'ingrosso. Seduto in un ufficio a vetri che sovrastava il negozio, allineava le sue colonne di cifre con lo spettacolo dei macellai in camice sanguinolento che smerciavano mucchi di testine di vitello, polmoni, milze, mesenteri, lingue e ventrigli come unico diversivo. Lui detestava le frattaglie e trovava il loro odore talmente fetido che quasi sveniva ogni mattina quando doveva attraversare il salone per raggiungere il suo ufficio. Quella prova giornaliera certo non contribuì a migliorarne l'umore, ma per qualche anno permise agli amanti di rognone, fegato e animelle di vitello del caseggiato di rifornirsi incomparabilmente e a prezzi che sfidavano qualsiasi concorrenza.

Del mobilio dei Gratiolet non resta nulla nel bicamere che Olivier ha sistemato per sé e sua figlia al settimo piano. Prima di tutto per mancanza di spazio, e poi per bisogno di soldi, si separò ad uno ad uno dei mobili, dei tappeti, dei servizi da tavola e dei soprammobili. Le ultime cose vendute furono quattro grandi disegni che Marthe, la moglie di François, aveva ereditato da un lontano cugino, uno svizzero intraprendente che aveva fatto fortuna durante la prima guerra mondiale comprando vagoni d'aglio e barche di latte condensato e rivendendo treni di cipolle e carghi di crema di groviera, polpa di arancia e prodotti farmaceutici.

Il primo disegno, firmato Perpignani, s'intitolava *La Danseuse aux pièces d'or*: la danzatrice in questione, una berbera dalle vesti variopinte, un tatuaggio a forma di serpente sull'avambraccio destro, danza in mezzo alle monete d'oro lanciate dalla numerosa folla che la circonda;

il secondo era una copia accurata di *L'Entrée des Croisés à Constantinople*, firmato da un certo Florentin Dufay di cui si sa che frequentò per qualche tempo lo studio di Delacroix lasciando però pochissime opere;

il terzo era un grande paesaggio sul genere Hubert Robert: in fondo, delle rovine romane; in primo piano a destra, delle ragazze una delle quali regge sulla testa un gran paniere quasi piatto pieno di agrumi;

il quarto infine era uno studio a pastello di Joseph Ducreux per il ritratto del violinista Beppo. Quel virtuoso italiano la cui popolarità rimase ben viva nel periodo rivoluzionario ("Zonerò il violino" rispose quando, sotto il Terrore, gli domandarono come contasse di servire la Nazione), era arrivato in Francia all'inizio del regno di Luigi XVI. Carezzava allora l'ambizione di diventare Violino del re, ma la nomina toccò a Louis Guéné. Divorato dalla gelosia, Beppo sognava di eclissare il rivale in tutto: essendo venuto a sapere che François Dumont aveva appena dipinto una miniatura su avorio raffigurante Guéné, Beppo si precipitò da Joseph Ducreux ordinandogli il proprio ritratto. Il pittore accettò, ma fu presto evidente che il focoso strumentista era incapace di mantenere la posa per più di qualche secondo; il miniaturista, dopo aver vanamente tentato di lavorare con quel modello volubile ed eccitato che lo interrompeva ogni momento, vi rinunciò quasi subito, e dell'ordinazione non rimane che questo schizzo preparatorio in cui Beppo, scomposto, gli occhi al cielo, il violino impugnato, l'archetto pronto all'attacco, sembra sforzarsi di avere un'aria ancora più ispirata del suo nemico.

CAPITOLO XCVI

Dinteville, 3

Il bagno comunicante con la camera del dottor Dinteville. In fondo, dalla porta socchiusa, si scorge un letto coperto da un plaid scozzese, un comò di legno nero laccato e un pianoforte verticale il cui leggìo porta una partitura aperta: la trascrizione delle *Danze* di Hans Neusiedler. Ai piedi del letto ci sono delle pianelle con la suola di legno; sul comò, un'opera voluminosa rilegata in cuoio bianco, il *Grande Dizionario della Cucina*, di Alexandre Dumas, e, in una coppa di vetro, dei modelli di cristallografia, pezzi di legno minuziosamente intagliati che riproducono qualche forma oloedrica ed emiedrica dei sistemi cristallini: il prisma retto a base esagonale, il prisma obliquo a base romboide, il cubo spuntato, il cubo ottaedro, il cubo dodecaedro, il dodecaedro romboidale, il prisma esagono-piramidale. Sopra il letto è appeso un quadro firmato D. Bidou: raffigura una ragazza giovanissima distesa bocconi su un prato, sta sgranando piselli, accanto a lei un cagnolino, un bracchetto dell'Artois con lunghe orecchie e muso allungato, è seduto tranquillo, lingua ciondoloni, sguardo buono.

Il pavimento del bagno è coperto di formelle esagonali; le pareti sono piastrellate di bianco a mezza altezza, con lo scoperto tappezzato di carta lavabile di un giallo chiaro rigato da strisce verde acqua. Vicino alla vasca, parzialmente nascosta da una tenda per doccia di nylon di un bianco un po' sporco, è disposta una giardiniera di ferro battuto che contiene qualche ciuffo di una pianta stenta a foglie verdi sottilmente venate di giallo. Sulla mensola del lavandino, si vedono parecchi accessori e prodotti di toilette: un rasoio del tipo tagliagola foderato di pelle di sagrì, uno spazzolino per unghie, una pietra pomice, e un flacone di lozione contro la caduta dei capelli sull'etichetta del quale una specie di Falstaff irsuto, ilare e trippone sventola una pubblicitaria barba rossa esageratamente folta, sotto gli occhi, più stupiti che divertiti, di due allegre comari i cui seni generosi traboccano dai corpetti con i lacci allentati. Sul porta asciugamani di fianco al lavandino sono negligentemente buttati i calzoni di un pigiama blu scuro.

Il dottor Dinteville aveva avuto una formazione assolutamente classica: un'infanzia noiosa e curata, qualcosa di sinistro e contrito, medicina a Caen, scherzetti goliardici, servizio militare all'ospedale della Marina di Tolone, una tesi, spicciativamente redatta da studenti mal pagati, su *Le frequenze dispneiche nella tetralogia di Fallot. Considerazioni eziologiche a proposito di sette osservazioni,* qualche sostituzione e il prelievo, sul finire degli anni cinquanta, di uno studio di medico generico che il suo predecessore aveva occupato per quarantasette anni di seguito.

Dinteville non era ambizioso ed era ampiamente soddisfatto all'idea di diventare solo un buon medico di provincia, un uomo che nella cittadina tutti avrebbero chiamato il buon dottor Dinteville come avevano chiamato il suo predecessore il buon dottor Raffin, e che avrebbe saputo rassicurare i pazienti con un semplice "dica 33". Ma circa due anni dopo che si fu sistemato a Lavaur, una scoperta fortuita modificò il pacifico corso della sua esistenza. Un giorno, portando in soffitta qualche vecchio tomo di *la Presse médicale* che il buon dottor Raffin aveva pensato bene di conservare e che lui stesso non si decideva a buttare come se potessero esserci ancora cose da imparare, in quei volumi dalle rilegature scrostate risalenti agli anni tra i venti e i trenta, Dinteville trovò in un baule che conteneva vecchie carte di famiglia un opuscoletto in 16°, piacevolmente rilegato, intitolato *De structura renum,* il cui autore era uno dei suoi antenati, Rigaud de Dinteville, chirurgo personale della principessa palatina, celebre per la destrezza con cui operava il mal della pietra per mezzo di un coltellino smussato di sua invenzione. Chiamando a raccolta quel po' di latino rimastogli dal liceo, Dinteville diede un'occhiata all'opera trovandovi abbastanza interesse da portarsela giù nello studio insieme a un vecchio Gaffiot.

Il *De structura renum* era una descrizione anatomo-fisiologica dei reni basata su dissezioni associate a tecniche di colorazione allora del tutto nuove: iniettando un liquido nero — alcool etilitico mischiato con l'inchiostro di china — nell'*arteria emulgens* (arteria renale), Rigaud de Dinteville aveva veduto colorarsi tutto un sistema di ramificazioni, i canalicoli, che chiamò *ductae renum,* sfociante in quello che chiamò *glandulae renales.* Queste scoperte, indipendenti da quelle che, pressappoco nello stesso periodo, andavano facendo Lorenzo Bellini a Firenze, Marcello Malpighi a Bologna e Frederyk Ruysch a Leida, e che, come loro, prefiguravano la teoria del glomerulo come base della funzione renale, erano accompagnate da una spiegazione dei meccanismi secretivi fondata sulla presenza di umori attirati o respinti dagli organi in funzione dei bisogni di assimilazione e di eliminazione dell'organismo. Una discussione aspra, e talvolta perfino violenta, opponeva questa teoria galenista delle "forze vitali" alle concezioni perniciose ispirate dagli "atomisti" e dai "materialisti" quali le propugnava un certo Brunbastinus, pseudonimo sotto il quale l'odierno Dinteville finì con l'identificare un tale Lazare Meyssonnier, medico borgognone più o meno alchimista e difensore di Paracelso. Le ragioni di questa polemica erano ben lungi dall'essere chiare a quel lettore del ventesimo secolo che poteva immaginarsi solo approssimativamente quel che avevano rappresentato le teorie di Galeno e per il quale dei termini come "atomisti" e "materialisti" non avevano certo più il significato che avevano avuto per il suo lontano antenato. Dinteville tuttavia si entusiasmò della sua scoperta che, stimolandone l'immaginazione, gli risvegliò una vocazione nascosta di ricercatore. E decise di preparare un'edizione critica di quel testo che, pur non contenendo niente di veramente eccezionale, costituiva un ottimo esempio di quello che era stato il pensiero medico all'alba dei tempi moderni.

Dietro consiglio di uno dei suoi ex professori, Dinteville andò a proporre il progetto al professor LeBran-Chastel, capo servizio all'Hôtel-Dieu, membro dell'Accademia di Medicina, del Consiglio dell'Ordine, e del comitato direttivo di parecchie riviste di fama internazionale. Indipendentemente dalle sue attività cliniche e didattiche, il professor LeBran-Chastel era un patito di storia delle scienze, ma fu fra il bonario e lo scettico che accolse Dinteville: non conosceva il *De structura renum*, ma dubitava che la sua riesumazione potesse presentare un qualsiasi interesse: da Galeno a Vesalio e da Bartolomeo Eustachio a Bowman, era stato ampiamente pubblicato, tradotto e commentato tutto, e Paolo Ceneri, un bibliotecario della facoltà di medicina di Bologna, dov'erano conservati i manoscritti di Malpighi, aveva perfino dato alle stampe nel 1901 una bibliografia sulle quattrocento pagine dedicata esclusivamente ai problemi teorici dell'uropoiesi e dell'uroscopia. Certo, proprio com'era successo a Dinteville, era sempre possibile scovare dei testi inediti, e certo si poteva anche pensare di addentrarsi maggiormente nella comprensione delle antiche teorie mediche e rettificare le asserzioni spesso troppo rigide degli epistemologi del secolo scorso i quali, dall'alto del loro positivismo scientista, avevano valorizzato solo gli approcci sperimentali, escludendo con disprezzo tutto quello che sembrava, a loro, irrazionale. Ma iniziare una ricerca del genere era un'impresa impegnativa, di lunga durata, ingrata, difficile, piena di insidie, e il professore si chiedeva se il giovane medico, poco pratico del gergo medievalizzante degli antichi dottori e delle strane aberrazioni che i loro commentatori gli aveva a volte attribuito, fosse in grado di venirne efficacemente a capo. Tuttavia gli promise il suo aiuto, gli diede delle lettere di presentazione per dei colleghi stranieri e si offrì di esaminare il lavoro prima di appoggiarne, eventualmente, la pubblicazione.

Incoraggiato da questo primo incontro, Dinteville si mise all'opera, dedicando alle sue ricerche le serate, i sabati e le domeniche, e approfittando delle minime vacanze che poteva permettersi senza trascurare troppo la clientela per andare in questa o quella biblioteca straniera, non solo a Bologna, dove non tardò ad accorgersi che una buona metà, e più, della bibliografia di Paolo Ceneri era scorretta, ma anche alla Bodleian Library di Oxford, a Aarhus, a Salamanca, a Praga, a Dresda, a Basilea, eccetera. Periodicamente, aggiornava il professor LeBran-Chastel sui progressi della sua indagine e, di tanto in tanto, il professore gli rispondeva con biglietti laconici nei quali sembrava continuasse a dubitare dell'interesse che potevano presentare quelle che chiamava le "trovatine" di Dinteville. Ma il giovane medico non si lasciava smontare per così poco: al di là della complessità pignola delle sue ricerche, ciascuna delle minuscole scoperte che andava facendo – vestigio improbabile, riferimento incerto, prova indecisa – gli pareva venisse a inserirsi in un progetto unico, globale, quasi grandioso, ed era con un entusiasmo sempre nuovo che ricominciava a frugare, andando alla cieca fra gli scaffali sovraccarichi di rilegature di pergamena, seguendo l'ordine alfabetico di alfabeti scomparsi, salendo e scendendo per corridoi lungo scale e passerelle ingombre di giornali impacchettati, scatole di archivio, fasci mezzo smangiati dai vermi. Il suo lavoro di scavo.

Ci mise quasi quattro anni a finire: un manoscritto di trecento pagine e rotti nel quale l'edizione e la traduzione del *De structura renum* vero e proprio ne occupavano solo sessanta; l'apparato critico che costituiva il resto dell'opera comportava quaranta pagine di note e varianti, sessanta pagine di bibliografia un terzo delle quali erano correzioni al Ceneri, e un'introduzione di quasi centocinquanta pagine in cui Dinteville descriveva con foga quasi romantica la lunga lotta fra Galeno e Asclepiade, dimostrando come il medico di Pergamo avesse deformato, cercando di ridicolizzarle, le teorie atomistiche che Asclepiade aveva introdotte a Roma tre secoli prima e che i suoi successori, quelli che venivano chiamati i "metodisti", avevano seguito in modo forse un po' troppo scolastico; ma stigmatizzando i fondamenti meccanicisti e sofistici di quel pensiero in nome della sperimentazione e del sacrosanto principio delle "forze naturali", Galeno aveva di fatto inaugurato una corrente di pensiero causalista, diacronico, omogeneista, di cui si ritrovano tutti i difetti nell'età classica della fisiologia e della medicina, e che aveva finito con l'instaurare un'autentica censura, analoga, nel suo stesso funzionamento, alla rimozione freudiana. Lavorando su opposizioni formali del tipo organico/organistico, simpatico/empatico, umori/fluidi, gerarchia/struttura, eccetera, Dinteville evidenziava l'acutezza e la pertinenza delle concezioni di Asclepiade e, prima di lui, di Erasistrato e di Lico di Macedonia, le ricollegava alle grandi correnti della medicina indo-araba, sottolineava i loro rapporti con la mistica ebraica, l'ermetismo, l'alchimia, e provava infine come la medicina ufficiale ne avesse sistematicamente represso la diffusione fino al momento in cui uomini come Goldstein, Grodeck o King Dri avevano finalmente potuto farsi sentire e, ritrovando la corrente sotterranea che, da Paracelso a Fourier, non aveva mai smesso di scorrere nel mondo scientifico, avevano definitivamente rimesso in causa le basi stesse della fisiologia e della semiologia medica.

Appena la dattilografa che aveva fatto venire apposta da Tolosa ebbe terminato la battitura di quel testo folto e fitto di rinvii, note a piè di pagina e caratteri greci, Dinteville ne spedì subito una copia a LeBran-Chastel; il professore gliela rimandò un mese dopo: aveva esaminato con cura il lavoro del medico, senza ira né partigianeria, ed era giunto a una conclusione del tutto sfavorevole: certo, l'edizione del testo di Rigaud de Dinteville era stata redatta con uno scrupolo che faceva onore al suo discendente, ma il trattato del chirurgo personale della principessa palatina non diceva niente di autenticamente nuovo rispetto al *Tractatio de renibus* di Eustachio, al *De structura et usu renum* di Lorenzo Bellini, al *De natura renum* di Etienne Blancard e al *De renibus* di Malpighi, né sembrava dovesse meritarsi una pubblicazione a parte; l'apparato critico manifestava l'immaturità del giovane ricercatore che volendo zelantemente strafare era riuscito solo ad appesantire il testo; gli errata riguardanti Ceneri erano assolutamente marginali, e l'autore avrebbe fatto meglio a verificare le proprie note e riferimenti (seguiva un elenco di quindici errori o omissioni caritatevolmente colti da LeBran-Chastel: Dinteville, per esempio, aveva scritto "J. Clin. Invest" invece di "J. clin. Invest.", nella citazione n. 10 [Möller, McIntosh & van Slyke], oppure aveva citato l'articolo di H. Wirz in "Mod. Prob. Pädiat.", 6, 86, 1960 senza fare riferimento al lavoro precedente di Wirz, Hargitay & Kuhn pubblicato nell'"Helv. physiol. pharmacol. Acta" 9, 196, 1951); quanto all'introduzione storico-filosofica, il professore preferiva lasciarne tutta la responsabilità a Dinteville e rifiutava, da parte sua, di favorirne in qualche modo la pubblicazione.

Dinteville si aspettava di tutto meno che una reazione del genere. Pur essendo convinto della pertinenza delle sue ricerche, non osava mettere in dubbio l'onestà intellettuale e la competenza del professore LeBran-Chastel. Dopo varie settimane di esitazione, decise che non doveva lasciarsi fermare dell'opinione ostile di un uomo che, dopotutto, non era il suo capo, e che doveva tentare di farsi pubblicare il manoscritto da solo; ne corresse i trascurabili errori e lo mandò a varie riviste specializzate. Lo rifiutarono tutte e Dinteville dovette rinunciare alla pubblicazione, abbandonando contemporaneamente le sue ambizioni di ricercatore.

L'eccessivo interesse dedicato alle sue indagini a scapito del lavoro quotidiano gli aveva causato un danno considerevole. Dopo di lui si erano sistemati a Lavaur altri due medici generici e, in tanti mesi e in tanti anni, gli avevano praticamente soffiato la clientela. Senza appoggi, abbandonato, schifato, Dinteville finì col lasciare il suo studio e si trasferì a Parigi deciso a fare solo il medico di quartiere i cui sogni innocenti non avrebbero mai più sfidato l'universo prestigioso ma temibile degli eruditi e degli studiosi, ma si sarebbero rincantucciati nei piaceri domestici del solfeggio e della cucina.

Negli anni seguenti, il professor LeBran-Chastel, dell'Accademia di medicina, pubblicò successivamente:
— un articolo sulla vita e l'opera di Rigaud de Dinteville (*Un urologo francese alla corte di Luigi XIV: Rigaud de Dinteville*, "Arch. intern. Stor. Scient." 11, 343, 1962);
— un'edizione critica del *De structura renum*, con riproduzione in facsimile, traduzione, note e glossario (S. Karger, Basilea, 1963);
— un supplemento critico alla *Bibliografia urologica* di Ceneri ("Int. Z. f. Urol" Suppl. 9, 1964) e infine;
— un articolo epistemologico intitolato *Abbozzo di una storia delle teorie renali da Asclepiade a William Bowman*, pubblicato in "Aktuelle Probleme aus der Geschichte der Medizin" (Basilea, 1966), che riprendeva una prolusione fatta nel XIX Congresso internazionale di Storia della medicina (Basilea, 1964), la cui risonanza fu considerevole.

L'edizione critica del *De structura renum* e il supplemento alla bibliografia di Ceneri erano stati letteralmente presi di peso dal manoscritto di Dinteville. Gli altri due articoli sfruttavano, sbiadendolo con varie precauzioni oratorie, il nocciolo del lavoro del medico che, quanto a lui, veniva citato un unica volta, in una nota a caratteri minuscoli dove il professor LeBran-Chastel ringraziava "il dottor Bernard Dinteville di aver [gli] gentilmente comunicato l'opera del suo antenato".

CAPITOLO XCVII

Hutting, 4

Da molto tempo Hutting non adopera più lo studio grande, preferendo, per i ritratti, l'intimità della piccola stanza ricavata nel ballatoio, e avendo preso l'abitudine di lavorare alle sue altre opere, a seconda dei generi, in questo o quello degli altri studi: le tele grandi a Gattières, sopra Nizza, le sculture monumentali in Dordogna, disegni e incisioni a New York.

Il suo salotto parigino però fu, per anni, il centro di un'intensa attività artistica. Proprio là si svolgevano, negli anni cinquantacinque-sessanta, i celebri "Martedì di Hutting" in cui si affermarono artisti diversi quanto il cartellonista Félicien Kohn, il baritono belga Léo Van Derckx, l'italiano Martiboni, il "verbalista" spagnolo Tortosa, il fotografo Arpad Sarafian e la saxofonista Estelle Thierarch', la cui influenza su certe tendenze precipue dell'arte contemporanea non ha ancora finito di farsi sentire.

L'idea di quei martedì non venne a Hutting, ma al suo amico canadese Grillner che ne aveva organizzati felicemente di simili a Winnipeg dopo la seconda guerra mondiale. Il principio di quelle riunioni era il libero confronto fra creatori e la possibilità di vedere come s'influenzassero a vicenda. Fu così che durante il primo "martedì", Grillner e Hutting, alla presenza di una quindicina di spettatori attenti, si avvicendarono ogni tre minuti sulla stessa tela, come giocandovi una partita a scacchi. Ma ben presto il protocollo delle sedute diventò molto.più raffinato e ci si mise a chiamare artisti operanti in campi diversi: un pittore dipingeva un quadro mentre un musicista jazz improvvisava, oppure un poeta, un musicista e un ballerino interpretavano, ciascuno con la propria sintassi, l'opera proposta da uno scultore o da un sarto.

I primi incontri furono tranquilli, coscienziosi e leggermente noiosi. Poi, con l'avvento del pittore Vladislav, presero progressivamente una piega assai più viva.

Vladislav era un pittore che aveva avuto il suo momento di gloria sul finire degli anni trenta. Arrivò la prima volta ai "martedì" di Hutting vestito da mugik. Portava sulla testa una specie di berretto scarlatto, di un panno finissimo, con un bordo di pelliccia torno torno, tranne sulla fronte dov'era praticato uno spazio di circa dieci centimetri il cui fondo blu celeste era coperto da un leggero ricamo; e fumava una pipa turca dal lungo cannello di marocchino ornato di fili d'oro e il fornello di ebano guarnito d'argento. Cominciò col raccontare come si era dato alla necrofilia in Bretagna in una giornata temporalesca e come non poteva dipingere che a piedi nudi fiutando un fazzoletto imbevuto di assenzio e come in campagna dopo le piogge d'estate si sedeva nel fango tiepido per riprendere contatto con madre natura e come mangiava carne cruda che frollava alla maniera degli unni, cosa che le dà un sapore incomparabile. Poi sciolse sul pavimento un grande rotolo di tela vergine, la fissò con una ventina di chiodi piantati alla svelta e invitò l'assemblea a camminarci sopra di concerto. Il risultato, i cui grigi imprecisi non mancavano di ricordare i "diffuse grays" dell'ultimo periodo di Laurence Hapi, venne immediatamente battezzato "L'Uomo con le suole avanti". Il pubblico, ammirato, decise che Vladislav sarebbe stato d'ora in poi il maestro titolare delle cerimonie e tutti si separarono con l'intima convinzione di aver contribuito a partorire un capolavoro.

Il martedì successivo si capì che Vladislav ci sapeva fare. Aveva chiamato a raccolta il Tout-Paris e più di centocinquanta persone affollavano lo studio. Un'immensa tela era stata agganciata sulle tre pareti del grande locale (il quarto muro essendo un'alta vetrata) con varie decine di secchi, nei quali erano immersi grossi pennelli da imbianchino, disposti al centro. Ubbidendo alle istruzioni di Vladislav, gli invitati si allinearono lungo la vetrata e, a un suo segnale, si precipitarono sui barattoli, impugnarono i pennelli e andarono a spalmarne il più in fretta possibile il contenuto sulla tela. L'opera prodotta fu giudicata interessante, ma non determinò l'adesione unanime dei suoi creatori improvvisati e, malgrado il rinnovarsi continuo tentato di settimane in settimane in fatto d'invenzioni, Vladislav conobbe un successo di breve durata.

Fu sostituito nei mesi seguenti da un bambino prodigio, un ragazzetto sui dodici anni che somigliava a un figurino, con i capelli ricci, grandi colletti di pizzo e gilè di velluto nero dai bottoni di madreperla. Improvvisava "poesie metafisiche" di cui solo il titolo bastava a trasognare gli ascoltatori:

Valutazione della situazione

Censimento delle cose degli esseri perduti per via

Modo di fare il punto

Ticchettìo di cavalli dissellati al pascolo nella notte

Bagliore rosso di un fuoco da campo all'addiaccio

Ma ahimè! un giorno si scoprì che era sua madre a comporre – e ancora più spesso, a ricopiare – quei poemi, obbligando il figlio a impararli a memoria.

Poi si susseguirono un operaio mistico, una stella dello strip-tease, un venditore di cravatte, uno scultore che si autoqualificava neo rinascente e che impiegò parecchi mesi per cavare da un blocco di marmo un'opera intitolata *Chimera* (qualche settimana dopo sul soffitto dell'appartamento di sotto comparve una preoccupante fessura, e Hutting dovette farlo rifare e sostituire il proprio parquet), il direttore di una rivista d'arte, un emulo di Christo che impacchettava in teli di nylon piccoli animali vivi; una cantante di caffè concerto che chiamava tutti "bel morettino"; un presentatore di *radio-crochet*,* un ragazzo robusto con gilè pied-de-poule, tirabaci, anelli col monogramma e ciondoli fantasia, che stimolava alla voce e al gesto, con accenti e mimiche degne di un commentatore d'incontri di catch, le prestazioni dei ballerini e dei musicisti; un "concettuale" pubblicitario appassionato di yoga che per tre settimane tentò inutilmente d'iniziare gli altri invitati alla sua arte facendo loro assumere la posizione del loto al centro del grande studio; la padrona di una pizzeria, un'italiana dalla voce pastosa, che cantava impeccabilmente delle arie di Verdi improvvisando spaghetti con salse sublimi; e l'ex direttore di un piccolo zoo di provincia, che aveva addestrato dei fox-terrier a fare il salto mortale all'indietro e delle anatre a correre in tondo, e che si sistemò nello studio con un'otaria giocoliera che consumava spaventose quantità di pesce.

* Concorso radiofonico di canto, ballo eccetera, i cui vincitori sono designati dal pubblico. [*N.d.T.*]

La moda degli happening, che cominciò a invadere Parigi sul finire di quegli anni, tolse pian piano a quelle riunioni mondane il loro interesse principale. Giornalisti e fotografi, che le avevano frequentate assiduamente, finirono col trovarle un tantino sorpassate, e gli preferirono sarabande più selvagge durante le quali Tizio si divertiva a sgranocchiare lampadine mentre Caio smontava sistematicamente le tubature del riscaldamento centrale e Sempronio si apriva le vene per scrivere una poesia col suo sangue. Hutting, del resto, non fece granché per trattenerli: aveva finito con l'accorgersi che si annoiava ampiamente a quelle feste, le quali non gli avevano dato mai niente. Nel 1961, tornato da un soggiorno a New York dov'era rimasto più a lungo del solito, avvertì gli amici che rinunciava a quegli incontri settimanali diventati stucchevoli a forza di essere prevedibili e che a questo punto era meglio inventare qualcos'altro.

Il grande studio è, da allora, quasi sempre deserto. Ma, forse per superstizione, Hutting vi ha lasciato molto materiale e, sopra un cavalletto d'acciaio illuminato da quattro riflettori spioventi dal soffito, una grande tela, intitolata *Euridice*, della quale gli piace dire che è e resterà incompiuta.

La tela raffigura una stanza vuota, dipinta di grigio, praticamente senza mobili. Al centro, una scrivania di un grigio metallico sulla quale sono disposti una borsetta, una bottiglia di latte, un'agenda e un libro aperto sui due ritratti di Racine e di Shakespeare. * Sulla parete di fondo un quadro raffigurante un tramonto. Di fianco, una porta socchiusa, per la quale s'intuisce che Euridice, un attimo fa, è scomparsa per sempre.

---

* A questo proposito, si può ricordare che il bisnonno materno di Franz Hutting, Johannes Martenssen, professore di letteratura francese all'università di Copenaghen, è stato il traduttore danese del *Racine et Shakespeare* di Stendhal (Copenaghen, Ed. Gjoerup, 1860).

CAPITOLO XCVIII

Réol, 2

Poco tempo dopo la loro sistemazione in rue Simon-Crubellier, i Réol s'incapricciarono di una camera da letto moderna vista nel grande magazzino in cui Louise Réol lavorava come fatturista. Il letto costava da solo 3.234 franchi. Con il copriletto, i comodini, il tavolino da toilette, il pouf assortito e l'armadio a specchi, la somma superava gli undicimila franchi. La direzione del negozio accordò alla sua impiegata un credito preferenziale di ventiquattro mesi senza apporto iniziale; l'interesse del prestito fissato al 13,65%, ma tenuto conto delle spese di costituzione dossier, dei premi assicurazione sulla vita e dei calcoli di ammortamento, i Réol si ritrovarono a versare mensilmente novecentoquarantun franchi e trentadue centesimi, che vennero automaticamente detratti dallo stipendio di Louise Réol. La qual cosa rappresentava quasi un terzo delle loro entrate, per cui fu subito chiaro che non sarebbero riusciti a sopravvivere decentemente in simili condizioni. Maurice Réol, che era aiuto redattore alla CATMA (Compagnia Assicurazioni Trasporti Marittimi), decise quindi di chiedere un aumento al suo caposervizio.

La CATMA era una società malata di gigantismo il cui acronimo corrispondeva solo in modo molto parziale a delle attività sempre più molteplici e multiformi. Réol, da parte sua, era incaricato di preparare ogni mese una relazione comparativa sul numero e l'ammontare delle polizze sottoscritte presso comuni e dipartimenti della regione Nord. Questi rapporti, e quelli redatti dai suoi colleghi di pari grado sull'attività di altri settori economici o geografici (assicurazioni sottoscritte presso agricoltori, commercianti, liberi professionisti eccetera, nel Centro Ovest, nella regione Rodano-Alpi, in Bretagna, eccetera), venivano incorporati nei dossier trimestrali della sezione "Statistica e Previsioni" che il caposervizio di Réol, certo Armand Faucillon, presentava in direzione ogni secondo giovedì di marzo, giugno, settembre e dicembre.

In teoria, Réol vedeva il suo caposervizio tutti i giorni fra le undici e le undici e mezzo durante quella che chiamavano la Conferenza dei redattori, ma non era certo lì che poteva sperare di avvicinarlo per parlargli del suo problema. Del resto, il caposervizio si faceva rappresentare quasi sempre dal suo vice e veniva a presiedere di persona la Conferenza dei redattori solo quando l'urgenza di redigere i dossier trimestrali cominciava a farsi sentire, e cioè a partire da ogni secondo lunedì di marzo, giugno, settembre e dicembre.

Una mattina in cui, eccezionalmente, Armand Faucillon assisteva alla Conferenza dei redattori, Maurice Réol si decise quindi a domandargli un appuntamento. "Veda un po' con la signorina Yolande" rispose, con molta cortesia, il caposervizio. La signorina Yolande aveva in custodia i due taccuini di appuntamenti del caposervizio, uno, un'agenda formato piccolo, per gli appuntamenti personali, l'altro, da ufficio, per gli appuntamenti di lavoro, e uno dei compiti più delicati della signorina Yolande consisteva proprio nel non sbagliare taccuino e non prendere due appuntamenti contemporaneamente.

Armand Faucillon era certamente un uomo molto occupato perché la signorina Yolande poté fissare quell'appuntamento solo per sei settimane dopo: nel frattempo, il caposervizio doveva recarsi a Marly-le-Roi per partecipare alla riunione annuale dei capiservizio della zona Nord e al ritorno avrebbe dovuto occuparsi della correzione e revisione del dossier di marzo. Poi, come faceva tutti gli anni, all'indomani della riunione direttoriale del secondo giovedì di marzo, se ne sarebbe andato dieci giorni in montagna. Appuntamento fissato per martedì 30 marzo quindi, alle undici e trenta dopo la Conferenza dei redattori. Era un buon giorno e una buona ora, tutti sapevano infatti che Faucillon aveva le sue ore e i suoi giorni: il lunedì, come chiunque, era di cattivo umore, il venerdì, come chiunque, era distratto; il giovedì infine doveva partecipare a un seminario organizzato da uno degli ingegneri del Centro calcoli su "Calcolatori e Gestione dell'Impresa" e aveva bisogno di tutta la giornata per ripassarsi gli appunti che aveva cercato di prendere durante il seminario precedente. Inoltre, ovviamente, era escluso potergli parlare la mattina prima delle dieci e il pomeriggio prima delle quattro.

Disgraziatamente per Réol, il caposervizio si ruppe la gamba sciando e ritornò solo l'otto aprile. Nel frattempo, la direzione l'aveva nominato membro della commissione paritetica che doveva recarsi nel Nordafrica per esaminare il contenzioso sussistente fra le società e i suoi ex partner algerini. Quando tornò, il ventotto aprile, il caposervizio annullò tutti gli appuntamenti che poteva permettersi di annullare e si rinchiuse per tre giorni con la signorina Yolande per preparare il testo che avrebbe accompagnato la proiezione delle diapositive riportate dal Sahara ("Mzab dai mille colori: Ouargla, Touggourt, Ghardaia"). Poi se ne andò in week-end, week-end che si prolungò, in quanto la Festa del Lavoro cadeva di sabato e com'era consuetudine nei casi del genere i quadri dell'azienda avevano la possibilità di prendersi il venerdì o il lunedì. Il caposervizio tornò quindi martedì, quattro maggio, e fece una breve comparsa alla Conferenza dei redattori per invitare gli impiegati del suo reparto e i loro familiari alla proiezione commentata che organizzava l'indomani sera alle otto nella sala 42. Si rivolse cortesemente a Réol ricordandogli che dovevano vedersi. Réol andò subito dalla signorina Yolande e ottenne un appuntamento per due giorni dopo, giovedì (l'ingegnere del Centro calcoli faceva uno stage a Manchester, e il seminario d'informatica era provvisoriamente sospeso).

La seduta di proiezione non fu un vero successo. Il pubblico era rado e il rumore del proiettore copriva la voce del conferenziere che s'impasticciava di continuo. Poi, mentre il caposervizio, dopo aver mostrato un palmeto, annunciava dune e cammelli, sullo schermo apparve una foto di Robert Lamoureux in *Faisons un rêve* di Sacha Guitry, seguita da Héléna Bossis nella prima de *La Sgualdrina timorata*, e da Jules Berry, Yves Deniaud e Saturnin Fabre, in alta uniforme da accademici, in una commedia boulevardiera degli anni venticinque, intitolata *Gli Immortali* e ispirata alquanto servilmente da *L'Abito verde*. * Furioso, il caposervizio fece riaccendere le luci e fu subito chiaro che l'operatore addetto ai caricatori delle diapositive si era occupato della conferenza di Faucillon e anche di quella che avrebbe tenuto il giorno dopo un celebre critico teatrale su "Splendori e miserie del teatro francese". L'incidente venne rapidamente ovviato, ma l'unico papavero della società che avesse consentito a spostarsi, il direttore del dipartimento "Esteri", ne approfittò per filarsela con la scusa di un pranzo di lavoro. Comunque sia, l'umore dell'indomani era alquanto tetro e quando Réol si presentò all'appuntamento e gli espose il suo problema, il caposervizio gli fece notare quasi seccamente che le proposte riguardanti l'aumento di stipendio venivano esaminate in novembre dalla direzione del personale e che era assolutamente impensabile prenderle in considerazione prima di quella data.

Dopo aver girato e rigirato il problema in tutti i sensi, Réol giunse alla conclusione di aver commesso un errore marchiano: invece di postulare direttamente un aumento di stipendio, avrebbe dovuto chiedere di usufruire delle facilitazioni alle giovani coppie che il

* L'abito da cerimonia degli accademici di Francia, per l'appunto. [*N.d.T.*]

servizio sociale dell'azienda accordava agli ammogliati per favorirne l'accesso alla proprietà, il rifacimento o il rammodernamento della loro abitazione principale o l'acquisto di attrezzature. Il responsabile del servizio sociale, che Réol poté incontrare dopo il dodici maggio, gli rispose che la cosa era fattibilissima nel suo caso a patto, ovviamente, che i Réol risultassero effettivamente sposati. Ora, se vivevano inseme da più di quattro anni ormai, i due non avevano mai, come si dice, regolarizzato la loro situazione.

Si sposarono quindi, all'inizio di giugno, il più semplicemente possibile perché, nel frattempo, le loro condizioni materiali avevano continuato a guastarsi sempre di più: la colazione di nozze, con i due testimoni come unici invitati, ebbe come cornice un self-service dei Grands Boulevards e le fedi matrimoniali furono di ottone.

I preparativi della riunione direttoriale del secondo giovedì di giugno mobilitarono troppo Réol perché riuscisse a trovare il tempo per radunare i numerosi documenti necessari alla costituzione della sua domanda di assistenza sociale. Il dossier fu quindi completo solo mercoledì 7 luglio. E da venerdì 16 luglio a mezzogiorno a lunedì 16 agosto alle otto e quarantacinque, la CATMA chiuse bottega.

I Réol non andarono in vacanza, il problema non si poneva nemmeno. Per cui, mentre il bambino passava l'estate a Laval dai nonni materni, loro, grazie all'interessamento di un vicino (Berger) che li raccomandò a un collega, furono assunti per un mese, lui come lavapiatti e lei come venditrice di sigarette e articoli souvenir (portacenere, foulard con la torre Eiffel e il Moulin Rouge, bamboline french-cancan, accendini a vecchio lume con la scritta "Rue de la Paix", Sacré-Coeur con nevicata e via di seguito) in un locale chiamato La Renaissance: era un ristorante bulgaro-cinese, situato fra Pigalle e Montmartre, nel quale sbarcavano tre volte a sera gli stock turistici della Paris by night i quali per settantacinque franchi tutto compreso facevano il giro di Parigi illuminata, pranzavano al La Renaissance ("fascino della bohème, ricette esotiche") e passavano a passo di carica per quattro cabaret, Les deux hémisphères ("striptease e chansonniers: Parigi, tutto lo spirito dell'antica Gallia"), The Tangerine Dream (dove officiavano due danzatrici del ventre, Zazoua e Aziza), Le Roi Venceslas ("cantine a volta, atmosfera medievale, menestrelli, vecchie canzoni oscene") e da ultimo La Villa d'Ouest ("a show-place of elegant depravity. Spanish nobles, Russian tycoons and fancy sports of every land crossed the world to ride in"), prima del rideposito in albergo, intasati di champagne dolciastro, alcolici sospetti e zakouski grigiastri.*

* Antipasto russo, con legumi, pesce eccetera. [N.d.T.]

Tornato alla CATMA, Réol vi trovò una brutta sorpresa: la commissione di assistenza sociale, sovraccarica di domande, aveva appena deciso che d'ora in poi avrebbe esaminato solo le pratiche pervenute per via gerarchica, con l'avallo del caposervizio e del direttore del dipartimento da cui dipendeva il richiedente. Réol depose la sua pratica sulla scrivania della signorina Yolande scongiurandola di fare di tutto perché il caposervizio vi scarabocchiasse due sobrie righe di note caratteristiche e la firma.

Ma il caposervizio non firmava mai alla leggera e anzi, come diceva a mo' di battuta, aveva spesso dei crampi alla penna. Per il momento, la cosa più importante era la preparazione del resoconto trimestrale di settembre cui, per qualche motivo che conosceva solo lui, attribuiva un'importanza particolare. E fece rifare il rapporto a Réol per ben tre volte rimproverandogli ogni volta d'interpretare le statistiche in senso pessimistico invece di far risaltare i progressi compiuti.

Réol, la rabbia in cuore, si rassegnò ad aspettare altre due o tre settimane; la loro situazione era sempre più precaria, avevano un ritardo di sei mesi sull'affitto e un debito di quattrocento franchi dal droghiere. Per fortuna, dopo due anni di attesa, Louise Réol riuscì a iscrivere il bambino al nido municipale, liberandoli della quarantina di franchi al giorno che gli costava prima.

Il caposervizio rimase assente tutto ottobre: partecipava a un viaggio di studio nella Germania federale, Svezia, Danimarca e Paesi Bassi. In novembre un'otite virale lo tenne a casa per tre settimane.

Réol, disperato, rinunciò a vedere un futuro successo delle sue iniziative. Fra il primo marzo e il trenta novembre, il caposervizio era riuscito ad assentarsi per quattro mesi pieni e Réol calcolò che fra week-end prolungati, ponti, controponti, stage, seminari e spostamenti vari, in nove mesi le sue presenze in ufficio non arrivavano a cento. Senza contare le tre ore che si prendeva per fare colazione né le uscite alle sei meno venti per non perdere il treno delle sei e tre. Non c'era alcun motivo perché tutto questo non continuasse. Ma, lunedì sei dicembre, il caposervizio fu nominato vicedirettore del Servizio esteri e nell'euforia della promozione rispedì finalmente la pratica con parere favorevole. Quindici giorni dopo, l'aiuto sociale era accordato.

Fu allora che il servizio finanziario della società si accorse che l'ammontare dei rimborsi effettuati dalla coppia Réol per l'acquisto della loro camera da letto superava il tetto autorizzato per i prestiti agli ammogliati: venticinque per cento delle risorse dopo il defalco spese afferenti all'abitazione principale. Il credito accordato ai Réol era quindi illegale e la Ditta non poteva proprio farsi garante!

Alla fine del primo anno, quindi, Réol non aveva ottenuto un aumento né un aiuto sociale e bisognava ricominciare tutto da capo con un nuovo caposervizio.

Questo nuovo, uscito fresco fresco da una grande scuola, imbottito d'informatica e tecnica economico-sociale-evolutiva, il giorno del suo arrivo riunì tutti i collaboratori e fece loro sapere che il lavoro della sezione "Statistica e Previsioni" si basava su metodi antiquati, per non dire medievali, che era inefficace pretendere di voler elaborare una politica a medio termine o a lungo termine valida partendo da informazioni raccolte solo trimestralmente, e che d'ora in poi, sotto la sua direzione, si sarebbe dovuto procedere a stime giornaliere su campionature socio-economiche puntuali in modo da potersi basare in ogni momento su un modello evolutivo delle attività della ditta. Due programmatori del Centro calcoli fecero quello che dovevano fare e in capo a qualche settimana Réol e i suoi colleghi si ritrovarono sommersi da fasci di schede meccanografiche sulle quali appariva più o meno chiaramente che il diciassette per cento dei coltivatori normanni optavano per la formula A mentre il quarantotto virgola quattro per cento dei commercianti della regione Midi-Pirenei si dichiaravano soddisfatti della formula B. La sezione "Statistica e Previsioni", abituata a metodi più classici in cui si contavano le assicurazioni sottoscritte o rescisse tracciando delle aste (quattro aste verticali e la quinta orizzontale che tagliava le prime quattro), capì rapidamente che doveva prendere dei provvedimenti se non voleva affogare del tutto, e iniziò uno sciopero dello zelo che consisteva nel tempestare di domande più o meno pertinenti il nuovo caposervizio, e due esperti d'informatica e i calcolatori. I calcolatori resistettero, i due esperti d'informatica anche ma il nuovo caposervizio finì col crollare e, dopo sette settimane, chiese il trasferimento.

Questo episodio, rimasto celebre nella ditta sotto il nome di La Disputa fra il Vecchio e il Nuovo, non spostava di un pelo il problema Réol. Era riuscito a farsi prestare duemila franchi dai suoceri per tappare i buchi dell'affitto, ma i debiti si accumulavano da tutte le parti ed era sempre più a corto di soluzioni. Avevano un bell'ammucchiare, lui e Louise, ore straordinarie, assicurare il servizio permanente la domenica e i giorni festivi o caricarsi di lavoro a domicilio (scrivere buste, ricopiare schedari commerciali, confezionare maglieria, eccetera), il divario fra risorse e bisogni continuava a crescere. In febbraio e marzo, cominciarono a portare al Monte di Pietà i rispettivi orologi, i gioielli di Louise, la televisione e la macchina fotografica di Maurice, una Konika autoreflex fornita di teleobiettivo e flash elettronico che era la luce dei suoi occhi. In aprile, nuove minacce di sfratto da parte dell'amministratore li costrinsero a ricorrere a un altro prestito privato. Genitori e amici intimi glielo rifiutarono, e furono salvati in extremis dalla signorina Crespi che per loro ritirò dalla Cassa di Risparmio i tremila franchi che aveva messo da parte per pagarsi il suo funerale.

Senza appello contro la decisione del servizio sociale, senza capo-servizio cui appoggiarsi per una nuova richiesta di aumento, perché l'ex vice caposervizio che lo sostituiva provvisoriamente aveva trop-pa paura di perdere il posto per assumersi la minima iniziativa, Réol non si aspettava più niente. Il quindici luglio, Louise e lui decisero di averne abbastanza, che non avrebbero pagato più niente, che li prendessero pure, che non avrebbero fatto niente per difendersi. E se ne andarono a passare le vacanze in Iugoslavia.

Quando tornarono, c'erano mucchi d'ingiunzioni e ultimi avvisi sotto lo stoino. Gli tagliarono il gas e la luce e, su richiesta dell'am-ministratore, dei periti stimatori cominciarono a preparare la vendita forzosa dei loro mobili.

Fu allora che accadde l'imprevisto: proprio nel momento in cui sulla porta dello stabile era stato affisso un cartello giallo che annun-ciava la vendita all'asta del mobilio Réol (bella camera da letto moderna, grande orologio a pendolo, credenza Luigi XIII, eccetera) nel giro di quattro giorni, Réol, arrivando in ufficio, venne a sapere che era stato nominato vice caposervizio e che la sua retribuzione passava da millenovecento a duemilasettecento franchi al mese. Di colpo, l'ammontare dei rimborsi mensili della coppia Réol diventava praticamente inferiore al quarto delle sue entrate, e i servizi finan-ziari della CATMA poterono, il giorno stesso, sganciare in piena legalità un aiuto eccezionale per l'ammontare di cinquemila franchi. Anche se Réol dovette, per evitare il pignoramento, pagare le pesanti commissioni degli ufficiali giudiziari e dei periti stimatori, poté, nei due giorni seguenti, regolarizzare la situazione nei confronti dell'am-ministratore e dell'EDF-GDF*

Tre mesi dopo, pagavano l'ultima rata della camera da letto e fu quasi tranquillamente che, l'anno successivo, rimborsarono i geni-tori di Louise e la signorina Crespi e recuperarono orologi, gioielli, televisione e macchina fotografica.

Oggi, tre anni dopo, Réol è caposervizio e la camera da letto così duramente acquistata non ha perduto niente del suo splendore. Sulla moquette di nylon violetto, il letto, al centro della parete di fondo, è una conchiglia schiacciata foderata di una stoffa uso camoscio, color

* Electricité De France e Gaz De France, luce e gas. [N.d.T.]

ambra, rifiniture "selleria gran lusso" con cinghia e fibbia di rame e un copriletto di pelliccia acrilica, bianca. Due comodini assortiti, con piano di metallo satinato, faretti amovibili e una radio sveglia PO-GO incorporata, da una parte e dall'altra. Contro la parete di destra, si trova un comò-toilette retto da una crociera emiellittica di metallo, rivestito di cotone uso pelle scamosciata, con due cassetti e uno scomparto per riporvi i flaconi, un grande specchio di settantotto centimetri, e un pouf appaiato. Contro la parete di sinistra, si trova un grande armadio a specchi e quattro porte, con uno zoccolo ricoperto di alluminio anodizzato opaco, un frontone luminoso, e le fasce frontali, come le laterali, ricoperte di una stoffa intonata al resto della camera.

Quattro oggetti più recenti sono stati incorporati al mobilio iniziale. Il primo è un telefono bianco appoggiato su uno dei comodini. Il secondo, sopra il letto, è una grande incisione rettangolare in una cornice di cuoio verde bottiglia: raffigura una piccola spiaggia in riva al mare: due bambini sono seduti sul muro della banchina e giocano a dadi. Un uomo legge il giornale sui gradini di un monumento, all'ombra dell'eroe con la sciabola in pugno. Una ragazza riempie il secchio alla fontana. Un venditore di frutta è sdraiato accanto alla sua bilancia. In fondo a una bettola, dalla porta aperta e le finestre spalancate, si vedono due uomini a tavola davanti a una bottiglia di vino.

Il terzo oggetto, fra la toilette e la porta della camera, è una culla nella quale, a pugni chiusi e pancia in giù, dorme un neonato; e il quarto è un ingrandimento fotografico, fissato sul legno della porta da quattro puntine: raffigura i quattro Réol: Louise, in abito a fiori, tiene per mano il figlio maggiore, e Maurice, con le maniche della camicia rimboccate sopra i gomiti, presenta a braccio teso verso l'obiettivo il bebè nudo e crudo, come se volesse mostrare che non ha difetti.

CAPITOLO XCIX

Bartlebooth, 5

*Io cerco in una volta
l'eterno
e l'effimero*

Lo studio di Bartlebooth è una stanza rettangolare dai muri coperti di scaffali di legno scuro; sono in gran parte vuoti oggi, ma restano ancora 61 scatole nere, identicamente chiuse da nastri grigi sigillati con la cera, raggruppate sugli ultimi tre ripiani della parete di fondo, sulla destra della porta imbottita che affaccia nel grande vestibolo, e dove, allo stipite, è appeso un burattino indiano dalla grossa testa di legno che con i grandi occhi affilati sembra vegliare su quello spazio neutro e severo come un guardiano enigmatico e quasi inquietante.

Al centro della stanza, una lampada scialitica sospesa, retta da tutto un gioco di cavi e pulegge che suddividono la sua massa enorme per l'intero soffitto, illumina con la sua luce infallibile un grande tavolo quadrato coperto da un panno nero, in mezzo al quale è disteso un puzzle quasi finito. Raffigura un piccolo porto dei Dardanelli vicino alla foce di quel fiume che gli antichi chiamavano Maiandros, il Meandro.

La costa è una striscia di sabbia, gessosa, arida, con rare ginestre e alberi nani; in primo piano, a sinistra, si svasa in una cala gremita da decine e decine di barche con lo scafo nero le cui fragili alberature si aggrovigliano in un inestricabile reticolo di verticali e oblique. Dietro, come altrettante macchie colorate, vigne, vivai, gialli campi di senape, neri giardini di magnolie, rosse cave di pietra a terrazza sui fianchi di pendii poco ripidi. Al di là, su tutta la parte destra dell'acquerello, già dentro le terre in lontananza, le rovine di un'antica città appaiono con straordinaria precisione: miracolosamente conservato per secoli e secoli sotto gli strati alluvionali portati dal fiume sinuoso, il lastrico di marmo e pietra tagliata delle vie, delle dimore e dei templi, appena tornato alla luce, disegna sulla terra stessa l'impronta precisa della città: è un incrociarsi di viuzze estremamente strette, pianta, in scala, di un labirinto esemplare fatto di vicoli ciechi, cortili di sgombero, crocicchi, strade traverse, che incerchia le vestigia di un'acropoli vasta e sontuosa orlata di resti di colonne, portici crollati, scale come occhiaie aperte su terrazze sfondate, quasi che, nel cuore di quel dedalo già semi fossile, quella spianata insospettabile fosse stata nascosta apposta, a immagine di quei palazzi delle fiabe orientali in cui si guida di notte una persona che, ricondotta a casa prima del giorno, non deve poter ritrovare la magica dimora dove finisce col credere d'essere andata solo in un sogno. Un cielo violento, crepuscolare, attraversato da nuvole rosso scure, sovrasta questo paesaggio immobile e oppresso dal quale ogni formula di vita o vita stessa sembra sia stata bandita.

Bartlebooth è seduto davanti alla tavola, nella poltrona del prozio Sherwood, una poltrona Napoleone III, girevole e a dondolo, di mogano e cuoio color vinaccia. Alla sua destra, sul piano di una piccola cassettiera, un vassoio laccato di verde scuro regge una teiera di porcellana screpolata, una tazza col piattino, una lattiera, un portauovo d'argento con l'uovo intatto e un tovagliolo bianco a rotolo nell'apposito anello tormentato di forma, che pare sia stato disegnato da Gaudi per il refettorio del collegio di Santa Teresa di Gesù; alla sua sinistra, nella biblioteca girevole vicino alla quale James Sherwood si era fatto fotografare, si ammucchiano, in ordine sparso, opere e oggetti vari: il grande Atlante di Berghaus, il Dizionario geografico di Meissas e Michelot, una fotografia raffigurante Bartlebooth all'età di circa trent'anni, alpinista in Svizzera, con occhiali da ghiacciaio ventilati, alpenstock, manopole e berretto di lana calcato fino alle orecchie, un romanzo poliziesco intitolato *Dog Days*, uno specchio ottagonale dalla cornice intarsiata di madreperla, un rompicapo cinese di legno di forma dodecaedrica con facce stellate, *La Montagna Incantata*, un'edizione in due volumi rilegati di sottile tela grigia, con i titoli a fuoco dorati su etichette nere, un pomo di bastone a segreto che svela un orologio tempestato di brillanti, un piccolissimo ritratto intero di un uomo del Rinascimento, dalla faccia scarna, che porta un cappello a larghe falde e un lungo mantello di pelliccia, una palla di biliardo d'avorio, qualche volume scompagnato di una grande edizione in inglese delle opere di Walter Scott, splendidamente rilegati e marcati con le armi del clan dei Crisholm, e due illustrazioni di Epinal raffiguranti, una Napoleone I che visita nel 1806 la manifattura di Oberkampf e stacca dal proprio petto la croce della Legion d'Onore per appuntarla su quello del filandiere, l'altra una versione poco scrupolosa de *Il Dispaccio di Ems* in cui l'artista, riunendo nello stesso ambiente, a dispetto della verosimiglianza, i principali protagonisti di quel fatto, mostra Bismarck, con i molossi sdraiati ai suoi piedi, che tagliuzza furiosamente il messaggio consegnatogli dal consigliere Abeken, mentre all'altro capo della stanza l'imperatore Guglielmo I, un sorriso insolente sulle labbra, significa all'ambasciatore Benedetti, il quale china la testa davanti all'affronto, che l'udienza accordatagli è terminata.

Bartlebooth è seduto davanti al suo puzzle. È un vecchio magro, quasi scarnificato, dal cranio calvo, il colorito cereo, gli occhi spenti, che indossa una vestaglia di lana azzurro stinto stretta in vita da un cordiglio grigio. I suoi piedi calzati in ciabatte di capretto giacciono sopra un tappeto di seta dagli orli sfrangiati; la testa leggerissimamente rovesciata all'indietro, la bocca socchiusa, si aggrappa con la mano destra al bracciolo della poltrona mentre la mano sinistra, appoggiata sul tavolo in una posizione innaturale, quasi al limite della contorsione, tiene fra pollice e indice l'ultimo pezzo del puzzle.

È il ventitré giugno millenovecentosettantacinque e manca poco alle otto di sera. La signora Berger tornata dal dispensario prepara il pranzo e il gatto Poker Dice sonnecchia su un copriletto di peluche azzurro cielo; la signora Altamont si trucca davanti al marito appena arrivato da Ginevra; i Réol hanno appena finito di mangiare e Olivia Norvell sta per partire per il suo cinquantaseiesimo giro del mondo; Kléber fa un solitario, e Hélène ricuce la manica destra della giacca di Smautf, e Véronique Altamont guarda una vecchia fotografia di sua madre, e la signora Trévins fa vedere alla signora Moreau una cartolina arrivata dal loro paese natale.

È il ventitré giugno millenovecentosettantacinque e presto saranno le otto di sera. In cucina, Cinoc apre una scatola di pilchard agli aromi consultando le schede delle parole sepolte; il dottor Dinteville finisce di esaminare una vecchia signora; sulla scrivania abbandonata di Cyrille Altamont due maggiordomi stendono una tovaglia bianca; nel corridoio dell'entrata di servizio, cinque fattorini incontrano una signora che cerca il suo gatto; Isabelle Gratiolet fabbrica un fragile castello di carte accanto a suo padre che consulta un trattato di anatomia umana.

È il ventitré giugno millenovecentosettantacinque, e fra poco saranno le otto di sera. La signorina Crespi dorme; nel salotto del dottor Dinteville due pazienti aspettano ancora; nella guardiola, la portinaia sostituisce una delle valvole che comandano le luci dell'atrio; un ispettore del gas e un operaio verificano l'impianto del riscaldamento centrale; nel suo ballatoio, lassù, in cima allo stabile, Hutting lavora al ritratto di un uomo d'affari giapponese; un gatto tutto bianco con gli occhi discromici dorme nella camera di Smautf; Jane Sutton rilegge una lettera che aspettava con impazienza e la signora Orlovska pulisce il lume sospeso di rame della sua minuscola camera.

È il ventitré giugno millenovecentosettantacinque, e sono quasi le otto di sera. Joseph Nieto e Ethel Rogers si preparano a scendere dagli Altamont; per le scale, dei portabagagli sono venuti a prendere i bauli di Olivia Norvell, e l'impiegata di un'agenzia immobiliare va a visitare in ritardo l'appartamento che abitò Gaspard Winckler, e Hermann Fugger riesce scontento da casa Altamont, e due piazzisti identicamente vestiti s'incontrano sul pianerottolo del quarto piano, e il nipote dell'accordatore cieco aspetta il nonno sui gradini leggendo le avventure di Carel Van Loorens, e Gilbert Berger porta giù le immondizie chiedendosi come risolvere l'enigma intricato del suo feuilleton, nell'atrio Ursula Sobieski cerca il nome di Bartlebooth sull'elenco degli inquilini, e Gertrude, tornata per una visita alla sua ex padrona, si ferma un attimo a salutare la signora Albin e la tuttofare della signora de Beaumont; lassù, i Plassaert fanno i conti, e il loro figlio riordina per l'ennesima volta la sua collezione di assorbenti illustrate, e Geneviève Foulerot fa il bagno prima di andarsi a riprendere il piccolo lasciato alla portinaia, e "Hortense" ascolta un po' di musica in cuffia aspettando i Marquiseaux, e la signora Marcia in camera sua apre un barattolo di cetriolini sottaceto alla russa, e Béatrice Breidel riceve le sue compagne di scuola, e sua sorella Anne prova un'altra dieta dimagrante.

È il ventitré giugno millenovecentosettantacinque, e fra un attimo saranno le otto di sera; gli operai che sistemano l'ex camera di Morellet hanno finito la loro giornata; la signora de Beaumont riposa sul letto prima di pranzo; Léon Marcia ricorda la conferenza che Jean Richepin diede nel sanatorio in cui si trovava; nel salotto della signora Moreau, due gattini sazi dormono profondamente.

È il ventitré giugno millenovecentosettantacinque, e stanno per scoccare le otto. Seduto davanti al suo puzzle, Bartlebooth è morto.

501

Sul panno del tavolo, chissà dove nel cielo crepuscolare del quattrocentotrentanovesimo puzzle, lo spazio nero dell'unico pezzo non ancora posato disegna la sagoma quasi perfetta di una X. Ma il pezzo che il morto tiene fra le dita ha la forma, da molto tempo prevedibile nella sua stessa ironia, di una W.

FINE DELLA SESTA E ULTIMA PARTE

EPILOGO

Serge Valène morì poche settimane dopo, durante le feste del quindici agosto. Da quasi un mese non usciva praticamente più di camera. La morte del suo ex allievo e la scomparsa di Smautf, che aveva lasciato lo stabile l'indomani stesso, lo avevano terribilmente rattristato. Non mangiava quasi più, perdeva le parole, interrompeva le frasi a metà. La signora Nochère, Elizaveta Orlovska, la signorina Crespi si davano il cambio per prendersi cura di lui, andavano a trovarlo due o tre volte al giorno, gli preparavano una tazza di brodo, rassettavano coperte e guanciali, gli lavavano la biancheria, lo aiutavano a ripulirsi, a cambiarsi, lo accompagnavano al gabinetto in fondo al corridoio.

Il caseggiato era quasi vuoto. Molti di quelli che non andavano o non andavano più in vacanza erano partiti, quell'anno: la signora de Beaumont era stata invitata come presidente onorario al festival Alban Berg dato a Berlino per commemorare contemporaneamente il novantesimo anniversario della nascita del compositore, il quarantesimo della sua morte (e del *Concerto à la mémoire d'un ange*) e il cinquantesimo della prima mondiale di *Wozzeck*; Cinoc, vincendo la sua ossessione per gli aerei e i servizi d'immigrazione americani che credeva ancora installati a Ellis Island, aveva finalmente risposto agli inviti che da anni gli lanciavano due lontani cugini, un certo Nick Linhaus proprietario di un locale notturno (il Club Nemo) a Dempledorf, Nebraska, e un certo Bobby Hallowell, medico legale a Santa Monica, California; Léon Marcia si era lasciato trascinare dalla moglie e dal figlio in una villa d'affitto vicino a Divonne-les-Bains; e Olivier Gratiolet, malgrado il pessimo stato della gamba, aveva assolutamente voluto passare tre settimane con la figlia nell'isola di Oléron. Perfino quelli che erano rimasti in rue Simon-Crubellier nel mese di agosto approfittarono del ponte del quindici agosto per lasciare Parigi tre giorni: i Pizzicagnoli andarono a Deauville portandosi dietro Jane Sutton; Elizaveta Orlovska andò a rivedere il figlio a Nivillers e infine la signora Nochère se ne andò a

Amiens per assistere al matrimonio di sua figlia.

La sera di giovedì quattordici agosto nello stabile c'erano solo la signora Moreau, vegliata giorno e notte dall'infermiera e dalla signora Trévins, la signorina Crespi, la signora Albin e Valène. E quando, l'indomani a fine mattina, la signorina Crespi andò a portare al vecchio pittore due uova alla coque e una tazza di tè, lo trovò morto.

Giaceva sul letto, tutto vestito, placido e gonfio, le mani incrociate sul petto. Una grande tela quadrata con più di due metri di lato era appoggiata accanto alla finestra, riducendo a metà lo spazio ristretto della camera di servizio in cui aveva passato la maggior parte della sua vita. La tela era praticamente vergine: pochi tratti a carboncino, tracciati con cura, la dividevano in quadrati regolari, schizzo dello spaccato di uno stabile che nessun volto né figura avrebbe ormai più abitato.

FINE

Parigi, 1969-1978

Honoré	SMAUTF	SUTTON	ORLOV-SKA	ALBIN	*Morellet*	*Simpson Troyan Troquet* PLASSAERT	
HUTTING	GRATIOLET		CRESPI	NIETO & ROGERS	*Jérôme*	*Fresnel*	BREIDEL	VALENE
Brodin-Gratiolet						*Jérôme*	
CINOC	do.tor DINTEVILLE					WINCKLER	
Hourcade	*Gratiolet*					*Hébert*	
REOL	RORSCHASH					FOULEROT	
Speiss						*Echard*	
BERGER	*Grifalconi*					MARQUISEAUX	
		Danglars		SCALE		*Colomb*	
BARTLEBOOTH						FOUREAU	
		Appenzzell				DE BEAUMONT	
ALTAMONT							
MOREAU						LOUVET	
ENTRATA DI SERVIZIO	MARCIA.	ANTI-CHITÀ	*Claveau* GUAR-DIOLA NOCHERE	ATRIO		*Massy* MARCIA	
CANTINE	CANTINE	LOCALE CALDAIE	CANTINE	MACCHINARIO DELL' ASCENSORE	CANTINE	CANTINE	CANTINE

Pianta dello stabile.
I cognomi in corsivo sono quelli degli ex inquilini.

APPENDICI

INDICE DEI NOMI

me), poeta francese, Roma 1880-Parigi 1918, 306.

Apopka (lago), 420.

Appalachians, 474.

APPENZZELL (Marcel), etnologo austriaco, 69 118-123 228.

APPENZZELL (signora), sua madre, 118-123 228.

Aquisgrana (Aix-la-Chapelle), 225 311.

Arabia, 55 56 381 472.

Arabian Knights, The, di C. Nunneley, 278.

ARAMIS, personaggio di Alexandre Dumas, 473.

ARAÑA (signora), prima portinaia dello stabile, 69 182 231.

Arcangelo, 243 301.

Arches (Vosgi).

ARCHIMEDE, scienziato greco di Siracusa, 287 ca.-212 ca., 379.

Archives internationales d'Histoire des Sciences, 484.

ARCONATI (Giulio), compositore italiano, 1828-1905, 27 244.

Ardenne, 28 153 161.

Ares in riposo, scultura di Scopa, 143.

Argalaste, 301.

Argentina, 91 106.

Argonne, 41 247.

ARISTOTELE, filosofo greco, 384 ca.-322 ca., 301.

ARISTOTELÈS (Melchior), produttore cinematografico, 296.

ARLECCHINO, personaggio della commedia italiana, 147.

Arles, 147 154 215.

Arlon (Belgio), 149 150.

ARMINIO, personaggio della mitologia tedesca, 42.

ARMSTRONG, costruzioni navali, 455.

ARNAUD DE CHEMILLÉ, storico e agiografo francese, 1407?-1448?, 96 98.

ARON (Raymond), ideologo francese, 255.

ARONNAX (Pierre), naturalista francese, 1828-1905, 301.

Arpajon, 446.

Arras, 286.

Arricchite il vostro vocabolario, 39.

Arrivée des bateaux de pêche, di F.H. Mans, 431.

Ars Vanitatis, 148.

Artaban, 255.

ARTAGNAN, D', personaggio di Alexandre Dumas, 172 270 473.

ARTAUD (Antonin), scrittore francese, 1896-1948, 305.

Arte brutta, 48.

Arte di essere sempre allegri, L', di J.-P. Uz, 301.

Artesia (Nuovo Messico, Stati Uniti), 433 436 437.

Art et Architecture d'aujourd'hui, 57.

Artigas (Uruguay), 433.

Asama, incrociatore giapponese, 455.

ASCLEPIADE, medico greco, 124 ca.-40 ca., 248 482 483.

Ascona, 186.

ASHBY (Jeremiah), 419-421.

ASHBY (Ruben), 419-421.

ASHTRAY (Anthony Corktip, lord), 460 461.

Asia, 64 226 264 384.

Asnières, 143.

ASPREY, pellettiere londinese, 355.

Assassinio dei pesci rossi, L', romanzo poliziesco, 236.

Assassino contadino, L', romanzo poliziesco, 219.

Associazione Interprofessionale delle Industrie del Legno e Assimilati (Australia), 392.

Assuero, opera di H. Monpou, (1837), 461.

ASTRAT (Henri), 249 250.

Asturie, 18.

Athletic, marca di sigarette, 257.

ATHOS, personaggio di Alexandre Dumas, 473.

ATLANTE, personaggio della mitologia greca, 311 426.

Atri, 187.

ATTILA, re degli unni, 395 ca.-453, 97 244.

ATTLEE (Clement Richard), uomo politico inglese, 1883-1967, 464.

AUBER (Daniel-François-Esprit), compositore francese, 1782-1871, 215.

Aubernat, Gli, ciclo romanzesco di

Henri Troyat, 155 156.
Aubervilliers, 263.
Auckland's Gazette and Hemisphere, 460.
AUGENLICHT (Arnold), ciclista austriaco, 361.
Au Pilori, 123.
Aurore L', 39.
AUSTEN (Jane), romanziera inglese, 1775-1817, 338.
Australasia, 471.
Australia, 345 391 400 403.
Austria, 99 163 433.
Austria-Ungheria, 99.
Autery, 445.
AUZÈRE (Lubin e Noël), architetti, 476.
Avalon (California, U.S.A.), 347.
Aveynat (ponte dell'), 361.
Avignone, 154.
Avvakum, 418.
Avventure di Huckleberry Finn, Le, di Mark Twain, 472.
Avventure di Re Babar, Le, di Jean de Brunhoff, 377.
Avventure di Tom Sawyer, Le, di Mark Twain, 473.
AYRTON, personaggio di Jules Verne, 34.
Azincourt, 62.
AZIZA, danzatrice del ventre, 493.

Baatan (Filippine), 391.
BABAR, personaggio di Jean e Laurent de Brunhoff, 377.
Bab Fetouh (Marocco), 259.
BABILÉE (Jean Gutmann, detto Jean), ballerino francese, 448.
BACH (Johann Sebastian), compositore tedesco, 1685-1750, 111.
BACHELET (Th.), lessicologo francese, 301.
BACHELIER (Henri), 277.
BACON (Francis), pittore irlandese, 438.
Bagnols-sur-Cèze, 150.
Bagno turco, Il, di Ingres, 49.
Bahamas, 403 431.
Baia dell'Hudson, 208.
Baignol et Farjon, marca di penne, 257.
BAILLARGER (Florent), 418.

Bali, 434 435.
BALLARD (Florence), 114.
Ballets de Paris, 448.
Ballets Frère, 447.
BALTARD (Victor), architetto francese, 1805-1874, 183.
Baltico, 79.
Baltistan, 418.
Bamako, 285.
Bamberga, 220.
Banania, 71.
Banca dell'Hainaut, 410.
B and A, cabaret di Las Vegas, 456.
Bandar (Masulipatam, India), 64.
Bank of Australia, 399.
Bao Dai, 464.
BARBENOIRE, agitatore politico, 366.
BARBOSA-MACHADO (Diego), letterato portoghese, 1682-1770, 186.
Barcellona, 381 403.
Collegio di Santa Teresa di Gesù, 499.
Bari, 477.
Bar-le-Duc, 135.
BARNAVAUX (Jules), 293.
Barone rosso, Il, aviatore tedesco della prima guerra mondiale, 169.
Baronne, La, soprannome di Berthe Danglars, 412.
BARRETT, gangster americano, 367.
BARRETT (Henry), 198.
Barrocciaio, Il (The Carter), acquerello di Wainewright, 431.
BART (Jean), marinaio francese, 1650-1702, 215.
BARTHOLDI (Frédéric-Auguste), scultore francese, 1834-1904, 476.
BARTLEBOOTH (James Aloysius), 400.
BARTLEBOOTH (Johathan), 400.
BARTLEBOOTH (Percival), 12 18 25 28 29 31 32 35-37 41 43 44 49 50 62-65 67 70 76 77 90 105 124-129 136-138 171 183 207 208 229 233 242 256 259 260 283 343-349 355-357 378 394 398-402 414 430 431 440-443 458 498-501.
BARTLEBOOTH (Priscilla, nata Sherwood), 105 126 400 430.
BARTON (F.), esploratore inglese, 399.
Basilea, 301 482 484.

Baton Rouge (Louisiana, U.S.A.), 419.

Battaglia del mar dei Coralli, La, 391.

Bauci (*vedi* Filemone), vetreria, 61 445.

BAUDELAIRE (Charles), scrittore francese, 1821-1867, 306.

Baugé, Ospizio degli Incurabili, 96.

BAUMGARTEN (C.F.), musicista tedesco, 111.

BAYARD (Pierre du Terrail, signore di), 1475-1524, 215.

BEAST (Julien Etcheverry, detto "The"), cantante pop, 147.

Beauce, pianura francese, 366.

BEAUFORT (François de Bourbon-Vendôme, duca di), 1616-1669, 372.

BEAUFOUR, duchessa di, 409.

Beaugency, 97 173.

BEAUMONT (Adelaïde), madre di Fernand, 28 70 156 157 159.

BEAUMONT (Elizabeth de, sposata Breidel), 27 28 149 153 156-159 162 377 414 467 472 501.

BEAUMONT (Fernand de), archeologo francese, 16-18 27 28 63 156 232 377 378.

BEAUMONT (Sosthène de), 149.

BEAUMONT (Véra de, nata Orlova), 12 15 26-28 138 148-150 153 156 162 189 190 232 327 365 376 377 381 459 503.

Beaune, 167 290.

Beauvais, 283 430.

BÉCAUD (François Silly, detto Gilbert), 171 243.

BECCARIA (Cesare Bonesana, marchese di), giurista italiano, 1738-1794, 100 102 105.

BECQUERLOUX (René), 447.

BEDA (detto il Venerabile, santo), erudito e storico anglosassone, 673-735, 97.

BEETHOVEN (Ludwig Van), compositore tedesco, 1770-1827, 198 309.

BEHIER (Louis-Jules), medico francese, 1813-1876, 337.

Beiträge zur feineres Anatomie, di Goll, 418.

Belai el-Rumi, nome arabo di Pela-gio, 18.

Belgio, 433.

Belgrado, 99.

Bel Indifférent, Le, cortometraggio di Jacques Demy tratto da J. Cocteau, 471.

Belle, cavalla, 354.

Belle Alouette, La, ristorante parigino, 268.

Belle de May (Olivier-Jérôme Nicolin, detto), 307.

Bella e la bestia, La, film di René Clément e Jean Cocteau (1946), 360.

Belle della notte, Le, film di René Clair, 178.

BELLERVAL, conte di, 293.

BELLETTO (René), 575.

BELLINI (Lorenzo), anatomista fiorentino, 1643-1704, 480 483.

BELLMER (Hans), incisore tedesco, 1902-1975, 31 246 575.

BELMONDO (Jean-Paul), 75.

BELT (Vivian), 474.

BEMBO (Bonifacio), miniaturista italiano (XV secolo), 359.

BENABOU (Marcel), 277.

BENEDETTI (Vincent), diplomatico francese, 1817-1900, 500.

Bengala, 64.

Beni (Bolivia), 164.

BENNETT (James Gordon), giornalista americano, 1795-1872, 301.

BENSERADE (Isaac de), poeta francese, 1613 ca.-1691, 293.

BEPPO, violinista italiano del XVIII secolo, 478.

BERANGER (Pierre-Jean de), poeta francese, 1780-1857, 215.

BEREAUX (Emile), 169.

BEREAUX (Jacques), 169.

BEREAUX (Marie, moglie di Juste Gratiolet), 1852-1888, 169.

BERG (Alban), compositore austriaco, 1885-1935, 503.

Bergen, 66 477.

BERGER (Charles), 232 305-308 422.

BERGER (Gilbert), 171 172 211 242 305 308 315 493 501.

BERGER (Lise), 242 305 308 500.

BERGOTTE, scrittore francese, personaggio di Marcel Proust, 294.

BERIA (Lavrentij Pavlovič), uomo politico sovietico, 1899-1953, 464.

BERLINGUE (contessa di), 292.

Berlino, 27 249 341 547 503.

BERLOUX, capo isolato, 69 317.

BERMA (LA), attrice tragica, personaggio di Marcel Proust, 294.

BERMAN (Irving T.), ingegnere americano, 311.

BERNADOTTE (conte), mediatore svedese dell'O.N.U., 464.

BERNANOS (Georges), scrittore francese, 1888-1948, 445.

Bernard, catena di macellerie, 338.

BERNARD (Claude), fisiologo francese, 1813-1878, 470.

Bernay, 264.

BERNSTEIN (Henry), commediografo francese, 1876-1953, 256.

BÉROALDE DE VERVILLE (François), scrittore francese, 1558-1612, 284.

Beromünster, 477.

Berry, 87.

BERRY (Charles-Ferdinand, duca di), 1778-1820, 149.

BERRY (Jules Paufichet, detto Jules), attore francese, 1889-1951, 492.

BERTIN (François, detto il Maggiore), giornalista francese, 1766-1841, 294.

BERYL, principessa, 44.

BERZELIUS (Ernst), erudito svedese, 101 103-105.

Besançon, 215 284.

BESCHERELLE (Louis-Nicolas, detto il Maggiore), lessicografo francese, 1802-1884, 301.

BESNARD (Marie), 315.

Bestie della notte, Le, scultura monumentale di Franz Hutting, 42.

Bête noire, La, rivista d'avanguardia, 415.

Betharram (grotte di), 436 437.

Betlemme, 270 328.

Beyrut, 48 169 456.

BEYSSANDRE (Charles-Albert), critico d'arte, 48 77 400 431 438-443.

Bibliografia critica delle fonti relative alla morte di Adolf Hitler..., di M. Echard, 464.

Bibliografia urologica, di Ceneri, 484.

Biblioteca centrale del 18° arrondissement, 464.

Biblioteca dell'Istituto di Pedagogia, 307.

Biblioteca Lusitana, di Diego Barbosa-Machado, 186.

Biblioteca nazionale, 151.

Biblioteca dell'Opéra, 249-251.

Biblioteca Sainte-Geneviève, 301.

BIDOU (D.), pittore, 479.

BIG MIKE, capo indiano, 461.

BIG MOUTH, capo indiano, 461.

BINDA (Alfredo), ciclista italiano, 361.

Birds, The (Gli Uccelli), film di Alfred Hitchcock, 372.

Birmingham, 96.

BIRNBAUM (Laszlo), direttore d'orchestra, 436.

BISHOP (Jeremy), 391.

BISSEROT (Pierre), pacemaker, 363.

BLACK BEAVER, capo indiano, 460.

BLANCHARD (Jacques-Emile), caricaturista francese, 116.

BLANCHET (Roland), 411 412.

BLOCK (Pierre), musicista francese, 342.

Blonde, personaggio di Die Entführung aus dem Serail (Il Ratto dal Serraglio) di Mozart, 190.

Boemia, 353.

Bohème, La, opera di Puccini, 249.

BÖHM (Karl), direttore d'orchestra, 249.

Boire un petit coup c'est agréable, canzone di Boyer e Valbonne, 422.

Bois de Boulogne, 126.

BOISSY (Louis de), commediografo francese, 1694-1758, 374.

BOLIVAR (Simon José Antonio), generale sudamericano, 1783-1830, 42.

Bolivia, 164.

Bolle segrete e la questione degli antipapi, Le, 17.

Bollettino dell'Istituto di Linguistica di Lovanio, 277.

Bologna, 301 361 381 480 481.

BOMBASTINUS, soprannome di Lazare Meyssonnier, 481.

Bombay, 64 321 418.

514

BONACIEUX (Constance), personaggio de *I Tre Moschettieri*, 172.

BONAPARTE (Napoleone), *vedi* Napoleone I, 49.

Bonhommes Guillaumes, Les, spettacolo di automi, 413.

Boniface, asino, 260.

BONNAT (Léon), pittore francese, 1833-1922, 24.

BONNETERRE (François-Marie), marinaio canadese, 1787 ca.-1830?, 301.

BONNOT (Jean), 252.

Booz addormentato, poesia di Victor Hugo, 284.

BORBEILLE, medico, personaggio di G. Berger, 174.

BORBEILLE (Isabelle), sua figlia, 174.

Bordeaux, 167 215 303 461.

BORGES (Jorge Luis), 575.

BORIET-TORY (J.), chirurgo svizzero, 293 295.

Boris Godunov, opera di Mussorgskij, 410.

Borneo, 64, 226.

BOROTRA (Jean), campione di tennis, 212.

Borrelly, Joyce and Kahane, distillatori di whisky, 314.

BOSCH (Hieronymus Van Aeken), detto Girolamo), pittore fiammingo, 1450-1516, 27.

Bosnia, 413.

BOSSEUR (J.), critico d'arte, 43.

BOSSUET (Jacques-Bénigne), scrittore francese, 1626-1704, 215.

Boston, 94 98 99 105 137.

BOTTECCHIA (Ottavio), campione ciclista italiano, 1894-1927, 361.

BOUBAKER, 280-283.

Boudinet, cane della signora Nochère, 178.

BOUGRET, commissario, personaggio di Marcel Gotlib, 174.

BOUILLET (Marie-Nicolas), lessicografo francese, 1798-1864, 301.

BOUISE (Jean), attore francese, 75.

Bou Jeloud (Marocco), 259.

BOULANGER (Georges), generale francese, 1837-1891, 116.

BOULEZ (Pierre), direttore d'orchestra francese, 169.

BOULLE (Pierre), scrittore francese, 404.

Bounty (arcipelago delle), 193.

Bourg-Baudoin, 359.

Bourg-d'Oisans, (Le), 361.

Bourges, 215.

BOURVIL (André Raimbourg, detto), attore francese, 1917-1970, 75.

BOUVARD, *vedi* Ratinet, 339.

Bouzy, 462.

Bovril, 452.

BOWMAN (William), anatomista inglese, 481 484.

Box (Patrick Oliver), esploratore inglese, 418.

Boxers, 78.

BOYER, compositore di canzoni, 422.

Bradshaw's Continental... Guide, 216.

Bras d'or, Le, cabaret di Acapulco, 457.

Brasile, 272.

BRAUN (Eva), 464.

BRAUN (Werner von), 310.

Bregenz, 437.

BREIDEL (Anne), 26 28 37 161 162 189 190-193 242 377 459 501.

BRÉIDEL (Armand), 377.

BRÉIDEL (Béatrice), 26 28 37 162 189 190 192 242 377 501.

BRÉIDEL (Elizabeth, nata de Beaumont), *vedi* Beaumont, 149-151 162.

BRÉIDEL (François), 28 149 160 161 377.

BRÉIDEL (genitori), 149.

BREITENGASSER, musicista tedesco del XVI secolo, 378.

Bretagna, 487, 490.

BRETZLEE (George), romanziere americano, 125.

Briançon, 361.

BRIDGETT (Mrs), albergatrice inglese, 451.

BRINON (Fernand de), uomo politico, 1885-1947, 286.

Brisbane (Australia), 392.

BRISSON (Mathieu-Jacques), naturalista francese, 1723-1806, 301.

Britannico, tragedia di Jean Racine, 317.

British Association for the Advance-

ment of Sciences, 394.
Brive, 161.
BRODIN (Antoine), 87, 89, 418, 419.
BRODIN (Hélène), nata Gratiolet, 138
286 316 418-421.
BRONDAL (Viggo), linguista danese,
121.
Brouwershaven (Paesi Bassi), 65.
BROWN (Jim), *vedi* Mandetta (Guido), 102.
BROWNE (sir Thomas), scrittore inglese, 1605-1682, 301.
Bruges (Belgio), 392.
Bruges l'incantatrice, film turistico
con Olivia Norvell, 403.
BRUGNON (Jacques), tennista francese, 212.
BRUNIER, pistard francese, 361, 362.
Bruxelles (Belgio), 43 150 185 201
203.
Place St-Gilles, 434.
Buchenwald, 131 203.
BUCKLEY (Silas), negriero, 333.
Buenos Aires, 365 366.
BUNIN (Ivan Alekseevič), romanziere
russo, 1870-1953, 377.
Buona ricetta, La, caricatura, 380.
Burlington Magazine, 187.
BURNACHS (Marcel-Emile), 253.
BUTOR (Michel), 309 575.
Buzançais, 354.
BYRON (George Gordon Noël), sesto
barone, detto lord), poeta inglese,
1788-1824, 44.

Cabaret de la Belle-Meunière, ristorante dell'Esposizione universale,
413.
CABET (Etienne), socialista francese,
1788-1856, 470.
CABOT (Jean), in it. Giovanni Caboto, navigatore italiano, 1450
ca.-1498, 396.
CABRAL (Gonsalvo Velho), navigatore portoghese del XV secolo, 396.
CABRAL (dom Pedro Alvarez), navigatore portoghese, 1460 ca.-1526,
396.
Cadavere vi suonerà il piano, Il, romanzo poliziesco, 219.
CADIGNAN (Marc-Antoine Cadenet,
signore di), memorialista france-

se, 1595-1637, 59.
Cadouin, capoluogo cant. della Dordogna, 97.
Caduceus, rivista medica, 211.
Caen, 21 215 480.
Café Laurent, caffè letterario parigino del XVIII secolo, 99.
Cahors, 167.
CAILLAVET (Gaston Armand de),
commediografo francese, 1869-
1915, 270.
CALDER (Alexandre), artista francoamericano, 314.
Caledonian Society, 395.
Caliban, marca d'impermeabili, 471.
California, 347 356 367 503.
CALLAS (Maria Kalogeropulos, detta
La), cantante lirica internazionale, 1923-1977, 249.
Calvi (Corsica), 293.
CALVINO (Italo), 575.
CAMBACÉRES (Jean-Jacques Régis
de, duca di Parma), uomo politico, 1753-1824, 215.
CAMBINI (Giuseppe), compositore
italiano, 1740-1817, 111.
CAMELOT (Kek), pseudonimo di Arnold Flexner, 189.
Caméra, Le, cinema parigino, 471.
Camera dei deputati (Palais -
Bourbon), 471.
Camerun, 55 87 88.
CAMPEN (Lucien, detto monsieur Lulu), 151.
Campi Catalaunici, 97 244.
Camus (baia di, Irlanda), 63.
Canada (hôtel), 40 433 451.
Canarie (isole), 403.
Cannes, 178 264.
Canton (Cina), 65.
CAPACELLI (F.A.), drammaturgo italiano, 301.
Capanna dello zio Tom, La, romanzo di Harriett Beecher Stowe
(1852), 38.
Capitaine Fracasse, Le, ristorante
francese di New York, 274.
Capo Horn, 233.
Capolavori in pericolo, programma
televisivo, 76 731.
Capo Nord, 65.
Capo San Vincenzo (Portogallo),

343.

Cappello di paglia di Firenze, Un,
commedia di Eugène Labiche,
469.

CAPPIELLO (Leonetto), cartellonista
francese, 1875-1942, 71.

Caraibi, 403 431.

Carcassonne, 97.

Carennac (Lot), 301.

Caribbeans', night club della Barbada, 457.

CARLO I STUART, re d'Inghilterra,
1600-1649, 81 398.

CARLO II, re di Spagna, 1666-1700,
218.

CARLOMAGNO, 742-814, 374.

CARLOS, *vedi* Lopez Aurelio, 319 320
324-326.

CARMONTELLE (Louis Carrogis, detto), pittore francese, 1717-1806,
331.

Caroline (isole), 63.

CARPACCIO (Vittore), pittore veneziano, 1465 ca.-1526, 462.

CARPENTIER (Georges), pugile francese, 95.

CARROLL (Lewis), pseudonimo di
Charles Lutnidge Dodgson, scrittore inglese, 1832-1898, 390.

*Carte particulière de la mer Méditer-
ranée...,* di François Ollive, 340.

CARUSO (Enrico), tenore napoleta-
no, 1873-1921, 273.

Casa, la figura dei tarocchi, 359.

Casa degli Incubi, La, film di Jacques Becker, 201.

Cassa di risparmio, 496.

CASSANDRE (Adolphe Mouron, detto), cartellonista francese, 110.

CASTELFRANCO (Angelina, di), attrice italiana, personaggio di G. Berger, 173.

Castelli della Loira, 260.

Castello de la Muette (Parigi), 132.

Castighi, I, poesie di Victor Hugo,
69.

Castigo di Hitler, Il, saggio (incompiuto) di M. Echard, 464.

Cavalier's, cabaret di Stoccolma,
456.

Cavallo di coppe, il, figura dei tarocchi, 74.

Cavallo d'Orgoglio, Il, racconto di
P.-J. Hélias, 309.

Celebes (Isola), 64 265.

CENERI (Paolo), bibliografo italiano, 481-484.

Cento giorni, I, romanzo incompiuto di A. de Routisie, 301.

Centro Nazionale della Ricerca
Scientifica (CNRS), 218 229 283.

*C'era una volta Olivia Norvell (The
Olivia Norvell Story),* film, 404.

C'era una volta un piccolo naviglio,
film di Gordon Douglas, 471.

CERVANTES Y SAAVEDRA (Miguel de),
scrittore spagnolo, 1547-1616,
194.

Cesarea, 97.

C'est à l'amour auquel je pense, canzone di Françoise Hardy, 468.

Ces dames aux chapeaux verts, romanzo di Germaine Acremant,
226.

C'est si beau, yacht di Roseline
Trévins, 457.

Ceuta (Spagna), 16 17 389.

Cevenne, 161 271.

Ceylon, 64 321 345.

CÉZANNE (Paul), pittore francese,
1839-1906, 351 429.

Chalia-la-Rapine, svaligiatore mitico, 410.

Chalindrey (Alta Marna), 418.

Chambéry, 287.

Chambord, 437.

CHAMPIGNY (Flora), *vedi* Albin,
182-184 411.

Champigny-sur-Marne, chiesa St-
Saturnin, 223.

CHAMPSAUR (Félicien), romanziere
francese, 114.

Champs-sur-Marne, 436.

CHANDLER (Raymond Thornton),
romanziere americano, 1888-
1959, 422.

CHANEL, 108.

Chant du Départ, Le, inno patriottico di M.-J. Chénier e Méhul, 293.

Chantilly, 430.

CHAPELLE (Claude-Emmanuel Lhuil-
lier, detto), poeta francese,
1626-1686, 302.

Chapelle-Lauzin, 96.

396.

CUVIER (Georges, barone), zoologo francese, 1769-1832, 301.

Cyclope (progetto), 202 371.

Cypraea caput serpentis, 55.

Cypraea moneta, 55.

Cjpraea turdus, 55.

CYRANO DE BERGERAC (Savinien de), 345.

D. (Emile), 151.

DAC (Pierre), umorista francese, 1893-1976, 48.

DADDI (Romeo), personaggio di Luigi Pirandello, 25 204.

DAGUERRE (Jacques), inventore francese, 1787-1851, 215.

Daily Mail, quotidiano in lingua inglese, 396.

Dai Raskolniki *di Avvakum all'insurrezione di Stenka Razin*, di H. Corneylius, 413.

Dall'angoscia all'estasi, di Pierre Janet, 404.

Damasco, 225 226 246
Moschea degli Omayyadi, 227.

Damietta, 124.

DAMISCH (Hubert), 339.

DANGLARS (Berthe), 233, 408-412.

DANGLARS (Maximilien), 69 138 175 233 408-412.

DANGLARS (padre), 413.

Danimarca, 216 399 433 447 494.

DANNAY (Fred), pseudonimo di Beyssandre, 440.

Danorum regum..., di Saxo Grammaticus, 457.

Danseuse aux pièces d'or, di Perpignani, 478.

Danze, di Hans Neusiedler, 479.

Dardanelli (I), 498.

Dar es-Salam (Tanzania), 55 56..

DARIO, re di Persia, 437.

Dasogale fontoynanti, 95.

DAVIDOFF, fisico americano di origine tedesca, 311..

DAVIS, personaggio di un romanzo, 317.

DAVIS (Gary), cittadino del mondo, 464.

Davos (Svizzera), 330.

DAVOUT (Louis-Nicolas, duca di Auerstoedt, principe di Eckmühl), maresciallo di Francia, 1770-1823, 200.

Dea madre tricefala, statua di basalto, 65 244.

Deauville, 260 503.

Debout!, organo dei Testimoni della Nuova Bibbia, 198.

DEERE (John), rigattiere all'ingrosso, 421.

Déjeuner sur l'herbe, Le, di Manet, 48.

DEKKER (Thomas), scrittore inglese, 1572-1632, 321.

DELACROIX (Eugène), pittore francese, 1798-1863, 478.

Delft (Paesi Bassi), 328 405 433 435.

Délices de Louis XV, Aux, pasticceria, 36 338 414.

DELIÈGE, pacemaker di Vanderstuyft, 362.

Delitti a Pigalle, di Kex Camelot Camus.

Delitti e delle Pene, Dei, saggio di Beccaria, 102..

Delitto sull'Orient-Express, romanzo poliziesco di Agatha Christie, 174.

DELLA MARSA (R.), conte e mecenate veneziano, 447.

DEMOCRITO, filosofo greco, 460-370, 23.

Dempledorf (Nebraska, U.S.A.), 503.

DEMPSEY (William Harrison, detto Jack), pugile americano, 189.

DENIAUD (Yves), attore francese, 1901-1959, 492.

DENIKIN (Anton Ivanovič), generale russo 1872-1947, 163.

Deposizione, di Vecellio Groziano, 431.

Dernières Nouvelles de Marseille, quotidiano marsigliese, 258.

Dernières Nouvelles de Saint-Moritz, periodico svizzero, 440.

DESCARTES (René), filosofo francese, 1596-1650, 306.

DESCELIERS (Pierre), cartografo di Dieppe, 1500 ca.-1558 ca., 397.

DESDEMONA, eroina di Shakespeare, 185 324.

DUFRESNY (Charles-Rivière), commediografo, 1684-1724, 374.

DUKAS (Paul), compositore francese, 1865-1935, 178.

DULL KNIFE, capo indiano, 460.

DULLES (John Foster), uomo politico, 1888-1959, 464.

DUMONT (François), miniaturista francese del XVIII secolo, 478.

DUMONT D'URVILLE (Jules-Sebastien-César), navigatore francese, 1790-1841, 457.

DUNANT (Henri), filantropo svizzero, 1828-1910, 380.

Dundee (Scozia), 314.

Dunkerque, 202 215.

DUNN (Herbert e Jeremie), 340.

DURAND-TAILLEFER (Célestine), pseudonimo della signora Trévins, 456 458.

EARP (Wyatt), eroe semi leggendario dei western, 420.

East Knoyle, aeroporto, 273.

East Lansing (Michigan), 223.

ECHARD (Caroline), vedi Caroline Marquiseaux, 37 146 147 334 335.

ECHARD (Marcelin), capo magazziniere, 194 463 464.

ECHARD (nonno), 146 147 184 229 299.

ECHARD (signora), 146 147 194 463.

Echo des Limonadiers, L', 39.

Ecole Polytechnique, 29 31 60 309 448.

Edimburgo (Scozia), 394.
Old College, 395

EDISON (Thomas Alva), inventore americano, 1847-1931, 106.

EGER (Meglepett), scultore ungherese, 188.

Egitto, 49 104 105 179 209 257 262 343 382 383 451 461.

EHRENFELS (Christian, barone Van), filosofo austriaco, 1859-1932, 187.

Eimeo (Tahiti), 433 535.

EINSTEIN (Albert), fisico americano, 1879-1955, 95 464.

Eisenühr (Austria-Ungheria), 301.

ELISABETTA I, regina d'Inghilterra, 1533-1603, 392.

ELLIOTT (Harvey), pseudonimo di A. Flexner, 190.

ELSTIR, personaggio di M. Proust, 294.

Emirati arabi, 431.

Empreinte, L', collana di romanzi polizieschi, 219.

Ems (Germania), 95 500.

Enciclopedia della conversazione, 301.

Encounter, rivista letteraria in lingua inglese, 342.

Encyclopaedia britannica, 110.

Enfant au toton, Le, incisione di Le Bas, tratta da Chardin, 431.

Enfant et les Sortilèges, L', di Maurice Ravel, 184.

Engadiner, L', albergo di Saint-Moritz, 440.

Enghien, 126, 364.

Ennis (Irlanda), 433, 435.

ENRICHETTA D'INGHILTERRA, duchessa d'Orléans, 1644-1670, 233.

ENRICHETTA MARIA DI FRANCIA, regina d'Inghilterra, figlia di Enrico IV, moglie di Carlo I e madre della precedente, 1609-1669, 398.

ENRICI, ciclista italiano, 361.

ENRICO III, re di Francia, 1551-1589, 34 370.

ENRICO IV, re di Francia e di Navarra, 1553-1610, 215 398.

Enterprise, giornale economico americano, 296.

Entführung aus dem Serail, Die (Il ratto al serraglio), opera di W.-A. Mozart, 190.

ENTREBOIS (D'), pacemaker svizzero, 363.

Entrée des Croisés à Constantinople, di F. Dufay, tratto da Delacroix, 478.

Entreprises, collana specializzata, 456.

EPAFO, figlio della ninfa Io, 379.

Epernay, 463.

Epinal, 36 66 169 208 499.

Epiphyllum paucifolium, Macklin, 358.

Epiphyllum truncatum, 357 358.

ERASISTRATO, anatomista greco del III secolo a.C., 483.

Fifi, sgualdrina, 298.
Figaro, Le, quotidiano parigino, 39.
Figli del capitano Grant, I, di Jules Verne, 34.
Figlie del fuoco, Le, di Gérard de Nerval, 283.
Figlie del fuoco, Le, vedi Trévins, 456.
FILEMONE e BAUCI, personaggi mitologici, 445.
Filippine, 379.
FILIPPO III, re di Spagna, 1598-1621, 218.
FILIPPO IV, re di Spagna, 1621-1665, 218.
Film and Sound, 475.
Film français, Le, 404.
Filo giallo, Il, programma televisivo di S. Venter, 284.
Financial Times, giornale economico americano, 296.
FINCK (Heinrich), compositore tedesco, 1445-1527, 378.
Firenze (Italia), 480.
FIRMIAN (Carlo Giuseppe, conte di), statista italiano, 1718-1782, 100.
FISCHER (Max e Alex), romanzieri comici, 114.
FITCHWINDER (Donald O.), collezionista e mecenate americano, 438.
FITZ-JAMES, comandante dell'*Erebus*, 208.
Fiume (Italia), 159.
Fiume Giallo (Huang Ho, detto Il), 284.
FLANDERS (Gaëtan, detto Gate), regista, 276.
Flashing Bulbs, marca di biliardini elettrici, 195.
FLAUBERT (Gustave), romanziere francese, 1821-1880, 575.
FLEURET, cartolaio, 405.
FLEURY (Henri), arredatore, 109 112 327 328 351 352 354 455.
FLEURY, lessicografo francese del XIX secolo, 301.
FLEXNER (Arnold), storico e scrittore americano, 189, 190.
FLICHE, storico francese, 225.
FLOQUET (Charles), uomo politico francese, 1828-1896, 116.
Florida, 88 350 420.

Florida (Missouri), 472.
FLOURENS (Pierre), fisiologo francese, 1794-1867, 110 112 353.
FOD (Béatrice), amica di Olivia Norvell, 474.
FOGG (Phileas), personaggio di Jules Verne, 62.
FOLLANINIO (Narcisse), poeta, 293.
Fondazione Nazionale per lo Sviluppo dell'Emisfero Sud, 399.
Fontainebleau, 126.
FORBES (Stanhope Alexander), pittore inglese, 23 24 334.
Forestiero, Il, di Mark Twain, 473.
Forlì (Italia), 361.
Formosa, 64, 264, 320.
FORSTER (William), editore di musica, 110 111.
FORTHRIGHT (lady), 24 334.
Forum, rivista d'arte, 57.
Forza del destino, La, melodramma di G. Verdi, 270.
Forza ragazzi!, film con Olivia Norvell, 403.
FOULEROT (Geneviève), 134 178 203 204 235 236 242 473 501.
FOULEROT (Louis), 236.
FOUREAU, proprietario dell'appartamento del terzo a destra, 21.
FOURIER (Charles), filosofo francese, 1772-1837, 483.
FOUR TIMES, moglie del capo indiano Sitting Bull, 461.
Fox, nave, 208, 245.
France-Dimanche, 226.
Francese attraverso i testi, Il, libro scolastico, 42.
France-Soir, 174.
FRANCESCO GIUSEPPE, imperatore d'Austria, 1830-1916, 180.
Francia, 18 20 30 56 57 88 99 129 131 149 152 155 157 187 214 215 225 258 265 279 282 294 295 301 324 334 353 361 367 373 376 414 421 422 428 433 448 456 457 464 478.
FRANCO BAHAMONDE (Francisco), dittatore spagnolo, 1892-1976, 221.
FRANÇOIS (Claude), cantante, 1939-1978, 217.
FRANKLIN (sir John), esploratore inglese, 1786-1847, 208.

Freccia d'Argento, La, treno, 448.
FREDERICKSBURG (Virginia), pianista americana, 437.
Free Man, The, giornale di Dublino, 179.
FREGOLI (Leopoldo), attore italiano, 1867-1936, 306.
Freischütz, bassotto di Melchior Aristotelès, 296.
Frequenze dispneiche nella tetralogia di Fallot, tesi di medicina di B. Dinteville, 480.
FRÈRE (Jean-Jacques), 446-448.
FRESNEL (Alice), 71 138 268 269 411.
FRESNEL (Ghislain), 269 414.
FRESNEL (Henri), 138 228 268-274 411.
FREUD (Sigmund), psicanalista viennese, 1856-1939, 575.
Fribourg and Treyer, tabacco & sigari inglesi, 475.
Friburgo (Svizzera), 438.
Frick (Collezione), museo newyorchese d'arte antica, 187.
Frigia, 339 445.
FRINGILLI (cardinale), 296.
Fritte-verdura, *vedi* Didi, 306.
FROBISHER (sir Martin), navigatore inglese, 1535-1594, 392.
FRUHINSOLIZ, bottaio alsaziano, 414.
Fudge, tribù indiana, 461.
FUGGER (Hermann), uomo d'affari tedesco, 179.
Fuidra (Mali) 237.
FURTWANGLER (Wilhelm), direttore d'orchestra tedesco, 1886-1954, 249.

GABIN (Jean Moncorgé, detto Jean), attore francese, 1904-1975, 52.
Gabon, 55.
Gai Laboureur, Le, aria tradizionale, 477.
GAINSBOROUGH (Thomas), pittore inglese, 1727-1788, 516.
Galahad Society, 105.
GALENO (Claudio), medico greco di Pergamo, 131 ca.-201 ca., 248 263 272 481 482.
Galerie, 13 48.
Galerie Maillard, 43.
GALILEO (Galileo Galilei, detto), astronomo italiano, 1564-1642.
GALLÉ (Emile), vetraio francese, 1846-1904, 328.
GALLIMARD, editore parigino, 25 58 309.
Gallo d'Oro, Il, opera di Rimskij-Korsakov, tratta da Puškin, 336.
Gand, 418.
GANDHI (Mohandas Karamchand), statista indiano, 1869-1948, 218.
GANNEVAL (Pierre), 277.
Gard, 156 158.
Gardens of Heian-Kyô, locale notturno di Ankara, 321.
Garigliano, fiume italiano, 13.
GARIN DE GARLANDE, scrittore francese del XII secolo, 445.
Garova (Camerun), 90.
Gastrifere, 301.
Gatseau (Isola di Oléron), 169.
Gatto, Il, personaggio di un romanzo poliziesco di A. Flexner, 190.
GAUDI Y CORNET (Antonio), architetto spagnolo, 1852-1926, 499.
GAULLE (Charles-André-Joseph-Marie de), statista, 1890-1970, 249.
Gault-du-Perche.
GAULTIER (Léonard), incisore francese del XVII secolo, 185.
Gazette de Genève, La, 438.
Gazette médicale, La.
GELONE IL SARMATA, 22.
GENJI, personaggio centrale del *Genji-monogatari* di Murasaki Shikibu, 114.
Genova, Chiesa San Lorenzo, 97.
GEOFFROY-SAINT-HILAIRE, naturalista francese, 1772-1844, 253.
GÉRARD (François, barone), pittore francese, 1770-1837, 465.
GÉRAUDEL, fabbricante di pastiglie, 338.
Gerba (Isola di, Tunisia), 373.
GERBAULT (Henry), disegnatore francese del primo novecento, 212.
GÉRICAULT (Théodore), pittore francese, 1791-1824, 215.
GERMAINE, guardarobiera di Bartlebooth, 125, 283.
Germania, 30 150 264 312 365 494.
GERONIMO, capo indiano, 460.

Gerry Mulligan Far East Tour, disco, 45.

GERTRUDE, ex cuoca della signora Moreau, 328 459-462 501.

GERTRUDE, hamster, 404.

Gertrude of Wyoming, di A.S. Jefferson, 15.

Gerusalemme, Chiesa del Santo Sepolcro, 96 97.

GERVAISE, governante del signor Colomb, 184, 229.

GESNER (Conrad), naturalista svizzero, 1516-1565, 301.

Gestalttheorie, 205.

GESÙ CRISTO, 94 96 97 297.

Geystliches Gesangbuchlein, di Johann Walther, 213.

Ghardaia (Algeria), 492.

Giakarta (ex Batavia, Indonesia), 264.

Giappone, 95 297 349 433.

Giardini Marigny, 38.

Giardino giapponese IV, acquerello di Silberselber, 164.

Giasone, opera di Kusser, 30.

Giasone, opera teatrale di Alexandre Hardy, 374.

Giava, 118.

Gibilterra, 16 40 383.

GIGOUX (Jean), pittore di quadri storici, 302.

Gijon (Spagna), 18 63 378.

Gilbert (Isole), 391.

Gilbert & Blanzy-Poure, marca di penne, 257.

Gilda, film di Charles Walters, 95.

GILET-BURNACHS (Florentin), 396-398.

GILLOT (Claude), pittore francese, 1673-1722, 430.

Ginevra, 310 332 342 368 427 438 449 500.

Giocoliere, Il, quadro di Hieronymus Bosch, 27.

Gioconda, La, ritratto di Leonardo da Vinci, 48.

Gioia, La, romanzo di Georges Bernanos, 445.

Giornale di Tintin, pubblicazione per bambini, 381.

Giorno del San Mai, Il, caricatura di Blanchard, 116.

GIRARD (Jean-Louis), autore di romanzi polizieschi, 293 295.

Gironda, 414.

Giselle, balletto di Adam, 446.

Gitanes, marca di sigarette, 345.

Giudice è l'assassino, Il, romanzo poliziesco di L. Wargrave, 278.

Giudizio universale, Il, trittico di Roger Van der Weyden, 349.

GIULIETTA, eroina di Shakespeare, 185.

Giura, 176.

GIUSEPPE D'ARIMATEA, 94 100 293 296.

Gjoerup, casa editrice danese, 489.

Glasgow (Scozia), 396.

Glastonbury, monastero inglese, 97.

GLEICHEN (conte di), personaggio di Yorick, 45.

Globo Celeste, Il, attrazione dell'Esposizione universale, 413.

Gobelins, I, manifattura di arazzi, 430.

Gobi (deserto del), 263.

Goderville (Seine-Maritime), 202.

GODIVA (lady), 273.

GOGOLAK (S.), critico d'arte, 43.

GOLDBACH (Christian), matematico tedesco, 1690-1764, 382.

GOLDSTEIN (Kurt), filosofo americano di origine tedesca, 1878-1965, 483.

Golfo Persico, 185 442.

GOLL, anatomista tedesco, 418.

GOMES (Estevao), navigatore portoghese del XVI secolo, 396.

GOMOKU (Fujiwara), uomo d'affari giapponese, 296 297.

GONDERICO, re dei Burgundi, 97.

GORMAS (François), attore, personaggio di G. Berger, 172-174.

GORMAS (Gatien), suo antenato, 173.

GORMAS (Jean-Paul), suo figlio, 174.

GORMAS (signora), sua madre, 173.

GOTLIB, artista pittore, 174.

GOTTLIEB (Hans), seigiornista austriaco, 361.

GOUGENHEIM (Marcel, detto Gougou), jazzman, 361.

GOURGUECHON (Bertrand), 335.

GOUTTMAN, maestro di Gaspard Winckler, 41 258.

Granada (Spagna), 40.

Granbin, 273.

Gran Bretagna, 152 447.

GRANDAIR (Eleuthère), 338.

Grande Atlante, Il, di Berghaus, 499.

Grande carta della città e cittadella di Namur, La, 372.

Grande Dizionario della cucina, Il, di Alexandre Dumas, 479.

Grande Sfilata della Festa del Carosello, incisione di Israël Sylvestre, 35.

Grandi battaglie del passato, Le, programma Tv, 76.

Grandi donne della storia di Francia, assorbente illustrata, 405 406.

Grand Larousse universel du XIX siècle, di Pierre Larousse, 342.

Grand Prix de l'Arc-de-Triomphe, manifesto di Paul Colin, 110.

GRANPRÉ (mrchese di), 338.

GRASSIN (Robert, detto Toto), ciclista, 361.

GRATIOLET (Arlette, nata Criolat), 287.

GRATIOLET (Emile), 87 89-91 168 184 285 408 414 476 477.

GRATIOLET (Ferdinand), 87-90 169 285 286.

GRATIOLET (François), 87 89 169 287 299 316 411 418 477.

GRATIOLET (Gérard), 87 91 169 285.

GRATIOLET (Hélène), *vedi* Brodin, 87 89 286 298 316.

GRATIOLET (Henri) 89 285.

GRATIOLET (Isabelle), 27 67 89 211 284 287 377 405 406 408 500.

GRATIOLET (Jeanne), 477.

GRATIOLET (Juste), 87 89 169 231 286 414 476 477.

GRATIOLET (Louis) 89 169 286.

GRATIOLET (Marc), 89 169 286.

GRATIOLET (Marthe), 89 169 287 316 478.

GRATIOLET (Olivier), 57 68 70 86 89 130 133 169 213 230-232 242 284 285-289, 316-318 405-407 428 476 477 503.

GRAVES (Ernest), lessicografo francese, 1832-1891, 301.

Graz (Stiria), 119.

Grecia, 433.

GREEN (Silas), produttore di spettacoli per music-hall, 421.

Green River, università americana, 310.

GREGORIO IX (Ugolino di Segni), papa, 1145-1251, 45.

Grenoble (Isère), 215, 361.

GRESSIN, 203.

GREUZE (Jean-Baptiste), pittore francese, 1725-1805, 467.

GRIFALCONI (Alberto), 132 133.

GRIFALCONI (Emilio), ebanista italiano, 130 132-134.

GRIFALCONI (Letizia), sua moglie, 132.

GRIFALCONI (Vittorio), 132-134, 286.

Grigioni (Svizzera), 131 440 444.

GRILLNER, artista canadese, 43.

GRILLO PARLANTE, Il, personaggio del *Pinocchio* di Collodi, 271.

GRIMAUD, domestico di Athos, personaggio di A. Dumas, 372.

Grimaud (Var), 450.

GRISI (Carlotta, detta la), ballerina italiana, 1810-1899, 114, 245.

GRODECK (Georg), specialista austriaco in psicosomatologia, 1866-1934, 483.

GROMECK, mercante d'arte, personaggio di G. Berger, 173.

GROMECK (Lise), sua moglie, 173.

GROMYKO (Andrej Andreevič, diplomatico sovietico, 464.

GRONCZ, sindaco di New York, 273.

Groove, tribù indiana, 461.

GRUNDTVIG (Svend), musicista svedese, 195.

Gruppo d'Azione Davout, 200.

Guadalcanal, 391.

Guadalupa, 214.

Guam (Isola di), 391.

Guascogna, 63.

Guatemala, 65.

GUÉLIS (Jean), ballerino francese, 448.

GUÉMÉNOLÉ-LONGTGERMAIN (Astolphe, duca di), 273.

GUÉNÉ (Louis), violinista di Luigi XVI, 478.

GUÉRIN (Eugénie de), scrittrice francese, 1805-1848, 301.

GUERNÉ (Louisette), 406.
GUGLIELMO I, imperatore di Germania, 1797-1888, 500.
GUGLIELMO III D'ORANGE-NASSAU, Stathouder dell'Olanda, 1650-1702, 293.
Guignol, 38.
GUIMOND DE LA TOUCHE (Claude), commediografo, 1723-1760, 374.
GUION (Louis), capitano di vascello, 467.
GUIRAUD (Raimond de), commediografo, 1783-1803, 374.
GUITAUT (madame de), 411.
GUTENBERG (Johann Gensfleisch, detto), stampatore tedesco, 1400-1468, 360.
Guyana, 395.
GUYOMARD (Gérard), pittore e restauratore 31, 246, 433.
GUYOT, proprietario fondiario.
GYP (Sybille Gabrielle Marie-Antoinette de Riquetti de Mirabeau, contessa de Martel de Janville, detta), 1850-1932, 114.

HAENDEL (Georg-Friedrich), compositore tedesco, 1685-1759, 30 248 358.
HAGIWARA, artista pittore, 43.
HAJ ABDULAZIZ ABU BAKR, vedi Loorens (Carl Van), 383.
Halle (Belgio), 433 436.
Halle (Germania), 381.
HALLER (Bernard), attore francese, 75.
HALLEY (Edmond), astronomo inglese, 1656-1742, 472.
HALLOWELL (Bobby), medico legale, 503.
Hamilton (fiume del Labrador) 293.
Hammamet (Tunisia), 346.
Hammertown (Isola di Vancouver, Canada), 283.
HAPI (Laurence), pittore americano, 487.
Harbour near Tintagel, acquerello di Turner, 49.
HARDING (Warren Gamaliel), ventinovesimo presidente degli Stati Uniti, 1865-1923, 273.
HARDY, commerciante in olio d'oli-

va, 228.
HARDY (signora), sua moglie, 425.
HARDY (Alexandre), commediografo, 1570-1632, 374.
HARDY (Alfred), medico francese, 1811-1893, 337.
HARDY (Françoise), cantante, 468.
HARDY (Oliver Norvell), attore comico americano, 1892-1957, 30.
HARDY (René), romanziere francese, 309.
HARGITARY, urologo, 483.
HARÎRÎ (Abû Muhammad al Qâsim al-), poeta arabo, 1054-1122, 277.
Harrow, 44.
HART (Liddell), storico inglese, 337.
HARUN AL-RACHID, califfo abbasside, 766--809, 473.
Harvard (Massachusetts), 58 104.
HAVERCAMP (Sigebert), filologo e numismatico olandese, 1863-1742, 100.
HAWTHORNE (Nathaniel), romanziere americano, 1804-1864, 392.
HAYDN (Joseph), compositore austriaco, 1732-1809, 110-112.
HAYWORTH (Rita Consino, detta), attrice americana, 95.
HAZEFELD (Anton), musicista danese, 1873-1942, 195.
HEARST (William Randolph), giornalista americano, 1863-1951, 294 297.
HÉBERT (Joseph), 203.
HÉBERT (Paul, soprannominato Ph), 69 130 131 134-136 200 203 317 414.
HÉBERT (signora), 184.
Heian-Hyô (Kyoto), 321.
Heili Heilo, canzone tedesca, 232.
HÉLÈNE, cameriera di Bartlebooth, 124 125 402 500.
HÉLIAN (Jacques), direttore d'orchestra, 373.
HÉLIAS (Pierre-Jakez), scrittore bretone, 309.
Heliopolis, 49.
Helvetica physiologica et pharmacologica Acta, 483.
Hemminge & Condell, ditta londinese di confezioni impermeabili, 471.

HÉMON (Philippe), compagno di scuola di G. Berger, 172 174.
HENNIN (Robert), venditore di cartoline, 458.
Henriette, L', tre alberi, 467.
Heptaedra Illimited, gruppo pop, 147.
HERMAN (Woody), direttore d'orchestra.
HETZEL, editore, 356.
Hieracium aurantiacium, 465.
Hieracium pilosella, 465.
HIERONYMUS, pseudonimo di Stanley Blunt, 321.
HILBERT (David), matematico tedesco, 1862-1943, 187.
HILL (W.E.), caricaturista inglese, 345.
Hilversum (Paesi Bassi), 477.
HIRSCH (Robert), attore francese, 74.
Historia, mensile illustrato, 169.
HITCH (William), missionario mormone, 213.
HITCHCOCK (Alfred), cineasta americano di origine inglese, 372.
HITLER (Adolf), uomo di Stato tedesco, 1889-1945, 146 202, 246 252 464.
HJELMSLEV (Louis), linguista danese, 1899-1965, 121.
HOBSON, secondo della *Fox*, 208.
HOCQUARD (Adhémar), 252
Hodeida (Yemen), 137.
Hof (Franconia), 286.
HOGUET, orologiaio, 430.
HOKAB EL-QUAKT (l'Aquila del Giorno), corsaro barbaresco, 248 383-389.
HOLLIDAY (Doc), personaggio semi leggendario dell'ovest americano, 420.
Hollywood (California), 244 392.
Honduras, 272 397.
Honfleur, 398.
Hong Kong 65 264 320.
Honolulu, 40.
HONORÉ (Corinne Marcion, detta signora), 408 411-415.
HONORÉ (Honoré Marcion, detto), 408 411-415.
HOOKER JIM, capo indiano, 460.

HOOVER (Herbert Clark), trentunesimo presidente degli Stati Uniti, 1874-1964, 273.
HORATIO, scheletro appartenente al dottor Dinteville, 337.
Horby (stazione radio), 477.
HORNER (Yvette), fisarmonicista, 144.
"HORTENSE" (Samuel Horton, diventato), cantautrice pop, 147.
HORTON (Samuel, detto Sam), chitarrista e compositore, vedi "Hortense", 197 198.
HORTY (Fletcher Thaddeus, detto il Capitano), personaggio principale dei romanzi di Paul Winther, 79.
Hôtel de l'Aveyron, 186.
Hôtel Crillon, 377.
Hôtel-Dieu (di Beaune), 290.
(di Parigi), 481.
HOURCADE (signora), 50 76 138 184 209 344 443.
HUFFING, pittore americano, maestro dell'*Arte brutta*, 48 438.
HUGO (Victor), scrittore francese, 1802-1885, 69 215 247 284 303.
Huixtla (Messico), 433 435.
Hulstkamp, marca di ginepro, 144
Humanité, L', quotidiano parigino, 39.
HUMBERT, storico dell'arte del XVIII secolo, 185.
HUMBOLDT (Wilhelm von), erudito tedesco, 1767-1835, 382.
HUMPHREY (Hubert Horatio), uomo politico americano, 464.
HUTTING (Franz), pittore francoamericano, 42 43 47-49 68 229-233 243 290-292 294-297 341 353 408 415 438 458 486-489 501.
Hypnerotomachia Poliphili, di F. Colonna, 284.

IBN ZAYDUN (Abû al-Walid Ahmad), poeta arabo di Spagna, 1003-1071, 332.
Icaria, 470.
Icarus, rivista letteraria, 342.
Ienissei, fiume russo, 65.
Ifigenia, di Guimond de la Touche, 374.
Igitur, locale notturno, 306.

KYD (Thomas), commediografo inglese, 1558-1594, 314.

Kyoto, il tempio Suzaku, 222.

KYSARCHIUS, filologo islandese del XVI secolo, 301.

La Barbada, isola delle Piccole Antille, 457.

LABICHE (Eugène), commediografo, 1815-1888, 269.

Laborynthus, incisione, 66.

Laboureur et ses enfants, favola in argot di Pierre Devaux, 143.

LA BRIGUE, padrone di un caffè marsigliese, 258.

LA BRIGUE, personaggio di Courteline , 258.

LACHATRE (Maurice), lessicografo del XIX secolo, 301.

LACOSTE (Jean-René), tennista, 212.

LACRETELLE (Jacques de), scrittore francese, 186.

Lady Piccolo, gatta, 315.

LA FAYETTE (Marie-Madeleine Pioche de la Vergne, contessa de), 233.

La Ferté-Milon, 40.

LA FONTAINE (Jean de), favolista francese, 1621-1695, 342.

LAFOSSE (Antoine), commediografo, 1653-1708, 374.

LAFUENTE (signora), tuttofare della signora de Beaumont, 191 381 459.

Laghi italiani, 236.

Lago dei cigni, balletto di Ciaikovsky, 446.

La Hacquinière, stazione della linea di Sceaux, 446.

Lahore, 218 381.

LAJOIE (François-Pierre), fisiologo canadese, 294 297.

LAMARTINE (Alphonse de), scrittore francese, 1790-1869, 215.

Lambayeque (Perù), 356.

LAMBERT (Véronique-Elizabeth de Beaumont), 153-156.

LAMI (Eugène), pittore francese, 1800-1890, 431.

La Minouche, gatta della signora Moreau, 112 247.

LA MOTTE-HOUDAR (Antoine Hou-

dar de la Motte, detto), commediografo, 1672-1731, 374.

LAMOUREUX (Robert Lamouroux, detto R.), attore comico francese, 492.

Lancelot, fante di fiori, 183.

LANDÈS (David), storico americano, 58.

LANE (Tom), jockey, 272.

LA PÉROUSE (Jean-François de Galaup, conte de), navigatore, 1741-1788, 215.

LA RAMÉE, ufficiale di polizia, personaggio di *Vent'anni dopo,* di A. Dumas, 373.

La Rochelle, 91 215.

LAROUSSE (Pierre), enciclopedista francese, 1817-1875, 168.

LARRIVE, lessicografo francese del XIX secolo, 301.

Lascaux, 437.

LA TOUR (Georges Dumesnil de), pittore francese, 1593-1652, 221.

Las Vegas (Nevada, U.S.A.), 456.

Launceston (Australia), 348.

LAUREL (Arthur Stanley Jefferson, detto Stan), attore, 1890-1965, 29 52.

Lautaret (colle del), 361.

LAUTIER (Etienne-François de), letterato francese, soprannominato l'Anacarsi dei boudoir, 1736-1826, 374.

LAUTIER, pacemaker di Jean Brunier, 362.

Laval (Mayenne), 493.

LAVAL (Pierre), uomo politico, 1883-1945, 286.

L'Avana (Cuba), 396 398.

La Maestranza, 395 397.

Lavaur (Tarn), 336, 480, 484.

LAVEDAN (Henri), scrittore francese, 1859-1940, 114.

LAVOISIER (Antoine-Laurent de), chimico, 1743-1794, 382, 476.

LAWRENCE (sir Thomas), ritrattista inglese, 1769-1830, 431.

LE BAILLY, editore, 214.

LE BAS (Jacques-Philippe), incisore francese, 1707-1784, 431.

LEBRAN-CHASTEL, professore della Facoltà di Medicina, 483-485.

esploratore inglese, 1813-1873, 293.

Livorno, 54.

Livry-Gargan, 446.

LLOYD (Harold), attore americano, 1893-1971, 52.

LOBEN (contessa di), moglie di Maurizio di Sassonia, 99.

LODGE (Henry Cabot), diplomatico americano, 464.

Lohengrin, opera di Richard Wagner, 249.

Lola, donna di vita, film di Jacques Demy, 471.

LOLLOBRIGIDA (Gina), attrice italiana, 178.

Lolotte o il mio noviziato, romanzo libertino di Andréa de Nerciat, 333.

LOMONOSOV (Michail Vasil' evic), scrittore russo, 1711-1765, 301.

LONDON (John Griffith, detto Jack), romanziere americano, 1876-1916, 403.

Londra, 40 67 110 111 154 187 286 303 318 399 404 448 450 451 453 457 460 471 475.

Abbazia di Westminster, 110 292.

Ambassadors, 457.

British Museum, 155.

Buckingham Palace, 152.

Charing Cross, 452.

Court St. Martins' Lane, 111.

Courtauld Institute, 187.

Covent garden, 155.

Crescent gardens, 450.

Hammer Hall, 460.

Harley Street, 448.

Haymarket, 475.

Keppel Street, 155.

Libreria Rolandi, Berner's Street, 155.

London Bridge, 437.

Paddington Station, 154.

Sotheby's, 185.

Victoria Station, 450.

LONE HORNE, capo indiano, 461.

LONGCHAMPS (Charles de), commediografo, 1768-1832, 374.

Longford Castle, 20.

LONG HAIR, capo indiano, 461.

LONGHI, pittore imbianchino, 95 98 102 105.

LONGINO (San), centurione convertito, 96.

LOOKING GLASS, capo indiano, 460.

LOORENS (Carel Van), 381-389, 501.

LOPEZ (Aurelio), 320, 324.

LORELEI, LA, *vedi* Ingeborg Stanley, 319 320 327.

Lorena 8 215.

Los Angeles (California), 40 43.

Loudun (Vienne), 315.

LOUIS (dottore), presunto inventore della ghigliottina ("louisette"), 303.

LOUIS, uomo di fatica di casa Bartlebooth, 125.

Louisville Courrier-Journal, 326.

LOUVET, 178 180 229 230 233 242 379 467 468

Lovanio, 277.

Love's labour lost, di William Shakespeare, 474.

LOWRY (Malcolm), 1909-1957, 575.

LUCAS, attore della compagnia di Fresnel, 269-271.

Lucca (Italia), 293 296.

LUCERO, pittore, personaggio di G. Berger, 172-174.

LUCETTE, attrice nella compagnia di Fresnel, 269-271.

Luçon (Filippine), 64.

Lucus Asturum, antico nome di Oviedo, 18.

LUD (Germain), fondatore della tipografia di Saint-Dié, 394.

Ludwigshafen (Germania), 390.

LUDOVIC, hamster, 404.

Lugano (Svizzera), 187.

LUIGI XIII, 19 51 59 80 309 370 496.

LUIGI XIV, 271 301 406 463 484.

LUIGI XV, 148 217 231 316 338 414 426 444.

LUIGI XVI, 95, 114 215 247 410 430 478.

LUIGI XVII, 169.

LUKASIEWICZ (Jan), logico polacco, 1878-1956, 293 296.

LULLI (Giovanni Battista), compositore italiano, 1632-1687, 447.

Lund (Svezia), 101.

Lurs (Pirenei orientali), 215.

Lusiadi, I, di Camões, 186.

LUTERO (Martin), riformatore tedesco, 1483-1546, 213.

LUYNES (Charles d'Albert de), conestabile di Francia, 1578-1621, 59.

Mabille (sala da ballo), 413.
MACBETH (lady), eroina di Shakespeare, 185.
Macedonia, 483.
MACKLIN (botanico), 358.
MACKLIN (Corbett e Bunny), missionari, 357.
Mâcon, 215.
Macondo (Colombia), 180.
MACQUART (Pierre-Joseph), botanico francese, 1743-1805, 301.
Madagascar, 65 95 193 209.
MADAME SANS-GÊNE (Catherine Hubscher, marescialla Lefebvre, detta), 71.
Madras, 64.
Madrid, 198.
Il Prado, 109.
Madrine di guerra australiane, Le, 391.
MAGNE (Antonin), ciclista, 361.
Magonza, 97.
MAGRITTE (René), pittore belga, 1898-1967, 130 438.
MAGRON (Martin), fisiologo, 23.
Mai 68 à la Sorbonne, disco, 143.
MAIGRET, eroe dei romanzi di Simenon, 149.
Maison et Jardin, rivista di arredamento, 57.
Maison française, La, rivista di arredamento, 57.
Majunga (Madagascar), 137.
MAKAROFF, ammiraglio russo, 455.
Makassar (Indonesia), 265.
Malacca (penisola di), 64.
Malaga (Spagna), 385.
Malakhitès, opera musicale di Morris Schmetterling, 223.
MALEHAUT (Viviane), cantante, 422.
MALEVIČ (Kazimir Serevinovič) pittore russo, 1878-1935, 49.
MALINOWSKI (Bronislaw Kaspar), etnologo inglese, 1884-1942, 118-121.
Malleville (Mickey), personaggio di L'Assassinio dei pesci rossi, 237-239.
Malmaison (La), 257.

MALPIGHI (Marcello), anatomista italiano, 1628-1694, 480 481 483.
MALRAUX (André), scrittore francese, 1901-1976, 87.
Malta, 383.
Mamers (Sarthe), 168.
Manchester (Inghilterra), 492.
MANDETTA (Guido, alias Theo Van Schallaert, alias Jim Brown, alias?), 95-98 102.
Mangiatore non aspetta di avere l'età, Il, piatto decorato, 264.
Manica (La), 249.
Maniero alla rovescia, Il, attrazione dell'Esposizione universale, 413.
Manila (Filippine), 19.
Manlius Capitolinus, di Lafosse, 374.
MANN (Thomas), 1875-1955.
Mannheim (Germania), 310.
MANS (F.H.), paesaggista olandese, 431.
MANSA (I.H.), cartografo danese, 201.
MAOMETTO, 45.
MARAT (Jean-Paul), rivoluzionario francese, 1743-1793, 303.
Mar Bianco, 301.
MARCEAU (François-Séverin Marceau-Desgraviers, detto François), generale francese, 1769-1796, 215.
MARCHAL (Paul), 419.
Marches et Fanfares de la 2ª D.B., disco, 143.
MARCHESE DI CARRABAS, il, personaggio di Perrault, 87.
Marcia (Clara, nata Lichtenfeld), antiquaria, 37 70 113 164 185 187 188 242 329 330 332-334 359 459 465 467 501.
MARCIA (David), 138 187 232 242 329 334 335 359 360 372-375.
MARCIA (Léon), storico dell'arte, 185-188 223 334 372 406 458 501 503.
Marcia nuziale, La, 392.
Marcia turca, La, di W.A. Mozart, 178.
MARCION, vedi Honoré, 408.
MARCO POLO, viaggiatore italiano, 1254-1324 306.
Marcoule, 150.
MARCUART, banchiere, 410.
Mar dei Coralli, 391.

Mare di Barents, 65.

Mare di Kara, 65.

Mare di Weddell, 192.

MARÉCHAL (Maurice), attore francese, 75.

Margarita Teresa (arcipelago), 193.

Margate (Inghilterra), 471.

MARGAY (Lino, detto Lino le Baveur o Lino Tête-de Noeud), 363-367.

MARGUERITTE, caporalmaggiore, 176.

Marianne (Isole), 391.

Marie Brizard (liquore), 12, 143.

Marito di Prudence il, giovanotto di 18 anni, 423.

Marly-le-Roi, 491.

Mar Nero, 65.

Marocco, 196 259 272.

Marolles-les-Barults (Sarthe), 168.

MARQUAIZE, cartolaio, 212.

MARQUEZ (Gabriel Garcia), 575.

MARQUISEAUX (Caroline, nata Echard), 70 138 145-147 194 195 231 463 501.

MARQUISEAUX (padre), 147.

MARQUISEAUX (Philippe), 145-147 194 195 197 229 242 249 315 334 335 463 501.

MARR (Robin), 277.

Mar Rosso, 55 65 442.

Marshall (Isole), 391.

Marshall McLuhan e la terza rivoluzione copernicana, conferenza del professor Strossi, 437.

Marsiglia, 52 119 151 215 258 340 467.

Marsigliese, La, canto patriottico, 424.

MARTENSSEN (Johannes), letterato danese, 489.

MARTIBONI, artista italiano contemporaneo, 415 486.

MARTIN, storico, 255.

Martinica, 214.

MARTINOTTI, agitatore pananarchico, 366.

Marvel Houses Incorporated, 431-433 441 443.

Marvel Houses International, 434-438 441 443.

Maryland, 398.

Mascate (Arabia), 477.

Mascotte dell'Aeroporto, La, film con Shirley Temple, 390.

Masque, Le, collana di romanzi polizieschi, 219.

MASSIMILIANO, imperatore del Messico, 1832-1867, 293.

MASSINE (Léonide), coreografo americano, 452.

MASSY (Albert), 360-365 368.

MASSY (Josette), 365.

Mastering the French Art of Cookery, di Henri Fresnel, 274.

MASTON (J.T.), pittore inglese primo novecento, 444.

Matagassiers, 255.

MATAMORO, 269.

MATHEWS (Harry), 575.

Matmata (Tunisia), 434.

Matto, il, figura dei tarocchi, 222.

MAUPASSANT (Guy De), scrittore francese, 1850-1893, 342.

Mauritania, 272.

MAURIZIO DI SAXE (Maurizio conte di Sassonia), maresciallo di Francia, 1696-1750, 99 100 105.

MAUSS (Marcel), sociologo ed etnologo francese, 1873-1950, 119.

Mayenne, 328.

MAZARINO (Giulio), statista, 1602-1661, 260.

McAnguish Caledonian Panacea, marca di whisky, 262.

MCARTHUR (Douglas), generale americano, 1880-1964, 464.

MCCORK (Faber), industriale americano, 457.

MCDONALD (J.W.), fabbricante di mobili, 421.

MCINTOSH, urologo, 483.

M'CLINTOCH (sir Francis Leopold), navigatore irlandese, 1829-1907, 208.

MCLUHAN (Marshall), pensatore canadese, 437.

Meandro (Maiandros), fiume della Turchia, 498.

MÉCHAIN (Pierre), astronomo francese, 1744-1804, 381.

Medal of Honor, 320.

Medio Oriente, 55.

Medizinische System der Methodi-

ker, Das, di Meyer-Steineg, 337.
Mefistofele, 245 271 322-327.
MELAN (contessa di), 410.
Melanges, di Ernest Renan, 60.
Melbourne (Australia), 390 404 463.
Melusina, 301.
MELVILLE (Herman), scrittore americano, 1819-1891, 575.
Memoria sulla vita di Jean Racine, di Louis Racine, 410.
Memorie, di Falckenskjold, 216.
Memorie di un lottatore, di Rémi Rorschash, 58.
Memorie di un numismatico, di F. Baillarger, 418.
MENDOZA (Victor Manuel), attore messicano, 290.
Menoalville, 445.
Mercato delle pulci, 37.
Mercator, commedia di Plauto, 227.
Mercure de France, Le, rivista letteraria, 342.
Mercurio, Dio, 379.
Merkur, rivista letteraria tedesca, 342.
Messico, 40 222 274 297 356 433 437.
Messico (Città del), 293 367 404.
MEURSAULT, personaggio di Albert Camus, 221.
MEYER-STEINEG, storico della medicina, 337.
MEYSSONNIER (Lazare), medico e alchimista di Mâcon, 1602-1672, 481.
Miami, 275.
  Burbank's Motel, 421.
  Hialeah, 420.
  Monkey Jungle, 457.
MICHARD (Félicien), lucidatore di parquet, personaggio di G. Berger, 172 174.
Michele Strogoff, romanzo di Jules Verne, 7.
Michigan, 223.
MIDA, re della Frigia, 339.
Milano (Italia), 364.
Milo (Cicladi), 137.
Milwaukee (Wisconsin), 392.
Mimizan (Landes), 151.
Mindanao (Filippine), 64.
Mineral Art, 43.
Minerva, 406.

Mint cake, 73.
MIRABEAU (Honoré Gabriel Riqueti, conte di), 1749-1791, 143.
Miraj (India), 433.
MIRBEAU (Octave), 1848-1917, 114.
Miserabili, I, lavoro teatrale tratto dal romanzo di Victor Hugo, 271.
Mississippi, 419, 472.
Mississippi Sunset, canzone di Sam Horton, 196.
MISTER MEPHISTO, pseudonimo di Henri Fresnel, 272.
MISTINGUETT (Jeanne Bourgeois detta), cantante, 1875-1956, 272.
Mitridate, tragedia di Jean Racine, (1673), 317.
Mobile (Texas), 419.
Moçamedes (Angola), 358.
Moderne Probleme in Pädiatrie, 483.
Mohoc, tribù indiana, 460.
Moka (Yemen del Nord), 167.
MOLIÈRE (Jean-Baptiste Poquelin, detto), 1622-1673, 269 374.
MOLINET, professore al Collège de France, 294.
MÖLLER, urologo, 483.
Molosso è angosciato, Il, romanzo poliziesco di John Whitmer, 86.
Mombasa (Kenia), 357.
Monachus tropicalis, 95.
Monaco, 305 403.
MONACO (Mario del), tenore italiano, 249.
MOND (Peter), seigiornista, 361.
Monde, Le, quotidiano francese, 147.
MONDINO DI LUIZI, anatomista milanese, morto nel 1326, 284.
MONDUIT e BÉCHET, fonditori, 476.
Monêtier-les-Bains (Alte-Alpi), 476.
Mongolia esterna, 263.
Moniteur Universel, Le, 396.
Monkey Jungle, night-club di Miami, 457.
MONPOU (Hippolyte), compositore francese, 1804-1841, 461.
MONROE (Norma Jean Baker, detta Marilyn), attrice americana, 1926-1962, 307.
Monsieur Jourdain, personaggio de *Il borghese gentiluomo*, 271.

Montagna incantata, La, romanzo di Thomas Mann, 499.

MONTALESCOT (L.N.), pittore francese, 1877-1933, 431.

Montargis, 50 76 138.

Montauban, 97.

Monte Cervino, 115.

Montecarlo, 158.

Montenotte, 60.

MONTESQUIEU (Charles de Secondat, signore de la Brède e di), filosofo francese, 1689-1755, 215.

MONTGOLFIER (Joseph e Etienne), inventori, 215.

MONTGOMERY (Al), direttore d'orchestra, 437.

MONTIJO (Eugenia di), 377.

Montlhéry, 335.

Montpellier, 151, 215.

Montrouge, 263.

Monument à F.B., di Roger-Jean Ségalat.

MOON (Archibald), attore americano, 293 295.

MORANDI (Giorgio), pittore italiano, 1890-1964, 438.

MOREAU (Marie-Thérèse), 70 80 81 87 107 108 112 117 138 178 231 315 319 327 328 351-354 455 458 459 461 500 501 504.

MOREL, 366.

MORELLET (Benjamin), preparatore chimico, 29-32 35 39 67 76 135 136 175 177 209 211 225 231 233 251 255 299 348 443 458 501.

Moret-sur-Loing, 447.

MORGAN (Simon Roussel, detta Michèle), attrice francese, 290.

Moriane, 384.

MORRELL D'HOAXVILLE (Arthur), ritrattista inglese del XIX secolo, 340.

Morte fra le nuvole, romanzo di Agatha Christie, 174.

Mosa (dipartimento), 41.

Mosca, 165.

MOSCA (Fanny), soprano, 411.

Mosche, Le, dramma di Jean-Paul Sartre, 468.

Mosella, 167 353.

Motu, tribù della Nuova Caledonia, 399.

Moulin rouge, Le, cabaret parigino, 403 493.

Mousseline alle fragole, 20.

MOZART (Johann Chrysostomus Wolfgang Gottlieb, detto Wolfgang Amadeus), compositore austriaco, 1756-1791, 247.

MOZART (Leopold), compositore tedesco, 1719-1787, 331.

MOZART (Maria Anna), cantante austriaca, 1751-1829, 331.

Muckanaghederanhaulia (Irlanda), 63.

Mukden, 455

MULLIGAN (Gerald Joseph, detto Gerry), musicista jazz, 45.

Murano, 61.

Museo Carnavalet, 331.

Museo di storia naturale, 95.

Museo Guimet, 218.

Museum Odescalcum, 100.

Musi, fiume di Sumatra, 118.

MUSSET (Alfred), scrittore francese, 1810-1857, 342.

Mussorgskij (Modesto), compositore russo, 1839-1891, 27.

MUTT (R.), 293.

Mzab dai mille colori, conferenza di A. Faucillon, 492.

Nabeul (Tunisia), 105.

NABOKOV (Vladimir Vladimirovič Nabokov-Sirin, detto Vladimir), scrittore americano di origine russa, 1899-1976, 575.

NAHUM (E.), critico d'arte, 292.

Namur (Belgio), 242.

Nancy, 215.

Nantes, 215.

Nantucket (Massachusetts), 124.

NAPOLEONE I, imperatore dei francesi (*vedi* anche Bonaparte), 95 165 188 215 248 382-384 387 499.

NAPOLEONE III, 46 93 221 323 351 499.

Napoli, 249 282.

Cattedrale, 96.

Nassau (Bahamas), 431.

Natal (Sudafrica), 317.

Nationwide Bilge, giornale satirico americano, 327.

Natura renun, De, di Blancard, 483.

Nottingham (Inghilterra), 451.
Nouveau Cirque, Le, circo parigino, 229.
Nouveau Film français, rivista professionale, 475.
Nouvelle Carte... de la France, di L. Sonnet, 214.
Nouvelle République, La, quotidiano del centro, 107.
Nove Muse, Le, serie d'incisioni attribuita a L. Gaultier, 185.
Nuova Zelanda, 400.
Numea (Nuova Caledonia), 203 275 404.
Nummophylacium Reginae Christinae..., di Havercamp, 100.
NUNGESSER (Charles), aviatore francese, 1892-1927, 272.
NUNNELEY (Charles), islamista irlandese, 278.
Nuova Caledonia, 138 214.
Nuova Chiave dei Sogni, La, attribuita a Henry Barrett, 198.
Nuova Galles del Sud, 24.
Nuova Guinea, 399.
Nuova Orléans (Luisiana), 103 419 421.

OBERKAMPF (Christophe-Philippe), industriale francese, 1738-1815, 499.
O'BRIEN (Barton), cruciverbista neozelandese, 460.
O'BRIEN (Bobby), 451.
Occhi di Melusina, Gli, poesie di A. de Routisie, 301.
Oceania, 64 356 392.
Oceano Atlantico, 192 214 249 264 295.
Oceano Indiano, 65 193 442.
Oceano Pacifico, 273 347 356 399 400.
Ocimum basilicum, 357.
Octogone, L', bisca clandestina, 365 366.
Odeon, The, cinema della periferia londinese, 450.
Odi e Canzoni, di J.-P. Uz, 301.
Ogier, fante di cuori (?), 183.
Okinawa (Giappone), 349 391.
Oktoberfest (Festa della birra a Monaco), 403.

Oland (Svezia), 433, 435.
Olanda, 99 381.
OLD MAN AFRAID OF HIS Horse (capo indiano), 461.
Oléron (Isola), 169 286 316 503.
OFELIA, personaggio di Shakespeare, 185.
OLIVET (Bertrand d'), mercante d'arte, 410.
OLIVETTI, maresciallo, 176.
Olivia Fan Club of Tasmania, 392.
OLLIVE (François), cartografo marsigliese del XVII secolo, 340.
OLMSTEAD (Olav), geografo norvegese del XVII secolo, 301.
Onda bianca, L', opera, 469.
Onomastica, rivista di onomastica, 398.
Operaio ebanista della rue du Champ-de-Mars, L', disegno di Priou, 341.
Optimus Maximus, bassotto, 293, 296.
Orange (Vaucluse), 159.
Orang-Kubu, *vedi* Anadalam, 118 121.
Orano, 176 386 388 389.
Ordine di San Michele, 404.
Oreste, di Alfieri, 374.
ORFANIK (conte), 27 244 377.
ORFEO, 293.
Orgogliosi, Gli, film di Yves Allégret, 290.
Oriental Saloon and Gambling House, casa da gioco, 420.
Orient-Express, treno, 174.
Orinoco, 395.
Orlando, opera di Arconati, 27 244.
Orlando (Disneyworld, U.S.A.), 433, 436.
Orléans, 97.
ORLOV (Sergej Ilarionovič), ambasciatore di Russia, 162.
ORLOV (Stepan Sergeevič), il "Boia del Kuban", 163.
ORLOVSKA (Elizaveta), 37 67 139 213 225 226 231 232 242 278-281 283 501 503.
ORLOWSKI (Mahmoud), 213 282 283.
Oro africano, L', romanzo di Rémi Rorschash, 56 58.
OROSMANE, personaggio della *Zaira*

Piramo e Tisbe, opera di Kusser, 30.
PIRANDELLO (Luigi), scrittore italiano, 1867-1936, 25 204 246.
Pirano (Iugoslavia), 260.
Pirenei, 157 495.
PISANELLO (Antonio di Puccio di Cerreto, detto) pittore italiano, 1395-1455, 124.
PISSARRO (Camille), pittore francese, 1830-1903, 8 206.
PITAGORA, matematico greco del VI secolo a.C., 417.
Pithiviers (Loiret), 268.
PITISCUS (Samuel), filologo olandese, 1637-1717, 99 101 103.
PIZZICAGNOLI, 404 427 428 503.
Planetario Orrery, 291.
PLASSAERT (I), commercianti d'indianerie, 32 255 212 230 232 242 249 262-266.
PLASSAERT (Rémi), 177 211 212 405 501.
PLATTNER (signora), dattilografa di Brisbane (Australia), 392.
PLAUTO (Titus Maccius Plautus), autore latino, 254-184, 277.
PLENGE, pastore danese, 66.
PLINIO (Caius Plinius Secundus detto il Vecchio), naturalista romano, 23-79, 263 301.
Plon, editore, 309.
Pobieda, corazzata russa, 455.
POE (Edgar Allan), scrittore americano, 1809-1849.
Poesie liriche, di J.-P. Uz, 301.
Point de vue, settimanale, 169.
POIS barbiere, 67.
Poitou, 471.
Poker Dice, gatto di Gilbert Berger, 315 422 500.
Polinesia, 472.
POLLOCK (Paul Jackson), pittore americano, 1912-1956, 8 206.
Polonia, 187 279 281 283.
POLONIUS, hamster, 404.
POLONOVSKI, chimico, 201.
Pompei, 48 117.
Pompon e Fifì, calendario, 298.
PONIATOWSKI (Michel, detto Ponia), uomo politico, 305.
PONSIN, mastro vetraio, autore del *Palazzo luminoso*, 413.

Pontarlier, 42.
Pont-Audemar (Eure), 273.
Ponte sul fiume Kwai, Il, romanzo di Pierre Boulle, e film omonimo, 236 404 429.
Pontiac, marca di automobili, 383.
POPE (Alexander), poeta inglese, 1688-1744, 451.
Populaire, Le, giornale fondato da Etienne Cabet, 470.
Poro, opera di Kusser, 30.
Port Arthur (Lû-Shun), 320 455.
Port-aux-Princes, Hôtel Sierra Bella, 367.
PORTER (Guillaume), pseudonimo di Beyssandre, 440.
Port Moresby (Nuova Guinea), 399.
Portorico, 432.
Portorose (Iugoslavia), 260.
Porto Said, 65.
Portogallo, 343.
PORTOS, personaggio di Alessandro Dumas, 178 473.
PORTUS, editore latino del *Lessico* di Suida, 457.
PORZIA, eroina di Shakespeare, 185.
Potsdam, 385.
POWELL (Michael), cineasta inglese, 452.
POZSONY (Ungheria), 30.
Pozzuoli (Italia), 477.
Praga (Cecoslovacchia), 97, 482.
PREETORIUS (Emil), pittore e scenografo tedesco, 249.
PRÉFLEURY (Albert), pseudonimo di Rémi Rorschash, 53.
PRÉJEAN (Albert), attore francese, 52.
Préjugés, rivista letteraria fondata da Rémi Rorschash, 57.
Premier rendez-vous, 175.
Pré-Saint-Gervais, 141.
Press and Journal, quotidiano di Aberdeen (Scozia), 396.
Presse médicale, La, 480.
Preuves, rivista letteraria, 342.
PRICE (Roger), 575.
Pride and Prejudice, romanzo di Jane Austen, 338.
Prigione della Bastiglia, 270 410.
Principe e il mendico, Il, di Mark Twain, 473.

Principe Edoardo (isole del), 193.
Principe Mascherato, Il, 407.
PRINCIPESSA PALATINA (Anna Gonzaga, detta la), 1616-1684, 480 483.
PRINCIPESSA PALATINA (Carlotta Elisabetta di Baviera, detta la), 1652-1722, 301.
PRIOU, disegnatore, 341.
Propriano (Corsica), 378.
Proud Angels, oratorio di Svend Grundtvig, 195.
PROUILLOT (Léonie), 143.
PROUST (Madeleine), 253.
PROUST (Marcel), 1871-1922, 294 575.
Prudence, giovane donna di 24 anni, 423.
Prussia, 127.
Puerto Princesa (Filippine), 64.
Punch, The, settimanale satirico inglese, 252.
Punishment, The, caricatura di William Falsten, 144.
Puntura misteriosa, La, romanzo d'appendice di G. Berger, C. Coutant e P. Hémon, 172.
PURKINJE agitatore pananarchico, 366.
PUŠKIN (Alexandr Sergeevič), poeta russo, 1799-1837, 336.

Quadrato bianco su fondo bianco, Un, di Malevič, 48.
Quadro delle ricche invenzioni..., di F. Béroalde de Verville, 284.
Quand'ero petit rat, di M.F. Vyshiskaya, 418.
QUARLI, famiglia di tipografi veneziani, 96 98 100 103.
Quaston (signora), personaggio de *L'assassinio dei pesci rossi,* 237 239.
Quebec (Canada), 296.
Quella falce d'oro nel campo delle stelle, opera da camera di P. Schapska tratta dal *Booz addormentato* di Victor Hugo, 282.
QUENEAU (Raymond), 1903-1976, 5 575.
Quotidien du film, Le, 475.

Quotidien du médecin, Le, 211.

RABELAIS (François), scrittore francese, 1494-1553, 575.
Raccolta delle monete della Cina..., del barone de Chaudoir, 360.
RACINE (Jean), poeta drammatico, 1639-1699, 215 269 374.
RACINE (Louis), scrittore francese, 1692-1763, 410.
Racine (Wisconsin, U.S.A.), 392.
Racine e Shakespeare, di Stendhal, 489.
Radamisto, di Crébillon, 374.
Radar, rotocalco, 169.
RADNOR (Edward Llowarch Bouverie, quinto conte di), 20.
RAFFIN, dottore in medicina, 480.
Ragazzo blu, Il, (Blue boy), di Gainsborough, 516.
Ragusa, *vedi* Dubrovnik, 260.
RAINBOW (Armand Fieschi, detto Arthur), cantante pop, 147.
RAIN IN THE FACE, capo indiano, 460.
Rake's progress, acquerello di U.N. Owen, 73.
Rake's progress, opera di Stravinski tratta da Hogarth, 75.
RAMEAU (Antoine), 13.
RAMON, gangster, 367.
Ramona, successo di Tino Rossi, 175.
RAMSAY (lord), 293.
Rangoon (Birmania), 122.
Ranocchio saltatore, Il, di Mark Twain, 472.
Raskolnikov, personaggio di Dostoevskij, 221.
Rastaquouère, Le, soprannome di un inquilino dello stabile, 414.
RASTIGNAC, personaggio di Honoré de Balzac, 338.
RATINET, *vedi* Bouvard, 339.
RAY (John), naturalista inglese, 1627-1705, 301.
RAYNAUD (Fernand), artista di music-hall, 1926-1973, 143.
RAZIN (Stepan Timofeevič, detto Stenka), capo cosacco, 1630 ca.-1671, 418.

Vaticano, 403 477.

ROMAGNESI (Henri) compositore di romanze, 1781-1851, 302.

Romainville, 108.

Romance de Paris, La, 175.

Romania, 163.

ROMAN MOSE, capo indiano, 461.

ROMANET, amministratore dello stabile, 428.

ROMANOV, famiglia regnante di Russia (1613-1917), 338.

Romans (Drôme), 424.

ROMMEL (Erwin), maresciallo tedesco, 1891-1944, 310.

RONDEAU, mastro fonditore, 1493-1543, 301.

ROOSEVELT (Franklin Delano), trentaduesimo presidente degli Stati Uniti, 1882-1945, 273.

ROQUELAURE (Antoine-Gaston, duca di), maresciallo di Francia, 1656-1738, 304.

RORET, editore di manuali, 301.

RORSCHASH (Olivia, nata Norvell), *vedi* Olivia Norvell, 336 390-393 403 404 427 428 440 474 475.

RORSCHASH (Rémi), produttore televisivo, 12 21 44 52-58 73-77 87 130 134 138 171 184 232 242 390 392 403 404 426 431 440 442 474 475.

ROSALINDA, eroina di Shakespeare, 185.

Ross (John), falso nome di Carel Van Loorens, 389.

Rosselana e Mustafà, di Maisonneuve, 374.

Rostov, 156.

ROTHKO (Mark), pittore americano, 1903-1970, 438.

ROTROU (Jean), 1603-1650, 374.

Rotterdam, 101 105.

ROUBAUD (Jacques), 575.

Rouen, 215.

ROUGET DE L'ISLE (Claude-Joseph), compositore, 1760-1836, 293.

ROUSSEAU (Jean-Baptiste), poeta francese, 1671-1741, 98 100 105.

ROUSSEL, lottizzatore, 476.

ROUSSEL (Raymond), 1877-1933, 575.

ROUSTAN, mammalucco dell'Imperatore, 387.

ROUTISIE (Albert de), scrittore francese, 1834-1867, 301.

ROUTISIE (Irène de), sua figlia, 301.

ROUX (Antoine), acquerellista primo novecento, 467.

Rovigno, 260.

ROWLANDS (Marty), pseudonimo di A. Flexner, 189.

Royal Historical Society, 394.

RUBENIUS, storico dell'Antichità, 301.

Rubriques à Brac, fumetto di Gotlib, 174.

Rueil (Hauts-de-Seine), 287.

RUGGIERI, da, fuochi artificiali, 456.

RUMFORD (madame de), 476.

Russia, 27 61 162 242 338 418 455.

Russo, Il, *vedi* Speiss (Abel), 423.

Rustica, periodico agricolo, 418.

RUYSCH (Frederyk), anatomista olandese, 1638-1731, 480.

RZEWUSKA (principessa), 411.

SABATA (Victor de), direttore d'orchestra, 249.

Sables - d'Or - les - Pins (Côtes - du - Nord), 438.

SACHER-MASOCH (Leopold, cavaliere von), scrittore austriaco, 1836-1895, 342.

SADE (Donatien-Alphonse-François, marchese di), scrittore francese, 1740-1814, 410.

Safad (Israele), 436 437.

Sahara, 492.

Saint-Benoît-sur-Loire, 97.

Sainte-Chapelle di Parigi, 97.

Saint-Cyr, 373.

Saint-Denis, 96.

Saint-Dié, 394.

Saint-Germain-en-Laye, 27 126.

Saint-Jean-de-Luz, 447.

Saint-Jean-de-Monts, 438.

Saint-Laurent-du-Maroni, 412.

Saint-Louis (Missouri), 470.

Saint Moritz, 440.

Saint-Mouezy-sur-Eon, 80 81 108 354.

Saint-Paul (isola), 193.

Saint-Petersburg (Florida), 418.

Saint-Quentin, 360 368.

Saint-Romain-du-Colbosc, 202.

Verdun, 258.

Verein für musikalische Privataufführung, 27.

Veridicque Hystoire de Philemo et Bauci, di Garin de Garlande, 445.

VERMEER (Jan, detto Vermeer di Delft), pittore olandese, 1632-1675, 8 206.

VERMOT, autore dell'almanacco, 39 48.

VERNE (Jules), 1828-1905, 6 306 575.

Verona (Italia), 130 132 133 462.

VERRAZZANO (Giovanni da), navigatore italiano, 1495-1528, 396.

Verrières-le-Buisson (Essonne), 138.

Versailles, 46 95 126.
  Liceo Hoche, 450.

Vertigini di Psiche, Le, fantasia buffa di R. Becquerloux, 447.

VESALIO (Andrea), anatomista fiammingo, 1514-1564, 481.

Vespa, marca di scooter, 475.

Vézelay, 97.

Vézelize, 86.

Via delle Spezie, La, tesi di Adrien Jérôme, 218.

Viaggi di Tavernier e Chardin..., tesi di Arnold Flexner, 189.

Viaggio al termine della notte, 56.

Viaggio in Icaria, di Etienne Cabet, 470.

Viandox, 69.

Vicarius, Il, 301.

Vichy, 456.

Victoire, 228.

Victoria Cross, 391.

Vienna (Austria), 27 97 111 119 121.

Vienna School and Family Hôtel, 413.

Vienne (Isère), 424.

Vierzon, 285.

Villa d'Ouest, La, cabaret parigino, 306-308 493.

VILLART (Adrien), 385.

Vincennes, 362 372.
  Forte, 410.

Ving-deux à Asnières, Le, disco di Fernand Raynaud, 143.

VINTEUIL, personaggio di *Alla ricerca del tempo perduto,* 294.

VIOLA, eroina di Shakespeare, 185.

Vire, 422.

Vita amorosa degli Stuart, La, 80.

Vita brevis Helenae, di Arnau de Chemillé, 96 98 105.

Vita delle Sorelle Trévins, di C. Durand-Taillefer (signora Trévins), 456.

Vita dura, di Mark Twain, 472.

Vita sul Mississippi, di Mark Twain, 473.

Vitamix, 422.

VITRY (Nicolas de l'Hospital, marchese di), maresciallo di Francia, 1581-1644, 59.

VITTORE IV, antipapa (1138), 17.

Vittoria amara, romanzo di René Hardy, 309.

VIVALDI (Antonio), compositore italiano, 1678-1741, 143 437.

VLADISLAV, artista, 483 487.

VOLLARD (Ambroise), mercante di quadri, 1868-1939, 411.

Volpe e la Cicogna, La, incisione di Oudry, 212.

VOLTAIRE (François-Marie Arouet, detto), 1694-1778, 374 451.

VOLTIMAND (Anne, nata Winckler), 13 258.

VOLTIMAND (Cyrille), 258.

VOLTIMAND (Grégoire), 13.

Vosgi, 215.

VOUDZOÏ (Luigi, principe di Poldavia), 139.

VUILLERME, burattinaio, 413.

VYSHISKAYA (Maria Feodorovna), ballerina americana di origine russa, 418.

Wachenheimer Oberstnest, vino del Reno, 314.

WAINEWRIGHT, pittore e collezionista del XVIII secolo, 431.

WAJDA (Andrzej), cineasta polacco, 164.

WALDÉMAR, ispettore di polizia, personaggio de *L'assassinio dei pesci rossi,* 237-239.

WALDSEEMÜLLER (Martin, detto Hylacomylus), cartografo tedesco, 394.

WALL (Irwin), storico americano, 418.

WALL (Melzack), campione di boxe,

RIFERIMENTI CRONOLOGICI

1833

Nascita di James Sherwood.

1856

Nascita della contessa de Beaumont.
Nascita di Corinne Marcion.

1870

Nascita di Grace Twinker.
Boom delle pasticche pettorali Sherwoods'.

1871

Corinne Marcion a servizio a Parigi.

1875

Inizio della lottizzazione di rue Simon-Crubellier.

1876

Nascita di Fernand de Beaumont.

1885

Lubin Auzère finisce di costruire lo stabile.

1887

Terzo Congresso dell'Unione internazionale delle Scienze storiche.

1891

Furto del *Vaso della Passione* al Museo delle Antichità di Utrecht.

1892

Nascita di Marie-Thérèse Moreau.

1896

James Sherwood acquista il *Vaso della Passione*.

1898

Arresto di una rete di falsari in Argentina.

1900

Incontro di Corinne e Honoré Marcion all'Esposizione universale.
Morte di James Sherwood.
Nascita di Véra Orlovska.
Nascita di Cinoc.
Nascita di Percival Bartlebooth.

1902

Nascita di Léon Marcia.

1903

Caruso debutta al Metropolitan Opera.

1904

16 giugno: Bloom's Day.
Nascita di Albert Massy.

1909

Nascita di Marcel Appenzzell.

1910

Nascita di Gaspard Winckler.

1911

Nascita di Marguerite.
21 gennaio: arresto dei dirigenti pananarchici.

1914

26 settembre: morte di Olivier Gratiolet a Perthès-lez-Hurlus.

1916

Nascita di Hervé Nochère.

1917

Nascita di Clara Lichtenfeld.
Morte di Juste Gratiolet.
19 maggio: Augustus B. Clifford e Bernard Lehameau perdono il braccio sini
stro nel bombardamento del loro Q.G.

1918

Esecuzione sommaria di tutti i maschi della famiglia Orlov; Véra Orlovska e la
madre scappano prima in Crimea e poi a Vienna.

1919

Rémi Rorschash tenta, sotto vari nomi, di fare carriera nel music-hall.
Il signor Hardy apre un ristorante a Parigi e assume Henri Fresnel in qualità di
cuoco.
Ottobre: Serge Valène si sistema in rue Simon-Crubellier.

1920

Nascita di Olivier Gratiolet.
Nascita di Cyrille Altamont.
Inizio dello sfruttamento dei giacimenti dell'Alto Boubandjida.

1922

Gaspard Winckler va a bottega dal signor Gouttman.

1923

8 maggio: Ferdinand Gratiolet arriva a Garua.
Léon Marcia si ammala.

1924

Henri Fresnel sposa Alice.
Albert Massy partecipa al Giro d'Italia, e poi al Tour.
Luglio: Adrien Jérôme è promosso all'aggregazione di storia; destinato al liceo
Pasteur, in ottobre si sistema in rue Simon-Crubellier.

Nascita di Paul Hébert.
Installazione dell'ascensore.
Bartlebooth comincia a prendere lezioni di acquerello.
15 ottobre: Massy batte il record del mondo dell'ora dietro motore, ma la sua prestazione non viene omologata; il 14 novembre, fallisce il secondo tentativo.
24 dicembre: incendio in casa Danglars.

1926

gennaio: improvvisa scomparsa dei Danglars. Una settimana dopo, vengono arrestati sul confine svizzero.
Ferdinand Gratiolet, appena tornato dall'Africa, fonda una società di pellami esotici.
Conferenza di Jean Richepin al Pfisterhof.
26 novembre: Fernand de Beaumont sposa Véra Orlovska.

1927

Gli ospiti del Pfisterhof si quotano per permettere a Léon Marcia di continuare a studiare.

1928

Rémi Rorschash inizia il suo periplo africano.

1929

Morte di Gouttman.
Nascita di Blanche Gardel.
Nascita di Elizabeth de Beaumont; tournée nordamericana di Véra Orlovska.
Cat Spade vincitore di un torneo militare di boxe.
Bartlebooth compera un appartamento in rue Simon-Crubellier.
Marzo: Gaspard Winckler arriva a Parigi; in maggio, si arruola e parte per il Marocco.
Ottobre: Henri Fresnel lascia il ristorante.

1930

Inizio degli scavi di Fernand de Beaumont a Oviedo.
Prime pubblicazioni di Léon Marcia.
Gennaio: nascita di Ghislain Fresnel.
Nascita della signora Nochère.
Nascita di Olivia Norvell.
Novembre: Gaspard Winckler, libero dal servizio militare, incontra Marguerite a Marsiglia.

1931

Aprile: incendio del magazzino di pellicce esotiche di Ferdinand Gratiolet.
Maggio: Marc Gratiolet passa all'aggregazione di filosofia.

1932

Marcel Appenzzell parte per Sumatra.
Esce il romanzo di Rémi Rorschash, *l'Oro africano*.
Morte di Ferdinand Gratiolet in Argentina.
Gaspard e Marguerite Winckler si sistemano in rue Simon-Crubellier.
La compagnia di Henri Fresnel si smembra.

1934

La signora Hourcade fabbrica 500 scatole nere per i futuri puzzle di Bartle-booth.
Nascita di Joseph Nieto.
Marzo: morte di Emile Gratiolet.
3 settembre: morte di Gérard Gratiolet.

1935

Morte della signora Hébert.
Gennaio: Bartlebooth dipinge il suo primo acquerello a Gijon.
Agosto: fine degli scavi a Oviedo.
11 settembre: assassinio di Antoine Brodin in Florida; nelle settimane successive, Hélène Brodin Gratiolet ritrova e giustizia i tre assassini.
12 novembre: suicidio di Fernand de Beaumont; il 16, viene inumato a Lédignan, alla presenza di Bartlebooth tornato apposta dalla Corsica.

1936

Bartlebooth in Europa, in marzo è in Scozia (isola di Skye).
Nascita di Michel Claveau.
Nascita del figlio di Célia Crespi.

1937

Bartlebooth in Europa; in luglio, costeggia la Jugoslavia fra Trieste e Dubrovnik a bordo del suo yacht l'*Alcyon* con Serge Valène, Marguerite e Gaspard Winckler come ospiti; in dicembre, è a capo San Vincenzo (Portogallo).
Aprile: Henri Fresnel s'imbarca per il Brasile.
Lino Margay sposa Josette Massy.

1938

Bartlebooth in Africa; in febbraio è a Hammamet; in giugno è a Alessandria.

15 marzo: Anschluss.

Morte di Henri Gratiolet.

Arrivo di Marcel Appenzzell a Parigi.

1939

Gennaio: Smautf acquista un crocifisso tricefalo nei suk di Agadir.

Marzo: Marcel Appenzzell torna a Sumatra.

Aprile: Josette Margay torna a vivere con il fratello; in viaggio per il Sudamerica, Lino Margay conosce Ferri le Rital.

Agosto: Bartlebooth nel Kenia; il 10, Smautf a pranzo da Macklin.

1940

Bartlebooth in Africa.

François-Pierre LaJoie è radiato dall'albo dei medici.

Aprile: arrivo di Henri Fresnel a New York dove Grace Twinker lo assume come cuoco.

20 maggio: Olivier Gratiolet è fatto prigioniero.

6 giugno: morte del marito di Marie-Thérèse Moreau.

1941

Bartlebooth in Africa.

7 dicembre: bombardamento di Pearl Harbour.

1942

Bartlebooth in Africa.

Operazione "Cyclope" in Normandia.

Battaglia del mar dei Coralli.

Morte della sorella di Gaspard Winckler, Anne Voltimand.

18 aprile: Marc Gratiolet è incaricato alle relazioni nel gabinetto di Fernand de Brinon; in maggio interviene per far liberare Olivier.

Giugno: Lino Margay esce dal carcere.

1943

Bartlebooth in Sudamerica.

Morte di Louis Gratiolet.

23 giugno: attentato contro l'ingegnere generale Pferdleichter.

14 luglio: nascita immaginaria delle cinque sorelle Trévins.
7 ottobre: arresto di Paul Hébert.
Novembre: morte di Marguerite Winckler.

1944

Bartlebooth in Sudamerica.
Maggio: morte di Grégoire Voltimand sul Garigliano.
Giugno: la signora Appenzzell viene uccisa vicino a Vassieux-en-Vercors.
Giugno: assassinio di Marc Gratiolet a Lione.
Luglio: Albert Massy ritorna dallo S.T.O.
Agosto: Liberazione di Parigi; morte del figlio di Célia Crespi.
Settembre: ritorno di Troyan a Parigi.

1945

Bartlebooth nell'America centrale.
Elizabeth de Beaumont scappa di casa.
Nascita di Elizaveta Orlovska.
Liberazione di Paul Hébert.
Sommosse antifrancesi a Damasco; morte di René Albin.
Il chimico Wehsal è ricuperato dagli americani nel quadro dell'operazione "Paperclip".
Lino Margay, trasfigurato, torna a prendersi Josette.
Léon e Clara Marcia si sistemano in rue Simon-Crubellier; Clara rileva la selleria di Massy e ne fa una bottega d'antiquariato.

1946

Bartlebooth in America del Nord.
Nascita di David Marcia.
Nascita di Caroline Echard.
Flora Albin viene rimpatriata.
26 gennaio: Olivia Norvell sposa Jeremy Bishop; il 7 febbraio, lo lascia e parte per gli Stati Uniti.

1947

Morte di Hélène Brodin.
Cinoc si sistema in rue Simon-Crubellier.

1948

Bartlebooth in America del Nord; in novembre è in California (Santa Catalina Island).
Incendio del Rueil-Palace: François e Marthe Gratiolet sono fra le vittime.
Incontro di Ingeborg Skrifter e Blunt Stanley.

1949

Bartlebooth in Asia.

Nascita di Ethel Rogers.

Novembre: morte degli Honoré.

Novembre: il conte Della Marsa finanzia i Ballets Frère; in dicembre, Blanche Gardel va a Londra per abortire; suicidio di Maximilien Riccetti.

1950

Bartlebooth in Asia.

Nascita di Valentin Collot, detto il giovane Riri.

Olivia Norvell gira i suoi due ultimi lungometraggi.

Luglio: Blunt Stanley va in Corea; poche settimane dopo, diserta.

1951

Bartlebooth in Asia; in ottobre è a Okinawa.

Morte di Grace Twinker.

Aprile: matrimonio di Cyrille Altamont e Blanche Gardel; in maggio, si sistemano in rue Simon-Crubellier; quasi subito, Cyrille entra alla BIDREM e se ne va a Ginevra.

1952

Bartlebooth in Oceania; in febbraio è nelle isole Salomone; in ottobre in Tasmania.

Ingeborg, Blunt e Carlos arrivano a Parigi.

Tornato in rue Simon-Crubellier dopo essere stato curato in un sanatorio, Paul Hébert incontra Letizia Grifalconi.

1953

Bartlebooth sull'Oceano Indiano; alle Seychelles, Smautf baratta il suo crocifisso con una statua della dea madre tricefala.

11 giugno: morte (accidentale o provocata) di Eric Ericsson; fuga di Elizabeth de Beaumont; suicidio di Ewa Ericsson; il 13 giugno, Sven Ericsson scopre i due cadaveri; nello stesso periodo, François Breidel se ne va da Arlon.

27 luglio: armistizio di Panmunjon.

1954

Bartlebooth e Smautf attraversano la Turchia, il mar Nero, l'URSS, risalgono fino al Circolo polare, costeggiano la Norvegia; il 21 dicembre, Bartlebooth dipinge la sua ultima marina a Brouwershaven; il 24 è di ritorno a Parigi.

Sven Ericsson identifica Elizabeth de Beaumont.

Aprile: assassinio di Ingeborg Stanley e Aurelio Lopez.

1955

Bartlebooth comincia a ricomporre i puzzle di Gaspard Winckler.
Morte di Michel Claveau.
Kléber prende servizio da Bartlebooth.
Elizabeth de Beaumont si nasconde nelle Cevenne.
Morte di Hervé Nochère a Algeri.
Ottobre: Paul Hébert è trasferito a Mazamet.

1956

I Claveau lasciano la portineria; gli subentra la signora Nochère.
Incontro di Lise e Charles Berger in occasione di un récital di Gilbert Bécaud.
Olivier Gratiolet è richiamato in Algeria e salta su una mina.
Luglio: pubblicazione nel n. 40 di *Lettres nouvelles* di *Nel gorgo* di Luigi Pirandello.
Luglio: incontro di Elizaveta Orlovska e Boubaker nella colonia estiva di Parçay-les-Pins.

1957

Febbraio: la contessa di Beaumont muore a 101 anni.
Giugno: incontro di Elizabeth di Beaumont e François Breidel; si sposano a Valence in agosto.

1958

Incontro di Olivia Norvell e Rémi Rorschash a Davos.
Inizio delle ricerche di Bernard Dinteville.
27 luglio: nascita di Anne Breidel; 8 agosto: prima lettera di Elizabeth Breidel a Sven Ericsson.

1959

7 settembre: nascita di Béatrice Breidel; seconda lettera di Elizabeth a Sven Ericsson; 14 settembre: assassinio di François e Elizabeth Breidel; 17 settembre: suicidio di Sven Ericsson.
Ottobre: nascita di Véronique Altamont.

1960

Fondazione della setta dei Tre Uomini Liberi.
Rémi Rorschash acquista da Olivier Gratiolet gli ultimi due appartamenti che la famiglia Gratiolet possedeva ancora nello stabile.
Nascita di Gilbert Berger.
Olivier Gratiolet sposa la sua infermiera, Arlette Criolat.

Febbraio: Morellet perde tre dita della mano sinistra.
Maggio: Grégoire Simpson perde il posto nella Biblioteca dell'Opéra.
Maggio: vernice delle *Nebbie* di Hutting alla Galerie 22.
7 maggio: Léon Salini chiude le indagini sulla morte dei coniugi Breidel.
19 dicembre: prima di *Malakhitès* di Schmetterling.

1961

Scomparsa di Grégoire Simpson.
I Berger vengono a stabilirsi in rue Simon-Crubellier.
Fine delle ricerche di Dinteville.

1962

I Plassaert si sistemano in rue Simon-Crubellier.
Nascita di Isabelle Gratiolet.
Inizio delle pubblicazioni "rubate" del professor LeBran-Chastel.

1963

Nascita di Rémi Plassaert.

1964

Caroline Echard rompe con David Marcia.

1965

Winckler comincia a fabbricare specchi di strega.
24 dicembre: il padre di Arlette Criolat la strangola e poi si suicida.

1966

Caroline Echard sposa Philippe Marquiseaux.
Elizaveta Orlovska arriva finalmente a Tunisi.

1967

Naufragio della *Silver Glen of Alva*.
Nascita di Mahmoud Orlowski.

1968

Morte della signora Echard.
Morte di Marquiseaux padre.
Maggio: Elizaveta Orlovska scappa dalla Tunisia e arriva a Parigi; la guardarobiera di Bartlebooth, Germaine, va in pensione; Elizaveta prende la sua
camera.

1969

Franz Hutting vende a un collezionista americano una "Barricata" di rue Gay-Lussac.

1970

"Il giovane Rin" incontra per caso Paul Hébert a Bar-le-Duc.

La signora Hourcade va in pensione; i Réol si sistemano nell'appartamento che ha lasciato; l'acquisto sconsiderato di una lussuosa camera da letto li porta, qualche mese dopo, al matrimonio.

Henri Fresnel ritorna, va a trovare Alice, la quale, quasi subito, raggiunge il figlio in Nuova Caledonia.

Febbraio: prima riunione comune fra la Marvel Houses Incorporated e l'International Hostellerie; in novembre, fondazione della Marvel Houses International e dell'Incorporated Hostellerie.

1971

Lettera di Alice Fresnel alla signorina Crespi.

4 giugno: incidente motociclistico di David Marcia nel 35° Bol d'Or.

Dicembre: soggiorno dei Rorschash a Saint Moritz.

1972

Beyssandre è assunto dalla Marvel Houses International.

La signora Adèle va in pensione.

Morte di Emilio Grifalconi.

Serge Valène incontra Bartlebooth per l'ultima volta.

1973

Bartlebooth è operato di una doppia cateratta.

Sam Horton cambia sesso.

Beyssandre scopre il progetto di Bartlebooth.

29 ottobre: morte di Gaspard Winckler.

1974

Pubblicazione delle *Memorie di un lottatore*, di Rémi Rorschash.

Aprile: prima lettera di Beyssandre a Bartlebooth; 11 luglio: Beyssandre va a trovare Smautf e lancia una sfida a Bartlebooth.

Agosto: rovinato dal Festival di Kerkennah, David Marcia torna a vivere in rue Simon-Crubellier.

Novembre: Morellet viene internato.

1975

25 aprile: Bartlebooth viene a sapere che il cameraman incaricato di filmare la distruzione del 438° puzzle è morto.

Maggio: la Marvel House abbandona il suo progetto.

23 giugno: morte di Percival Bartlebooth.

15 agosto: morte di Serge Valène.

CENNI SULLE PRINCIPALI
STORIE RACCONTATE IN QUEST'OPERA

*(Il numero rimanda al capitolo in cui la
storia appare generalmente per la prima
volta, ma non necessariamente nella sua interezza.)*

POST SCRIPTUM

(In questo libro sono inserite delle citazioni, a volte leggermente modificate, di: René Belletto, Hans Bellmer, Jorge Luis Borges, Michel Butor, Italo Calvino, Agatha Christie, Gustave Flaubert, Sigmund Freud, Alfred Jarry, James Joyce, Franz Kafka, Michel Leiris, Malcolm Lowry, Thomas Mann, Gabriel Garcia Marquez, Harry Mathews, Herman Melville, Vladimir Nabokov, Georges Perec, Roger Price, Marcel Proust, Raymond Queneau, François Rabelais, Jacques Roubaud, Raymond Roussel, Stendhal, Laurence Sterne, Theodore Sturgeon, Jules Verne, Unica Zürn.)

SOMMARIO

SESTA PARTE

BUR
Periodico settimanale: 4 giugno 1997
Direttore responsabile: Evaldo Violo
Registr. Trib. di Milano n. 68 del 1°-3-74
Spedizione in abbonamento postale TR edit.
Aut. N. 51804 del 30-7-46 della Direzione PP.TT. di Milano
Finito di stampare nel maggio 1997 presso
il Nuovo Istituto Italiano d'Arti Grafiche - Bergamo
Printed in Italy

ISBN 88-17-10604-6